Ein Sonntagskind

Jan Koneffke

Ein Sonntagskind

Roman

Unverkäufliches, unkorrigiertes Arbeitsexemplar
Sperrfrist: Bitte nicht vor dem 17.08.2015 besprechen.

Galiani
Berlin

MIX
Papier aus verantwortungsvollen Quellen
FSC® C083411
FSC www.fsc.org

1. Auflage 2015

Verlag Galiani Berlin

Umschlaggestaltung: Manja Hellpap und Lisa Neuhalfen, Berlin
Autorenfoto: © Reinhard Öhner
Lektorat: Wolfgang Hörner / Jonathan Sprenger
Gesetzt aus der Sabon
Satz: abavo GmbH, Buchloe
Druck und Bindung: CPI books GmbH, Leck
ISBN: 978-3-86971-107-2

Weitere Informationen zu unserem Programm finden Sie unter *www.galiani.de*

I

1944/45

Fertigmachen zum Sterben

Gegen Ende November begann Konrad Kannmachers Krieg, knapp sechs Monate vor dem Zusammenbruch. Man schickte den jungen Soldaten nach Bromberg in der Woiwodschaft Kujawien-Pommern, westlich der Weichsel und nahe bei Thorn, wo er auf Partisanenjagd gehen sollte.

Zu diesem Zeitpunkt war er siebzehn Jahre, ein versponnener Bursche und schlaksiger Lulatsch, der im Feld seine Angst nicht bezwingen konnte. Nicht bereits in der pommerschen Erde verscharrt zu sein, verdankte er nur seinen Schulkameraden Erwin Pfaff, Sohn des Damenschneiders Pfaff aus Freiwalde, und Hartmut Hildebrandt, Sproß eines Buchbinders, die Konrad, den Kumpel und Freund, nicht im Stich ließen.

In seiner Ausbildungszeit beim Reichsarbeitsdienst hatte er eine wesentlich bessere Figur gemacht, und es war lediglich diese verdammte Angst, die seine Sinne vernebelte. Er empfand eine maßlose Scham vor den Freunden, die richtige Kerle waren, mutige Landser. Die beiden bepißten sich nicht, wenn der Trupp Partisanennester ausbrennen mußte. Und er verfluchte den Vater daheim, seinen maulfaulen Vater, den Buchhalter Kannmacher, der ein fanatischer Kriegsgegner war.

Als Konrads Gestellungsbefehl eintraf, und er sein Zeug packte, um sich in Kolberg zu melden, wo seine Ersatzkompanie stationiert war, hatte er von diesem Vater, der sonst niemals redete, nichts als feige Ermahnungen mit auf den Weg bekommen, die in miesmacherischen Vorhersagen gipfelten. Er erinnerte sich an das Ende des Vortrags: »Heimschleichen wirst du dich«, knurrte der Alte, »auf allen vieren wirst du wieder ankriechen, dieser Krieg ist verloren, das war er von Anfang an. Wenn es dich, Gott bewahre, nicht schlimmer erwischt, wirst du dich jaulend und armselig heimschleichen.« Und am Bahnhof, als sie sich verabschiedeten, raunte Vater, als er seinen Jungen umarmte: »Mach dich aus dem Staub, wenn es brenzlig wird. Rechtzeitig.«

Das ging Konrad nicht mehr aus dem Kopf. Vaters Bemerkung war eine Ermunterung zur Fahnenflucht, die man eigentlich anzeigen mußte. Warum tat er es nicht? Aus abscheulicher Schwachheit und Memmenhaftigkeit oder um seiner Mutter den Schmerz zu ersparen?

Bis ins Alter von sechzehn war Konrads Vertrauen in den Vater solide gewesen. Es fiel dem zu Gehorsam erzogenen Jungen nicht ein, an der Weltsicht des Alten zu zweifeln. Daß sie meistens verschwommen blieb, mehr zu erahnen war, was teils an der Redescheu hing, die den Mann umgab, einer beharrlichen, harzigen Schweigsamkeit, teils mit dem Bestreben zu tun haben mochte, seine Familie nicht in Gefahr zu bringen, hatte es Konrad erheblich erleichtert, Vaters Ideen nicht in Frage zu stellen.

Er erinnerte sich an die Sache mit der SS, die an einem Maitag im Jahr '42 alle HJler am Ufer der Wipper antreten ließ, um sie zu mustern. Anschließend ging es mit zwanzig der Jungs in die Wirtschaft am Marktplatz, wo sie Limonade bekamen und einen Wisch unterschrieben, mit dem sie sich, aus freiem Willen, als SS-Leute meldeten.

Vater bekam einen Koller, als er das erfuhr. Lautstark stritt er mit Alma, der hitlertreuen Tante, die Tag um Tag Punkt halb eins auf der Hausschwelle stand, um bei Schwester und Schwager zu Mittag zu essen. Das konnte man Alma schlecht abschlagen. Vaters Bruder, der Felix hieß, hatte sie seinerzeit vor der vereinbarten Hochzeit verlassen, war aus Freiwalde geflohen und spurlos verschwunden – das belastete Vaters Gewissen bis heute. Und Almas Mann war seit Kriegsbeginn an der Front.

Konrads Tante war stolz auf den Neffen und seine Entscheidung. »Er ist nicht mal fünfzehn«, entgegnete Vater, »seine Unterschrift hat keine bindende Wirkung, wenn wir, seine Eltern, nicht zustimmen. Und unsere Zustimmung werden wir niemals erteilen.« – »Du bist unbelehrbar, ein ewiger Querulant«, zischelte Alma am anderen Kopfende, »denkst du niemals an deine Familie? Reicht dir deine Gestapoverhaftung nicht? Mußt du erst im KZ landen, um zur Vernunft zu kommen?« Vor dieser Drohung verstummte er. »Und das mit der Unterschrift kannst du vergessen«, versetzte sie abschließend, »das wird nicht anerkannt, Schwager.«

Unwillentlich hatte sie Vater auf eine Idee gebracht. Er mußte die eine Macht gegen die andere ausspielen, wenn er Erfolg haben wollte. Am folgenden Vormittag nahm er sich bei seinem Bankhaus frei und reiste mit Konrad nach Schlawe zum Heeresamt, wo er den Jungen als ROB eintragen ließ. Seinen Sohn bei der Wehrmacht anzumelden, als Reserveoffiziersbewerber, war der geringere Schaden, fand Vater, mit diesem Buchhalterschachzug besaß Konrads Unterschrift bei der SS keine Geltung mehr.

Ja, nahezu blind hatte Konrad seinem Vater vertraut, bis zum Abschied vom Elternhaus und dem Beginn seiner Kriegsdienstverpflichtungszeit bei der Marine, wo er ein anderes Leben kennenlernte, einen Schwung, eine Spannkraft, die Konrad begeisterten.

Heute verachtete er Vaters Ansichten. Sie waren nicht nur spießig und feige – sie waren zersetzend und spielten dem Feind in die Hand. Ludwig Kannmacher war ein langweiliger Buchhalter, der sich an Zahlen und Ziffern hielt und eine kleinliche Kriegsrechnung aufmachte, die nur aus Verletzten und Toten bestand. Von erhabenen Zwecken und Zielen hatte er keinen Schimmer.

Leider stammte er von diesem Buchhaltervater ab, der ihn mit falschen Ideen verseucht hatte. Und es ging, klarer Fall, auf das Konto des Alten, wenn er sich bei Kampfhandlungen als Versager erwies und vor seinen Freunden unendlich blamierte.

»Kleeblatt« nannten die anderen Soldaten der Einheit die drei unzertrennlichen Schulkameraden, die sich gegenseitig aus Briefen der Eltern vorlasen, begierig auf neueste Nachrichten von daheim, Erinnerungen und Heimatklatsch austauschten oder mit Weibergeschichten auftrumpften. An letzteren beteiligte Konrad sich nicht. Zum einen konnte er mit den beiden nicht mithalten, die mit Sexabenteuern in heimischen Badekabinen, Gartenlauben und Feldscheunen prahlten. Erwin Pfaff wollte die sich unnahbar gebende Tochter des Volksschuldirektors vernascht haben. Hartmut wiederum stand mehr auf reife Semester und hatte sich mit einer U-Boots-Maats-Witwe verbandelt, die er als »Unterleibssprengstoff« bezeichnete. Sie kannten sich aus in den Hafenbordellen Stettins (oder gaben das mindestens vor), wo sie richtige Orgien erlebt haben wollten.

Zum anderen war Konrads Beziehung zu Minna – eine andere Frau hatte er niemals besessen – kein Anlaß zur Angeberei. Minna war eine einfache Dienstmagd, und mit einer Magd machte man sich nicht batzig. Schlimmer als das, sie war ein halbes Polenbalg. Beim Ziehvater Ladislaus Bronek aus Lubatsch hatte sie reihenweise polnische Lieder gelernt, die der romantisch veranlagte Konrad ergreifend fand. Er mußte sagenhaft dusslig gewesen sein, sich mit dieser schlichten Mamsell einzulassen, die außer polnischen Liedern nichts vorweisen konnte. Heute ekelte er sich vor dieser Erinnerung, verstand sein Verhalten nicht mehr. Nein, es war besser, als Jungfrau zu gelten und von Minna Bronek kein Wort zu verraten, insbesondere auf einem Feldzug, bei dem sie Gefahr liefen, von polnischen Dreckspartisanen erschossen zu werden.

Wenn sie seinen Spitznamen »Alfredo« benutzten, der an Waghalsigkeit und Verruchtheit erinnerte, Eigenschaften, die Konrad als letzte besaß, setzten Erwin und Hartmut das breiteste Grinsen auf. Alfredo war lediglich eine Verballhornung, die auf seinem anderen Vornamen Alfred beruhte, den in der Familie niemand benutzte, außer Alma (und Almas in Rußland vermisster Mann, der rothaarige, dickliche Riensberg). Gegen den

Willen von Vater und Großvater, und nur mit der seufzenden Zustimmung Mutters, hatte Alma den Namen bei seiner Geburt erzwungen, zu Ehren Alfred Heises, des Kannmacheronkels und Ex-Kolonisten im westlichen Afrika, Abenteurers und Helden der Waterbergschlacht, der mit einer Truppe von 1.500 Mann 40.000 Hereros besiegt hatte. In den zwanziger Jahren, als Textilfabrikant in Berlin, hatte er es zu Reichtum gebracht, war bereits '24 der Nazipartei beigetreten und angeblich ein enger Vertrauter von Hitler, eine Vorstellung, die Tante Alma besonders erregend fand.

Bei Ludwig Kannmacher und dessen Vater, dem mittlerweile verstorbenen Schulmeister Leopold, war Alfred Heise hingegen aufs tiefste verhaßt. Sei es aus rassehygienischem Wahn, sei es um einer sauberen Parteiweste willen, die kein Familienschandfleck verunzieren sollte, hatte der seine geistig umnachtete Schwester in aller Heimlichkeit in eine Anstalt verbracht, ohne Wissen und Zustimmung Leopold Kannmachers, mit dem sie verheiratet war. Clara wieder nach Hause zu holen, war Ludwigs verzweifeltem Vater mißlungen, trotz zahlreicher Anwaltseingaben und Anfechtungen vor Gericht. Alfreds gute Beziehungen zum Leiter der Anstalt, der seinerseits mit den psychiatrischen Gutachtern kungelte, die eine strenge Verwahrung empfahlen, verhinderten Claras Entlassung.

Kurz: Onkel Alfred, betraut mit der Sonderaufgabe, als Handelsbeauftragter der Deutschen Botschaft in Bukarest die Petroleumversorgung des Reiches zu sichern – was sie daheim aus der Zeitung erfahren hatten –, war ein Stern am Familienhimmel der Kannmachers, der makellos rein oder finster erstrahlte, ein abwechselnd edelsteinweißer und blutroter Stern, unerreichbar und sagenumwoben.

Was Tante Alma beabsichtigte, als sie auf seinem Vornamen Alfred beharrt hatte, hatte sie niemals verhehlt. Konrad sollte sich an seinem Onkel ein Beispiel nehmen, diesen Namen als eine Verpflichtung begreifen, ein starker, entschlossener Mensch werden. Und er war besten Willens, das zu tun. Leider haperte es mit dem kalten Charakter, und er litt um so mehr an der Memmenhaftigkeit, dieser elenden Feigheit, von der er beherrscht war. Und seine Angst nahm von Tag zu Tag zu.

In den vergangenen dreieinhalb Wochen, von Ende November bis Mitte Dezember, hatten sie schlimme Verluste erlitten – dreizehn Mann waren tot, dreißig andere schwer verletzt –, was nichts als logisch war bei einer Einheit, die aus jungen, unerfahrenen Kerlen bestand. Konrad selbst hatte Dusel und bei den Gefechten nur einen harmlosen Streifschuß am Arm abbekommen, als ob Mutter recht habe mit der von Brief zu Brief wiederholten Versicherung, er sei ein Sonntagskind.

Mitte Dezember befahl man sie zu einer Bahnstrecke, sechs Kilometer vor Bromberg, wo ein Munitionszug aufgrund eines Gleisschadens feststeckte. Vierzig Mann machten sich auf den Weg, um den Zug zu bewachen, der den Partisanen ein lohnendes Ziel bot. Sie ließen mit Vorliebe Frachtwaggons hochgehen, um den Nachschub zur Front abzudrosseln. Als sie, am Ziel, von den Lastwagen sprangen und im Begriff waren, in Stellung zu gehen, raste ein Kradmelder an. Man hatte in einem verfallenen Gutshof, der von der Gleisstelle nicht weit entfernt war, einen feindlichen Haufen beobachtet, den ein Kommando aufs Korn nehmen und ausschalten sollte. Ein Stoßtrupp von zwanzig Soldaten zog los, zu Fuß, um den Feind nicht zu warnen. Zirka einen Kilometer vom Gutshof entfernt, wo sie vor einem Abhang in Deckung gehen konnten, legten sie eine Verschnaufpause ein und versicherten sich auf der Landkarte. Sie sollten den Gutshof von drei Seiten angreifen, was wiederum hieß, kleine Gruppen zu bilden, die das Anwesen unbemerkt einkreisten.

Es war ein feuchtkalter Dezembertag. Im bleigrauen Himmel bewegte sich nichts und vom Erdboden zog erster Nebel auf. Konrad wischte sich wieder und wieder den Angstschweiß ab, der in seine Augen rann, beißend und brennend. Er hockte im Gras, lehnte mit seinen Schultern am Baumstamm und zog beide Knie zum Bauch, die er fest mit den Armen umklammerte. Das half nur kurzfristig gegen den Aufruhr in Magen und Darm, die sich schmerzhaft verkrampften. Er war diese peinlichen Qualen gewohnt, wenn es zu einem Einsatz kam, stellten sie sich automatisch ein. »Ist dir schlecht?« fragte Hartmut, der an einer Kippe zog und den Freund halb ironisch, halb mitleidig musterte, »du bist aschgrau, Menschenskind.« – »Fertigmachen zum Sterben«, versetzte ein Kamerad, der in der Einheit den Spitznamen Schnauze trug, was er seiner berlinernden Frechheit verdankte, als sie zum Abmarsch bereit waren. »Maul halten«, fluchte ein anderer erstickt, »das beschreit man nicht.« Konrad schnallte den Helm um und zwang sich zum Aufstehen. Vor Schmerzen halb krumm und auf Beinen aus Fleischgallert setzte er einen Fuß vor den anderen. Er schaffte nicht mehr als drei Schritte, fiel, von einem Schwindel ergriffen, zu Boden und kotzte, als wolle er sich seine Seele auswringen. »Es geht los«, sagte Hartmut und streichelte seinen Arm, »beeil dich« – er nickte verzweifelt.

Was im einzelnen passiert war, das wußte er nicht mehr, als sie in der Kaserne von Bromberg eintrafen. Erwin hatte es lebensbedrohlich erwischt – von einem Sanka zur Schule verfrachtet, die als Lazarett diente, mußte er notoperiert werden – und vier andere Mann aus der Gruppe waren tot, wohlbehalten nur Hartmut und er. Von Kameraden umringt, sanken beide an einen Kantinentisch, verdreckt und benommen. Schulterklapse und forschende Fragen, die er nicht begriff und beantworten konnte. Zu tief steckte Konrad der Schock in den Knochen, zu grauenhaft war diese Erinnerung an das Gesicht, das er mit einer Maschinenpistolensalve zerfetzt hatte, eine Erinnerung, die blitzartig aufzuckte und in qualvoller Klarheit vor seinem Bewußtsein stand, ehe sie wieder verlosch. Es war Hartmut, der Auskunft gab, kauend und schluckend, Konrad starrte ins Leere und schwieg.

In den kommenden Tagen verkapselte sich sein Entsetzen zu einer Erkenntnis, die stumpf war, abstrakt blieb, als sei sie aus totem Gewebe. Es belastete Konrad nicht mehr. Eine andere Erfahrung schob sich in den Vordergrund, die Erfahrung von kalter Entschlossenheit. Er hatte den Feind aus geringer Entfernung und ohne zu zaudern erschossen, um seinen Kameraden vorm Tod zu bewahren. Auf seinen soldatischen Mut konnte man sich verlassen.

Anzunehmen, es war eine Falle gewesen, die zuschnappte, als sie die Deckung verließen, um das verfallene Gut zu erreichen. Konrad, der erst auf die Beine kommen mußte, folgte den Kameraden mit torkelnden Schritten – sie waren bereits außer Sichtweite. Um seinen Trupp schleunigst einzuholen, rannte er atemlos keuchend den Abhang hoch. Von dessen Spitze aus konnte er sie erkennen, in der dunkelnden Wiese, die anstieg und abfiel, bewachsen von hohem und niedrigem Buschwerk. In halb aufrechter Haltung und in alle Richtungen zielend, bewegten sie sich auf den Gutshof zu, vor dem eine Pappelbaumreihe Spalier stand. Konrad holte tief Luft, kontrollierte, ob seine Maschinenpistole entsichert war, preßte sie an sich und stolperte los. Erwin, als Schlußlicht der Gruppe, der wachsam den Abhang im Auge behielt, machte Konrad ein Zeichen, er solle sich ducken – als unversehens zwei Karabiner loskrachten und der Freund auf der Stelle zusammenbrach. Alle anderen warfen sich flach auf die Erde und erwiderten mit den Maschinenpistolen das Feuer.

Es war ein ungleicher Kampf. Blind, ohne Schutz, schoß die Gruppe auf zwei oder drei Partisanen, die entschieden im Vorteil waren. In der Wiese verteilt und von Buschwerk verdeckt, war es nur eine Frage der Zeit, bis sie einen um den anderen Deutschen erledigten.

Keiner der Angreifer zielte auf Konrad, von dem sie anscheinend nichts bemerkt hatten. Selbst als er den Kopf hob, um mitzubekommen, was vor sich ging, blieb er verschont. Rund zweihundert Meter von seinen Kameraden entfernt, dicht am Boden, im kniehohen Gras, Todesschreie und knatternde Salven im Ohr, brach er in Winseln und Schluchzen aus. Und schluchzend kroch er auf dem Bauch bis zum Dickicht, aus dem Karabinergewehrfeuer kam und in dem sich einer der Polen verschanzt hatte. Um von hinten zu kommen und den Mann nicht zu warnen, war ein Umweg erforderlich, langwierig, anstrengend, das kostete wertvolle Zeit. Endlich robbte er sich auf das Ziel zu, den Angreifer, der aus dem Halbdunkel auftauchte. In Hockstellung, sprungbereit, neben dem Baumstamm, der Schutz bot, wenn eine Maschinenpistole losratterte, legte er den Karabiner an, als Konrad sich auf seinen Ellbogen lehnte, den Finger am Abzug bewegte. Schlagartig drehte der Pole sich um, mit verwirrtem Gesicht, aufgerissenen Augen, ein weißer, im Zwielicht aufschimmernder Fleck. Als der Gegner zur Seite fiel, feuerte Konrad, vor Grauen und Erleichterung heulend, ins Nichts, es regnete Zweige und Rinde auf seinen Helm, bis er die letzte Patrone verbraucht hatte und gespenstische Stille einkehrte. Hartmut mußte die anderen Polen erlegt haben oder sie hatten sich lieber verzogen, als Konrads Maschinenpistole losratterte, schlagartig, aus unvermuteter Richtung.

In den vergangenen Wochen war Konrad mit Briefen ans Elternhaus sparsam gewesen. Zu tief saß seine Scham, als Soldat eine Niete zu sein, keinen Mumm in den Knochen zu haben. Trotz Mutters Bitten, die dringend erfahren wollte, ob er nichts brauche und gut beieinander sei, hatte er nur ein paar mickrige Zeilen verfaßt – er, der sonst lange, lebendige Briefe schrieb –, die von trotziger Munterkeit waren. Was Hartmut und Erwin nach Hause berichteten – Dinge, die sich zwischen Steintor und Herzogsschloß, Bleiche und Ostseebad schleunigst verbreiteten –, wollte er lieber nicht wissen. Mit Sicherheit waren sie den Seinen bereits bekannt, die sich lediglich ahnungslos stellten.

Mit dieser Schreibfaulheit war es zu Ende, da er nun seinen ersten Erfolg melden konnte. Zwischen vier Toten und einem Verletzten – dem mit Bauchschuß im Wiesengras wimmernden Erwin Pfaff – hatte Hartmut, sein Banknachbar auf dem Gymnasium, sich als letzter verbissen und tapfer verteidigt, ohne Aussicht, dem Tod zu entrinnen. Er konnte auf Dauer mit seiner Maschinenpistole nur einen der Polen in Schach halten – den andern, von hinten angreifenden, nicht. Und diesen Kerl hatte Konrad erledigt!

Nicht alles in seinem zehn Seiten umfassenden Brief entsprach hundertprozentig der Wahrheit. Beim Aufbruch der anderen erbrochen zu haben, verschwieg er. Angeblich hatte er sich einen Fuß verstaucht und lahmend den Anschluß zur Gruppe verpaßt. Und von seiner hirnrissigen Schießerei, ohne Sinn und Verstand bis zur letzten Patrone, ins Nichts, in die diesige dunkelnde Luft, mit verheultem Gesicht und berserkerhaft schreiend, verriet er den Seinen kein Wort. Um so entschiedener versicherte er, eine saubere Arbeit verrichtet zu haben, und forderte seine Familie auf, stolz zu sein, stolz auf den Sohn, der ein tapferer deutscher Soldat sei. Und mit Bedacht setzte er an den Schluß seiner Zeilen beide Vornamen, Konrad *und* Alfred.

Wehrlos ist ehrlos

Knappe vier Monate vor dem Zusammenbruch, mit Ausruf des Großalarms, brach Konrads Einheit zur Front auf. Von rund hundert verbliebenen Mann kamen bei den Gefechten in Westpreußen dreißig ums Leben und mehr als ein weiteres Drittel geriet in Gefangenschaft. Er selber nahm an diesem Feldzug nicht teil und blieb in der Stadt Hohensalza, um als ROB seinen Abschluß zu machen, eine Kriegsdienstbefreiung, die er seinem Vater verdankte (dem Buchhalterschachzug vom Mai '42).

Seine Beurlaubung war von bescheidener Dauer. Es verging keine Woche, bis Panzer der Roten Armee vor der Stadtgrenze auftauchten. Zusammen mit seinen ROB-Kameraden und lediglich einer Abteilung SS mußte er Hohensalza verteidigen. Das war am 19. Januar. Am 20. waren sie zum Großteil vernichtet, der Rest seiner Einheit wer weiß wo im Umland zersprengt. Konrad zog mit einem Feldwebel und vier Gefreiten im Nebel zu Fuß Richtung Bromberg. Um in dieser klammfeuchten Suppe nicht fehlzugehen, hielten sie sich an die Bahnstrecke. Von Wiesen und Weilern war nichts zu erkennen, nichts vom Feind, der sie einholte, als sie sich von Hohensalza erst zehn Kilometer entfernt hatten. Motorengrollen, rasselnde Ketten, ein tiefes Rumoren, als ob eine Herde urzeitlicher Tiere den Boden zerstampft. Sie warfen sich flach auf den Boden und horchten, bis der Radau in der Ferne verhallte.

Zur Mittagszeit trafen sie auf eine Bahnstation, die bereits von den Russen besetzt war. Das begriffen sie erst vor der schlagartig aus grauem Nebel aufragenden Panzerkanone und dem in der Luke ausruhenden Russen. Faul zog er an seiner Kippe und merkte nichts von den sechs deutschen Soldaten. Einer der Landser entsicherte seine MP, um den Russen vom Panzer zu schießen, was der Feldwebel mit einem Zischen verhinderte. Lautlos machten sie kehrt und verschwanden im wabernden Nichts.

Bald irrten sie hilflos von Feldweg zu Feldweg, ohne die Bromberger Bahnstrecke wiederzufinden. Keiner der sechs kannte sich in der Gegend aus, keiner wußte, ob sie in die richtige Richtung marschierten, und der naßkalte Nebel verdickte sich mehr und mehr. Ohne Anhaltspunkt war dieser Marsch eine sinnlose Anstrengung und mit Anbruch der Dunkelheit gaben sie auf. Sie hatten Verpflegung mit, Zwieback, Konservenfleisch und Zigaretten, die sie kameradschaftlich teilten.

Kauend, rauchend und frierend hockten sie an der Bretterwand einer verrotteten, dachlosen Scheune und lauschten dem Feldwebel Magnus, der von seinen Ostfronterlebnissen sprach. Er war ein erfahrener Soldat, Ende zwanzig, und hatte vor viereinhalb Jahren Paris besetzt, ein Sechs-Wochen-Spaziergang und glanzvoller Sieg, der sich in der Sowjetunion nicht wiederholt hatte. »Was ich in Rußland erlebt habe, ist ein bestialisches Morden gewesen«, betonte er mit seiner heiseren Stimme, die eher beklommen und schlaff als verbittert klang. Magnus hatte ein regloses, grobes Gesicht, und im Stoppelbart waren bereits weiße Stellen zu erkennen. »Und was mit den Juden passiert ist«, bemerkte er unversehens, »wird man uns niemals verzeihen.« – »Nichts als Feindpropaganda«, versetzte ein Kamerad und wedelte wegwerfend mit seiner Hand. »Von wegen, ich habe es selber beobachtet, als sie die Juden erschossen. Dritter Kriegsmonat in der Ukraine. Rund tausend Leute, die man auf drei Lastwagen ankarrte, Kinder und Frauen inklusive. Mußten abspringen und eine Grube ausheben. Und als die fertig war, sich an den Rand stellen, ohne Kleider, die auf einen Haufen kamen. Reihe um Reihe trat vor, zehn Maschinenpistolen ratterten los, und sie fielen ins Loch. Scheußlich, sage ich euch, eine Schande.« – »Gutaussehende Weiber?« erkundigte sich ein Gefreiter und nahm seine Brille ab, die er mit großem Getue am Hosenbein sauberrieb. Selbstherrlich blinzelte er in die kichernde Runde. »Gutaussehende Weiber«, bejahte der Feldwebel, »eine von diesen Frauen putzte in der Kaserne, gab sich als normale Gefangene aus. Bis sie halt aufflog«, er seufzte, »ich habe sie wiedererkannt vor der Grube.« – »Mit der waren Sie vertrauter, was?« feixte der Feindpropaganda-Soldat, »bestimmt ließ die sich ficken von euch strammen Jungs, oder nicht?« Der bebrillte Gefreite bekam einen Lachanfall. »Ficken hat sie sich lassen«, versetzte der Feldwebel nickend, »und wir hatten Bammel, mit Judenhuren ist es ja strengstens verboten, nicht wahr?«

Konrad verließ seinen Platz vor dem Feuer, angeblich, um sich zu erleichtern. Er kam einfach nicht an gegen seinen empfindlichen Magen, der wieder in Aufruhr war. Und er wollte nichts wissen von diesen Geschichten, das meiste nur dummes Gerede, erfundenes Zeug, reinste Schauerromane zum Zeitvertreib. Verbrechen im Osten, die hatten sich sicher ereignet, mehr als man sich vorstellen mochte. Und was mit den Juden passiert war, war Unrecht. Andererseits herrschte Krieg, und im Krieg mußte man sich entscheiden. Halbherzig ließ sich ein Land nicht verteidigen. Mit Kritiksucht, Bedenken und Meckerei konnte man keine Erfolge erzielen. Selbstzweifel waren lebensbedrohlich, das hatte er ja an sich selber erlebt. Und diese Erkenntnis traf nicht nur beim einzelnen zu, sie erstreckte sich auch auf ein Volk.

Mit kaltem Schweiß auf der Stirn lehnte er an der Bretterwand und atmete tief aus und ein, um zur Ruhe zu kommen. Es dauerte, bis sich der Magen entspannt hatte und der Brechreiz abebbte. Konrad straffte sich, zog seine Uniform gerade, befreite die Stiefel von lehmigen Klumpen, indem er sie mit einem Stock von den Sohlen kratzte. Erleichtert und mit sich im reinen trat er wieder ins Innere der Scheune und nahm seinen Platz vor dem Feuer ein, zwischen dem seine Pfeife bekauenden Feldwebel und einem auf der Mundorgel spielenden Obergefreiten.

»Was wir uns im Osten erlaubt haben, war nicht in Ordnung«, versetzte der vierte Gefreite, sonst wortkarg, mit unruhig huschenden Augen, »das wird man uns Deutschen vergelten.« Er hustete unsicher, schaute von Mann zu Mann. Keiner sagte etwas, was den schmalschultrig hageren Jungen, der in Konrads Alter sein mochte, bestimmt keine achtzehn, ermutigte, fortzufahren: »Wenn diese Leute ans Ruder kommen, werden sie Rache nehmen, Juden und anderes Gesocks. Die stehen an der Spitze in England, Amerika, von den Judenmarxisten in Rußland zu schweigen. Sie werden uns alle verantwortlich machen und totschlagen. Das ist das Schlimmste an dieser Geschichte.« Seine Stimme versagte vor Aufregung. »Stellt euch vor, deutsche Schweine, das sagt man im Ausland von uns, deutsche Schweine«, bemerkte der Feindpropaganda-Gefreite, »sind wir kein Kulturvolk mehr? haben wir nicht große Namen aufzubieten? Goethe und Schiller, das sind unvergleichliche Leute, die kein anderes Volk vorweisen kann.« – »Wagner«, warf der Bebrillte ein, »Beethoven, Liszt.« – »Immanuel Kant«, sagte Konrad verhalten – er war sich nicht hundertprozentig im klaren, ob Kants Name in diesem Zusammenhang passend war.

»Unsere Schuld«, sagte Feldwebel Magnus und klopfte die Pfeife aus, »wir hatten keine Geduld mit den Juden, und das war ein Fehler. Erst der Endsieg, nicht wahr? und wenn alles erledigt ist, spuckt man in die Finger, um sauberzumachen. Alle Juden aufs Schiff und auf Wiedersehen!« – »Ich kann euch verraten, warum man uns als deutsche Schweine beschimpft«, meinte der mit der Brille, »wir Deutschen sind eine uralte Kulturnation, und Kulturnationen neigen zu Weichheit und Milde. Wir sind zu human, und das nutzen die anderen aus.«

An der Sicht hatte sich nichts verbessert, als sie eine Stunde vor Morgengrauen aufbrachen. Um zu bestimmen, wo sie sich befanden, studierte der Feldwebel eingehend die Karte, richtete seinen Kompaß aus, wieder und wieder. Trotzdem war es nicht sicher, ob sie Richtung Bromberg gingen, bis aus dem Nebel ein Volkssturmtrupp auftauchte, dreißig versprengte und leidlich bewaffnete Mann. Als Hiesige kannten sie sich in der Gegend aus, und in Ermangelung anderer Befehle schlossen sie sich der Gruppe von Feldwebel Magnus an, um den Durchbruch nach Bromberg zu wagen.

In sicherem Abstand marschierten sie neben der nicht mehr passierbaren Hauptstraße – unentwegt donnerten russische Panzer an, folgte ein Lastwagen voller Soldaten dem andern –, die sie mit Hilfe der Leute vom Volkssturm erreicht hatten. Im Nebel bemerkte sie niemand.

Erst kurz vor der Stadtgrenze, wo sie sich an einem Bachufer ausruhten, lichtete sich das Weiß. Das ging schlagartig vor sich, und der sich am Wasser rasierende Konrad begriff nicht, was los war, als die Leute vom Volkssturm erregt auf die Beine sprangen. Er hob seine Augen und staunte nicht schlecht vor der Aussicht auf Turmspitzen, Kuppeln und steil ineinander verschachtelte Giebel. Unversehens hob sich der Vorhang vor Bromberg, das schwebend und geisterhaft, wie eine Luftspiegelung, aus den Dunstschleiern tauchte.

Alle starrten zur Stadt, aus der Rauchwolken aufstiegen, und bekamen nicht mit, daß man sie mittlerweile entdeckt hatte. Als prasselnde Garben das Wasser bestrichen, das teilweise von einer Eisschicht bedeckt war, die im Maschinengewehrfeuer zersplitterte, ließ Konrad das Messer fallen, warf sich zu Boden und kroch auf dem Bauch bis zur Weide am Ufer, das an dieser Stelle stark abfiel und ausreichend Deckung bot. Seine Waffe erreichen zu wollen, war aussichtslos, sie lehnte beim Rucksack am Bach. Er konnte verdammt nichts tun, außer zu warten. Anzunehmen, den anderen erging es nicht besser, von Gegenwehr merkte er nichts. Ob sie bereits alle tot waren? Um sich von dieser grauenhaften Vorstellung zu befreien, hob er kurz seinen Kopf aus der Mulde. Zwischen spritzenden Zweigen und Erdklumpen konnte er mindestens zwanzig am Ufer verstreute, leblose Gestalten erkennen. Blutlachen bildeten sich auf den Schneeresten. Und im Bach trieben zwei der Gefreiten, der schweigsame Mundorgelspieler und der mit der Brille, mit Kleidern und Schlaufen am Wurzelgeflecht verhakt, wo sie weitere, sinnlose Salven zersiebten.

Inzwischen erwiderten Feldwebel Magnus und der hagere junge Gefreite das Feuer, im Schutz einer steil aus dem Erdboden ragenden Baumwurzel, und ein paar Leute vom Volkssturm, die unsichtbar blieben. Dieser Widerstand, nutzlos und wahnsinnig, brachte sie alle am Ende ins Grab, Konrad wußte es. Trotzdem durfte er sie nicht im Stich lassen. Er mußte sich in den Besitz seiner Waffe bringen, eine andere Wahl hatte er nicht. »Wehrlos ist ehrlos«, das schmetterten sie mit besonderer Hingabe bei der Marine, »wehrlos ist ehrlos«, das hallte in seinen Ohren und verzweifelt zerkratzte er sich Hals und Wangen. Wenn er nicht zum Rucksack kroch, war er ein Feigling, ein willensschwacher Waschlappen, nichts als ein Dreck.

Unvermutet verdickte der Nebel sich wieder und das Maschinengewehrfeuer erstarb. Konrad sprang auf die Beine, lief zu seinen Sachen, nahm Helm und Maschinenpistole und folgte dem fluchend ins Bachwasser watenden Feldwebel.

Zur Mittagszeit langten sie endlich in Bromberg an – sieben Leute vom Volkssturm, der Feldwebel und außer Konrad der schmalschultrig hagere Junge. In der Stadt, von den Russen fast vollkommen umschlossen, kamen sie keine Minute zur Ruhe. Polnische Einwohner schossen aus Dachspeichern, Wohnungen und Kellern auf Wehrmachtssoldaten, und Wehrmachtssoldaten auf polnische Einwohner, von Straße zu Straße und Haus zu Haus krachten Gewehre und flammten Granatwerfer. Ein Major befahl Magnus, zum Hauptpostamt vorzudringen, wo sich ein Trupp Partisanen verschanzt hatte, und es wieder in seine Gewalt zu bringen, um jeden Preis.

Sie folgten zehn anderen versprengten Soldaten im Schutz eines Panzers zum Platz vor der Post, der mit Mauerwerk, Ziegeln, verkokeltem Mobiliar, Laternenmasten, Dachrinnen, Kabeln und Leichen bedeckt war. Zeit, in Stellung zu gehen, blieb nicht. Konrad schmiß sich aufs Pflaster und legte aufs Stockwerk an, aus dem eine Hand zwei Granaten ins Freie warf. Die erste der beiden ging knapp vor dem Panzer hoch, wo sie keinen schlimmeren Schaden anrichtete, die andere landete, ohne zu explodieren, auf einer Leiche und kullerte klackernd zum jungen Gefreiten, der sie nicht bemerkte und mit seinem rechten Bein absichtslos aufhielt. Er betrachtete Konrad, den schreiend aufspringenden Konrad, mit staunendem Kindergesicht, unschuldig, ahnungslos und vor Erregung verhangen, als das Sprenggeschoß krachend zerbarst. Zerrissene Gliedmaßen wirbelten durch die Luft, und ein blutiger Batzen traf Konrad am Hinterkopf. Er bekam nichts mehr mit von der Kugel, die in seinen Schenkel drang, sackte bewußtlos zusammen.

Ein Eisernes Kreuz Erster Klasse

Er konnte sich von diesem ahnungslos staunenden Kindergesicht nicht befreien, beharrlich verfolgte es Konrad beim Schlaf und im Wachzustand, stand vor seinen Augen, in schmerzhafter Klarheit, oder vermischte sich mit einem anderen Gesicht, dem des Polen, das er mit einer Salve zerfetzt hatte. Selbst als sein Schenkel bereits wieder zuheilte, ließ sich das Kindergesicht nicht vertreiben. Bald wirkte es abweisend, leidend, verbittert, enthielt einen nicht zu verkennenden Vorwurf, und dieser Vorwurf traf Konrad ins Mark.

Er erwachte auf Holzbohlen, die hart ins Fleisch schnitten, in einem unbeheizten Frachtwaggon, zwischen Dutzenden anderer verwundeter Landser, die wimmerten, husteten, irrsinnig kicherten, halluzinierten und mit dem Gebiß knirschten, Soldaten mit blutigen Kopfbinden, nassem Verbandszeug um Bauch oder Gliedmaßenstummel, zwischen Betenden, Brabbelnden, Sterbenden, Toten. Letztere warf man der Einfachheit halber auf offener Strecke ins Freie. Vor dem Spalt in der Lattenwand an seinem Platz rollten Felder ab, die tief verschneit und verlassen waren, am Tag weiß verhangen, eisig glitzernd bei Nacht, und am Horizont konnte er flackernde Feuer erkennen. Es fehlte an Medikamenten und Eßbarem, und im Lazarettzug, der auf seiner Irrfahrt von Laskowitz bis in die Rostocker Gegend zehn endlose Tage von Bahnhof zu Bahnhof schlich, verendeten sechshundert Mann.

Konrads Nachbar, ein Lehrer aus Lauenburg, scherzte verbissen: »Kennst du unser Ziel, Junge, kennst du es?«, und als er verneinte, erhielt er zur Antwort: »Na, der Teufel, mein Kleiner, das ist unsere Endstation.« An seiner Uniform prangte ein Eisernes Kreuz Erster Klasse, das Konrad beeindruckte. Dauernd linste und schielte er wieder zum EK1, bis der Lehrer es sich eines Tags von der Jacke riß. »Ich brauche es nicht mehr«, versetzte er grinsend, »bald wird man mich eh aus dem Zug schmeißen. Willst du es haben? Greif zu, Junge, steck es an deine Brust.« Er streckte die Hand mit dem schlenkernden Orden aus, und Konrad verging vor Verlegenheit. Einen Sterbenden durfte man nicht vor den Kopf stoßen, trotzdem war es undenkbar, das EK1 anzunehmen. »Das kann ich nicht machen«, entgegnete er. »Und warum?« fragte der seine fiebrigen Augen zum Wagendach hebende Mann. »Das widerspricht den soldatischen Regeln und – es ist moralisch verwerflich.« – »Unsinn«, bellte der Lehrer mit heiserer Stimme, »moralisch ist, was wir uns anmaßen. Hast du den Unterricht wieder verpennt?« Bald nickte er ein, und das Eiserne Kreuz Erster Klasse fiel mit leisem Scheppern zu Boden.

Und als man den Lehrer im Morgengrauen packte, um seine sterblichen Reste ins Freie zu kippen, und Konrad verlangte, dem Toten sein Eisernes Kreuz anzustecken, blieb es unauffindbar.

Am elften Februar hielten sie an einem Ostseebadbahnhof bei Rostock. Endlich verließ er den nach Exkrementen und Todesausscheidungen stinkenden Geisterzug, und auf dem Lastwagen ohne Verdeck, der sie ins Lazarett, ein beschlagnahmtes Seehotel, brachte, das aus der Ferne hochherrschaftlich wirkte und sich von nahem als verlotterter Bau erwies, sog er seine Lungen mit Meeresluft voll. In der Hotelhalle, wo sich ein Feldbett ans andere reihte, versagte sein Kreislauf, und erst in der Nacht schreckte er wieder hoch. Jemand saß auf der Bettkante, hielt seine Hand. Wer das war, konnte er nicht erkennen, trotz des milchblauen Nachthimmels in den zerbrochenen Scheiben. »Bist du es, Alfredo?« verlangte der andere zu wissen, »der Junge vom Buchhalter Kannmacher?« Oh ja, diese Stimme war Konrad vertraut. Niemand lispelte schlimmer als Ferdinand Pooch, Sohn des Ortsgruppenleiters und Konrektors Pooch vom Kreisheimatmuseum Freiwalde.

Als Kinder waren sie miteinander verfeindet gewesen und hatten sich blutig bekriegt: der an seiner Schule als Judenfreund geltende Konrad (Ludwig Kannmacher wollte die Stelle nicht aufgeben, die er im Bankhaus von Samuel Schlomow bekleidete) und der stramm nationalsozialistisch erzogene Ferdinand. Diese Feindschaft blieb auf dem Gymnasium bestehen, selbst wenn sie sich nicht mehr verbimsten. Ferdinand sammelte auch keine anderen Jungs mehr um sich, die er aufhetzen konnte, und um es mit seinen Gegnern allein aufzunehmen, war er zu mickrig und schwach. Bis ins Alter von dreizehn ein bissiger, wilder Kerl, entwickelte er sich zu einem verschlossenen Menschen, der auffallend musisch begabt war. Mit Hingabe spielte er Geige und Orgel, und bei Theatervorstellungen der Schule bewies er als Faust oder Hamlet Talent. Das alles waren Dinge, die Pooch, seinem Vater, mißfielen. Er schrieb Ferdinands musische Ader der an einer Blinddarmvergiftung verstorbenen Mutter zu, die im ganzen zu weich und empfindsam gewesen sei und dem Jungen nur Flausen vererbt habe.

Und es waren die Spannungen mit seiner Stiefmutter, die Ferdinand von der Familie entfremdeten. Anfangs hatten die beiden sich prima verstanden. Als Tochter vom Großbauern Seidenkranz war sie ein Landkind, das zupacken konnte. Frischer Wind zog ins Haus des verwitweten Ortsgruppenleiters und Konrektors ein. Wo verbiesterte Schwermut und Strenge regiert hatten, machte sich Munterkeit breit. Luise, die keinen komplizierten Charakter besaß, war beileibe nicht harmlos. Als Großbauerntochter verstand sie zu rechnen. Und als Großbauerntochter verlangte sie, Mitglied der guten Freiwalder Gesellschaft zu werden, eine richtige Dame von Ansehen und Stand, was sich an der Seite des Ortsgruppenleiters und Konrektors unschwer erreichen ließ.

Mit knapp dreiundzwanzig trat sie in die Ehe ein und nahm sich fest vor, Adolf Hitler zehn Kinder zu schenken, was keine politischen Ursachen hatte – Politik interessierte sie nicht im entferntesten –, es stand einer Ortsgruppenleiterfamilie lediglich gut zu Gesicht. Aus diesem Vorhaben sollte nichts werden, und kein Arzt konnte sagen, warum. Sie strotzte vor Lebenskraft, war kerngesund – warum sich keine Schwangerschaft einstellte, blieb unbegreiflich. Kinderlos bleiben zu sollen verbitterte sie, und diese Verbitterung richtete sich gegen Ferdinand, den sie als leibhaften Vorwurf betrachtete. Sein Dasein erinnerte sie Tag um Tag an den Makel, eine Frau zweiter Klasse zu sein.

»Alfredo, du quasselst im Schlaf, und zwar durchdringend«, kicherte Ferdinand, »ich konnte an meinem Platz beinahe alles verstehen.« – »Und was?« fragte Konrad erschrocken. »Zusammenhangloses Zeug, ›Iwan‹ und ›Bromberg‹ und andauernd ›Eisernes Kreuz‹. Was mich auf dich brachte, waren ein paar Namen: Erwin und Hartmut zum Beispiel. Das sind Pfaff und Hildebrandt, sagte ich mir.«

Erst beim Reichsarbeitsdienst, vor sieben Monaten, den sie in derselben Abteilung ableisteten, hatten beide das Kriegsbeil begraben. An seiner Treue zu Hitler und dem Nationalsozialismus hielt Ferdinand unbeirrt fest, und er zweifelte keine Sekunde am Endsieg. Andererseits sprach er lieber von Geigensonaten und Goethegedichten als von Politik. Und vor seinem Dienst bei der Waffen-SS war dem Ortsgruppenleitersproß mulmig. Zu Recht. Im Laufe der harten Rekrutenausbildung stieß Ferdinand an seine Grenzen. Bei einem anstrengenden Fußmarsch brach er zusammen, und als sie in einen Fluß springen mußten, um in vollem Wichs und mit schwerem Tornister ans andere Ufer zu schwimmen, soff er beinahe ab (Konrad hatte den wieder und wieder im Wasser Versinkenden vor dem Ertrinken bewahrt). Strafhalber mußte er tagelang Wache stehen.

»Und wo bist du verletzt?« wollte Konrad erfahren, der sich auf seine Ellbogen lehnte. »Splitter in beiden Beinen«, erwiderte Pooch, »ist bereits im Dezember passiert. In zwei bis drei Tagen will man mich entlassen.« Es schauderte Ferdinand vor dieser Aussicht, das merkte man.

Mit einem Schulkumpel im Lazarett zu sein und nicht nur in leidende fremde Gesichter zu starren, erleichterte Konrad enorm. Am anderen Tag war er blendender Laune, und von der seinen Schenkel versorgenden Helferin, einer Freiwilligen, die den Bomben auf Rostock entronnen war und sich mit Handschlag als Annegret vorstellte, erbat er sich Stift und Papier. Und mit der Aussicht aufs Meer, das vorm Seehotel grollte und in hohen Wellen an den Strand schwappte, schrieb er begeisterte Zeilen nach Hause. Bei der Schilderung seiner Erlebnisse in Hohensalza und Bromberg bemerkte er selbstbewußt: »Ich will euch nicht langweilen mit meinen ruhmreichen Taten.« Und seine Verletzung verharmloste er, um den Seinen daheim keinen Kummer zu machen, er sei ja ein Sonntagskind, und einem Sonntagskind stoße nichts Ernsthaftes zu. Andererseits konnte er seinen Stolz nicht verhehlen. Dieser Schuß in den Schenkel war wesentlich mehr als ein glimpflich verlaufenes Mißgeschick. Er war ein Beleg von soldatischer Einsatzbereitschaft und Mannhaftigkeit. Und mit der Verniedlichung seiner Verwundung bewies er den Seinen, eine harte Person zu sein – hart gegen den Feind und hart gegen sich selber.

Konrad, der aufrecht im Bett saß, ein Kissen im Kreuz, ließ das Briefpapier sinken und hob seine Augen zum Meer vor den schmierigen Fenstern – teilweise zerbrochen, teilweise mit Pappe vernagelt –, das bis an den Horizont Schaumkronen bildete. Sie schienen sich nicht zu bewegen, als seien sie mitten im Aufruhr des Wassers erstarrt.

Oh ja, er war endlich erwachsen und litt nicht mehr an dieser heillosen Angst. Oder redete er sich das ein? Kam sie nicht wieder, bei Nacht und im Morgengrauen, in Wellen, die sein Unterbewußtsein erreichten, erst harmlos und friedlich, bis sie sich zu haushohen Brechern und Wassergebirgen entwickelten? Sie rasten auf Konrad zu, tosend und donnernd, der hilflos am Ufer stand und nicht Reißaus nehmen konnte. Er erwachte klatschnaß, weinte lautlos ins Kissen.

Das waren Zweifel, die er von sich fernhalten mußte. Er litt nur an Heimweh, das sich mit dem sturmblauen Meer vorm Hotel und der Ostseeluft einstellte, einem schmerzlichen Ziehen, als habe er Fieber.

Um es zu verscheuchen, schob er seinen Brief in den Umschlag, den er mit zitternden Fingern beschriftete. Anschließend richtete er sich im Kissen auf, um sich bei der Rostocker Schwester bemerkbar zu machen. Anfangs konnte er sie nicht entdecken. Es herrschte enormer Betrieb in der Halle zwischen den endlosen Reihen der Feldbetten, belegt mit Verletzten, die stumm in die Luft starrten, zappelten, keuchten und sabberten, und anderen Patienten, die aufstehen konnten, zum Klo schlurften, in eine Hallenecke hinkten, wo man sich zum Rauchen und Skatspielen traf. Freiwillige Helferinnen schwirrten um schwere, sich gegen die Holzdecke stemmende Balken, die sich stellenweise senkte, vom Einsturz bedroht war. Erst als er sich zum Hotelkamin umwandte, erkannte er Annegret, keine zehn Meter von sich entfernt, die einem Kameraden mit Kopfverband bis zum Kinn und nur einem Schlitz, wo der Mund war, beim Trinken half. Sie selbst schaute aufmerksam in seine Richtung, als habe sie Konrad bereits eine Weile beobachtet. Ohne den Brief zu beachten, den er in der Hand schwenkte, wandte sie sich in die andere Richtung, abrupt und erkennbar verlegen.

»Alfredo, was sagst du zu einem Spaziergang am Meer?« wollte Ferdinand wissen, der mit einem Rollstuhl vorm Feldbett aufkreuzte. Mit Hauruck hievte er seinen Schulfreund ins Fahrzeug, das er sich wer weiß wo beschafft hatte. Das uralte Ding machte keinen besonders vertrauenerweckenden Eindruck. Es eierte, wackelte, quietschte und schlingerte, als sie auf dem vernarbten Parkettboden holterdiepolter dem Ausgang zujagten. Ferdinand lenkte den Rollstuhl in rasendem Tempo von der Promenade zum Brettersteg und auf den morschen, verrotteten Planken zum Strand, wo die Reifen sich tief in den Sand bohrten. »Bist du von Sinnen?« beschwerte sich Konrad, als der Ortsgruppenleitersohn fluchend und ohne Erfolg an den Handgriffen zerrte. Ferdinand gab keine Antwort, und als er den Rollstuhl befreit hatte, tobte er wieder los.

Sie wichen im Zickzack dem Wasser aus, das auf den Strand vordrang, blitzartig und schwer vorhersehbar, lachten und schrieen vor Mutwillen und Lebenslust, als seien sie zwei stumpfsinnig alberne Halbstarke. Konrad hatte sich anstecken lassen von Ferdinands berstender Stimmung aus Mutwillen und Raserei, er riß seine Arme hoch, jauchzte und jubelte, stemmte sich waghalsig aus seinem Rollstuhlsitz und drohte, wenn Ferdinand unversehens wendete, hart auf die Fresse zu fliegen.

Irgendwann ging dem Schulkameraden die Puste aus, er fiel auf den Sandstrand und streckte sich neben dem Rollstuhl aus. Konrad, der seine Augen schloß und das Gesicht in den Wind hielt, erkundigte sich nach Freiwalde. »Hast du Nachrichten von deinem Vater?« – »Und ob«, sagte Ferdinand, der sich am Fahrzeuggriff hochzog, »er will Zyankali nehmen.« – »Was soll das heißen, er will Zyankali nehmen?« Ferdinand gab keine Antwort. Er hielt sich ein Nasenloch zu, um zu schniefen, und schnippte den Rotz auf den Strand. »Na, wenn der Iwan Freiwalde erreicht hat«, versetzte er endlich, »und der ist im Anmarsch. Mein Alter kann nicht in Gefangenschaft gehen, das ist klar, und hat sich Zyankali besorgt. Das ist ein ehrenhafter Tod, oder nicht?«

Sein Schulkumpel sagte das mit einer Ruhe, die geradezu unheimlich war. Konrad schluckte, bald war seine Heimat in Russenhand, und er wußte nicht das geringste von seiner Familie, Mutters letzten Brief hatte er in Hohensalza, vor knapp einem Monat, empfangen. »Besteht keine Hoffnung mehr?« wollte er wissen. »Meinst du den Krieg?« fragte Ferdinand lispelnd. Wenn er sich aufregte, stieß er besonders scharf mit seiner Zungenspitze an. »Na klar besteht Hoffnung, bist du nicht bei Trost? Adolf wird's richten, todsicher ist das, und in letzter Minute sein As ausspielen, endlich mit Gas anfangen oder ich weiß nicht was. Wenn wir in letzter Zeit keinen Erfolg hatten, ist das nicht seine Schuld, sage ich dir. Er bekommt ja nicht mit, was passiert, ist von Leuten umgeben, die vollkommen unbrauchbar sind. Gewiß besteht Hoffnung, mein Gott, bis Berlin werden diese mongolischen Horden nicht vordringen.« Ferdinand Pooch klopfte sich seine Hose ab, sprang auf die Beine und strahlte. Und mit heiterem Pfeifen schob er seinen Schulkameraden zum Seehotel hoch, wo sie sich voneinander verabschiedeten. Man hatte seine Entlassung um zwei Tage vorverlegt, und im Morgengrauen mußte er aufbrechen.

Und bald traf der dringlich erwartete Brief aus Freiwalde ein. Annegret brachte das Schreiben an seinen Platz, als er sich, vor einem Blechtopf mit Wasser, der zwischen den Knien klemmte, gerade die Bartstoppeln abschabte. Sie blieb vor dem Feldbett stehen, tauchte den Pinsel ins Wasser und drehte die Cremetube zu – beides hatte sie Konrad am Vortag besorgt –, und er schlitzte, beunruhigt, in Eile, den Umschlag mit seinem Rasiermesser auf. »Schlechte Nachrichten?« wollte sie wissen. Konrad war zu verwirrt, um zu antworten. Was er sich nie hatte vorstellen wollen, trat ein: Seine Familie floh aus Freiwalde. Emilie hatte drei Karten ergattert, die sie selbst, Konrads Schwester Helene und Alma berechtigten, mit einem Schiff in den Westen zu fliehen. Am heutigen Vormittag, um diese Stunde, hievte der Dampfer bereits seinen Anker. Den Seeweg zu nehmen war riskant, Mutter wußte es. Es wimmelte in diesen Breiten von feindlichen U-Booten, die selbst Passagierdampfer ohne Erbarmen versenkten.

Es paßte zu Mutter, dem Sohn zu verschweigen, was sie empfand, kein Wort zu verlieren zu Kummer und Sorgen, die sie vor der Abfahrt verzehrt haben mußten. Sie wollte den Jungen nicht belasten und strengte sich an, zuversichtlich zu klingen. Ja, regelrecht heiter berichtete sie von den hektischen Fluchtvorbereitungen. Zu entscheiden, was unbedingt mitmußte und was daheim bleiben konnte, war schrecklich gewesen – Deckel auf, Deckel zu, Deckel auf, Deckel zu, ewig hatten sie wieder den Koffer entleert und mit anderen Habseligkeiten bepackt. Von den Familienpapieren zu schweigen, die in Kommoden- und

Schreibtischschubladen verstreut waren oder auf dem Dachboden schimmelten – es beanspruchte Stunden, sie alle zu finden. Alma hatte, versteht sich, ein Riesentheater veranstaltet. Sie beschimpfte Emilie als »feige« und »ehrlos« und lehnte es bockbeinig ab, aus Freiwalde zu fliehen, um sich am folgenden Mittag, als sei nichts gewesen, bei Mutter das Dampferbillett abzuholen.

Vater Kannmacher wiederum hatte sich mit einem Buchhalterschachzug beholfen. Es war nicht seine Absicht, beim Volkssturm zu landen und in den sicheren Tod zu gehen. Er meldete sich zur Verteidigung des von den Russen umschlossenen Danzig. Als Soldat erhielt er eine richtige Waffe und hatte erfahrene Landser um sich, keine fanatischen Greise und dussligen Hitlerjungs, die ohne Sinn und Verstand ins Gewehrfeuer rannten. Um so mehr, als die Aufgabe Danzigs bevorstand, das konnte man sicher vorhersagen, und wenn man alle Deutschen auf Schiffe verlud, stampfte er gegen Westen und war aus dem Schneider.

»Mein Jungchen, mein Sonntagskind, unserer Familie wird nichts passieren, das weiß ich«, schrieb Mutter, »wir werden uns sicher bald wiedervereinen.« Und im PS folgte eine Adresse. In einem Ort in Holstein mit Namen Lensahn konnten alle drei Frauen beim Regulatorenhersteller Karl Eduard Papenfuß wohnen, der aus Stettin stammte und eine riesige, vorm Ersten Weltkrieg errichtete Villa besaß. Papenfuß war ein Freund Ludwig Kannmachers. Diese Freundschaft, von Briefen am Leben erhalten, war in Zeiten entstanden, als Ludwig ein junger Spund und Buchhalterlehrling am Bollwerk gewesen war und Karl Eduard technisches Zeichnen studiert hatte.

»Schlechte Nachrichten?« Annegret beugte sich vor, um den Blechtopf mit Schaumwasser an sich zu nehmen. »Ja«, stammelte Konrad und ließ Mutters Brief in den Schoß sinken, »ich meine, sie sind auf der Flucht.« Ob sie es schafften und unversehrt ankamen? Er durfte sich nichts anderes ausmalen, sonst drohte er an seiner Einbildung irre zu werden.

In den kommenden Tagen, wenn Annegret seinen Verband wechselte oder Essen ans Bett brachte, wollte er dringend erfahren, ob er keine Post habe. Sie nahm auf der Bettkante Platz und beschwichtigte Konrad, es bestehe kein Anlaß, sich Sorgen zu machen, von einem beschossenen und in der Ostsee versunkenen Dampfer sei nirgends die Rede. Bald versprach sie, Erkundigungen einzuziehen und mit dem Seeamt zu telefonieren. Anfangs hatte sie eine zu schlechte Verbindung, verstand in der krachenden Leitung kein Wort, anschließend verwies man sie von einem Hafen zum anderen. Annegret gab nicht auf, bis sie endlich Erfolg hatte. Strahlend kam sie ans Feldbett, um Konrad zu melden, ja, ein Pott namens »Seglerhans« habe nach sicherer Reise den Flensburger Hafen erreicht, alle Schiffspassagiere seien unversehrt.

Konrad atmete auf, war unendlich erleichtert, und kurzfristig besserte sich seine Stimmung, bis er wieder in Schwermut versank. Wenn er sich sein verlassenes Elternhaus vorstellte, in dem bald ein Haufen von Iwans Quartier bezog, oder sein Lieblingsversteck an der Wipper, den von Weiden und Erlen beschatteten Uferplatz, wo er Flußbibern zuschaute, Bachkiesel lutschte und sich ein Erwachsenenleben ausdachte, das ehrenvoll, heldenhaft, aufregend war, ob als Meisterspion oder Hitlerscher Kronprinz, Philosophengenie oder U-Boot-Pirat, preßte es seine Seele zusammen. In dieser Welt hatte er Kindheit und Jugend verbracht, kannte Mauervertiefungen, Schlupfwinkel, Horchposten, Kohlenkellerluken und Gartenhauseinstiege, lockere Zaunlatten, Plumpsklo- und Badekabinenritzen zum Spionieren aus dem Effeff. Er fand mit verbundenen Augen bequem von der Bleiche ans andere Ende der Stadt und vom Westwall zum Sumpf der Kraut-Glawnitz. Zwischen Bahnhof, St.-Gertruds-Kapelle und Herzogsschloß, flitzenden Schwalben um Giebel und Stadtmauer, vom Hafen anwehenden Stockfisch- und Tanggeruch, stechendem Bohnerwachsduft auf den Schulfluren, Bierdunst, der aus dem Kempinschen Lokal drang, strenger Postschalterhallen- und schimmliger Kirchenluft, zwischen Dungschwaden und Pastor Priebes Rasierwasser, das einem beim Konfirmationsunterricht in die Nase stach, gelb blendendem Raps und sich wiegendem Weizen, Laden- und Turmglocken, Milchkannenscheppern und Vaters Zigarrenqualm in den Gardinen, zwischen Stimmen, die vertraut aus dem Wohnzimmer schwirrten, Topfgeklapper und Dielentritten war er zu Hause gewesen – und diese Heimat besaß er nicht mehr.

Annegret lenkte Konrad von Schwermut und Heimweh ab, indem sie Ferdinands Rollstuhl ans Feldbett schob und einen Ausflug anregte. Um nicht undankbar zu erscheinen, stimmte er zu. Und diese Spazierfahrten sollten sich wiederholen. An sonnigen Tagen ging es bis zum Molenkopf, wenn der Wind nicht zu stark war und Gischt auf den Damm spritzte, bei Nordost, der mit Messern ins Fleisch schnitt, und Schneeschauern kehrten sie in eine Pinte am Hafen ein, wo sie rauchten und holzmehlig schmeckenden Rum kippten, zwischen Kerlen mit stinkigen nassen Klamotten, lauten Organen und krebsroten Pranken. Halb beschwipst und beschickert, verfielen sie bald ins Du, und Annegret, mit einem Glanz in den Augen, der Konrad teils anzog, teils unsicher machte, verwendete stur seinen Spitznamen Alfredo.

Als drittes Kind eines Rostocker Arzthaushalts, das in der guten Gesellschaft verkehrte, war Annegret selbstbewußt, zielstrebig, schlagfertig, hatte Kenntnisse in Medizin und Botanik, Geschichte und Astronomie, die beeindruckend waren – und Konrad verunsicherten.

Annegrets Vater war nicht mehr am Leben. Bei einem Reitunfall, tragisch, absurd, war er von seinem scheuenden Araber auf einen Stein gefallen und hatte sich das Genick gebrochen. Diesen im Alter von dreizehn erlittenen Schock hatte Annegret niemals verwunden. Wenn sie auf den Vater zu sprechen kam, mußte sie sich unverkennbar zusammenreißen, um nicht in Weinen auszubrechen. Sein Tod machte sie ernsthafter, sei es im Lazarett, wo sie als flinkste und fleißigste Helferin galt, die sich mit allen notwendigen Handgriffen auskannte und bestens Bescheid wußte, was wann zu tun war, wenn wieder ein neuer Verletztentransport im Hotel eintraf, sei es im Zusammensein mit Konrad-Alfredo, den sie redselig, lebhaft, mit zwangloser Munterkeit zum Lichtspieltheater im Badeort schob, um unversehens in eine andere Stimmung zu kippen, die duster, verhangen war. Schlagartig herrschte verbissenes Schweigen, brach in seinen Schultern beklemmende Stille aus.

Im vergangenen Januar hatte sie bei einem Bombenangriff Haus und Habe verloren, besaß nichts als den Goldschmuck der Großmutter, den sie – unglaublicher Zufall – im Schuttberg entdeckt hatte, und wohnte, mit Schwestern und Mutter, bei einer Verwandten im Nachbarort Ahrendsee. Der Tante zur Last zu fallen und auf der Tasche zu liegen, war Annegret unangenehm. Sie brauchte dringend eine sinnvolle Aufgabe, um nicht einzugehen neben der mutlosen Mutter und den ewig ins Jammern verfallenden Schwestern, eine Arbeit, mit der sie auf eigenen Beinen stand, mindestens was die Verpflegung anging. Als sie vom Lazarett im Hotel an der See erfuhr, hatte Annegret keine Sekunde gezaudert.

Es schmeichelte Konrad enorm, von der zwischen den Feldbettreihen wirbelnden Helferin vor allen Augen umworben zu werden. »Die ist dir willig, mein Junge«, versetzte sein Nachbar, ein Leutnant vom Starnberger See, und strich sich seinen Schnauzbart, »wann fickst du sie endlich?« Andere grinsten breit, wenn sie den Rollstuhl in Ausgehklamotten zum Konradschen Bett lenkte. »Warum nimmst du nicht mich mit, mein Schatz?« heulte einer, ein anderer: »Laß diesen Milchbart, der bringt es nicht, ich kann dir wesentlich mehr bieten, Kleine.« Wer von den Verwundeten besser beisammen war, feixte und flachste, was Annegret kaltließ, die Konrad zum Wandschirm schob, wo er sich umziehen konnte.

Ja, Annegrets Zuneigung schmeichelte Konrad. Von seiner Wirkung auf Frauen hatte er bis zum Aufenthalt im Lazarett nichts bemerkt (Minna ließ er nicht gelten, die war eine Dienstmagd gewesen). Halb verwirrt, halb erfreut stellte Konrad bald fest, noch bei anderen Helferinnen erfolgreich zu sein, die um seinen Platz schlichen, linsten und schielten. Eine der beiden, die Besseraussehende, war scheu, selbst in Annegrets Abwesenheit kam sie nicht an sein Bett, um Bekanntschaft zu schließen, die andere um so verwegener. Zu nachtschlafender Zeit tauchte sie mit dem Rollstuhl auf, um Konrad im Mondschein spazierenzufahren. Mit dieser albernen Anmaßung ließ er sie abblitzen, drehte sich knurrend auf dem Kissen zur Seite. Insgeheim allerdings war er sagenhaft stolz.

Konrad wußte, daß er ein gutaussehender Bursche war, mit seiner schnurgeraden Nase, den sinnlichen Lippen, dem kantigen klaren Gesicht und der hohen Stirn, die eine besondere Reinheit ausstrahlte. Auffallend waren die Augen, von warmem Braun, und seine schlanke Gestalt. Ein Ein-Meter-neunzig-Mann konnte nicht unbemerkt bleiben. Um so mehr als er heute ein deutscher Soldat war, ein Mensch, dem man Reife und Festigkeit anmerkte, und trotz seiner siebzehn kein halbstarker Bengel mehr. Es konnte nichts anderes als diese Reife sein, die seinen Erfolg bei den Frauen ausmachte.

Nein, Annegret sorgte sich nicht nur mit Hingabe um seine Schenkelverletzung. Vor den Spazierfahrten stieg sie in schickere, von der Verwandten entliehene Sachen, legte Lippenstift auf, tuschte Wimpern und Brauen. In diesem Aufzug kam sie an sein Bett, wo sie sich seinen Arm um die Schultern schlang. Und ohne zu zaudern, als koste es sie keine Kraft, hob sie Konrad zum Rollstuhl. Er fand sie an sich nicht besonders begehrenswert. Sie hatte ein grobes Gesicht, von der Waschbrettstirn bis zu den vorstehenden Wangenknochen. Das war anders, wenn sie sich zurechtmachte, Sachen anzog, die Figur und Bewegung betonten, mit Tusche und Lippenstift nachhalf, um anziehend zu wirken und Konrad den Kopf zu verdrehen.

Er selbst schwankte zwischen Erregung und Dankbarkeit, Widerwillen, der sich mit Lauheit abwechselte, Eroberungslust und Bequemlichkeit. Was seine Befangenheit steigerte, war der beachtliche Altersabstand von acht Jahren. Anders als Hartmut, sein Schulfreund, bevorzugte er keine reifen Semester. Sich in sie zu verlieben, fiel Konrad nicht ein.

Je verhaltener er sich benahm, um so forscher und zielstrebiger ging sie vor. Wenn sie in der Hafenspelunke zusammenhockten und Pinnchen um Pinnchen mit einem Schluck leertranken, streichelte sie – neuerdings – seine Knie. Und das nicht nur andeutungsweise. An einem sonnigen Nachmittag wiederum wollte sie unbedingt bis auf den Steilhang. Von der happigen Steigung, besonders mit Konrad im Rollstuhl, ließ sie sich nicht abschrecken. Und als sie den Leuchtturm erreicht hatten und von der Felskante aus weit aufs Meer sehen konnten, beugte sie sich entschlossen zu Konrad und nahm seine Hand, um sie sich auf den Busen zu legen. »Mensch, war das anstrengend, mit dir diesen Berg hochzukraxeln«, versetzte sie keuchend, »merkst du es, Alfredo? Mein Herz ist total außer Rand und Band.« Konrads Versuch, seine Hand zu befreien, der eher halbherzig ausfiel, schlug fehl. Annegret hielt sie fest, warf den Kopf in den Nacken und schaute versonnen zu den Wolkengebirgen hoch, die von der Meerseite anschwebten. »Ist das nicht wundervoll?« rief sie begeistert, was er mit einem heiseren Grunzen bejahte (um richtig zu sprechen, war er zu verwirrt und erregt). Annegret schob seine zitternde Hand von der rechten zur linken und wieder zur rechten Brust, bis sie einen kehligen Seufzer ausstieß, den man auch auf das Schauspiel am Himmel beziehen konnte, sichtlich erschauderte, sich auf die Lippen biß und seine Hand wieder freigab.

Konrads Wunde verheilte vergleichsweise schnell, und als drei Wochen um waren, durfte er aufstehen. Seiner Wiederverwendung stand nichts mehr im Weg. Der Lazarettarzt erstattete Meldung, und bald traf der Marschbefehl ein – wieder ging es nach Kolberg zu seiner Ersatzeinheit. Um sein Ziel fristgerecht zu erreichen, in knapp vierzig Stunden, mußte Konrad im Morgengrauen aufbrechen.

An diesem Tag war ein neuer Transport mit Verwundeten im Lazarett angelangt, was alle Arzthelferinnen in Atem hielt, zumal mittlerweile das Morphium ausging und es an Feldbetten fehlte, die frei waren. Man mußte Platz schaffen, leichter Verletzte zusammenlegen, Schlafstellen auf dem Fußboden einrichten. Er floh vor dem Aufruhr, der in der Hotelhalle herrschte, stellte sich vor den Eingang und rauchte. Von der See zogen eiskalte Schauer ans Land, der Himmel war wolkenzerzaust, teils pechschwarz, teils frostblau. Im Schutz des Hotelvordachs, das eine Muschel nachahmte, aus schmiedeeisernen Streben und Zierwerk, Buntglasscheiben, die stellenweise nicht mehr vorhanden waren, blieb er vom Regen so gut wie verschont. Um Annegret zu sich ins Freie zu winken, behielt er die Halle im Auge. Sie war zu beansprucht und wandte sich niemals um, schnitt ein Hosenbein auf, legte einen Verband an, verabreichte Spritzen und Medikamente.

Bis er Annegret in seine baldige Abreise einweihen konnte, vergingen zwei Stunden. Sie schien nicht besonders schockiert zu sein. »Hast du Zigaretten?«, mehr sagte sie nicht. Nickend kramte er in seiner Tasche, gab Annegret Feuer, die tief inhalierte, den Rauch aus der Nase stieß, Konrad betrachtete. »Das war zu erwarten, Alfredo«, versetzte sie trocken, als ob sie sich weigere, eine Empfindung zu zeigen. »Ja, das war es«, entgegnete er, und bemerkte – bemerkte es an seiner Stimme –, daß er verdrossen war. Annegrets Sachlichkeit paßte nicht zu seiner Vorstellung, sie in diesen Wochen erobert zu haben, seiner Annahme, sie sei verliebt. »Und?« fragte er mißmutig, »wollen wir uns nicht verabschieden?« Sie schnickte die Kippe zu Boden und streckte den Arm aus, um Konrad im Nacken zu kraulen. »Nicht zu vorschnell, Alfredo, du brichst erst im Morgengrauen auf, das bedeutet, wir haben noch Zeit. Eine Nacht haben wir Zeit, oder nicht?« Annegret, einen Kopf kleiner als er, stellte sich auf die Zehenspitzen, beugte sich eilig vor, und als sie in die Hotelhalle rannte, in der man sie bereits lauthals vermißte, wischte er sich, halb ratlos, halb stolz, seine Lippen ab.

Als sie aus der Spelunke kamen, war er betrunken. Wiederholt mußte er sich an Annegret festhalten, die in schallendes Lachen ausbrach, wenn er strauchelte oder in zwanghaftes Hicksen ausbrach. Es schauerte nicht mehr, der Himmel war wolkenlos und drehte sich mit seinen blitzenden Punkten um Konrad, der Annegret an sich zog, gierig, verlangend.

Im eiskalten Wind von der See kam er bald wieder zu sich, ließ Annegret unversehens los und versetzte erstickt: »Tut mir leid.« – »Und was, bitte?« fragte sie mit einem Blinzeln. Konrad lehnte am Lampenmast, sicherheitshalber, und stierte zum sternenbesprenkelten Himmel hoch, der seine Schaukelbewegungen einstellte. »Es war nicht, ich meine, es ist nicht«, er fand nicht das richtige Wort, griff sich in seine Haare, »ich denke, es war nicht korrekt.« – »Du bist ein Dummkopf, Alfredo«, erwiderte sie, »ich habe es dir ja erlaubt, oder nicht? Wir sollten uns endlich verabschieden.«

Und zielstrebig zerrte sie Konrad zum Lazarett. Er begriff nicht im entferntesten, was sie bezweckte. Willenlos folgte er Annegret, die ein paar Schritte vorm Seehotel, das bereits dunkel war, unversehens eine andere Richtung anschlug. Sie eilte schnurstracks auf den Seitentrakt zu und blieb vor einer Pforte mit Sicherheitskette stehen, die anscheinend nur zu Abschreckungszwecken vorm Riegel hing, was Annegret offenbar wußte. Sie zog an der Kette, die rasselnd zu Boden fiel, und ruckelte wild am verrosteten Riegel, der in seiner Halterung klemmte. Endlich bewegte er sich und die Pforte schwang auf. Annegret huschte ins Innere.

Mehr als ein schummriger Schein war es nicht, den die nackt von der Holzdecke baumelnde Birne verbreitete. Er ergoß sich auf mehrere Reihen Kartons, die Verbandszeug und Medikamente enthielten, Aufputschmittel, Kaffee-Ersatz, Rindfleischkonserven und – falls man den Aufschriften trauen durfte – schottischen Whisky. Konrad, der von der Schwelle aus ins Magazin linste, zauderte, es zu betreten. »Was hast du nur? Komm«, meinte Annegret heiter, »und lege den Riegel vor, bitte, sonst wird es zu kalt. Außerdem muß ja nicht alle Welt mitbekommen, was wir im Vorratsraum treiben.« Sie ging in die Hocke und streckte den Arm aus, um zwischen zwei Pappkartons nach einer Decke zu greifen und sie mit Bedacht auf den Boden zu breiten. »Ich will es nicht ausnutzen«, stotterte Konrad schwach, als er gehorsam den Riegel vorschob. »Bestimmt nicht«, erwiderte Annegret mit leisem Spott in der Stimme, »du bist ja ein braver Kerl. Mach dir keine Sorgen, wenn es einer ausnutzt« – sie konnte es sich nicht verkneifen, zu kichern, als sie seinen Satz wiederholte –, »bin ich es.«

Unentschlossen stand er vor der Decke, die muffig roch – abstoßend muffig, es bitzelte in seiner Nase –, wo Annegret kniete, den Mantel ablegte und auf eine Kiste mit Rindfleischkonserven warf, sich den Pullover auszog und das Unterhemd hochstreifte. Als der Busen zum Vorschein kam, schaute er schleunigst weg, bis sie den Stoffetzen in sein Gesicht schmiß. »Nicht schielen, Alfredo«, versetzte sie lachend und knetete linke und rechte Brust vor seinen Augen. »Liebst du mich?« wollte er wissen.

Mit einem Mal wirkte sie duster, verzagt. Ohne zu antworten, hob sie das Unterhemd von seinen Stiefeln, um sich zu bedecken, starrte ins Nichts und verbiß sich ins Schweigen. Konrad trat von einem Fuß auf den anderen, murmelte eine Entschuldigung. »Laß man«, bemerkte sie heiser, »du bist ein korrekter Mensch, und ein korrekter Mensch muß das ja fragen, nicht wahr? Um ehrlich zu sein, nein, ich liebe dich nicht, Konrad. Es herrscht Krieg, und du bist ein Soldat. Du weißt ja, womit ich zu tun habe, Tag um Tag, mit Eiter, zerfetztem Gewebe, zerschmetterten Knochen und Unmengen Blut. Mit fiebernden, kriegsirren, sterbenden Kerlen, die kernig und stark waren, als es sie erwischte. Ich bin zu klug oder feige, das kannst du dir aussuchen, um mich im Krieg zu verlieben. Und besonders in einen Soldaten. Ich will nichts als leben, verstehst du?«

Annegret ließ das Unterhemd sinken und legte es neben sich. Und auf allen vieren, mit pendelndem Busen, kroch sie von der Decke zu Konrad. Knopf um Knopf rupfte sie seinen Hosenstall auf, schob die Hand in den Schlitz, grub das Glied aus der Kluft, das von Konrad steil abstand und prall in die Luft ragte. »Weißt du, in wen ich verliebt bin, mein Junge? Nicht in dich, nicht in dich«, wiederholte sie kichernd, »nur in diesen verwegenen Alfredo.« Und sie verschlang seinen Schwanz bis zum Schaft.

Und als sie sich auf der Wolldecke ausstreckte, splitternackt, breitbeinig, und mit zwei Fingern den buschig bewachsenen Spalt auseinanderzog, riß er sich vor Gier seine Sachen vom Leib. Seine Uniformjacke flog auf einen Stuhl, der zersplittert und schief an den Pappkartons lehnte, was er erst feststellte, als er ein Scheppern vernahm, und in der Annahme, das sei der Riegel, an dem jemand zerre, um ins Magazin zu kommen, zu Tode erschrocken aus Annegret glitt, auf die Beine sprang und sich zum Eingang umdrehte. »Spinnst du, Alfredo?« versetzte sie keuchend, »um Himmels willen, komm wieder in mich.«

Nein, es war nicht der Riegel gewesen. Sprachlos kniete er vor dem zerbrochenen Stuhl, von dem seine zerknuddelte Uniform baumelte, und hob das Eiserne Kreuz Erster Klasse hoch.

Der Pascha von Schlawe

Bis Kolberg zu kommen und sich bei seiner Einheit zu melden, erwies sich als aussichtslos. Ab Stettin gab es keine Verbindungen mehr, Konrad mußte an Oder und Haff bleiben. In eine andere Einheit versetzt, die am folgenden Vormittag einschiffen sollte, um nach Gotenhafen verladen zu werden – bei den Gefahren auf See eine brenzlige Reise, und er bekam weiche Knie, als er es erfuhr –, hatte er bis zum Zapfenstreich Ausgang. Konrad rasierte sich, reinigte Stiefel und Hemdkragen, steckte sich zweihundert Gramm Schokolade ein, die am Ende, man konnte nie wissen, von Nutzen sein mochten, und sprang vorm Kasernentor auf eine Straßenbahn.

Als er sieben gewesen war, hatte er mit seinen Eltern die pommersche Hauptstadt besucht, ein niemals vergessener Ausflug im Mai '35. Man mußte sich sagenhaft vorsehen in dieser Welt voller flitzender Automobile, unvermutet um Hausecken rumpelnder Straßenbahnen, pfeifender Zeitungs- und Schuhputzerjungen, krakeelender Seeleute, lungernder Diebe, und widerstandslos ließ er sich an der Hand nehmen, links von seinem Vater, rechts von seiner Mutter, was er sich zu Hause aufs strengste verbat. Alles blitzte und blinkte in dieser Welt – anders als in seinem staubigen, grauen Freiwalde –, Karosserien, die auf Hochglanz poliert waren, blendende Hausmauern, spiegelnde Scheiben, im Sonnenschein gleißende Straßenbahnschienen, Chauffeure mit schneeweißen Handschuhen, unwiderstehliche, perlenbehangene Damen, die in Restaurants und Kaffeestuben saßen, schicke Herren mit dickem Brillantring am Finger, Monokeln, goldschimmernden Tressen und Hakenkreuzabzeichen. Diese fiebrige, flirrende, ohrenzerreißende Welt, die sich bis an den Himmelsrand dehnte, setzte sich in Bewegung und kreiste um Konrad – der vor Aufregung, bald in der pommerschen Hauptstadt zu sein, auf der Fahrt keinen Bissen verzehrt hatte –, bis er sich nicht mehr auf den Beinen halten konnte. Er fiel zwischen Vater und Mutter in Ohnmacht.

Rauchend flegelte er an der Steinbalustrade und stierte zum Hafen, von Bomben zermalmt, voller Schiffsleichen, kraterzerfressener Kajen, verkokelter Fischhallen, Speicher und nur noch als Eisengerippe vorhandener Frachtschuppen. Kranarme hingen zerknickt in die Tiefe, aus glosenden Tanklagern drehten sich Schwaden, pechschwarz, um im Wind auseinanderzustieben.

Konrad trat seine Kippe aus, wandte sich ab. Sich zu erinnern tat weh. Das waren nicht mehr die mit dem Vater besichtigten Rammen und Gleitschienen, Rutschen und Bagger, in den Himmel aufragende Schwimmkrangestelle aus Drehscheiben, eisernen Streben und Stahlseilen, die ein Mensch, winzig klein, in der schwebenden Fahrerkabine mit Schaltern und Hebeln bewegte, Kolosse, die urzeitlich grollten und stampften und dem Kind unbesiegbar vorkamen.

»Alfredo! Ich fasse es nicht, du bist in Stettin?« Das war Hartmut Hildebrandts Stimme, kein Zweifel, sein durchdringend schwingender Baß. Konrad drehte sich um und erkannte den Freund, trotz der tiefstehenden, blendenden Nachmittagssonne, am anderen Ende der Hakenterrasse. Hartmut war auffallend breit in den Schultern, im ganzen massiv, hatte kraftvolle Beine, sein Kopf wirkte klotzig und derb. Er lehnte am Sockel der Treppe und winkte. Neben dem Schulkumpel stand eine Frau, weiß gekleidet, mit Hut und in klobigen Schuhen, die dem sonstigen Schick widersprachen. Zum Rauchen verwendete sie eine Elfenbeinspitze. Als Konrad sich vorstellte, mit einer knappen Verbeugung, stieß sie einen Rauchkringel aus, der sich in seine Richtung bewegte, begleitet von einem aufdringlichen Augenaufschlag. Jung war sie nicht mehr, bestimmt Anfang Vierzig, der von Hartmut bevorzugte »Unterleibssprengstoff« halt, in der Liebe erprobt und erfahren.

Sein Freund machte kurzen Prozeß mit der Liebhaberin, von der er sich ruppig verabschiedete, um mit seinem Kumpel alleine zu bleiben. »Du kannst heimgehen, ich brauche dich nicht mehr«, versetzte er grob und zog Konrad am Arm von der Treppe weg, um sich zu erkundigen, was er erlebt habe. »Mir kam zu Ohren, es habe dich schlimm erwischt, in Bromberg, wenn ich mich nicht irre.« Er musterte Konrad von Kopf bis Fuß, dem das Verhalten des Schulkameraden mißfiel. »Das kannst du nicht machen«, bemerkte er leise und nickte zur Frau, die am Steinsockel lehnte. Sie erinnerte an einen mit Tritten vertriebenen Hund, der nicht aufgeben will. »Ach was«, sagte Hartmut, »von Weibern hast du keine Ahnung, die muß man hart anfassen. Wer keine Erfahrung hat, der darf nicht mitreden. Sage mir lieber, was los war in Bromberg.«

Konrad folgte dem Schulfreund verstimmt von der Hakenterrasse zu einem Offiziersschuppen in der Stadt, wo man Kognak und Whiskey vom Feinsten bekam. »Man wird uns nicht einlassen«, moserte er. »Und ob«, sagte Hartmut und setzte sein breitestes Grinsen auf, »du weißt nicht, mit wem du befreundet bist.«

Und es stimmte, sie kamen in den Laden. Am Ziel lenkte Hartmut seinen Kumpel zum Liefereingang, wo er Sturm schellte, bis in der zweiten Etage ein Fenster aufflog. »Ich bin es«, schimpfte er, »willst du nicht aufmachen?« Seine Zutrittsberechtigung war eine junge Frau, die im Offiziersclub bediente, der um diese Nachmittagsstunde verlassen war.

Hartmut schmiss sich begeistert in einen der Sessel mit Lederbezug vorm Kamin. »Wo bleibt der Kognak, Mareike, wir sterben vor Durst.« Er beugte sich zu einer Holzkiste auf dem Tisch und klaubte sich eine Zigarre vom Stapel, biß das Ende ab, spuckte es in den Kamin. »Greif zu«, sagte Hartmut und streckte einladend den Arm aus, »das sind echte Havanna, mein Junge, als Fußtruppenarschloch bekommt man das nicht alle Tage.« Konrad hing mit seinen Augen an Hartmuts Bekannter, die mit einem Silbertablett auf dem Arm zum Kamin schwebte. Sie hatte ein frisches Gesicht, blonde Haare, die schwungvoll um Nacken und Hals fielen, und war schlank – Hartmut mochte sonst Prallere lieber. »Danke«, sagte er, als sie sein Kognakglas vollschenkte, »ich heiße Konrad. Und Sie sind Mareike?«

Sein Freund brach in schallendes Lachen aus. »Mareike, Mareike! Sie heißt schlicht Marie! Und deinen Anstand, mein Junge, den solltest du besser auf einen Garderobenarm haken.« Er packte Marie, um sie sich auf den Schoß zu ziehen. Unsanft landete sie auf dem Hartmutschen Sessel und strampelte mit beiden Beinen in der Luft, nicht ohne willig zu kreischen, als er sie begrapschte.

Das war Hartmut, sein rauher und bissiger Schulkumpel, auf den man bauen konnte, wenn man in Not war, der einen niemals im Stich ließ und teilte, was er in die Finger bekam: Von Zigaretten und Schnaps bis zu Zaster und Frauen. »Schau dir den Jungen an, ist er nicht reizend?« verlangte er von seiner Freundin zu wissen. Sie drehte sich um und betrachtete Konrad, mit blinzelnden, weißblonden Wimpern, halb sachlich, halb forschend, als sei er ein Gegenstand, den sie studiere, um festzustellen, ob und wozu er von Nutzen sei. Konrad wand sich im Sessel, verlegen und mißmutig, was seinen Kameraden erheiterte.

Ja, das war Hartmut, spottlustig und schadenfroh. Er stammte von einem der Hildebrandtzwillinge ab, die sich mit Konrads Vater, vor dem Krieg Vierzehn-Achtzehn, derbe Lausbubenstreiche erlaubt hatten. Zusammen mit Kempins sommersprossigen Flegeln und dem plumpen Justizinspektorensohn Eduard bauten sie Sprengstoff aus Kaliumpermanganat, Schwefelpulver und Kohlenstaub, um Pferde und Gaswerker kirre zu machen. Sie fingen streunende Katzen ein, schleuderten sie in den Graben vor Bogislaws Herzogschloß und schlossen Wetten ab, welche als letzte ertrank. Falls eine es schaffte, das Schilf zu erreichen, rannten sie johlend zur Stelle am Ufer, um die Katze mit Stockhieben wieder ins Wasser zu treiben. Mit einer entwendeten Jagdflinte schossen sie Dohlen ab, zielten auf Reiher und Flußbiber, bis sie aus Versehen einen taubstummen Knecht trafen, der aus dem Schilf auf der anderen Flußseite kippte. Erst mit diesem tragischen Unfall kamen Hildebrandts Zwillinge und Ludwig Kannmacher zur Vernunft und konnten es einen Segen nennen, wenn man nur halbherzig in dieser Sache ermittelte; ein taubstummer, geistig behinderter Knecht brachte keinen Polizisten auf Trab.

Und bald befahl man den sechsen, auf Menschen zu schießen, als sie mit achtzehn Jahren in den Krieg zogen. Nicht alle der Jungs kehrten heim. Erst traf es einen der Kempins – er verblutete in seinem Schanzloch. Es folgte ein Hildebrandtzwilling, dem eine Granate den Unterleib wegriß. Ludwig Kannmacher wiederum hatte Mordsdusel. Er erlitt eine Splitterverletzung am Arm und erwachte im Krankenzelt bei den Franzosen, wo man sein zerschmettertes Fleisch von den Splittern befreite und den Klumpen nicht kurzerhand abschnitt. Die anderen drei trafen heil in der pommerschen Heimat ein. Der verbliebene Hildebrandtzwilling erlernte beim Vater das Buchbinderwesen und ging in der Werkstatt, die mit Ach und Krach zwei Familien erhielt, seinem Alten zur Hand.

Hartmut trat bald in die Fußstapfen seines Papas und erwies sich bereits mit zehn Jahren als Galgenstrick, der sich mit Vorliebe balgte und Unfug trieb, lebende Lurche ins Feuer warf, wo sie zerplatzten, Spatzen abmurkste und Kreuzottern fing, um sie anschließend in Konrads Schulpult zu legen. Zu dieser Zeit waren sie bitter verfeindet, der in seiner Schule als Judenfreund geltende Konrad und Buchbindersproß Hartmut Hildebrandt. Ohne aus einer Nazifamilie zu kommen, war Hartmut der wildeste Kerl einer Bande um Ortsgruppenleitersohn Ferdinand Pooch, von dem er sich zu seinen Untaten anstacheln ließ. Mit zischenden Gerten vertrimmte er Jungs, die aus Werftenarbeiter- und Kohlenhauerhaushalten stammten und angeblich rote Bagage waren. Bei einem Kartographen, der vor '33 sozialdemokratischer Stadtrat gewesen war, warf er auf Verlangen des Ortsgruppenleitersohns Steine ins Wohnstubenfenster am Stadtwall, was der schlechten Verfassung des Rentners den Rest gab: Er starb an einem Herzanfall.

Nicht Ferdinands Naziparolen verleiteten Hartmut zu roher Gewalt. Er machte sich nichts aus politischen Dingen. Es war seine Kraft, eine berstende grimmige Kraft, die er loswerden mußte. Ansonsten war Hartmut ein pfiffiger Kerl, der im Unterricht wesentlich bessere Zensuren einheimste als der fanatische Ferdinand Pooch, selbst wenn der bei den Lehrern enormen Kredit hatte. Nein, einen Ideengeber brauchte der Buchbinderbengel nicht. Es hatte andere Vorteile, sich an den Schulkameraden zu halten. Im Schutz eines Ortsgruppenleitersohns konnte man Dinge anstellen, die sonst strengstens verboten waren, ohne im Karzer zu landen. Man handelte sich keine schlechteren Noten ein und lief nicht in Gefahr, von der Schule verwiesen zu werden – auf einen Streit mit dem Ortsgruppenleiter war keiner der Pauker erpicht. Und mit einer Anzeige war nicht zu rechnen. Keiner der Werftenarbeiter und Kohlenhauer wagte es, sich mit der Polizei anzulegen.

Vater und Großvater Hildebrandt waren verzweifelt, nichts brachte den Galgenstrick mehr zur Vernunft. Sein Hinterteil war voller blutiger Striemen, sein Gesicht blau verschwollen von Hieben und Ohrfeigen, die er bei seinem Vater kassierte. Der verdonnerte Hartmut zu Hausarrest, nutzloserweise – sein Sohn nahm Reißaus und schlief in einer Feldscheune oder beim Ortsgruppenleiter im Dachboden. Er sperrte den Jungen vergeblich im Keller ein, der sich von seinem kleineren Bruder befreien ließ, dem in Ferdinands Bande mitlaufenden Knut.

Hartmut beruhigte sich erst mit dem Steinwurf ins Wohnstubenfenster am westlichen Stadtwall, der den Kartographen ins Grab brachte. Und das nicht aus Schiß vor Bestrafung. Es reisten zwar zwei Kriminalpolizisten aus Schlawe an, um den Anwohnern Fragen zu stellen – allerdings konnte niemand mit hilfreichen Angaben dienen, und bald stellte man die Ermittlungen ein. Im Kempinschen Lokal tippte man auf zwei Seeleute, die sich sternhagelblau einen Scherz erlaubt hatten, oder munkelte von einem illegitimen Sohn, der den Kartographen seit Jahren erpreßt habe. Kein Mensch in Freiwalde bezichtigte Hartmut, den Herztod des Mannes verschuldet zu haben, und selbst Vater Hildebrandt lehnte es ab, diese schlimme Geschichte dem Sohn in die Schuhe zu schieben.

Nur Konrad erfuhr, was passiert war, als Hartmut mit Ferdinand nichts mehr zu tun haben wollte und sich in der Schule mit anderen Freunden umgab. Bei aller Derbheit und Ruppigkeit erwies sich der Buchbinderjunge als feiner Charakter, der einerseits scharfsinnig, andererseits hilfsbereit war, was sich angenehm auf Konrads Schulnoten auswirkte.

Konrad war eine Niete in Mathematik, zum besonderen Verdruß seines Buchhaltervaters, mit dem er vor Klassenarbeiten zusammenhockte, um Geometrie- oder Algebrarechnungen vorzunehmen, grauenhafte Stunden, die nie anders endeten als mit einem cholerischen Kannmacheranfall. »Du bist zu dumm«, schrie der Vater aus vollem Hals, »du stinkst vor Begriffsstutzigkeit!« Hartmut wiederum war in Naturwissenschaften und Mathematik nicht zu schlagen, und bei Mathearbeiten schob er seinem Freund einen winzig und sauber beschrifteten Zettel mit allen Ergebnissen zu. Beide waren zu ausgefuchst, um sich erwischen zu lassen. Konrad streute beim Abschreiben absichtlich Fehler ein, Hartmut wiederum drohte den Jungs, die im Schulsaal als Petzen bekannt waren, vorsorglich Keile an – falls sich nur einer beim Lehrer verquatsche, werde er alle zu Matsch hauen.

Zu dieser Zeit steckten sie ewig zusammen, spielten Fußball und sprangen vom Steilhang ins Wasser, droschen Skat auf dem Dachboden, rauchten klammheimlich und wichsten vereint um die Wette. Der Dritte im Bunde war Damenschneidersohn Erwin Pfaff, der vierte Karl Stoph vom Zigarrenwarenladen, der sie, praktischerweise, mit Tabak versorgte, den er bei seinem Vater stibitzte.

Bis Hartmut Hildebrandt sich eine Freundin zulegte, die als junge U-Boot-Maats-Witwe in Schlawe zu Hause war, und keine Lust mehr auf Fußball und Wettwichsen hatte. Seitdem war er heikel mit seinen Klamotten, die nicht verdreckt und zerschlissen sein durften, und nahm alle sechs Tage ein knallheißes Bad. Die anderen langweilten sich ohne Hartmut, dem sie den Spitznamen »Pascha von Schlawe« verliehen, der beides verriet: Anerkennung und Eifersucht, und wenn sie sich nackt in der Wipper ausstreckten oder in einer Astgabel hockten und rauchten, spekulierten sie lustlos, zerfressen von Neid, was er mit seiner Witwe in diesen Minuten trieb.

»Karl fiel zwischen Baldenburg und Neustettin, als der Iwan schlagartig im Graben auftauchte, ein Kopfschuß und fertig, Stoph mußte nicht leiden«, Hartmut beugte sich vor, um sein Glas zu erheben, »Alfredo, wir trinken auf unseren toten Freund.« Er nahm einen tiefen Schluck, den er von Backe zu Backe schob. »Ah, dieses Zeug muß man sich auf dem Gaumen zergehen lassen.« – »Und was ist mit unserem Freund Erwin Pfaff?« – »Der ist in Sicherheit«, wiegelte Hartmut ab und steckte sich seine erloschene Zigarre an, »hatte enormes Schwein mit seinem Bauchschuß, ging in den Magen, wenn ich mich nicht irre, und er ist nicht auf der Stelle verblutet, stell dir das vor. Das nennt man Kismet, Alfredo.« Erwin hatte es mit einem Verletztentransport in die Gegend von Braunschweig verschlagen, er war bis auf weiteres außer Gefahr. Außer Gefahr war auch Damenschneider Pfaff, der beim Volkssturm einen Durchschuß am Knie abbekommen hatte, was es dem verwundeten Alten erlaubte, seine Familie aufs rettende Schiff zu begleiten, den letzten Freiwalde verlassenden Dampfer. Und außer Gefahr waren Hartmuts Geschwister, die mit Hildebrandtvater und Hildebrandtgroßvater, beide vom Volkssturm entbunden aufgrund von Verletzungen, die sie sich selbst beigebracht hatten – der Vater am Finger der rechten Hand, den er sich abschoß, um außerstande zu sein, ein Gewehr zu bedienen, der Großvater am linken Fuß, als er absichtlich in eine Falle trat, die in der Werkstatt stand, um Ratten und Marder zur Strecke zu bringen –, ein haushoch beladendes Fuhrwerk bestiegen, um auf den Treck Richtung Westen zu gehen, und heil, allerdings ohne Pferde und Hausrat, zu guter Letzt in der Mark Brandenburg eintrafen. Außer Gefahr war Ortsgruppenleiter Pooch, der auf einen ehrenhaften Gifttod verzichtet hatte und sich bei Nacht und Nebel mit seinem DKW aus dem Staub machte. Und das nicht, ohne wertvollen Schmuck mitzunehmen – Brillantringe, Goldketten, silberne Armreifen –, den er aus dem Heimatmuseum entwendete, wo er sich als gewesener Konrektor auskannte, sowohl in der Sammlung als auch bei den Sicherheitsvorkehrungen. Seine vorzeitig verwelkte Luise, die mit dreißig bereits eine fette Matrone war, hockte schweigend und bleich auf dem Beifahrersitz. Beide kamen mit dem Kraftwagen nur bis nach Stolp, wo ein Gestapokommando den Wagen beschlagnahmte, ohne mit sich verhandeln zu lassen. Sie zerrten Luise, die Widerstand leistete, an den speckigen Armen und Beinen aus dem Auto und warfen beim Anfahren Koffer und Taschen ins Freie; auf sechshundert Meter verteilt landeten sie im Chausseegraben. Ortsgruppenleiter Pooch, der vor der Flucht aus Freiwalde sein Hakenkreuzabzeichen und seine Uniform sicherheitshalber im Moor der Kraut-Glawnitz versenkt hatte – die sie mit einem dankbaren Schmatzen verschluckte –, brach in Schluchzen aus, als er den Koffer entdeckte, in dem sich der Goldschmuck aus Bogislaws Zeiten befand, den er sich mit einem Strick um das Handgelenk band, bis sie, fußlahm, zerrissen und sonst ohne Habe, bei seinem Bruder in Boizenburg ankamen.

»Und unsere Heimat ist futsch«, sagte Hartmut, »verstehst du, Alfredo? Wir werden sie nie mehr betreten, unsere pommersche Welt ist im Arsch. Ich sage dir, dieses beschissene Morden hat deine und meine Vergangenheit restlos vernichtet.« Hartmut rieb seine dunkel umrandeten Augen, stieß hemmungslos auf und beschwerte sich bei seiner Freundin, er sterbe vor Durst. »Unsere Pulle ist leer, Marie, bring eine zweite«, schrie er vom Kamin an den Schanktisch.

Von der tiefstehenden Nachmittagssonne beschienen, tanzte glitzernder Staub in der Zimmerflucht. »Du solltest verduften, bald kommt Major Steinhammer, und der reißt mir den Kopf ab, wenn er euch begegnet.« Sie pustete sich auf die Finger und drehte die Flasche mit Nagellack zu. »Dein Major kann mich kreuzweise«, grummelte Hartmut, als Marie mit dem Kognak im Arm zum Kamin kam, »ich wette, von dem kriegst du deine Kosmetik, mein Kind, und als Abfindung darf er dich hacken.« – »Das geht dich nichts an, du Bekloppter«, versetzte sie kichernd und beugte sich vor, um dem Freund einen Kuß auf die Lippen zu pressen.

Hartmut packte sein randvolles Kognakglas, um es mit gierigen Schlucken zu leeren. »Es ist absolut sinnlos, Alfredo«, bemerkte er duster, »es lohnt sich nicht mehr. Bis vor einem Monat verteidigten wir unsere Heimat, unsere Familien, unsere Erinnerungen. Das hat sich erledigt, mein Junge. Und warum greifen wir heute zur Waffe, warum setzen wir unser Leben aufs Spiel? Das ist irrwitzig, hirnverbrannt, vollkommen meschugge.«

Konrad lauschte dem Kumpel mit wachsendem Unwillen. Was er vom Stapel ließ, konnte den Schulkameraden vors Standgericht bringen. Das war reinster Meutergeist, wenn er nicht aufpaßte, kostete das seinen Kopf. »Du bist sternhagelvoll, du Idiot«, schnappte Konrad, »es ist unser Vaterland, das wir verteidigen. Bis zur letzten Patrone, hast du das vergessen? Willst du dem Iwan erlauben, kampflos bis Berlin zu ziehen?« – »Ach was, wir verteidigen Hitler, und der hat als Kriegsherr versagt«, schimpfte Hartmut, halb lallend, »der ist eine Pfeife, verstehst du? Seine Scheißhaut will er retten, sonst nichts.« – »Halt deine Schnauze«, erwiderte Konrad erstickt, vor Wut und Entsetzen klatschnaß, »willst du Fahnenflucht begehen, oder was?« Hartmut starrte verdrossen auf seinen Zigarrenstumpen. »Und wenn?« sagte er leise, »und wenn?« Blitzartig richtete er sich im Sessel auf, und mit einem komischen Glanz in den Augen, der unheimlich, irre war, stierte er Konrad an. »Du wirst den Befehl nicht verweigern, ich weiß es. Du bist ein korrekter Mensch und ein korrekter Soldat, der buchstabengetreu seine Arbeit verrichtet, Alfredo. Nicht wahr?« Konrad begriff nicht, was Hartmut bezweckte, und nickte. »Und wenn man mich wegen Fahnenflucht zum Tode verurteilt und dich dem Erschießungskommando zuteilt«, Hartmut hob seine Stimme, »wirst du auf mich feuern, mein Freund, das ist klar. Ist ja deine verdammte Soldatenpflicht, richtig?« Hartmut bog sich vor Lachen und hieb sich auf beide Knie. »Ja, du bringst es fertig und schießt mich kaputt.«

»Du spinnst«, sagte Konrad verbittert und spielte erregt mit dem Eisernen Kreuz Erster Klasse, das er aus der Tasche zog, ohne es mitzubekommen. Das Blechteil entglitt seinen Fingern und fiel auf den Boden. Hartmut hatte zwar einen Liter Kognak im Leib – trotzdem beugte er sich wieselflink aus dem Sessel und grapschte den Orden vom Teppich. »Scheißdreck, verdammter, das kann nicht dein Ernst sein«, er drehte das EK1 in seinen Fingern, »sie haben dir das Ding Erster Klasse verliehen.«

Konrad fand keine Gelegenheit mehr, Hartmuts irrige Annahme richtigzustellen, vom wahren Besitzer, dem Lauenburger Lehrer, zu sprechen, der im Frachtwaggon an seiner Seite krepiert war und in den Nachtstunden vor seinem Ende das EK1 in Konrads Jacke verstaut haben mußte, wo es sich, aus der Tasche mit klaffendem Futter, einen Weg bis zum Jackensaum unten gebahnt hatte.

In diesem Augenblick klingelte es. »Los, los, das ist Steinhammer, macht euch vom Acker.« Marie rannte panisch zur Sitzecke beim Kamin, um in Null Komma nichts alle Spuren zu beseitigen, rang mit Hartmut um halbleere Flasche und Abschiedskuß und trieb sie krakeelend zum Liefereingang.

Das wiederum ließ sich der Kumpel nicht bieten. Von seiner Freundin verleugnet zu werden, betrachtete er als Beleidigung.

Kurzerhand machte er kehrt, in der Absicht, den Vordereingang zu benutzen und es diesem »Steinhammerarschloch« zu zeigen. Mit der halbleeren Flasche, die in seinem Arm klemmte, und dem Eisernen Kreuz in der Hand, tobte er aus der muffigen Dienstbotenstiege. Marie konnte Hartmut nicht aufhalten, sie hatte den Platz an der Theke verlassen. Im vornehmen, nach Bohnerwachs riechenden Treppenhaus, mit Stuckleisten an der Wand, Fenstern aus buntem Glas, die den Nachmittagssonnenschein schillernd zerlegten, hing sie an Major Steinhammers Hals, der den Handlauf umklammerte, schwankend und wankend. Nicht zu Boden zu gehen fiel dem Mann sichtlich schwer. Marie hielt sich an seinem Nacken fest, stieß spitze Schreie aus, strampelte mit beiden Beinen vor maßloser Wiedersehensfreude. »Ist ja gut, Kindchen, laß mich«, versetzte der Offizier.

Major Steinhammer ging auf die sechzig zu, hatte ein Walroßgesicht voller Schmisse und Fettpolster, einen Walroßschnurrbart, der schneeweiß war, und Basedowaugen, die wasserblau glubschten. Mit einem Taschentuch wischte er sich seinen glitzernden Schweiß von der Stirn. »Was wirst du erst mit mir anstellen, wenn du mein Mitbringsel auswickelst«, kicherte Steinhammer, »man muß sich ja vorsehen vor dir.« Und er packte sie zwischen den Schenkeln.

Es war nicht Major Steinhammers ruppiger Griff ans Geschlecht, der sie aufschreien ließ. Marie hatte Hartmut entdeckt, und der flegelte frech an der Treppenhauswand. Mit der halbleeren Flasche, die er in der Luft schwenkte, prostete er Major Steinhammer zu. »Mach keinen Unsinn, Mensch«, murmelte Konrad, der sich vorsorglich in Hartmuts Jacke verkrallte, um einem totalen Schlamassel zuvorzukommen. Sein Schulkumpel brachte es fertig und warf sich auf Steinhammer oder das Flittchen.

»Wer ist das?« erkundigte sich der Major bei Marie, »ist der Kerl dir bekannt?« Er glotzte zu Hartmut hoch, rieb sich den Walroßbart. »Das ist kein Benehmen, Mensch«, schnauzte er, »nehmen Sie Haltung an!« Konrad boxte den Freund in die Seite, der zu sich kam und beide Hacken zusammenknallte. »Ein Bekannter«, log sie, »ein entfernter Bekannter, ich meine, wir kennen uns andeutungsweise, nicht richtig, du weißt, was ich sagen will, Schatz?« Major Steinhammer wirkte verwirrt, und als Hartmut sich einmischte, um so verwirrter. Leutselig lallend, als seien Maries Worte an seine Adresse gerichtet gewesen, bemerkte er: »Klar, Schatz, ich weiß, was du meinst.«

Hartmut taumelte auf Major Steinhammer zu. »Melde gehorsamst, Herr Leutnant, wir haben uns verlaufen. Wollten nichts als das Eiserne Kreuz Erster Klasse begießen, verstehen Sie, mein Gutster?« Und er hielt triumphierend Konrads Orden hoch. »Bleiben Sie stehen, Mann«, schimpfte der Offizier und wich eilig zwei Schritte beiseite, als Hartmut zu einer Umarmung ansetzte. »Kennen Sie sich nicht mit den Abzeichen aus? Doppelschwinge und Eichenlaubkranz, na, was ist das? Ich bin Major und kein Leutnant, Sie Hornochse. Los, scheren Sie sich aus meinen Augen. Wenn ich Sie nicht melde, verdanken Sie das nur dem EK1.« – »Zu Befehl«, schnarrte Hartmut, »Herr Leutnant, wir zischen ab«, und torkelte, Stufe um Stufe, zum Ausgang im Erdgeschoß. Und als sie beide im Freien waren, brach Konrads Kumpel in wieherndes Lachen aus. »Die zwei werden Zoff haben, wollen wir wetten? Der in seiner Liebhaberehre verletzte Major wird der Schlampe den Hintern versohlen.« Prustend lehnte er sich auf den Schulkameraden. »Zieh keine Fluppe, Alfredo, das steht dir nicht. Ich will meinen Spaß haben, Junge, bevor ich ins Gras beiße.«

Freiwillige vortreten

Kurz vorm Zapfenstreich trafen sie in der Kaserne ein. Konrad trennte sich in aller Eile vom Schulfreund, der in einem anderen Block schlief als er, um schleunigst aufs Scheißhaus zu kommen. Und als er auf dem Latrinenloch hockte, wo er sich seinen Bauch hielt und wimmernd entleerte – nie hatte er einen schlimmeren Durchfall gehabt –, meldete sich eine Lautsprecherstimme und befahl den Soldaten, im Hof anzutreten. Ohne einen lausigen Fetzen Papier zu entdecken, mit dem er sich abwischen konnte, taumelte Konrad vom Platz auf dem Balken, zerrte am Hosengurt, keuchend vor Schwindel und grimmigen Schmerzen im Darm.

Endlich war er im Freien und rannte zum Hofviereck, in schiefsitzender Hose, mit schmutzigen Fingern, und reihte sich neben den strammstehenden Landsern ein. Er stand unmittelbar vor dem unruhig mit seinem Fuß auf den Teerboden klopfenden Hauptmann, von dem sie erfuhren, warum man den Haufen von nahezu sechshundert Mann hatte antreten lassen. Er habe Befehl, dreißig Leute zu finden, die willens seien, an einem Sonderauftrag teilzunehmen, teilte der Hauptmann mit schneidender Stimme mit. Wer sich einen Orden verdienen wolle, werde bei diesem Kommando nicht leer ausgehen. Wer melde sich freiwillig, wollte er wissen und kippelte auf seinen Stiefeln.

Konrad, dem es vor reißenden Darmschmerzen schwerer und schwerer fiel, sich auf den Beinen zu halten, streckte ohne zu zaudern den Arm in die Luft. Sich zu melden, besaß seine Vorteile: Erstens hatte er Schiß vor der Seereise nach Gotenhafen am morgigen Vormittag. Man mußte mit russischem U-Boot-Beschuß rechnen, und ein von Torpedos zerrissenes Schiff, das in aller Eile zum Meeresgrund sackte, war nichts als ein Stahlsarg, dem niemand entkam. Sein Grab in der Ostsee zu finden, das war keine reizvolle Aussicht, im Gegenteil. Er zog es vor, auf dem Festland zu bleiben. Mit der Meldung zum Sonderauftrag konnte er sein Quartier in der pommerschen Hauptstadt aufschlagen – und das hatte Vorrang vor allen Bedenken. Zweitens wollte er sich einen Orden verdienen. Wer als Soldat aus dem Krieg ohne Auszeichnung heimkehrte, war ein Versager und Feigling, blamierte sich vor seinen Leuten. Und es durfte kein Eisernes Kreuz Erster Klasse sein, das man einem verendeten Lauenburger Lehrer verdankte. Mit einem erschlichenen Orden zu prahlen war peinlich, charakterlos, lumpig. Drittens mußte er in seiner Not wieder dringend zur Latrine, um sich zu erleichtern – und das lehnte der Hauptmann bestimmt nicht ab, bei einem Mann, der sich freiwillig meldete.

Um Lampen und Lastwagen zappelten Fledermausschatten, und im Hofviereck herrschte beklemmende Stille. Er starrte den Hauptmann an, der sich am Hals kratzte und auf seinen Zehenspitzen wippte. »Freiwillige vortreten«, schnauzte er wieder, und Konrad verließ seinen Platz mit verkniffenem Hintern und schwankend vor Schmerz. Niemand sonst setzte sich in Bewegung, was er erst bemerkte, als er an der Seite des Hauptmanns stand, mit dem Gesicht zu den reglosen Reihen. Er war mit seiner Meldung vollkommen allein. Konrad kam der Verdacht, einen Fehler begangen zu haben, einen schweren, verheerenden Fehler. Und es verbot sich von selbst vor dem Haufen aus nahezu sechshundert schweigenden Mann, um Erlaubnis zu bitten, aufs Scheißhaus zu gehen.

»Das nenne ich Mut, Junge«, bellte der Hauptmann, der unangenehm aus dem Rachen stank und Konrad einen Schlag auf die Schulter versetzte. »Und sonst keiner?«, er wandte sich wieder zum Haufen um, »nur Feiglinge in seiner Truppe zu haben, wird den General nicht erfreuen. Besiegt euren inneren Schweinehund, Leute!« Eine einsame Hand reckte sich in die Luft. »Vorkommen«, schnarrte der Hauptmann. Und der auf sie zusteuernde Kamerad, der sich weiß Gott nicht beeilte, sein Ziel zu erreichen, mit einer Hand in der Tasche zum Nachthimmel linste, als ginge er auf dem Kasernenhof spazieren, war kein anderer als Hartmut Hildebrandt.

Man wies den zwei Freiwilligen einen Schlafsaal zu, abseits von allen anderen, mit rund dreißig Betten, die frisch bezogen waren, weich und bequem. Konrad durfte ein sauberes Scheißhaus benutzen, mit Waschbecken und Toiletten aus Porzellan, das sich auf dem Stockwerk befand, wo sie schliefen. Das war in seiner Verfassung besonders erleichternd. Mit seinem sich wieder und wieder verkrampfenden Darm mußte Konrad bisweilen auf die Schnelle zum Lokus rennen, um nicht in Hosen und Bettzeug zu machen. Um so mehr, als er auf dem Abort echtes Klopapier und angenehm riechende Seife entdeckte. Und vom Hauptmann bemerkenswert freundlich behandelt – er lud sie zu einem Glas schottischen Whisky ein, plauderte von seinen pommerschen Vorfahren und verlor keine Silbe zum Sonderkommando –, erhielten sie neue Spezialuniformen, die beiden perfekt auf dem Leib saß.

Konrad war hochzufrieden mit seiner Entscheidung, anders als Hartmut, der mißmutig wirkte, sich in finsteres Schweigen verbiß. Erst als sie zu Bett gingen, fing er zu schimpfen an, es sei Konrads Schuld, wenn sie im Arsch seien. Seine Stimme kam rauh und erstickt aus dem Nachbarbett. Sich freiwillig zu einem Todeskommando zu melden, sei absolut hirnverbrannt. »Todeskommando, ach was«, wehrte Konrad ab, »oder kannst du mir sagen, was sie mit uns vorhaben? Du weißt es nicht besser als ich.« – »Das ist es ja«, grummelte Hartmut, »sie schweigen sich aus. Daß das nichts Gutes verheißt, Junge, sollte dir klar sein.« Konrad, der sich im Kissen aufrichtete, schmiegte sein Kinn in die Hand und betrachtete Hartmuts verwischte Gestalt auf dem Nachbarbett. Sein Schulkumpel starrte zur Decke des Schlafsaals mit schimmernden, unruhig huschenden Augen, die Konrad an den vor der Hauptpost in Bromberg von einer Granate zerrissenen Gefreiten erinnerten. Diese Vorstellung war ein gewaltsamer greller Blitz, der seine Kehle zusammenpreßte. Unversehens dem Weinen nah, warf er sich wieder ins Kissen. »Und was ist mit dir?« fragte Konrad beklommen, »warum hast du dich zu diesem Kommando verpflichtet, wenn das absolut hirnverbrannt ist?« Hartmut schwieg eine Weile, als zaudere er. »Kannst du dir das nicht denken?« versetzte er endlich, »um dich nicht alleine zu lassen, Alfredo«, und drehte sich knurrend auf die andere Seite.

Am anderen Morgen, als sie in den neuen Spezialuniformen auf der Treppe vorm Block hockten, rauchten und schweigsam zur Sonne hochblinzelten, schlenderte ein Offizier auf sie zu, straff und sportlich, mit jugendlich glattem Gesicht, der sich den beiden, die aufsprangen und strammstanden, als Angelus Holzapfel vorstellte, Leiter des Sonderkommandos, das er in den kommenden zwei Tagen zusammenstellen werde. Sie sollten kein Aufhebens machen, befahl er mit ruhiger Stimme, und sich wieder setzen.

Konrad mochte den Mann auf der Stelle. Hochmut und Eitelkeit waren dem Leutnant fremd, der sich neben den Jungs auf der Steintreppe niederließ und erfahren wollte, wo sie im Einsatz gewesen seien. Er selber kam aus einer schlesischen Kaufmannsfamilie und hatte in Breslau studiert, um bei Ausbruch des Krieges zur Wehrmacht zu gehen und am Feldzug in Polen teilzunehmen. Und das nicht aus Verlegenheit, merkte er zwinkernd an, er habe sein Studium der Philosophie und Geschichte mit Eifer und Ehrgeiz betrieben und ausnahmslos gute Zensuren erzielt, zum Kummer des Vaters, von dem er den Breslauer Handelsbetrieb erben sollte. Aus patriotischer Pflicht und Verantwortung, aus Liebe zum deutschen Volk und seinem Vaterland habe er auf das Studium verzichtet.

Angelus Holzapfel zog eine silberne Dose mit Schnupftabak aus seiner Uniform, die er aufschraubte und beiden Jungs vor die Nase hielt, mit der Ermunterung, sich zu bedienen. Er behandelte sie kameradschaftlich, gleichwertig, von Mann zu Mann, von Soldat zu Soldat, und im Nu herrschte zwischen den dreien ein vertraulicher Umgangston, um so mehr, als er seinen Gefreiten das Du anbot, eine Einladung, die man mit Handschlag besiegelte.

Erst am Schluß stellte er eine heikle Frage und verlangte zu wissen, warum sie sich an diesem Sonderkommando beteiligten. Konrad zauderte, druckste, betreten und ratlos. Ehrlich zu antworten war schlicht undenkbar, und Holzapfel anschwindeln wollte er nicht. Hartmut half seinem Schulkumpel aus der Verlegenheit, als er ohne ein Mundwinkelzucken versetzte: »Aus patriotischer Pflicht und Verantwortung, aus Liebe zum deutschen Volk und unserem Vaterland«, eine Antwort, die Holzapfel stutzen ließ. »Mhm«, machte er mißmutig, steckte den Tabak ein, stand von der Steintreppe auf. Seine Verstimmung war von kurzer Dauer. »Aus Liebe zum Vaterland – Jungens, das lobe ich mir«, sagte er nickend und grinste von einem Ohr zum andern, als er sie verließ.

Im Schlafsaal waren bald alle Betten belegt. Leutnant Holzapfel brauchte nicht mehr als zehn Stunden, um das Sonderkommando zusammenzutrommeln. Seine Freiwilligen waren Kraftnaturen, Rauhbeine, Haudegen aus allen Ecken des Reiches, Abenteurer, die sich mit dem Teufel anlegten: Ein wegen Totschlags zu Zuchthaus verurteilter Bursche – er hatte im Suff seinen Vater erstochen –, der als absolut einziger aus seinem Strafbataillon von knapp eintausend Mann nicht krepiert war, als man sie in den vordersten Linien einsetzte oder zur Probe auf Minenfelder jagte; ein Berliner, der Chefkoch im Adlon gewesen war, bis er seine Ehefrau mit dem Direktor erwischt hatte, im Bett einer Luxussuite, die er zu Kleinholz zerlegte, um am anderen Tag vom Zivilleben Abschied zu nehmen und sich bei der Wehrmacht zu melden; ein Deutschlandmeister im Mittelgewichtsringen, der sich den Kameraden als Sische vorstellte, bei der Artillerie halb ertaubt, von besonderer Herzlichkeit, lustig und schlicht; und zwei befremdliche Kerle mit goldenen Gebissen und schillernden Ritzzeichnungen auf der Haut, in der Vorkriegszeit Luftakrobaten beim Zirkus, unzertrennliche Freunde, die ewig zusammensteckten, es ohneeinander nicht aushielten. Sie erinnerten an siamesische Zwillinge, wenn sie auf der Treppe vorm Block hockten und eine rauchten, mit absolut gleichen Bewegungen. Das verhielt sich nicht anders beim Stiefel- und Waffenpolieren, Rasieren oder Essen, mit allen Verrichtungen fingen sie gleichzeitig an und mit allen waren sie gleichzeitig fertig. Bei den anderen hießen sie nur *Piff* und *Paff*. Diese Spitznamen erwarben sie sich in der ersten Zeit, als sie vorm Zubettgehen Russisch Roulette spielten, zur Gaudi der anderen, die sie umringten und gellende Wetten abschlossen.

Trotz der Patrone im Trommelrevolver setzte keiner der beiden sein Leben aufs Spiel. Aus der uralten Waffe kam niemals ein Schuß, was im Haufen bald Mißtrauen erregte. Es mußte sich um einen billigen Trick handeln, mit dem sich die beiden an den Kameraden bereicherten, Fressalien, Kippen und Wettgeld einstrichen. In der dritten Nacht kam es zur Keilerei zwischen den Luftakrobaten und dem wegen Totschlags zu Zuchthaus verurteilten Burschen, der mit einem Stuhl auf sie eindreschen wollte. Blindlings, berserkerhaft, vollkommen außer sich, zielte er wieder und wieder ins Leere – die beiden waren wesentlich flinker als er –, bis der Leutnant im Schlafsaal auftauchte. Bei seinem scharfen Kommando erstarrte der Tobende und ließ den bereits halbzerschmetterten Stuhl auf den Boden fallen.

Als er vor Angelus Holzapfel stand, den er, wie alle anderen, aufs tiefste verehrte, seine Zehenspitzen anstierte, schuldbewußt, reuevoll, erinnerte er an ein Kind, das in einem zu großen und kraftvollen Leib steckt, ein angstvoll, ergeben und einsichtig seine gerechte Bestrafung erwartendes Kind. Leutnant Holzapfel wollte erfahren, worum es ging, und als alle Welt losquatschte, winkte er Konrad, der auf seinem Bett hockte, neben sich, um sich in Ruhe berichten zu lassen, was los war. Am Ende beschlagnahmte er den Revolver, versetzte dem Zuchthausmann einen flachen Schlag auf den Hinterkopf, und mit einem trockenen: »Solltet euch auspennen, Leute, um frisch zu sein, wenn wir den Iwan am Arsch packen«, schlenderte er aus dem Schlafsaal.

Bis auf diesen Vorfall waren sie eine friedliche Truppe. Außer den schrulligen Kerlen gab es eine Reihe von in sich vergrabenen Typen, teils finster verschwiegen, teils blass und befangen, und was sie erlebt hatten (oder verbrochen), nahmen sie, im Laufe der kommenden Wochen, mit sich ins Grab.

Am zweiten Tag hatte sie Angelus Holzapfel von den Zielen des Sonderauftrags unterrichtet, als sie in der Kantine Kaffee zu sich nahmen, Brote mit Marmelade und Schinkenspeck aßen. Es handele sich um ein Stoßtrupp- und Fernunternehmen, ließ der Leutnant die Kauenden wissen, das im Feindesgebiet operieren werde. Absicht und Aufgabe sei es, strategisch empfindliche Stellen zu treffen, Batterien und Verkehrsknotenpunkte zu sprengen oder Nachschubkolonnen auszuschalten. Zu diesem Zweck werde man eine Nahkampfausbildung von sechs, sieben Tagen vornehmen und dem Haufen beibringen, was ein echter Indianerkrieg sei. Letzteres sagte er mit einem Feixen, das der Gruppe ein klammes, pflichtschuldiges Lachen abrang. Selbst Sische, der sonst eine Frohnatur war, ließ es bei einem Grunzen bewenden. Man stierte beklommen und still in den Kaffeepott oder auf seinen Teller mit Schinkenspeckstullen, das behagliche Trinken und Kauen war der Truppe vergangen. Hartmut, der an Konrads Seite saß, zischte: »Ich wußte es, das wird ein richtiges Selbstmordkommando«, und rieb sich seine Finger vor Stolz, recht behalten zu haben.

Konrad erwiderte nichts. Er mußte sich mit aller Macht zur Beherrschung zwingen, niemand sollte es mitkriegen, daß er vor Angst verging. Seine Verzweiflung war unbeschreiblich. Wenn er sich vorstellte, was sie erwartete, auf Feindesgebiet, in den russischen Stellungen, beim erbitterten Kampfeinsatz Mann gegen Mann, bekam er keine Luft mehr vor Grauen. Krampfhaft starrte er auf einen Punkt in der Ferne, atmete flach und bewegte sich nicht. Zum Gegenstand von Sticheleien zu werden, von Schadenfreude und Hohn, wollte er sich ersparen.

»Hat jemand Fragen?« Es reckte sich keine Hand. Leutnant Holzapfel grinste: »Zum angenehmen Teil der Geschichte. Mein Sonderkommando wird reiche Verpflegung erhalten, Frontverpflegungssatz I, was nichts anderes heißt als pro Mann und pro Tag tausend Gramm Schokolade, sechshundert Gramm Zwieback, dreihundert Gramm Dosenfleisch, hundertzehn Zigaretten und fuffzig Gramm Bohnenkaffee.« Er erntete Beifall, der freilich verhalten und matt ausfiel, was seiner blendenden Laune keinen Abbruch tat. »Ausbilden werden wir ausschließlich nachts, Leute. Zum einen soll der Iwan nicht mißtrauisch werden und uns vor der Zeit auf die Schliche kommen. Zum anderen werden das eure Bedingungen sein: Nachtstille, Finsternis, Nebel und Frost. Ruht euch aus, eßt zu Mittag und schlaft eine Runde, bei Dunkelheit fangen wir an.«

Und in dieser verregneten, eisigen Nacht ging es los. Man drillte dem Haufen das Anschleichen ein, wie man unbemerkt, blitzartig, sauber und wirkungsvoll den Gegner entwaffnen und kaltstellen konnte, Nahkampftechniken aller Art bis zum Jiu-Jitsu, das Sich-auf-dem-Wasser-Bewegen und Anlanden, was absolut lautlos vonstatten gehen mußte, wenn man nicht schnurstracks entdeckt werden und dem Maschinengewehrfeuer zum Fraß fallen wollte, den Sprung mit dem Fallschirm aus dreitausend Metern und wie man mit Sprengstoff umging. Alle Mann waren mit je zwei Pistolen bewaffnet, einer Maschinenpistole von siebenmal siebzig Schuß, Fernglas und Dienstuhren, Landkarten, Kompassen. Am Koppelschloßtragegestell hing der Brotbeutel, in dem Schokolade und Kippen verstaut waren.

In den kommenden Wochen, bis kurz vorm Zusammenbruch, machte Konrad mit Landschafts- und Ortsnamen Bekanntschaft, die sich seiner Erinnerung einpressten: Ziegenort, Wilhelmsdorf, Damscher See und Wollin, Stepenitz, Schwantefitz, Gonserin, Gaulitz, Insel Leitholm und Zarthenin, Sager und Paulsdorf. Von diesen Namen kam er zeit seines Lebens nicht los, als seien es niemals vernarbende Brandzeichen, unverwischbare Spuren einer Schuld, die nicht ausheilen konnte.

Wer sich umdreht, der kommt nicht mehr wieder

In einer klaren, vom Halbmond beschienenen Nacht legten sie mit dem Ruderboot ab: Konrad, Hartmut und andere sechs Mann aus dem Sonderkommando. Zwei Leute vom Volkssturm bedienten die Ruder und Holzapfel hockte mit Konrad am Bug. Von Leitholm aus, das noch in Wehrmachtshand war, glitten sie auf eine weit in die Oder vorspringende Landzunge zu. Bislang hatte man keine feindlichen Truppenbewegungen in dieser Gegend beobachtet. Sie sollten den Feind auf der anderen Seite von Ziegenort ausspionieren und feststellen, wo er sich mit seinen Stellungen verschanzt hatte, und das ließ sich nur auf dem Landweg erledigen. Erst mußten sie unbemerkt ankommen und sich im Anschluß zu Fuß zu den Stellungen schleichen.

Mit leise eintauchenden Rudern bewegten sie sich auf die Halbinsel zu. Vom Wasser, das gegen die Außenwand schwappte, petroleumschwarz und spiegelglatt, stiegen Schleier auf, die sich als feines Gespinst weißer Schwaden vorm Landzungenufer zusammenzogen. Außer Schatten und Schemen war nichts zu erkennen, es herrschte gespenstische Stille. Konrad lauschte, vor Anspannung starr, in die Nacht und umklammerte seine entsicherte Waffe. Wieder mußte er sich mit Gewalt zur Beherrschung zwingen, um nicht aufzuspringen, um sich zu schlagen und loszuschreien, außer sich vor Entsetzen und Angst. In dieser Nußschale waren sie vollkommen wehrlos. Wenn man sie entdeckte und mit einer russischen Pak beschoß, gingen sie alle zum Teufel. Und sie waren beileibe nicht schwer zu erkennen im Boot, das allein auf dem offenen Wasser schwamm, trotz der vom haarfeinen Nebel verschleierten Sicht.

Aus dem behutsamer werdenden Ruderschlag drang Mutters Stimme an seine Ohren, klar und vernehmlich, als sitze sie an seiner Seite. »Dreh dich nicht um«, sagte sie, »wer sich umdreht, mein Junge, der kommt nicht mehr wieder.« Das war am Tag seines Aufbruchs gewesen, vor knappen zwei Jahren, im Herbst '43, als er seine Kriegsdienstverpflichtungszeit bei der Marine in Kolberg angetreten hatte. Zu dieser Zeit war er sechzehn, ein Kindskopf mit Milchbart und krausen Ideen von der Welt. Vom Elternhaus Abschied zu nehmen und monatelang in der Fremde zu bleiben, fiel Konrad schwer, das war eine neue, beklemmende Erfahrung, die sich mit unwiderstehlichen Aussichten mischte. Bei der Vorstellung, was seinem Leben bevorstand, Abenteuer, Gefahren, Feuertaufen und Wagnisse, klopfte sein Herz bis zum Hals. Er bemerkte an sich eine tiefe Erregung, die wieder und wieder in Heimweh umkippte. Er kam sich verlassen und schutzlos vor.

In dieser Verwirrung ging er aus dem Haus und beeilte sich, schnurstracks zum Bahnhof zu kommen, wo sein Zug auf dem Gleis bereits dampfte und pfiff, und als Konrad den Holzzaun zum Bahnsteig erreicht hatte, konnte er nicht widerstehen und drehte sich um. Er starrte zum Gartentor mit seinem Rundbogen, den Vater mit englischen Rosen bepflanzt hatte, die in der kraftlosen Herbstsonne leuchteten, als weißgelbe Tupfer vorm schmutzigen Grau der Fassade, er starrte benommen und niedergeschlagen zum Haus, in dem er seine Kindheit und Jugend verbracht hatte, und das schlagartig klein wirkte, schlicht und verkommen, mit seinem von Flechten eroberten Dach, den verrosteten Dachrinnen und schmierigen Fenstern, die abweisend, dunkel und ausdruckslos Seehimmelwolken und Herbstsonne spiegelten. Es war ein Fehler gewesen, sich umzudrehen, und das um so mehr, als er mit dieser Dummheit, ohne Sinn und Verstand, seine Heimkehr verspielt hatte. Ja, zum Schluß hatte sich Mutters Warnung bewahrheitet: Er konnte nie wieder nach Hause kommen.

»Dreh dich nicht um«, sagte Mutter an seinem Ohr, als sie, Meter um Meter, zum Ufer vorstießen. Konrad zwang sich zum Stillhalten auf seinem Platz am Bug, der lautlos das Wasser zerteilte, und wandte sich nicht mehr zur Landzunge um, den nahenden Schatten aus Dickicht und Baumwipfeln, die sich neblig verschwommen im Flußwasser spiegelten, bis sich der Bootskiel mit grauenhaftem Knirschen, das Konrad ins Mark ging, auf Kiesel und Steine schob. Sekunden verstrichen, und niemand bewegte sich. Leutnant Holzapfel zischte: »Los, Kannmacher, Hildebrandt, Deckung nach vorne, die anderen folgen.«

Konrad schwang sich vom Bootsrand ins eisige Wasser, das an dieser Stelle bis zu seinen Knien reichte, und schlich neben Hartmut aufs Ufer zu. Als sie das Dickicht erreicht hatten, warfen sie sich auf den Erdboden, lauernd und horchend. Was war das? Sie konnten Gestalten erkennen, die grau und verwischt aus dem Nebel auftauchten, sich duckende, huschende Schemen. »Russen!« versetzte sein Schulkumpel atemlos, der kehrtmachte, leise im Dickicht verschwand, um die anderen zu warnen, die sich aus dem Boot gleiten ließen.

Konrad mußte sich dringend in Sicherheit bringen. Er schaute sich um, wo er Schutz finden konnte, bis er eine Erhebung entdeckte, die keine sechs Meter entfernt in die Dunkelheit ragte, robbte sich flach auf dem Boden zum Haufen aus feuchter und modrig riechender Erde, fingerte blind an der Koppel, um auf Nummer Sicher zu gehen, ob seine Granaten komplett und zum Abwurf bereit in den Schlaufen hingen, ging in die Hocke und reckte sich auf seinen Zehen zur Spitze des brusthohen Erdhaufens, in den Kniekehlen zitternd, mit flatterndem Atem und seine Maschinenpistole umklammernd, um zu begreifen, was vor sich ging. Und als er den Rand der Erhebung erreichte, starrte er in den Lauf einer russischen Pak.

Was folgte, lief in einem rasenden Tempo ab, vollkommen besinnungslos, kalt und mechanisch. Maschinenhafte Handgriffe, sicher und einwandfrei, Schießen und Abknallen, Rennen und Ausweichen, entschlossene, blitzartig schnelle Bewegungen, Anspannung, Wachheit und Aufmerksamkeit, die nichts anderes zuließen als reine Gegenwart, berserkerhaft, hemmungslos, wild.

Ob man Konrad entdeckt hatte, war schwer zu sagen. Als ein Kommando in russischer Sprache aufgellte, halb verschluckt vom Maschinenpistolenfeuer am Uferrand, wo seine Leute als erste zu schießen begannen, ließ er sich vor der Erhebung zu Boden fallen. Er legte den Kopf in den Nacken und linste hoch. Das Kanonenrohr der Pak auf der anderen Seite des Erdhaufens schwenkte zur Seite, um sich auf das Boot und die Deutschen zu richten. Er sprang auf die Beine und preßte den Abzugshahn seiner Maschinenpistole, zersiebte die Abwehrkanonenbedienung, die keine Gelegenheit hatte, zur Waffe zu greifen und seinen Beschuß zu erwidern, drei Mann, die zusammenbrachen, sich nicht mehr regten. Aus seiner Schlaufe riß er zwei Granaten und schleuderte sie in die Pak, die mit ohrenzerfetzendem Knall in die Luft flog. Heillose Verwirrung entstand bei den Russen, die er nutzte, um schleunigst Reißaus zu nehmen. Konrad rannte ans Ufer und watete keuchend zum Ruderboot, das mit seinem Kiel aus der Nebelwand ragte, wo er auf den Leutnant und sechs Kameraden stieß. Hartmut und Sische, der Mittelgewichtsmeister, waren noch an Land, um den Abzug zu sichern und sich einen halbtoten Russen zu schnappen, bis sie den beiden vom Wasser aus Feuerschutz gaben.

Endlich waren die beiden im Boot, das sich in aller Eile vom Landzungenufer entfernte, um dem anhaltend schweren Beschuß zu entgehen, der sie nur aus Zufall im Nebel verfehlte. Als der Leutnant zwei Leuchtkugeln hochjagte, brachte die Artillerie von der anderen Seite die russischen Abwehrkanonen zum Schweigen.

Schlagartig brach Stille aus, eine entsetzliche, nervenzerreißende Stille. Konrad konnte nicht ruhig sitzen, raste vor Haß. Alles in seinem Inneren pochte und brannte. Er trat mit dem

Fuß nach dem gurgelnden Russen, der sich vor seinen Beinen auf den Bootsplanken wand, trat wieder und wieder zu, bis der zum Zuchthaus verurteilte Mann eine Hand auf sein Knie legte. »Laß den in Frieden, mein Junge«, versetzte er heiser, »man tritt keinen Sterbenden nicht.« Seine Stimme beschwichtigte Konrad, der unversehens Scham empfand und es nicht wagte, zum Heck zu schauen, wo sein Schulkumpel und Leutnant Holzapfel saßen.

Als sie einen Kilometer vom Landzungenufer entfernt waren, kam schwacher Wind auf und fegte den Nebel in Null Komma nichts auseinander, was die Russen ermunterte, aus allen Pak-Rohren zu feuern. Links und rechts neben dem Bootsrand, bedrohlich nah, zischten Granaten ins Wasser. Es waren noch dreihundert Meter bis Leitholm, der rettenden Insel im Fluß. In der Gefahr fielen Scham und Verzagtheit von Konrad ab, und er beugte sich vor, um den Russen zu filzen, was nicht zu machen war, ohne den Mann zu bewegen, der sich vor Schmerzen zusammenzog, gurgelte, Blut spuckte. Voller Widerwillen kramte er in seinen Taschen, stieß auf Papiere und klemmte sie sich in den Hosengurt. Und in dieser Sekunde passierte es. Ein Pak-Geschoß, das nicht krepierte, erwischte das Ruderboot, riß seine Steuerbordseite weg, und die Nußschale sackte sofort in die Tiefe. Die Oder verschluckte den sterbenden Russen, die die Ruder bedienenden Leute vom Volkssturm und alle Waffen, die sie mit an Bord hatten.

In seiner Kindheit, daheim in Freiwalde, war Konrad ein blendender Schwimmer gewesen. Langstrecken erledigte er ohne Anstrengung, und wenn sie als HJ-Jungs zum Wettschwimmen antraten, traf er in der Regel als erster am Molenkopf ein. Im eisigen Wasser, das an seiner Uniform zerrte, mit Koppeltragegestell, Handgranaten und Stiefeln, fiel Konrad das winkende Volk auf dem Hafendamm ein, Onkel Riensberg und Alma, die aus voller Kehle »Hurra« schrieen, und seine strahlende Mutter, wenn er vor den anderen den Hakenkreuzwimpel erreichte, Erinnerungen an salziges, lauwarmes Wasser, das sich widerstandslos mit den Armen zerteilen ließ, vollkommen anders als in dieser Nacht vor der Insel, die ein unerreichbarer Strich in der Ferne war. Seine Glieder waren bald zu schwer, taub und empfindungslos, ließen sich nicht mehr bewegen. Nein, bis ans Ufer, das war nicht zu schaffen. Um sich treiben zu lassen, hielt Konrad kurz inne, schluckte Wasser und hustete, strampelte wieder los, wollte aufgeben, sank in die Tiefe und stieß auf Grund. Rund sechzig Meter vom Ufer entfernt, stand er auf einer Sandbank im Fluß.

In dieser Nacht hatte Holzapfels Sonder- und Jagdeinheit keine Verluste erlitten, und als sie am anderen Tag von der Insel, wo sie sich im Warmen bis zur Mittagszeit ausschliefen, wieder in der Stettiner Kaserne eintrafen, in halb dumpfer, halb mutwillig alberner Stimmung – mit Ausnahme Hartmuts, der sich von der blendenden Laune der anderen nicht anstecken ließ, zu Scherzen und Witzen ein schiefes Gesicht schnitt –, befahl man sie umgehend zu Generalleutnant Wedekind. Wedekind war es, von dem Leutnant Holzapfel alle Kommandoanweisungen erhielt, und Wedekind war mit dem Ablauf des Unternehmens in der vergangenen Nacht hochzufrieden, was er sie von Anfang an wissen ließ. Besonders erfreut war er von den Papieren, die sich Konrad bei dem verendenden Russen beschafft hatte, sie seien, teilte der Generalleutnant mit, außerordentlich ergiebig und aufschlußreich.

Wedekind selbst machte mit seiner Schnapsnase, einem Zinken, der blau aus dem schlaffen Gesicht ragte, seiner halb schrillen, halb quakenden Stimme, einen unangenehmen bis komischen Eindruck. Man konnte meinen, er sei krank oder sternhagelvoll, als er wankend, mit trippelnden Schritten zu Konrad kam und dem Soldaten das Eiserne Kreuz Zweiter Klasse verlieh. Grummelnd und fluchend, mit schwergehendem Atem, nahm er es vom Kissen, das sein Adjutant vor der Brust hielt, und hakte es ungeschickt an Konrads Uniform, zu ungeschickt, um es nicht fallenzulassen. Minuten vergingen, bis es endlich befestigt war, und von Generalleutnant Wedekind zum ROB-Gefreiten ernannt, durfte er wieder ins Glied treten.

Er stellte sich neben den Schulkameraden, der finster und abweisend wirkte. Selbst als er seinerseits das EK2 erhielt, blieb Hartmuts Stimmung im Keller. Konrad, selig und stolz, voller Mitteilungsdrang, stieß beim Freund auf verbissene Ablehnung. »Todeskommando, von wegen«, bemerkte er lachend, »kein Mann ging zum Teufel, nicht einer. Ein Riesenerfolg war das. Was willst du mehr?« – »Scheißerfolg«, knurrte Hartmut und wandte sich ab. Sein harsches Verhalten war nicht zu verstehen. Konrad, halb ratlos, halb mißmutig, zog es vor, seinen Freund in den kommenden Stunden zu meiden.

Holzapfel scheuchte den Trupp von acht Leuten in den sonst Offizieren vorbehaltenen Speisesaal, dem sich ein nahezu gleich großer Raum anschloß, mit einer Reihe von Raucher- und Spieltischen, Sesseln und Sofas mit Lederbezug, altgermanischem Mobiliar, Radio und Grammophon, Billardtisch, Anschreibetafel und Queuehaltern, zu schweigen vom Schinken mit dem an der Stirnseite auf die Versammelten starrenden Adolf, die vom Landzungeneinsatz heimkehrende Gruppe und der in der pommerschen Hauptstadt verbliebene Rest, als der Leutnant das Glas auf sein Sonderkommando erhob.

Kognak vom Feinsten zu saufen, ausgiebig zu spachteln und zwanglos zusammenzuhocken, das Tanzbein zu schwingen mit mannstollen Blitzweibern oder anderen willigen Frauen aus der Stadt, schokolade- und tabakversessenen Krabben, die man beizeiten benachrichtigt hatte und gegen Mitternacht in die Kaserne einschleuste, das wiederholte sich in diesen Tagen.

Fleisch zu besorgen und Frauen aufzugabeln war Aufgabe der Kameraden, die sich vom vergangenen Einsatz erholten. Sie schwirrten mit Rucksack und Blecheimern aus, um in den frontnahen Gebieten zu hamstern. Bei den Bauern, die sich auf die Flucht vorbereiteten und alles schlachteten, was sie im Stall hatten, beschlagnahmte Holzapfels Sondereinheit halbe Rinder und Speckseiten, Lammkeulen und Federvieh, ohne sich von den fluchenden, handgreiflich werdenden, mit Schrotgewehren fuchtelnden Bauern behindern zu lassen, und schleppten das Frischfleisch zur Kreckow-Kaserne, wo sie es bei Atze ablieferten. Atze Klein, der gewesene Chefkoch vom Adlon, mußte nie knausern, wenn er seine Herdflammen anwarf. Er klapperte Stunden um Stunden mit Pfannen und Kesseln, um ein schmackhaftes Festessen zuzubereiten, das aus mindestens sechs oder sieben Gerichten bestand, die man mit Schnaps, der in reichlicher Menge vorhanden war, Bordeaux- oder Rheinweinen zu sich nahm. Man kaute und schluckte, man schmauste und schlemmte, nicht ohne des langen und breiten zu schildern, was man beim vorigen Einsatz erlebt hatte, teils wahre, teils halbwahre, wenn nicht, zur Gaudi der anderen, glattweg erfundene Geschichten, bis man pappsatt war und schwankend vom Tisch aufstand, um sich in die Sessel des Nebenraums fallenzulassen, wo der Leutnant das Grammophon ankurbelte und eine Platte mit schmissiger Tanzmusik auflegte.

An diesem ersten Tag war das nicht anders. Konrad hing faul im Sofa und rauchte behaglich, als unversehens eine Schar Frauen im Zimmer stand, im Handumdrehen von Kameraden umringt, die den Kichernden Mantel und Hut abnahmen. »Frische Fickware«, sagte sein Nachbar im Sofa, der Chefkoch vom Adlon, und rieb sich den Stiernacken, »im ganzen knapp zwanzig, wenn ich mich nicht irre, das heißt Pi mal Daumen eine halbe pro Mann.« Wiehernd klatschte er sich auf die Schenkel. »Die meisten sind Blitzweiber, wollen wir wetten? Ich sage dir, nirgendwo findest du schlimmere Huren als bei unseren Nachrichtenhelferinnen, das ist eine vollkommen verdorbene Bande. Mitbekommen habe ich das in Paris«, er beugte sich vor, mit vertraulichem Zwinkern, »ich mußte mich nur in Zivil kleiden, schwupps, hatte ich eine Kleine am Hals. Am laufenden Band quatschten dich diese Biester an, im Dschardeng Luxenbuhr, vor Sant Koer, im Bistro oder wenn man zum Eiffelturm hochkraxeln wollte, in der Franzenmannsprache mit hartem Akzent, wenn nicht gleich auf Berlinerisch oder ich weiß nicht was. Die hatten nichts anderes im Sinn, als sich stechen zu lassen, mit Vorliebe von einem echten Pariser, der ja als besonders erfahrener Liebhaber gilt.«

Konrad, der Hartmuts Bekannte aus dem Offiziersschuppen zwischen den Frauen entdeckt hatte, lauschte dem Chefkoch zerstreut. »Ich freundete mich in Paris mit dem Stabsarzt an, der aus meiner Gegend am Prenzlauer Berg stammte, und weißt du, was der mir verriet?« fuhr der Chefkoch fort, »er habe in seinem Lazarett mehr geschlechtskranke Blitzweiberflittchen als deutsche Soldaten. Erst holen sie sich einen Tripper beim Franzmann und anschließend stecken sie unsere Leute an. Ich rate dir, halte dich fern von den Nachrichtenhelferinnen, sonst hackst du dich um den Verstand.«

Wieder brach er in Wiehern aus, klatschte sich auf beide Schenkel und wuchtete sich aus dem Sofa hoch, um im Remmidemmi aus wirbelnden Paaren, die sich in der Mitte des Zimmers umklammerten, und das Treiben vom Rand aus beobachtenden und mit lautstarken Stimmen kommentierenden Kerlen eine torkelnde Runde zu drehen.

Einer der finsteren Jungs aus dem Sonderkommando, der sonst seine Klappe nie aufkriegte, Schulz oder Schulze mit Namen, schrie gegen den scheppernden Krach aus dem Schalltrichter an, als er sich, unweit von Konrad, der willenlos im Sofa hing und nichts als Satzfetzen mitbekam, mit dem zum Zuchthaus verurteilten Mann unterhielt. »War eine miese Spionin ...«, verstand er, »... biß um sich, ich sage dir, richtiges Rabenaas ... eine Mordsgaudi ... nee, erst auf die Birnchen ... den Hintern versohlt ... mit dem Seitengewehr«, er bekam einen Lachanfall, kippte sich Kognak aufs Hemd. »Und ob wir sie fickten!, klar, alle sechs Mann, was die quiekte, das habe ich niemals vergessen ... bis wir sie zum Schluß in den Schnee schmissen ... und mit Granaten, die links und rechts neben der hochgingen ...«

Konrad taumelte von seinem Platz auf dem Sofa, zu hastig, um nicht auf die Schnauze zu fliegen und zwei halbvolle Schnapsflaschen mit sich zu reißen, rappelte sich wieder hoch mit der Hilfe des jungen Soldaten, der Schulz oder Schulze hieß, befreite sich unwillig von seiner Hand auf der Schulter und stieß bis zum Billardtisch vor, wo sein Schulkumpel achtlos und unlustig mit einem Queue spielte.

Neben Hartmut, auf einem Stuhl, hockte Marie. Als sie zur Zigarette griff, rot im Gesicht und verschwitzt von den Tanzrunden mit Leutnant Holzapfel, steckte er eilig ein Streichholz in Brand. Sie nahm einen tiefen Zug, legte den Kopf in den Nacken und paffte versonnen zur Decke, was Konrad begierig beobachtete.

Es war keine Frage, er wollte sie haben. Sie paßte nicht zu diesen kreischenden Blitzweibern, die sich vom Mittelgewichtsklassemeister beim Tanz in die Luft heben ließen. Sische ging in die Knie und packte sie mit seinen minengroßen Handtellern zwischen den Schenkeln, eine links, eine rechts, um sie mit einem Aufschrei, von Jauchzern und Jubel begleitet, zum Kronleuchter hochzustemmen. Marie war begehrenswerter, hatte mehr Pfiff als sie, warf sich den Kerlen nicht plump an den Hals. Sie war ein Flittchen von anderer Klasse, was dem Leutnant weiß Gott nicht entgangen war.

Holzapfel, der vorm verglasten Regalschrank stand, wo er sich mit einem Hauptmann beredete, schwenkte seinen Kognak und wiegte sich in den Knien, ohne sie je aus den Augen zu lassen. Das stellte Konrad fest, wenn er sich umdrehte, selbst in seinem Suff konnte er das erkennen. Und Marie ließ den Leutnant nicht abblitzen. Sie linste und blinkte beim Rauchen in Holzapfels Richtung, sie schwelgte und strahlte sekundenkurz, andeutungsweise, verheißungsvoll.

Oh ja, Konrad wollte sie haben, und das um so heftiger, als sie sich aus seiner Gegenwart nicht das geringste zu machen schien. »Was ist nur mit dir los?« fragte er seinen Schulkumpel, der schweigend am Billardtisch lehnte. Hartmut verzog seine Lippen, erwiderte nichts. »Mannomann, der ist heute ein krachender Reinfall«, versetzte Marie mit verbissenem Gesicht.

Wieder griff sie zum Glimmstengel, ließ sich von Konrad mit Feuer versorgen und schielte zum Leutnant, der seinen Platz vorm verglasten Regal verließ, um mit einer anderen Dame zu tanzen, die aufdringlich an seinem Arm zerrte.

Alle Frauen hatten sich von den Schuhen befreit, unansehnlichen Tretern, x-fach repariert, die beim Tanzen nur hinderlich waren. Und die am Kragen hochschließenden Blusen standen inzwischen bei allen bis zum Brustansatz offen. »Ja, er ist heute ein richtiger Schlappschwanz, mit dem man nichts anfangen kann.« – »Und warum?« wollte Konrad erfahren. Marie stand vom Stuhl auf und reckte sich. »Er spinnt einfach«, sagte sie voller Verachtung, griff in die Handtasche, kramte den Spiegel vor, um sich den Lippenstift nachzuziehen, »und ist der Meinung, er werde bald hopsgehen. Das behauptet er steif und fest, absolut starrsinnig.« – »Was soll das heißen, ›er werde bald hopsgehen‹?« Konrad mußte sich bei seinem Pegelstand anstrengen, nicht zu lallen und mitzubekommen, was sie sagte. »Mein Gott, bist du schwer von Kapee. Er behauptet, er werde ins Gras beißen, abkratzen, hast du es endlich verstanden? Und ich rede und rede dem Dummkopf zu, quassele mich fusslig, ohne Ergebnis. Angeblich hat er das an einem Kreuz erkannt, ja, an einem Kreuz auf der Stirn. Kannst du ein Kreuz auf der Stirn deines Freundes erkennen, ein schwarzes Kreuz, kannst du das? Ich nicht, und ich gebe es auf.« Marie klappte fuchtig den Handtaschenspiegel zu. »Nein, um ehrlich zu sein«, meinte Konrad, halb dumm, halb betroffen, »ich kann nichts erkennen.«

Auf einmal dem Weinen nah, unsicher auf seinen Beinen, nahm Konrad den Freund in die Arme, und der am Billardtisch Lehnende wehrte sich nicht. Marie ließ die beiden allein. Zielstrebig steuerte sie auf den Leutnant zu, der wieder beim Glasschrank stand, rauchte und redete und prompt seinen Schwenker abstellte, als er sie bemerkte. Er nickte dem Hauptmann zu, warf seine Kippe weg, folgte Marie aus dem Zimmer.

Niemand wird auferstehen

Und bald sollten sich Hartmuts Ahnungen bewahrheiten.

Einen Tag vor Ostern erhielten sie den Befehl, rund tausend Soldaten ausfindig zu machen, Reste einer vernichteten Infanteriedivision, die auf der russischen Dievenov-Seite versprengt waren, und sie sicher auf deutsches Gebiet zu bringen. Wieder waren sie zu neunt, Konrad, Hartmut, der Zuchthausmensch, Sascha, ein russischer Bengel von siebzehn Jahren, der aus der Roten Armee desertiert war, um sich einem Wehrmachtsverband anzuschließen – angeblich waren seine Großeltern Deutsche gewesen –, drei der finsteren, in sich vergrabenen Kerle und einer der Luftakrobaten vom Zirkus, der ohne seinen Kumpel nicht losziehen wollte, was den Leutnant in Rage versetzte. »Befehl ist Befehl, du steigst auf«, schnauzte Holzapfel und streckte den Finger zum Lastwagen aus. Der Luftakrobat, totenbleich, zog den Kopf ein. Er ließ sich von Konrad zur Pritsche hochziehen und winkte dem Zirkuskollegen zum Abschied, der zwischen den anderen in der Kaserne verbleibenden Sonderkommandomitgliedern stand, bis der Lkw in einer Wolke aus Abgasen, rumpelnd und knatternd, vom Hof rollte.

Aus Ziegenort, wo sie vom Lastwagen sprangen, ging es in der Osternacht mit einem Motorboot auf die andere Seite des Haffs. Es folgte ein Fußmarsch, beschwerlich und langwierig, um Seen, die vereist waren, sumpfige Wiesen, auf schlecht zu begehenden Wegen aus Rinnen voller Schlammwasser, wo Panzerfahrzeuge den Boden zerfurcht hatten, um nicht von der Stimmung zu reden, die hundsmiserabel war und mit der Zeit alle Mann in der Gruppe erfasst hatte, was das Marschieren weiß Gott nicht erleichterte.

Es herrschte verbissenes Schweigen im Haufen, das selbst der lustige Sascha nicht aufbrechen konnte, als er zu seiner Harmonika griff, um ein russisches Lied anzustimmen. Das brachte dem Jungen nur Krach mit den anderen ein, die keiften, er solle sie mit diesem slawischen Mist verschonen und deutsche Musik spielen, verdammt. Als er sich taub stellte, setzte es Ohrfeigen, und gewaltsam entwand man dem Jungen das Instrument. Saschas Harmonika landete in einem Wasserloch, wo sie blubbernd versank. »Das reicht, Leute«, schnarrte Stachowski, von dem sich der Leutnant bei diesem Kommando vertreten ließ, was alle im Haufen bedauerten.

Stachowski, ein Mann aus der Gegend von Dresden, war nicht besonders beliebt. Er besaß nicht den Hauch einer Ausstrahlung, wirkte verkniffen und selbstherrlich, langweilig, fade. Lachen und Scherzen waren nicht seine Sache, und Leute in Schwung bringen konnte er nicht. Stachowski erinnerte an einen Maulwurf. Kurzsichtig linste er aus seinem Brillenglas, das fingerdick war, mit kleinen und schlitzigen Augen, warum er bei den Sonderkommandomitgliedern den Spitznamen »Dresdner Chinese« trug. Niemand hatte Vertrauen in seine Entscheidungen, was das Unternehmen von Beginn an belastete.

Konrads Schulfreund marschierte beharrlich am Ende der Gruppe, wo er mit sich selber sprach. »Auferstehung, ein Scheiß ist das, niemand wird auferstehen. Dreck wird wieder zu Dreck, das ist alles, du Frontschwein du.« Hartmut brabbelte wirres und sinnloses Zeug, und Konrad, der zeitweise an seiner Seite lief, ohne von seinem Kumpel beachtet zu werden, schloß, ratlos und niedergeschlagen, zum Haufen auf. Und bei einer Rast saß er neben dem Luftakrobaten, dem es ohne seinen Zirkuskollegen beschissen ging. Der sehnige Mann wirkte kraftlos und schlaff. »Weißt du, was wir vorhatten«, sagte er weinerlich,

»wenn dieser Krieg endlich aus ist? Einen Zirkus aufmachen, das wollten wir beide, mit Nummern, die vollkommen neuartig sind.« Zerstreut schaute Konrad zum russischen Jungen, der seine Harmonika reinigte. »Ja und?« sagte er trocken, »schwimmt euch ja nicht weg«, eine Antwort, die leichtfertig war, was er erst begriff, als der Zirkusmann, vollkommen außer sich, losheulte: »Und ob es uns wegschwimmt, ich halte es einfach nicht aus ohne Fritz, kann das niemand verstehen? Ich schaffe es nicht allein, schaffe es nicht allein.« Er sprang auf und lief zu einem Baum, um sich voller verzweifelter Wut seine Stirn einzuschlagen, bis der Chinese den Luftakrobaten zu Boden riß.

In der ersten Aprilnacht erreichten sie endlich den Wehrmachtsvorposten Wollin an der Dievenov. Auszuruhen erlaubte Stachowski der Truppe nicht, er wollte Windstille und Finsternis nutzen, um ohne Verzug auf die andere, feindliche Flussuferseite zu wechseln.

Diesmal kam es zu keinem Zusammentreffen mit dem Feind, und als das Boot sie am Uferrand absetzte, brachen sie schleunigst nach Hohenfeld auf, das als Sammelpunkt aller versprengten Soldaten galt. Bis zum Morgengrauen drangen sie sicher ins Land vor, am Ende mehr schlecht als recht, matt und zerschlagen. Von den Russen war weit und breit nichts zu entdecken. »Iwan fix schlafen«, erwiderte Sascha, als jemand beunruhigt zu wissen verlangte, wo verdammt seine Landsleute stecken, ob das eine Falle sei.

Vor Tagesanbruch ließ sich Hohenfeld nicht mehr erreichen, und Stachowski hielt nach einem Ruheplatz Ausschau. Bald stießen sie auf eine Felsenansammlung im Wald, die von außen schwer einzusehen war und im Angriffsfall ausreichend Deckung bot. Der Chinese befahl, wer wann Wache zu stehen habe, und sie igelten sich auf dem Waldboden ein.

Hartmut schien wieder besser beisammen zu sein. Als Konrad sich neben dem Schulkumpel ausstreckte, verknotete der seine Finger am Hinterkopf, linste hoch zum bedeckten, grau werdenden Himmel. »Kannst du dich erinnern, Alfredo?« versetzte er, »an unsere Faulenzernachmittagsstunden, splitternackt in der Wipper mit tausend bescheuerten Heldengeschichten im Kopf. Wir nahmen uns vor, Rudolf Heß zu befreien, und wollten mit einer Rakete zum Mond reisen. Oder wir hockten im Kirschbaum bei Kalle Stoph, wo man dem Volksschuldirektor ins Bad linsen konnte, wenn sich seine Tochter bei voller Beleuchtung entkleidete. Kannst du dich erinnern, wie Erwin vom Ast krachte, als sie sich zwischen den Beinen befingerte, und uns mit seinem Schrei an den Direx verriet? Mensch, Alfredo, was waren wir selige Esel.« Und mit einem »Schlaf gut, mein Freund« drehte er sich zur Seite.

Alles schien vollkommen ruhig zu sein, als sie bei Anbruch der Dunkelheit aufwachten. Sie hockten im Schneidersitz auf weichem Boden, der mit modrigem, gelbbraunem Herbstlaub bedeckt war, um Zwieback und Dosenfleisch zu sich zu nehmen, Schokolade zu kauen und zu rauchen. Der Reihe nach traten sie zwischen den Felsen aus, vor einem Abgrund, der steil in die Tiefe ging und weite Aussicht aufs Land bot. Es schien nur aus Wald zu bestehen.

Stachowski, der Karte und Kompaß studiert hatte, ermahnte sie, sich zu beeilen. Ohne Umwege ließ sich der Sammelplatz Hohenfeld in einer bis anderthalb Stunden erreichen, und sie konnten noch in dieser Nacht wieder umkehren, zusammen mit den Resten der Infanteriedivision, und bei Tagesanbruch in Wollin sein. Das war eine Mitteilung, die seine Leute auf Trab brachte. Im Handumdrehen waren sie zum Aufbruch bereit. An der Spitze des Haufens marschierte der Zuchthausmensch samt dem seiner Sache zu sicheren Leutnant, in der Mitte die finsteren Jungs und der Zirkusmann, Konrad mit seinem Schulfreund und Sascha am Schluß. In dieser Marschordnung kamen sie zu einer Lichtung, die der Chinese, um Zeit zu sparen, nicht erst umgehen wollte und, ohne zu zaudern, betrat.

Das sollte er mit seinem Leben bezahlen. Als sie beinahe die andere Seite erreicht hatten, ratterte ein Maschinengewehr los. Es zersiebte als erstes den Leutnant, der irrwitzig zappelte, ehe er in sich zusammensackte, strich zum Zirkusmann, den es zwei Meter weit schleuderte, legte einen der schweigsamen Kerle um, der auf die Knie sank und bis zur Brust aus dem Gras ragte, mausetot war und einfach nicht umkippen wollte, und einen vierten Mann, der Konrad mit sich riß, als er im rasenden Feuer zu Boden ging.

Es war dieser Zufall, der Konrad vor Schlimmerem bewahrte. Fast restlos vom Toten bedeckt, blieb er zitternd im Gras liegen, bis das Maschinengewehr schwieg. An sein Ohr drangen russische Stimmen. Anscheinend wagten sie sich aus dem Wald, um sich zu vergewissern, ob alle Mann tot waren, und um die noch Lebenden abzuknallen oder gefangenzunehmen. Er mußte sich schleunigst vom Leichnam befreien, und das war alles andere als einfach. Der Mann wog bestimmt seine einhundert Kilogramm, und hinderlich war nicht allein sein Gewicht. Das Tragegestell mit dem Brotbeutel und den Granaten, die abwurfbereit in den Schlaufen hingen, hatte sich in Konrads Koppel verhakt. Er zerrte am Riemen, verzweifelt und ohne Ergebnis.

»Warte«, zischte es an seiner Seite, »ich helfe dir.« Konrad wandte den Kopf und erkannte den Schulkameraden. Nicht allein zu sein und seinen Kumpel am Leben zu wissen, war eine enorme Erleichterung. Und mit dieser Erleichterung faßte er wieder Mut, zerrte aufs neue am Koppelschloß, bis er es freibekam. Hartmut, flach auf dem Bauch, stemmte sich mit der rechten Hand gegen den Leichnam, der erst widerstand, endlich nachgab und schließlich im Zeitlupentempo zur Seite glitt. Als der Tote ins Gras kippte, schwappte ein Blutschwall in Konrads Gesicht, lief in Augen und Nase. Es war grauenhaft, ekelerregend. Er wischte sich schleunigst das Blut ab, das klebrig und warm war, und rieb seine beißenden Augen. Endlich war er bereit, seinem Schulkumpel beizuspringen, der die Leiche am Bein in die richtige Stellung bugsierte, in der sie als Deckung dienen konnte.

Die Russen waren deutlich vernehmbar. Sie knieten wahrscheinlich vor Leutnant Stachowski, nahmen Waffen und Brotbeutel, Kompaß und Uhr an sich. Rauhes Lachen und Schritte im Gras. Konrad lehnte sich neben dem Freund auf den Ellenbogen, mit der Maschinenpistole im Anschlag. Huschender Lampenschein war zu erkennen, der sie streifte und blendete, weiterstrich. Es waren im ganzen nicht mehr als drei Mann, und nur einer behielt die Umgebung im Auge. Die anderen zwei waren bereits bis zum Hals mit erbeuteten Dingen beladen und ließen sich kinderleicht außer Gefecht setzen. Mit Sicherheit wachte ein Vierter im Wald beim Maschinengewehr, und sie mußten mit schwerem Beschuß rechnen, wenn sie die drei auf der Lichtung ins Jenseits verfrachteten.

Es war ratsamer, sich nicht bemerkbar zu machen, und sie warteten ab, was passierte, erregt, voller Anspannung, unendlich wach. Leider schienen die Russen nicht willens, sich mit den erbeuteten Sachen zufriedenzugeben, umzukehren und im Wald zu verschwinden. In aller Ruhe, mit schlendernden Schritten, kamen sie auf die Leiche vor Konrad und Hartmut zu, bis einer der drei einen zischenden Fluch ausstieß.

Konrad und Hartmut entkamen dem Feuer mit knapper Not. Erde und Schlamm spritzte zu beiden Seiten hoch, als sie auf allen vieren vor den knatternden Salven flohen, mit den Knien in morastigen Boden versanken und sich flach auf den Schlick preßten, atemlos und verschwitzt, wenn eine Garbe sie haarscharf verfehlte und prasselnd das Sumpfland zernarbte. Endlich rollten sie in einen Graben von nahezu zwei Metern Tiefe, in dem sie in Sicherheit waren, sich ausruhen und Luft holen konnten.

Konrad riß seine Waffe hoch, als er zwei menschliche Schatten ausmachte, die rasch auf sie zukamen. »Nicht schießen, nicht schießen. Sind wir, Kameraden.« Er erkannte den russischen Jungen an der Stimme, die weich und von kindlicher Klarheit war. Und die breite Gestalt neben Sascha erwies sich als Schorsch, der zu Zuchthaus verurteilte Mann, der mit Wucht auf den Erdboden plumpste. Seine erste Bemerkung war: »Leute, wir sind im Arsch.« Und seine zweite: »Das war keine Zufallsbegegnung. Es wimmelt von Iwans, zum Henker. Soll ich euch verraten, was los ist?«, er grunzte, »wir sind in ein feindliches Stellungssystem spaziert.« – »Tappen in feindliche Stellung«, betonte der russische Junge mit eifrigem Nicken.

Sie verließen den Graben und schlichen sich in den Wald, wo sie bald auf zwei russische Wachposten stießen, die auf und ab gingen, rauchten und murmelten. Anfangs schien alles glattzugehen, unbemerkt stahlen sich Hartmut und Schorsch zu den beiden Muschkoten, wie sie es in der Nahkampfausbildung erlernt hatten, stachen sie nieder und schleiften die Leichen zu einem Baum. Das lief blitzartig, ohne Geschrei und Gerangel, ab.

Konrad und Sascha beobachteten das Geschehen aus geringer Entfernung und sprangen auf die Beine, im Glauben, sie seien in Sicherheit, als eine russische Stimme aufgellte. »Stoi!« bellte es. »Halt!«, ein Befehl, der den anderen galt, Schorsch und Hartmut, die sich vor den Baum schmissen, zwischen die Wachpostenleichen, und losschossen. Sie feuerten sinnlos und blind in die Finsternis, bis eine Abwehrkanone erwiderte, mit zwei Granaten, die neben den beiden krepierten, ein Loch in den Waldboden rissen.

Konrad war zu benommen, um zu fliehen. Er verdankte es nur seinem kleinen Begleiter, daß er nicht ums Leben kam oder den Russen ins Netz ging. Von brusthohem Farnkraut verborgen, das aufpeitschte, als die Granaten zerbarsten, lag er mit dem Jungen auf der schwankenden Erde. Dreck prasselte nieder, Holz krachte und splitterte, ein menschlicher Schrei, der ins Mark ging, erstarb.

In der beklemmenden Stille, die folgte, richtete Konrad sich vorsichtig auf. In Staubluft und Dunkelheit konnte er erst nichts erkennen, bis auf einen klaffenden Krater, aus dem eine Hand ragte, die mit starren, sich spreizenden Fingern ins Leere griff. Endlich entdeckte er Hartmut, der mit einer Schulter am Baum lehnte und noch nicht tot war. Eine dunkle Masse quoll aus seinem Unterleib, und er stierte mit riesigen Augen zu Konrad, der sich, taub vor Entsetzen, vom russischen Jungen am Arm in die Nacht ziehen ließ.

Wenn das der Geist unserer Truppe ist

Konrad erlebte den Rest dieser zweiten Aprilnacht als schmerzhaften Taumel, verschwommen, besinnungslos, voller verzweifeltem Haß. Entsetzlich war nicht nur das grausige Ende des Freundes. Ohne dem Schulkumpel beizustehen, als er verendete, hatte er sich aus dem Staub gemacht, und das brannte sich seinem Bewußtsein ein wie eine Schuld, die sich nicht wiedergutmachen ließ.

Bis zum Zusammenbruch konnte er Reue und Scham von sich fernhalten, indem er Rache nahm, roh seine Arbeit verrichtete. Er war nicht mehr zerfressen von heilloser Angst, wenn er zu einem neuen Kommando aufbrach, merkte nichts als Erregung, Entschlossenheit. Verheerend waren Zweifel und innere Krisen, sie brachten den sicheren Tod. Das warf er seinem Schulkameraden im stillen vor, der am Ende verzweifelt und mutlos gewesen war, und Mutlosigkeit widersprach dem Soldatentum. Ein schwacher Soldat rannte in sein Verderben.

Mit seinen Anklagen konnte sich Konrad Entlastung verschaffen, von Dauer war diese Gewissensberuhigung nie. Seine Verantwortung stand außer Frage. Hartmuts Meldung zum Sonderkommando war nur erfolgt, weil er Konrad nicht hatte allein lassen wollen. Das war ein verzehrendes Wissen, ein erst mit der Zeit seine Wirkung entfaltendes, Konrads Erinnerung zerfressenes Gift. Kurzfristig ließ es sich besser in Schach halten, sei es mit Rachevorstellungen, sei es mit starrer, verkniffener Aufmerksamkeit, die nur zwei Dinge, Befehl und Vollzug, kannte.

In dieser Nacht war es Sascha, der sie aus den feindlichen Stellungen lotste. Als keine Gefahr mehr bestand, ließ sich Konrad zu Boden fallen, griff zu Kompaß und Karte, um festzustellen, wo sie waren, rauchte hastig, mit zitternden Fingern. Schnurstracks nach Wollin umzukehren, unverrichterdinge, das kam nicht in Frage. Sie mußten den Auftrag erledigen und die versprengten Soldaten der Infanteriedivision auf die andere Flußseite bringen – das schuldete er seinem Schulkameraden. An dieser Vorstellung richtete er sich auf.

Sie erreichten den Sammelpunkt noch in derselben Nacht. Rund achthundert Mann der in Ugruko West von den Russen vernichteten Infanteriedivision ruhten sich auf dem Waldboden aus. Man brachte sie zu einem Feldwebel, der mit verkrustetem Stirnverband vor einem Gaskocher hockte und sich einen Kaffee zubereitete. »Wollen Sie?« Konrad verneinte und teilte mit, warum sie in Hohenfeld waren. »Ach! Hat man sich an uns erinnert?« versetzte der andere schneidend und feindselig. »Lassen Sie das, dieses Selbstmitleid kotzt mich an. Von den neun Leuten, die sie aus der Scheiße holen wollten, sind sieben krepiert«, sagte Konrad schroff. Der Feldwebel nippte am Kaffeepott, grinste. »Wir waren mehr als zehntausend, Sie Leichtgewicht, und Sie wollen mich mit sieben Leuten beeindrucken, die sich an einem Todeskommando beteiligten? Wer bei einem Himmelfahrtsunternehmen mitmacht, ist selber schuld.« Konrad konnte sich nicht mehr beherrschen. Er sprang auf die Beine und trat mit dem Fuß nach dem Gaskocher, der den Feldwebel haarscharf verfehlte. Fluchend wischte der Mann sich den heißen Kaffee vom Gesicht. »Das werde ich melden, wenn wir in Wollin sind, Sie Schwachkopf«, bemerkte er heiser.

Vor Tagesanbruch legte Konrad sich schlafen und wachte erst auf, als es dunkelte. Er streckte den Arm aus, um Hartmut zu wecken, der an seiner Seite sein mußte. Bei der Erinnerung an die vergangene Nacht kam er schlagartig zu sich. Von einem stechenden Schmerz erfaßt, setzte sich Konrad auf und starrte zum russischen Jungen, der seine Maschinenpistole nachlud. »Alles gut?« wollte Sascha erfahren und schob seelenruhig das Patronenmagazin in den Schacht. »Ja, ja, alles gut«, sagte Konrad und rieb seine Brust.

In dieser Nacht brachten er und der russische Junge die achthundert Infanteristen auf Schleichwegen sicher ans Ufer der Dievenov, bei der sie im Morgengrauen eintrafen. Unendlich dichter, bei Sonnenaufgang einen blassroten Schimmer annehmender Nebel versperrte die Sicht auf Wollin.

Diese erste Etappe verlief ohne Zwischenfall. Das ermutigte Konrad, dem Feldwebel einen Befehl vorzuschwindeln, den niemand erteilt hatte. Sie waren im Vorteil, das stand außer Frage, der Feind hatte sie nicht bemerkt. Man konnte dem Russen enorme Verluste beibringen, wenn man Gomlitz und Sagan, zwei Orte am Dievenovufer, im Sturmangriff einnahm. Der Mann murrte nur, ohne den Mut zu besitzen, sich diesem erfundenen Befehl zu verweigern.

Sie eroberten Gomlitz und Sagan im Handstreich, erbeuteten Panzer und Abwehrkanonen, nahmen mehr als zweihundert Muschkoten gefangen und hielten die Stellung auf feindlichem Boden, bis die Reste der Infanteriedivision, samt ergatterten Waffen und allen Gefangenen, auf der anderen Flußseite waren, eine Operation, die drei Tage in Anspruch nahm, den Gegner in Atem hielt und seine Streitkraft band.

In der Stettiner Kaserne empfing man den russischen Jungen und Konrad als Helden. Leutnant Holzapfel, der einen Toast auf die Heimkehrer ausbrachte – und einen Toast auf die Toten –, sprach, trotz der schweren Verluste, von einem besonders erfolgreichen Einsatz, und Generalleutnant Wedekind ließ sich von seinem Adjutanten zum Sonderkommando chauffieren, heftete Sascha ein Eisernes Kreuz Zweiter Klasse an und sprach Konrad den Rang eines Fahnenjunkers zu.

Es schwindelte Konrad, als er in den Waschraum lief, wo er sich den struppigen Bart von den Wangen schabte. Er empfand tiefe Genugtuung. Niemand werde ein Disziplinarverfahren anstrengen, um Konrads Selbstherrlichkeit zu bestrafen, ohne Befehl einen Angriff zu wagen, dies hatte der Leutnant seinem taufrischen Fahnenjunker anvertraut, schulterklopfend, mit zwinkernden Augen. Generalleutnant Wedekind werde das auf seine Kappe nehmen, was dem Suffkopp bei diesem Ergebnis nicht schwerfalle. Sie standen beim Fenster und stießen mit Kognak an, den der Leutnant genußvoll im Mund rollte. Von einer Meldung des Feldwebels wußte er nichts. »Keine Bange, die landet in meinem Papierkorb«, versprach er und setzte sein jungenhaftes Grinsen auf, »das ist heute einfacher als vor drei Monaten, als unsere Dienstwege schnurgerade Teerpisten und keine Schlammpfade waren.« Er merkte dem Mann einen Zug von Verbitterung an, der zu seiner sonstigen Siegesgewißheit nicht paßte.

In Konrads Genugtuung mischte sich Reue, verzweifeltes Schuldbewußtsein. Er litt an der Vorstellung eines Versagens, das schwerer wog als sein soldatischer Mut, dem er seine doppelte Fahnenjunkertresse verdankte. Hartmut war elend verreckt, und er hatte dem sterbenden Freund seinen Beistand verweigert. Nichts konnte grauenhafter sein, als allein, ohne Zuspruch und Trost, zu verenden. Hatte er nicht seine Lippen bewegt, etwas sagen wollen? Konrad wand sich im eiskalten Wasserstrahl, um sich vom Schmutz zu befreien, diesem Kriegsdreck, der in seinen Poren klebte und sie verstopfte, und lehnte sich mit seiner Stirn an die Kachelwand. Was sollte er nur Hartmuts Eltern mitteilen? Er war verpflichtet, den Hildebrandts, die er von Kindheit an kannte, zu schreiben, und vor diesem Brief hatte er eine Heidenangst. Konrad ließ seinem Drang freien Lauf, pißte auf seine Beine und stierte zum gurgelnden Abflußloch, das Urin, graues Wasser und Haare verschluckte.

Dieser Schwindel hielt an, als er in seine Fahnenjunkeruniform stieg, die blitzsauber und nagelneu vor seinem Soldatenspind hing. Halb stolz, halb benommen eilte er in den Speisesaal. Man hockte bereits um den drei Meter langen Tisch, wo er heute den Ehrenplatz einnehmen durfte, Leutnant Holzapfels

Stuhl an der Stirnseite. Er mußte beim Essen ausgiebig berichten, was sie auf der russischen Seite erlebt hatten, und ließ sich bei seiner Geschichte nicht lumpen, Sascha nickte nur heftig, egal, was er sagte. Angeblich hatte sein Schulkamerad, als sie mitten im feindlichen Stellungssystem steckten, voller Todesverachtung drei Mann einer russischen Abwehrkanonenbedienung erledigt, um mit der eroberten Pak auf die Iwans zu halten. »Sie purzelten wild durcheinander«, log Konrad, »als er sie zu Dutzenden aus den Walinki schoß«, und erntete mit seiner Schilderung Beifall und Heiterkeit. »Wenn das der Geist unserer Truppe ist, Leute«, versetzte der Leutnant und schwenkte sein Kognakglas, »ist Deutschlands Endsieg beschlossene Sache.« Alles verstummte, beklommen und feierlich.

Im Sonderkommando waren sie nur noch zwanzig Mann, und was Atze, der Chefkoch, an Speisen auftischte – Aalsuppe, Rinderrouladen und Lammkeulen, Speckbohnen und Sauerkraut, in einer Menge, die auf dreißig Leute berechnet war –, konnte der restliche Haufen nicht mehr verzehren. Konrad, der permanent redete, kam ohnehin nicht zum Essen und kippte ein Glas nach dem anderen, bis sich der Speisesaal drehte. Dauernd hatte er Hartmuts durchdringenden Baß im Ohr. »Scheißerfolg«, knurrte sein Schulkumpel nur. Oder er sagte: »Um dich nicht alleine zu lassen, Alfredo, ist dir das nicht klar?« Hartmuts bissige Stimme ließ sich nicht vertreiben.

Selbst im Nebenraum, als er der Tanzmusik lauschte, die in dieser Nacht aus dem Radio kam – beim vergangenen Schwof hatte einer der Jungs einen Nervenzusammenbruch erlitten und das Grammophon, um sich schlagend, mit Schaum vor den Lippen, berserkerhaft schreiend, aufs Parkett gefegt –, stierte er dauernd zur Billardtischecke und meinte den Freund zu erkennen, der mit einem Queue spielte, den er zerstreut auf den Handteller wippen ließ. Er hielt es nicht aus und vergrub sein Gesicht in den Fingern.

»Darf ich?« Es war Hartmuts Freundin Marie, die sich auf seine Lehne fallenließ. Aus der Handtasche kramte sie ein Zigarettenetui, und als Konrad sie reglos betrachtete, bat sie mit Spott in der Stimme um Feuer. Er murmelte eine Entschuldigung, brannte ein Streichholz an, hielt es mit zitternden Armen hoch. »Danke«, sagte sie leise und legte den Kopf in den Nacken.

Konrad war diese Begegnung nicht angenehm. Unschwer zu erraten, warum sie zum Sessel kam, statt mit dem Leutnant das Tanzbein zu schwingen. Sie wollte erfahren, was beim Einsatz passiert war, Erinnerungen an Hartmut austauschen, Erinnerungen, die lediglich qualvoll waren.

Er sollte sich irren, sie sprach Hartmuts Namen nicht aus, als habe sie sein Widerstreben bemerkt. Oder sie selbst war zu feige, um in diesen Abgrund zu steigen. In der Nacht, als sein Schulfreund verzweifelt gewesen war, absolut sicher, er werde bald abkratzen, hatte sie Hartmut beschimpft und – zur Strafe, aus Trotz – mit dem Leutnant das Zimmer verlassen. Anzunehmen, das bereute sie jetzt.

»Was wird er tun, wenn der Feind in Berlin steht?«, sie nickte versonnen zum Hitlerbild an der Wand, »sich umbringen, fliehen, gefangennehmen lassen?« Das war eine Frage, die Konrad verwirrte. Daß Adolf unfehlbar war, glaubte er nicht, er war kein fanatischer Hitlerverehrer. Zu Spekulationen wiederum, ob der Oberbefehlshaber Selbstmord begehen oder, schlimmer, ins Ausland fliehen werde, war er nicht bereit. An eine Kriegsniederlage zu denken, das grenzte bereits an Verrat. Mehr als das: Es war unlogisch, sinnlos. Ein Soldat konnte sich diese Frage nicht leisten, wenn er seinen Pflichten und Aufgaben treu bleiben wollte. »Keine Ahnung«, versetzte er unwillig, »erst muß der Feind bis Berlin kommen, nicht wahr?«

Sie ließ sich nicht anmerken, was sie von seiner Erwiderung hielt, rauchte stumm in die Luft, schaute sich zu den Tanzpaaren um. Es war schwer zu verstehen, warum sie nicht aufstand, um mit einem anderen Kerl anzubandeln, der schwungvoller und unterhaltsamer war als er. Stur blieb sie sitzen und teilte sein Schweigen. »Ich weiß nicht, was besser ist«, sagte sie nach einer Pause und wischte sich Tabak vom Kleid, »in den Westen zu gehen oder bei meinen Eltern zu bleiben, die nicht bereit sind, Stettin zu verlassen. Ich habe abscheuliche Dinge erfahren von meiner Kusine, die man auf der Flucht vergewaltigt hat. Ein Rudel von Russen griff sie aus dem Treck, allen Vorsichtsmaßnahmen zum Trotz, dem Gesicht voller Ruß, einem Kopftuch, das tief in die Stirn hing. Das will ich nicht erleben, Alfredo. Soll ich mich in Sicherheit bringen, was meinst du?« Wieder war Konrad verwirrt. Marie legte eine Vertraulichkeit an den Tag, die sein Befremden erregte. Und das um so mehr, als er mit seinen Augen aus Zufall den Augen des Leutnants begegnete. Holzapfel, der vorm verglasten Regalschrank stand, zwinkerte Konrad komplizenhaft zu. Hatte er Hartmuts Freundin den Laufpaß gegeben? Oder lieh er sie, freigebig, an seinen Fahnenjunker aus, der sich eine Zerstreuung verdient hatte? Gegen seinen Willen versetzte er heiser: »Du solltest Stettin bald verlassen.«

Zwischen den Tanzenden kam es zur Keilerei. Sische, der Mittelgewichtsmeister, machte dem Mann namens Schulz oder Schulze mit Tritten und Hieben die Partnerin streitig. Bei dem Gewoge, das auf dem Parkett entstand, rempelte jemand Marie von der Lehne, die auf Konrad fiel, der sie begierig umklammerte. Sie wehrte sich nicht und erwiderte seinen Kuß, bis er eine Hand in die klaffende Bluse schob.

Nicht aus Scham vor den anderen stieß sie seine Finger weg. Keine der Frauen, die in die Kaserne kamen, rechnete mit einer harmlosen Nacht und ließ es sich einfallen, Scheu oder Anstand zu heucheln. Mit Unnahbarkeit, wußten sie, kam man zu nichts. Zwei Nachrichtenhelferinnen tanzten bereits ohne Bluse und Hemdchen und wenn sie ein Landser befummelte, jauchzten sie spitz und bereitwillig. Eine andere hatte sich mit Atze Klein in die dunklere Billardtischecke verzogen, wo sie, mit nackter Brust, auf seinem Schoß thronte und seinen Riemen aus dem Hosenstall holte, den sie mit flinken Bewegungen melkte.

Nein, nicht aus Scham packte sie Konrads Handgelenk. Marie hatte nur seine Absicht erraten, den Leutnant bestrafen zu wollen, indem er sie in seinem Beisein begrapschte. Sie gab seine Hand wieder frei und versetzte ironisch: »Alfredo, das paßt nicht zu dir. Du bist nicht der klotzige Kerl, der du vorgibst zu sein«. Er wußte nicht, ob er beleidigt sein sollte. Verunsichert nahm er sein Whiskeyglas, trank es auf einen Zug leer und betrachtete sie von der Seite. »Was soll das? Du kennst mich nicht«, sagte er unwirsch. »Ich bin ja nicht blind«, gab sie lachend zur Antwort und streifte sein Glied, das den Hosenstoff ausbeulte.

In seiner Eifersucht nahm er es glasklar wahr: Marie scherte sich nicht um den Leutnant, der vor dem verglasten Regalschrank an seiner Zigarre zog, als sie zusammen das Zimmer verließen. Kein heimliches Linsen, Sichzunicken, nichts. Um so erleichterter brachte er sie in den Schlafsaal, in dem ein gespenstisches Halbdunkel herrschte. Ein blasser Kasernenhoflaternenschein fiel auf die dreißig verlassenen Betten. Nur aus einem Winkel im Raum drang ein Schnarchen, das eher an kindliches Schnaufen erinnerte. Konrad erkannte den russischen Jungen, der in seiner Hand auf dem Bauch die Harmonika hielt.

Sie entzog sich mit einem verlegenen Kichern, als Konrad am Blusenstoff zerrte. »Hartmut schlief neben dir?« wollte sie wissen. Er nickte verunsichert, zeigte zum Nachbarbett. Stumm stand Marie vor der Koje des Schulfreundes, ging in die Knie und beugte sich vor, um das Gesicht auf sein Kissen zu schmiegen, das sie gleichzeitig streichelte, sachte und liebevoll, was er beklommen beobachtete. Konrad bemerkte an sich einen Widerwillen, den er sich selbst nicht verzeihen konnte. Er hatte den klammen Verdacht, was sie tat, sei ein Vorwurf an seine Adresse. Das war undenkbar, sie wußte nichts von Hartmuts einsamem Tod in der russischen Stellung, seiner Verlassenheit, als er verreckte. Konrad ließ sich aufs Bett sinken, wehrte sich gegen das Weinen, das in seiner Kehle aufstieg. Daß sie vor seinen Augen vom Schulkumpel Abschied nahm, empfand er als ungerecht, grausam.

Sie stand wieder auf und befreite sich selbst von der Bluse, die sie auf den Fußboden fallenließ, streifte im Nu Rock und

Hemdchen ab, setzte sich splitternackt an seine Seite, wo sie beide Beine anwinkelte und mit den Armen umschlang. Konrad bewegte sich nicht. »Hast du keinen Mumm mehr?« versetzte sie mit mildem Spott – diesem Spott, den er kannte – »und willst mich nur anstarren? Ich friere, mein Lieber.«

Konrads Widerwillen kippte in wilde Erregung um. Er legte sich auf sie, die kalt war und sich nicht bewegte, als sei sie aus Stein. Und sie wimmerte leise auf, als er mit einem gewaltsamen Stoß in sie eindrang. Um sich aufzusparen, war er zu gierig. In seiner Befangenheit folgte er nur noch dem Drang, sich in sie zu entladen, und mit wenigen Stichen kam Konrad ans Ziel.

Als er wieder bei Atem war, ließ er sich neben sie gleiten und lehnte sein Kinn in die Hand. »Hast du es Hartmut versprochen, ich meine«, er zauderte, »mich nicht alleine zu lassen?« Marie stieß ein kehliges Lachen aus. Sie nahm seinen Schwanz in die Hand, der verschrumpelt im Schamhaarnest klebte, und sagte mit rauchiger Stimme: »Hast du nichts bemerkt, Konrad, als du mit Hartmut zu mir ins Kasino kamst? Ich mochte dich von Anfang an.« In der Zwischenzeit hatte sich Sascha belebt, der im anderen Winkel des Schlafsaals behutsam in seine Harmonika blies.

Marie war im Schwindeln erfahren, wenn sie einem Mann etwas abschwatzen wollte. Was sie von sich gab, durfte man nicht auf die Goldwaage legen – selbst wenn er nicht Major Steinhammer war, bei dem sie Pariser Toilettenartikel abstaubte, oder der Leutnant, der sie mit Fressalien eindecken konnte. Es blieb schleierhaft, was sie sich von einem niederen Dienstrang an Aufmerksamkeiten versprach.

Bis auf seine Hose, die krumpelig um beide Knie hing, steckte er im vollen Wichs seiner Sonderkommandokluft, aus der er eine Schachtel Echt Orient kramte, um Marie und sich selbst zu versorgen. »Sprach er von mir?« wollte Konrad erfahren. Rauchend strich er Marie mit den Fingern um Nabel und Schoß, und sie kraulte erschaudernd sein Glied, das sich wieder versteifte. »Und ob«, sagte sie kratzig, »du warst ja sein engster Freund.«

Mehr wollte sie nicht verraten, was Konrad verstimmte. Er nahm beide Kippen und schlurfte, von seiner verwickelten Hose behindert, zum Fenster, das er entriegelte, um frische Luft einzulassen. Es war kalt, und Marie verkroch sich im Bettzeug. »Mein Gott«, seufzte sie, »Hartmut meinte, du seiest ein zu guter Mensch, um diesen Krieg zu bestehen.« – »Zu gut oder eher zu schwach?« fragte Konrad sarkastisch und sammelte Schleim in der Kehle. »Beides«, versetzte Marie ohne Umschweife, und er spuckte den Batzen aufs Hofpflaster. »Und wer diesen Krieg nicht bestand, das war er«, sagte Konrad verdrossen und mit einem Anflug von Hochmut, bei dem er sich auf seine Lippen biß. Er knallte das Fenster zu, legte sich neben Marie, um erneut in sie einzudringen, bei dieser Gelegenheit mit mehr Behutsamkeit und Geduld, ein Vorhaben, an dem er scheiterte. Er empfand nichts als bleierne Leere. Seine Erregung verpuffte im Nu, und er ließ sich zur Seite fallen, voller Verbitterung und Scham, ein Versager zu sein.

Als sie wieder im Zimmer beim Speisesaal eintrafen, stand der Luftakrobat, von den anderen umringt, vor dem Radio, das scheppernde Strauß-Walzer spielte, und preßte den uralten Trommelrevolver an seine Stirn. Vom Leutnant war weit und breit nichts zu entdecken. »Willst du uns wieder aufs Kreuz legen«, rief eine Stimme, »mit deinem beschissenen Zirkustrick?« – »Ich werde bestimmt keine Wette abschließen, mein Junge, das Ding ist ja schrottreif und schießt nicht mehr«, ließ sich der Chefkoch vom Adlon vernehmen. »Und wenn er es ernst meint?« entgegnete eine der Frauen, die sich an den Mittelgewichtsmeister lehnte. Sische klopfte der Nackten beruhigend aufs Hinterteil. »Keine Bange, mein Kindchen, er macht nur Menkenken. Mit dieser Nummer hat er uns drei Tage verladen, zusammen mit seinem Kollegen vom Zirkus, der beim letzten Einsatz ins Gras beißen mußte. Wir nannten die zwei nur noch ›Piff‹ und ›Paff‹«, sagte er mit einem berstenden Lachen, »ist nur fauler Zauber, das kannst du mir glauben.«

Unbeeindruckt von den Kommentaren bewegte der Luftakrobat seinen Finger am Abzug, mit rollenden Augen und hechelndem Atem. Er preßte den Hahn nieder, schoß. Nur ein trockenes Klacken kam aus dem Revolver, was der Haufen mit wilden Beschimpfungen quittierte. »Ich sagte ja, das ist kein Russisch Roulette, das ist Mumpitz«, bemerkte der Mittelgewichtsmeister und zwang seine Tanzpartnerin dieser Nacht, einen Schluck aus der Pulle zu nehmen. Andere fluchten, sie seien es leid. Man schenkte dem Zirkusmann keine Beachtung mehr, der seinen Trommelrevolver umklammerte, wieder den Finger am Abzug bewegte. Ein krachender Schuß ging los, Hirnbrei und Blut spritzten gegen die Wand und zum Mittelgewichtsmeister, der mit seiner drallen Blondine das Tanzbein schwang – sie stieß einen klirrenden Schrei aus und griff sich ins nasse Haar –, und der Luftakrobat knallte mit dem Gesicht auf das mit Kippen bedeckte Parkett.

Es ist nicht zum Aushalten mit diesem Flittchen

Sie hockte bereits auf der Bettkante, als er erwachte, mit Zahnpastaatem und frischem Gesicht, in der Ohrmuschel klebte ein Seifenrest. »Ich habe dein Waschzeug benutzt, ist das schlimm?« Man reckte und streckte sich in den benachbarten Betten, und Sische, der Mittelgewichtsmeister, rangelte mutwillig mit seiner quiekenden Tanzpartnerin der vergangenen Nacht. Ein anderer Mann schleuderte fluchend ein Kissen auf Sascha, der in die Harmonika blies, und der ehemalige Chefkoch des Adlon saß breitbeinig auf einem Schemel, wo er seine Stiefel mit Schmierfett einrieb. Konrad linste verschlafen zur Uhr an der Wand, es war Mittagszeit. »Du mußt mich nicht heimbringen«, sagte Marie, als er aus seiner Koje sprang, um in die Hose zu steigen. Konrad erwiderte nichts, lief zum Waschbecken, hielt sein Gesicht in den eiskalten Wasserstrahl. Aus seinem Spind holte er Zigaretten und Bohnenkaffee, Cornedbeef und Schokolade, die er klammheimlich im Mantel verstaute. Marie, die am Fenster stand und in den Hof paffte, wo man MG-Kisten von einem Laster lud, bekam es nicht mit – oder tat, als ob sie nichts bemerke.

Es war ein verregneter dusterer Tag. Konrad spannte den Schirm auf und mußte sich gegen den Wind stemmen, als er mit Marie, die sich an seinen Arm schmiegte, schnatternd verfroren, zum Kasernentor rannte, wo sie einen drangvollen Straßenbahnwagen bestiegen, der nur kriechend vom Fleck kam und alle paar Meter hielt, wenn er eine klemmende Weiche erreichte, und der Fahrkartenschaffner seinen Platz an der Kasse verließ, um mit einem Haken das Gleis umzustellen. In den beschlagenen Scheiben – teilweise zerborsten und mit nasser Pappe vernagelt – erkannte man geisterhaft wirkende Schutthaufen, einen zerfließenden Strom von Gestalten, die mit Habseligkeiten beladene Holzkarren zogen, schemenhaften Verkehr aus Lastwagenkolonnen, marschierenden Soldaten und Pferdefuhrwerken. Trotz Enge und stickiger Luft in der Straßenbahn, in der es nach Schnaps, feuchter Wolle und Kacke roch – eine Frau, blass, mit Augenringen, hartem und spitzem Gesicht, hielt ein Wickeltuch vor der Brust, in dem ein greinendes Kind seine runzlige Faust ballte –, nahm er einen Anflug von Heiterkeit an sich wahr. Das war eine beinahe vergessene Empfindung, die keinen Bestand haben konnte, das wußte er.

Sich in Marie zu verlieben verbot sich von selbst. Sie ging mit den Kerlen aus Berechnung ins Bett, nicht aus Liebe, war nur ein verlogenes Flittchen. Er bezweifelte, ob sie je ehrlich sein konnte. Es war nichts als Schau, wenn sie an seiner Brust lehnte, zutraulich, harmlos, als seien sie ein echtes Paar. Marie lebte in einer Welt aus Verstellung und Heuchelei, und es war nicht seine Absicht, sich in dieser Welt zu verirren.

»Du mußt mich nicht heimbringen«, sagte sie wieder mit scherzhafter Stimme, »ich bin ja erwachsen«, als sie aus der Straßenbahn stiegen. Sie blieb stur, was sein Mißtrauen steigerte. Denkbar, Marie hatte eine Verabredung, mit Major Steinhammer oder einem anderen Liebhaber, zu der sie Konrad schlecht mitnehmen konnte. Es kam zu einem kurzen Streit, als er sie bittend am Arm festhielt. »Das darfst du nicht mit mir machen«, versetzte er, »bei uns ist es Brauch, eine Dame nach Hause zu bringen. Soll ich meine gute Erziehung verleugnen?« – »Von guter Erziehung verstehe ich nichts«, gab sie fuchtig zur Antwort und stieß seine Hand weg, drehte sich auf dem Absatz um, wechselte eilig den Fahrdamm.

Konrad holte sie atemlos ein, hielt Marie Schokolade und Bohnenkaffee vor die Nase. »Entschuldige«, sagte er keuchend,

»ich stehe in deiner Schuld.« Mit verzerrtem Gesicht starrte sie seine Zuwendungen an. »Ich treffe den Leutnant«, bemerkte sie endlich, »das wolltest du wissen, nicht wahr? Soll ich mit Cornedbeef aufkreuzen bei meinem Stelldichein? Vom Leutnant bekomme ich Besseres, das kannst du dir vorstellen.« Sie ließ Konrad stehen und versank in der Menge.

Es dauerte, bis er sich wieder besann, seine Sachen im Mantel verstaute und zu einer ziellosen Runde aufbrach. Es fiel Konrad schwer, diesen Schlag zu verdauen. Im stillen beschimpfte er sich als Idioten, der sich in Dinge verrannte, die aussichtslos waren, und das wider besseres Wissen. Blind rempelte er einen Schuhputzerjungen an, der mit seinem Schemel vom Bordsteinrand kippte, half dem Kind wieder hoch, und bei dieser Gelegenheit streifte er mit seinen Augen aus Zufall den Straßenbahnhalt auf der anderen Seite. Konrad erkannte Marie, die im Schutz einer Toreinfahrt rauchte und wartete.

Unbemerkt stieg er zu, als sie sich in den Triebwagen schwang. Wieder herrschte beklemmende Enge im Straßenbahninnern, ein stumpfes Geschiebe, das seine Entdeckung verhinderte. Konrad beugte sich zu einem breiten, stiernackig und stur seine Zeitung studierenden Fahrgast, wenn sie sich zum vorderen Wagenteil umwandte. Was sie vorhatte, konnte er sich nicht zusammenreimen. Diese Straßenbahn rollte und schlingerte aus der Stadt und brachte sie in eine Gegend aus rußigen Mietskasernen, in der sich der Leutnant bestimmt nicht verabredete.

Erst an der Endhaltestelle verließ sie den Triebwagen. Ein Mann um die Vierzig, mit struppigem Schnauzbart, der in einer Werftenarbeitermontur steckte, sprach sie beim Aussteigen an. Sie benahm sich auffallend vertraut zu dem Menschen. Beide liefen zusammen bis zu seinem Rad, das an einem Laternenmast lehnte, wo sie sich mit herzlichem Handschlag verabschiedeten. Konrad, verborgen von einem am Straßenrand stehenden Pferdekarren, folgte Marie, als sie loseilte, mit einer Sicherheit, die keinen Zweifel erlaubte: Sie war in dieser Siedlung zu Hause. Marie winkte zwei Frauen, die Teppiche schleppten und auf eine Stange vorm Toreingang wuchteten. Mit hastigen Schritten betrat sie das Haus, ohne sich zu versichern, allein zu sein, nicht im geringsten besorgt oder mißtrauisch, von seiner Gegenwart ahnte sie nichts.

Um sie nicht zu verlieren, rannte Konrad zum Tor, das schwer einschnappte und sie verschluckte. Zu seiner Erleichterung war es nicht verschlossen. Als er es aufstemmte, quietschte es schrill in den Angeln und gab einen Hofdurchgang frei, voller Zeitungspapierfetzen, Kohlenspuren, vertrockneten Pisslachen. Von Marie war nichts mehr zu entdecken.

Neben der Briefkastenzeile, beim Aufstieg zur Treppe ins Vorderhaus, hockten zwei Kinder, die mit einem Holzflugzeug spielten und Konrad halb forschend, halb feindselig musterten. Der schwarzhaarige, kleinere Junge war barfuß, der andere hatte Sandalen an. »Ist euer Flugzeug mit Bomben beladen?« Sie nickten. »Und wo wirft es sie ab? Macht es London kaputt?« – »Nein, Berlin«, gab der Kleinere von beiden zur Antwort und wischte sich Rotz von der Nase. Marie? Ja, die wohne im Hinterhaus, sagte der andere, ein fuchsroter Wuschelkopf. Er sprang von der Stufe und flitzte zum Hinterhof, wo er wieselflink auf einen Aschkasten kletterte, um Marie vor dem Fremden zu warnen. »Marie! Marie!« heulte der Junge, nicht ohne mit seinen Sandalen aufs Eisen zu stampfen, das tosenden Krach machte, »du hast Besuch!« Im Nu flog ein Seitenhausfenster auf und eine Frau, mittelalt, beugte sich in die Tiefe. Sie betrachtete Konrad verkniffen und sagte nichts. Erst als Marie in den Hof lugte und sie energisch beiseite schob, stieß sie ein Zischen aus.

»Es ist nicht zum Aushalten mit diesem Flittchen«, schimpfte sie gellend, als er in den Wohnungsflur trat, »hat nichts Dringenderes im Sinn, als uns vor aller Welt zu blamieren.« – »Laß man«, sagte ein Mann, »die zerreißen sich eh das Maul.« – »Du hast gut reden«, versetzte es kiebig, »du gehst ja nicht mehr aus dem Haus und mußt dich von den Nachbarn schief ankieken lassen.«

Er merkte Marie, die stumm seinen Mantel auf einen Garderobenarm hakte, Befangenheit, Scham und Verbitterung an.

Trotzdem richtete sie keinen Vorwurf an Konrad, der sie aus Eifersucht ausspioniert hatte und in ein Familienleben eindrang, das sie unbedingt hatte verheimlichen wollen, sei es aus Einsicht in seine Versessenheit, sei es, um nicht vor den Eltern zu streiten. Marie wehrte nur seine Arme ab, als Konrad Anstalten machte, sie an sich zu ziehen. Es roch muffig im Korridor, der voller Krempel und Kram war. In der Dunkelheit konnte er nichts als ein Fahrrad erkennen, das verbeult, ohne Vorderrad, an der Tapetenwand lehnte, und einen Emaillenachttopf, randvoll mit Urin.

Maries Mutter, in Holzpantinen, schmierigem Hauskittel, mit nackten, blau schimmernden Krampfaderbeinen, schwang sich aus dem Sessel, als er auf der Wohnzimmerschwelle stand, um flink seine Mitbringsel an sich zu nehmen, die sie auf der Stelle bemerkt hatte. »Das ist freundlich, der Herr, außerordentlich freundlich. Sie bleiben ein Weilchen, nicht wahr? Darf ich einen Kaffee kochen?« fragte sie in einer Mischung aus lauernder Neugier und unechter Leutseligkeit. Zerstreut strich sie sich eine Haarlocke aus der Stirn. Diese Bewegung, die auffallend weich war, erinnerte stark an Marie; eine andere Gemeinsamkeit zwischen den beiden Frauen, Mutter und Tochter, entdeckte er nicht. Frau Thoma – er hatte das Namensschild im Hausflur entziffert – war schlampig und grob: platte Stupsnase, breite, vorstehende Wangenknochen und derbe, sich garstig verziehende Lippen.

Mehr Gemeinsames hatte Marie mit dem Vater, der seinerseits blond war, zerbrechlich und fein wirkte. Herr Thoma saß in einem Rollstuhl beim Radio, das leise im Hintergrund lief, Sondermeldungen brachte, die niemand im Zimmer beachtete. Sein wuchtiger Kopf paßte nicht zu den kraftlosen Schultern, dem schlaffen und mageren Leib, den der Mangel an Luft und Bewegung verzehrt hatte. Ob er kriegsversehrt war oder an einer Krankheit litt, fragte sich Konrad, als er Maries Vater die Hand gab, der mit mildem Spott in der Stimme bemerkte – diesem Konrad bereits von der Tochter vertrauten Spott –, als habe er seine Gedanken erraten: »Ein Unfall. Vor knapp dreizehn

Jahren. Auf der Werft.« Er schien nur schlecht Luft zu bekommen beim Sprechen, was den Mann nicht vom Rauchen abhielt. Er nahm eine Kippe und beugte sich nickend zum Streichholz, das Konrad in Brand setzte. »Meinen Mann hat es schlimm erwischt«, rief Maries Mutter, die auf der anderen Korridorseite vorm Gasherd stand und das Wohnzimmer nicht aus den kiebigen Augen ließ, »und wir haben nichts als seine mickrige Rente. Unser Sohn ist im Krieg, unsere Tochter verdient ein paar lausige Reichsmark bei den Offizieren, die sie von vorne bis hinten bedienen darf«, sie kicherte zweideutig bei diesen Worten, »und staubt bei den Herren nichts als nutzloses Zeug ab, Lippenstift, Schals, schicke Schuhe, ich weiß nicht was, und ich darf diesen Mist auf dem Schwarzmarkt verkloppen.« Sie schleppte vier Tassen an, die sie mit einem verdrossenen Schlag auf den Tisch stellte. »Und sie liefert nicht alles ab, das steht man fest. Wir leben im Elend, und unsere Tochter, die bildet sich ein, etwas Besseres zu sein. Und ist nur, und ist nur …«, Frau Thoma verbiß sich den Rest.

Marie wirkte abwesend, in sich versunken. Um sich zu wehren oder zornig zu werden, war sie wohl zu vertraut mit dem Gift, das die Mutter verspritzte. Ja, selbst Konrads Gegenwart machte sie nicht mehr verlegen, als sei es sinnlos, sich gegen sie aufzulehnen. Sie hockte im Sessel und kaute am Daumennagel, was sie sich sonst, außer Haus, nie erlaubte, und machte den Eindruck von kindlicher Hilflosigkeit.

»Oh, sie bildet sich ein, etwas Besseres zu sein als wir«, schimpfte Frau Thoma und ließ sich ins Sofa fallen, wo sie die Finger vorm Kittel verknotete, »keine Ahnung, von wem sie das hat. Bereits in der Kindheit benahm sie sich vornehm. Der Mutter im Haushalt zur Hand gehen? I wo! Sie mußte ja lernen, Schulaufgaben erledigen und sich beim Lehrer beliebt machen. Und als Backfisch ließ sie sich mit einem Studenten ein, bei dem sie sich Schundschriften ausleihen konnte.« – »Das waren keine Schundschriften, Mutter«, versetzte Marie, was Frau Thoma erst richtig in Fahrt brachte. »Mein Mann ist zu nachsichtig«, sagte sie grimmig, »nie steht er mir bei, wenn es um seine Tochter geht.« – »Du brauchst keinen Beistand«, bemerkte Herr Thoma ironisch. Mit zitternder Hand nippte er an der Tasse, und aus seinem Mundwinkel rann brauner Speichel. Unwirsch beugte Frau Thoma sich vor, rieb dem Mann mit dem Kittel den Sabber vom Kinn. »Und stellen Sie sich vor, neuerdings liegt sie uns in den Ohren, vor den Russen zu fliehen. Und das mit einem Vater, der sich nicht bewegen kann! Sollen wir unsere Wohnung aufgeben und obdachlos bleiben, mein Gott? Sie hat nichts als Flausen und Unfug im Kopf.« – »Und was sagt der Fahnenjunker?« fragte Herr Thoma spitz, der Konrads doppelte Tresse bemerkt hatte und sich offenbar bei den Dienstgraden auskannte, »wann bricht eure Oder-Verteidigungslinie zusammen?« Konrad zauderte mit einer Antwort, und als Maries Mutter das Schweigen brach, war er erleichtert. »Wir sind keine preußischen Junker und Schloßleute, die in Lumpen Reißaus nehmen, um auf der Flucht nicht erkannt und vom Iwan erschossen zu werden. Diese Blutsauger haben nichts Besseres verdient, als am Galgen zu baumeln, das ist meine Meinung. Wir sind Arbeiter, uns wird der Russe nichts anhaben.«

Konrad brach bald wieder auf. Er hielt es nicht aus in der Wohnung, die von der keifenden Stimme Frau Thomas beherrscht war. Es war ein Fehler gewesen, Marie zu verfolgen und in diese Welt einzudringen, von der er nichts hatte erfahren sollen. Sie wollte sich von der verhaßten Beengtheit befreien, dem Morast dieser Herkunft entkommen, ein anderer Mensch sein als der, der sie war, Maries Leichtsinn war bitterer Ernst.

Sichtlich erleichtert, als er sich erhob, sprang sie auf und begleitete Konrad zum Treppenhaus, wortlos, mit abweisend kaltem Gesicht. Wiederum wehrte sie seine Umarmung ab. »Das darfst du mir nie wieder antun«, versetzte sie mit einem warnenden Zischen, »hast du mich verstanden?«, halb verschluckt von der gellenden Stimme Frau Thomas, die das Geschirr aus dem Wohnzimmer schleppte und die beiden im Treppenflur lauernd beobachtete: »Lassen Sie sich von der piekfeinen Dame nicht einreden, Sie seien bei uns nicht willkommen. Besuchen Sie uns ruhig wieder, Herr Offizier.« – »Entschuldigung«, sagte er leise, was nichts mehr half, Marie war bereits in der Wohnung verschwunden.

Vorm Block, den das Sonderkommando belegt hatte, stieß er auf den Sarg mit dem Luftakrobaten, der auf seinen Abtransport wartete. »Prima Abgang«, bemerkte der Mittelgewichtsmeister, der breit auf der Steintreppe hockte und rauchte, »schießt sich sein Gehirn weg und kriegt eine Kiste. Und unsereins, der sich den Arsch aufreißt, wird jottwede in der Erde verscharrt. Du sollst zum Leutnant kommen, will dir paar Fragen stellen, zur Untersuchung der Todesursache«, fluchend warf er seine Kippe aufs Pflaster, »unsere Todesursache, mein Lieber, was wollen wir wetten, wird niemanden interessieren, absolut niemanden.«

Laut Stabsarztbefund gab es keinerlei Zweifel am Selbstmord des Luftakrobaten. Das beruhigte Angelus Holzapfel, der diesen Fall schleunigst abschließen wollte. Trotzdem hing auch ein Selbstmord dem Sonderkommando an. Generalleutnant Wedekind hatte zu toben begonnen, als er von der Sache erfuhr, und was die Moral in der Truppe anging, konnte ein Selbstmord verheerende Auswirkungen haben. »Eine unangenehme Geschichte, mein Freund«, seufzte Holzapfel. Er beugte sich zu seiner Schnupftabakdose, aus der er sich mit spitzen Fingern bediente, zog das Kraut in die Nase und nieste. Konrad war schleierhaft, was sich der Leutnant von seiner Befragung versprach, wenn der Befund alle Zweifel beseitigte.

»Ich habe zwei Fehler begangen«, sagte Holzapfel, der ein Taschentuch aus seiner Uniform kramte, »zwei vollkommen entbehrliche Fehler. Die beiden beim Einsatz zu trennen, war der erste. Und der zweite, den Trommelrevolver nicht einzubehalten, mit dem sich der Dummkopf erschossen hat.« Er schneuzte sich krachend, studierte den Rotz voller Hingabe, steckte das Taschentuch ein.

Konrad war ratlos. Was wollte der Mann, warum beichtete er diese Dinge? Sollte er widersprechen, den Leutnant von aller Schuld reinwaschen und sein Gewissen beruhigen? »Am Tod deines Schulkumpels trage ich allerdings keine Schuld«, streute der Leutnant mit nuschelnder Stimme ein und betrachtete Konrad aus blinzelnden Augen, um im Handumdrehen auf den bevorstehenden Auftrag im Raum Gollnow-Naugard zu sprechen zu kommen, bei dem zwei Leute erforderlich waren, die eine wichtige Eisenbahnlinie sprengen sollten. »Ich denke, du schaffst das«, bemerkte er trocken.

Konrad lauschte dem Mann nur mit halbem Ohr. Jetzt war klar, was der Leutnant im Sinn hatte. Er zweifelte an seiner Einsatzbereitschaft, wollte lediglich auf Nummer Sicher gehen, ob Konrad den Tod seines Freundes verkraftete.

»Ich habe nicht vor, mir das Leben zu nehmen.« Er stimmte ein falsches, verbissenes Kichern an, und konnte nicht sagen, warum. Oder besser, er ahnte es nur. Beging er nicht feigen Verrat an der Freundschaft, wenn er nicht im geringsten bereit war, sich vorzustellen, dem Beispiel des Luftakrobaten zu folgen und sich in die Fresse zu schießen? Klammerte er sich aus Schwachheit ans Leben, oder bewies er den ehrenhaften Mut, den der Leutnant von seinen Soldaten verlangte?

Leutnant Holzapfel, der auf der Karte die Bahnlinie einkreiste, die vom Kommando gesprengt werden sollte, hielt inne und hob das Gesicht. Eindringlich musterte er seinen Fahnenjunker, der wieder verstummte und sich auf die Lippen biß. Sein Kichern hing, peinlich und unpassend, in der Luft, um so mehr, als der Leutnant nichts sagte. Erneut fiel es Konrad auf: Angelus Holzapfel hatte an Frische und Straffheit verloren. Er wirkte schwungloser, wenn nicht gealtert, und seine strahlende Selbstsicherheit war Vergangenheit. »Du solltest dich ausruhen«, versetzte der Leutnant, »in der kommenden Nacht mußt du aufbrechen. Auf der Oder ans andere Ufer zu schippern, das geht nicht mehr. Du musst mit dem Fallschirm im feindlichen Hinterland abspringen.« Holzapfel flegelte sich in den Schreibtischstuhl.

»Laß dir nicht deine Eier abschießen, mein Junge. Und nutze den Rest deiner Zeit, um dich zu zerstreuen. Mit dieser Kleinen, hieß sie nicht Marie? Sie ist zwischen den Beinen bemerkenswert eng, nicht wahr? Man sollte fast meinen, das Flittchen ist Jungfrau.« Und mit einem berstenden Lachen entließ er den Fahnenjunker.

In seinem Inneren herrschte beklemmende Leere, als er in den Schlafsaal trat und sich aufs Bett setzte. Aus der Nachttischschublade zog er seinen Briefblock, den er sich aufs Knie legte, um Hartmuts Eltern zu schreiben. Minutenlang kaute er auf seinem Stift. Den Hildebrandts mitzuteilen, was in der russischen Stellung passiert war, das konnte er nicht. Hartmut war einsam und qualvoll verreckt, ohne Zuspruch und Trost eines Freundes, der lieber verduftet war, als seinem Schulkumpel beizustehen. Es war besser, wenn er diese Wahrheit in sich begrub, tief in seinem Innern begrub und vergaß. Sie war nicht das richtige Mittel, beileibe nicht, um den Kummer der Eltern zu lindern. Sollte er eine Heldengeschichte erfinden oder einfach verschweigen, wie Hartmut verendet war, Kindheits- und Jugenderinnerungen wachrufen und seine ewige, todesverachtende Freundschaft zum Hildebrandtjungen beteuern? Nein, das war alles verlogen und abstoßend.

Er legte den Briefblock beiseite, mit schlechtem Gewissen, und wandte sich seinen Verpflichtungen zu, die er im Tritt der Gewohnheit erledigen konnte, ohne dauernd den Schulfreund vor Augen zu haben, der seine Hand in die dunkle Masse aus Darmschlingen und blutigem Kot tauchte – eine Erinnerung, bei der Konrads Kopf zu zerspringen drohte. Gewissenhaft reinigte er seine Waffen und holte sich anschließend im Munitionsdepot neue Patronen und Granaten. Als er mit seinen Verrichtungen fertig war, Stiefelpolieren und Unterzeugauswaschen, nahm er erneut seinen Briefblock vom Nachttisch und stapfte zur Bibliothek.

An seine Mutter zu schreiben fiel Konrad nicht schwer. Er streifte den Tod Hartmut Hildebrandts lediglich mit zwei bedauernden Zeilen am Briefanfang und schwelgte ansonsten in seinen Erfolgen, der Eroberung von Gomlitz und Sagan am Dievenovufer und seiner Ernennung zum Fahnenjunker. Er trank Kognak beim Schreiben im Schein einer Stehlampe, der seine schwarzen Empfindungen verscheuchte, und zitierte aus Rilke- und Nietzschegedichten, die er im Ledereinband aus dem Buchregal zog, reihenweise feierlich-festliche Verse. In seiner Zuversichtsstimmung verschwieg er nicht, er habe Befehl, in der kommenden Nacht mit dem Fallschirm im feindlichen Hinterland abzuspringen. »Du weißt ja, ein Sonntagskind kommt nicht zu Schaden«, beruhigte er seine Mutter, »ich werde mit Sicherheit heil auf dem Erdboden landen, ohne von den Muschkoten entdeckt und beschossen zu werden.«

In seiner Ausbildungszeit beim Reichsarbeitsdienst hatte er sich in die Hosen geschissen, wenn er aus der Luke ins Nichts kippte. Nichts war Konrad verhaßter gewesen als Fallschirmspringen, nichts peinlicher als halb bewußtlos und widerlich stinkend in Feld oder Wiese zu landen – dieses Rauschen in seinen Ohren und seine Scham vor dem scharfen Geruch, den er um sich verbreitete. Und in der Ausbildung drohte kein feindliches Feuer, anders als in der kommenden Nacht. »Ich werde bald zu dir kommen«, schrieb er am Ende, »und dich in die Arme nehmen, Mutter. Versprochen.« Und mit diesem Versprechen beschwichtigte er sein Grauen.

Britische Endhaltestelle

In den verbleibenden Tagen und Wochen ließ Konrad sich mitreißen von einem Strudel aus Roheit und Irrsinn. Er erwachte nicht mehr aus Verwirrung und Stumpfheit, diesem finsteren, schwindelerregenden Traum, der ein Abgrund war und seine Sinne verschlang.

Ob er in dieser Aprilnacht mit Fallschirm und Sprengstoff im Rucksack mit Sascha in eine der Henkelmaschinen stieg, die auf dem Rollfeld stand – oder bildete er sich das ein? Ob er im russischen Hinterland, als der Pilot seinen Motor abstellte und lautlos am Nachthimmel schwebte, am Lukenrand kippelte, schweißnaß und in rasender Angst? Ob er einen Schubs bekam, als er nicht springen wollte – oder ließ er sich fallen, um Sascha zu folgen, der ein wirbelnder Punkt in der Tiefe war? Sackte er in dieses rauschende, widerstandslose Nichts, das gewaltsam an seiner Montur zerrte, drehte sich um seine Achse, vor Todesfurcht wimmernd, bis der Fallschirm sich knatternd entfaltete und seinen Sturz auf den Erdboden bremste, wo er winzige Blitze erkannte, die grell und weißrot in der Dunkelheit aufzuckten? Er weigerte sich zu begreifen, was vor sich ging. Erst als die MG-Salven an seine Ohren drangen, ratternd und hart, und der Nachtwind den Fallschirm ergriff, den er zielsicher mitten ins feindliche Feuer trieb, machte er sich nichts mehr vor. Bevor sie den Boden erreicht hatten, würden sie tot sein. Kugeln zersiebten den Fallschirm, an dem er hing, ein zappelndes Wesen aus Fleisch und Erinnerungen, die vor seinen Augen zerbarsten.

Verschonte der Zufall am Ende sein Leben – oder redete er sich das ein? Schlitterte er in den Matsch zwischen Umrissen schwarzer Baracken und Russen, die schreiend zusammenliefen, ohne auch nur einen Schuß abbekommen zu haben – oder war er ein Sterbender, der sich an eine wahnwitzige Vorstellung klammerte? Begraben vom Fallschirm, der mit einem Rauschen zusammensank, konnte er nichts mehr erkennen und ruhte benommen auf der lehmigen Erde aus, die wie in der Kindheit roch, als er sich lustvoll zu Boden warf, um sich absichtlich mit Dreck zu beschmieren, aus Protest gegen Alma, mit der er spazierengehen mußte, die permanent schimpfte und an seinen Ohren zog.

Man zerrte am Fallschirm, von dem er verborgen war, bis er schutzlos, von Stiefeln umringt, seine Augen hob und Sascha entdeckte, der reglos und schwankend, vom Nachtwind bewegt, zwischen Seilen und Stoffetzen von einer Astgabel hing, ob von einer Kugel erwischt oder von seinen Stricken erdrosselt, war nicht zu erkennen.

Als ein Stiefel in Konrads Gesicht trat, bemerkte er keinen Schmerz, zu benommen und taub, um noch Schmerz zu empfinden. Er spuckte Blut in den Schlamm, ließ sich willenlos hochziehen und auf die Beine stellen, von seinen Stricken befreien und den Rucksack vom Kreuz ziehen. Bellende Stimmen, ein Stoß in die Rippen, und er setzte mechanisch einen Fuß vor den anderen. Von zwei Russen zu einer Baracke bugsiert, kam er vor einem Oberst zu stehen. Zwei verschmitzte, tiefliegende und im Petroleumlampenschein flackernde Augen betrachteten Konrad. Der Mann, groß und hager, mit welligem braunem Haar, nahm einem der beiden Soldaten den Rucksack ab, den sie sicherheitshalber im Freien durchsucht hatten, und legte den Sprengstoff vor sich auf den Tisch.

Selbst wenn er dem Oberst was vormachte, blieb er ein Saboteur. Und Saboteure, die stellte man kurzerhand an die Wand.

Sein Urteil stand fest, ob er halsstarrig leugnete, schwieg oder einknickte und seinen Auftrag verriet. »Ein Viertelkilo«, versetzte der russische Oberst in beinahe akzentfreiem Deutsch, »macht zusammen mit dem deines Kumpels ein halbes.« Er schnalzte, als ob er beeindruckt sei. »Und was solltest du sprengen?« verlangte er zu erfahren.

Als Konrad sich stur stellte und keine Anstalten machte, zu reden, erteilte der Oberst den beiden Muschkoten einen knappen Befehl, die den Gefangenen zwischen sich nahmen und aus der Baracke ins Nachtdunkel trieben, Richtung Wald, wo sich Sascha noch immer im Wind drehte. Oder bildete er sich das alles nur ein? Daß sie Konrad in einen Granattrichter stießen, der zweihundert Schritte vom Lager entfernt war, selber am Rand stehenblieben und sich eine Kippe ansteckten, als wollten sie Zeit schinden? Sein Erschaudern, als sie einen Zug nahmen oder zwei und sich gegenseitig ermutigten, die Zigaretten wegwarfen, um mit einem Ruck das Gewehr von der Schulter zu ziehen? Daß er, vor Todesangst schlagartig wach, an der mit einem Halfter verbundenen Schnur in der Jacke zog, das eine kleine Pistole, ein 6,35 Kaliber, enthielt? Sie glitt aus dem nicht mehr verschlossenen Holster und landete in seiner Rechten. Daß er sich, zur Verwirrung der beiden Muschkoten, ins kniehohe Laub auf dem Boden des Trichters warf und nur noch schwer zu erkennen war? Daß er sie zwang, in den Krater zu steigen, zwei fluchende Schatten vor dem sternklaren Himmel, wo er sie besser aufs Korn nehmen und aus geringer Entfernung erledigen konnte? Daß seine Hand nicht mehr zitterte, als er schoß und die beiden mit sauberen Treffern erlegte, den ersten, der stumm in die Knie ging, und seinen Kumpel, der aufschrie und wild in die Nacht knallte, bis er mit einem Gurgeln zusammensackte? Daß er losrannte, um seinen Vorsprung zu nutzen, bevor man im russischen Lager begriff, was passiert war, und seine Verfolgung aufnahm?

Hatte er diese Dinge erlebt oder war seine Flucht aus dem Lager ein Traum? Dieser elende Fußmarsch im feindlichen Hinterland, wo er russischen Posten und Stellungen ausweichen mußte, viereinhalb Tage, mit wachsendem Hunger, den er nur mit rohen Pilzen befriedigen konnte, die er begierig verspeiste, wenn er sie entdeckte, bis sich sein Magen krampfartig zusammenzog und er sein Halbverdautes erbrach. Dieser ewige Fußmarsch bei Nebel und Feuchtigkeit, ohne Feindesbegegnungen, außer am letzten Tag, als er in der Ferne Motorenradau vernahm und sich in einem Graben am Waldrand versteckte, bis der Kradmelder auf seinem Moped in Sicht kam, das Wasser und schlammige Erde verspritzte und sich mit seinem Vorderrad, keine zehn Meter vor Konrads Versteck, in den Schlickboden bohrte und steckenblieb, was den vom Sattel absteigenden Russen, der sein Motorrad am Griff aus dem Schlamm schieben wollte, zum einfachen Ziel machte. Er sprang aus dem Graben und eilte zum Kradmelder, der noch nicht tot war und keuchend um Atem rang. Mit glasig vorquellenden Augen verfolgte er Konrads Bewegungen, der wieder zur Waffe griff, mit der er dem Mann in die Stirn schoß. Oder stimmte das nicht, hatte er den Soldaten verschont, der ein flehendes Wimmern ausstieß und sich in seiner Jacke verkrallte? Kramte er in den Taschen des Kradmelders, stieß auf Papiere und stopfte sie in seinen Hosengurt, um schleunigst im Wald zu verschwinden? Zwischen dichtstehenden Birken, die sirrten und lispelten, als seien es lebendige Wesen, nahm er seinen einsamen Marsch wieder auf, irrte hungrig, zerschlagen und stolpernd von Stamm zu Stamm, die in der Dunkelheit schimmerten, weiß und gespenstisch.

Konrad erreichte das Ufer am vierten Tag und starrte verzweifelt zur anderen Seite, die an dieser verdammt breiten Stelle der Oder ein unsicher flimmernder Strich in der Ferne war. Es war aussichtslos, ohne Boot wegkommen zu wollen. Dieses rettende Boot fand er erst in der Nacht, als er nah einer Ortschaft das Ufer absuchte, eine Nußschale, die mit dem Bug aus dem Fluß ragte und nur mit einem Seil auf dem Sandstrand befestigt war. Es machte den Eindruck, in Ordnung zu sein.

Konrad krabbelte auf allen vieren bis zum Pflock mit dem Tau, das er losband, und lehnte sich gegen das Boot, bis es mit einem Knirschen ins Wasser glitt. Ob er sich, ohne bemerkt und beschossen zu werden, vom russischen Ufer entfernte, mit letzter Willenskraft ruderte und sich verbissen zum Wachbleiben zwang? Ob er auf der rettende Seite zusammenbrach, als seine Nußschale endlich auf Grund schrammte, und dem schnauzenden Posten nicht antworten konnte auf die Frage »Wer sind Sie? Warum waren Sie auf dem Fluß?«, der sich mit Knarre und Lampe ins Boot beugte und erst bei Ansicht der Wehrmachtsklamotten beruhigte, den halbtoten Fahnenjunker packte und mit Hauruck auf den Strand schleifte? Ob er, trotz eines vermasselten Auftrags, das Eiserne Kreuz Erster Klasse erhielt, als er wieder in seiner Stettiner Kaserne war, wegen der Beutepapiere, die man im Kommando als »ausnehmend wertvoll« einstufte?

Ein Eisernes Kreuz Erster Klasse! Oder bildete er sich das ein, und er hatte das EK1 niemals verliehen bekommen, vorm versammelten Sonderkommando im Speisesaal, das auf den Fahnenjunker Hochrufe ausbrachte, den der besoffene Wedekind bei seiner Ansprache stur »Konrad Kannengießer« nannte?

Endlich fand er den Mut, Hartmuts Eltern zu schreiben, um sie in Falkensee wissen zu lassen, keiner verdiene das EK1 mehr als sein Schulkumpel, der von besonderer Spannkraft gewesen sei, krisenfest, tapfer, hart gegen sich selbst bis zum Schluß. Er habe den Tod seines Freundes nicht miterlebt, ein schmerzloses Ende, beteuerte Konrad, das wisse er aus Kameradenberichten, und klammerte sich an den Schwindel, als sei er wahr, ja, hatte bald Zweifel, was seine Erinnerung anging, betrachtete sie mehr und mehr als ein qualvolles Hirngespinst, das nur seine Kampfkraft zersetzte.

Keine Nacht, in der Konrad sich nicht bis zum Anschlag betrank, wenn das schrumpfende Sonderkommando im Speisesaal Mayonnaise mit Hummer- und Krabbenfleisch spachtelte, Kalbskarbonade, Filetsteaks und Roastbeef, Rosenkohl, Rotkohl und junge Kartoffeln, Portwein und Sekt kippte, Kognak und Whiskey, um zu verbotener Negermusik im benachbarten Clubzimmer bis in die Puppen zu tanzen. Oder wenn er mit Sische, dem Mittelgewichtsmeister, und einem Neuzugang namens Harry Witzorek, den sie in der Truppe als »polnisches U-Boot« verspotteten, was sich der fanatische Hitlerverehrer nicht bieten ließ, der sich rabiat auf die witzelnden Schlafsaalgenossen warf und bei diesen Handgreiflichkeiten nur Dresche einsteckte, bei anbrechender Dunkelheit zu einem Stadtbummel aufbrach, um bereits in der Straßenbahn oder im Bierlokal mit willigen Frauen Bekanntschaft zu schließen, die die Soldaten ins Kino begleiteten, zu Streifen mit Albers, George und Wessely, sich von den Landsern begrapschen und abknutschen ließen, in knallvollen Stuhlreihen, zu schmetternder Filmmusik, und die es den dreien am Schluß nicht verwehrten, sie in einer Hinterhofecke zu ficken, auf Kinotoiletten und Kohlenkellerstiegen, zwischen Aschetonnen, Ratten und scharfem Uringestank, nur um sich ein halbes Pfund Bohnenkaffee, Schokolade und Tabak zu sichern.

Konrad war bald besessen von seiner Begierde, die sich an Schmutz und Verachtung berauschte. Und an anderen Tagen verabscheute er diese rohe Erniedrigungslust. Verwirrt hockte er in der Bibliothek, wo er Gedichte von Trakl und Weinheber las und sich selber bewegende Reime einfallen ließ, sei es auf seine »Heimat am pommerschen Ostseestrand«, den »im Vaterlandsringen zerschmetterten« Schulkumpel oder seine »als Sonne des Lebens« beschworene Mutter. Und er schrieb ein Gedicht auf Marie, das er, als es beendet war, unwillig aus seiner Kladde riß.

In den Kreckow-Kasernen tauchte sie nicht mehr auf, und im Offiziersclub am Roßmarkt bediente anstelle Maries eine andere, bei der er vergeblich Erkundigungen einzog. Trotz des Verbots, sie daheim zu besuchen, stieg er in die Straßenbahnlinie zur Stadtgrenze. Oder war er nicht mehr in der Siedlung gewesen und bildete sich seinen Ausflug nur ein, an diesem verregneten, klammen Apriltag, mit dem auf halber Strecke am Glockenseil ziehenden Schaffner, der »Alle Mann aussteigen, bitte!« krakeelte, »Britische Endhaltestelle«, ein rauher Scherz, den man mit verbissenem Schweigen quittierte, um vor einem Krater ins

Freie zu springen, in dem schmutziges Wasser stand und der den Schienenstrang an dieser Stelle verschluckt hatte? Ob er der Straßenbahnlinie zu Fuß folgte, um sich in den Außenbezirken nicht zu verirren, bis er in der grauen und baumlosen Mietskasernenstraße den Hauseingang wiedererkannte? Ob er sich gegen das Tor stemmte und in den Durchgang trat, wo er auf einen hageren Mann um die Siebzig stieß, der zwei Emailleeimer zum Hof schleppte, in verfilztem Pullover, der Brandflecken aufwies und mit einer Schirmkappe auf seinem Vogelkopf? Konrad folgte dem schlurfenden Alten zum Hinterhof, wo er zaudernd zur dritten Etage hochstarrte. In den Fenstern der Wohnung bewegte sich nichts. Ob er einen Schritt machte und wieder stehenblieb, als er das getrocknete Blut auf dem Boden bemerkte, eine vor seinen Stiefeln ausfransende, rostrote Lache? »Das ist von Karl Thoma«, versetzte der Alte, »kennen Sie Karl Thoma, den Vater von unserer Marie?«, und musterte Konrad aus hellgrauen Augen. Er nickte dem Alten mechanisch zu, der mit verzerrtem Gesicht seine Ascheimer abstellte und sich mit einer Faust im Kreuz aufrichtete. »Ist vor zwei Tagen passiert«, schnarrte er, »hat sich fallenlassen aus seinem Wohnzimmerfenster, ja?, vom dritten in unsern Hof, war auf der Stelle tot. Ist nicht gerecht, ist das alles nicht, junger Mann.« – »Und warum?« wollte Konrad erfahren. »Wer kann das sagen«, er hob seine Schultern, »um den beiden Frauen kein Klotz mehr am Bein zu sein, der Ollen und seiner Marie, wenn sie sich aus dem Staub machen.« Unversehens brach der Alte in wilde Beschimpfungen aus. »Schuld ist dieser beschissene Krieg, den wir Hitler verdanken, dem Schweinehund und seiner Bande. Und strohdummen Jungen«, er streckte den Finger aus, einen knochigen und nikotingelben Finger, »die sich Mords was einbilden auf Uniformen und Abzeichen. Du mußt ja ein richtiges As sein beim Menschenabknallen, wenn sie dir das Eiserne Kreuz Erster Klasse verliehen haben! Kommst am Ende auf tausend Mann, die du erledigt hast, was?« Ob er sich auf dem Absatz umdrehte und vor der metallischen Stimme des Alten Reißaus nahm? Stieg er aus Feigheit nicht hoch in den dritten Stock, war er zu mutlos und schwach, um Marie zu begegnen, rannte zum Eingangstor und riß es auf, um sich in aller Eile vom Haus zu entfernen?

Als er in den Schlafsaal kam, schmiß er sich auf sein Bett und stierte mit brennenden Augen zur Decke. »Was hast du erlebt?« wollte Witzorek wissen, der sich vorm Zimmerwaschbecken rasierte und das Radiokonzertprogramm pfeifend begleitete, um zu zischen, als Konrad »Ich weiß es nicht« sagte, »ich weiß nicht mehr, was ich erlebt habe«. – »Psst« machte Harry und zeigte zum Apparat, der Sondermeldungen zum Kriegsverlauf brachte. »Sie haben Berlin erreicht«, meinte er blass, als der Sprecher schwieg, »sie sind in den Außenbezirken Berlins.«

Am Sechsundzwanzigsten mußte das Sonderkommando die pommersche Hauptstadt verlassen, als letzte verbliebene Wehrmachtseinheit in Stettin, die auf zwei Lastwagen aus dem Kasernenhof rollte, in brausender, knatternder, prasselnder Luft, vor einem gespenstischen Himmel, der feuerrot flackerte und voller Rauchwolken hing. »Schau dir das an«, Harry nickte verbittert zu Laken und Stoffetzen hoch, die als weiße Fahnen vor den Hausmauern wehten, an Stecken und Besenstielen schwankten, »man sollte sie alle standrechtlich erschießen. Sauvolk, verdammtes, und unsereins hat sich im Arsch ficken lassen, um sie zu verteidigen vor der bolschewistischen Sklaverei.« Im Schrittempo kurvten sie bis zum Parade-Platz, mußten Mauerschutt, Dachrinnen und Ziegeln ausweichen, querliegenden Masten, zerschossenen Triebwagen, Pferde- und Menschenkadavern. Harry schimpfte berserkerhaft an Konrads Seite, der innerlich leer und benommen an der Pritschenwand lehnte, und fuchtelte mit seiner Knarre. Er verstummte erst, als ein Laternenpfahl den Fahrdamm versperrte und sie aus dem Lastwagen sprangen, um das Hindernis schleunigst beiseite zu schaffen, unversehens umringt von vier keifenden Frauen, »Feiglinge! Schufte! Laßt uns nicht im Stich!« Eine verkrallte sich in Konrads Uniform, heulte und bettelte, »nehmen Sie mich mit, bitte«, bis er sie voller Widerwillen von sich stieß. Sie fiel in den Schmutz und umklammerte Konrads Bein, ließ sich mitschleifen, als der Konvoi wieder losrollte und er sich an der Planke ins Innere ziehen wollte, er mußte der Frau ins Gesicht treten, um endlich freizukommen. »Mistkerle! Schufte! Und was soll aus uns werden?« fluchte ein Mann, der sich halb auf die Pritsche schwang. Harry stieß den Gewehrkolben in seine Rippen, und mit einem Schrei kippte er auf den Fahrdamm.

Pasewalk, Neuensund, Friedland, Demmin. Wieder und wieder in schwere Gefechte verwickelt, verloren sie binnen zweier Tage acht Mann. Ein Lastwagen streikte und ließ sich nicht reparieren, und beim Munitionskistenumladen griff sie ein russischer Tiefflieger an. Zwischen Feldern und Wiesen, die flach bis zum Horizont reichten, in Deckung zu gehen, war aussichtslos, und sie hatten noch Schwein, daß nur zwei Kameraden ums Leben kamen, Atze Klein, der gewesene Chefkoch vom Adlon, der auf seinen Armen eine Kiste mit Sprengstoff hielt und, von der ersten Maschinengewehrsalve erwischt, mit einem ohrenzerreißenden Knall in die Luft flog, ein Feuerball, grell vor der blassen Aprilsonne, bis seine Reste zum Erdboden prasselten, und den schweigsamen Kerl namens Schulz oder Schulze, dem die Explosion einen Arm abriß – er verblutete zwischen den andern im Landstraßengraben.

Das russische Jagdflugzeug flog nur zwei Angriffe, und sie beeilten sich, weiterzukommen, um ein Gebiet zu erreichen, das waldreicher war und besseren Schutz bot vor Luft- oder Bodenangriffen, Konrad und Harry beim Leutnant im Pkw, der den mit sieben verbliebenen Mann, Munition und Verpflegung beladenen Lastwagen lotste, ohne Verdeck und mit blutig besprenkelter Frontscheibe, und Konrad stieß in einer Ritze des Sitzpolsters auf den Teil einer nicht mehr bestimmbaren Innerei, die er voller Ekel und Grauen aus dem Wagen warf.

Bei Anbruch der Dunkelheit nahm dieses Grauen zu, als sie, unweit von Rostock, auf eine Chaussee bogen. In den Platanen am Straßenrand, links und rechts, schwankten Gehenkte im

Wind. Er konnte Soldaten erkennen, halbe Kinder und Greise, mit einem beschrifteten Pappschild vorm Bauch und von Raben zerhackten Gesichtern. »Ich bin eine rote Sau«, stand auf dem Pappkarton, der um den Hals eines Jungen hing, »Ich habe Deutschland verraten« auf dem eines Alten mit dunkel vorquellender Zunge. Einem anderen Mann fehlten die Augen. Halbnackt, ohne Hose, die von seinen Schuhen bis fast auf den Boden hing, pendelte einer der Landser mit blutig zerrissenem Unterleib an einem verknoteten Ledergurt. Und an der Wegkreuzung baumelte eine Frau, die keine zwanzig gewesen sein mochte, »Russenhure«, las er auf dem Schild. Auf einer Strecke von zwei Kilometern hing in jeder Platane ein Toter. Manche schienen zu zappeln, als ob sie noch lebten, oder sich vor den Scheinwerferkegeln zu winden, die sie aus der Dunkelheit rissen. Konrad, der Leutnant und Witzorek hockten versteinert und schweigend im Pkw, bis die Platanenreihe schlagartig endete und der den Wagen chauffierende Harry aufs Steuerrad einhieb und kicherte. Sein irrsinniges Kichern schwoll zu einem Prusten an. Zaudernd am Anfang und bald mit Erleichterung stimmten der Leutnant und Konrad mit ein.

Und am anderen Tag, als sie Rast machten auf einem von den Besitzern verlassenen Gutshof, runde zehn Kilometer von Wismar entfernt und nicht mehr unmittelbar vor den russischen Truppen, die beim Vormarsch anscheinend eine Pause einlegten, versteckten sie Laster und Pkw in einer Scheune und fielen auf die weichen Matratzen im Herrenhaus, in dem nichts zu fehlen schien, außer den wertvollsten Dingen, Gold- und Silberbesteck, Schmuck und Geld. In letzter Zeit war an Schlaf nicht zu denken gewesen, und alle Mann ratzten halbtot in den Betten, mit Ausnahme Konrads, der das falsche Streichholz erwischt hatte und vor dem Anwesen Wache stehen mußte.

Und an diesem Tag wollte Sische, der Mittelgewichtsmeister, Fahnenflucht begehen. Daß Konrad den Kumpel bemerkte, der sich aus dem Dienstboteneingang ins Freie stahl und auf den Waldrand zurannte, war nichts als ein Zufall. Er stapfte in diesen Minuten ums Gutshaus, um sich mit Bewegung den Schlaf zu vertreiben, und erkannte den auffallend eiligen Mann. Konrad stieß einen Pfiff aus, um Sische zu warnen, der zusammenzuckte und sich zum Herrenhaus umwandte, ohne den Schritt zu verlangsamen. Als bestehe kein Anlaß, sich Sorgen zu machen, winkte der Mittelgewichtsmeister abwiegelnd mit seiner Pranke und zwinkerte Konrad zu, bis er, von einer Scheune verschluckt, außer Sicht war.

Konrad ließ eine halbe Minute verstreichen, unentschlossen, verzweifelt und rasend vor Wut auf den Feigling, dem er als Komplize dienen sollte. Ja, das war es, was Sische verlangte, er sollte sich blind stellen und keinen Alarm schlagen. Ob er wieder zum Haupteingang lief und, als sei nichts passiert, vor der Freitreppe Posten bezog, heillos verwirrt und verbittert? Ob er, mit bebender Stimme und hundsmiserablem Gewissen, den Leutnant belog, als man beim Aufbruch entdeckte, daß Sische verduftet war, und beteuerte, von seiner Flucht habe er nichts bemerkt, eine Behauptung, die niemand in Zweifel zog? Oder stellte er sich das nur vor?

Warf er seine Kippe weg, rannte ins Gutshaus und hieb mit der Faust an das Zimmer im ersten Stock, um dem Leutnant zu melden, was los war, der umgehend befahl, alle anderen zu wecken, die sich in der Diele versammelten, taumelnd und fluchend? Teilte der Leutnant den Trupp in drei Gruppen ein, aus jeweils drei Mann, die den Wald in verschiedenen Richtungen absuchen sollten, und schwang sich, um Sische den Weg abzuschneiden, ins Auto? Und brauchte der Haufen mit Konrad nur zwanzig Minuten, bis er auf den Ausreißer stieß, der sich bei einem Sprung seinen Fuß verstaucht hatte? Brach Sische zusammen, als er sie erkannte, ließ sich willenlos entwaffnen und wieder zum Gutshof bringen, wo er auf die Freitreppe sackte und schluchzte, was nur seine zuckenden Schultern verrieten, totenstill, das Gesicht in den Fingern vergraben? Als der Leutnant mit quietschenden Bremsen vorm Herrenhaus hielt und zur Freitreppe schlenderte, wagte er nicht, seine Augen zu heben.

Daß er Verrat begangen habe, das wisse er, fragte der Leutnant mit schnarrender Stimme, Verrat an der Heimat und seinen Kameraden? Sische nickte und stierte zu Boden. Daß er ein Feigling sei, der nicht kapiert habe, was die heilige Pflicht eines deutschen Soldaten sei, koste es, was es wolle, sein Land zu verteidigen, bis zur letzten Patrone, bis zum letzten Atemzug, um das deutsche Volk vor der Vergeltung zu retten, bei der man es ausmerzen werde, mit Stumpf und Stiel, ob er wisse, daß er ein beschissener Feigling sei? Wiederum nickte er, schuldbewußt, ohne sich mit einem Wort zu rechtfertigen. Und ob er sich im klaren sei, schnauzte der Leutnant, was man mit beschissenen Feiglingen anstelle, die den soldatischen Eid brechen? Sische flennte, der schwere, breitschultrige Mann flennte in seine Finger, die er vors Gesicht hielt, ließ sich von Witzorek widerstandslos von den Stufen ziehen und vor die Mauer bugsieren.

Hatte er sich an Sisches Erschießung beteiligt? Nahm er Aufstellung, als es der Leutnant befahl, um auf den Mann vor der Herrenhausmauer zu zielen, den lustigen Burschen und treuen Kameraden, der nur noch ein menschliches Wrack voller Reue und Scham war, das mit pendelndem Kopf seine Stiefel anstierte? Hatte er Hartmuts Stimme im Ohr, seinen durchdringend schwingenden Baß voller beißender Ironie, »du wirst den Befehl nicht verweigern, ich weiß es, du bist ein korrekter Mensch und ein korrekter Soldat, der buchstabengetreu seine Arbeit verrichtet, und wenn man mich wegen Fahnenflucht zum Tode verurteilen sollte und dich dem Erschießungskommando zuteilt, wirst du feuern, Alfredo, nicht wahr? Ist ja deine verdammte Soldatenpflicht, oder?«, als er den Finger am Abzug bewegte? Schoß er, zusammen mit den anderen, auf Sische, der in sich zusammensackte und auf den Kies kippte, oder in letzter Sekunde, mit Absicht, nur auf einen Feuchtigkeitsfleck an der Mauer, unmittelbar neben dem Ohr?

Und bald holte sie wieder Kanonendonner ein. Nahe Dassow verteidigte Holzapfels Sonderkommando, zusammen mit versprengter SS und drei Knirpsen vom Volkssturm, den Bahndamm, ein Einsatz, bei dem alle Mann aus dem Haufen ums Leben kamen, mit Ausnahme Harrys, des Leutnants und Konrads, die den zerschossenen Lastwagen aufgeben mußten, samt Munition und Verpflegung. Sie flohen vor der russischen Streitmacht bis Ratzeburg, in das von der anderen Seite der Tommy eindrang, erschossen zwei Kradfahrer, die sich zu sicher vorkamen, und zogen das Kreuzfeuer englischer Panzer auf sich. Ein Phosphorgranatsplitter bohrte sich in Harrys Arm, brannte sich tiefer und tiefer zum Knochen vor – entsetzt starrte er auf sein zischendes Fleisch –, und als sie vom Kraftwagen sprangen, um in einem Hauseingang Deckung zu suchen, erwischte den Leutnant ein Kopfschuß, er war auf der Stelle tot. Konrad blieb neben der Leiche im Rinnstein stehen, warf seine Waffe weit von sich und hob beide Arme, was nichts mehr half, er bekam eine Kugel ab, sei es von Witzorek, seinem Kameraden, der irrsinnig in alle Richtungen ballerte, sei es von einem Briten, der Witzoreks Feuer erwiderte.

Von der Kugel, die in seine Lunge drang und wieder austrat, bemerkte er nichts. Konrad kam sich nur unendlich leicht vor, als schwebe er und steige in Kreiselbewegungen vom Boden auf. In sauberer Luft und befreiender Stille war er ein sich schwerelos drehendes Sonntagskind.

II

Aus dem Geschichtenheft von Konrad Kannmacher

Ein Spiel mit dem Teufel

Mit dem Punkt 14 Uhr 7 Freiwalde erreichenden Reichsbahnzug reiste ein Fremder an, der selbst Rudolf Kohlhoff nicht auffiel, dem wachsamsten Bahnhofsvorsteher im Pommernland.

Kohlhoffs Verbrecherinstinkt war unfehlbar. Mit seiner scharfen Beobachtungsgabe hatte er in den vergangenen Jahrzehnten bereits dreiundvierzig Ganoven entdeckt, die sich mit Bedacht in die Menge aus wimmelnden Badeurlaubern gemischt hatten. Mit einem Anruf aus seinem Kabuff brachte Kohlhoff Freiwaldes verschlafene Wachtmeisterei auf Trab, die mit seiner Hilfe im Laufe der Jahre zig Schmuggler und Brieftaschendiebe verhaftete, Hochstapler und Schwindler, die auf großem Fuß lebten – und in der Hauptstadt gerichtskundig waren – und einen wegen Mordes verurteilten Galgenstrick, der sich, aus dem Kittchen entkommen, auf der Flucht befand und auf der Pommerschen Seenplatte abtauchen wollte.

Rudolf Kohlhoff entging kein Verbrechergesicht in der Menge am Bahnsteig Freiwaldes. Dank Kohlhoffs Wachsamkeit war meine Heimatstadt vor Schurken, Schmarotzern und Spitzbuben sicher.

An diesem Reisenden, der auf der Plattform stand, nahm Rudolf Kohlhoff keinen Anstoß. Nichts an dem Mann ließ auf strafbare Handlungen schließen, wirkte verbrecherisch oder gesetzwidrig, und er wandte sich schleunigst den anderen Fremden zu, Amtsrichter- und Registratorenfamilien, frisch verheirateten oder grantigen Ehepaaren, Akademikern, die miteinander verfeindet waren und sich voller Verachtung am Bahnsteig belauerten, sehnigen Lehrern mit federnden Schritten (elastischer als eine pfeifende Zuchtrute), bemittelten Witwen samt jungen Begleitern (Kohlhoffs Alarmglocken schellten zu kraftlos, um einen Anruf beim Wachtmeisteramt zu rechtfertigen), und zwei Orchestermusikern (Posaunen alle beide).

Nein, dieser Reisende, fade und durchschnittlich, entging Kohlhoffs Aufmerksamkeit. Sein blasses Gesicht ließ auf einen Beruf tippen, den man in Zimmern mit stickiger Luft betreibt, in die sich niemals ein Sonnenstrahl verirrt, anscheinend ein Kanzleimensch, Gerichtsschreiber, Archivar, Tag um Tag von vergilbten Papieren umgeben. Sein Aussehen war das eines Hauptstadtbewohners, den man im Handumdrehen wieder vergißt, wenn man sich abwendet und seiner Wege geht, trotz einer bleibenden unangenehmen Empfindung, von der man nicht sagen kann, was oder wer sie verursacht hat.

Begierig, im Nu auf sein Zimmer zu kommen, sei es im Brixschen Hotel an der See oder bei einer stubenvermietenden Altsitzerin, wo er seine Koffer abstellen und auspacken, sich von der Zugfahrt erfrischen und umziehen konnte, um das sonnige Badestrandwetter zu nutzen (auf das man bei uns keine Wetten annimmt), wirkte der Reisende mit seinem breitkrempig Augen und Nase beschattenden Strohhut nicht. Auf dem Bahnhofsplatz lehnte er sich an den Lattenzaun, exakt an der Grenze zum Reichsbahngebiet, wo der Herrschaftsbereich Rudolf Kohlhoffs sein Ende fand (was außerhalb vor sich ging, scherte den Mann nicht mehr), und steckte sich seelenruhig eine Zigarre an, als habe er an diesem Tag nichts mehr vor.

Keiner der lungernden Kulis am Bahnhofsplatz scherte sich um diesen Reisenden, der keinen lausigen Reichspfennig einbrachte. Wenn man seine Schweinslederkoffer am Griff packte, um dem Hauptstadtbewohner behilflich zu sein, der marklos und mickrig, ein richtiger Schreibstubenpinkel war, schnauzte er: »Pfoten weg von meinen Koffern!«

Und keiner der Kulis bemerkte es, als seine Ecke am Lattenzaun schlagartig leer war. Er schien verdampft zu sein oder verdunstet. Nur ein Hund, der den Fremden, halb jaulend, halb wedelnd, aus sicherem Abstand beobachtet hatte, trabte neugierig zu der verlassenen Stelle. Er roch am Zigarrenstumpen, der auf dem Bordstein glomm, hob seine Schnauze und stimmte ein Heulen an, bei dem selbst den kreglen Kulis das Blut stockte; sie verscheuchten den Streuner mit Schreien und Steinen.

Und wo war der Reisende, wird man sich fragen?

Das geht mit dem Teufel zu, bruttelte Jeske im stillen, der in dieser Minute das Gasthaus verließ, an der Ecke von Marktplatz und Hauptstraße, nahezu drei Kilometer vom Bahnhof entfernt, als der Strohhutbesitzer mit seinen zwei Koffern vorm Kneipeneingang aus dem Boden zu wachsen schien.

Ohne Gruß (was bei diesen Berlinern normal ist), zu schweigen von einer Entschuldigung, keilte der Reisende Jeske beiseite, indem er dem Mann seinen bleischweren Koffer ans Knie knallte, um sich einen Weg in die Wirtschaft zu bahnen, wo er mit drei Schritten bei Louis Kempin war, dem Eigner der Bierstube, die brechend voll war. Er brauche ein Zimmer, versetzte er mit einer barschen und schneidenden Stimme, bei der sich das Volk im Lokal, Spediteure und Bader, Justizinspektoren und Hufschmiede, die in Bier-, Bratkartoffel- und Tabakdunst Skat kloppten, zwischen Neugier und Schaudern zum Reisenden umwandten.

Louis Kempin war ein waschechter Pommer, einsilbig und halsstarrig bis zum Verrecken. Und vor einem frechen Berliner verbockte sich Louis Kempin um so mehr. Voller pommerschem Heimat- und Kleinstadtbewohnerstolz muffelte er, seine Zimmer seien alle belegt. Das stimme nicht, schimpfte der Fremde, das Zimmer beim Treppenaufgang, Nummer sieben, sei frei. Kempin hatte keine Gelegenheit mehr, zu entgegnen, das Zimmer beim Treppenaufgang werde von einem Lauenburger Doktor beansprucht, alle drei bis vier Tage, das wisse man nie, der es am Monatsersten im voraus bezahle (und als Liebesnest nutzte, was wiederum niemand erfahren durfte), als Polizeimeister Beilfuß ins Bierlokal stampfte.

Beilfuß junior war eine Vierschroterscheinung mit markigen Schenkeln und abstehenden Ohren, die selbst ohne Anlaß geranienrot anliefen, als betrachte er sich als Verlegenheitsmenschen (oder zumindest Verlegenheitswachtmeister). Und mit geranienrot lodernden Ohren teilte Beilfuß mit, man habe den Doktor aus Lauenburg im Fluß entdeckt, mit zerschnittenen Pulsadern und einem Abschiedsbrief, dessen Inhalt vertraulich und kompromittierend sei, warum er verschwiegener sein werde als ein Grab, was er wieder und wieder betonte.

Das geht mit dem Deibel zu, dachte Kempin, der sich ohne ein Wort zu den Koffern des Reisenden beugte, die er zu seinen Gastzimmern hochschleppte. Sie schienen von Schritt zu Schritt schwerer zu werden. Louis Kempin war Gewichte gewohnt – trotzdem hatte er Schmerzen in Nacken und Schulterblatt, als er sie endlich vorm Gastzimmer abstellen konnte. »Man sollte meinen«, bemerkte er mißmutig, »Sie reisen mit Goldbarren, mein Herr.« – »Irrtum«, versetzte der Reisende kichernd, »was meine Koffer enthalten, Kempin, das sind Seelen, und die wiegen mehr, als man denkt.«

Und von diesem sonnigen Junitag an ging es in unserem friedlichen Ort mit dem Teufel zu.

Kempins neuer Zimmergast nahm sich als erstes Justizinspektoren und Hufschmiede vor, die Stunden um Stunden im Bierlokal zubrachten, wo sie sich dem Kartenspiel widmeten. Der Fremde erwies sich als blendender Skatspieler, und keiner der Bader und Gaswerker, Ladeninhaber und Reichsbahner nahm es beim Pokern mit seiner Verschlagenheit auf. Befeuert vom Eifer, der alle ergriff, ging es bald um beachtliche Summen. Der Reisende winkte mit Geldscheinpaketen, die er, fett und verlockend, vor sich auf den Tisch knallte, was seine Partner zum Mithalten zwang. Sie schrieben auf, was sie einsetzen konnten: Von Ersparnissen, die sie zu Hause verwahrten oder auf einem Raiffeisenkonto besaßen, Erbschmuck, Porzellan oder Silberbestecke, Wiesen- und Weideland, Haus oder Laden. Kempin, der von seinem Beobachtungsposten am Zapfhahn den Fremden im Auge behielt, der den Eindruck erweckte, ein Gaswerker, Ladeninhaber und Hufschmiede mit seiner Falschspielerei auf den Hund bringender Schwindler zu sein, konnte von Spitzbubentricks nichts erkennen, die eine Wachtmeistermeldung erforderlich machten. Sein Wille, sich an Polizeihauptmann Beilfuß zu wenden, war um so geringer, als seine vor Kartenbesessenheit dampfende Gastwirtschaft Faßbier und Klare in Mengen verzehrte, wie er sie sonst nur in ein bis zwei Wochen losschlug.

Und dieser Kanzleimensch von Hauptstadtbewohner, der absolut fade und durchschnittlich wirkte, erwies sich als richtiger Teufel beim Kartenspiel, der es den Poker- und Skatassen zeigte. Er brachte sie alle um Hose und Hemd. Und als sie keinen Einsatz mehr aufbieten konnten und den Reisenden anflehten, sie zu verschonen, ja, dem blassen Berliner das Angebot machten, es zum Ausgleich mit Frau oder Tochter zu treiben, um sie von der vernichtenden Schuldenlast zu befreien, nahm der Fremde sein Geld wieder an sich und wollte mit schneidender Stimme erfahren, ob man in der pommerschen Ostseegemeinde mehr dem Besitz als der Ehre verpflichtet sei, was Ladeninhaber, Justizinspektoren und Bader entschieden und lautstark bestritten. Ob es kein Mangel an Ehrsamkeit sei, sich mit Frau oder Tochter entlasten zu wollen, fragte der Reisende grimmig, und vor dieser Frage verstummte das Bierlokal. Und von seinen Lippen schien Sirup zu tropfen, als er ins peinliche Drucksen versetzte, ein Unmensch, das sei er ja nicht, er verzichte auf Erbschmuck und Sauererspartes, Wiesen- und Weideland, Haus oder Laden. Er sei bereit, zur Begleichung der Schuldenlast, Seelen in Zahlung zu nehmen.

Das fanden Bader und Ladeninhaber, Gaswerker und Schmied eine billige Forderung, und sie schrieben dem Mann auf der biernassen Tischplatte in vor Erleichterung schwungvoller Handschrift – und mit aus den Mundwinkeln linsenden

Zungenspitzen – je einen Seelenwechsel aus. Der Reisende sammelte schleunigst die Wechsel ein – falls sich einer der Schuldner noch anders besinnen sollte – und stieg hoch in sein Zimmer beim Treppenaufgang, in dem der Duft einer pommerschen Dame hing, die den verblichenen Doktor aus Lauenburg zur Mitternachtsstunde klammheimlich besucht hatte, ein Duft von Verderbnis und gottlosem Ehebruch, in dem sich der Fremde behaglicher suhlte als die Schweine vom Pyritzer Bauern im Kot.

Und am anderen Tag war der Hauptstadtbewohner bereits um halb acht auf den Beinen. Er hatte nicht vor, seinen Tag zu verplempern, selbst wenn er Jahrtausende Zeit hatte. Nicht ohne Kempins steilen Gruß zu erwidern, trank er in der Gaststube stehend eine Tasse Kaffee und erkundigte sich, wo der Ortsgruppenleiter zu Hause sei.

Kempin lag das Seelenheil Poochs am Parteiherzen, und was der Reisende vorhatte, ahnte er. Er stammelte eine Adresse zusammen, die von hinten bis vorne erfunden war. Warnend schwenkte der Mann seinen fleischlosen Finger vorm Pausbackengastwirtsgesicht. »Mich beschuppen zu wollen, sollten Sie lieber sein lassen. Wer mir eine Nase dreht, muß es bereuen. Und Sie sind ein Mensch, der zu rechnen versteht, Kempin. Wollen Sie Pooch nicht als Ortsgruppenleiter beerben? Wenn Sie mir seine richtige Anschrift nennen, haben Sie Aussicht, den Posten zu kriegen.« – »Und was wird mich das kosten?« verlangte Kempin zu erfahren, der sich mit dem Geschirrtuch den Schweiß von der Stirn wischte und an einen schlingernden Dampfer in Seenot erinnerte. Seine Seele dem Teufel vermachen, das wollte er lieber nicht, selbst nicht um der Ehre willen, Ortsgruppenleiter zu werden. »Nichts«, sagte der Fremde, »als einen Verrat«, was eine den Gastwirt befreiende Antwort war, mit der er sich breitschlagen ließ.

Punkt acht stand der Fremde vorm Ortsgruppenleiterhaus und trommelte Pooch mit der Faust aus den Federn, der barfuß, halb nackt und mit hochstehendem Haar auf der Schwelle zum Eingang erschien. Er sperrte den Rachen auf, stieß einen Seufzer aus, fragte blinzelnd und schlaff, wer der Mensch auf der Treppe sei. »Das spielt keine Rolle«, versetzte der Fremde knapp, »ich habe Wind bekommen von einer Sache, die einem Ortsgruppenleiter nicht gut zu Gesicht steht und an seiner Manneskraft peinliche Zweifel weckt. Wenn Sie mich einlassen wollen, Verehrtester.« Der Reisende schubste den sprachlosen Ortsgruppenleiter beiseite und trat in den Hausflur, wo er wieder den Duft seines Gastwirtschaftszimmers einsog, den Geruch einer schamlosen weiblichen Leidenschaft.

Im Ortsgruppenleiter- und Konrektorszimmer, auf das der Besucher von sich aus zusteuerte, als kenne er sich in der Poochschen Wohnung aus, ließ er sich in den tabakbraunen Sessel vorm Schreibtisch fallen, als sich eine verschlafene Frauenstimme meldete. »Willi, wer ist das?« verlangte sie zu erfahren. »Es ist niemand, mein Deern«, bellte Pooch in den ersten Stock und verriegelte sicherheitshalber sein Zimmer.

Und der Reisende weihte den Ortsgruppenleiter in den Fehltritt Luises, der Ehefrau, ein. Das sei nichts als ehrenzersetzender Klatsch, wehrte Konrektor Pooch diese Neuigkeit ab, seine Frau sei blutjung und ein munteres Wesen, das mache sie nicht automatisch zur Hure, wecke lediglich Neid und Begierden. Was er zu zahlen bereit sei, beharrte der Fremde, wenn er den Beweis dieses Seitensprungs liefere. Wilhelm Pooch, der ein Geizhals und Knicker war, feilschte und schacherte um seine Spargroschen, die sich auf angeblich eintausend Reichsmark beliefen und in seiner Matratze versteckt waren. »Zehntausend sind es«, bemerkte der Fremde mit schneidender Stimme und teuflischem Grinsen, eine Pooch aus dem Gleichgewicht bringende Entgegnung, er mußte sich an seinem Aktenschrank festklammern, um nicht auf den Teppich zu sinken. Von wem er das wisse, versetzte der Ortsgruppenleiter und knirschte mit seinem Gebiß.

Das war nur ein grausames Spielchen des Reisenden, dem Wilhelm Pooch auf den Leim kroch. Als er schnarrte, er sei nicht auf seine Penunzen scharf, was er wolle, das sei seine Seele, empfand Wilhelm Pooch nichts als schwindelerregende Dankbarkeit. Wenn das keine billige Forderung war – und bei einer von Eifersuchtsqualen zermarterten Seele galt das um so mehr!

Andererseits war der Ortsgruppenleiter zu knausrig, um hopplahopp in den Tauschhandel einzustimmen, ohne erst auszuprobieren, ob er in dieser Sache nicht billiger wegkam. Und was sei mit der blutjungen Seele Luises?, die gebe er lieber ab, bruttelte Wilhelm Pooch, eine Idee, die den Fremden erheiterte. Luises verdorbene Seele, bemerkte der Reisende mit einem berstenden Lachen, sei bereits sicher in seinem Besitz. Pooch nahm einen letzten, verzweifelten Anlauf. Und die seines Sohnes, die rein und bescheiden sei, mit Sicherheit unschuldiger als die seine, ob der Fremde nicht Ferdinands Seele in Zahlung nehmen wolle?

Es war nichts zu machen, er biß auf Granit, und schrieb einen Schuldschein aus, den er dem Reisenden reichte, der einen Packen mit Briefen aus seinem Jackett zerrte, die er im Gastwirtschaftszimmer entdeckt hatte, wo sie der verblichene Liebhaber aufhob. Pooch schnupperte an diesen Briefen Luises und sog den verdorbenen Duft seiner Frau ein, leichenblass und benommen, zwischen Ohnmacht und Rachsucht. Mit vor Niedertracht glitzernden Augen verließ der Besucher in Eile das Ortsgruppenleiterhaus und hatte sich keine zehn Schritte entfernt, als ein grauenhafter Schrei aus dem Schlafzimmer drang, dem ein ohrenzerreißender Knall folgte. Und der Reisende klopfte behaglich auf seine Jackettasche, in der er den Poochschen Schuldschein verwahrte.

An diesem Nachmittag fand sich der Fremde beim Horst-Wessel-Platz neben der Wipper ein, wo eine Gruppe SA-Leute Kniebeugen machte und mit Pistolen auf Zielscheiben schoß. Der den Haufen befehlende Riensberg entsicherte seine Kanone und feuerte in die Luft, um den Menschen am Zaun zu vertreiben. »Nicht glotzen, du Pißpott, zieh Leine, Mann!« heulte er, was den blutleeren Pinkel nicht juckte. Bei dem Hochmut, den er an den Tag legte, kam dieser Bursche bestimmt aus Berlin.

Sicherheitshalber, man konnte nie wissen, ob das kein kommunistischer Hinterhalt war, marschierte Hans Riensberg, der pommersche Bauernsohn, der sich mit meiner Bohnenstangentante verlobt hatte, von zwanzig SA-Kameraden begleitet zum Drahtzaun, wo er seine schadhaften Zahnstummel bleckte. Anstatt beide Hacken zusammenzuknallen und schmetternd den Gruß zu erwidern, der aus zwanzig Kehlen kam, versetzte der Fremde mit breitestem Grinsen: »Sie sollten sich dringend ein Goldgebiß zulegen.« Um Druck aus dem brodelnden Kessel zu lassen, zerrte Hans Riensberg am Leibriemen (das war seine Angewohnheit, wenn er auf hundertachtzig war). »Und du solltest dich schleunigst entfernen, wenn dir dein Beamten- und Hauptstadtarsch lieb ist, kapiert? Riensberg dixit!« beendete er seine Warnung.

Dieses »dixit«, das hatte er von meiner Tante, die Belehrungen mit Vorliebe abschloß, indem sie den Namen großer Denker und Staatslenker ein herrisches »dixit« anheftete. Tante Alma erlaubte nur Nietzsche und Mendel, Adolf Hitler und Rosenberg Dixit-Behauptungen, die blindes Vertrauen rechtfertigten, wenn nicht Kadavergehorsam verlangten.

Bei Almas Verlobten verhielt es sich anders. Hans Riensberg, der sonst keine Silbe Latein konnte und lediglich ahnte, was »dixit« bedeutete, billigte sich diese steile Bestimmtheit, die keinen Widerspruch duldete, selber zu (was er sich allerdings nur in der Kneipe und im Kameradenkreis anmaßte, niemals in Gegenwart Almas, vor der er, wenn's hochkam, den Mumm eines Milchbubis aufbrachte).

»Aha, Riensberg dixit«, bemerkte der Fremde (Riensberg war sich nicht sicher, ob er seinen Namen nicht mit patzigem Nuscheln zu »Rindvieh« verflachst hatte), und mit schneidender Stimme, die alle beeindruckte, kam er ohne Umstand zur Sache. Selbst der verbissen am Leibriemen zerrende Riensberg war schlagartig Ohr. Und als der Reisende bellte: »Ich will eure Seelen«, erwiderte Riensberg belustigt: »Was soll das? Wir sind Nationalsozialisten, Sie Leichtgewicht. Wir haben mit Gott oder

Himmelreich nichts am Hut. Mit anderen Worten: Wir pfeifen auf unsere Seelen.« – »Um so besser«, versetzte der Mann aus der Hauptstadt, »das heißt, unserem Handel steht nichts mehr im Weg. Schreibt mir ein Schuldpapier auf eure Seelen aus, und ich verschaffe euch eine Begegnung mit Hitler.«

Dieser Mann, der an einen Gerichtsschreiber denken ließ, mußte in Wahrheit ein hohes Parteimitglied sein, wenn er Adolf Hitler zu einem Besuch in Freiwalde veranlassen konnte. Hans Riensberg und seine SA-Kameraden brachen am Drahtzaun in lautstarken Jubel aus. Im Handumdrehen kritzelten sie zwanzig Schuldscheine, die der Fremde dem Haufen diktierte: »Ich, Komma, setzt eure Namen ein, Komma, vermache dem, laßt eine Zeile frei, meine unsterbliche Seele, vergeßt nicht das Komma, der Seelenwechsel muß orthographisch korrekt sein, sonst kriege ich mit meinem Amtsleiter Stunk, wenn ich Adolf Hitler leibhaftig begegnet bin. Ort, Komma, Datum und Unterschrift.« – »Und darf man erfahren, mit wem wir es zu tun haben?« fragte Hans Riensberg, halb schmierig, halb kleinlaut, als der Fremde die Seelenwechsel eilig verstaute. »Machen Sie sich keinen Vorwurf, Mann, unsereinem sieht man nicht an, wer er ist« – mehr als das war dem Reisenden nicht zu entlocken, der kehrtmachte und sich auf dem Feldweg zum Steintor entfernte. In schwindelerregendem Tempo, als fliege er, verkleinerte sich seine mickrige Hauptstadtbewohner- und Schreibstubenpinkelgestalt.

Und am anderen Tag standen Riensbergs SA-Kameraden am Bahnhof Freiwaldes und rissen bei Einfahrt des Zuges ergriffen den Arm hoch, aus dem Adolf Hitler mit seinen Begleitern stieg, hohen SS- und Gestapobeamten, und die Reihen der pommerschen Mannschaften abschritt, markige Schultern beklopfte, in kernige Wangen kniff und dem verdutzten Hans Riensberg einen Orden verlieh, der vor den stahlblauen Augen des Reichslenkers seine Beherrschung verlor und sich naß machte. Nur vom Reisenden war weit und breit nichts zu sehen, als ob er dem großen Ereignis am Bahnhof das sonnige Wetter am Badestrand vorziehe (in Wirklichkeit streunte er in der Umgebung von Hof zu Hof, um sich bei Knechten und Kuhhirten umzutun und neue Seelen einzusammeln).

Drei Wochen verbrachte der Fremde in unserem Ostseeort und ließ sich Hunderte pommerscher Seelen vermachen. Bei niemandem stieß er auf nennenswerten Widerstand, nicht bei Diedrichs Otto und Bewersdoffs Artur, den beiden Gestapobeamten aus Schlawe, zwei von meinem Großvater, Leopold Kannmacher, in der Volksschule ohne Erfolg unterrichtete Schniefnasen, die reinste Versager im Rechnen und Schreiben gewesen waren und sich vor dem Teufel nicht schlauer anstellten, als sie mit Klauenschrift zwei Schuldscheine krakelten, die alle Rechtschreibungsregeln mißachteten (der Reisende, dem sich das Nackenhaar aufstellte, mußte verbessern und wieder verbessern, bis sie endlich der amtlichen Vorschrift entsprachen); nicht bei Prediger Priebe, dem Pastor von St. Marien, der auf seiner Kanzel ergraut und ertaubt war, ein vertrottelter Sabbergreis, der alles falsch verstand und dem Fremden im Nu seine Seele abtrat (auf einem absolut fehlerfreien Wechsel); und nicht bei meiner Haselnußgerte von Tante, die sich in den Reisenden schnurstracks verliebte, selbst wenn er das Aussehen eines Gerichtsschreibers hatte. Dieser Mann war ein richtiger Hauptstadtbewohner und besaß eine Stimme, die Alma ins Mark ging, sein Gebiß war gesund, anders als Riensbergs Zahnstummel, und anders als Riensberg, der Stallgeruch um sich verbreitete und seine Herkunft nicht abstreifen konnte, hing diesem Fremden ein Schwefel- und Pechgeruch an (in verwegenen, wieder und wieder verwehenden Prisen), den Alma erregend fand und der sie schwach machte, was sie veranlaßte, sich ohne Scheu und Bedenken von einer Seele zu trennen, die hart und verbittert war, und sie dem Reisenden anzuvertrauen, einem Mann, den sie bis zum Zerspringen begehrte (was sie bis zum heutigen Tag nur bei Hitler erlebt hatte, und der war ferner als Mond oder Mars).

Drei Wochen verbrachte der Fremde in unserem Ostseenest, in dem es bald zu Ereignissen kommen sollte, die von abscheulicher Grausamkeit waren. Wer seine Seele dem Teufel vermacht hatte, war nicht mehr der Mensch, der er vor diesem Handel gewesen war, kannte kein Maß mehr, war reizbar und leichtfertig, im Handumdrehen außer sich oder von Sinnen.

Ein Bierkutscher peitschte seinen Gaul vor dem Fuhrwerk, bis der Klepper mit blutigem Schaum vor dem Maul auf dem Marktplatz zusammenbrach und mausetot war. Ein Schmied packte ohne erkennbaren Anlaß den Schmiedehandhammer und schlug seinen treuen Begleiter, den schlafenden Werkstatthund, tot. Harnisch, am Steintor, der Uhren reparierte, warf dem harmlosen Nachbarhund Fleischbrocken zu, die er mit Scherben vermengt hatte. Man brachte reihenweise Katzen um, die man an Masten und Zaunlatten nagelte. Und Pastor Priebe, der sabbernde Prediger, massakrierte in einem Anfall von Raserei seinen Ziegenbock mit einer Spitzhacke, als er im Garten den Boden auflockerte.

Und bald stand in unserer ruhigen Pommernstadt das Heimatmuseum in Flammen. Und aus St. Marien stahl man wertvollen Kirchenschmuck, vergoldete Teller und Kelche. Diebe brachen beim Uhrmacher Harnisch ein, klauten Halsketten, Edelsteinringe und Taschenuhren und steckten den Laden in Brand. Und ein Bader, der Scholl von der Schollziegelei samstags vormittags in seinem Laden rasierte, brachte dem Mann einen klaffenden Schnitt an der Kehle bei, aus dem ein Blutschwall schoß, der Wand und Spiegel bespritzte, was den Bader in seligen Taumel versetzte, der ein Heulen anstimmte, begeistert und irrsinnig, als er um den Stuhl tanzte, auf dem sein Kunde verblutete. Diedrichs Otto und Bewersdoffs Artur, die beiden Gestapobeamten aus Schlawe, drangen bei ergriffenen Hitlerverehrern ein, Altsitzerinnen, pensionierten Beamten, vaterlandsliebenden und deutschempfindenden Leuten, die sie mit Tritten und Hieben mißhandelten und aus den Fenstern der Wohnungen aufs Pflaster der Hauptstraße unseres Ostseeorts warfen, wo sie sich Glieder und Rippen, wenn nicht das Genick brachen.

Man vergewaltigte, raubte und brandschatzte, mordete ohne Ursache, Sinn und Verstand.

Zu Anfang bekamen wir von diesen Dingen, die sich in unserer Heimatstadt abspielten, nicht das geringste mit. Man schwieg tot, was passierte, beklommen und voller Grauen, wollte es lieber nicht wissen. Hartmut, Karl, Erwin und ich brachen Tag um Tag gegen halb sieben zum Schlawer Gymnasium auf, und wenn wir heimkehrten, paukten wir alle drei, um unsere Versetzungen nicht zu vermasseln. Vorm ersten Katzenkadaver, der an einem Strommast hing, traten wir ratlos von einem Bein aufs andere, ohne besonders beeindruckt zu sein. Das waren Streiche, die vorkommen konnten. Lunte rochen wir erst, als man den Kolonialwarenladeninhaber am Scheunenstraßeneck mausetot aus dem Heringsfaß zog. Und als Diedrichs Otto und Bewersdoffs Artur beim Volksschuldirektor am Schloßgraben einbrachen, der ein Nationalsozialist ersten Ranges war, um in seiner Gegenwart Tochter und Frau zu besteigen.

Es war klar: In der ruhigen Pommerngemeinde Freiwalde ging es mit dem Teufel zu.

Und wer dieser Teufel war, ahnten wir bald, als Mathilde vom Hauptstadtbewohner berichtete, der alle zwei Tage zum Pyritzer Hof kam und unserer gewesenen Hausangestellten, die das Land des verstorbenen Vaters geerbt hatte, das sie mit Dienstmagd, Landarbeiterinnen, Viehjungen und Stallknecht bewirtschaftete, ohne einen Ertrag zu erzielen, mit dem sie Kredite und Darlehen abbezahlen konnte, einen verwirrenden Tauschhandel vorschlug, der aus dem Pyritzer Hof eine Goldgrube machte, wenn sie dem Mann einen Seelenwechsel ausstellte. Und auf dem Schein sollten außer Mathildes Namen noch jene von Dienstmagd, Landarbeiterinnen und Knechten stehen. Das war eine Bedingung, die sie mit Entschiedenheit ablehnte. Fremde Seelen vermachen, das konnte und wollte sie nicht. Um diesen Handel stritt sie mit dem Fremden, wenn er bei Mathilde Kaffee trank und Klaren kippte und hartherzig bei seiner Forderung blieb.

Hartmut, Erwin, Karl Stoph und ich schmiedeten einen Plan, um unsere Heimatstadt von diesem Mann zu befreien, der sie mit Lust ins Verderben riß. Und in einer mondlosen Nacht, als er sich von Mathilde verabschiedet hatte und pfeifend den Hof verließ, sprangen wir aus dem Versteck, um dem Hauptstadtbewohner ein Brett auf den Dez zu knallen, packten den Kerl, der bewußtlos war, auf einen Handleiterkarren und los ging's zum Steilufer und den sieben Kanonen des preußischen Offiziers, der im Siebzigerkrieg gegen Frankreich ein Bein verloren und sich den ewigen Frieden vertrieben hatte, indem er auf Unwetterwolken und Nebel schoß.

Ob man seine Kanonen, die im Sand halb vergraben waren, wieder flottmachen konnte, bezweifelte ich, anders als Hartmut, der flink an die Arbeit ging und eines der rostigen Dinger vom Flugsand befreite. Und wir banden den in einem Kartoffelsack steckenden Fremden, der aus seiner Ohnmacht erwacht war, hohle Befehle erteilte und zappelte (und schauriger fluchte als alle im Pommernland lebenden Werftenarbeiter zusammen), vor das Rohr der Kanone, das wir auf den Seehimmel richteten. Wir legten die Kugel ein, steckten die Schnur in den Brand. Und bei dem Donnerschlag, der sich entlud und von einer Seite des Himmels zur anderen rollte, schrie es aus dem Kartoffelsack, der in die Luft zischte, mit einer Stimme, die durchdringend grell war und uns ins Mark ging: »Ich kriege euch alle, Jungs. Merkt euch das: Euch holt der Teufel!«

Nein, einen Orden verlieh man uns nicht. Niemand im Ostseeort wollte mehr an diesen mickrigen Schreibstubenpinkel erinnert sein, den man im Handumdrehen wieder vergaß, als man sich abwandte und seiner Wege ging, trotz einer bleibenden unangenehmen Empfindung, von der kein Mensch zwischen Steintor und Herzogschloß, Hafen und Strandbad zu sagen vermochte, von wem oder was sie verursacht war.

III

1945/46

Und das hat Europa erobert!

Dank der guten Behandlung im britischen Lazarett erholte sich Konrad vom Lungenschuß am vorletzten Kriegstag bemerkenswert schnell. Sein Chirurg war ein schweigsamer Mann um die Sechzig, der aus Dover kam und seinen Sohn bei den Fliegerangriffen der Deutschen verloren hatte. Trotz allem konnte man diesem Mann keine Feindschaft anmerken, wenn er seine Runden im Zelt drehte, um bei den frisch operierten, wimmernden, siechenden oder genesenden Wehrmachtssoldaten Tag um Tag nach dem Rechten zu sehen. Beklemmend war nur dieser leidende Ernst, mit dem er seine Patienten betrachtete, die er wortkarg – und mit einem ruppigen Dolmetscher an seiner Seite – befragte. Mit Sicherheit war sein Verhalten nicht vorwurfsvoll, selbst wenn sich Konrad nie von diesem Eindruck befreien konnte. Dabei benahm sich der Doktor besonders zuvorkommend, wenn er an Bett Nummer siebenundzwanzig trat und sich nach seinem Befinden erkundigte – Konrads Schulenglisch reichte aus, um mit dem Mann ohne schnarrende Dolmetscherhilfe zu plaudern –, ja, er bemerkte bei einer Gelegenheit, mit einem schmerzhaften Seufzen, bei Konrad an seinen toten Jungen erinnert zu sein, und konnte es sich nicht verkneifen, ein winziges Paßphoto aus seinem Kittel zu kramen, das zu zerknittert und abgenutzt war, um ein erkennbares Gesicht zu zeigen. Diese Vertrautheit befremdete Konrad – warum, konnte er sich nicht richtig zusammenreimen –, und bei aller Dankbarkeit gegen den Doktor war er erleichtert, als an seine Stelle ein anderer englischer Arzt trat, der mit den Gefangenen rauher und herrischer umsprang.

Es war ohne Zweifel von Vorteil, verletzt zu sein, mindestens wenn man in britischer Hand war (und es schaffte, dem Tod von der Schippe zu springen). Man erhielt mehr zu essen und bessere Kost als die anderen Gefangenen im Lager. Man schlief nachts im Warmen und mußte nicht arbeiten, blieb von Bestrafungen und harter Befragung verschont. Man konnte sich ausruhen von den vergangenen Monaten, und diese Ruhe empfand er als unendlich heilsam. Er hatte nicht die geringste Lust, mit seinen Nachbarn Bekanntschaft zu schließen, die sich aufrichteten und ein Kissen ins Kreuz schoben, um von den Familien zu Hause zu sprechen, die sie sicherlich sehnlichst erwarteten.

Konrad wollte nichts anderes als schlafen und Ordnung in seine Erinnerungen bringen, die qualvoll und ohne Zusammenhang waren. In seinem Kopf blitzten Erlebnisse auf, grell und von beklemmender Klarheit, die wieder zerfielen und sich dem Bewußtsein entzogen. Er, der keine achtzehn war, kam sich steinalt vor, unsicher, verbraucht und verwirrt. Auch er dachte unentwegt an seine Wiedervereinigung mit der Familie. Auch er fragte sich, wann dieser Alptraum zu Ende sei und die Briten sie wieder entließen. Auch er zweifelte an seiner baldigen Freilassung aus dem von Posten bewachten Gefangenenlager, das am Anfang ein riesiger schlammiger Platz war, auf dem zerlumpte Gestalten, die in die Zehntausende gingen, im Freien schlafen mußten, in klatschendem Regen und sengender Sonne, bis man Baracken errichtete und einen weiteren Stacheldrahtzaun um das Lager zog. Als man die zwei Lazarettzelte abbrach und die Verletzten in einen der neuen, streng nach Beizmitteln riechenden Holzbauten schaffte, entdeckte er zwischen den andern Verwundeten seinen Kameraden vom Sonderkommando, dem sie einen Arm amputiert hatten.

Harry Witzorek machte den Eindruck, ein Wrack zu sein, stierte aus irren, gespenstischen Augen, schien nicht zu begreifen, was vor sich ging, und erkannte seinen Kumpel nicht wieder. Das war Konrad nur recht, der sich mit dem fanatischen Hitlerverehrer nicht abgeben wollte, um so mehr, als der Junge in schlimmster Verfassung war. Trotzdem konnte er sich Harry Witzorek nicht entziehen, den man in ein Krankenbett neben dem seinen legte, wo er sich Nacht um Nacht heiser schrie. Witzorek keuchte Namen, stieß sinnloses Zeug aus oder bellte Befehle und Naziparolen.

Tage vergingen, bis Harry begriff, wer sein Nachbar war. Blinzelnd wandte er Konrad sein gelbes Gesicht zu und wollte den rechten Arm, der nur als Stumpf aus dem Hemd ragte, zu seinem Kumpel ausstrecken, was eine vergebliche Anstrengung blieb, begleitet von irren Verrenkungen und Zuckungen, die erst ein verzweifelter Weinkrampf beendete. Als er sich wieder beruhigt hatte, wollte er wissen, wo Holzapfel stecke, warum er nicht komme und sie aus dem Lager befreie. Diese Frage, die vollkommen absurd war, verbitterte Konrad. »Das kann er nicht mehr. Er ist tot, Menschenskind, und sein Sonderkommando im Arsch«, schnauzte er seinen Kumpel an, der bei dieser Antwort aufs neue in Schluchzen ausbrach.

Um sich aus der Umarmung von Witzorek zu befreien, dem fanatischen Nazi und Hitlerverehrer, der eine vertrauliche Redseligkeit an den Tag legte, gegen die auch verbissenes Schweigen nichts half (und sie alle beide den Kopf kosten konnte), meldete Konrad dem Doktor, sobald der mit seinem Gefolge am Krankenbett auftauchte – zwei Assistenten und drei Journalisten aus London –, er komme sich wieder gesund vor und wolle die Krankenbaracke verlassen. »Dieser Heilerfolg ist ein Beweis unserer Menschlichkeit gegen den Feind«, kommentierte der Doktor vor seinen Begleitern aus London, die Konrad und den Lazarettarzt beim Handschlag ablichteten, der auf eine Patientenkontrolle verzichtete und den Krankenbericht, der am Bett hing, mit einem Vermerk versah.

Ab dem kommenden Tag teilte Konrad das karge und widerlich schmeckende Essen der anderen Gefangenen, das in der Regel aus hartem Kartoffelbrot und einer Fischmehl enthaltenden Suppe bestand, die er wieder und wieder erbrach. Kurz vor Sonnenaufgang pfiff man sie aus den Kojen und ließ die Deutschen in Viererreihen antreten, um sie in Arbeitskolonnen aufzuteilen. Er leistete Feldarbeit und schippte Kohlen, schleppte Holzbretter, Ziegel und sackweise Mauerschutt, verlud und entlud Lkws oder Frachtwaggons. Von den anderen Gefangenen hielt er sich fern, wenn sie mittags am Feldrand im Baumschatten ausruhten und bei Regen im Trockenen zusammenhockten. Falls er den Kumpels nicht ausweichen konnte, blieb er einsilbig, in sich verschlossen.

Was Konrad zu Ohren kam, waren Munkeleien, die stimmen konnten oder auch nicht. Man werde sie alle nach England verschleppen und in Bergwerke stecken, vermuteten einige, und andere, sie seien in den Kolonien des britischen Weltreichs zur Zwangsarbeit vorgesehen. Wiederum andere waren sich sicher, man werde sie gegen die Russen einsetzen, wenn der Dritte Weltkrieg ausbreche, was nur eine Frage von Monaten sei. »Wenn es erst gegen den Iwan geht, wird uns der Tommy auf Knien um Hilfe anflehen«, bemerkte ein Bursche mit flackernden Augen im Schmutzgesicht, »nur wir kennen uns aus in den russischen Weiten.« – »Und ob!« kommentierte sein Nebenmann bissig, die anderen grummelten nur.

Konrads Lungenverletzung war nicht richtig auskuriert, und bald machte sich seine schlechte Verfassung bemerkbar, was bei dem fettlosen Fraß, den er zu sich nahm, und den Arbeitsstrapazen nicht ausbleiben konnte. An einem Vormittag, als er Kartoffeln ausbuddelte, brach er auf dem Acker zusammen. Daß das Wachpersonal die Gefangenen mißhandelte, wenn sie schlappmachten, kam nur in Ausnahmen vor. Das konnte passieren, wenn bestimmten Soldaten die Aufsicht oblag, oder einer der Deutschen, zu Recht oder Unrecht, den Ruf besaß, ein Simulant zu sein.

An diesem Vormittag hatte ein Aufseher Dienst, der als brutal und cholerisch verschrien war. Als der aus dem Schottischen stammende Mann, der jeden Gefangenen mit »Rommelscher Hurensohn« beschimpfte, was mit seinem Afrikaeinsatz zusammenhing, bei dem er sein rechtes Auge verloren hatte, eine von keiner Klappe bedeckte Entstellung im roten Gesicht mit dem zitternden Schnauzbartstrich, seinen Gewehrkolben in Konrads Weichteile rammte, verlor er vor Grauen und Schmerz das Bewußtsein.

Er erwachte erneut in der Krankenbaracke mit zahllosen Prellungen und einem gebrochenen Arm, den er eine Weile in Gips tragen mußte, und als er sich von seinem Zusammenbruch erholt hatte, wies man Konrad einen Platz in der Ruhrambulanz zu, wo er eine physisch verkraftbare Arbeit verrichtete, selbst wenn sie beileibe nicht angenehm war.

Bei der Errichtung des Lagers war es zu verheerenden Durchfallerkrankungen gekommen, die hochgradig ansteckend waren und den Kommandanten beunruhigt hatten. Eine Epidemie konnte sich auf die Mannschaften ausweiten, was man auf keinen Fall zulassen durfte.

Konrads Aufgabe war es, den Kot zu betrachten, um festzustellen, ob er besorgniserregende Kennzeichen aufwies wie Blut oder schleimiges Aussehen. Seine Ergebnisse trug er ins Praxisbuch ein, das er dem Ruhrambulanzleiter vorlegte, der, wenn Verdacht auf Erkrankung bestand, dem Lazarettarzt Bescheid geben mußte, mit dem er das weitere Vorgehen beriet, von der Isolierung des Seuchenpatienten, mit Sonderverpflegung und Medikamentenbetreuung, bis zu seiner Einlieferung in ein Krankenhaus, das bessere Behandlungsbedingungen bot.

Dieser Leiter der Ruhrambulanz war kein anderer als Feldwebel Magnus, mit dem er im Januarnebel zu Fuß Richtung Bromberg marschiert war. Magnus, der vor dem Krieg Krankenpfleger erlernt hatte (und im Anschluß mit Radiotechnik sein Auskommen bestritt), besaß medizinische Kenntnisse und sprach ein sauberes, beinahe akzentfreies Englisch, was den Gefangenen umgehend qualifiziert hatte, als man die Seuchenabteilung ins Leben rief und fachkundiges Personal brauchte.

Wenn er in der Seuchenbaracke mit Magnus zusammenhockte, der auf dem zerbissenen Pfeifenstil kaute und Konrad aus graublauen Augen betrachtete, großen ruhigen Augen mit rostigen Einsprengseln, die nichts verrieten als Mitleid und Kummer, konnte er sich nicht mehr bremsen und redete von seinen Sonderkommandoerlebnissen. Anfangs teilte er Magnus nur seine Erfolge mit, die auf den Feldwebel keinen besonderen Eindruck zu machen schienen, bis er es nicht mehr aushielt und in seinem Innern vergrabene Dinge mitteilte – von Hartmut, dem Schulfreund, dem er seine Hilfe versagt hatte, als er in der russischen Stellung verblutet war, bis zu seiner Beteiligung an der Erschießung des Mittelgewichtsmeisters, der kurz vor Kriegsende Fahnenflucht hatte begehen wollen.

Schwer zu sagen, was er sich von Magnus erhoffte, dem erfahrenen Soldaten und reiferen Mann, zu dem er Vertrauen hatte, ohne zu wissen, warum, eine Rechtfertigung seines Versagens, einen Freispruch von aller moralischen Schuld oder ein Urteil, das scharf und bestimmt war und sich als Lebensleitlinie eignete, in einer fernen und schwer zu bestimmenden Zukunft, ein Schuldspruch, der Klarheit und Halt bieten konnte.

Es blieb still in der Ruhrambulanzleiterstube mit der staubigen Aussicht auf doppelten Stacheldraht und sich bis zur Grenze nach Holland, die nicht weit entfernt war, erstreckendes Acker- und Weideland. Auf dem klobigen Schreibtisch des Feldwebels standen drei Photographien von seiner Familie, Ehefrau, Kindern und Eltern, die er ab und zu in die Finger nahm, regungslos musterte und wieder an seine Tischlampe lehnte, Abreißkalender und englisches Lexikon. Magnus war ein bescheidener, ehrlicher Mann, der nie unterbrach, wenn sich Konrad erinnerte, aufmerksam lauschte und unmerklich nickte – andererseits war der Feldwebel keiner, der seelischen Beistand zu leisten vermochte oder bereit war, ein Urteil zu sprechen. Er schwieg sich zu Konrads Bekenntnissen aus, stopfte nur seine Pfeife mit Tabak, den er seiner Ruhrambulanzleiterstellung verdankte (und den auf diesem Posten erzielten Erfolgen), steckte das Kraut mit dem brennenden Streichholz an und verschanzte sich in einer Wolke aus Qualm, der gut roch und das Zimmer einnebelte, und mit schlaffer, benommener Stimme versetzte er: »Ich habe es miterlebt, als man die Juden zusammentrieb, im dritten Kriegsmonat in der Ukraine, rund tausend Mann, Frauen, Kinder und Greise, die sich selber das Grab schaufeln mußten, ich habe es mit meinen Augen beobachtet.« Von dieser Geschichte kam Magnus nicht los. Und er wiederholte sie, ohne Zusammenhang, mit dem, was sie in seinem Zimmer besprachen. An einem bestimmten Punkt, der nie vorhersehbar war, fing Magnus mit tonloser Stimme zu leiern an: »Ich habe es selber beobachtet ...«

Wieder in Freiheit zu leben, das konnte sich Konrads Bekannter nicht vorstellen. Was sollte er in seinem Vorkriegsberuf, von dem er sich mit vierundzwanzig verabschiedet hatte, um als Wehrmachtssoldat an der Ostfront zu dienen. Zur Familie heimzukehren kam nicht in Frage. Seine Frau hatte sich in der Zwischenzeit mit einem Reichsbahndirektor verbandelt, der besser bemittelt war und nicht wie Magnus, weit weg von zu Hause, im Feld stehen mußte, seine Tochter, ein Fronturlaubskind von drei Jahren, erinnerte sich nur verschwommen an den Vater (und sprach stattdessen den Mann von der Reichsbahn als »Papi« an), und seine zwei Jungs waren, zusammen mit den Großeltern, bei einem Luftangriff auf Bonames verbrannt.

Magnus sprach lieber von praktischen Dingen, auf die er als Ruhrambulanzleiter Einfluss nehmen konnte, Konrads Versorgung mit Tabak und besserem Essen, englischen Zeitungen und heimischer Literatur. Es war nur begrenzt erlaubt, Briefe zu schreiben, man mußte sie vorher dem Lagerkommando vorlegen, wo man sie stellenweise unkenntlich machte, falls man das als erforderlich ansah, und abschickte – oder, statt sie auf den Postweg zu bringen, in die Gefangenenakte einordnete. Diese Briefe, die niemals ans Ziel kamen, konnten mit leidigen Folgen verbunden sein, unangenehmen Befragungen und Strafen. Magnus war mit den Mitteln und Wegen vertraut, unbemerkt

Post aus dem Lager zu schmuggeln und diese Gefahren zu umgehen. Mehr als das: Er verhinderte es, als man seinen Assistenten zu einer Vernehmung holen wollte, indem er vor einer bevorstehenden Epidemie warnte, der sich nur wirkungsvoll vorbeugen ließe, wenn es zu keinem Fehlbestand beim Personal komme. Um dem Erreger das Handwerk zu legen, der bei Hochsommerhitze, verbunden mit feuchter Luft, angriffslustiger sei als bei trockenem Wetter und maßvollen Temperaturen, seien zur Zeit alle Leute erforderlich. In der Kommandantur stimmte man seinem Vorschlag zu, Konrads Vorladung auf einen Tag zu verschieben, an dem er entbehrlicher sei.

Warum er vernommen werden sollte, blieb schleierhaft. Konrad hatte sich keine Erschießungen von Zivilisten und Juden zuschulden kommen lassen, und Mitglied der Nazipartei konnte er nicht gewesen sein mit seinen erst knapp achtzehn Jahren. Der Ruhrambulanzleiter tippte auf einen Denunzianten im Kreis der Gefangenen. »Schau es dir an, dieses brabbelnde Lumpenpack, das keinen Stolz mehr im Leib hat. Sie sind zu trottenden Tieren verkommen, die sich gegenseitig ans Fell gehen, dumpf in den Schlamm stieren und mit dem Gebiß knirschen. Vom Kameradschaftsideal haben sie keinen Schimmer mehr, scheißen auf Opferbereitschaft und Schulterschluß und verpfeifen den Nebenmann, um eines lausigen Vorteils willen. Und das hat Europa erobert, zum Teufel!«

Denkbar, er hatte es Harry zu danken, wenn er bei der Kommandantur im Verschiss stand (was keineswegs Witzoreks Absicht gewesen sein mußte). Sein im Sonderkommando von den Kameraden als »polnisches U-Boot« verspotteter Kumpel war nicht mehr richtig im Kopf, das stand fest. Harry Witzorek, der im Gefangenenlager blieb, wenn die anderen Gefangenen Feldarbeit leisteten, was man von dem Einarmigen nicht verlangen konnte, strich heißhungrig um die Kantinenbaracke, bettelte bei den Mannschaften um Zigaretten, hockte im Staub oder lehnte am Stacheldraht und brabbelte in seinen Stoppelbart wirres, abstruses Zeug. Er leugnete Hitlers Tod und Deutschlands Kriegsniederlage, quatschte vom Vormarsch der Wehrmacht im Osten und behauptete, Waffen verbuddelt zu haben, die er an die Gefangenen austeilen werde, wenn der richtige Zeitpunkt gekommen sei. Und bei anderer Gelegenheit, auf dem Latrinenbalken, zischte er in Konrads Ohr: »Dieser Krieg ist nur eine Erfindung der britischen Bastarde. Ich sage dir, alles ist Schein, wir sind niemals in Polen und Rußland gewesen. Wir sollen uns nur schuldig vorkommen, begreifst du nicht?« Trotz schmerzhaften Drucks auf dem Darm konnte Konrad vor Mitleid und Abscheu nicht scheißen. Er schleppte sich, keuchend und krumm, mit der Hose, die hinderlich um seine Waden hing, zu einem anderen Loch auf dem Balken, was Witzorek nicht im geringsten beeindruckte, der sich seinerseits von seinem Platz schob, um Konrad zu folgen. »Ich sage dir, was dieses Lager in Wahrheit ist«, fuhr Witzorek wissend, erstickt und verbissen fort, »es ist eine Erziehungsanstalt. Sie dringen mit Strahlen in unsere Gehirne ein, um uns umzuerziehen, Alfredo« – Konrad zuckte zusammen, als Harry seinen Spitznamen benutzte – »bis wir Deutschen uns als Kriminelle betrachten, Kriegsverbrecher und Judenvernichter. Ein gigantisches Vorhaben, diese Erziehungsarbeit am Volk.« Und als Konrad sich endlich entleert hatte, murmelte Harry, im Widerspruch zu seinen vorigen Aussagen: »Man wird alle Deutschen ausmerzen, die unredlich waren, und einer von diesen bin ich.«

Ja, anzunehmen, Witzorek hatte mit diesem Zeug Konrad beim Lagerkommando belastet, und Schwachsinnsbehauptungen geradezubiegen, die sich aus teils wahren Ereignissen, teils aus absurden Erfindungen zusammensetzten, war alles andere als ein Spaziergang.

Magnus wußte bereits, was zu tun war. Bei der letzten Zusammenkunft in seinem Zimmer zog er einen Entlassungsschein aus seiner Schublade, auf den man nur noch Konrads Namen schreiben mußte. Von diesen Blankopapieren verwahrte der Feldwebel ein gutes Dutzend im Schreibtisch. Sie zu verfertigen war nicht besonders schwer. Magnus erledigte das mit den

Marschbefehlen, die er auf Anweisung des Lazarettarztes, dem nichts verhaßter war als dieser elende Schreibkram, zur Patientenverschickung ins Krankenhaus ausstellen mußte, indem er den druckfrischen Kommandanturstempel mit der Fruchtseite einer Kartoffel kopierte und auf leere Entlassungsbescheinigungen preßte, die er wiederum unbemerkt einsteckte, wenn er sich in der Verwaltungsbaracke aufhielt, einbestellt, um Rapport zu erstatten. Mit seinen falschen Papieren hatte Magnus bereits einer Reihe von Leuten zur Freiheit verholfen, seelisch zerbrochenen Kriegskameraden und Freunden, die herzkrank waren oder zerfressen von Sorgen ums Schicksal der Lieben daheim. Daß das strafbar war, kratzte den Feldwebel nicht. Magnus graute es mehr vor der Freiheit (und Heimkehr) als vor seinem Leben als Prisoner of War. »Wenn sie mich auf die Insel verfrachten, mein Lieber, schicke ich dir eine Ansicht vom Tower in London«, versetzte er lachend und klopfte die Pfeife aus, holte aus seinem Zimmerspind zwei halbe Brote, eine Dose mit Pferdefleisch und Schokolade, um Konrad mit Reiseproviant auszustatten, und steckte dem Jungen zum Schluß zwanzig Reichsmark zu.

Mit dem falschen Entlassungspapier aus dem Lager zu kommen erwies sich als Kinderspiel. Fassungslos setzte Konrad einen Fuß vor den anderen, als der Posten das Tor aufschob und den Gefangenen ohne Kontrolle passieren ließ, ja, seine Hand an den Helm legte und salutierte. Erst auf der Staubpiste, die sich schnurgerade vom Lager entfernte, beschleunigte er seine Schritte, um sich einen Vorsprung zu sichern, falls man seinen Schwindel entdeckte. Wenn man Suchtrupps losschickte, die seine Verfolgung aufnahmen, teils motorisiert, teils mit Hilfe von Hunden, ging er den Tommys im Handumdrehen wieder ins Netz. In diesem baumlos und flach bis zum Horizont reichenden Wiesen- und Weideland, das der Augusttag mit seinen hohen Wolken in Schatten und flirrende Sonnenflecke spaltete, konnte man sich nicht verstecken und war kilometerweit sichtbar.

Bei Anbruch der Dunkelheit atmete Konrad auf. Er erreichte ein Bahngleis, auf dem binnen kurzem ein Frachtzug im

Schritttempo anrollte. Seine offenen Waggons waren mit Kohlen beladen. Kurz entschlossen sprang er auf den Puffer des letzten, zog sich an der Wagenwand hoch und ließ sich auf die Ladung fallen, wo er eine Weile verschnaufte.

Als der Frachtzug, von gellenden Pfiffen der Lokomotive begleitet, beschleunigte, kraxelte Konrad zur Spitze des kullernden Haufens. Mit dem Hinterteil bohrte er einen stabilen und halbwegs behaglichen Sitz in den Kohlenberg und hielt sein verschwitztes Gesicht in den Fahrtwind, der angenehm warm um die Stirn strich. Am westlichen Himmelsrand stand ein verglimmender Streifen aus glutrot beschienenen Wolken, ein restlicher Spalt, bis die Kuppel sich schloß und alle Dinge in ein sich abstufendes Schwarz tauchte. Es war eine milde, erregend belebte Nacht, voller beweglicher Schatten aus Baumkronen, die sich neben der Bahnstrecke schleppend verbeugten, an dunkel beschlagene Spiegel erinnernden Teichen, huschendem Fledermauszickzack, schwarzsilbrigen Wiesen, Bahnstationen, von gelblichen Funzeln beleuchtet, um die Scharen von Nachtfaltern schwirrten.

Konrad nagte begierig am harten Kartoffelbrot, das in seinen Pullover verknotet gewesen war, und um sich aus der Dose mit Pferdefleisch zu bedienen, die er nur mit wieder und wieder zerbrechenden scharfkantigen Kohlensplittern aufbekommen hatte, mußte er seine zerschnittenen Finger zu Hilfe nehmen, legte den Kopf in den Nacken und starrte zum Himmel hoch, wo ein lautloser Schauer aus Sternschnuppen niederging, vor dem er zu kauen und schlucken vergaß.

Erst in diesen Minuten begriff er es richtig: Es herrschte kein Krieg mehr, und er war ein freier Mensch, mit dem heutigen Tag fing ein anderes Leben an. Das war eine Erkenntnis, die Konrad in schwindelerregenden Taumel aus Zuversicht, Unsicherheit und Beklemmung versetzte. Vor Verwirrung ließ er seine Pferdefleischdose fallen (unverzeihlicherweise, sie war noch halb voll), und Konrad, der auf beide Beine sprang, um sie zu retten, konnte nur noch beobachten, wie sie vom Kohlenberg hoppelte und in der schlingernden Tiefe verschwand. Schwankend stand er auf dem Frachtwaggon, der zwischen Masten und sirrenden Feldern mit donnernden Stahlkufen auf seine Zukunft zurollte.

Schwierige Heimkehr

Heinrich von Ahlbeck, der um Anfang Vierzig sein mußte (sein wirkliches Alter verschwieg er beharrlich, ja, vom Alter an sich sprach er nur mit entschiedenem Widerwillen), neigte an Taille und Hintern zur Fettleibigkeit (die mit Erfolg selbst der Hungerzeit trotzte), hatte ein rosiges, auffallend nacktes Gesicht, was mit seinen Brauen und Wimpern zusammenhing, die zu blond waren, um sich bemerkbar zu machen, und schwelgte in einer, zu seiner Erscheinung beileibe nicht passenden, pfauenhaften Eitelkeit – nur schwabbliges Fleisch kam zum Vorschein, wenn Heinrich sein Rad aufschlug.

Von der preußischen Junkerfamilie, aus der er kam, hatte der Mann sich bereits in der Jugend verabschiedet, als er mit knappen achtzehn vom heimischen Gutshof floh, indem er das Automobil seines Vaters stahl, das er zu lenken beizeiten erlernt hatte. Mit dem protzigen Benz brauste er in die Hauptstadt, wo er den Wagen im Handstreich verscherbelte und eine beachtliche Geldsumme einstrich. Die diente dem Jungen als Startkapital, mit dem er sich schnurstracks ins Nachtleben warf. Als der Vater erfuhr, was sein Sproß in der Reichshauptstadt anstellte – Heinrich betrieb eine Bar, spielte Kabarett, schrieb deftige Reime und freche Couplets –, schloß er seinen Sohn auf der Stelle vom Erbe aus – ein Erbe aus stattlichem Herrenhaus und Landbesitz, das zum Schluß mit Vertreibung und polnischer Herrschaft kein Familienmitglied jemals antreten sollte (selbst das bewegliche Gut war zum großen Teil futsch) – und verbot seinem Jungen Besuche daheim auf dem Gutshof. Mit seiner Mutter, die an dieser Trennung litt (und am Vater, der aus kristallinischem Stoff war, Hartherzigkeit, klaren und festen Prinzipien), stand Heinrich (klammheimlich, versteht sich) im Briefwechsel, bis der Alte vorm Einmarsch der Roten Armee seiner Frau nachts im Schlaf einen Genickschuß verpaßte und sich selbst einen Strick um den Hals legte (das hatte Heinrich von einem der Hausangestellten erfahren, der den Russen noch gerade entkommen war).

Von den Nationalsozialisten verhaftet, die im Mai '33 sein Kabarett zumachten, hatte sich Heinrich, als er wieder frei war, vor den Braunen bei einem Verwandten verkrochen, der seinen Landsitz im Pommerschen hatte und den Neffen als Gutshofverwalter einstellte. Das erwies sich als weise Entscheidung: Heinrich konnte mit Ziffern und Zahlen nicht schlechter umgehen als mit Reimpaaren und Brettlmusike. Sein belesener Onkel, der Jura studiert hatte (und gegen alle Familienverheiratungsabsichten sein Junggesellendasein erfolgreich verteidigte), leidenschaftlicher Raucher und Kunstsammler war, liebte Theater und amerikanische Rhythmen und war (nicht anders als Heinrich) dem Morphium verfallen, eine Sucht, die der alles zermalmende Krieg auf die Spitze trieb, bis er, bereits herzkrank und zu Depressionen neigend, an einer zu hohen Dosis verendete. Heinrich, der sich in dieser Nacht selbst einen Schuß setzte, fand den Onkel im Morgengrauen tot auf dem Brettersteg des von Nebel und Vegetation halb verschlungenen, sich ans Seeufer klammernden Pavillons. Als ein schauriger Seevogelschrei an sein Ohr drang, eine Mischung aus Jammern und keckerndem Lachen, nahm er das auf den Holzbohlen verstreute Besteck, Gurt und Spritze, und warf es ins Wasser.

Ohne erst seine Sachen vom Gutshof zu holen, machte sich Heinrich zu Fuß in die pommersche Hauptstadt auf, wo er einen Bekannten aus Kabarettzeiten traf, der sich seit '36 als Blinder ausgab, um im kommenden Krieg, den er sicher voraussah, einem Gestellungsbefehl zu entgehen; eine Rechnung, die aufgehen sollte: Da er sich rechtzeitig alle Papiere verschafft hatte, die seine angeblich schwere Behinderung belegten, blieb Heinrichs Bekannter von Heeresamtsschreiben verschont.

Dieser Mann war ein echter Filou – und nur sein Name, der hundertprozentig erfunden klang, entsprach, ausnahmsweise, der Wahrheit. Waldemar Bohnenstengel hatte zu Kabarettzeiten Heinrichs Couplets musikalisch begleitet, auf dem Klavier oder mit dem Akkordeon, und als Komponist unvergeßlicher Melodien, die Schmackes und Schmiss hatten, große Begabung bewiesen. Als sie aus Zufall einander begegneten, pfiff Heinrichs Bekannter mit Absicht den Reißer, der sein beliebtester Ohrwurm gewesen war. Verwirrt musterte Heinrich den Mann mit der Armbinde, dunkler Brille und tappendem Blindenstock, der sich auf die Holzbank im Quistorppark sinken ließ, auf der sich von Ahlbeck in dieser Minute den Kopf zerbrach, wie er zu Geld oder Unterkunft kommen konnte und ob er an sich in Stettin bleiben sollte. Es dauerte, bis er im aufdringlich pfeifenden Blinden den Barpianisten erkannte, der kurz seine Brille absetzte und Heinrich aus milchigen Augen betrachtete.

Seine Rolle als Blinder beherrschte der Kumpel mit Meisterschaft. Ja, von Ahlbeck, der Bohnenstengel wortreich bedauerte und zu wissen verlangte, was mit seiner Sehkraft passiert sei, machte sich nicht bewußt, daß nicht er es gewesen war, der den anderen als erster erkannt hatte. Das begriff er erst, als sie im Dachboden ankamen, wo sein Kumpel aus Weimarer Zeiten zwei Zimmer bewohnte. Waldemar trennte sich von seinem Blindenstock, indem er das Hilfsmittel feixend aufs Sofa warf, und eilte zum Gasherd, um flink einen Tee aufzusetzen.

Bei Waldemar Bohnenstengel, der seinen Unterhalt als Organist an der Stadtkirchenorgel verdiente, blieb Heinrich von Ahlbeck acht Monate, mit Erlaubnis der Witwe und Villenbesitzerin, einer entfernten Verwandten des Stadtkirchenpfarrers, die Erdgeschoß und erstes Stockwerk bewohnte. Diese vergorene, fromme Natur von protestantischer Strenge und Steifheit hatte dem angeblich Blinden aus Mitleid – das sie sich mit knapp hundert Reichsmark im Monat entgelten ließ, und um einen musikalischen Partner zu haben, der sie am Harmonium zu kirchlichen Liedern begleitete – die zwei leerstehenden Dachbodenzimmer vermietet. Sie mußten sich anstrengen, Frau Bode nicht merken zu lassen, was sie miteinander verband. Wenn sie zu zweit in Erinnerungen schwelgten, was sie mit besonderer Leidenschaft taten, unsittliche oder politische Verse anstimmten, Spottlieder auf Hitler, den Reichsmarschall oder das Hinkebein, ging das nur klammheimlich und erstickt. Frau Bode besaß scharfe Ohren und spitzelte beide mit Hingabe aus.

In diesen acht Monaten schaffte es Heinrich mit Hilfe des Freundes, vom Morphium loszukommen – und wenn er seine Qualen nicht im Zaum halten konnte, schmetterte er voller scheinbarer Inbrunst ein Kirchenlied aus dem Gesangbuch Frau Bodes. Er begleitete Bohnenstengel nachts in die Kneipen, wo man den Pianisten bevorzugt behandelte, der sich ans Klavier warf und Schnulzen vom Stapel ließ, Bier und Absinth zechte, Frauen befingerte, was sie dem Blinden nicht abschlagen wollten, der sie ja nicht mit den Augen verschlingen konnte, und durfte seinerseits kostenlos mittrinken, um seine grausame Morphiumgier zu vergessen.

Eine Sache kam Heinrich von Anfang an komisch vor: Waldemar schloß seine Kammer beharrlich ab, wenn sie sich voneinander verabschiedeten und zu Bett gingen, und es verstrichen nie mehr als Minuten, bis aus dem benachbarten Zimmer ein Rumpeln drang, als nehme sein Kumpel den Schrank auseinander, und bald folgte dem Rumpeln ein komisches Klappern, das noch unbegreiflicher war. Heinrich, der auf allen vieren zur Kammer kroch, wo er sein Auge ans Schloß preßte, konnte nichts anderes erkennen als Finsternis. Anscheinend hing auf der anderen Seite ein Hemd oder Handtuch vorm Loch, das dem Wohnungsgenossen das Schielen verwehrte.

Was Waldemar Bohnenstengel nachts in der Kammer trieb, ging Heinrich erst bei einem Luftangriff auf, den die Royal Air Force makabrerweise (oder mit britischem Galgenhumor) zur

Nachmittagsteestunde flog. Vom Fliegeralarm hatte Heinrich nichts mitbekommen, der zu dieser Zeit seinen Mittagsschlaf hielt (und er schlief niemals tiefer als bei diesen Nickerchen), als eine Bombe ins Dachgeschoß krachte und sich in den berstenden Dielenboden bohrte, wo sie steckenblieb, ohne das Haus in die Luft zu sprengen. Er beeilte sich, schleunigst ins Freie zu kommen, ehe sich das Geschoß eines Besseren besann, um so mehr, als er zwischen den Brettern vor Bohnenstengels Bett einen Kasten erkannte. Mit dieser Apparatur, die sein Kumpel zwischen Dielenbretterboden und Decke versteckt hatte, in einem Hohlraum, der ausreichend Platz bot, konnte man Morsesignale empfangen und senden.

Heinrich von Ahlbeck, der keuchend treppab rannte und vor dem Haus mit Frau Bode zusammenstieß, hatte keinen Zweifel mehr: Bohnenstengel war ein Spion – im Dienste Sowjetrußlands oder der westlichen Feinde (was letztendlich zweitrangig war). Wenn die britische Bombe nicht hochgehen sollte und aus der Quistorpparkvilla keinen Schutthaufen machte, war mit der Entdeckung des Kastens zu rechnen. Stumm befreite er sich aus den Armen der Witwe und hetzte zur Kirche, um seinen Bekannten zu warnen, der an diesem Tag mit den Kirchenchormitgliedern eine Kantate von Bach einstudierte.

Seinen Kumpel aus Kabarettzeiten zur Flucht zu ermahnen, erwies sich als nicht mehr erforderlich. Beim Luftangriff von einem Balken erschlagen, der von der Kirchenschiffdecke zur Orgelbank sauste, war er in der Kirche verbrannt.

Heinrich hatte nicht vor, sich verhaften zu lassen, falls man dem verstorbenen Freund auf die Schliche kam, und seinen Wohnungsgenossen bezichtigte, Mitwisser und Helfer gewesen zu sein, was ja nur eine logische Annahme war, und schwang sich am Stadtrand Stettins auf ein Fahrrad, das unbewacht in einem Hauseingang lehnte (als der Besitzer den Diebstahl bemerkte und heulend ins Freie lief, schoß er bereits um die Ecke).

Binnen einer Woche erreichte er Hamburg, ohne einer Passierscheinkontrolle ins Netz zu gehen. Er versteckte sich in einem Schiffswrack (es herrschte im Hafen kein Mangel an Schiffen mit Schlagseite und bis zur Reling im Wasser versunkenen Riesen), das mit Tonnen von schimmligem Weizen beladen war, der wiederum Heere von Ratten anzog. Tag um Tag fing er eines der quiekenden Biester ein, was bei diesen Mengen ein Kinderspiel war, und briet sie im Navigationsraum auf offenem Feuer, bis ein britischer Panzer am Hafenkai auftauchte und er sich mit erhobenen Armen ergab, nicht ohne um eine Besprechung mit dem Kommandanten der englischen Einheit zu bitten, bei der er das komische Klappern aus Bohnenstengels Kammer vor sich auf den Tisch klopfte, den niemals vergessenen Anfang des Morsesignals, das sich nebenan Nacht um Nacht wiederholt hatte.

Warum Konrad bei Heinrich von Ahlbeck in Hamburg blieb, statt kurzerhand zu seinen Eltern zu reisen, die in der Holsteingemeinde Lensahn lebten, konnte er selbst nicht begreifen. Aus Mutters Schreiben, dem letzten, das er in den Kreckow-Kasernen Stettins erhielt, zwei Tage vorm Abzug des Sonderkommandos, hatte Konrad erfahren, daß Vater am Leben und wieder bei seiner Familie war. Emilie hatte den Jungen beschworen, bald mitzuteilen, wo er sich aufhalte, und mit beendetem Krieg, einem Ende, das Gott sei Dank absehbar sei, zu den Seinen zu stoßen. Erst wenn sie das Kind in den Armen halte, werde sie wieder ein Auge zutun.

Trotz dieser dringlichen Bitte Emilies hatte er sie nicht benachrichtigt. Mit schlechtem Gewissen ließ er sie im Unklaren, was er bei den letzten Gefechten erlebt hatte, ob er am Leben, verletzt oder nicht verletzt und wo in Gefangenschaft war. Sie niemals beruhigt zu haben, verzieh er sich nicht. Und bereits diese Weigerung war eine Grausamkeit, die – besonders bei seiner unendlichen Liebe zur Mutter – nur schwer zu verstehen war. Am Ende schob er es auf dieses Versagen, das er vor sich selbst nicht rechtfertigen konnte, wenn er nicht schnurstracks zu seiner Familie heimkehrte.

Mit Heinrich von Ahlbeck schloß Konrad Bekanntschaft, als der Kohlenzug in Hamburg auf offener Strecke hielt, zwischen Dammtor- und Sternschanzenbahnhof. Alarmiert von den schwirrenden Stimmen, die an seine Ohren drangen, schreckte er hoch. Aus der Finsternis zu beiden Seiten der Bahngleise eroberten menschliche Schatten den Frachtwaggon und schleuderten Kohlen vom Zug auf die Strecke, wo sie ein anderes Schattenheer aufklaubte, in Sack oder Eimer verstaute. Um Konrad, der anfangs beunruhigt aufsprang, bis er sich, was vorging, zusammenreimen konnte und vom Frachtwaggon kletterte, scherte sich niemand. Noch beduselt vom Schlaf und mit steifem Genick, ohne Schimmer, was er mit sich anstellen sollte, lehnte er sich gegen einen Signalmast und schaute den wimmelnden Kohlendieben zu. Auf einem Abstellgleisprellbock, nicht weit entfernt, flegelte jemand in langem schwarzem Mantel, der Konrad betrachtete, unverhohlen neugierig, und ein Zigarettenetui aus der Tasche zog, dem er zwei Kippen entnahm, die er komisch versonnen und beharrlich am Hosenbein aufklopfte. Diese Ausdauer wirkte befremdlich und zweideutig. Konrad wandte sich ab, um den Mann zu entmutigen, der sich vom Prellbock abstieß und mit schlendernden Schritten zu seinem Signalmast kam.

»Zigarette, mein Junge?« versetzte der Fremde mit teigiger Stimme und steckte ein Streichholz in Brand. Seiner Selbstsicherheit konnte man sich nur schwer entziehen, zu schweigen vom Tabakduft, der von der Kippe aufstieg, als er einen behaglichen Zug nahm. »Na, was ist, Jungchen, willst du nicht? Das ist Virginiakraut, nicht dieser Lungentorpedoverschnitt, den du aus deiner Truppenzeit kennst.« Trotz seines Ekels vorm Speichel, der feucht am Papier klebte, nahm er die brennende Kippe und schob sie sich zwischen die Lippen. Er rauchte begierig und blinzelte hoch zu dem Mann mit dem auffallend weichen Gesicht, dem man von Entbehrung und Hunger nichts anmerkte. »Du kannst mehr von dem Zeug haben, wenn du bei mir bleibst. Nicht zu reden von anderen Vorteilen, mein Kleiner.« Er lockerte mit einem Grinsen die Schlaufe vorm Bauch, die den knielangen Mantel aus Leder zusammenhielt, als sei er ein weibliches Wesen auf Kundenfang, das bescheiden bekleidet, wenn nicht splitternackt, seine Reize zur Schau stellen will. Benommen starrte Konrad den offenen Mantel an. An der Innenseite baumelten blutige Fleischlappen, Keulen und Rippen von Schwein oder Rind, die wer weiß wie am Leder befestigt waren. Mit einem Prusten, bei dem er den Jungen bespuckte, der sich in aller Eile die Spucke vom Kinn rieb, band der komische Kauz seinen Mantel zusammen. »Hast du keinen Hunger?«, sein Wangengelee schwabbelte.

Konrad warf seine Kippe weg und wollte abhauen, als schlagartig Pfiffe die Nachtluft zerschnitten, ein scharfes und gellendes Trillerkonzert, und bei den Kohlendieben Panik aufkam. Um sich ins blakende Dunkel zu retten, sprangen sie von den Waggons, hetzten in alle Richtungen, stolperten und machten wieder kehrt vor den behelmten Soldaten, die den Kohlenzug zielstrebig einkreisten. An ein Entkommen war nicht mehr zu denken.

Nur der Fleischschmuggler schien nicht beeindruckt zu sein. »Dir wird nichts passieren, wenn du mit mir kommst«, sagte er mit einer Selbstsicherheit, die beruhigend wirkte. Konrad, der keine Wahl hatte, schloß sich dem Fremden an. Ohne sich zu beeilen, mit schlendernden Schritten, lief er auf die Kette der Tommys zu, die sich von rechts um den Kohlenzug zusammenzog, und zog nebenbei ein Papier aus der Tasche, das er dem ersten Soldaten, vor dem sie zu stehen kamen, vor das Gesicht hielt. Der ließ sie mit einem wortlosen Nicken passieren. Konrad folgte dem Fremden zum Jeep auf dem neben dem Bahndamm verlaufenden Schotterweg, in dem zwei Mann saßen, anscheinend ranghohe Dienstgrade, wie man an den Uniformstreifen erkannte, die den Polizeieinsatz leiteten. Er war zu benommen, um der Unterhaltung zwischen dem Mann und den Tommys zu folgen, die in scherzhaftem Tonfall verlief. Man kannte sich, das war nicht schwer zu begreifen, was er um so verwirrender fand, als der fremde Mann wertvolle Ware im

Mantel versteckte, mit der er fraglos den Schwarzmarkt belieferte, was die Besatzungsmacht eigentlich strengstens bestrafte. Sorgen machte der Bursche sich trotzdem nicht, als er den beiden von seinen Zigaretten anbot, die dankbar verneinten und sich aus dem Jeep schoben, mit einer lockeren, zwanglosen Spannkraft, die man nur bei Siegern antraf – Konrad schaute den schlenkernd zum Frachtzug hochkraxelnden Tommys halb neidisch, halb feindselig nach.

»Meine Name ist Heinrich«, bemerkte der Fleischschmuggler, »Heinrich von Ahlbeck. Und deiner, mein Junge?«, als sie zu Fuß Harvestehude ansteuerten, wo er in einem vornehmen Kaufmannshaus wohnte, das kurz vor Kriegsende Brandbomben abbekommen hatte. Dem um 1900 errichteten Bau sah man in der Einfahrt nicht an, daß er auf der anderen Seite vom Einsturz bedroht war. Erst wenn man in der Empfangshalle stand, wirkte das Kaufmannshaus zugig und geisterhaft. Rechts wies das Mauerwerk klaffende Risse auf und schwere Holzbalken stemmten sich gegen die Decke, die an zwei Stellen verkohlt und in Placken zu Boden hing. Nur die linkerhand von der beeindruckend hohen Empfangshalle liegenden Zimmer in Erdgeschoß, erstem und zweitem Stock waren gefahrlos bewohnbar. In den Dienstbotenkammern im Dach wiederum herrschte muffige Feuchtigkeit, und wenn es regnete, klopfte und klingelte es in den Blechwannen, die in der Mansarde bereitstanden. In den nutzbaren Stockwerken waren alle Zimmer verteilt an Familien, die ausgebombt waren, alleinstehende Witwen und blutjunge Frauen, grobe Kerle und hagere Zuchthausgestalten, ein zischendes, hinkendes, wuselndes Heer, dem man auf den Fluren begegnete. Bei Nacht, wenn das Erdgeschoßgrammophon schwieg, das im Rauchsalon spielte, wo der wegen Nazivergangenheit entlassene Leiter des Hamburger Radioorchesters zu Hause war, schienen die Mauern im Fieber zu keuchen.

Wenn er auf seinem Feldbett beim Fenster erwachte, hatte Konrad den Eindruck, er sei bereits tot, und verkrallte sich in seinem Fleisch. Nur am Schmerz ließ sich feststellen, ob er noch lebte. Was er an sich bemerkte, waren nagende Selbstzweifel, wachsende Scham und Verachtung, die in der Gefangenschaft kraftloser, dumpfer gewesen waren, erst jetzt sein Gewissen zerfraßen. Er richtete sich auf den quietschenden Stangen auf, um in den Garten zur Alster zu stieren, das verwilderte brusthohe Gras voller Krater, und erkannte vor der Balustrade am Wasser das stumme, durchscheinende Wesen von sechzehn Jahren, mit blondem, zum Hinterteil reichendem Zopf, runden, fragenden, Konrad verehrenden Augen, das mit der Großmutter und einer kleineren Schwester im Zimmer am Flurende wohnte.

Er hatte mitbekommen, daß sie Therese hieß und von der Pommerschen Seenplatte kam, aus seiner Heimat, was sie um so anziehender machte. Als er sie bei einer Gelegenheit ansprach, auf dem Korridor, ließ sie den Eimer mit Blusen fallen, die sie auf dem Waschbrett am Seeufer reinigte, kniend, energisch, mit schaukelndem Busen, ob es Schusterjungen regnete oder bei wolkenverhangenem Himmel mit milchiger Sonne. Eine Entschuldigung murmelnd, warf er sich zu Boden, um der Kleinen behilflich zu sein, die mit bebenden Lippen, in maßloser Eile und ohne ein Wort mit dem Jungen zu wechseln, die Schmutzsachen wieder zusammenklaubte.

Nacht um Nacht ging sie schwimmen im See. Sie streifte das Kleid aus zerschlissenem Stoff ab und watete, nur noch im Hemdchen, ins Wasser, das an schwere und schwappende Lake erinnerte. Und in einer ungewohnt warmen Septembernacht konnte er nicht widerstehen und stahl sich vom Bett, um ein Bad in der Alster zu nehmen und mit der Kleinen vertrauter zu werden, die sich anscheinend verliebt hatte und nur zu scheu war. Auf Zehenspitzen schlich er um Sessel und Stehlampe, in weitem Bogen ums Bett in der Ecke, aus dem ein grunzendes Schnarchen kam, legte die Hand auf die Klinke, nicht ohne die Luft anzuhalten, und preßte sie vorsichtig nieder. Er stellte noch fest, daß das Zimmer verschlossen war, als er eine Hand auf der Schulter bemerkte und herumfuhr, zu Tode erschrocken.

»Was hast du vor, Dummchen?« fragte von Ahlbeck mit heiserer Stimme, »willst du mich verlassen?« Er zog Konrad zum Sofa, indem er seinen Arm um die Schulter des Jungen schlang, hart und entschieden, als sei diese Zutraulichkeit ein verschleierter Zwang (und seine Umarmung ein heimlicher Schwitzkasten). »Oder hattest du vor, dir den Backfisch zu angeln? Das kannst du vergessen, mein Bester, freiwillig wird die sich nicht anstechen lassen. Von einem Rudel Mongolen auf der Flucht vergewaltigt, hat sie keine Empfindungen mehr zwischen den Beinen. Kann man verstehen, bei dem Schock, den die Kleine erlitten hat. Oder was meinst du, warum sie verstummt ist?«

Heinrich von Ahlbeck stieß Konrad ins Sofa und setzte sich an seine Seite, indem er ein Bein anzog, sich auf den Ellbogen lehnte und seine Hand in der Luft schweben ließ. »Wenn sie Nacht um Nacht schwimmen geht, will sie sich umbringen, mein Dummchen, und schafft es nur nicht. Sie ist eine großartige Schwimmerin.« Heinrichs Finger bewegte sich knapp neben Konrads Gesicht, malte Kreise ins Nichts. Eine beklemmende Stille trat ein, und viel heftiger als er beabsichtigt hatte, mit einer seine Erregung verratenden Stimme, wollte Konrad erfahren: »Und warum sperren Sie mich ein?« – »Ich dich einsperren? Bist du von Sinnen, du Rotznase?« versetzte sein Zimmergenosse beleidigt. Er ließ seine Hand in den Nacken des Jungen fallen, den er beschwichtigend streichelte. Konrad schauderte es, und er machte sich eilig los, stieß Heinrichs Finger weg, sprang auf die Beine. »Mensch, bist du zimperlich«, sagte von Ahlbeck, der sein Zigarettenpaket aus dem Schlafanzug holte und sich seelenruhig eine Kippe ansteckte. »Ich will dir verraten, warum ich das Zimmer abschließe. Niemand soll auf die Idee kommen, in meinen Sachen zu kramen, verstanden? Bei diesem Gesindel muß man auf der Hut sein. Ist dir nicht klar, mit wem wir es zu tun haben? Mit Abschaum, der sich noch vor Monaten einbildete, von besonderer Rasse zu sein. Verschone mich mit diesem menschlichen Unrat, der nur ans Fressen denkt und keinen Faden bereut. Wenn du es wissen willst, Bengel, ich habe kein Mitleid. Dieses Volk, das die schlimmsten Verbrechen begangen hat, im Namen von arischer Rasse und Herrenmenschentum, hat nichts Besseres verdient, als im Dreck zu verrecken. Wer mit dem Deibel im Bunde war, der soll zum Teufel gehen.« Barfuß tappte er zu seinem Bett in der Ecke. »Gut, du hast recht. Ja, ich sperre dich bei mir ein«, sagte er kichernd und sank in sein Bett, »kannst du dir nicht vorstellen, warum? Keiner soll dich mir wegstehlen, mein Kleiner. Ich kenne Leute, die richtig versessen sind, dich zum Maskottchen zu haben.«

Heinrich von Ahlbeck beeindruckte Konrad. Trotz seines Widerwillens gegen den Menschen, der etwas Bedrohliches ausstrahlte, war es in seiner Gesellschaft nie langweilig. Heinrich ließ sich mit Vorliebe Reimpaare einfallen, die er in jazzigem Sprechgesang vortrug, begleitet von schnickenden Fingern und klopfender Schuhspitze, wenn er sich vorm Spiegel beim Waschtisch rasierte oder mit schottischem Whisky im Mantel nach Hause kam, von dem er walzend und schnalzend das braune Papier riß (und »narrischen Tommys« den Vorzug vor »arischen Ommis« gab), war scharfsinnig, spottlustig, frech, unterhaltsam – man merkte dem Mann seine goldene Zeit auf den Kabarettbrettern der Weimarer Jahre an. Konrad empfand um so tiefere Scham, wenn von Ahlbeck soldatische Werte verspottete, die er in der Kriegszeit verinnerlicht hatte, Opferbereitschaft, Gehorsam und Treue (»bei Fahnenappellen / lernen Hammel zu bellen«), und das Kameradschaftsideal auf die Schippe nahm (indem er »Schulterschluß« gallig auf »Gnadenschuß« reimte), ohne jemals seinen Hohn auf den Jungen zu beziehen. Trotz Konrads Eisernem Kreuz Erster Klasse und seines Fahnenjunkerrangs (beides hatte er in einer schwachen Minute verraten), griff Heinrich den Zimmergenossen nie an. Von Waffen-SS oder Wehrmachtssoldaten sprach er sonst voller Abscheu als dussligen Herdentieren, die »verlaust und verdreckt / und das preußisch korrekt / mit fanatischer Lust in den Heldentod trampeln«. Bei keiner Gelegenheit richteten sich diese harten Bemerkungen gegen den Fahnenjunker, was der seinem Bekannten hoch anrechnete. Ja, wenn sie zu heiserem Jazz oder swingender Tanzmusik, die aus dem Radio schepperten, einem hochmodernen, transportablen Apparat, den er bei seinem Freund, Leutnant Nikkeldey, eintauschte, um »Wuppdich und Schwung in die Bude zu bringen«, von Heinrich im Stegreif erfundene Coupletverse schmetterten, stellte Konrad sich vor, auf der richtigen Seite zu stehen und mit sich im reinen zu sein.

Heinrich konnte dem Jungen mit »Vitamin B« dienen. Er stand mit der Besatzungsmacht auf gutem Fuß und war noch mit andern, zwielichtigen Kreisen verbandelt, die den Hamburger Schwarzmarkt beherrschten. Leutnant Nikkeldey, der sommersprossiger war als ein zwischen russischen Birken verrostender Jagdpanzer und das Temperament eines Schlafzimmers hatte, stand samstags Punkt acht auf der Schwelle zum Zimmer – beim ersten im Radio wummernden Westminster-Turmuhrschlag –, um mit Heinrich zu plaudern und Dinge zu tauschen: Kleidung, Dosenfleisch, Schallplatten (Hitleransprachen), fabrikneue Schuhe, Sardinenkonserven, nationalsozialistische Abzeichen, Wehrmachtsblech und blonden Virginiatabak, versteht sich. Tee und Kaffee wechselten den Besitzer, und Heinrich beglich seine Rechnung mit Informationen, die er Nikkeldey mitteilte, eilig, erstickt, nicht ohne Konrad im Vorfeld zu bitten, sie eine Minute alleine zu lassen und auf die Terrasse zum Garten zu gehen, wo er mit dem Schirm in der Hand auf und ab tappte (und sich zwingen mußte, blind in den Regen zu stieren, statt zu den beiden ins Zimmer zu linsen).

Und wenn er mit Heinrich in Kellerlokale ging, die mit Sondergenehmigung zu Sperrzeiten aufhaben durften, unweit vom Hafen, in Altona oder St. Pauli, vor menschlichen Ausdünstungen dampfende Schuppen, wo reinste Hungergespenster auf Streichholzbeinen (laut Heinrich »rachitische Dietrichverschnitte«), zur Jammermusik aus verstimmten Klavieren halb quengelnd, halb gackernd auf Holzpodien hampelten, war von Ahlbeck mit Krethi und Plethi bekannt, zwielichtigen Deutschen und englischen Offizieren, strolchte von Tisch zu Tisch, schnackte und flunkerte, deckte sich mit neuesten Nachrichten ein oder schloß Handelsvereinbarungen ab, die man mit Whisky und Handschlag besiegelte. Konrad, der auf seinem Barhocker kleben blieb, schwieg trotzig ins halbleere Glas auf der Theke und ließ den aufdringlich mit seinen Ostfronterlebnissen bei einer Waffen-SS-Einheit prahlenden Schankwirt (den alle Welt neuerdings »Barkeeper« nannte) kalt abblitzen. Und kalt abblitzen ließ er die Flittchen mit Streichholzbeinen, die auf den benachbarten Barhocker fielen, um dem »einsamen Jungen« Gesellschaft zu leisten und sich einen Brandwein spendieren zu lassen (er schien ja, vergleichsweise proper und in seinen guten Klamotten, ein lohnender Fang zu sein, zu schweigen vom Schmelz seiner Jugend und seinem auffallend anziehenden Aussehen). Wenn sie sich vorbeugten, rochen sie nach einer Mischung aus Kohlsuppe und Naphtalin, billigem Duftwasser, Fischmehl und Schweiß. Er wandte sich von den verschminkten Gestalten ab, die zutraulich in seinen Schopf griffen, neugierig, neidisch, verbittert und scheinbar verrucht. Dieses Spiel konnte sich wiederholen, bis Heinrich von Ahlbeck dem Treiben ein Ende bereitete und sie mit beleidigend zotigen Reimen verscheuchte.

Lunte roch Konrad erst Mitte November. »Du solltest dich besser in Acht nehmen, mein Kleiner«, raunte ein Flittchen dem Jungen beim Abschied zu, »deine Schwuchtel hat Blut in den Augen vor Eifersucht.«

Konrad schob diese Warnung beiseite. Sein Bekannter bot Schutz vor der englischen Polizei, falls sie dem irrigerweise entlassenen Prisoner of War auf den Fersen sein sollte. Nein, er wollte sich nicht wieder einbuchten lassen und auf die Britischen Inseln verbracht werden, um zwangsweise in einem Bergwerk zu arbeiten. Und sein Leben bei Heinrich bot Annehmlichkeiten, reichhaltige Nahrung, Klamotten und Schuhwerk, das nicht an den Zehen zerfiel. Es war in seinen Augen ein freches Bohemeleben, aufregend und abwechslungsreich. Konrad war es erlaubt, bis zum Mittag zu schlafen und sich fingerdick Butter aufs Weißbrot zu schmieren, bei dudelnder Radiomusik in den Sessel zu fallen und mit wippenden Knien seine Bemme zu mampfen. Wolken spiegelten sich in der bleigrauen Alster, die an den Uferrand schwappte, behaglich und faul. Er mußte nie frieren, was er wiederum Heinrich verdankte, der beim Aufstehen als erstes den Kachelherd anheizte (mit Kleinholz, das sie gegen Eier und Mehl von den pommerschen Schwestern am Korridorende bezogen) und nie aus dem Haus ging, um sich mit wer weiß wem zu treffen, bis es in der Bude nicht warm und behaglich war. Daß sein Bekannter ein doppeltes Spiel spielte (mit den Schlawinern der Hamburger Halbwelt nicht anders als mit Leutnant Nikkeldey), konnte man sich an zwei Fingern ausrechnen – was Konrad nicht juckte, er hatte nicht vor, seine Nase in Dinge zu stecken, die brenzlig waren, und sie sich am Schluß zu versengen.

Und er wollte nichts wissen von Heinrichs Veranlagung, seinen verkehrten geschlechtlichen Neigungen. Das ging gut, bis man Ende November den Leichnam Thereses am Ufer der Alster fand, nicht weit von der Stelle entfernt, wo sie Nacht um Nacht badete, eine Gewohnheit, von der sie selbst Regen und niedrige Temperaturen nicht abbrachten. Es war um die Mittagszeit, als man die Tote barg und aus dem Wasser ans Ufer hob. Schweigend umstand man die Leiche im Gras. Schwester und Großmutter, fassungslos schluchzend einander im Arm haltend, knieten am Boden. Konrad rannte in Mantel und Schlafanzug aus dem Haus. Um sich einen Weg zu bahnen, schubste er unsanft den Leiter des Radioorchesters beiseite, der zischte, »Das paßt ja, der Pinkel vom ersten Stock. Betreibt Heimatverrat und kommt sich als wer weiß was vor. Das zahlen wir dir heim, Freundchen, wenn wir erst wieder am Ruder sind.« Man nickte entschieden und zischelte feindselig, als er sich zur Toten ins Gras kauerte.

Sie war splitternackt, wies an Schenkeln und Oberarmen blutunterlaufene Stellen auf, und von Fingern verursachte Flecken an Kehle und Hals. Vor Entsetzen schlug er eine Hand vors Gesicht. Nein, ein harmloser Badeunfall war das nicht, und sie war nicht absichtlich ertrunken. Jemand hatte Therese erdrosselt. Er kannte sich aus, war bereits in der Kriegszeit auf Leichen erdrosselter Frauen gestoßen, im Schnee neben einer verkokelten Feldscheune oder in einem modrig feuchten Chausseegraben, mit diesen blutunterlaufenen, finger- und daumenbreiten Stellen am Hals. Blind zog er sich an der Gartenbank hoch (dem lehnen- und sitzbretterlosen Gerippe aus Eisen) und hetzte ins Zimmer, wo er sich benommen aufs Sofa warf.

Konrad zweifelte keine Sekunde an Heinrichs Schuld. Gegen seinen Bekannten sprach nicht nur die Eifersucht, von der er sich niemals befreit hatte, das krankhafte Mißtrauen, mit dem er Therese betrachtete, wenn sie, den Arm voller Brennholz, ins Zimmer kam, das sie mit der Schwester wer weiß wo zusammenklaubte und mit entliehenen Handkarren heimschaffte, um sich ein halbes Pfund Butter zu sichern, in einem Zuckersack, der den Pullover ersetzte. Heinrich konnte es sich nie verkneifen, sie auffallend unwirsch und roh zu behandeln, als ob er dem Jungen eine Falle stellen wolle, der es sich schweren Herzens versagte, Therese in Schutzzunehmen, um dem Mann keinen Anlaß zu bieten, sich in seinem heillosen Wahn zu verrennen.

Nein, nicht nur seine Eifersucht sprach gegen Heinrich, Konrad hatte auch Zweifel am Wahrheitsgehalt der Geschichten um Bohnenstengel und Heinrichs Onkel, bei dem er einen Gutteil der Kriegszeit verbracht hatte, diesen fanatischen Junggesellen. Konrad stellte sich beide als heimliches Paar vor, und das Ende des Onkels als Eifersuchtsmord, den Heinrich an seinem Verwandten begangen hatte. Glich die Geschichte vom Toten am See seines Gutsbesitzes nicht auf beklemmende Weise der Toten am Ufer der Alster? Ohne erst seine Sachen vom Gutshof zu holen, war Heinrich schnurstracks in die pommersche Hauptstadt verduftet, das hatte er selber bekannt – und warum? Einen anderen Verdacht hatte Konrad, was Heinrichs Beziehung zu Waldemar Bohnenstengel anging. Bestimmt war der Schnack vom Spion nichts als Seemannsgarn. Waldemar Bohnenstengel schloß seine Kammer ab, um sich den Kabarettpartner vom Leibe zu halten, mehr Geheimnis enthielt diese schiefe Geschichte nicht, mit der Heinrich nur seine speziellen Verbindungen zu den Besatzern veredelte.

Konrad hockte im Sofa, entsetzt und verbissen, ohne sich anzuziehen oder zu essen, taub vor Abscheu, Erregung und Schmerz. Von der sich im Zimmer breitmachenden Dunkelheit, die erst den Stuck an der Decke eroberte, den Kachelherdwinkel, das Bett in der Ecke, den Spiegel beim Waschtisch, bemerkte er nichts. Sein Bekannter, der sich als der bessere Deutsche ausgab, war nichts als ein feiger Verbrecher. Mit seiner vermeintlich moralischen Haltung, die nur seinen herrischen Hochmut rechtfertigte, diese unendlich eitle Rechthaberei, hatte er Konrad von Anfang bis Ende belogen.

Heinrich kehrte um vier Uhr vom Schwarzhandel heim und trat pfeifend, mit schlenkrigen Schritten ins Zimmer. Das Elektrische ging nicht (Strom gab es erst wieder um sechs), und er griff zur Petroleumlampe am Haken, die er mit einem Streichholz zum Brennen brachte. Sein Pfeifen erstarb vor der stummen Gestalt auf dem Sofa, ohne daß er in seinen Verrichtungen innehielt. Heinrich erleichterte sich um Pakete, die er in seinem langen schwarzen Mantel verstaut hatte, stellte sie triumphierend und hart auf den Tisch, Bohnenkaffee, Zucker und Schachteln mit Seife, und zum Schluß um zwei Fische, in Zeitung verpackt. Er wickelte sie aus dem feuchten Papier und warf sie dem Jungen in den Schoß. »Zu schlechter Laune, mein Kleiner, hast du keinen Anlaß. Ich bringe dir frische Makrelen und du kriechst ins Sofa, als kehre der Hitlerspuk wieder.« – »Therese ist tot«, sagte Konrad erstickt, eine Nachricht, die Heinrich nur mit einem Grunzen erwiderte. »Ich sagte dir ja, dieses Kind wird sich umbringen«, sagte er trocken und beugte sich vor, um Konrad den glitschigen Fisch abzunehmen, der, blitzartig rasend vor Wut, seine Faust ballte und sie dem unvorbereiteten Mann ins Gesicht stieß. Mit einem Aufschrei ging Heinrich zu Boden. Er fiel auf den Hinterkopf, rollte sich wimmernd zur Seite, bedeckte sich schutzsuchend mit beiden Armen und zog seine Beine zum Bauch. »Was hast du vor, Junge?« winselte er.

Ohne den blutenden Mann zu beachten, beeilte sich Konrad, in seine Klamotten zu kommen, und rechnete nicht mit der Hand, die sich um seine Wade schloß. Er strauchelte, schlug, noch halb nackt, auf den Fußboden. Heinrich robbte sich auf den vor Grauen erstarrten Jungen. »Willst du mich verlassen, mein Kleiner? Das darfst du nicht. Ich flehe dich an, bleib bei mir, Bengel«, bettelte er mit verzweifelter Stimme und atmete Konrad stoßweise ins Ohr. Erst Heinrichs Geschlecht, das sich hart an der Schlafanzughose rieb, riß den Jungen aus seiner Versteinerung. Konrad nahm alle Kraft zusammen, spannte sich an. Ruckartig warf er den Mann von sich ab, der sich wieder zusammenrollte und nicht mehr regte. Nur seine bebenden Schultern verrieten ein tief in der Kehle vergrabenes Schluchzen.

Was er auf die Schnelle zu fassen bekam, Fleischkonserven und Bohnenkaffee, Zucker und Maismehl, ließ Konrad im langen schwarzen Mantel verschwinden, den er sich bedenkenlos um seine Schultern warf, als er das im blauen Petroleumlampenschein flackernde Zimmer verließ.

Auf allen vieren wirst du wieder ankriechen

Er vergaß sie nicht mehr, Vaters Freude, ein Lebtag nicht, diese in seinen Augen aufflackernde Seligkeit, als sie sich vorm Gartentor trafen. In der einen Hand hielt Ludwig Kannmacher Briefe, die er auf die Post bringen wollte, und in der anderen Hand einen Schirm, was dem Vater verbot, seinen Sohn zu umarmen. Er war sichtlich erleichtert, entschuldigt zu sein. Steif wie ein Brett ließ er Konrads Umarmung zu, wackelte mit seinem Schirm und mit wackliger Stimme versetzte er: »Ist ja man gut, Jungchen«, trat zwei Schritte beiseite und musterte Konrad von Kopf bis Fuß, mit besonderer Aufmerksamkeit seine Lederkluft, die dem Alten erkennbar mißfiel. »Man sollte meinen, du bist ein Gestapomann«, knurrte er, drehte sich um, stieß das quietschende Tor auf und winkte den Jungen in den Garten. Ohne zu folgen – er hatte ja vor, auf die Post zu gehen und war nicht der Mann, einem Vorhaben untreu zu werden –, zeigte er mit dem Schirm auf das Papenfußhaus, das, Mitte der neunziger Jahre errichtet, eher protzig als ansehnlich wirkte. »Treppe hoch, erstes Zimmer links«, sagte der Vater, »und melde dich formhalber bei Dr. Papenfuß an. Muß sich ja auskennen mit den Gestalten, die in seinem Haus aus- und eingehen, nicht wahr?«

Diese Wiederbegegnung war glimpflich verlaufen und vollkommen anders als in Konrads Vorstellung, von der er sich hatte entmutigen lassen. Er war sich absolut sicher gewesen, von seinem Vater verurteilt zu werden, gnadenlos, hart, voller triefender Ironie, was seine Begeisterung vor dreizehn Monaten anging; sicher, daß Vater dem Heimkehrer seine Vorhersagen um beide Ohren hauen werde – »Dieser Krieg ist verloren, das war er von Anfang an, wer sagte das seinerzeit, als du nicht abwarten konntest, zu deiner Ersatzkompanie zu kommen? Nein, mein Sohnemann stank vor Begriffstutzigkeit in seiner fanatischen Vaterlandsliebe!« –; eine Vorstellung, die um so schmerzlicher war, als sie Konrad an seine Versuchung erinnerte, den eigenen Vater ans Messer zu liefern, wegen Schwarzseherei und Ermunterung zur Fahnenflucht. Eine Anzeige ernsthaft erwogen zu haben (und das hieß, in der Einbildung mit seinem Leben zu spielen), war nicht nur eine schwer zu verkraftende Schuld. Mehr als das: Sie verurteilte Konrad zu Wehrlosigkeit und Befangenheit gegen den Vater, einer ewigen, unwiderruflichen Scham.

Ludwig Kannmacher war unangreifbar. Er hatte niemals den Irrtum begangen, »Sieg Heil!« zu schreien und an den Endsieg zu glauben. Als er Schlomow vom Bankhaus in Schlawe zur Flucht verhalf, samt seiner Familie und seinem Kapital, das er aus dem Reich schleuste, heimlich und rechtzeitig, bis es auf sichere Konten im Ausland verteilt und dem gierigen Zugriff der Nazis entzogen war, war das mutig und selbstlos gewesen. Sein mit Buchhalterschlauheit verbundener Mut hatte Vater sechs Monate Kellerhaft bei der Gestapo in Lauenburg eingebracht.

Ja, Ludwig Kannmacher war unangreifbar. Großes Gewese zu machen um seine Verhaftung, fiel Vater nicht ein. Es reichte dem Alten, entnazifiziert zu sein und von Amts wegen als »unbelastet« zu gelten. Es widersprach seiner Buchhalterrechtschaffenheit, sich Prinzipientreue vergelten zu lassen. Moralische Schuld oder sittliche Handlungen konnten nicht als Soll und Haben vermerkt werden, das war seine – vollkommen untheoretische – Auffassung (mit Begriffen und Theorien tat er sich schwer). In den Wochen und Monaten, die er zusammen mit Eltern und Schwester im Papenfußhaus wohnte, erinnerte Konrad sich wieder und wieder an Großvater Leopolds Loblied auf Vater.

Schulmeister Leopold Kannmacher war in der Kindheit sein Vorbild gewesen. Er liebte den herzkranken Mann ohne Ende, hing an seinen raunenden Großvaterlippen, wenn sie, voller Blasen aus Speichel und Tabakkrumen, in Geschichten und Weisheiten schwelgten. Und es wurmte den Enkel enorm, als der Großvater anfing, den bei der Gestapo wer weiß was erduldenden Vater zu loben.

»Dein Vater hat Mut«, sagte Leopold Kannmacher, »er hat Schlomows Familie vor Tod und Vernichtung bewahrt, das verdient unsere Hochachtung, Junge. Nein, Immanuel Kant wollte Ludwig nie lesen – er ist ein zu handfester Mensch, um sich mit philosophischen Dingen zu befassen. Und mein praktischer Sohn hat aus innerer Sittlichkeit am Ende nichts anderes befolgt als Immanuel Kants kategorischen Imperativ!« – »Und was ist mit meinem Mut?« wandte sein Enkel ein, »wenn ich auf dem Pausenhof Spießrutenlaufen muß und schlechtere Noten erhalte? Und nur wegen Vater, dem Judenfreund.« – »Das hat nichts mit Mut zu tun«, grummelte Leopold Kannmacher streng, »das ist reines Erleiden.« Großvater ließ sich auf keine Verhandlungen ein, wenn es um seine Kategorien ging. Und um Sittengesetze zu feilschen, als seien es Heringe, war nicht erlaubt.

Anders als das Zusammentreffen mit seinem Vater verlief Konrads Wiederbegegnung mit der Mutter, die vor der Toilette im Korridor mit zwei vor Harndrang von einem Bein aufs andere tretenden schlesischen Zwillingen Schlange stand.

In der Villa des Regulatorenherstellers Karl Eduard Papenfuß hatte man zwangsweise sechs Kinder und vierzehn Erwachsene einquartiert, die sich vier Zimmer im Obergeschoß und alle zusammen Toilette und Bad auf dem Flur teilten (den aus dem Osten anbrandenden Deutschen standen amtlicherseits pro Person zehn Quadratmeter zu). Im Erdgeschoß, das er alleine bewohnte, beweinte Karl Eduard Papenfuß seine Frau, die bei einem Angriff auf Hamburg verbrannt war, als sie nur einen Tag in St. Georg verbracht hatte, um Eltern und Schwester zum Umzug aufs Land zu bewegen, wo es sicherer war als in der Stadt. Seine Regulatorenfabrik an der Trave war nur noch eine verkokelte Bombenruine.

Als Konrad ins Haus trat, saß Papenfuß in einem Wohnzimmersessel beim Radioapparat, der sein magisches Auge aufriß, das, zusammen mit dem sich im speckigen Sessel umwendenden Hausherrn, zum Korridor stierte. Im Holzkasten mit seinem noppigen Stoffbespann schmetterte großes Orchester. »Du bist der Sohnemann«, schnauzte Herr Papenfuß gegen Trompeten und Beckenblechprasseln an, als habe er nie einen Zweifel an Konrads bevorstehender Heimkehr besessen, und reichte dem Jungen, der um Lampe und Teewagen stolperte, bis er verlegen vorm Lehnsessel stand, eine auffallend kindliche, wachsweiche Hand.

Vaters Freund hatte winzige Ohren, die im Wohnzimmerzwielicht an Blumenkohlknospen erinnerten, und einen fettigen Kahlkopf mit Resthaaren (beidseitig ungepflegt struppigen Streifen), in dem sich das Wohnzimmer spiegelte: Streifentapeten, Kristallglas und Teppiche, Bibliothek und Buffetschrank aus Ebenholz, bauchige, schmale und staubgraue Flaschen, querliegend auf niedrigen Dreibeinertischchen, Regalbrettern oder der Heizungsverkleidung, die alle Arten von Schiffen enthielten, Fischkutter, Tanker und Ozeanriesen, Eisbrecher, Binnenschiffahrtsdampfer und U-Boote. Herr Papenfuß war ein begnadeter Bastler, der sich seine krankhafte Schlaflosigkeit vertrieb, indem er nachts zu Pinzette und Leim griff. Seine Tage verbrachte der Hausherr im Halbschlummer, und wenn er an Jubel und Trubel verzweifelte, die aus dem Pommer- und Schlesierstockwerk kamen, stellte er schimpfend sein Radio an. »Willkommen, mein Junge, in unserer Sardinenschachtel«, sagte Papenfuß trocken, mit schiefem Gesicht, ließ sein Kinn auf die Brust sinken und nickte kurzerhand ein.

Aus dem krachend auffliegenden Flurklo im ersten Stock, den Konrad mit flatterndem Atem erreichte, trat ein Bengel mit Kippe und rotblondem Wuschelkopp, der vor den Zwillingen linkisch am Hosenstall nestelte, als ginge und ginge der Knopf nicht ins Loch (er wollte bei beiden nur Anstoß erregen, sein diebisches Grinsen verriet es). Sie scherten sich nicht um den rotzfrechen Halbstarken, mit dem ein Schwall schlechter Luft aus der Kammer drang, und beeilten sich, auf die Toilette zu kommen (selbst der wilde Gestank konnte sie nicht mehr aufhalten), um sich vom stechenden Blasendruck zu befreien, was sie praktischerweise gemeinsam erledigten.

Anfangs bemerkte Emilie Konrad nicht, der sich benommen vor Wiedersehensfreude und Ratlosigkeit auf den Treppenknauf lehnte. Sie schimpfte den (lediglich grienenden) Bengel aus und lief vor dem Klo kleine Dringlichkeitskreise, mit vor der Brust ineinander verhakelten Fingern. Sie hatte mehr graue Haare bekommen und war mager (was in dieser Zeit nichts Besonderes war), trotzdem wirkte sie stark, oder besser: entschlossen, allen Entbehrungen und schlimmen Erfahrungen zum Trotz zuversichtlich zu bleiben.

Mutters Zuversicht war ein Geheimnis, das er nie durchdrungen hatte, ja eine Lebensnotwendigkeit, die sie vor Mutlosigkeit und Verzweiflung bewahrte. Und um verzweifelt zu sein, hatte sie allen Grund. Es war nicht nur der bittere Verlust einer Heimat, mit der sie aufs tiefste verwachsen gewesen war, der sie entmutigen mußte. Sie machte sich Sorgen um Konrad, versteht sich, und um die in Pommern verbliebene Schwester.

Was Mutters Vertrauen im Alltag zerrieb, war ein Ehemann, der seine Liebe nicht zeigte (sich selbst seiner Zuneigung sicher zu sein, betrachtete Vater als absolut ausreichend), innerlich abwesend, maulfaul und knorrig war, und eine vom Leben verbitterte Schwester, die sie hemmungslos ausnutzte und schikanierte. Trotz all dieser Dinge blieb Mutter ein Fels in der Brandung, an dem sich Familienstreit und Beklemmungen brachen. Ja, mit der Zuversicht, die sie nie ablegte, unbeirrt, ausdauernd, um nicht zu sagen: stur, hielt sie den Kannmacherhausstand zusammen.

Sie bot nicht nur allen Familienmitgliedern Halt. Ein Zug von Versponnenheit oder Zerstreutheit beherrschte sie selbst bei den praktischtsten Handlungen, die sie mit traumwandlerischem Vertrauen erledigte. »Hast du wieder Wolken im Kopf?« raunzte Vater halb ernsthaft, halb scherzend und blinzelte Mutter an, die sich verlegen ein Haar aus der Stirn strich. Konrad konnte sich auf diesen Spruch keinen Reim machen, der sich auf vergangene Zeiten beziehen mußte, anzunehmen auf Zeiten vor seiner Geburt. Er beschrieb einen seelischen Zustand Emilies, von dem sie sich, in seinen Augen, entfernt hatte oder den sie im Alltag erfolgreich verbarg.

Konrad zauderte, sich zu erkennen zu geben. Wenn seine Mutter zu wissen verlangte, warum er sie niemals benachrichtigt hatte, dem Schlimmsten entronnen und am Leben zu sein, konnte er keine passende Ausrede vorbringen. Oh ja, sein beharrliches Schweigen war grausam gewesen. Unvermittelt verstand er, warum er verstummt war und nicht den Mut hatte, sich bei den Seinen zu melden. Um Mutter und Schwester vor Augen zu treten, kam er sich vom Krieg zu besudelt vor. Er bemerkte an sich eine andere Scham vor den Frauen als die vor dem Vater empfundene. Vor seinem Alten war er ein Versager, der sich von falschen Ideen hatte mitreißen lassen, einer leichtsinnigen Kriegs- und Soldatenbegeisterung, die nur ein dummer Junge aufbrachte. Unendlich verstockt, hatte er Vaters Warnungen als feigen Verrat an der Heimat betrachtet, was nichts als Blindheit und Unwissenheit verriet, die er vor seinem Alten verantworten mußte.

Seine Scham vor den Frauen war anderer Natur: Er war nicht der Mensch, der er vor seiner Abreise zum Kompaniestandort Kolberg gewesen war, ein unreifer, schwankender, braver Provinzmilchbart und in sich versponnener, schlaksiger Junge. Er kehrte als Schuldiger heim. Und das zu zwei Frauen, die in seinen Augen nicht reiner und schuldloser sein konnten. Was Konrad beklommen machte, war seine Vorstellung einer Entfremdung von Mutter und Schwester. Sie merkten dem Heimkehrer die sein Verhalten belastenden Qualen mit Sicherheit an, und das mußte sie mißtrauisch machen. Ob Mutters Liebe verhaltener ausfiel, wenn sie zu ahnen begann, was mit Konrad passiert war, ob sie sich – vor Grauen und Widerwillen – abwandte? Ob Helene dem Bruder je wieder vertrauen und er selbst wieder unschuldig-liebevoll mit seiner Schwester verbunden sein konnte?

Emilie blieb stehen und betrachtete seine im Halbschatten lehnende Gestalt. »Wer sind Sie?« erkundigte sie sich mit heiserer Stimme, »ich kenne Sie nicht.« Und indem sie es aussprach, erkannte sie Konrad. Mit einem Aufschrei flog sie auf den Jungen zu, der sich vom Treppenknauf abstieß. »Du bist es! Konrad! Mein Sonntagskind«, jauchzte sie und fiel dem Sohn in die Arme, der sie vor Freude und Schwung in die Luft hob, als sei seine Mutter das Kind und nicht er. »Ich wußte es«, jubelte sie, »du wirst wiederkommen. Ein Sonntagskind kommt nicht zu Schaden, nicht wahr?« – »Ich bin vollkommen gesund, Mutter«, sagte er schluckend, »mein Schutzengel hat mich vorm Schlimmsten bewahrt.«

Emilie machte sich schlagartig los, mit einem Gesicht, das Entsetzen verriet. Konrad war schleierhaft, was diesen Wechsel von einer Sekunde zur anderen bewirkt hatte. Er konnte den Stimmungsumschwung nur auf sich beziehen. Beunruhigt, mit baumelnden Armen stand er vor der Mutter, die sich auf die Lippen biß. »Was hast du, um Gottes willen?« wollte er wissen, eine Frage, die sie nicht beantworten wollte.

Es dauerte, bis er im dusteren Korridor zwischen Emilies Hausschuhen (zwei vornehmen Pantoffeln mit Futter aus Lammfell, die aus dem Bestand der verstorbenen Frau Papenfuß stammten) den sich ausdehnenden Fleck auf dem Teppich entdeckte. Endlich begriff er, erleichtert und mitleidig, warum seine Mutter versteinert war, die sich in Zeitlupentempo zu den die Toilette verlassenen Zwillingen umwandte. »Mahlzeit, Frau Kannmacher!« zwitscherten beide (und musterten Konrad verhohlen).

Konrad verbrachte zehn Monate bei seinen Eltern im Papenfußhaus. Er war antriebslos, litt an verzehrenden Selbstzweifeln, konnte sich von seiner Scham nicht befreien. Selbst Mutters beharrliche Zuwendung und das Vertrauen Helenes vertrieben sie nicht. Beide merkten nichts von seiner Niedergeschlagenheit oder verleugneten sie vor sich selber. Nur Vater betrachtete Konrad mit Argwohn, wenn sie sich beim Regulatorenhersteller versammelten, um im Erdgeschoßzimmer zu Mittag zu essen.

Karl Eduard Papenfuß ließ sich von Mutter bekochen, eine allen Beteiligten Vorteile bringende Regelung. Er stand mit den Bauern im Landkreis auf Du und Du, und wenn er sich in seinen Kraftwagen setzte, ein niemals beschlagnahmtes vornehmes Cabriolet, kam er mit Blumenkohl, Bohnen und Kartoffeln nach Hause, die sie wieder satt machen konnten. Auch mit dem Fischfabrikinhaber war er befreundet, von dem er bisweilen mit Makrelen oder Heringen heimkehrte. Mit dieser Regelung kamen sie zu reicherer Kost als die anderen Pommer- und Schlesierfamilien, die nur in Rationen und mit Karten beziehen konnten, was man zum Leben am dringendsten brauchte, falls sie nicht in die Umgebung zum Hamstern ausschwirrten (sie besaßen ja nichts an beweglichem Gut, das man gegen Fressalien eintauschen konnte, Puppenstuben und Rollschuhe, Uhren und Porzellan waren zum Teil in der Heimat verblieben, zum Teil auf dem Treck Richtung Westen verlorengegangen) oder heimlich vom Papenfußvorrat stibitzten, wenn Mutter aus Mitleid die Kammer nicht abschloß.

Ein weiterer Vorteil der Regelung war, daß Emilie das Essen nicht in eine Kochkiste stellen und ins Obergeschoß tragen mußte, wo es das Zwanzigquadratmeterzimmer, in dem sie wohnten und teilweise schliefen, mit Kohl- oder Fischdunst verpestete. Und am Mittagstisch, bei seinem Freund aus der Jugendzeit, brachte Vater es fertig, den Mund aufzumachen und redete mehr, als er sonst in zwei Wochen mitteilte, wenn sie in der Familie allein blieben. Mutter lauschte dem mit seinem Jugendfreund plaudernden Ludwig teils heiter, teils fassungslos.

»Willst du nicht dein Abitur nachholen, Konrad?« versetzte er bei einer Mahlzeit mit Papenfuß, der Kannmacher ungefragt beipflichtete, »ja, das solltest du bald in Betracht ziehen, junger Mann, jetzt, wo die Schulen wieder aufmachen.«

Konrad befolgte den Ratschlag des Vaters nicht. Er tat nur, als wolle er sich um einen Schulplatz bewerben, und kam mit der Nachricht nach Hause, er habe die Anmeldungsfrist um drei Tage verpaßt. Mit diesem Schwindel verschaffte sich Konrad Luft. Er konnte sich nicht mit der Vorstellung anfreunden, als Exsoldat, dem man das Eiserne Kreuz Erster Klasse verliehen hatte (was er vor seinem Vater selbstredend geheimhielt), wieder auf eine Schulbank zu wechseln. Von Zeit zu Zeit bat er beim Regulatorenhersteller ums vornehme Cabriolet, das in einem Holzschuppen neben der Villa stand, und fuhr allein in der Gegend spazieren oder flog mit seiner Schwester ans Meer aus, wo sie am Steilufer salzige Ostseeluft einsaugten und in Heimaterinnerungen schwelgten. Sein Heimweh besiegen, das konnte er mit diesen Steiluferausfahrten nie. Selbst mit den Frauen, die er kennenlernte, konnte sich Konrad nur kurzfristig ablenken, Beklemmungen und schwindelerregende Leere vergessen.

Oh, er hatte Erfolg bei den Frauen, und nicht zu knapp. Wenn er im Papenfußauto auf kopfsteingepflasterten Straßen um Rathaus und Dom rollte, wandten sie sich zu dem blendend aussehenden Burschen am Steuerrad neugierig um, stellten sich auf die Zehenspitzen, stießen sich, falls sie zu zweit waren, an und die Kessesten winkten. Meistens blieb es bei scheuen Begegnungen, halben Versprechungen, harmlosen Zutraulichkeiten, die in einem spitzen und eiligen Lippenkuß gipfelten. Nur bei einer Kriegswitwe, die Ende Zwanzig war, kam er im Handstreich ans Ziel (und er hatte nichts anderes im Sinn, als sich flink zu befriedigen, ohne Anstrengung oder Verpflichtung).

Elisabeth hatte zwei Kinder und lebte zusammen mit den Eltern des Mannes, der bei der Marine gewesen war, bis er, im Mai '44, mitsamt seinem torpedobeschossenen Kriegsschiff vor Åland versank. Um die Schwiegereltern nichts merken zu lassen, mußte sie auf der Hut sein und konnte nie mehr als zwei Stunden mit Konrad verbringen, was Elisabeth in der Begierde zur Hetze antrieb (einer Hetze, die Konrad nur recht war).

Elisabeth stahl sich um zehn oder elf in der Nacht aus dem Backsteinhaus neben der Volksschule und kam zum vereinbarten, sicherheitshalber von einem ums andere Mal wechselnden, Treffpunkt, wo sie, außer Atem, ins Cabriolet fiel, das Konrad auf finstere Feldwege lenkte oder an einsame Stakenseeuferstellen. Wenn es trocken und warm war, stieg sie aus dem Auto, um sich vor den Scheinwerfern splitternackt auszuziehen, eine Konrads Erregung ins Maßlose steigernde und die an sich zweifelnde Witwe befreiende Ausschweifung, die sie um so schamloser machte: Breitbeinig rekelte sie sich am Boden, bis er sich mit stolpernder Hast von der Hose befreit hatte. Bei Regen und Wind trieben sie es im Pkw, schwangen sich auf die hintere Sitzbank aus Leder, das angenehm glatt, nicht zu weich, nicht zu hart war (und bei der Reibung mit schwitzender, nackter Haut peinlich zu quietschen begann).

Sie war eine angenehm stille Person. Er erfuhr von Elisabeth nur das Notwendigste, wenn eines der Kinder an Masern erkrankt war, das andere an Durchfall, und sie sich nicht freinehmen konnte. Zu dem in der Tiefsee wer weiß wo vermodernden Ehemann schwieg sie sich aus, und auch was seine Eltern anging, blieb sie einsilbig. Elisabeth stellte nur klar, daß sie absolut nichts von der Liebesbeziehung erfahren durften (eine Bedingung, der er mit Erleichterung zustimmte).

Halb betrachtete er sie als williges Flittchen, das einfach zu mannstoll war, um sich zusammenzureißen, halb als geheimnisvoll bleibendes Wesen, das nichts von sich preisgab und Konrad auf Abstand hielt, wenn es um tiefere, seelische Dinge ging (was er wiederum angenehm fand). Niemals zeigte Elisabeth, daß sie verliebt war, und das griff auf Dauer sein Selbstvertrauen an. Er, der ohne Aufwand zur Sache kommen wollte, kam sich von Elisabeths Leichtsinn verunsichert vor. Bei der Liebe verhielt sie sich wie eine Schlampe, was seinen romantischen Vorstellungen widersprach, diesem Rest von romantischer Jugend in Konrad, der allen Kriegs- und Soldatenerfahrungen trotzte und, in seinen Augen, ein luftdicht verschlossener, sauberer Bezirk seiner Seele war.

In einer Juninacht trennten sie sich, wiederum ohne Aufwand und Anstrengung. Als sie fertig waren und sich ins Cabriolet setzten, wollte der Motor nicht anspringen. An seinem Stottern war leicht zu erkennen, warum. Konrad versicherte sich vor den Ausfahrten nie, ob der Wagen ausreichend betankt war. Es war Papenfuß, der sich bei einem Bekannten von Monat zu Monat mit Kraftstoff eindeckte, den er im Gegenzug aus seinem Lager bei Moisling mit restlichen Regulatoren belieferte. Rechtzeitig Benzin zu besorgen, das hatte er anscheinend in diesen Tagen vergessen, was mit Tante Alma zu tun haben mochte, die die pommersche Heimat zwangsweise verlassen und Schwester und Schwager vor mehr als sechs Wochen erreicht hatte (eine Zeit, die sie nutzte, um sich mit den anderen Pommern und Schlesiern im Haus zu zerwerfen und Papenfuß wiederum Honig ums Kinn zu schmieren, was den hilflosen Mann zur Verzweiflung brachte).

Zu Fuß mußte Konrad Elisabeth heimbringen, die in erkennbarer Angst schwebte und sich in vorwurfsvoll eisiges Schweigen verbiß. Und als sie sich voneinander verabschiedeten, im Kastanienschatten vorm Eingang zur Volksschule, machten sie keine neue Verabredung aus. Um einer drohenden Entdeckung zuvorzukommen, beeilte sie sich, in der Nacht zu verschwinden, Konrad wiederum taumelte, halb vor Erleichterung, diese Beziehung beendet zu haben, und halb vor Bedauern, Elisabeth los zu sein, zur efeu- und weinlaubbewachsenen Villa am Ortsrand, wo er sich auf den Stufen der Freitreppe niederließ und eine Havanna-Zigarre von Papenfuß aus seiner Hemdtasche kramte. Erst beschnupperte er sie des langen und breiten, bis er entschlossen das schmalere Ende abbiß, das er in hohem Bogen ins Gras spuckte. Und als er sie mit einem Streichholz in Brand setzte, hatte er Hartmuts durchdringenden Baß im Ohr: »Von Weibern hast du keine Ahnung, die muß man hart anfassen.« Glühwürmchen spielten um den Rhododendronbusch und Nachtfalter raschelten gegen die Wohnzimmerscheiben, wo der schlaflose Regulatorenhersteller mit Pinzetten und Klebstoff ein Flaschenschiff bastelte, um sich Kummer und Zeit zu vertreiben.

In diesen Monaten bei Dr. Papenfuß ermittelte Konrad beharrlich Adressen, um mit seinen Schulkameraden Kontakt aufzunehmen (der Handvoll von Jungs, die am Leben geblieben waren), und schrieb den Freunden ausgiebige Briefe, an Erwin Pfaff, der in Kiel auf die Schule ging, oder an Ferdinand Pooch, der, nahe der Grenze zur russischen Zone, in Uelzen, bei Vater und Stiefmutter lebte.

In der Regel schrieb er diese Briefe vorm Schlafengehen, wenn Vater im Lehnsessel hockte und Zeitung las, ein Hamburger Blatt, das er nie aus der Hand legte (man konnte den Eindruck bekommen, er lerne es auswendig), Helene sich in eine Zeitschrift mit Mode vertiefte (die in einem amerikanischen Carepaket an die Familie aus Schlesien enthalten gewesen war und die sie sich bei den Zwillingen entliehen hatte), und Mutter mit Nadel und Faden hantierte, um schadhafte Socken und Hosen zu stopfen. Im Schneidersitz auf seiner quietschenden Klappliege und mit einem Weltatlas auf beiden Knien, den er als Schreibunterlage benutzte, befreite sich Konrad von seinen verzehrenden Selbstzweifeln, dieser inneren Anspannung, die er als krankhaft betrachtete. Sie paßte nicht zu der Belastbarkeit, die man von einem gewesenen Soldaten verlangen konnte, dem man das Eiserne Kreuz Erster Klasse verliehen hatte. Ja, es war krankhaft, sein Leben in ewiger Angst vor Entdeckung der Schuld zu verbringen, um so mehr, als sie schwer zu benennen und nicht dingfest zu machen war, verwirrend und unsicher blieb. Vor den Freunden, die selber Soldaten gewesen waren, konnte er Zweifel und Niedergeschlagenheit abwerfen und mit seinem Eisernen Kreuz Erster Klasse prahlen, das er vor der Familie verheimlichte. Was er beim Sonderkommando erlebt hatte, schilderte er seinen Freunden mit schwungvollem Leichtsinn, teils witzig, teils locker, teils jugendlich schroff, in Abenteuerberichten bis zu zwanzig Seiten, die keine Spur von Beklemmung und Grauen verrieten, und weihte sie in seine »ruhmreichen Taten« ein. Und aus sich mit Gewohnheit verbindender Auflehnung unterschrieb er sie mit seinem Spitznamen: Alfredo.

Bei Ferdinand Pooch fand er mit diesen Briefen keinen Anklang. Der Sohn des vormaligen Ortsgruppenleiters ging mit keiner Silbe auf Konrads Geschichten ein. Ferdinand Pooch hatte andere Sorgen. Nicht nur seine Entfremdung zu Vater und Stiefmutter war am totalen Zusammenbruch des Schulkameraden schuld. Ferdinand waren zwei Selbstmordversuche mißlungen – ein seine Verbitterung und seinen Selbsthaß ins Maßlose steigerndes Scheitern.

Ferdinand konnte es sich nicht verzeihen, ein fanatischer Nazi gewesen zu sein. Sein unbeirrtes Vertrauen in Hitler war mit der Kriegsniederlage erloschen, und als er vom Ausmaß der Naziverbrechen erfuhr, aus Wochenschauen, Zeitungen, Radionachrichten, brach seine sichere Einstellung in sich zusammen. Er litt an besessener Ausmerzungslust, und ausmerzen mußte man Leute von seinem Schlag, die im Namen eines teuflischen Glaubens Verbrechen begangen hatten, die unvorstellbar waren. Ferdinand konnte es sich nicht verzeihen, aus einer Ortsgruppenleiterfamilie zu kommen und einen Vater zu haben, der nicht im geringsten bereit war, mit seiner Vergangenheit zu brechen.

Wilhelm Pooch vom Kreisheimatmuseum Freiwalde hielt unbeugsam an seinen Auffassungen fest. Vorsichtshalber vertrat er sie nur im Familienkreis, besonders beim Schlagabtausch mit seinem Jungen. Außerhalb der Familie spielte er den unpolitischen Heimatmuseumsdirektor und studierten Historiker, der nur zwei Dingen verbunden war: dem Pommernland und seiner reichen Geschichte. Das Entnazifizierungsverfahren bestand er, ohne jemals ins Stammeln und Schwitzen zu kommen. In der Grenzstadt war Pooch keiner Seele bekannt und bei der Besatzungsmacht ein unbeschriebenes Blatt. Seine Verstellungs- und Anpassungsfertigkeit reichte aus, um beim Kommissionsleiter Eindruck zu schinden. Er bot Wilhelm Pooch eine Arbeit als Archivar in der Besatzungsverwaltung von Uelzen an, was der Familie das Leben entschieden erleichterte, und bald zogen sie aus der Wellblechbaracke am Stadtrand in eine beschlagnahmte

Wohnung um (von frostigem Mauersteinboden auf warmes Parkett), in der den dreien zwei saalgroße Zimmer zustanden. Ferdinands Stiefmutter mußte sich nicht mehr in Warteschlangen einreihen, um Brot zu besorgen, oder zum Wirtschaftsamt rennen, wenn sie einen Kleidungsbezugsschein beantragen wollte.

Ferdinand konnte es sich nicht verzeihen, Nutznießer seines verlogenen Vaters zu sein, den er im Verdacht hatte, auf seinem Posten im Stadtarchiv Papiere und Akten verschwinden zu lassen, die seine Gesinnungsgenossen belasteten. Es machte den Schulkameraden halb wahnsinnig, nicht endlich den Mut aufzubringen, seinen Vater bei den britischen Stellen zu verpfeifen. Das drohte er Pooch bei erbitterten Streitereien um dessen braune Vergangenheit an, die der einstige Ortsgruppenleiter Freiwaldes mit bellender Stimme rechtfertigte. »Das nennst du Mord?« herrschte er seinen Jungen an, »wenn man einen russischen Faulpelz auspeitscht. Konnte ich ahnen, daß er tot zusammenbricht? Wenn ich Leute von minderer Rasse mit Hieben zur Arbeit antreiben muß, ist das kein Mord, Junge. Und wenn sie herzkrank sind, geht das weiß Gott nicht auf mein Konto. Ob wir wollen oder nicht, alle haben wir an einem harten Naturprozess Anteil, der mitleidlos Weizen und Spreu voneinander trennt. Ich war nur ein Werkzeug von Mutter Natur!«

Beim Alten verfing seine Anzeigendrohung nicht, vor einem Waschlappen mußte man sich nicht ins Hemd machen. Nur Luise, die Ferdinands Warnungen ernster nahm, brach in Beschimpfungen gegen den Stiefsohn aus, der zum Familieneinkommen nichts beitrage und um so verfressener sei. Schmarotzerhaft niste er sich bei den Eltern ein, wo er versorgt werde, ein weiches Bett habe, und zum Dank drohe er seinem Vater mit einer hundsgemeinen Denunziation.

Mit Liebe und Zuneigung hatte es nichts zu tun, wenn er sich bei seinen Eltern aufhielt. Sie waren rechtzeitig vorm russischen Einmarsch in Boizenburg mit einem Handkarren nach Uelzen entkommen – ohne Ferdinands Geige, von der sie behaupteten, die sei zu Bruch gegangen, als die Gestapo das Automobil konfisziert habe. Bis seine Stiefmutter, in einem Anfall von Ehrlichkeit (die sich nur der Absicht verdankte, den Stiefsohn zu schurigeln), schonungslos mitteilte, was mit der Geige passiert war, als sie sich auf die Flucht vorbereiteten. Wilhelm Pooch, der das Instrument in seinen Fingern hielt, um es zu den Sachen im Wagen zu tragen, hatte es mit einem Schrei in zwei Teile zerbrochen, indem er es gegen die Zimmerwand schmetterte, aus Rache an seiner verstorbenen ersten Frau, die an der Verweichlichung Ferdinands schuld war.

Nein, mit Liebe und Zuneigung hatte es nichts zu tun, wenn er sich von seinen Alten nicht trennen konnte, mehr mit seiner innerer Haltlosigkeit und dem Mangel an Klarheit, was er mit sich anfangen sollte, oder mit der Bereitschaft, sich selbst zu vernichten, die halb Bestrafung, halb Hilferuf war (beides Dinge, die seinen Erzeuger nicht juckten).

Ferdinand Pooch stieg zum Dachboden hoch, band den Strick, den er bei sich trug, um einen Balken, legte den Hals in die Schlinge und kippte den Schemel um, der beim Fallen ein lautstarkes Poltern verursachte, das eine in diesen Minuten das Treppenhaus wischende Breslauerin alarmierte. Und als sie keuchend im Dachboden ankam, wand sich der Poochsohn bereits auf den Holzbohlen, mit einer blutigen Einkerbung um den Hals, verzweifelt um Luft ringend und weinend. In seiner todesversessenen Ungeduld war es dem Schulkameraden entgangen, daß sein Strick stellenweise zu faserig gewesen war, um sechzig Kilo Gewicht auszuhalten.

Bei seinem zweiten mißlungenen Anlauf hatte er Poochs kleinkalibrige Waffe benutzt, die in einem faustgroßen Mauerloch steckte, das von einer Fußbodenleiste verdeckt war. Und als er sie nachts auf dem Bettrand ans Kinn preßte und mit zitternden Fingern den Abzug bediente, unkontrollierbaren, grauenhaft zitternden Fingern, glitt der Pistolenlauf von seinem Kinn. Ferdinand schoß sich kein Loch in den Kiefer, er traf nur sein Ohr und das Fenster, das prasselnd zersplitterte. Zu einem zweiten Schuß hatte er keine Zeit. Pooch rannte ins Zimmer und packte den Jungen am Arm, den er krachend verrenkte, um an seine Waffe zu kommen, die Ferdinand mit einem Schmerzensschrei fallenließ. »Du Waschlappen kriegst ja nichts fertig«, schrie Wilhelm Pooch, »noch um dir das Leben zu nehmen, bist du zu dumm. Schau dir das an, diese elende Sauerei, alles voll Scherben und Blut, und das nur eines dusslig zerschossenen Ohrlappens wegen!«

Anders verhielt es sich mit Erwin Pfaff, der Konrads Briefe postwendend erwiderte und selber mit Lust in Soldatenerinnerungen schwelgte, die er gegen sein Dasein als Gymnasiast hielt, das unendlich fade und langweilig war. Auch er lebte mit seinen Eltern zusammen, dem im Volkssturm verwundeten Vater und Damenschneider, seiner Mutter, zwei Schwestern und kleinerem Bruder. Alle sechs wohnten in einer Notunterkunft, die Teil eines eilig errichteten Lagers am Stadtrand war, das aus hundert Eisenblechschuppen bestand, die auch »Nissenbehausungen« hießen. Um vor der Familie Ruhe zu haben, schrieb Pfaff seine Briefe in einer Toilettenbaracke, auf dem Holzbalken flegelnd und nie ohne Holzklammer, mit der er sich zum Schutz vor dem scharfen Latrinengestank seine Nase abklemmte. Um mit sich selbst etwas Sinnvolles anzufangen, hatte Erwin beschlossen, zur Schule zu gehen, wo er sich halbtags dem schmutzigen Lager entziehen konnte und eine (allerdings fade und matschige) Mahlzeit bekam, die nichts kostete. Besonders in Mathematik und Latein waren seine schulischen Leistungen mangelhaft, und er zweifelte an einer Zulassung zum Abitur. Nur in diesem Zusammenhang fiel Hartmuts Name, den sie in den Briefen sonst peinlichst vermieden, als ob der Schulkamerad eine schmerzende Narbe sei, die sie nicht wieder aufreißen wollten. Erwin bedauerte wortreich, nicht neben dem Mathematik-As und Spickzettel kritzelnden Freund in der Schulbank zu hocken. »Bei meinen miserablen Mathekenntnissen werde ich nie Abitur machen«, schrieb er an Konrad, der selbst eine Niete in Mathematik war und Erwins Erinnerung an Hildebrandts Spickzettel teilte, die wieder und wieder versetzungsentscheidend gewesen waren. Um so erleichterter war er, den Rat seines Vaters mißachtet zu haben. Ohne Aussicht auf Zulassung zum Abitur auf die Penne zu gehen und Lernstoff zu pauken, als sei man ein unreifer Milchbart von sechzehn Jahren, war eine erbitternde Vorstellung.

Es war Erwin, der dringend zu Besuch kommen wollte, und Konrad, begeistert von dieser Idee, holte sich Vaters Zustimmung ein. Und zur Osterzeit machte der Freund sein Versprechen wahr, lieh sich von einem Bekannten das Motorrad aus und schaffte die Strecke von Kiel bis Lensahn in drei Stunden. Im Vorgarten bockte er seine von Pommer- und Schlesierkindern bestaunte Maschine auf, rieb sich sein von einer Kruste aus Meersalz und Feldstaub bedecktes Gesicht ab, fuhr sich in die blonden, verwegen hochstehenden Haare und stapfte zu den auf der Treppe vorm Hauseingang zu seiner Ankunft versammelten Kannmachers, nicht ohne einen herzhaften Pfiff auszustoßen, der scheinbar der vornehmen, Konrads Familie als Unterkunft dienenden Papenfußvilla galt. Erwin, der Vater und Mutter die Hand reichte und einen Gruß seiner Eltern ausrichtete, kiekte und schielte zu Schwester Helene, die halb verdeckt am gußeisernen Vordachrahmen mit seinen von der Nachmittagssonne beschienenen kobaltblau und rubinrot aufflammenden Buntscheiben lehnte und den Damenschneidersohn mit Interesse betrachtete, eine Neugierde auf beiden Seiten, die Konrad verstimmte, und das nicht aus Eifersucht auf seinen Schulkameraden, von dem er sich, schlagartig steif wie ein Besenstiel und mit widerstrebender Eile, umarmen ließ, was der seine Aufmerksamkeit an Helene verschwendende Freund gar nicht mitzubekommen schien. »Ich verließ einen pommerschen Backfisch«, versetzte der um Schmeicheleien nie verlegene Erwin, als er sich endlich dem »Schwesterlein« zuwenden durfte, die seinen Auftritt aus Handkuß und Tanzschulverbeugung (eine in Konrads Augen blamable Vorstellung) mit einem schamhaften Kichern erwiderte, »und treffe auf eine richtige pommersche Dame.«

Konrad blieb in den kommenden zwei Tagen, die Erwin bei Kannmachers zubrachte, auf dem Quivive. Vieles verband sie, das stand außer Frage, Erinnerungen an eine pommersche Jugendzeit, die voller Mutwillen und Leichtsinn gewesen war, schwerelos, schwungvoll und mitreißend unbefangen. Ja, er war Konrads letzte Verbindung zu dieser Welt aus Wildheit und maßlosen Zukunftserwartungen, seit es den Stophsohn und Hartmut erwischt hatte.

Beim Vergleich mit dem Damenschneiderjungen kam sich Konrad uralt vor. Erwins Sicherheit war unbegreiflich, sein Selbstvertrauen grenzenlos. Zweifel und Niedergeschlagenheit plagten den Schulkumpel nicht im geringsten. Er machte sich keine Gedanken um Recht oder Unrecht, das sinnlose Morden im Krieg. Den deutschen Zusammenbruch betrachtete Erwin als Schicksalsschlag, mit dem man sich notgedrungen abfinden mußte.

Von der Leichtfertigkeit seiner Kriegsschilderungen in den Briefen war Konrad begeistert gewesen (sie waren das Echo auf seine erzwungene Spritzigkeit, wenn er vom Sonderkommando berichtete), anders als von den hilflosen Schreiben aus Uelzen, die er mit wachsendem Widerwillen las. Diese Begeisterung war auf der Stelle verflogen, seit der Schulkamerad in Lensahn war. Unbedenklich von seinen Soldatenerfahrungen zu sprechen, fiel Erwin beileibe nicht schwer, war nicht das Ergebnis von Anstrengung oder Verstellung. Leichtfertigkeit war ein Wesensmerkmal seines Freundes, das sich bis zur Verstocktheit auf alles bezog. Konrad ging dieser Charakterzug gegen den Strich, um so mehr, als er sich auf Helene erstreckte, die sich, kokett und belustigt, von Erwin den Hof machen ließ.

Aus der Zeit in Freiwalde war sie es gewohnt, von den Freunden des Bruders links liegengelassen zu werden, als kleine Schwester, die keine Beachtung verdient. Um so erregender fand sie den Aufwand, mit dem sie der Damenschneiderjunge bei seinem Besuch umwarb. Sie spiegelte sich in den Augen von Erwin Pfaff und bemerkte, ein sinnliches Wesen zu sein, das der Schulfreund des

Bruders begehrenswert fand, eine Erfahrung, die frisch und berauschend war und sie nur unwiderstehlicher machte.

Konrad, der beide beobachtete, war von dieser Entwicklung der Dinge verstimmt. Als Erwin vorschlug, zu dritt an den See zu fahren, im vornehmen Papenfußcabriolet, das er, anerkennend pfeifend, im Schuppen besichtigte, um sich in der Nachmittagssonne zu rekeln, die mit erstaunlicher Kraft vom Aprilhimmel schien, und sich ins Wasser zu werfen, falls es nicht zu kalt sei, nicht ohne zu beichten, er habe kein Badezeug bei sich, was letztlich nicht schlimm sei, sein Unterzeug tue es auch, und am simpelsten sei es ja, nackt in den See zu springen (»Wir rannten zu Hause nie anders als nackig ins Wasser, Alfredo, erinnerst du dich?«), lehnte Konrad mit schroffer Entschiedenheit ab. »Und wenn wir mein Motorrad nehmen?« fragte der Kumpel, der sich dussliger anstellte, als er in Wahrheit war (Konrad merkte im Nu, wenn der Freund auf begriffsstutzig machte), »Ich packe Helene zu mir auf die Sitzbank, und du steigst in den Beiwagen, ist das nicht eine Idee?« – »Kommt nicht in Frage«, erwiderte Konrad, »Helene begleitet uns nicht. Sie ist nur im Weg, wenn wir ernsthafte Dinge besprechen, von Mann zu Mann, Dinge, die kleine Frauen nichts angehen.« Er sagte das absichtlich laut, um der Schwester, die sich mit Getue die Haare zum Zopf flocht, einen Fuß auf der Stoßstange, scheinbar zerstreut, von Anfang an einzubleuen, was er nicht duldete: eine Einmischung in seine Freundschaftsbeziehungen. Schmollend stieß sich Helene vom Papenfußauto ab, um mit aufreizend wiegenden Schritten ins Haus zu gehen.

Oh ja, er beobachtete seine Schwester mit anderer Wachheit als in der Vergangenheit. Sie war langbeinig, schlank, hatte fliegendes blondes Haar, einen feinen Gesichtsschnitt mit schnurgerader Nase, graublaue Augen mit auffallenden schwarzen Brauen, die buschiger waren als bei anderen jungen Frauen und dem Gesicht einen Anflug von Herbheit verliehen, die im anziehenden Widerspruch zu seiner sonstigen Zartheit samt vollen und sinnlichen Lippen stand. Diesen sinnlichen Mund teilt sie mit dem Bruder, nebst Augenbrauen, schnurgerader Nase und Storchenbeinen. Sie hatte bereits, trotz des Alters von erst sechzehn Jahren, einen Busen, der ansehnlich rund war und von dem sich die Augen des Kumpels nicht losreißen konnten.

Einem Menschen vom Schlag seines Schulkameraden, der wahllos mit Flittchen und Huren verkehrte und keine wahren Empfindungen kannte, durfte man seine Schwester nicht anvertrauen, die eine reine und schuldlose Seele war. Konrad verbohrte sich in diese Vorstellung eines vom Krieg nicht besudelten Teils der Familie: Mutter und Schwester. Sie bot Halt und Erleichterung, wenn er sich selber unendlich beschmutzt und zerrissen vorkam.

Was seine Schwester von Mutter ererbt hatte, war diese schwer zu begreifende Zuversicht, die sie anziehend heiter sein ließ. Wetterwendisch und zickig benahm sich Helene nie, von Tag zu Tag war sie ein Ausbund an Gleichmut und Lebenslust. Diese Zuversicht durfte der Freund nicht kaputtmachen, indem er sie mit seiner Roheit verdarb.

Bei Nacht konnte Konrad kein Auge zutun. Scharf paßte er auf den Schulkameraden auf, der seine quietschende Liege bekommen hatte (er selbst schlug sein Nachtlager auf einem Sessel auf, der als Beobachtungsposten von Vorteil war) und neben dem Bettsofa mit Konrads Schwester schlief, die sich, von Decken verschluckt, nicht bewegte. Keine zwei Meter vom Gegenstand seines Begehrens entfernt warf sich Erwin vor Unrast und Anspannung von einer Seite zur anderen. Konrad blieb in Habachtstellung, Stunden um Stunden, um sich seinen Schulkameraden zu schnappen, falls er vorhatte, heimlich den Schlafplatz zu wechseln und zu seiner Schwester zu kriechen.

Tief in der Nacht kam es zu einem Zwischenfall. Nicht ohne zu Konrad im Sessel zu spitzen, der sich nicht bewegte, als schlafe er fest, holte Erwin sein steifes Geschlecht aus der Hose, das er keuchend zu reiben begann, unbeeindruckt vom quengelnden Wackelgestell seiner Klappliege. Eine knappe Minute, mehr brauchte sein Kumpel nicht, um mit einem Grunzen zu kommen. Er wischte den Samen an der Schlafanzughose ab, verstaute seinen Pillermann wieder im Hosenschlitz und tappte barfuß zum Klo auf dem Korridor.

Als ein aschgrauer Himmel aufzog, konnte Konrad sich nicht mehr zum Wachhalten zwingen, und erst mit den Stimmen, die klar aus dem Garten ins Zimmer drangen, schreckte er hoch. Mit schmerzendem Kreuz schob er sich aus dem Lehnsessel und eilte zum Fenster, wo er die Gardine beiseiteschob. Er entdeckte den Schulkameraden im Garten, wo er im Schlafanzug vor seiner Schwester im Gras kniete, die, wiederum nur mit dem Nachthemd bekleidet, das aus dem Besitz von Frau Papenfuß stammte und an den entscheidenden Stellen zu weit war, halb keck, halb verlegen am Baum lehnte. Den rechten Fuß stemmte sie gegen den Stamm, um ein Knie aus dem Seidenstoff linsen zu lassen, das den Pfaffjungen sichtlich in Aufruhr versetzte.

Konrad beeilte sich, in seine Sachen zu steigen und dem Treiben im Garten ein Ende zu machen. Als er mit finsterem Gesicht aus dem Haus kam, fiel es seinem Schulkameraden ersichtlich schwer, sich ein freches Grienen zu verkneifen. Und dieses Grinsen, das Konrad verbitterte, behielt er am Kaffeetisch bei. »Was machen wir heute, Alfredo?« versetzte er, »wollen wir nicht alle zur Ostsee karjolen? Das ist reinstes Badestrandwetter, was meinst du?«, und bei diesem »du« linste er zu Helene, die in Begeisterungsrufe ausbrach. »Wer ist Alfredo?« verlangte Herr Papenfuß, dem Konrads Spitzname unbekannt war, von der versammelten Runde zu wissen, die vor Betretenheit hustete (Mutter) oder ein Fußbad anrichtete (Vater, der seine Tasse aus Meißener Porzellan, aus der er zu trinken beabsichtigt hatte, unverrichteter Dinge und klirrend auf den Tisch stellte). Niemand aus der Familie gab eine Antwort.

Dieses verbissene Schweigen nahm Erwin zum Anlaß, um mit Partisanenjagderlebnissen Eindruck zu schinden. Absolut unbefangen redete er von den Feldscheunen oder verlassenen Landsitzen, die die Polen als Verstecke benutzt hatten. »Wenn wir sie unbemerkt von allen Seiten umstellt hatten, schlugen wir los. Je unvorbereiteter sie auf den Angriff waren, um so geringer fielen unsere Verluste aus. Und wir waren erst mit unserer Arbeit zufrieden, wenn der letzte Scheißpole erledigt war.«

Wieder herrschte betretenes Schweigen am Tisch, was den Schulkameraden nicht juckte. »Besorgt waren Hartmut und ich nur um Konrad«, versetzte er mit einem Zwinkern zu Papenfuß, der den Eindruck erweckte, dem Jungen mit Interesse zu lauschen, und sich eine Havanna-Zigarre ansteckte, »kein Einsatz, vor dem sich Alfredo nicht naß machte. Habe ich recht, Junge, ging dir der Arsch nicht auf Grundeis?« Konrad litt, ohne sich zu rechtfertigen oder dem Schulkumpel zu widersprechen, der mit seiner falschen Vertraulichkeit Rache nahm (an Konrads Aufsichtsverklemmtheiten um seine Schwester).

Zu weit treiben wollte es Erwin anscheinend nicht. »Oh ja, eine Memme, das war er, bis zu dieser Sache beim Gutshof, den wir nie erreicht haben. Sie lauerten uns bereits einen Kilometer vorm Einsatzziel auf, diese Scheißkerle, um uns mit Lust an den Eiern zu packen. Ich bekam einen Volltreffer ab, liebe Leute, und wenn ich den Heldentod haarscharf verpaßt habe und mit euch zusammen am Kaffeetisch sitze – echter Bohnenkaffee, Kirschmarmelade, was will man mehr? –, verdanke ich das meinen Freund Konrad Kannmacher, der sich rechtzeitig von unserer Gruppe entfernt hatte und dem einen der Polen seine Fresse zersiebte. Im Handumdrehen sollte aus Konrad, dem Schisser, ein tapferer, deutscher Soldat werden.«

Konrad verwirrte den Kumpel mit seinem vor Peinlichkeitsqualen verzerrten Gesicht. Erwin konnte sich nicht im entferntesten vorstellen, wie sehr er sich vor der Familie vergaloppierte. An Ludwig Kannmachers Ruf in Freiwalde (als Judenfreund, Kriegsgegner, Freimaurer, Saboteur) – ein Ruf, der Vergeltungsmaßnahmen provozieren konnte, was Alma dem Schwager beharrlich aufs Butterbrot schmierte, dem sie dringend ans Herz legte, in die Partei einzutreten, um mit diesem Schritt dem Gerede ein Ende zu machen – erinnerte er sich nicht mehr. Zum anderen war es der Freund nicht gewohnt, mit seinen Soldatenerfahrungen auf Unmut zu stoßen. Vom Krieg schwadronierte er frei von der Leber weg, ob das in der Barackenstadt oder der Schule war, wo er Zustimmung, Achtung und Beifall einheimste. Es waren ja keine politischen Dinge, die er am Papenfußkaffeetisch von sich gab, politische Ansichten hatte er nicht – und wenn er sie hatte, verschluckte er sie, was in diesen schwierigen Zeiten am ratsamsten war.

»Na, was sonst, hat man dir nicht das Eiserne Kreuz Erster Klasse verliehen?« versetzte der Jugendfreund in einer Mischung aus Rechthaberei und Verunsicherung. »Eine Verwechslung«, stammelte Konrad, der dringend die Notbremse ziehen mußte, »das EK2 haben sie mir verliehen, nur das EK2.« – »Und das EK2«, warf Herr Papenfuß ein, »hat unser Adolf millionenfach verteilen lassen.« Mit dieser Bemerkung verschaffte er Konrad Luft, der sich von seiner Serviette befreite, die er zusammenrollte und in den Silberring schob, um den Schulkameraden zum Aufbruch zu zwingen, der sich mit einem bedauernden Grunzen erhob.

Sie bretterten mit dem Motorrad zum Stakensee, wo sie sich nackt an den Uferrand flegelten und in der Aprilsonne brutzelten. Beide waren sie hundsmiserabler Laune, was Konrad verschlossen und einsilbig machte. Erwin wiederum, der sich verdrossen am Sack kratzte, war um so redseliger. »Was ist mit dir los, Alter?« wollte er wissen, »ich erkenne meinen Freund nicht mehr wieder. Deine Spießigkeit ist nicht zum Aushalten! Als wir jung waren, teilten wir alles, nicht wahr? Diese Verbissenheit, Mann, mit der du deine Schwester abschottest, vor mir, deinem Kumpel …«, er lehnte sich auf beide Ellenbogen, sammelte Schleim in der Kehle und spuckte ins Wasser, »… als ob sie der Teufel holt, wenn ich sie stoße. Was ich niemals vorhatte, Ehrenwort! Einen Keil zwischen unsere beiden Familien zu treiben war nie meine Absicht, Alfredo – erst recht nicht, um einer zerrissenen Jungfernhaut willen«, bemerkte er kichernd (und kratzte sich wieder am Sack), »um ehrlich zu sein, bin ich keiner von diesen Jungs, die mit besonderer Leidenschaft Jungfrauen aufspießen. Habe ich an der Front erlebt, war eine ziemlich hysterische Sache, versichere ich dir. Und eine blutige Schmiererei, Himmelarschwolkenbruch!«

Konrad erwiderte nichts. Erstens nahm er dem andern sein Ehrenwort nicht ab. Zweitens war es zu schwer, seinem Freund auseinanderzusetzen, warum er Helene bewachte (und aussichtslos bei einem Menschen von seinem Charakter).

Erst als sie ins eiskalte Stakenseewasser sprangen, besserte sich Konrads Stimmung. Sie bespritzten sich, schwammen um die Wette und tauchten den anderen unter, bis er keine Luft mehr bekam und sich freiboxen mußte. Mit Brunftschreien, nicht anders als in der Vergangenheit, balgten sich Konrad und Erwin im Ufergras, um wieder trocken zu werden. Und schlagartig hielten sie inne, als beiden das Schicksal der Freunde einfiel. Keiner fragte den andern, was los ist, an wen er denkt, das wußten sie, ohne ein Wort miteinander zu wechseln.

»Konntest du Hartmut nicht retten?« verlangte der Kumpel mit heiserer Stimme zu wissen, eine Frage, die Konrad zusammenzucken ließ. »Ich war in der Kaserne«, erwiderte er erregt, »wo ich mich von einem anderen Einsatz erholte. Als es passierte, war ich in Stettin, nicht mit Hartmut zusammen, verstanden?« – »Ist ja man gut, Junge«, wiegelte Erwin ab. Sie schwiegen, bis Konrad sich wieder beruhigt hatte. »Was ich weiß, weiß ich nur aus Berichten von anderen Sonderkommandomitgliedern«, versetzte er schluckend, »die an diesem Auftrag beteiligt waren«, und wiederholte den Briefschwindel an Hartmuts Eltern, an den er sich klammerte, als sei er wahr.

Ob er mit dieser Darstellung Glauben fand, war schwer zu sagen. Erwin stieß einen Seufzer aus, ließ sich ins Gras sinken und stierte stumm, mit im Nacken verflochtenen Fingern, zum blauen Aprilhimmel hoch. Konrads Behauptung in Zweifel zu ziehen war zwecklos, das wußte der Freund nur zu gut – alle anderen Sonderkommandomitglieder, die sie ins Wanken bringen konnten, waren tot.

In Konrads Erleichterung, den Schulkumpel los zu sein, der sich am anderen Tag aufs Motorrad schwang und eine Staubwolke aufwirbelte, als er losraste, mischten sich Groll und Verbitterung. Er lehnte am Gartentor, bis sich der Staub wieder legte, der Erwin verschlungen hatte. Was sie miteinander verband, waren Erinnerungen an eine restlos vernichtete Jugendzeit. Sie hatten sich mit einer Wucht voneinander entfernt, die sie ratlos und unmutig machte.

Erwins Beklommenheit hielt sich in Grenzen, was seinem Charakter entsprach. Als drei Tage um waren, schickte er einen Brief, in dem er sich bei der Familie bedankte und einen zweiten Besuch in Lensahn zu den Pfingstfeiertagen vorschlug. Konrad ließ Wochen verstreichen, bis er Erwins Zeilen erwiderte, ohne nur mit einer Silbe auf seine Besuchsabsicht einzugehen. Er mußte sich zu diesem Antwortbrief zwingen, der wesentlich knapper und lustloser ausfiel als alle bisherigen Briefe an Erwin. Ja, er war sich nicht sicher, ob es nicht am besten sei, ganz mit dem Schulkameraden zu brechen, ein Schnitt, zu dem er sich am Ende nicht durchringen konnte, aus Treue, Gewohnheit, Erinnerungsseligkeit, er wußte selbst nicht, warum.

Konrads Krise vertiefte sich in diesen Wochen. Aus Zufall entdeckte er in der vom Vater bezogenen Zeitung ein Photo von der an der Alster erdrosselten Kleinen aus Pommern, eine Aufnahme, die sie mit zehn oder elf zeigte, fleckig, verschwommen, nicht gut zu erkennen, und trotzdem erkannte er sie an den Augen, die sich fragend und scheu auf die Kamera richteten. Sie war nur eines von mehreren Opfern gewesen, entnahm er dem Zeitungsbericht. Bis man den Verbrecher in Barmbek erwischte, wo er eine Bombenruine bewohnte, hatte er zwischen September und Februar sechs junge Frauen ermordet. Bereits bei der ersten Befragung vorm Haftrichter hatte der Mann sich als schuldig bekannt, ja einen weiteren Mord zugegeben, von dem die Ermittler nichts wußten (es fehlte der Leichnam, den er in der Elbe versenkt hatte).

Nicht der sich fix wiederholende Tathergang war es, den Konrad besonders schockierend fand: Der Mann hatte erst seine Opfer ermordet (wechselweise erstochen, erschlagen, erdrosselt), um sie im Anschluß an seine Tat zu vergewaltigen, was der

Zeitungsreporter als klaren Beweis »abnormalen Verhaltens« betrachtete. »Nur einem krankhaften Monster«, hieß es im Artikel, »wird man diese Scheußlichkeit zutrauen. Wer dem geschlechtlichen Mißbrauch von Frauenleichen dem Mißbrauch lebendiger Frauen den Vorzug gibt, muß in unseren Augen als abartig gelten.«

Was Konrad entsetzte, waren andere Dinge, auf die er am Ende des Dreispalters stieß, als ob sie der Autor absichtlich versteckt habe, eine Handvoll von Angaben um die Person des Verbrechers, einen aus der Kriegsgefangenschaft bei den Tommys im Juni entlaufener Wehrmachtsoldat, der mehr oder minder sein Alter besaß und, bei der Verteidigung Brombergs verletzt, knapp vier Monate im Lazarett verbracht hatte, um in den verbleibenden Wochen bis Kriegsende nur noch in Hamburgs Umgebung zum Einsatz zu kommen. Denkbar, er war »Jack the ripper« (der Spitzname prangte im Titel) in Bromberg begegnet. Denkbar, der Bursche war Teil seiner Einheit gewesen, die man von Bromberg aus auf Partisanenjagd schickte. Das ließ sich aus dem Artikel nicht schließen, was Konrad veranlaßte, sich das Gehirn zu zermartern, ob in seiner Einheit ein Barmbeker Junge gewesen war (er konnte sich nicht mehr erinnern).

Von Ahlbeck zu Unrecht beschuldigt zu haben, war eine andere Sache, die Konrad beklommen machte und seine Zweifel an sich auf die Spitze trieb. Sie bezogen sich nicht mehr nur auf seine Kriegs- und Soldatenbegeisterung vor achtzehn Monaten, die mit dem Zusammenbruch zerstoben war. Was Konrad verschlang, war ein schwindelerregender Strudel aus Haltlosigkeit. Er ging stundenlang in der Umgebung spazieren oder lieh sich das Auto von Papenfuß aus, um rastlos von Ortschaft zu Ortschaft zu brausen, warf sich in die Ostsee und schwamm kilometerweit, bis die Kraft in den Armen erlahmte. Bei aller Unruhe kam er sich krank und zerschlagen vor, litt an verzehrender Lustlosigkeit. Er schrieb keine Briefe mehr, und alle Schreiben, die eintrafen, legte er in seine Mappe, ohne Neugier und Mut, sie zu lesen. Nachts, wenn er schreiend und verschwitzt aus dem

Schlaf schreckte, war er im Traum in der Erde erwacht, wo er, irrigerweise von Hartmut verscharrt, bei lebendigem Leibe verfaulte.

Ich bin eine Vertriebene!

Ende April '46 stand Alma im Garten, zwischen zwei Holzkoffern, hager und vorwurfsvoll. Die aus dem Hauseingang linsenden Pommer- und Schlesierkinder betrachteten sie voller Neugier und Freudlosigkeit. Sie schienen zu ahnen, was mit Almas Einzug ins Papenfußhaus auf sie zukommen sollte. Tante Alma blieb stur vor der Freitreppe stehen. Es beleidigte sie, nicht mit Jubel und Trubel von Schwester und Schwager empfangen zu werden (nur von drei Rotznasen, die sie nicht kannte).

»Wer sind Sie?« versetzte sie schroff gegen Papenfuß, der im Treppenhaus auftauchte und sich verschlafen sein Blumenkohlknospenohr kraulte. Vormittags zog sich der Hausherr nie richtig an, hockte in Hausschlappen, Schlafanzug und einem seidenen Morgenrock vor seinem Radio oder schlurfte, halb brabbelnd, halb schimpfend, von Zimmer zu Zimmer, um festzustellen, ob etwas fehlte, was sich von den fremden Familien im Haus auf dem Schwarzmarkt zu Geld machen ließ.

Papenfuß kniff beide Augen zusammen und betrachtete Alma, teils ratlos, teils unfreundlich. »Und wer sind *Sie*, wenn ich fragen darf?« knurrte er, »ich muß keinen Menschen mehr aufnehmen, mein Schuppen ist rappelvoll. Das habe ich amtlich, verstehen Sie, gute Frau? Treten Sie wieder den Heimweg an!« Von einem um elf Uhr am Mittag in Schlappen und Schlafanzug steckenden Menschen mit Stoppelbart ließ sich eine Alma nichts sagen! Sie mochte drei Tage auf Reisen gewesen sein und schlaflos in stinkenden Holzklassewagen verbracht haben, zwischen Federvieh, Ziegen und filzigen Bauern, ohne zu einer richtigen Mahlzeit zu kommen, von stundenlangen Schikanen an der Grenze zu schweigen – sie war nicht der Mensch, der sich kleinkriegen ließ. Und dieses »Treten Sie wieder den Heimweg an!« machte sie fuchsteufelswild. Mit energischen Schritten lief sie auf den Hausherrn zu. »Sie wissen ja nicht, was Sie sagen, Sie Unmensch«, das war der erste Satz, den sie dem Mann vor den Latz knallte, der von Almas Auftritt beeindruckt den Kopf einzog, und der zweite: »Ich bin keiner von diesen Feiglingen, die sich vor den Russen verpißt haben, klar? Mich haben Mongolen und Polen vertrieben! Ich bin eine Vertriebene«, keifte sie außer sich, »zum Mitschreiben: Ei-ne Ver-trie-be-ne! Und ich, ich soll wieder den Heimweg antreten, Sie Mistkruke?«

Es war diese erste Begegnung mit Alma, die Papenfuß nicht mehr vergaß. Ansonsten kein weicher und lenksamer Mensch, faßte er Alma in Zukunft mit Samthandschuhen an. Wenn es in der Familie zu Spannungen kam, die man in seinem Beisein am Mittagstisch austrug, schlug er sich mit Sicherheit auf Almas Seite, fand das, was sie von sich gab, »mehr als berechtigt«, »bedenkenswert«, »scharfsinnig«, »tief« oder »inhaltsreich«.

Wenn es um Emilies Schwester ging, hatte der kantige Mann keinen Mumm in den Knochen. Als erstes erlaubte er Alma, ins Erdgeschoß einzuziehen, wo sie alleine ein Zimmer bewohnte, das eigentlich seine Verwandten und Freunde belegten, wenn sie in Lensahn zu Besuch kamen – und als sich seine Lieblingskusine anmeldete, mußte er sie schweren Herzens verprellen. Alma durfte sein Bad mitbenutzen, sich stundenlang Beine und Achseln rasieren, im Schaumwasser planschen und Lieder anstimmen (die teils aus der Vorkriegs- und teils aus der Nazizeit stammten). Das war erst der Anfang: Bald sprach sie den Hausherrn in zwitschernder Plumpheit beim Vornamen an, was dieser sich ohne ein Stirnrunzeln bieten ließ – er selbst allerdings nannte Alma beharrlich »Frau Riensberg« –, machte sein Bett, legte Hemd und Krawatte bereit, putzte Schuhe und Schlafzimmerfenster (alles Aufgaben, die sie Emilie abnahm), sei es, um mit dem Witwer vertrauter zu werden, sei es, um sich seelenruhig in seinem Schrank umzuschauen, der massenhaft Unterzeug, Kleider und Jacken enthielt, die von seiner verstorbenen Frau stammten.

Auch als sie ein Kleid von Frau Papenfuß anzog, in dem sie sich stumm an den Mittagstisch setzte – ein Kleid, das der hageren Alma zu weit war, sackartig um Schultern und Taille schlackerte –, machte er keine Anstalten, aufzubegehren. Papenfuß schwieg zu dem peinlichen Aufzug, trotz Almas Erregung, die nicht zu verkennen war, einer Mischung aus Unsicherheit und Gefallsucht. Wenn er nachts seine Bastelarbeiten aufnehmen wollte, tappte Alma ins Zimmer und machte den Vorschlag, Schach oder Kanaster zu spielen. Das Schachspiel beherrschte sie nicht im geringsten – sie wollte den Witwer, der vor einer Ewigkeit Schachmeister Holsteins gewesen war, nur mit dem Anschein besonderer geistiger Gaben beeindrucken, die einer kommenden Industriellengattin gut zu Gesicht standen.

Zum Schachspiel mit Alma ließ er sich nie breitschlagen, was sie, bei aller Erleichterung, verstimmte. »Sie scheinen mir nichts zuzutrauen«, meinte sie schnippisch, ein Verdacht, den der Witwer, versteht sich, weit von sich wies. Um so verbissener weihte sie Papenfuß bei Kanaster und Rommé in chemisches Wissen ein, das sie noch aus der Lehrzeit in Potsdam parat hatte, als sie sich von einem Verwandten des Vaters ins Apothekerhandwerk hatte einweisen lassen. Dieser Schwippschwager hatte Chemie studiert und wandte mit Vorliebe seine naturwissenschaftlichen Kenntnisse ins Philosophische. Alles, was sich zwischen Himmel und Erde abspielte, war in seinen Augen nur ein Sichverbinden und Abstoßen von Elementen, die am Ende ein anderes chemisches Gleichgewicht bildeten.

Das war eine Weltsicht, die Alma als junge Frau mit protestantischem Eifer verinnerlicht hatte, um so mehr, als sie einfach und anschaulich war, ohne es an methodischer Strenge vermissen zu lassen, und sich mit Entschiedenheit vortragen ließ (einer

Alma entsprechenden Unbeugsamkeit), bis sie, bereits Ende der zwanziger Jahre, mit Adolf Hitlers Ideen Bekanntschaft schloß, Ideen von einer Entschlossenheit und Unerbittlichkeit, die sie in Taumel versetzten und Alma den »ollen Chemiehokuspokus« verleideten, von dem sie sich schleunigst verabschiedet hatte, um sich diesen Idealen aus Feuer und Stahl zu verschreiben.

Selbst wenn sie sich von Ideen begeistern ließ, die dem witzlosen Leben einen Anstrich von Glanz verliehen, blieb Alma ein Mensch, der zu rechnen verstand. Apotheker waren keine versponnenen Pillendreher, das hatte bereits Almas Vater betont, Apotheker waren hart kalkulierende Kaufleute, und aus Hitlers Ideen, das war nicht zu bestreiten, ließ sich in der neuen Zeit kein Kapital schlagen, eine Entwicklung, die Alma bedauerte, ohne deshalb vor Groll zu vergehen. Sie war eine zu praktisch veranlagte Frau, um mit dem nationalsozialistischen Schicksal zu hadern (außer, aus Zanksucht, im Kreis der Familie). Und es war Almas praktischer Sinn, der sie wieder, der Einfachheit halber, zur »chemischen Weltsicht« trieb, die mit zwei wertvollen Vorteilen verbunden war: widerspruchsfrei und politisch nicht heikel zu sein. Alma vertrat diese Weltsicht mit Leidenschaft und hielt monatelang an der Vorstellung fest, sich aus chemischen Bausteinen zusammenzusetzen, die sich zu den Bausteinen des Witwers und Industriellen verhielten wie Kohlen- zu Sauerstoff. Mit anderen Worten: Sie waren ein Paar, das nicht besser zusammenpassen konnte.

Das mit den chemischen Gleichungen war eine fixe Idee aus der Jugendzeit Almas, als sie in Ludwig verschossen gewesen war (eine Verliebtheit, die sie nicht mehr wahrhaben wollte), der sich zu guter Letzt mit Emilie verheiratet hatte (allen chemischen Formeln und Gleichungen zum Trotz), ein simples Schema, das sie wiederholte, mit einer Verstocktheit und dringlichen Blindheit, als ob sie in Wahrheit vom Scheitern besessen sei.

Von Anfang an legte sie sich mit den anderen Pommer- und Schlesierfamilien an, die vor den mongolischen Horden verduftet waren – was Alma als »feigen Verrat« oder »ehrlosen Mangel an Opferbereitschaft« betrachtete – und nichts als Verachtung verdienten. »Meine Schuld ist es nicht«, sagte sie zu Karl Eduard, »wenn Sie drei fremde Familien am Hals haben. Ich hatte vor, unser pommersches Heimatland mit meinem pommerschen Blut zu verteidigen, und habe entsetzliche Dinge erlebt, unvorstellbare, grausame Dinge, mein Freund, die ich, um Sie zu schonen, besser in mir verschließe. Oder wollen Sie das wissen?« Karl Eduard wollte nicht (und schielte stiekum zu Leim und Pinzette).

Alma grenzte sich scharf von den Feiglingen ab, die dem Hausherrn mit atemberaubender Selbstsucht und Frechheit das Leben schwermachten. Sie konnte zur Furie werden, wenn Pommer- und Schlesierfrauen im Treppenhaus schnatterten; wenn jemand zur Mittagszeit mit seinen Holzpantinen klapperte; oder wenn wieder ein achtloser Schlesiervater seine Kippen im Garten verstreut hatte. »Ruhe!« keifte sie in den Flur oder »Sie sind ein Schwein!«, mit einer Stimme, die allen ins Mark ging. Wen sie mit besonderer Strenge verfolgte, das waren die sechs Kinder im Papenfußhaus, von den treppauf, treppab polternden Rotznasen, die auf dem Flur Blinde Kuh oder Fangen spielten, bis zu den zwei halbstarken Bengeln von sechzehn Jahren, diesen Schweinigeleien krakeelenden Mistkerlen und maulenden, stinkenden, rauchenden Klohockern (was sie sonst auf dem Treppenklo im ersten Stock trieben, das sie viertel- bis halbstundenweise besetzt hielten, konnte und wollte sich Alma nicht vorstellen).

Alma brach einen erbitterten Kleinkrieg vom Zaun. Vom Garten aus konnte man unbemerkt in den Parterrebereich mit der Zentralheizung vordringen, den Waschkesseln, Herdstellen und Kammern, die Garten- und Haushaltswerkzeuge enthielten. Alma brachte ein Schloß vor dem Vorratsraum an, als sie mitbekam, daß sich die fremden Familien klammheimlich mit Kohl und Kartoffeln eindeckten, Fleischdosen klauten und Erbsen abschleppten (das ging mit Emilies Billigung vor sich, was Alma veranlaßte, sie bei der Mittagsmahlzeit in die Mangel zu nehmen). Sie lauerte heimlich den Rotznasen auf, die an verregneten Tagen im Treppenhaus spielten, und teilte freigebig Backpfeifen aus oder zerrte die zappelnden Blagen am Ohr zu den Eltern, die es zu verantworten hatten, wenn sie randalierten und keine Benimmregeln kannten.

Schwerer war es, die halbstarken Jungs zu beeindrucken. Sie machten sich nichts aus dem keifenden Hausdrachen und entwischten den Besenstielhieben mit Leichtigkeit; retteten sich in den Garten und kletterten wieselflink auf einen Apfelbaum, aus dem sie Alma als »runzlige Tucke« verspotteten; oder entkamen ins Treppenklo, vor dem sie stundenlang Wache stand, ohne die Kerls zu erwischen, die sich aus der Dachluke mogelten und im Freien bereits wieder Dummheiten anstellten. Ja, bei einer Gelegenheit, als sie den Jungs auf den Fersen war und mit dem Besenstiel ausholte, konnte sie sich nicht im Gleichgewicht halten, knallte zu Boden und brach sich den rechten Arm, den sie acht Wochen in Gips tragen mußte (zur hechelnden Freude der Pommer- und Schlesierfamilien); und bei einer andern traf sie aus Versehen die Kristallkaroscheibe im Eingang zum Wohnzimmer, dieses kostbare und unersetzbare Glas, das mit ohrenzerreißendem Scheppern zu Bruch ging.

Bei allen Schlappen, die sie in der Kabbelei mit den Familien einstecken mußte, ging der Kleinkrieg am Ende zugunsten von Alma aus. Es begann mit dem Breslauer Großhandelskaufmann, der beim Wohnungsamt vorsprach, um sich zu erkundigen, ob keine andere Bleibe vorhanden sei. Als drei Monate um waren, erhielt er Bescheid, in der Pfarrei von Lensahn seien zwei Dachbodenkammern frei, die er im Handumdrehen mit seinen Blagen bezog, was die beiden verbliebenen Familien ermutigte, dem Beispiel des schlesischen Schlusohrs zu folgen. Trotzdem stellte der Sieg sich nicht holterdiepolter ein. Bis im Papenfußhaus keine Fremden mehr lebten, vergingen von Spannungen und Feindseligkeiten begleitete anderthalb Jahre. Als der Breslauer Großhandelskaufmann das Haus verließ, schickte das Amt eine andere Sippe, die Alma erst wieder langwierig vergraulen mußte, und diese Leute, das machte die Sache verzwickter, waren aus der pommerschen Heimat Vertriebene wie sie und ließen sich nicht mit moralischer Selbstherrlichkeit und Verachtung als Feiglinge abstempeln.

Diese nervenaufreibenden Hemmnisse waren es nicht, die Emilies Schwester verbitterten. Wenn es um Leidenschaft und Energie ging, ließ sich Tante Alma von niemandem schlagen. Es war Karl Eduard Papenfuß, der sie verbitterte. Alma rechnete nicht mit der Undankbarkeit, mit der er sie aus der Parterrewohnung scheuchte, als sie das Haus von den Fremden befreit hatte (mit Ausnahme einer Familie aus Ostpreußen, die hinhaltend Widerstand leistete). Karl Eduard bat sie, verlegen und wortreich, in eines der Zimmer zu ziehen, die im ersten Stock leerstanden und erheblich mehr Platz boten als seine Kammer im Erdgeschoß, in der er, das werde sie sicher verstehen, wieder seine Verwandten und Freunde empfangen wolle.

Und ob Tante Alma verstand: Das war eine zweite Vertreibung! Alle heimlichen Vorstellungen einer Verbindung zum Witwer und Industriellen waren Dummheiten, die sie sich austreiben mußte. Blind gewesen zu sein, konnte Alma sich nicht verzeihen. Es fehlte den Deutschen im Westen an Seele und Tiefgang, von Anstand zu schweigen. Und diese Holsteiner legten besondere Dumpfheit und Dickfelligkeit an den Tag. Ein grobianischer Menschenschlag aus ungehobelten Bauern! Verkniffen und grollend zog Alma am anderen Tag aus dem Zimmer im Erdgeschoß aus und wechselte nie mehr ein Wort mit dem Hausherrn, der neun Jahre nach Kriegsende in einen am Stakenseeufer errichteten Bungalow auswich, der seinem Ansehen besser entsprach – dem eines aufs neue erfolgreichen Industriellen – und der eine junge Eutiner Blondine zur Frau nahm (»eine Kuh«, grollte Alma, »mit Milcheutern und krummen Beinen. Ist ja klar, wer ein Holsteiner Bauer ist, heiratet seine Kuh«).

Schwer zu sagen, was in Ludwig Kannmacher vorging, als Alma vorm Haus in der Sandkuhle aufkreuzte, Ende April '46. Er hatte – aus Mitleid, Verpflichtung und Reue – die von Felix, seinem

Bruder, drei Tage vorm Hochzeitstermin im Julei '26 verlassene Braut zwanzig Jahre im Haushalt ertragen und war mit Emilie niemals alleine gewesen, wenn man eine Handvoll von Wochen abzog, die Alma zu Anfang der Ehe mit Riensberg – sie heirateten im August '39 – in der neuen Wohnung am Kopfberg verbracht hatte. Im September bereits brach der stramme SA-Mann zum Feldzug ins polnische Nachbarland auf.

Als Almas Stimme vom Garten ins Zimmer drang, schrill und keifend, verzerrte sich Vaters Gesicht. Er ließ die Zeitung zu Boden fallen, die er sonst mit peinlicher Sorgfalt zusammenlegte, indem er sie mit seinem Daumennagel falzte (verkrumpelte Zeitungen waren Vater ein Greuel!), nahm mit zitternder Hand seine Hornbrille ab und starrte verzweifelt zu Konrad, der mit einem Sprung von der Klappliege hechtete. »Ist das Alma?« verlangte er heiser zu wissen und sank in sich zusammen, als Konrad bejahte.

Trotzdem war er beruhigt, daß Alma daheim in Freiwalde nichts Schlimmes passiert war. Sie benahm sich nicht anders als in der Vergangenheit, schnippisch und selbstherrlich, bissig und unduldsam, wirkte bei aller Knochigkeit vollkommen unversehrt, schien vor Energie und Gesundheit zu strotzen. Niemand nahm es der Tante ab, wenn sie versicherte, entsetzliche Dinge erlitten zu haben, um so mehr, als sich Alma stur weigerte, mitzuteilen, was diese entsetzlichen Dinge gewesen waren.

Wenn Konrads Vater aufrichtig entlastet war, hatte das mit Emilies Erleichterung zu tun, nicht mehr von Sorgen um die in Freiwalde verbliebene Schwester zerfressen zu werden, mit der sie auf schwierige Weise verbunden war, einer Mischung aus kindlicher Liebe und schlechtem Gewissen, Selbstverleugnung und ehrlicher Treue. Emilies Opferbereitschaft war grenzenlos, wenn es um die sie ruppig behandelnde Alma ging (ein Benehmen, das sie Alma beharrlich verzieh und mit dem leidvollen Schicksal der Schwester rechtfertigte).

Und Konrads Vater war um so erleichterter, als sie zum Hausherrn ins Erdgeschoß ziehen durfte (mit Emilies Schwester zwei Zimmer zu teilen, war eine mehr als beklemmende Vorstellung). Trotzdem kam es nicht anders als in der Vergangenheit, daheim in Freiwalde, beim Essen zu Zank und Streit, der in der Regel aufs Konto von Alma ging. Sie machte Emilie Vorhaltungen, die von den vermeintlich verkochten Kartoffeln bis zur Nachgiebigkeit gegen Pommern und Schlesier reichten, diese »absolut unangemessene Großmut«, die Alma als »Dolchstoß« betrachtete (sie konnte der Lust, mit Emilie hart ins Gericht zu gehen, nicht widerstehen). Und Schwester Emilie wehrte sich nie. Sie wirkte nur schuldbewußt, reuevoll, kleinlaut, was Alma zu um so massiveren Angriffen reizte.

»Es ist der Wind, nicht wahr?« stichelte Alma und spielte auf eine Erwiderung Emilies beim Hafenspaziergang im Februar '27 an, als Alma vorm Wechsel des Buchhalterschwagers ins Bankhaus von Samuel Schlomow gewarnt hatte. »Beim Juden zu arbeiten, das ist ein Fluch«, hatte Alma die schwangere Schwester ermahnt, »der sich gegen euch richten wird, eure Ehe und euer Kind«, um giftig zu zischen, »das willst du nicht wissen, was?«, als sich Emilie gegen die eiskalten Brisen vom Meer beide Ohren zuhielt. »Es ist nur der Wind, Alma«, hatte sie mutlos erwidert, eine Antwort, die Alma zur Redensart machte und mit bissigem Spott in der Stimme benutzte, wenn sie bei Emilie mit Warnungen oder Beschwerden nichts ausrichten konnte.

Niemand in der Familie verteidigte Mutter gegen die Dauerangriffe der Schwester. Man war sie gewohnt oder wollte sich nicht in die heikle Geschwisterbeziehung einmischen, um am Ende von beiden verurteilt zu werden, von Alma, versteht sich, die Widerspruch schlecht vertrug, und selbst von Emilie, die sich aus Mitleid und Reueempfindungen auf Almas Seite schlug.

Zu Streit bei der Mahlzeit am Mittagstisch kam es, wenn Alma Behauptungen zur Hitlerzeit aufstellte, die Karl Eduard Papenfuß »mehr als berechtigt« fand, die aber den Schwager in Weißglut versetzten. Eine dieser Behauptungen lautete, Hitler sei von falschen Leuten umgeben gewesen, seine Ideen und Ideale an sich nicht verkehrt. »Bedenkenswert«, sagte Karl Eduard Papenfuß. »Unsinn«, wetterte Ludwig, »der Mann war ein Irrer, dem wir barbarischen Deutschen erlaubt haben, seine Ideen in die Tat umzusetzen. Zwangsvorstellungen eines Besessenen waren das! Vernichtung der Juden, Krieg gegen Sowjetrußland. Das konnte nur schiefgehen, zum Teufel!« – »Schwager, du irrst dich«, erwiderte Alma spitz, »Hitler wollte dem von seinen Feinden erniedrigten deutschen Volk wieder zu Ansehen verhelfen. Unser Volk sollte nicht mehr in Zwietracht und Elend versinken, eine wehrhafte, einige, starke Gemeinschaft sein. Und das war ein absolut ehrenhaftes Vorhaben. Zugegeben, es kam zu Exzessen«, bemerkte sie sicherheitshalber, man konnte nie wissen, ob man sich bei den Tommys nicht unbeliebt machte, »die bei Revolutionen, leider Gottes, nur schwer zu vermeiden sind.« – »Wenn man Zigtausende Menschen umbringt, sind das keine Exzesse mehr«, regte sich Ludwig auf, »das ist planvoll betriebener Massenmord.«

Auf diese Bemerkung ging Alma nicht ein, die wiederum bei einer anderen Mahlzeit das traurige Schicksal der Deutschen beklagte. »Wer hat in diesem Krieg mehr gelitten als wir?« wollte Alma vom schmatzenden Hausherrn erfahren, der Messer und Gabel am Tellerrand ablegte und verwirrt seine Blumenkohlknospenohren kraulte. »Das ist eine mehr als berechtigte Frage«, erwiderte Papenfuß ausweichend. »*Wir* haben alles verloren, wir Deutschen haben alles verloren«, hakte Alma scharf nach, »keine Stadt, die nicht in Schutt und Asche versunken ist. Und der Osten besetzt von mongolischen Horden, die eine jahrhundertealte Kultur in den Dreck stampfen. Ich bin der Beweis dieses Leidens, Karl Eduard, ich habe entsetzliche Dinge erlitten, die man sich in Holstein nicht vorstellen kann.« – »Und wer dieses Leid zu verantworten hat«, schimpfte Kannmacher, »fragst du dich nie.« – »Das spielte keine Rolle«, versicherte Alma dem Schwager mit einem Gesicht, das vor Ernst und Erhabenheit, Wissen und Duldsamkeit strotzte, »wer leidet, der leidet, und fragt nicht, wer schuld ist. Echte Verzweiflung erlaubt keine Aufrechnung.« – »Ludwig ist Buchhalter mit Leib und Seele, das Aufrechnen ist sein Beruf«, sagte Papenfuß, der einen Beschwichtigungsscherz machen wollte, mit dem er sie beide verstimmte – die, wo es ums Leid der Vertriebenen ging, absolut keine Scherze vertragende Alma und der sich vom Freund aus der Lehrzeit am Bollwerk auf platteste Weise veralbert vorkommende Ludwig.

»Es war richtig, das Kranke, Verfaulte und Morsche vernichten zu wollen«, teilte Alma dem Mittagstisch an einem strahlenden Junitag mit, bei sperrangelweit offenen Fenstern zum Garten, der als durchscheinend wuchernde Wand vor dem Zimmer stand, »es war richtig, dem Siechtum den Kampf anzusagen. Ein Volk, das nicht umkommen will, muß sich kalt und entschlossen von seinen verrotteten Gliedern trennen. Was nicht mehr heilbar ist, Leibesgebrechen und Geistesverfall, darf man nicht tolerieren. Nietzsche dixit – falls es nicht der Mendel war.« – »Bedenkenswert«, sagte der Hausherr und nickte.

Er hatte das Schicksal von Leopold Kannmachers Frau, Ludwigs Mutter, anscheinend vergessen, die Alfred Heise, der Bruder, bereits in den zwanziger Jahren bei Claras Berlinbesuch, ohne Leopold Kannmachers Wissen und Zustimmung, mit Hilfe psychiatrischer Gutachten, die er sich, bei seinen guten Beziehungen, schleunigst und ohne besonderen Aufwand beschafft hatte, in Potsdams Irrenanstalt hatte einweisen lassen (der Irrenhausleiter war ein Kamerad aus der Freikorpszeit, was Alfred im Streit mit dem Ehemann Claras, der sie wieder heimholen wollte, von Vorteil war). Sie hatte im Irrenhaus rund vierzehn Jahre verbracht, bis man sie in die Gegend von Kassel verlegte, im August '39, drei Wochen vor Kriegsausbruch, und wiederum in eine andere Anstalt im Westerwald, wo man sie Mitte April '44 vergaste (was Ludwig anhand eines Ende April in Freiwalde eintreffenden Schreibens erahnen konnte, das eine vom Hadamar-Irrenhausarzt unterschriebene Sterbeurkunde enthielt, mit der Auskunft, wann Kannmacher, Clara verschieden war und der auf »Herzstillstand« lautenden Todesursache, plus einer Rechnung, die die bei der Leichenverbrennung entstandenen Kosten penibel auf Reichsmark und Pfennig bezifferte).

Karl Eduard war mit dem Schicksal von Clara vertraut und bedauerte Ludwigs ermordete Mutter mit echter Beklemmung, wenn Ludwig und er in Stettiner Erinnerungen schwelgten und die Sprache aus Zufall auf Clara kam, die von Geburt aus Stettinerin war. »Oh Gott, es ist grauenvoll«, seufzte Karl Eduard, »an deine Mutter zu denken. In einer Irrenanstalt zu verschimmeln – allein bei der Vorstellung packt mich das kalte Entsetzen. Na gut, richtig war sie ja nicht mehr im Kopf. Was nicht ausschließt, daß sie in der Zwischenzeit klare Momente erlebt hat, nicht wahr? Und wenn sie in diesen Momenten begriffen hat, daß sie das Irrenhaus nie mehr verlassen wird? Von dicken Mauern und Gittern umgeben zu ewigem Siechtum verurteilt zu sein? Wie schrecklich«, versetzte der Hausherr, der sich mit der Hand seine Augen abwischte, »wie traurig.«

Er war trotz seiner Macken und schlechten Gewohnheiten an sich herzensgut, anteilnehmend und mitleidig. Papenfuß hatte als technischer Zeichner verbesserte Regulatorenmodelle entworfen und bald in einer Fabrik produzieren lassen, was seine zweite Begabung belegte: Er hatte das Zeug zum erfolgreichen Kaufmann. Zwischen neuen Erfindungen und wachsenden Auftragszahlen, die Papenfuß zwangen, seine Regulatorenfabrik auszubauen, um Mitte der dreißiger Jahre ein zweites Werk hochzuziehen, das erheblich ertragreicher war das als erste, hatte er sich von Naziparolen und Hitlerschen Kriegsdrohungen nicht beeindrucken lassen. Wirtschaftlich ging es bergauf, das war in seinen Augen entscheidend, und was sich politisch tat, betrachtete er als abscheuliches Schmierentheater. In die Partei einzutreten, das kam nicht in Frage, er verachtete dieses krakeelende braune Pack, selbst als es beherrschter und schnittiger auftrat. Schwierigkeiten bekam er erst mitten im Krieg: Es fehlte an Fachleuten, Zulieferer fielen aus, Material traf nicht rechtzeitig ein, und selbst einfache Arbeitskraft ließ sich schwer auftreiben. Und er bekam Druck von politischen Stellen, sich von der Zivilproduktion zu verabschieden.

Karl Eduard Papenfuß beugte sich diesem Druck, schloß einen faulen Kompromiß. Bald fabrizierte er in seinem zweiten

Werk Tonnen um Tonnen an Kriegsmunition, eine weitgehend von Frauen verrichtete Arbeit, und traute sich nicht mehr auf seinen Fabrikhof, um es nicht mitzuerleben, wenn Werks-SS kriegsgefangene Polinnen und Russinnen auspeitschte, was den Kerlen besondere Kurzweil bereitete und dem Industriellen massiv an die Nieren ging (im wahrsten Sinne des Wortes). '43, im Januar, litt er an schwersten Koliken und mußte sich notoperieren lassen. Und in dieser Nacht seiner Operation trafen britische Bomben das Werk an der Trave, das von Explosionen begleitet in Flammen aufging, samt einer Unzahl von Arbeiterinnen, die in den Hallen von Mauern und Balken erschlagen, an Rauchluft erstickt und vom prasselnden Feuer in Fackeln verwandelt ums Leben kamen, und die zwei Dutzend, die aus einem Fenster ins Freie springen konnten und liefen und liefen, erledigte die das Fabrikgebiet sichernde Werks-SS (nicht ohne Hilfe von Feuerwehrleuten, die johlten: »Jungs, aufpassen, neben der Bahnstrecke rennt eine! Zwei sind bereits in der Trave! Am Waldrand, am Waldrand!«) mit knappen Gewehrsalven.

Sein von Bomben vernichtetes Werk an der Trave und Margots entsetzliches Ende beim Hamburger Feuersturm (die im Flammenmeer verbrannte, nicht anders als Russinnen und Polinnen) betrachtete er als Vergeltung und Strafe. Er hatte versagt, das war nicht zu bestreiten, als er sich den politischen Drohungen beugte und auf einen Pakt mit dem Teufel einließ.

Karl Eduard Papenfuß war kein politischer Mensch, er bezog diese Strafe ausschließlich auf sich. Er dachte in Regulatoren und Zahlen, niemals in allgemeineren Kategorien, die »deutsches Volk« oder »deutsche Nation« hießen. Wenn er Almas Behauptungen am Mittagstisch zustimmte, tat er das aus Mitleid mit Almas Vertriebenenschicksal, einer von Kleinmut begleiteten Weichherzigkeit. Er wollte sie lieber nicht gegen sich aufbringen, Alma friedfertig stimmen und in Harmonie leben. Das war es, warum er »bedenkenswert« sagte, als Alma vom »Kranken, Verfaulten und Morschen« sprach, das Hitler zu Recht habe ausmerzen wollen, eine Auffassung, die prinzipieller Natur war, und auf prinzipielle Ideen verstand er sich nicht. Um eine Verbindung von Almas Bemerkung zu Ludwigs ermordeter Mutter zu ziehen, war seine Vorstellungskraft zu begrenzt.

Verwirrt vom beklommenen Schweigen am Tisch, wiederholte Karl Eduard sein Lob. Alma erwiderte nichts. Mit verkniffenen Lippen, hochtrabend, verstockt, voller Groll und Verachtung, fing sie eine Fliege, die sich auf dem Tellerrand putzte (Fliegen zu fangen beherrschte sie meisterlich), und zerquetschte das Tier in der Faust.

Ludwig Kannmachers Stirnadern schwollen bedrohlich an. Zwar war er nicht mehr der cholerische Mensch, der er in Konrads Kindheit und Jugend gewesen war, wenn er seinem Jungen das Matheheft um beide Ohren knallte und tobte: »Du stinkst vor Begriffsstutzigkeit!«, oder den kleineren Konrad versohlt hatte, als er von seinem Zielscheibenschießen mit Riensberg und Riensbergs Pistole erfuhr, samstags nachmittags, auf dem Horst-Wessel-Platz neben der Wipper, und rasend vor Wut seinen Weidenstock auf Konrads Hinterteil klatschen ließ, wieder und wieder – trotzdem war mit seinem Ausbruch zu rechnen.

Ludwig Kannmacher riß sich zusammen. »Das ist keine Spur von bedenkenswert«, sagte er heiser und kalt, »das ist grauenhafter Naziquatsch. Was bei Alma, der strammen Nazisse, nur logisch ist. Von Anfang war sie mit Hitler verheiratet, und das macht sie heute zu seiner verbitterten Witwe. Unbelehrbaren Leuten, Karl Eduard, ist nicht zu helfen, das sage ich dir.« Er hob seine Schultern mit (falschem) Bedauern und wandte sich wieder den Kirschklimpern zu.

Nichts traf Alma empfindlicher als dieser Spott. Und Ludwig verspottete sie vor Karl Eduard, den sie mit Klugheit und Haltung beeindrucken wollte, das fand sie besonders gemein und gewissenlos. »Und du schweigst!« sagte sie zu Emilie, lahmer als sonst und erkennbar dem Weinen nah, »man hat mich gewaltsam vertrieben, und du sagst kein Wort. Ich habe entsetzliche Dinge erlebt, die euch allen erspart blieben, und du verteidigst mich nicht. Von rohen Tataren und mongolischen Schlitzaugen aufs schlimmste erniedrigt zu werden, das reicht nicht – am Schluß wird man von der Familie bespuckt und entehrt. Und du schweigst, dumme Gans, ja, du schweigst!« zischte Alma, warf den Stuhl um und lief aus dem Zimmer, um sich auf der Schwelle zum Korridor gleich wieder umzudrehen. »Ich war nicht mit Hitler verheiratet, Schwager, mit wem ich verheiratet bin, weißt du ganz genau. Und mein tapferer Hans ist in Rußland verschollen. Alma Riensberg ist keine verbitterte Witwe«, versetzte sie lauter, »sie ist auf den Ehemann stolz. Merk dir das, Buchhalter, stolz ist sie!«

Und wer vertrieb uns?

Einen cholerischen Anfall bekam Konrads Vater erst an einem Tag Ende Juli, als Samuel Schlomow vors Papenfußhaus rollte, in einem schwarzen Rolls-Royce aus der Vorkriegszeit, mit schwungvollen Schutzblechen, ellenlanger Schnauze, hochstehendem Autogrill und breiten Sitzen aus Leder, Nußholzverkleidung im Innern und Steuerrad rechter Hand, den ein Fahrer mit Kappe und Uniform lenkte, der von den Pommer- und Schlesierkindern, die mit jauchzenden Stimmen zum Gartentor rannten, in englischer Sprache zu wissen verlangte, ob in diesem Haus ein Herr Kannmacher wohne, nicht ohne den Dreckspatzen aus einer Blechdose auf seinen Knien Bonbons zuzuwerfen, die sie zum Sprechen bringen sollten. Sie wirkten bemitleidenswert, diese Knirpse, die in halben Lumpen und barfuß um seinen Rolls-Royce hopsten. Um in den Besitz seiner Bonbons zu kommen, die sie teils aus der Luft fingen, teils aus dem Matsch klaubten, knufften und boxten sie sich gegenseitig und konnten dem Fahrer vor Eifer nicht antworten, als auf einmal der Wagenschlag linker Hand aufschwenkte und sich ein schwerer, breitschultriger Mann aus dem Polster schob, mit Locken, die auf seinen Hemdkragen fielen und in gelblichem Weiß um das volle Gesicht spielten, ein pockenvernarbtes Gesicht mit beachtlicher Nase und meerblauen Augen. »Ist das Herr Churchill?« rief eine der Rotznasen. »Quatsch!« bekam er zur Antwort vom Schnoddrigeren der lahmarschig zum Gartentor schlurfenden

Halbstarken, »das ist der als Oma verkleidete Wolf, Kleiner, der dich auffrißt, wenn du dich nicht schleunigst verpieselst«, dem Kind einen Tritt in den Hintern versetzte und mit seinem Kumpel im Schlepptau den Schlitten o-beinig und pfeifend besichtigte.

»Schnieke«, bemerkte er, »schnieke. Was heißt das auf Englisch?« und stellte sich frech vor den fremden Herrn, der trotz seines dreifachen Leibesumfangs vor dem Bengel beunruhigt am Edelstein drehte, der an seinem Ringfinger hing. »Wohnt in diesem Haus ein Herr Kannmacher?« fragte der Fremde auf Deutsch, »Ludwig Kannmacher?«

Wiederum stieß der halbstarke Kerl einen Pfiff aus und hieb seinem Kumpel den Ellbogen in die Brust. »Aha, keine heiße Kartoffel im Maul, er spricht lupenrein Deutsch, und was sagt uns das, Sprotte? Der Fettwanst ist Deutscher, ich wette, ein Emigrant, der es sich gutgehen ließ, als uns der Russe den Arsch aufriß. Oder ob er am Ende ein Jude ist, Sprotte? Wenn das kein Jude ist, bin ich ein dreckiger Neger.«

Bei diesen Worten umrundete er den Besucher, der sich in seinem Anzug zusammenzukauern schien und den Bengel beklommen beobachtete, bis, außer dem Fahrer, der finster ums Auto lief, um den grienenden Burschen beiseite zu schieben, ein junger Mann aus dem Wagen stieg, dem man Erregung und Widerwillen ansah.

Das war kein beliebiger englischer Reisender. Der junge Mann steckte in der Montur eines Mitglieds der britischen Luftwaffe. Unbemerkt von den Halbstarken hatte er mitbekommen, wie anmaßend und patzig sie auftraten. »He, wirst du anhalten?« bellte der Offizier, als sich der Junge mit Spitzname Sprotte verziehen wollte.

Diese Befehlsstimme hatte es in sich. Sprotte blieb stehen, lehnte sich an den Lattenzaun, stierte scheu und verunsichert auf seine Schlammsandalen. Eine Unwetterwoche mit Hagel und Platzregen hatte den Weg vor dem Haus in morastige Rinnen voller Wasser verwandelt, das in der Sonne, die kurz aus den

Wolken brach, an gleißendes Kupfer erinnerte. »Mein Vater will wissen, ob in diesem Haus ein Herr Kannmacher wohnt oder nicht? Ist das eine zu schwierige Frage?« versetzte der Luftwaffenoffizier, schroff und ironisch. Nichts an dem Mann, sportlich, schnittig und kantig, erinnerte an seinen alten Herrn, außer den Augen, die auffallend blau waren, meeresblau.

Entsetzt schwieg der Bengel den Bomberpiloten an, als Ludwig Kannmacher selbst aus dem Haus trat, in Begleitung Emilies und seiner Kinder, und zum Gartentor eilend mit Sprotte zusammenprallte, der die bei den Fremden entstandene Verwirrung benutzte, um vor dem Tommy das Weite zu suchen. Ludwig Kannmacher stieß einen Fluch aus und beugte sich zu seiner Brille im pitschnassen Gras, wischte das Brillenglas an seiner Hose ab, schob sich das Horngestell schief auf die Nase. Als er wieder hochkam, schwer atmend und steif, eilte Schlomow bereits von der anderen Seite an und japste vor Freude und Anstrengung: »Ludwig, ich wußte es!« Und nicht anders verhielt es sich mit Konrads Vater, der ein seliges »Samuel! Samuel!« stammelte.

Sie umarmten sich plump, eine halbe Minute. Erst als der Luftwaffenoffizier hustete, der neben den Freunden ein Loch in die Luft stierte, ohne Emilie oder den Kindern, Helene und Konrad, Beachtung zu schenken, die dem Schlomow-Sohn zunickten und »Guten Tag« sagten, machten sich beide im Nu voneinander los, erkennbar verlegen, als ob man sie bei einer anstandsverletzenden Handlung erwischt habe.

Sein Sohn sei von Anfang gegen den Abstecher bei Ludwig und seiner Familie gewesen, teilte Samuel mit, als sie alle im Eßzimmer hockten, und Emilie in aller Eile den Tisch deckte, was vor Aufregung nicht ohne Klappern und Klingeln abging (»Aufpassen!, aufpassen!«, zischelte Alma, die am Kopfende hockte, als halte sie Hof, »das ist Karl Eduards kostbares Rosenberg-Porzellan. Falls der Jude nicht Rosenthal hieß«, fiel sie sich ins Wort, drehte den Teller um, hielt sich den Stempel dicht vors Gesicht, »ja, Rosenthal war es, ich lag vollkommen richtig«), und der Vorfall vorm Haus habe leider bewiesen, daß Walters Vorurteil gegen die Deutschen berechtigt sei, besonders die Jungen seien unangenehm, die von klein auf in den Nazieinrichtungen Verhetzten, und das werde Deutschland auf Dauer belasten, wenn nicht einer Wehrwolfbewegung den Weg ebnen – trotzdem werde er Walter nie beipflichten in seiner Auffassung, Deutsche an sich seien Nazis, nicht vorstellbar ohne Rassismus und Judenhaß.

»Und Sie haben recht, dem nicht zuzustimmen«, mischte sich Alma ein, »wir sind ein Kulturvolk und werden es bleiben«, eine Bemerkung, bei der Konrads Vater erblaßte. Schlomow beugte sich dankbar zum brennenden Streichholz, das der Hausherr Karl Eduard Papenfuß hochhielt, und sog an der dicken, vom Regulatorenhersteller spendierten Havanna-Zigarre. Er stieß einen Rauchkringel aus, der zur Stuckdecke eierte, und ging auf Almas Kulturvolk-Betrachtung nicht ein.

»Mit den Deutschen zu fraternisieren, lehnt mein Junge ab. Nicht wahr, Walter?«, wandte er sich an den Offizier, der seine Kappe im Schoß drehte und ein Gesicht schnitt, das Unmut verriet. »Und ich sage: Mein Jungchen, mit Kannmacher kann ich nicht anders als fraternisieren, ich bin ja mit Ludwig verbunden, als sei er mein Bruder. Und ich sage: Mein Jungchen, wenn ich noch am Leben bin, verdanke ich das Ludwig Kannmacher. Er hat mich bekniet, nicht in Deutschland zu bleiben, wo es uns bald an den Kragen gehen werde, mir selbst, meiner Frau und den Kinderlech. Und ich, dumm vor Heimat- und Vaterlandsliebe, nahm seine Warnungen am Anfang nicht ernst.«

Samuel Schlomow ergriff Ludwig Kannmachers linke, als lockere Faust auf der Tischplatte ruhende, tintenblau fleckige Hand (Konrads Vater verdiente sein Geld mit Gelegenheitsbuchhalterarbeiten, die er vom Hausherrn bei adligen Gutshofbesitzern und reicheren Holsteiner Bauern vermittelt bekam), um sie herzlich zu kneten und an seinen Brustkorb zu pressen. »Ich muß es bekennen, Ludwig, leider bekennen. Anfangs hatte ich dich im Verdacht, mich und meine Familie aus Deutschland vergraulen zu wollen, um mir findig und vif meine Bank abzunehmen, ein Verdacht, den ich mir bis zum heutigen Tag nicht verzeihen kann. Und ich sage zu Walter: Mein Jungchen, dein Onkel, mein seliger Bertl, ist nicht mehr am Leben. Und warum? Bertold hatte keinen Kannmacher an seiner Seite, der mahnte und warnte, bis er sich zur rettenden Flucht vor den Nazis entschloss. Und ich sage: Mein Jungchen, wir haben dem Buchhalter mehr zu verdanken als das. Wir landeten nicht bettelarm in der Fremde, wir waren Emigranten mit Geld, das ist sein Verdienst, er brachte es klug vor den Nazis in Sicherheit, verschob es beizeiten auf Schweizer und englische Banken. Und ich sage: Mein Jungchen, das solltest du anerkennen. Wenn du erfolgreich Berlin bombardiert hast, den Ruhrpott und Hamburg dem Erdboden gleichmachtest, Frankfurt, Mannheim, wer weiß, wo du alles im Einsatz warst, und dein Leben riskiertest, was ich nicht verschweigen will, kurz: wenn du Deutschland am Schluß in die Knie zwingen konntest, ist dies das Verdienst eines Deutschen, der alle sechs Schlomows vor Auschwitz bewahrt hat.«

Walter lehnte es ab, mit den anderen zu essen, trotz des koscheren Lammbratens, der auf den Tisch kam (das Fleisch hatte Schlomow von seinem Chauffeur aus dem Kofferraum seines Rolls-Royce holen lassen). Als Helene sich vorbeugte, um Walters Teller zu nehmen und dem Schlomow-Sohn aufzutun, packte er Kannmachers Tochter am Handgelenk. »Ich bin nicht hungrig«, versetzte er barsch. Verunsichert ließ sich Helene den Teller des Vaters anreichen, der zwinkernd bemerkte: »Du darfst es dem Jungen nicht krummnehmen, Kindchen. Das hat nichts mit dir zu tun, nur mit den Nazis.«

»Entschuldigung«, sagte der Hausherr und Witwer mit auffallend bebender Stimme zum Schlomow-Sohn, »wirkten Sie selber am Hamburger Feuersturm mit? Sie wissen, ich meine den Angriff auf Hamburg, der am achtundzwanzigsten Juli begann.« – »Haben wir heute nicht den Achtundzwanzigsten?« wandte sich Alma an Konrad, der neben der Tante saß, ausnahmsweise und gegen seinen Willen, »was ist, Alfred? Du bist ja einsilbiger als dein maulfauler Herr Papa.«

Was spaßhaft sein sollte, verriet Almas Mißmut: Sie zwickte dem Neffen ins Bein, der zusammenzuckte und sie verbittert betrachtete. Besonders den »Alfred« nahm er seiner Tante krumm. Sie hatte den Namen, der an seinen Naziverbrecher von Onkel erinnerte, in den vergangenen Monaten nicht mehr benutzt. Es war eine besonders perfide Gemeinheit, wenn sie den Neffen mit »Alfred« ansprach, ausgerechnet im Beisein von Samuel Schlomow.

»Ja, '43, ich weiß, was Sie meinen«, entgegnete Walter, der sich seine Kappe aufsetzte und wieder vom weißblonden Scheitel zog, »bei diesem Luftangriff konnte ich leider nicht mitfliegen. Hamburg war eine Glanzleistung unserer Royal Air Force.« – »Bei der seine Frau«, sagte Alma und zeigte zum Hausherrn, der bleich seinen Teller anstierte, »verbrannte. Wenn das keine Glanzleistung ist!« Im Eßzimmer herrschte betroffenes Schweigen.

Samuel Schlomow besann sich als erster. »Ich bedaure«, bemerkte er leise zu Papenfuß, der seine Augen abwischte und nickte. Ludwig Kannmacher wiederum stierte zu der triumphierend am Weißweinglas nippenden Alma, als ob er sie dringend ermahnen wolle, still zu sein, was sie nur reizte, sich neuerlich einzumengen. »Herr Samuel Schlomow«, versetzte sie munter und stellte das Weinglas ab, »Sie haben recht, wenn Sie sagen, es sei das Verdienst meines Schwagers, daß Sie aus dem Land kamen, mit Sack und Pack, unversehrt und beileibe nicht mittellos. Anscheinend wissen Sie nicht, was das Ludwig und seine Familie kostete. Sechs Monate Kellerhaft bei der Gestapo, grausame Befragungen, Hiebe und Folter. Und meine Schwester, zwei Kinder zu Hause, kein Einkommen, Sorgen und seelische Not. Ob er je wieder nach Hause kommt, stand, wie man sagt, in den Sternen, nicht wahr? Ludwigs Freilassung, wenn ich das einflechten darf, ging letztendlich auf mein Konto, lieber Herr Schlomow. Ich ließ meine guten Beziehungen zum Ortsgruppenleiter spielen und schrieb einen Brief an den Onkel der Kannmachers, das hohe Parteimitglied namens Alfred Heise, dem Bruder der Mutter von Ludwig. Es war dieses Bittschreiben, das meinen Schwager am Ende vorm Schlimmsten bewahrt hat.« – »Und Sie«, sagte der seine Augen zu Schlitzen verengende Schlomow-Sohn, »waren bestimmt Nationalsozialistin, nicht wahr? Bei diesen guten Beziehungen zum Gauleiter!« Alma zerrte am Haarknoten, straffte sich, brauchte ein Weilchen, bis sie Walters Einwurf verdaut hatte. »Sie kennen sich leider nicht aus, mein Herr«, zischte sie, »ich sprach vom Ortsgruppen- und nicht vom Gauleiter. Und es spielt keine Rolle, ob ich Nationalsozialistin war. In erster Linie, das merken Sie sich!, bin ich eine Vertriebene, mein Herr. Eine von Russen und Polen aus der Heimat vertriebene Pommerin und Deutsche.« Sie mußte Luft holen, was Walter benutzte, um hart zu erwidern: »Und wer vertrieb uns?«

Alma, die wieder loslegen wollte, hielt inne, Walters Dreistigkeit machte sie sprachlos. »Laß sie reden«, bemerkte sein Vater beschwichtigend. Ludwig wiederum herrschte Emilies Schwester an: »Kannst du nicht endlich den Rand halten?«

Konnte sie nicht. Alma beugte sich vor, angriffslustig, rechthaberisch, biestig. »Und wer vertrieb uns?« wiederholte sie schnippisch, »niemand hat Sie vertrieben, Herr Walter, kein Mensch. Sie gingen freiwillig, wenn ich nicht irre, und mußten nicht Not leiden, als sie in England waren. Unser Leiden, das schert Sie nicht, habe ich recht? Deutsches Leiden, das ziehen Sie nie in Betracht. Wer litt, war der Jude, nur er, und der slawische Mensch meinetwegen, sonst niemand.«

Donnergrollen mischte sich in Almas Worte, und im Eßzimmer machte sich Finsternis breit. Gewitterwind zerrte und zauste an den Gardinen, die vor den sperrangelweit offenen Fenstern hingen, sich ins Haus bauschten oder zum Garten ziehen ließen. Am Horizont stand eine schwarze, sich drohend aufs Haus zubewegende Wolkenwand.

Konrads Mutter sprang auf, um die Fenster zu schließen – man mußte sie zuknallen, sonst klemmte der Holzrahmen – und bediente den Kippschalter neben dem Eingang zum Flur, der das Stubenlicht aufflammen ließ. Besucher und Gastgeber schwiegen, verwirrt von der schlagartig grellen Beleuchtung, die sich von der Decke auf halbleere Teller, Karaffen und Vorlegeplatten ergoß.

Es war der Schlomow-Sohn, der sich als erster belebte und mit einem Ruck seine Kappe aufsetzte. »Was hast du vor?« wollte der seine Augen abschirmende Vater erfahren, als Walter entschlossen zum Korridor stapfte. »Merkst du nicht, es ist sinnlos«, versetzte er heiser, »sie stellen sich einen Persilschein aus, diese Verbrecher ertrinken in Selbstmitleid. Was wird sie uns einreden wollen, am Ende – in einer Widerstandsgruppe gewesen zu sein?« Walter nickte mit schiefem Gesicht zur versteinert am Kopfende sitzenden Tante. »Und du wirst es glauben, ich kenne dich, Vater. Um deinen Seelenfrieden wiederzufinden. Ja, um deiner Ruhe willen schluckst du den Unsinn.«

»Es tut mir leid«, sagte Samuel Schlomow, als sein Sohn vor den Fenstern im Garten auftauchte, wo er von einem Bein aufs andere trat, fieberhaft rauchend und mit seiner Hand an der Kappe, die der Gewitterwind wegreißen wollte. Am Horizont konnte man Blitze erkennen, die den schieferblauen Himmel zerhackten, aus dem erste Tropfen ans Fensterglas klatschten. »Es tut mir leid«, wiederholte sein Vater und blickte den einsichtig nickenden Ludwig an, »ich sollte ans Aufbrechen denken.«

Konrad folgte dem Schlomow-Sohn mit seinen Augen. Vor dem energischer werdenden Guß suchte Walter bei einer Kastanie Schutz, wo er sich mit mahlenden Kiefern zum festlich beleuchteten Eßzimmer umdrehte. Konrad, der sich ertappt vorkam, wandte sich schleunigst ab. Diese Begegnung mit Schlomows Sohn Walter, dem Bomberpiloten, war schwer zu ertragen. Gegen den siegreichen Luftwaffenoffizier, der mehr oder weniger in seinem Alter war, kam er sich wertlos vor, elend, beschissen. Schlomows Sohn strahlte Stolz aus, Berufsehre, Selbstachtung, Eigenschaften, die Konrad mit Kriegsniederlage und deutschem Zusammenbruch restlos vergangen waren. Beide waren sie Soldaten gewesen, die Opferbereitschaft und Mut an den Tag legten, Treue, Gehorsam und Vaterlandsliebe. Walter konnte mit diesen soldatischen Werten prahlen, sie waren unverletzlicher Teil seines Ichs, anders als Konrad, in dem sie zerfallen und verrottet waren, der nur Scham empfand, wenn er sich an sie erinnerte.

Und Walters Verhalten verschlimmerte Konrads Empfindung, ein Nichts zu sein, Kriegsschlacke, Wehrmachtsdreck. Walter benahm sich zu Konrad, als sei er aus Luft. Er war nicht bereit, einem deutschen Soldaten Kampfeswillen und Tapferkeit zuzugestehen, selbst nicht mit der heiklen Freigebigkeit, die auf Siegesbewußtsein und Hochmut beruht. In seinen Augen waren alle auf Hitler vereidigten Wehrmachtsoldaten Verbrecher gewesen, die ausschließlich Verachtung verdient hatten. Das brannte in Konrad, das schmerzte besonders.

»Sechs Monate Kellerhaft bei der Gestapo, Herr Schlomow, das sollten Sie niemals vergessen.« Alma baute sich breitbeinig vor dem Besucher auf, der Kannmachers Kinder mit herzlichen Klapsen bedacht, sich vom Hausherrn mit Handschlag verabschiedet und bei Emilie mit einer Verbeugung bedankt hatte. Schlomow streckte den Arm aus, verlegen und ratlos, und Alma ergriff seine Pranke. »Nicht vergessen, Herr Schlomow, sechs Monate!« – »Das wird nicht vergessen, das wird nicht vergessen«, versicherte Schlomow und hetzte ins Freie, wo der Chauffeur aus dem Automobil schnellte, um seinem Fahrgast den Schlag aufzuhalten.

Im ersten Stock lehnten Pommer- und Schlesierfrauen auf Kissen im Fenster. Und außer den Schlesierzwillingen und Rotznasen, die auf den Stufen der Treppe versammelt waren, Schirme aufspannten und vielstimmig kicherten, lehnten die halbstarken Bengel am Vordach aus Gußeisenstreben und Buntscheibenglas, halb verdeckt von den anderen, smokten und grinsten.

Als Walter, vom hupenden Fahrer benachrichtigt, in den Vorgarten schlenderte, duckten sich beide, um seiner Aufmerksamkeit zu entgehen. Er beeilte sich nicht, trotz des prasselnden Regens, als ob er den Eindruck von Unsicherheit oder Abfahrtserleichterung zerstreuen wolle. Walter stapfte um Wasser- und Schlammlachen, und es verging eine Weile, bis er beim Rolls-Royce war, wo er auf Ludwig Kannmacher zusteuerte, der neben dem offenen Beifahrerfenster stand und mit seinem Freund einen Besuch an der Themse vereinbarte (zu dem es nie kam: Konrads Vater verzichtete lieber auf Schiffsfahrten, wenn sie vermeidbar waren, und war an sich nicht besonders beweglich, und als er, endlich zur Reise entschlossen, sich eine Passage von Hamburg nach Dover besorgt hatte, traf ein schwarzumrandeter Brief in Lensahn ein, aus dem er vom Tod seines Freundes erfuhr, der in der ersten Augustwoche '57 ohne erkennbare Krankheitsanzeichen im Bett seiner Londoner Wohnung entschlafen war).

Walters Abschied von Ludwig verlief ohne Herzlichkeit, er wahrte, verhalten und sachlich, den Anstand, als ob er es mit einem Fremden zu tun habe, keinem dem Jungen bereits aus der Kindheit vertrauten Mann, dem er sich im Hosenmatzalter aufs Knie gesetzt hatte, um Hoppe Reiter zu spielen oder pommerschen Schauerlegenden zu lauschen. Ludwig schien es dem Bomberpiloten nicht krummzunehmen und seinen tiefliegenden Groll zu verstehen (um so mehr, als er Almas Tiraden bedauerte).

Eisig wiederum wirkte der Schlomow-Sohn, als er sich Konrad zuwandte, der neben dem Vater stand, den Schirm in der Rechten, verdutzt und erfreut, vom Royal-Air-Force-Piloten beachtet zu werden, diesem Sieger, mit dem er befreundet sein wollte (was er sich nur unwillig eingestand). Um seine schwebende Hand zu ergreifen, mußte Konrad als erstes die Rechte vom Schirm befreien, was er zu schusslig und hastig erledigte und den pitschnassen Schirmrand in Walters Gesicht stieß.

Das war es nicht, warum Walter sich abwandte und seine Hand unverrichteter Dinge zur Faust ballte. Es war der unheilvoll stotternde, wieder und wieder absaufende Automobilmotor, der den Schlomow-Sohn ablenkte und alarmierte. Er verlangte vom Fahrer zu wissen, was los sei, der ohne ein Wort aus dem Wagen sprang, um an der Haube zu zerren, bis sie seitlich aufklappte. Mit ernstem Gesicht, das den Fachmann verriet, beugte er sich halb forschend, halb ahnend ins Triebwerk.

Im Nu hatte Walter das Haus im Verdacht. »Das waren diese Bengel«, versetzte er grimmig zu seinem ersichtlich beunruhigten Vater, und machte Anstalten, sich in Bewegung zu setzen und dem auf der Freitreppe klammheimlich feixenden, halbstarken Pack eine Abreibung zu erteilen, als der Chauffeur, eine Hand im Kreuz, wieder zum Vorschein kam und meldete (mit einem Seufzer, der seinen steifen Knochen galt), er habe den Schaden kurzfristig behoben, bis zur Werkstatt in Kiel werde es sicher reichen, und ein Sabotageakt sei das gewiß nicht, er habe sich in den vergangenen Stunden nicht eine Minute vom Wagen entfernt (anscheinend verletzte der Schlomow-Sohn mit dem Verdacht eines Anschlages seine Chauffeursehre), ließ die Blechhaube zufallen und stampfte zum Fahrersitz, nicht ohne sich mit der behandschuhten Hand, voller Schmierfett und Ruß, das verschwitzte Gesicht abzuwischen, bis er an den Kohlenklau erinnerte.

Zu einem schwereren Zwischenfall kam es erst, als sich der Rolls-Royce zirka dreihundert Meter entfernt hatte und in den Schlammfurchen schwankend zur Stadt rollte. Konrad bemerkte den Stein vor dem Aufprall. Er war mittelgroß, flog mit Wucht von der Seite an, wo sich eine im Regen versinkende Weide erstreckte, und knallte mit Wucht auf den fahrenden Wagen, der ruckartig bremste und stehenblieb.

Konrad warf seinen Schirm weg und spurtete los, um den Insassen beizustehen, falls es erforderlich sein sollte, mit seinem keuchenden Vater im Schlepptau, der bald aufgab, um wieder zu Atem zu kommen. Beim Laufen behielt er die Weide im Auge, wo sich der Angreifer aufhalten mußte, flach ins Gras preßte, in einer Mulde versteckte, die sich vom Fahrweg nicht einsehen ließ. Jemand, der aufsprang und weglief, war nicht zu entdecken, und von den auf der Treppe im Hauseingang lungernden Halbstarken konnte es keiner gewesen sein.

Auch was sich im Auto abspielte, blieb unklar. Wo Walter saß, klappte der Wagenschlag auf, als wolle der Junge von Schlomow ins Freie springen, um sich den Kerl in der Wiese zu schnappen. Im Handumdrehen schloß sich der Wagenschlag wieder, Schlomows Fahrer gab Gas, ließ den Automobilmotor aufheulen, als sich die Reifen, zu Anfang vergeblich, im Schlamm drehten, bis der Rolls-Royce einen Satz machte und in den matschigen Fahrrinnen beschleunigen konnte. Mit baumelnden Armen stand Konrad im Regen und schaute der Wolke aus Abgasen nach, die der naßkalte Wind auseinanderblies.

Vater Ludwig war vollkommen erledigt und außer sich, als er mit Konrad im Eßzimmer Platz nahm, aus dem Teller und Vorlegeplatten entfernt waren, wo Alma dem Wein zusprach, Papenfuß rauchte und Emilie den Kuchen mit Apfelbelag anschnitt, von dem Schlomow nichts mehr hatte zu sich nehmen wollen, was Alma als »Taktlosigkeit ersten Ranges« bezeichnete. »Diese Juden, ob jung oder alt, lassen es an Erziehung vermissen«, versetzte sie hicksend. Emilies Schwester, die sonst niemals Wein trank, war reichlich beschickert, das machte sie nur um so biestiger.

Alle restlichen Hemmungen fielen von Alma ab, die vom Schwager zu wissen verlangte, ob Schlomow, der »Londoner Jude«, bereit sei, zu zahlen. Ludwig verschluckte sich an seinem Bissen. »Was soll das heißen«, versetzte er hustend, »zu zahlen?« Wiedergutmachungsgeld, meinte Alma mit vollem Mund, sechs Monate Kellerhaft seien kein Pappenstiel und eine happige Abfindung wert. Ludwig habe das Buchhalterwesen erlernt, nicht sie, er wisse besser, was seine Gestapohaft einbringe. »Es ist klar«, sagte Alma verbissen, als Ludwig schwieg, »der Londoner Jude steht in deiner Schuld. Er verdankt dir sein Leben, und mehr als das: seinen beachtlichen Reichtum, das hat er ja selbst bekannt. Ich vertraue auf deine Verhandlungsbegabung.«

Konrads Vater erwiderte leise: »Es reicht, Alma. Was ich erlebt habe, bei der Gestapo, kann er mir nicht mit Penunzen aufwiegen.« Kuchenbrocken fielen aus Almas Mund, als sie giftete:

»Nur dieser Londoner Jude hat niemals auf seine Penunzen verzichtet, du Dummkopf. Es ist dein idiotischer Idealismus, der mich und Emilie zu ewiger Sparsamkeit zwingt.«

Ludwig Kannmacher hieb mit der Faust auf den Tisch – alle Teller sprangen hoch, Almas Glas kippte um, und Karl Eduard brannte sich mit der Zigarre vor Schreck (und Zerstreutheit) ein Loch in den Hosenstall: »Du nationalsozialistische Tucke willst von meinem Freund Wiedergutmachungsgeld beziehen?« schrie Kannmacher aus vollem Hals, »du, Judenhasserin, Hitlerverehrerin, willst profitieren, von *meiner* Gestapohaft? Ich werde von niemandem Geld verlangen, das einem Naziweib Vorteile bringt. Und wenn du nicht Ruhe gibst, werfe dich aus dem Haus, und zwar hochkant, kapiert?«

Alma strich mit der Hand den vergossenen Wein von der Decke ins Glas an der Tischkante. »Judenhasserin, Naziweib – alles Verleumdungen«, knurrte sie, »ehrabschneidend und abwegig. Und aus dem Haus werfen kannst du mich nicht, Schwager. Das entscheidest nicht du, das entscheidet Karl Eduard, mit dem ich – chemisch betrachtet – untrennbar verbunden bin. Stimmt das nicht?« wandte sie sich an den Hausherrn, der fahrig im Brandloch am Hosenstall puhlte.

IV

Aus dem Geschichtenheft von Konrad Kannmacher

Großmutters Heimkehr

Auf dem Empfang, den man zu unseren Ehren gab, als wir Rudolf Heß aus dem Tower befreit hatten, bei Neumond und suppigstem Londoner Nebel, lernte ich meinen sagenumwitterten Onkel kennen, der ein strahlender Stern am Familienhimmel war, voller kalter und grausamer Anziehungskraft. Schlagartig stand dieser Onkel vor mir, den ich von klein auf aus der Ferne verehrt hatte und um seinen starken Charakter beneidete, und verleugnete nicht, auf den Großneffen stolz zu sein, dem er in die Wange kniff, wieder und wieder. Und Alfred, der Hitlers Vertrauen besaß, bedankte sich in Seinem Namen bei uns kernigen Jungs von der Pommerschen Seenplatte. Vor hohen Partei- und Regierungsmitgliedern, Gestapobeamten und Wehrmachtsvertretern, die einen Kreis um uns bildeten, ließ er uns hochleben, bellte »Sieg Heil!«, und der knallvolle Saal tobte mit. Ein zweiter und dritter und vierter Toast folgten, von seiten der Wehrmacht, Partei und Gestapo, die wir mit Champagner und Kognak begossen, bis sich der Hotelsaal des Adlon mit seinen Kristalleuchtern, Spiegeln und Pfeilern aus Marmor, Photographen und Wochenschaukameraleuten, schlitternden Kellnern und tuschender Tanzcombo, vor unseren Augen zu drehen begann, und wir dringend frische Luft schnappen mußten.

Alfred Heise, mein Onkel, kam mit uns ins Freie, wo er mit Schmackes und Schwung unsere Schultern beklopfte, besonders die meine, was mir nicht bekam (ich riß mich am Riemen, um nicht auf seine Schuhe zu kotzen), und verriet uns, im Auftrag von Hitler zu handeln, wenn er jedem von uns einen Herzenswunsch freistelle, den man von Staats wegen umsetzen werde, falls er nicht zu kostspielig oder gesetzwidrig sei.

Das war eine schwindelerregende Aussicht (und schwindelig war uns bereits). Wir sanken in Sessel und Sofa im Atrium, erregt und verwirrt von der Notwendigkeit, uns in Null Komma nichts einen Wunsch auszudenken, der nicht zu kostspielig oder gesetzwidrig sein durfte und den wir am Schluß nicht bereuen wollten.

Alfred erlaubte uns keine Bedenkzeit. Mit einem Notizbuch, das er in den Fingern hielt, stand er breitbeinig vor uns und wollte von jedem erfahren, was sein Herzenswunsch sei.

Kalle Stoph war der erste, und Kalle fiel nichts Besseres ein, als um einen Tabakwarenladen im Herzen der Hauptstadt zu bitten. »Gute Idee, Junge«, sagte mein Onkel und kritzelte in sein Notizbuch.

Hartmut war frecher, und was er verlangte, das war eine Nacht mit dem Ufa-Star Hilde Krahl, die er als pommerscher Bengel sonst nur in den Kinos Freiwaldes und Schlawes begehren konnte. Wir alle waren baff, als mein Onkel versetzte, das werde sich einrichten lassen, und Hartmuts Idee im Notizbuch vermerkte.

Erwins Herzenswunsch fiel um so dreister aus. Selbst wenn er in der verbleibenden Schulzeit nichts als miserable Noten erhalte, faulenze, hure und Unsinn verzapfe, solle sein Abiturzeugnis blendend sein. Erwins Anmaßung brachte meinen Onkel ins Schwitzen, der den Damenschneiderspross mit verkniffenen Lippen betrachtete, ehe er sich einen Ruck gab und in sein Notizbuch schrieb.

»Und du?« wollte er von mir wissen. »Man soll meine Großmutter freilassen«, sagte ich schluckend, »die ich wieder heimbringen will.« – »Das ist nicht dein Ernst«, schnappte Alfred entsetzt, »deine geistig umnachtete Großmutter wird dir nur Schande bereiten, mein Junge, Scherereien und Schande, das laß dir man sagen. Unsereins hat kein Mitleid mit krankem und unwertem Leben, ist dir das nicht klar?« – »Sie ist meine Großmutter«, sagte ich starrsinnig, was meinem Onkel ein Seufzen entlockte. »Und sie ist meine Schwester, vergiß das nicht«, schimpfte er, »das darf keine Rolle spielen, wenn man Prinzipien hat. Willst du nicht lernen, unerbittlich zu werden? Wer unerbittlich und stark werden will, muß es erst gegen sich sein, mein Junge.« – »Ja«, sagte ich zaghaft, »Sie haben ja recht, Onkel. Trotzdem tut sie mir unendlich leid.« Mit finsterem Gesicht klappte Alfred sein Buch zu und verweigerte mir einen Schulterklaps, als er sich von uns verabschiedete.

Und am anderen Tag holte ich sie aus Potsdam ab. Als ein Wachmann das Irrenhauseisentor aufsperrte, eilte sie schwankend, ergraut und mit ungesund gelbem Gesicht auf mich zu (die blutigen Striemen an Großmutters Handgelenk fielen mir erst bei der Zugreise auf), und erst als uns ein Taxi zum Bahnhof kutschierte, erkundigte sie sich bei mir, wer ich sei. Meine Erwiderung machte sie fuchtig. Das sei ein faustdicker Schwindel, fuhr sie mich an, sie habe nie einen Enkel besessen und kenne keinen Konrad, ich solle mich nicht verstellen!

Wir nahmen im Holzklassewagen Platz, wo sie mich spitz von der Seite betrachtete. »Was deine Ohren angeht, mußt du Felix sein, und in deinen Augen erkenne ich Julius.« – »Julius ist in der Wipper ertrunken«, versetzte ich, »und wo Felix, mein Onkel, lebt, das weiß kein Mensch.« – »Verschone mich mit diesem Quark«, keifte Großmutter, »Julius ist nie in der Wipper ertrunken und spielt auf dem Friedhof nur ewig Verstecken. Und du mußt, Pi mal Daumen, mein viertes Kind, Felix, sein, das aus einem Schlangenei kroch!«

Und im Handumdrehen machte mir Großmutter Scherereien, als sie den seine Zeitung studierenden Banknachbarn auf den »Raufbold« ansprach, der das Titelblatt zierte. »Ist das nicht dieser Gauner vom Bierkeller, der unseren Kaiser beseitigen will?« Verwirrt hob der Mann seine Augen vom Zeitungsblatt. »Gauner? Sie nennen Adolf Hitler einen Gauner?« keuchte der Reisende, »sind Sie von Sinnen, gute Frau?« – »Das ist sie«, beeilte ich mich zu versichern, »bis heute Vormittag saß sie im Irrenhaus ein«, eine Entgegnung, die Clara mir krummnahm. »Ich hatte eine Audienz im Berliner Schloß, bei Wilhelm dem Zweiten«, bemerkte sie außer sich, »der diesen Angeber einsperren lassen wird, bis er ein schimmliger Tattergreis ist.« Das wiederholte sie, kiebig und keifend, vorm sprachlosen Schaffner, der schleunigst Reißaus nahm; zwei Altsitzerinnen, die das Jausepaket packten, um in einen anderen Holzklassewagen zu fliehen; und zwei SA-Schloten, die meine Großmutter ohrfeigten, links und rechts, rechts und links, wieder und wieder, ungeachtet des braunen, mit Stempeln versehenen Entlassungspapiers, das ich wild in der Luft schwenkte, was mir nur einen Hieb in den Magen einbrachte. Ich pflichtete Großmutters Bruder im stillen bei: Sie bereitete mir nichts als Schande und Scherereien.

»Ist der Krieg bereits aus?« wollte sie von mir wissen, als wir pommersche Wiesen und Weiden erreichten, »sind britisches Weltreich und Afrika in unserer Hand? Niemand reicht unserem Kaiser das Wasser, nicht wahr, Felix?«

Großmutter lebte bis heute im Kaiserreich und weigerte sich, unsere Kriegsschande anzuerkennen, von der Flucht Kaiser Wilhelms zu schweigen. »Versailler Vertrag« oder »Weimarer Republik« waren Begriffe, die in Claras Sprachschatz nicht vorkamen. Nur an den Schuß in die Bierkellerdecke, den Hitler im Jahr '23 abfeuerte, konnte sich Alfreds Schwester erinnern. Das hing mit den flammenden Briefen zusammen, die sie vom hitlerbegeisterten Bruder erhielt. Sie war verwirrt und aufs tiefste beunruhigt. Hitlers Revolution konnte sich in der Vorstellungswelt meiner Großmutter nur gegen Wilhelm den Zweiten und das Hohenzollernhaus richten; sie schadete Deutschland, das sich mit den Briten, Franzosen und Russen im Krieg befand. Mit dem Wort »Dolchstoß«, das bei Pfarrer Priebe, Gastwirt Kempin oder Wachtmeister Beilfuß im Schwange war, verband Großmutter Hitler und seine Bewegung – und im Irrenhaus hatten sich diese Ideen nur verfestigt.

Am Bahnsteig Freiwaldes, als wir aus dem Zug stiegen, winkte sie Rudolf Kohlhoff, dem Bahnhofsvorsteher, der in seinen Knien wippend neben der Dampflok stand. Er reckte den Arm hoch und heulte »Heil Hitler!«, was Großmutters Wiedersehensfreude verhagelte, die sich den alten Bekannten zur Brust nahm. »Rudolf Kohlhoff«, versetzte sie streng, »waren wir nicht einer Meinung, wenn es um politische Dinge ging? Und heute machst du dich gemein mit dem schlimmsten Ganoven, den Deutschland zu bieten hat. ›Unheil Hitler!‹, das solltest du schreien, Rudolf Kohlhoff. Dieser Gauner wird nichts als Verderben bringen, sage ich dir. Gnade Gott, wenn er unseren Wilhelm ermordet. Es ist nicht zu fassen, ich bringe sechs Wochen im Grunewaldhaus meines Bruders zu«, bruttelte sie, »und Freiwalde steht kopf.« – »Liebe Clara«, erwiderte Kohlhoff, aschgrau im Gesicht, »unser Kaiser ist nicht mehr am Leben. Und Wilhelm der Zweite starb in seinem Bett, das in Holland und nicht mehr im Schloß von Berlin stand. Hitler hat unseren Kaiser nicht auf dem Gewissen.« – »Wilhelm? Tot?« schnappte Großmutter, um sich im Handumdrehen wieder zu fangen: »Ich kenne dich, Kohlhoff. Witze reißen, das konntest du nie. Und wenn wir uns in Zukunft begegnen, mein Lieber, wirst du ›Heil Kaiser Wilhelm!‹ schreien oder es setzt was, kapiert?«

Vor Peinlichkeit trat ich von einem Bein aufs andere und stierte verzweifelt zur Bahnhofsuhr hoch, die auf der Minute verharrte, in der unsere Dampflok Freiwalde erreicht hatte. Sie stand still, was bei Kohlhoff nicht vorkommen durfte – bei Fahrplan und Uhr verstand er keinen Spaß. Und als ich dem Bahnhofsvorsteher Bescheid sagte, rannte er, um seine Leiter zu holen (was nichts half, sie blieb wochenlang außer Betrieb, und erst mit dem Abschied von Großmutter drehte der Zeiger sich wieder im Kreis).

Großmutter war nicht zu bremsen, als sie unser Haus in der Ferne erkannte, in dem sie mit Großvater knappe elf Jahre verbracht hatte. Mit einer Schuhspitze stieß sie die Pforte zum Vorgarten auf, die halb quietschte, halb eierte, um mit kindlichen

Jauchzern zur Schwelle zu eilen, in der Vater, den ich telegraphisch benachrichtigt hatte, bereits seine Arme ausbreitete, die er wieder sinken ließ, schmerzlich entgeistert, als Großmutter jubelte: »Friedrich, mein liebster Sohn! Ich kann es nicht fassen, dich wiederzuhaben.«

Ludwig, mein Vater, blieb in Claras Augen bis auf weiteres Friedrich, der erste, im Krieg 14/18 von einer Granate zerfetzte Sohn, der auf dem Friedhof Freiwaldes begraben war, unmittelbar neben Julius.

Beide Tode stritt Clara mit einer Entschiedenheit ab, gegen die man nicht ankam. Was der zweite Sohn, Ludwig, trieb, juckte sie nicht (den Jungen am Leben zu wissen, empfand sie als ausreichend). Und nie wollte Großmutter von uns erfahren, wo Schulmeister Leopold Kannmacher stecke. Am Mittagstisch sagte sie kratzig und mit einem Zwinkern, das uns zu Verschworenen machte: »Mich in den Wahnsinn zu treiben, das war sein Plan. Leopold, der mit den Feinden im Bunde war, wollte mich in eine Anstalt abschieben, in der ich lebendig begraben bin, ein von eurer Mutter rechtzeitig vereiteltes teuflisches Vorhaben, Jungs.« – »Und wo warst du vom Herbst '24 bis heute?« verlangte mein Vater zu wissen, um Großmutter in eine Falle zu locken. Clara wich diesen Fangeisen, die mit »Vernunft« oder »Logik« beschriftet waren, schlitzohrig aus. »Ja, hast du das vergessen?« entgegnete Großmutter, »muß ich mir Sorgen um dich machen, Junge? Oder hast du meine Post nicht bekommen, die ich aus Omaruru und Swakopmund schickte, beklebt mit den Marken, die dir aus der Kindheit vertraut sind? Weißt du nicht mehr, diese Schutzgebiet-Briefmarken mit der ›SMS Hohenzollern‹ auf hoher See? Ich habe mich bei meinem Bruder verkrochen, in seinem afrikanischen Landhaus bei Bogenfels, wo Diamanten im Erdboden klackern, um dem Britenspion und verschlagenen Schulmeister zu entgehen.« Sie wandte sich wieder den Heringen zu, die sie Bissen um Bissen aufmerksam betrachtete, um sicherzugehen, daß sie nicht vergiftet waren. Man konnte nie wissen, was Großvater vorhatte, von dem sie abwechselnd annahm, er lebe im Dachstuhl, als Spinne, die an einem klebrigen Netz webe, oder spuke von Zimmer zu Zimmer.

Großmutter machte als erstes das Haus kirre. Sie drehte Immanuel Kant vor der Streifentapete in Großvater Kannmachers Zimmer um, von dem sie sich heimlich beobachtet vorkam, was Immanuel Kant nicht mehr konnte, als er mit der Nase ans Mauerwerk stieß. An einem Regentag nahm sie den Spaten und stieß seine Kante in Rasen und Beete, um den sich im Erdreich versteckenden Kobold zu finden, der sie mit seinem Keuchen und Kichern bei Nacht um den Schlaf brachte. Und am anderen Tag wollte sie von uns wissen, wer zum Teufel den Garten verunstaltet habe, der nur noch ein Schlammschlachtfeld war.

Mit unserem Fernsprecher wiederum stand sie auf Kriegsfuß. Ein Telefon hatte sie niemals besessen, und wenn sich der Kasten im Korridor meldete und »Friedrich« mit einem Menschen verhandelte, der in dieser Horchmuschel an seinem Ohr stecken mußte (wenn nicht in der Schnur, die sich schlangenhaft ringelte), war Clara aufs tiefste beunruhigt. Bald rannte sie selber zum rappelnden Apparat, blaffte ins Telefon: »Zeig dich, wenn du mit uns reden willst«, und legte auf.

Auch das Radio ging Großmutter gegen den Strich, aus dem fremde Stimmen ins Wohnzimmer drangen, die sie irrenden Seelen und Geistern zurechnete. Nichts konnte sie von dieser Vorstellung abbringen, ob es Wiener Orchestermusik, Sondermeldungen oder ein Fußballspiel sendete. »Denkst du, Seelen spielen Fußball, denkst du das im Ernst, Mutter?« wollte mein Vater von Clara erfahren, die sich beide Ohren mit den Fingern verstopfte, bis »Friedrich« zum Radio ging und es ausstellte, um sie von diesen sinnlosen Qualen zu befreien, was den Kasten am Ende nicht rettete. An einem Vormittag schleppte sie den Apparat unbemerkt aus dem Zimmer zum Holzschuppen, um das Ding kurzerhand auf den Hackklotz zu stellen und mit einer Axt zu zerschmettern. Auch das zwischen Garderobe und Schuhregal rasselnde Korridortelefon blieb nicht verschont, an dem Großmutter mit einem Messer den Draht kappte, und als

Ludwig die Strippe geduldig erneuerte, nahm Clara ein Beil und hieb es aus der Wand (wenn sie einen Anfall erlitt, legte sie eine Kraft an den Tag, die beeindruckend war).

Mit meiner Mutter verstand sie sich prima, selbst wenn sie Emilie beharrlich verwechselte, und zwar mit der Tochter vom Pyritzer Bauern, die Kannmachers Hauswirtschaftshilfe gewesen war, nicht ohne an Mutter Mathildes zum Hinterteil reichenden Pferdehaarzopf zu vermissen. »Mathilde muß krank sein«, bemerkte sie zu meinem Vater, »sie war eine starke Person, hatte Mark in den Knochen und konnte es mit einem Hannoveranergaul aufnehmen. Nicht zu vergleichen mit diesem zerbrechlichen Wesen, das heute am Herd steht.« Es half nichts, der Großmutter einbleuen zu wollen, Mathilde sei nicht mehr im Haus und das Wesen am Herd seine Frau, die Emilie heiße – Clara summte ein Gondellied oder den »Hasche-Mann« und eilte zum Kasten im Wohnzimmer mit der verkratzten Plakette »Fritz Klemm & Konsorten. Klavierfabrikanten aus Lauenburg/Pommern«, auf das sie mit Faust oder Ellbogen eindrosch.

Um so miserabler war Claras Beziehung zu Alma, die von Montag bis Sonntag bei uns auf der Schwelle stand, um sich bei Schwester Emilie den Bauch vollzuschlagen. Ausnahmsweise verwechselte Großmutter Alma mit niemandem, was ein bedenklicher Vorgang war. Diese verbitterte Feindschaft beruhte bei Tante und Großmutter auf Gegenseitigkeit. Es war ein ewiges Hauen und Stechen. Beim ersten Besuch meiner Tante im Kannmacherhaus schnappte Clara: »Was macht diese mir wildfremde Tucke an unserem Mittagstisch?« Alma heuchelte Mitleid mit Großmutter. »Das haben Sie nicht mitbekommen, als sie im Potsdamer Irrenhaus einsaßen, liebe Frau Schulmeister. Emilie ist meine Schwester, verstehen Sie, das heißt, ich bin Teil der Familie.« Clara machte die klebrige Stimme von Alma nach, als sie entgegnete: »Liebe Frau Naseweis, das ist Mathilde, und unsere Hausangestellte hat nie eine Schwester besessen.«

Großmutter sprach mich beharrlich mit »Felix« an, was eine krasse Familienverfehlung war, besonders im Beisein von Alma.

Von meinem verschollenen Onkel zu sprechen, der seine Braut vor der Hochzeit versetzt hatte, war im Kannmacherhaus nicht erlaubt. Es mußte der Bohnenstange in beiden Ohren schrillen, wenn man sie an diese Schande erinnerte.

»Der Junge heißt Alfred«, bemerkte sie finster, was wiederum Großmutter fuchsteufelswild machte, die der »frechen Person«, die »bei uns nicht willkommen ist«, eine harte Belehrung erteilte: »Wagen Sie nicht, meinen Bruder ins Spiel zu bringen, den Sie nicht kennen, Sie scheele Provinzhenne« (das stimmte, sie waren sich niemals begegnet, der verhimmelte Hitlervertraute und Alma), »Sie wollen sich mit seinem Namen nur Geltung verschaffen.«

»Der Junge heißt Alfred«, beharrte die Bohnenstange.

»Der Junge heißt Konrad«, versetzte mein Vater.

»Ja, sind wir im Irrenhaus?« zeterte Großmutter, »der Junge heißt Felix. Und Schluß!«

Gegen Claras Verdrehungen kam man nicht an, und sie schaffte, was keiner im Kannmacherhaus je erreicht hatte, nicht Großvater Leopold, der Tante Alma zu Lebzeiten Saures gab, wo er nur konnte, und auch nicht mein Vater, der sich mit Emilies Schwester stritt, wenn es erforderlich war: Alma weigerte sich, unser Haus zu betreten. Und das von Clara zerdepperte Telefon nahm keine Beschwerdeanrufe mehr an. Sie konnte Emilie nur brieflich zusammenstauchen und zu sich in die Siedlung am Kopfberg befehlen. Mutter tat, was die Schwester verlangte, bis Großmutter spitzkriegte, warum »Mathilde« sich Mittag um Mittag aufs Fahrrad im Garten schwang, mit einem im Korb an der Lenkstange klappernden Topf, und der Hausangestellten aufs strengste verbot, dieser »Zimtzicke« Essen zu bringen.

Großmutter befreite uns nicht nur von Alma, was alle erleichterte (außer Emilie). Sie hielt uns auf Trab, wenn sie ausging und unsere pommersche Heimatstadt unsicher machte. Dauernd wollte sie Leute besuchen, die tot waren, und lief kreuz und quer bis zum Kirchplatz von St. Marien, wo Adolph Liebherr zu Hause gewesen war, der von einem Blitz auf der Bleiche erschlagene bucklige Kirchenchorleiter und Organist, was sie sich einfach nicht beibringen ließ. Sie eilte zur Wohnung von Postkutscher Weidemann, der im April '34 verstorben war (folglich nicht mehr vorm Gartentor auftauchen konnte), um dem untreuen Mann ins Gewissen zu reden, er solle sie wieder mit Briefen beliefern. Als von Weidemann weit und breit nichts zu entdecken war, rannte sie schnurstracks zum Postamt Freiwaldes, wo sie den Direktor zu sprechen verlangte, den sie vor Schalterbeamten und Kundschaft bezichtigte, auf Weidemanns Dienste verzichtet zu haben, um von diesem Mann, der kreuzehrlich gewesen sei, beim Ausspionieren fremder Post nicht behindert zu werden.

Das war ein Vorgang, der Ortsgruppenleitung und Staatspolizei auf den Plan rief, die uns ermahnten, Großmutter ins Haus einzusperren und diese Unruhestifterin aus dem Verkehr zu ziehen, man werde sonst andere Maßnahmen ergreifen.

Von meinem Vater beauftragt, sie niemals alleine zu lassen, wenn sie unser Haus verließ, machte Großmutter keinen Spaziergang mehr ohne mich. Und in diesen Tagen, als sie mich zum Wald scheuchte, um Beeren und Steinpilze mit mir zu sammeln (es war keine Blaubeeren- und Steinpilzezeit, was sich Großmutter einfach nicht beibiegen ließ), oder wenn sie im Zickzack zum Bleichenhaus rannte, wo angeblich Schausteller auf einem Seil liefen, Moritaten zu Schautafeln sangen und Feuer spien, und im Kreis bunter Holzwagen neben dem Flußufer siamesische Zwillinge auftreten ließen, die sich ohrfeigten und gegenseitig im Haar rauften, bis sie in einen Bottich mit stinkender Jauche fielen – als wir auf dem Grasplatz eintrafen, der windig und leer war, lehnte sich Großmutter an mich und seufzte, das fahrende Volk werde sich in der Walachei oder den Zarenreichweiten verirrt haben –, fiel mir der Mond auf, der weißlich am Himmel stand. Mit der Ankunft von Großmutter weigerte sich seine schimmernde Scheibe, den Fleck zu verlassen, an dem er bei Nacht eine strahlende Kugel war.

Bei einem anderen Spaziergang mit Großmutter zog es uns beide magnetisch zum Marktplatz. Aus den an Masten und Pfosten befestigten Lautsprechern bellte und schepperte es: Adolf Hitler hielt eine umjubelte Rede. Umringt von Justizinspektoren und Gaswerkern, lehnte Gastwirt Kempin auf der Treppe zum Bierlokal, um den rollenden und grollenden Worten zu lauschen. Niemand, der auf dem Platz war, ging seinen Erledigungen nach; man verharrte in stiller Verehrung.

»Ist das dieser Strolch, der den Kaiser beseitigen will?« zischte Großmutter an meinem Ohr. Das ließ meine inneren Alarmglocken schrillen. Ich packte sie sicherheitshalber am Arm, um sie schleunigst vom Marktplatz zu schleifen, was sie sich nicht bieten ließ.

»Nieder mit diesem Gauner und Spitzbuben!« tobte sie, »der unserem Kaiser den Dolchstoß versetzt!« Fassungslos stierte der Marktplatz zu Großmutter, die forsch auf das Bierlokal zustrebte, vor dem sie Kohlhoff, den Bahnhofsvorsteher, entdeckt hatte, der vor der Schulmeisterwitwe mechanisch seinen Arm in die Luft riß und »Heil Kaiser Wilhelm!« schrie.

Ein zweiter Besuch der Gestapobeamten aus Schlawe war nur eine Frage der Zeit. Clara weigerte sich zu verstehen, warum man sich vor der Gestapo in Acht nehmen mußte, die sie aus der Zeit Kaiser Wilhelms nicht kannte. Trotzdem schien sie zu ahnen, in Gefahr zu sein. An zwei miteinander verknoteten Bettlaken seilte sich Großmutter in dieser Vollmondnacht aus dem verschlossenen Haus in den Garten ab und eilte im Nachthemd zum Pfarrhaus bei St. Marien, um Pastor Priebe zu bitten, sie in seiner Kirche vorm britischen Feind zu verstecken, der seinem Geheimdienst den Auftrag erteilt habe, Kannmachers Clara in einem vorm Badestrand lauernden Unterseeboot zu verschleppen. »Ich brauche ein Schlupfloch, verstehen Sie nicht, Priebe?« Unser Prediger stellte sich tot. Er graute sich nur vor dem flatternden Nachthemd, das um seine Pfarre gespensterte. Großmutter hetzte verzweifelt zum Herzogsschloß und vom pechschwarzen Schloßgraben wieder zum Steintor, bis sie sich auf den Friedhof am Kopfberg verirrte, den sie zu betreten sonst peinlichst vermied.

Erst am Mittag fand ich sie vor Großvaters Grabstein (neben den schmaleren Grabsteinen von Julius und Friedrich), in den der Schulmeister Kants Kategorischen Imperativ hatte einmeißeln lassen. Sie kniete im Dreck, hatte Dreck in den Haaren und aus Großmutters zahnlosem Mund fielen Erdbrocken, als ich sie vom Boden hochzog. »Stell dir vor! Wir vertragen uns wieder«, versetzte sie heiter, »wir sind wieder eine Familie«, und zeigte auf alle drei Grabsteine. »Sie sind tot«, sagte ich, halb verstimmt, halb erleichtert, eine Bemerkung, die sie mir nicht krummnahm. »Um so besser«, erwiderte Großmutter selig, »mit Toten ins reine zu kommen ist wesentlich einfacher, als es mit Lebenden sein kann. Tote sind klug und bescheiden, mein Junge.«

Und in dieser Nacht, als der Mond seinen gleißenden Schein auf dem Friedhof am Kopfberg verteilte, Steintor und Herzogsschloß, Bleiche und Ziegeleien, Gaswerk und Fischfabrik, Werften und Badestrand, Hafenmolen und Wellen gespenstisch beleuchtete (mit Großmutters Ankunft im pommerschen Ort stand der Pegel des Wassers beharrlich auf Flut), nannte Großmutter Vater vorm Schlafengehen »Ludwig«, und Mutter sprach sie mit »Emilie« an (nur was mich anging, kam sie zu keiner Entscheidung, sprang von »Konrad« zu »Alfred«, um wieder bei »Felix« zu landen), und bald bremste ein Auto vorm Kannmacherhaus, dem Diedrichs Otto und Bewersdorffs Artur entstiegen, von einem Irrenhauspfleger begleitet, der eine riesige Spritze im Arm hielt, und traten mit blinkenden Stiefeln den Eingang ein, knarzten und knallten von Zimmer zu Zimmer, um meiner Großmutter habhaft zu werden, die wir sicherheitshalber im Schuppen versteckt hatten, eine Idee, die nicht sonderlich scharfsinnig war. Diedrichs Otto und Bewersdorffs Artur, die von meinem Großvater ohne Erfolg unterrichteten Klassensaalpupser und Schniefnasen, waren heute im Schlupfwinkelausfindigmachen erfahrene Gestapobeamte. Als sie im

Haus nichts entdeckten und der mit einem Schlachterhauskittel bekleidete Pfleger seine Spritze vergeblich in Ritzen und Ecken stach, in Klavierkasten, Koffer und Wanduhrschrank rammte, ganz zu schweigen von Kissen, Matratzen und Bettzeug, die er mit der silbernen Nadel durchbohrte, polterten Diedrichs Otto und Bewersdorffs Artur mit Pfleger und Spritze im Schlepptau zum Schuppen im Garten. Wir hielten den Atem an, als sie ins Holzkabuff einbrachen, in dem Schubkarre, Spaten und Gießkannen schepperten, und das sie zu dritt, ohne Großmutter, wieder verließen, die der Riesenberuhigungsspritze rechtzeitig entkommen war und summend zum Sumpf der Kraut-Glawnitz spazierte, wo sie sich zwischen Baumleichen, blubbernden Pfuhlen und gasblauem Irrlichtertreiben entfernte.

Und ich wette, sie war nicht allein. Es spielten drei menschliche Schatten um Großmutter, ein kraftvoller Schulmeisterschatten mit Hut und zwei schmalere, leichtsinnig springende Schatten, als sie im flatternden Nachthemd das Moor betrat.

Und der Mond rollte wieder am Himmel, wie eh und je. Und wie eh und je konnte man trockenen Fußes bei Ebbe zur Sandbank vorm Badestrand kommen. Und Alma kam wieder ins Kannmacherhaus, um sich bei Emilie den Bauch vollzuschlagen und uns in den Ohren zu liegen. Nur Kohlhoff litt neuerdings an einem Dachschaden, und wenn ich dem Bahnhofsvorsteher begegnete, riß er seinen Arm hoch und schmetterte: »Heil Kaiser Wilhelm!«

V

1954/55

Brief an Annegret

»Ich schreibe Dir aus meinem Volkschulhausgarten«, begann Konrad seinen Brief an das Rostocker Krankenhaus, in dem Annegret Haug, seine kurze Soldatenbeziehung aus der Lazarettzeit bei Ahrendsee, auf der Chirurgie-Station arbeitete, was er im Winter aus Zufall erfahren hatte, »im Schatten von Eiche und Haselnußbaum, neben mir einen Weidenkorb, randvoll mit Himbeeren, die in rauhen Mengen am Bachufer wachsen. Heute hatte ich endlich zur Ernte Gelegenheit – wir haben Ferien in Schleswig-Holstein –, und konnte, was Teil meiner hiesigen Lehrerverpflichtungen ist, das bis zum Bauchnabel reichende Gras sensen und ein paar Zaunbretter ausbessern. Um eine Kraft zu bezahlen, die dringende Reparaturen im Schulhaus vornimmt und notwendige Gartenarbeiten verrichtet – stell dir vor, es sind mehr als dreitausend Quadratmeter –, fehlt es dem Bildungsminister in Kiel an Geld, das darf ich alles alleine erledigen.«

Konrad stand auf, um den Stuhl umzustellen, der mit einem Bein in der Erde versank, die von sechs Landregentagen noch nass und morastig war. Auf seinen tastenden Brief vor drei Monaten – er konnte nicht sicher sein, ob diese Annegret Haug seine Annegret vom Lazarett war, selbst wenn das Name, Beruf und Stadt nahelegten – hatte sie mit einem Schreiben erwidert, das erinnerungsselig und herzlich gewesen war, nicht ohne am Ende politisch zu werden. Ob sie sich zum Sozialismus bekannt hatte, um das Mißtrauen der heimlichen Mitleser zu zerstreuen, oder aus echter Begeisterung, ließ sich vom holsteinischen Schwienkuhl aus schwerlich beurteilen. Im Lazarett, dreizehn Wochen vor Kriegsende, hatten sie niemals politische Dinge besprochen, als seien sie schicksalhaft, nicht zu beeinflussen. Denkbar, Annegret hatte den jungen Soldaten nicht einweihen wollen in das, was sie dachte, falls sie nicht erst mit dem Zusammenbruch aus der politischen Stumpfheit erwacht war.

Und noch eine andere Sache fiel Konrad auf, die er nicht einordnen konnte: Annegrets Antwort von knappen zehn Seiten (ein Umfang, der Eifer und Ernsthaftigkeit verriet) hatte keine private Adresse erhalten, als ob sie den Briefaustausch mit einem Westdeutschen vor der Familie, bei der sie wohnte (am Stadtrand von Rostock), verheimlichen wolle. Nur diese Krankenhausanschrift zu haben, empfand Konrad als hemmend und unangenehm, selbst wenn er beileibe nicht vorhatte, Annegret vertrauliche Dinge zu beichten.

Von seinen Erinnerungen konnte sich Konrad nicht trennen. Er blieb der Vergangenheit treu und den Menschen, die mit dieser Vergangenheit verbunden waren. Das war der Antrieb gewesen, um seiner Bekanntschaft aus der Lazarettzeit zu schreiben. Annegrets ellenlanger Brief wiederum ließ sich nicht mit zwei mageren Seiten beantworten. Es tat Konrad nicht leid, der Chirurgin aus Rostock – die in Berlin Medizin studiert hatte und seit '52 den Oberarztposten bekleidete – seine Nachkriegserlebnisse mitzuteilen.

Er hatte niemals vergessen, was Annegret im Vorratskabuff zwischen Medikamenten, Aufputschmitteln und Morphium, Verbandszeug und Spritzen, schottischem Whisky und Rindfleischkonserven versetzt hatte, als er erfahren wollte, ob sie verliebt sei. Annegrets Antwort war grausam gewesen. Sie war nicht willens gewesen, sich in einen zum Tode verurteilten Mann zu verlieben (und ein Weltkriegssoldat war zum sicheren Tode verurteilt). Schlafe mit mir, um es nicht zu bereuen, was du aus Dusselei und Korrektheit verpaßt hast, wenn du in einem Graben wer weiß wo verreckst – diese Erwiderung (in anderen Worten, die der grimmigen Wahrheit letztendlich nichts anhaben konnten) brannte sich Konrads Erinnerung ein, als er im Morgengrauen aufbrach und in einem stampfenden Zugwaggon hockte, um zu seiner Einheit in Kolberg zu stoßen.

Erst heute, im Garten, vorm halbleeren Blatt Papier, das er mit seiner Tasse am Wegfliegen hinderte, konnte er sich seinen Stolz nicht verkneifen. Ja, er war stolz, diesem angeblich sicheren Urteil entronnen zu sein – selbst wenn er das nur einem launischen Zufall verdankte und keinem Verdienst. Oder mehr einer aller Wahrscheinlichkeit trotzenden, sein Leben verschonenden Zufallsverkettung. Ob guter Soldat oder schlechter Soldat, das war in diesem Krieg nicht entscheidend gewesen, der totalen Vernichtungsmaschine, die Rohstoffe, Kriegsmaterial oder Leben verschlang, ohne Unterschied, kalt und begierig. Sein Stolz war nichts anderes als kindlicher Starrsinn, das war Konrad bewußt, der sich wieder zum Blatt beugte, um Annegrets Eifer und Ernsthaftigkeit zu belohnen.

Vom Sonderkommando verriet er kein Wort (das ging Annegrets heimliche Mitleser nicht das geringste an), Lungenschuß und Gefangenschaft im englischen Lager bei Oldenburg streifte er nur. Seine Wiedervereinigung mit der Familie schilderte er um so breiter, als Sonnenscheinereignis, das vollkommen schattenlos war.

Warum sollte Annegret von seiner Scham erfahren, die er bis heute nicht abstreifen konnte, wenn er mit dem Vater zusammenkam? Konrad berichtete lieber von seinem Entschluß im August ’46, sich zusammenzunehmen und das Not-Abitur abzulegen. Mit dem Sonderlehrgang konnte man es vermeiden, wieder auf einer richtigen Schulbank zu landen, was er im Alter von knapp neunzehn Jahren und bei seinen Landsererfahrungen erniedrigend fand.

»Zur Zulassung fehlte mir ein Dokument, das sich Reifebescheinigung nannte. Und das hatte Mutter zu Hause vergessen, als sie vor der Flucht mit dem Schiff aus Freiwalde in Hetze Geburtsscheine, Heiratsurkunde und andere Familienpapiere zusammenkramte. Mein Vorhaben drohte zu scheitern, und mit diesem Vorhaben war es mir ernst. Es hatte mich von meiner monatelangen Verzagtheit und seelischen Flaute befreit, die wieder und wieder in Ekel und Bitterkeit, wenn nicht in Lebensverzweiflung umschlagen konnten. Meine Landsleute machten mich krank. Sie, die an diesem totalen Zusammenbruch schuld waren, strotzten vor Starrsinn und Selbstmitleid (vom Haß, der sie brodelnd beherrschte, zu schweigen). Und es ekelte mich vor mir selber. Ich war ein Deutscher, nicht anders als sie, und an den Verbrechen beteiligt gewesen. Ich mußte mich vor meinem Gewissen rechtfertigen, was mir von Tag zu Tag schwerer fiel. Das war ein Strudel, der mich in den Abgrund zog.

Ein Zufallsfund kam mir zu Hilfe. Wir wohnten im Haus eines Studienfreunds meines Vaters, der technischer Zeichner erlernt hatte, mit Philosophie hatte er nichts am Hut. Trotzdem stieß ich in seinen Regalen auf ein Werk mit dem Titel ›Zum ewigen Frieden‹. Diese Schrift war mir aus meiner Kindheit vertraut. Großvater, Schulmeister Leopold Kannmacher, der niemanden tiefer verehrte als seinen Vernunftphilosophen Immanuel Kant, hatte aus dieser Abhandlung Kants Tag um Tag zitiert. Ich kannte Wendungen und Abschnitte auswendig, ohne sie jemals verstanden zu haben.

Es war mehr meine Liebe zu Großvater als zu Kant, die mich auf die Idee brachte, Lehrer zu werden. Ich wollte in Kannmachers Fußstapfen treten, aus Treue zu einer Familientradition, die mir Halt bot, mich schlagartig sicherer machte. Und es war nicht nur Erinnerung im Spiel: In Großvaters Vorstellungswelt nahm der Lehrerberuf einen besonderen Stellenwert ein. Sein Lehrer war wesentlich mehr als ein Pauker, der eine Klasse mit Wissensstoff vollstopft, den er wieder abfragt und der dazu Noten verteilt. Großvaters Lehrer erzog seine Kinder zur Freiheit, die auf zwei Prinzipien beruhte: Vernunft und moralische Handlung. Diese beiden Prinzipien hatten wir Deutschen im Weltkrieg aufs schlimmste mißachtet, nicht wahr? Ob dir das komisch vorkommt oder nicht – ich hatte den Eindruck, als habe mich Großvater mit seinen Vorlesestunden im Schaukelstuhl aus der Kantischen Friedenschrift seinerzeit zu dieser Lehreraufgabe bestimmt: Ich sollte fortsetzen, was er begonnen hatte – was mir nur um so dringlicher schien, als mein Großvater seine moralischen Ziele verfehlt hatte. Das war eine bittere Einsicht. Seine Schulkinder hatten sich, als sie erwachsen waren, vollkommen anderen Werten verschrieben als den kritisch-moralischen, die er vertrat. Es reichte, von mir auszugehen, um das einzusehen, der Tag um Tag Großvaters Einfluß erlebt hatte. Das bewahrte mich nicht vor den falschen Ideen, die man mir, einem halbstarken Bengel von sechzehn Jahren, in der Ausbildungszeit beim Reichsarbeitsdienst eingeimpft hatte. Und ich hatte den Wahnsinn mit Eifer verinnerlicht: inneres Strammstehen, Opferbereitschaft, Unerbittlichkeit oder Kadavergehorsam – alles Dinge, die mit der Vernunft unvereinbar waren.

Leider hing meine Zulassung von einem Zettel ab, der in unserer pommerschen Heimat vergilbte, falls man das amtliche deutsche Papier nicht verbrannt hatte. Und wiederum hatte ich Dusel. Ein Freund aus der Jugendzeit und Kamerad im Krieg hatte in Kiel eine Schule besucht, um sein Abitur nachzuholen, ein Vorhaben, bei dem er Schiffbruch erlitt. Das konnte meinen schwungvollen Freund nicht entmutigen. Erwin erfuhr vom bequemeren Weg eines Sonderlehrgangs, der nicht mehr als sechs Monate dauerte, bei dem mit geringeren Anforderungen zu rechnen war, und der sich an unsereins richtete: unmittelbar von der Schulbank aufs Schlachtfeld verfrachtete unreife Jungs. Mein Jugendfreund machte den Vorschlag, gemeinsam den Sonderlehrgang zu besuchen, was einerseits lustiger, andererseits praktischer sei, dem konnte man schwer widersprechen.

Was er mit seiner praktischen Hilfe vermochte, erwies sich bereits bei der Reifebescheinigung. Erwin verhalf mir zu dieser Beglaubigung, indem er unseren vormaligen Schulleiter ausfindig machte. Anders als unsere Lehrer in Schlawe, die ausnahmslos tot und verscharrt waren, war unser Studiendirektor am Leben und lehrte in Flensburg als Hochschuldozent. Ich besuchte den Mann, er erkannte mich wieder und fertigte mir eine zweite Bescheinigung aus, die mich zum Sonderlehrgang in Hannover berechtigte. Was ich verwirrend fand, war seine Eile – als ob er mich schleunigst verabschieden wolle –, in die sich Verlegenheit mischte. Anscheinend erinnerte ich unseren Schulleiter an seine Vergangenheit als Hitlerverehrer, der er seinen Posten in Schlawe verdankt hatte; und an seine pommersche Herkunft, die er an der Hochschule offenbar lieber verleugnete (das bemerkte ich an seinem Benehmen vor der Schreibkraft und einem Doktoranden, der rauchend ins Zimmer trat), um im Kreis aus Dozenten und Professoren, die in der Hauptsache waschechte Holsteiner waren, nicht als Fremder verschrien zu sein. Wir waren beide erleichtert, als ich aus dem Zimmer ging und mit der Bescheinigung in meinen Fingern im Paternoster zum Erdgeschoß schwebte.

Es war mein Freund, der das Zimmer anmietete, das wir im Herbst '46 bezogen, und einen Zentner Erbsen auftrieb (weiß der Teufel bei wem), mit dem wir zum Teil unsere Miete beglichen, zum Teil unseren knurrenden Magen beschwichtigten – und der knurrte ununterbrochen. Man unterrichtete uns in der Sakristei einer gotischen Kirche im Herzen Hannovers, die nur noch ein Außenwandmauerskelett war, das sich an den Rumpf eines Glockenturms lehnte, den englische Bomben halbiert hatten. Herbstlaub bedeckte den Boden im Kirchenschiff, ein gelbbrauner Teppich, der knisterte, wenn es aus schiefrigem Himmel zu schauern begann. Das blieb uns im Anbau erspart. Sein Dach, eine Halbkuppel, hatte keinen Schaden genommen, hielt Regen und Schnee von uns ab. Heizen ließ er sich allerdings nicht. Vor seinen Fenstern, mit Pappe vernagelt, jaulte der Wind mit den Stimmen einer Wolfsmeute.

Wir konnten es uns auf der Kirchenbank oder einem Chorstuhl mit Holzschnitzereien bequem machen, der beim englischen Angriff dem Feuer entgangen war. Man zog an, was man hatte und was einen dauerhaft warm hielt, Pullover und Wollsocken, Mantel und Handschuhe. Trotzdem bibberten wir uns von Stunde zu Stunde und schrieben mit klammen Fingern in unsere Kladden Geschichtsdaten, Englischvokabeln, Zitate von Goethe und chemische Gleichungen.

Im Sonderlehrgang hatten wir keine Mathematik, was uns beide erleichterte. Und man verschonte uns vor dem Lateinischen, das meinem Kumpel und mir aus der Schulzeit in Schlawe verhaßt war. Ein naturwissenschaftliches Fach, eine Fremdsprache, Geschichte und Deutsch – mehr verlangte man nicht von uns, um uns aufs Abitur vorzubereiten.

Das ermutigte Erwin, sich treiben zu lassen. Wenn wir aus der Kirche nach Hause kamen, schnatternd vor Frost, heizten wir erst den Kohlenofen an, der in unserem Mietzimmer gegen die Decke stieß, einer engen und muffigen Stube in einer Parterrewohnung unweit des Stadtwalds, der nachts voller Holzdiebe war (und vor Axthieben schallte). An der einen Wand lehnte ein Schrank mit Barockaufsatz (zwei Engeln, die auf einer Weltkugel hockten), erblindetem Spiegel und an allen Ecken und Enden vom Holzwurm zerfressen; an der anderen standen mein Bett und ein Schlafsofa, in der Mitte des Zimmers ein massiger Eichentisch, an dem ich stundenlang ochste und paukte.

Erwin hielt es nicht aus in der stickigen Bleibe, in der unsere Wollsachen muffelten. Und er konnte vor Hunger nicht lernen – die Brotmengen, die wir auf Karte bezogen, konnten zwei junge Kerle nicht satt machen. Er vertrieb sich den Kohldampf, indem er Reißaus nahm und um Kellerlokale und Jazzkneipen streunte. Er machte Bekanntschaften, ließ sich zu Zechrunden einladen und sprach Studentinnen an, die sich bei den Tommys ein Zubrot verdienten. Ab und zu kam er mit einer Freundin nach Hause und schob sie auf Zehenspitzen in unser Zimmer – Damenbesuch war uns strengstens verboten –, und auf Zehenspitzen liebten sie sich, um unsere Vermieter nicht zu alarmieren. Ich konnte nicht schlafen und linste zum Schrankspiegel, in dem die beiden sich schemenhaft paarten, was sie alle zwei

Stunden erneut exerzierten, bis endlich der Tag anbrach und Erwins Mitbringsel aus unserem Erdgeschoßfenster ins Freie sprang.

Beim Sonderlehrgang in der Sakristei, vor unseren Lehrern, die alle in Uniform antraten (in Ermangelung anderer Unterrichtskleidung), ratzte mein Freund auf der Kirchenbank selig.

Wir hatten Streit wegen anderer Dinge. Was unsere Schuld anging, war mir mein Kumpel zu leichtfertig. Er sprach von Verunglimpfungen und Verleumdungen der Sieger, die eine logische Folge der Kriegsniederlage sei. ›Wer siegt, schreibt Geschichte‹, versetzte er trocken, ›ob diese Geschichtsschreibung stimmt oder nicht.‹ Von den KZ-Leichenbergen, die man in der Wochenschau zeigte, behauptete Erwin, sie beruhten auf technischen Kniffen und filmischen Tricks. Man wolle uns Deutschen ein schlechtes Gewissen einimpfen, um unsere Tatkraft und Vaterlandsliebe zu brechen. Was ließe sich besser bevormunden als ein sich selber verachtendes Volk. Diese beharrliche Engstirnigkeit meines Schulkumpels konnte mich fuchsteufelswild machen – und Erwin beeilte sich, mich zu beschwichtigen. Niemals, indem er mir beipflichtete oder von seinen Ansichten Abstand nahm. Er packte den Klappstuhl aus Kiel, der am Schrank lehnte, und reihte sich in eine Schlange vorm Metzger ein, der an diesem Vormittag Wurstwaren anbot, besorgte uns Hirnwurst und Eselssalami, um mich wieder milde zu stimmen. Oder er schleuste zwei Frauen ins Zimmer, in der Absicht, sie freundschaftlich mit mir zu teilen, und war beleidigt, als ich keine Lust hatte, es mit meinem Kumpel und seinen Studentinnen in unserer muffigen Bude zu treiben. Nicht aus Befangenheit lehnte ich ab, Befangenheit in diesen Dingen hatte ich als Soldat verlernt – wenn er Gelegenheit hat, greift der Landser zu –, oder aus Widerwillen gegen den zweiten Mann. Ich kannte meinen Freund splitternackt und mit steifem Glied aus Faulenzertagen am heimischen Bachufer, wo wir masturbierten, bis unsere Geschlechtsteile schmerzten, kardinalsrot und lila im Schamhaar zusammenschrumpften und uns das Mark aus den Knochen floß (glaubten wir). Wer von uns beiden beim Wichsen als erster ins Ziel ging, der machte seinen Stich bei den Weibern – das war unsere mechanische, sich an Umdrehungszahlen, Hubraum und Schubkraft berauschende Auffassung.

Nein, meine Lustlosigkeit hatte andere Ursachen. Ich war entschlossen, das Not-Abitur zu bestehen, das uns in sechs Tagen bevorstand, und mein Leben in richtige Bahnen zu lenken. Mit seinen Ausschweifungen brachte mein Freund dieses Vorhaben nur in Gefahr. Stinksauer ließ ich meinen Kumpel allein und ging bis zum Tagesanbruch an der Leine spazieren, in die ich mich vor meiner Heimkehr erbrach, sei es aus Ekel vor meinen Geschichten mit Frauen, Kriegszeiterlebnissen, die wieder auftauchten (nicht aus Ekel vor deiner und meiner Geschichte, die ich nicht als grimmig und kalt in Erinnerung habe, falls ich meiner Erinnerung trauen darf – darf ich das?), sei es einfach vor Hunger und Schlaflosigkeit.

Daheim hatten unsere Vermieter – der Mann war Verkaufsleiter in einer Tabakfabrik, seine Frau Stenographin im Wirtschaftsamt – meinen Kameraden beim Liebesspiel mit seinen zu aufdringlich kieksenden Freundinnen erwischt. Er mußte ausziehen und packte bereits seine Sachen, als ich unsere Bude betrat. Erwin war fassungslos, als ich mich weigerte, ein anderes Zimmer ausfindig zu machen, das wir beide gemeinsam bewohnen konnten. Warum sollte ich seinen Mutwillen ausbaden? Ich begleitete Erwin ins Treppenhaus, wo er den Erbsensack schulterte (der beinahe leer war), seinen Koffer ergriff und sich grummelnd entfernte (und hatte ein hundsmiserables Gewissen).

Unser Not-Abitur nahm man in einer Kneipe ab, inmitten von Schnapsgeruch, Bierdunst und Raucherqualm. Erwin fiel durch, ich bestand. Im Dritte-Klasse-Abteil eines Nachtzuges, der von Hannover zur Elbestadt rollte, hockten wir beide und schwiegen uns an (mein Freund war verbittert, ich sprachlos vor Mitleid und Seligkeit). Unser Abschied am Hamburger Bahnhof fiel eisig aus. Und keiner von uns hielt sich an sein Versprechen, sich bei Gelegenheit brieflich zu melden.

In Lensahn, wo die Meinen beim Regulatorenhersteller Karl Eduard Papenfuß wohnten, grunzte mein schweigsamer Vater erleichtert, als er vom bestandenen Not-Abitur erfuhr, und Mutter umarmte mich heiter beschwingt. Meine Idee, aufs Lehramt zu studieren, stieß bei meinem Alten auf Zustimmung. Vier Semester, die notwendig waren, um auf eigenen Beinen zu stehen, konnte Vater bezahlen. Ich hatte zehn Monate Zeit bis zur Uni-Anmeldung – die '47er-Einschreibungsfrist war verstrichen – und bewarb mich erfolgreich als Schulhelfer in Lensahn. Ich hospitierte im Klassensaal, ließ mich in Lehrstoff und Unterrichtstechniken einweihen, nahm an Gewerkschafts- und Lehrerversammlungen teil, wo es um Personalpolitik oder Schulfinanzierung ging und man mit Lust seine Zwiebel- und Butterbemmen kaute.

In diesen Monaten konnte ich aufatmen. Ich kam mir frei vor und hatte den Eindruck, mein Leben verlaufe normal, eine in der Vergangenheit schmerzlich vermißte Erfahrung, was mir neuen Schwung verlieh, mich wieder jung machte (in der Gefangenschaft war ich mir sicher gewesen, dauerhaft niedergeschlagen, verbraucht und steinalt zu sein).

Aus Leichtsinn verband ich mich wieder mit einer Frau, die Ende zwanzig und Kriegswitwe war, zwei Kinder im Alter von sieben und vier hatte und in einem Backsteinbau neben der Schule mit den Schwiegereltern zusammenlebte. Von mir hatte Elisabeth bald nichts mehr wissen wollen, in erster Linie aus Furcht vor den Scherereien, die sie sich ausrechnen konnte, wenn unsere Liebesbeziehung bekannt werden sollte, und bei Zufallsbegegnungen ging sie mir aus dem Weg, grußlos, mit hartem Gesicht.

Warum sie allen Bedenken zum Trotz wieder mit mir zusammenkam, kann ich nicht sagen. An einem warmen Septembertag flitzte ich mit meinen Rad von der Lehrerversammlung zum Stakensee, wo ich ein Bad nehmen wollte. Elisabeth hockte im Badeanzug auf der Wiese zum Wasser, einen Picknickkorb neben sich. Sie war in Begleitung der Kinder und eines mir fremden Herrn, der Mitte Dreißig sein mochte und mit den quiekenden Jungs Schere, Stein und Papier spielte. Ich brannte vor Eifersucht, was sie mir sicherlich anmerkte, und lenkte mein Fahrrad zu einer entfernteren Stelle, versteckt zwischen Weiden und einem Rhododendronbusch, an der ich mich ungesehen umziehen konnte. Ich schenkte Elisabeth keine Beachtung (eine Beherrschtheit, zu der ich mich zwingen mußte), als ich meine Runden im See drehte, bis ich verbissen und lustlos das Wasser verließ und neben mein Fahrrad am Uferplatz fiel.

Ich weiß nicht mehr, wann ich erfuhr, wer der Fremde war (Elisabeths Bruder, der auf Norderney lebte), und dieses Wissen war ohne Belang, als Elisabeth zum Rhododendronbusch schlenderte, wo sie sich vor mir ins Wiesengras kniete, um ohne ein Wort mein Geschlecht aus der Hose zu ziehen. Ich kam auf der Stelle und rechtzeitig sprang sie auf, ehe einer der quiekenden Jungs um die Weide bog und seine Mutter entdeckte.

Diese Begebenheit machte uns waghalsiger. Nicht anders als in der Vergangenheit holte ich sie zwischen zehn und halb elf in der Nacht mit dem Cabriolet unseres Hausherrn ab und lenkte den Wagen auf finstere Waldwege, wo wir uns hemmungslos liebten.

Wir verbrachten mehr Zeit miteinander als in unserer Anfangszeit, was eine brenzlige Sache war – wenn eines der Kinder mit Bauchschmerzen aufwachte, seine Mutter nicht fand und ins Erdgeschoß stolperte, wo es seine schlafenden Großeltern weckte, kamen sie uns mit Sicherheit bald auf die Schliche. Und neuerdings trafen wir uns auch zur Mittagszeit, wenn sich Elisabeth freinehmen konnte, was besondere Vorsichtsmaßnahmen erforderte.

Keine Ahnung, wer uns bei der Liebe beobachtet hatte und seine Entdeckung verbreitete. Im Holsteinkaff klatschte und tratschte man bald und zerriß sich mit Eifer das Maul. Wenn Elisabeth sonntags zum Gottesdienst ging, zischte es in der Kirchengemeinde. Und wenn sie um Medikamente und Brot anstand, mußte sie Spießruten laufen.

Elisabeth besserte mit einer Singermaschine in Heimarbeit Kleidung aus, um sich nebenher etwas Geld zu verdienen – von der mickrigen Kriegswitwenrente allein konnte sie mit zwei Kindern nicht leben. Sie hatte den uralten Tretapparat, der kaputt auf dem Dachspeicher stand, mit Geduld repariert, bis er anstandslos lief.

Diese Einnahmequelle versiegte, als man von Elisabeths Liebesbeziehung erfuhr. Niemand brachte mehr schadhafte Kleidung ins Backsteinhaus. Was sie sich erlaubt hatte, war eine Schande. Sie, eine Kriegswitwe, hurte im Freien, auf Wald- oder Feldwegen, mit einem jungen Kerl und beschmutzte das Andenken eines vor Åland gefallenen Marinesoldaten. Elisabeths zuchtloser Leichtsinn entehrte den Toten, mit dem sie verheiratet war, und – was besonderen Abscheu erregte – den Vater, von dem sie zwei Kinder besaß. Und noch gravierender war in den Augen der Leute, daß sie anscheinend an einer triebhaften Neigung litt, mit der sie die Kinder verdarb – diese Verletzung der Mutterpflicht war unverantwortlich (und unentschuldbar).

Was sie in den kommenden Monaten mitmachte, konnte ich nur aus der Ferne beobachten. Sie war nicht mehr bereit, mich zu treffen, versteht sich, eine Verweigerung, die mich erleichterte, und was ich erfuhr, das erfuhr ich aus zweiter Hand. Aus dem Backsteinhaus mußte sie ausziehen, von Schwiegervater und -mutter vertrieben. Niemand im Kaff wollte sie bei sich aufnehmen. Eine neue Behausung verdankte sie letztlich dem von den Besatzern verwalteten Wohnungsamt, das Mutter und Kindern ein Kellergeschoß zuwies, beheizbar, mit Herdstelle und fließend Wasser. Am Ende hielt sie es im Holsteinkaff nicht mehr aus und floh vor den Feindseligkeiten zum Bruder, der auf Norderney einen Leuchtturm bediente.

Um die von den Eltern des Vaters beanspruchten Kinder kam es zum Prozess vorm Zivilgericht, zu dem man mich vorlud, als ich bereits Lehramtsstudent an der Hamburger Hochschule war, eine unangenehme Erfahrung. Ich mußte mich drehen und wenden, um sie zu entlasten, und verstrickte mich in meinen halbwahren Angaben, Dreiviertelerfindungen und Schwindeleien, um keinen schlechten Eindruck vorm Richter zu machen.

Als ich endlich aufstehen und mich entfernen durfte, schwitzte ich aus allen Poren. Und Elisabeth, die meinen Gruß nicht erwiderte, kam mir um Jahre gealtert vor.

Sie gewann das Verfahren und behielt beide Kinder, was ich aus einem Brief meiner Mutter erfuhr, die mich ermahnte, in Zukunft ›auf Eiern zu gehen‹ und bei der Wahl meiner Frauen besonnener zu sein – bei dieser Mitteilung (und Mutters Wortwahl) brach ich in erleichtertes Kichern aus.

Ich selbst blieb von Feindseligkeiten verschont. Man verstand es, wenn ein junger Bursche von knapp zwanzig Jahren sein Horn wetzen mußte. Und als ehemaliger Wehrmachtssoldat hatte ich mir eine Ausschweifung redlich verdient. Ich kassierte nicht mehr als einen maßvollen Tadel von seiten der Schuldirektorin. In den Gewerkschafts- und Lehrerversammlungen stieß ich auf Bedauern und (zwinkernden) Anklang. Als Schulhelfer, der sich mit Eifer ins Zeug legte, stand ich bei Lehrern und Lehrerinnen hoch im Kurs. Man war tolerant und entschuldigte meine Verfehlung.

Trotzdem hielt es mich nicht mehr im Holsteinkaff. Bei meiner Hochschulanmeldung im Januar beschloß ich, in Hamburg zu bleiben, auch wenn mir ein Studienplatz noch nicht sicher war. Auf die Schnelle ein Zimmer zu finden war aussichtslos. Mehr als eine Dachbodenbleibe in Ottensen (mit sechzehn Mark Miete im Monat ein billiger Unterschlupf, der mir Spielraum bei anderen Ausgaben ließ) fand ich trotz aller Anstrengungen nicht. In diesem Speicher, der Teil eines Hauses war, dem, schwer bombardiert, eine Halbseite fehlte (man hatte den Dachboden zu dieser wandlosen Kante ins Freie mit Latten vernagelt), paukte ich in meinem Mantel aus Leder, einem widerlich stinkenden Schafswollpullover und drei Sockenpaaren an meinen frostigen Zehen, um vor der Aufnahmekommission, die mich begutachtete, keinen Mist zu verzapfen.

Daß man Jungs meines Alters einen Hochschulplatz zusprach, kam in dieser Zeit eher selten vor. Vortritt hatte, wer sechs oder sieben Kommißjahre vorweisen konnte und ein bis zwei Jahre in einem Gefangenenlager verbracht hatte, um sich ein normales Zivilleben aufzubauen. Zu diesen Bewerbern kamen Hunderte andere zum Studium berechtigte Abiturienten.

Schwer zu sagen, warum ich mich einschreiben durfte, ob mir ein Zufall zu Hilfe kam oder ich bei meinem Auftritt besonders bedauernswert wirkte – jedenfalls hockte ich bald in meinen Wahlfach Deutsch zwischen vor Andacht erstarrenden Abiturientinnen und zwei knorrigen Exlandsern von Mitte Zwanzig, die vor Deutschtum und Vaterlandsliebe zerflossen, wenn wir Goethegedichte und Schillerballaden besprachen. Als drei Sitzungen um waren, meldete ich mich ab und schrieb mich bei den Anglisten ein, wo mir heimatromantische Stoßseufzer oder sich schmachtend verdrehende Augen erspart blieben.

Ein Paar dieser schmachtenden Augen verfolgte mich, wenn wir Pädagogik und Psychologie hatten. Ein Vortrag war langweiliger als der andere, was mich auf das weiche Gesicht mit dem zierlichen Kinn und der Stupsnase aufmerksam machte, das von einem Schwall schwarzer Haare umrahmt war und sich im Minutenabstand zu mir umwandte, bis ich es aufgab, dem leiernden Lehrer zu folgen, der von der dreistufigen Schulstruktur als unentbehrlichem Ordnungsprinzip schwadronierte, einem unsere Wertewelt sichernden Pfeiler: Pflicht, Verantwortung, Einsatzbereitschaft und Treue (Begriffe, die ich aus der Wehrmachtszeit kannte, wenn man uns mit einem Himmelfahrtsauftrag ins Feindgebiet schickte), einen Pfeiler, den niemand ins Wanken bringen durfte, sonst drohten uns angeblich Chaos und Anarchie, wenn nicht sozialistische Gleichheit in Knechtschaft.

Hilde kam erst von der Schule, war achtzehn und Tochter von Ilse und Eberhard Lindemann, einem aus Altona stammenden Oberzahlmeister, der alle Weltmeere aus dem Effeff kannte. Und außerdem war er ein flammender Nazi, auch wenn er im Krieg eine Hand verloren hatte. Das war bei der Verteidigung Hamburgs passiert, als eine Granate krepiert war, die Lindemann von einem Dachbodenfenster auf einen britischen Jeep schleudern wollte. Anstelle der Hand ragte aus seinem Hemd eine eiserne Kralle mit Zinken. Sich mit diesem Haken Respekt zu verschaffen, erforderte keinen besonderen Aufwand, was der Oberzahlmeister als Vorzug betrachtete.

Bei meinem ersten Besuch in der Wandsbeker Wohnung, wo man mich mit Kaffee und Kuchen bewirtete, sprach er von einer politischen Reiberei mit einem Navigationsoffizier, den er mit seiner eisernen Kralle verletzt hatte. Zahlmeister und Navigationsoffizier hatten sich an der Bergung von Schiffswracks beteiligt, die den Zugang zu Hafenanlagen und -becken versperrten – beide waren sie mit dem Besitzer der Firma befreundet, der man diesen Auftrag erteilt hatte, und er stellte sie gern bei sich ein (selbst wenn sie keine Taucher waren, die er am dringendsten brauchte). Sie hockten mit baumelnden Beinen zu siebt oder acht auf der Kaimauer, bissen ins Mittagsbrot, erinnerten sich an vergangene Zeiten, bis der Navigationsoffizier einen Witz machte, der Adolf Hitler beleidigte. Was das Andenken an Adolf Hitler anging, war der Oberzahlmeister empfindlich. Er verlangte vom Nautiker, sich zu entschuldigen, der Lindemann nur einen belustigten Klaps auf die Schulter gab. Es folgte ein kurzer und heftiger Wortwechsel, bis der zur Erregbarkeit neigende Zahlmeister dem Mann einen Schlag mit dem Zinken versetzte, der in seiner Kopfschwarte steckenblieb.

Lindemann hieb sich bei dieser Erinnerung voller Genugtuung auf seinen Schenkel (nur auf den linken, versteht sich, und nur mit der heilen Hand – mit dem Eisenteil fuchtelte er in der von Zigarettenqualm neblig-verqualmten Luft), und mir blieb schleierhaft, ob er mich warnen wollte oder nichts anderes vorhatte, als zu verdeutlichen, warum ein Haken aus Eisen zweckdienlicher sein konnte als eine Hand.

An sich war er einfach zu haben. Und wenn es um Nautik und Navigationstechnik oder um ferne und fremde Kulturen ging, zeigte sich, daß er beileibe kein Dummkopf war. Englisch und Spanisch beherrschte er fließend, er konnte Japanisch verstehen, radebrechte Chinesisch und Kisuaheli. Mit Vorliebe schilderte er fremde Landschaften, afrikanische Inseln, pazifische Palmenbuchten. Meeresvulkane und brenzlige Untiefen, Klimabedingungen in Patagonien, Flora und Fauna von Indien bis Kap Hoorn – es war mitreißend, seinen Geschichten zu lauschen, die er mit Seemannsgarn salzte und pfefferte oder mit klassischen Reiseberichten anreicherte.

Hildes Vaterverehrung und -liebe waren grenzenlos. Das konnte ich nachvollziehen, er war ein Mann, der mit seinem Wesen und Wissen beeindruckte. Sie war nicht im geringsten bereit, seine Naziideen in Frage zu stellen. Wortgetreu, ohne ein Mundwinkelzucken, konnte sie seine grausigsten Ansichten wiederholen und schlimmste Verbrechen rechtfertigen.

Mir wiederum war es strengstens verboten, dem Oberzahlmeister am Zeuge zu flicken (den ich im stillen ›Old Ironhand‹ nannte). Hilde erlaubte mir keine Bemerkung, die seine Gesinnung bekrittelte. Seine Lebensanschauungen waren unverletzlich. Zu hitzigem Streit kam es nur ausnahmsweise – an sich scherte sich Hilde nicht um Politik, und ich riß mich am Riemen, um sie nicht zu reizen. Sie war liebevoll, anschmiegsam, konnte in kindliche Freude und kindliches Schmollen verfallen, was zu Stupsnase, perlgroßen Augen und zierlichem Kinn paßte, dem Gesicht einer Frau, die – ich kann es nicht abstreiten – tief in mir schlummernde, niemals bemerkte, mich selber verwirrende Empfindungen weckte. Es war meine Aufgabe, sicherzustellen, daß sie Zuflucht und Schutz bei mir fand. Ich mußte Hilde Geborgenheit bieten, das heimische Nest und den Vater ersetzen. Sie sollte es niemals bereuen, sich mir anvertraut und den Oberzahlmeister verlassen zu haben, eine Trennung, die schmerzhaft zu werden versprach.

Bereits bei der Aussicht, von Hamburg aufs Land zu ziehen, wo ich mir mit erfolgreich beendetem Studium eine sichere Anstellung ausrechnen konnte, verfiel sie in eine beklemmende Stimmung aus vorauseilendem Heimweh und Niedergeschlagenheit. Das sei ja nicht spruchreif, versetzte ich schleunigst, um sie wieder heiter zu stimmen, eine Absicht, die sie in der Regel nur gegen mich aufbrachte.

Fauchend warf Hilde mir vor, sie nicht ernst zu nehmen und zu behandeln, als sei sie ein kleines Kind, das nicht wisse, was notwendig sei. Ich will nicht verschweigen, daß ich diesen Abschied von Hamburg als rettenden Strohhalm betrachtete. Nur, wenn wir beide aufs Land gingen, konnte sie sich von der Nabelschnur losschneiden, die sie mit vergiftetem Vaterblut vollpumpte. Schwer zu sagen, ob Hilde das ahnte.

Im Bett blieb sie scheu und verkrampft. Und es vergingen zwei Hochschulsemester, bis wir miteinander Geschlechtsverkehr hatten. Das stellte Hilde von Anfang an klar: Ohne Heirat vorm Standesbeamten (nicht in der vom Oberzahlmeister verachteten Kirche) war mir nicht erlaubt, in sie einzudringen. Bis zu diesem Tag ließ sie nur Fummeleien zu, in meinen Bretterverschlag auf dem Dachboden, den sie halb romantisch, halb ekelerregend fand. Wenn sie sich auf meiner Klappliege ausstreckte, entdeckte sie haarige Spinnen an der Decke oder eine vom Dachboden baumelnde Fledermaus und umklammerte mich vor Entsetzen. Ich durfte sie streicheln (in Maßen) an Schoß oder Busen, und Hilde mein pochendes Glied in die Hand pressen, an dem sie halb linkisch, halb unwillig rubbelte, bis ich mein Sperma verschoß. Ehe ich wieder bei Sinnen war, machte sie sich an der Klappliegendecke zu schaffen, um in aller Eile meinen klebrigen Schmutz zu entfernen, und mit besonderem Eifer am Kleid, das zwei meiner Samenspritzer abbekommen hatte.

Es stammte aus England und war Hildes Lieblingskleid (ein Oberzahlmeistergeburtstagsgeschenk). Marineblau, weiß punktiert, mit kurzen Puffarmen, reichte es bis zu den Waden und schmiegte sich federleicht um Hildes Taille. Sie war schlank, ohne knochig zu sein, trotz der Schmalhanszeit, in der wir lebten, vollbusig und langbeinig, und es brachte mich um den Verstand, wenn sie in diesem luftigen Stoff auf den Dachboden schwebte.

Warum ich das aushielt, ist schwer zu verstehen. Es herrschte kein Mangel an Kommilitoninnen, die bereit waren, mit mir zu schlafen. Von meinen Soldatenerfahrungen zu schweigen: Ich hatte Frauen besessen, die willig gewesen waren, um Schokolade bei mir zu ergattern, und andere – wem sage ich das, liebe Annegret – hatten sich ablenken oder vergessen wollen, oder einfach versichern, am Leben zu sein. Ich war es gewohnt, mir zu nehmen, was ich brauchte – und trotzdem ließ ich mich auf Hildes Enthaltsamkeitsregeln bis zu unserem Hochzeitstermin auf dem Standesamt ein.

Eine Ursache war meine Liebschaft zur Kriegswitwe, die ein vernunftloses Spiel mit dem Feuer gewesen war und mir ein schlechtes Gewissen bereitete. Um es zum Lehrer zu bringen – und das war mein Ziel –, mußte ich mehr Verantwortung zeigen, mich reifer und disziplinierter verhalten. Das waren abstrakte Ideen und Vorhaben, die teils meinem Alter, teils meiner Verwirrung geschuldet waren, und die ich am Ende verfehlte, versteht sich. Dieses innere Strammstehen vor der Vernunft mußte eine vergebliche Anstrengung bleiben – es dauerte, bis mir das klarwerden sollte.

Eine andere Ursache war meine Sehnsucht nach einer normalen und sicheren Existenz, die mich von Kriegsdreck und -grauen befreien konnte. Was ich wollte, war eine Familie mit Kindern und liebender Ehefrau an meiner Seite, mit der mich nicht Not oder Leichtsinn verbanden, einer warmherzigen Mutter und praktischem Hausgeist. Es waren, um ehrlich zu sein, eher verschwommene als klare Ideen, die mich leiteten. Meine Verlobte aus Wandsbek entsprach diesen Vorstellungen absolut. Ich betrachtete unsere Enthaltsamkeit als einen Wechsel auf Dauer und Ernsthaftigkeit – und hatte den Eindruck, nichts dringender zu brauchen, als endlich auf sicherem Boden zu stehen.

Sie schrubbte den Bretterverschlag auf dem Dachstuhl, der voller verkrustetem Taubenkot war, und das Treppenklo, das ich benutzte. Sie verkleidete Außen- und Lattenwand mit grobem Sackleinen, brachte Kalender und Bilder an (eine Speicherstadtansicht und eine vom Alsterfleet), tauchte mit einer in

Wandsbek entliehenen Vase auf, in die sie einen Strauß bunter Feldblumen stellte, den sie Woche um Woche erneuerte. In dieser Ferienzeit waren wir dauernd auf Achse. Im Ruderboot, das uns der Vater besorgt hatte, schaukelten wir auf der Elbe zum Feenteich, ins Alstertal und bis zur Elbinsel ›Schweinesand‹, wo wir an Land gingen, mit Fresskorb und Zelt, um eine Nacht in der ›freien Natur‹ (Hildes Lieblingsbegriff) zu verbringen. Ich entfachte ein Feuer mit trockenem Elbtreibholz, wir schmetterten Schmachtfetzen und sangen Volkslieder (ab und zu stimmte Hilde ein Nazilied an, von dem ich behauptete, es sei mir nicht bekannt), kiekten zum sternenklaren Nachthimmel hoch und hielten beim Schmusen an Hildes Verboten fest – selbst in der ›freien Natur‹ war sie nicht bereit, uns einen Dispens zu erteilen.

Wir heirateten im April '49. Außer Lindemann und seiner Frau nahmen an unserer Hochzeit drei Schulfreundinnen Hildes und eine Kusine teil und Ferdinand Pooch als mein Trauzeuge. (Erinnerst du dich an den lispelnden Jungen von der Waffen-SS, der mich in einem Rollstuhl, den er sich wer weiß wo beschafft hatte, aus dem Hotel an den Ostseestrand schob? Du hast den mageren Milchbart verarztet, der mit Splittern in beiden Beinen im Lazarett eintraf, und als er wieder zu seiner SS-Einheit mußte, das abenteuerlich eiernde Fahrzeug verwendet, um mit mir spazierenzugehen.)

Beim Hochzeitsschmaus kam es zu lautstarkem Streit. Lindemann, der bereits blendender Laune war, stieß Begeisterungsschreie aus, als er erfuhr, daß mein Trauzeuge Sohn eines pommerschen Ortsgruppenleiters war. Ferdinand, der auf der Stelle erblasste, ließ vor Entsetzen sein Messer zu Boden fallen und nannte seinen Vater einen feigen Verbrecher, der es verdient habe, in einem sibirischen Zwangsarbeitslager zu landen. Als der Gastgeber mit seiner Eisenhand fuchtelte, bugsierte ich Ferdinand sicherheitshalber ins Treppenhaus, wo wir uns hastig verabschiedeten (›Old Ironhand‹ tobte bereits auf den Korridor).

Meine Familie fehlte im Standesamt. Ich hatte sie erst einen Tag vor der Hochzeit von unserm Entschluß unterrichtet. Daß mein Brief in der Holsteingemeinde nicht rechtzeitig eintreffen konnte, war klar. Und mir fiel ein Stein von der Seele, daß sie meine neue Verwandtschaft nicht kennenlernten.

Monatelang, bis zum Januar, hatte ich meine Verlobung mit Hilde verschwiegen, um meine Eltern nicht auf die Idee zu bringen, uns zu einem Besuch in Lensahn aufzufordern. Meine Familie im unklaren zu lassen, bis wir verehelicht waren, schien mir ratsamer.

Ich wollte sie nicht verstecken, beileibe nicht. Im Vorlesungssaal, bei studentischen Sternfahrten, am Badestrand zwischen den Elbbuhnen richteten sich alle Augen auf Hilde. Meine Kommilitonen beneideten mich um sie. Und als Mensch war sie herzensgut, hatte nichts Vorlautes, Eitles und Unechtes an sich. Sorgen bereiteten mir Hildes Ansichten zu Hitler, der arischen Rasse und was weiß ich, die sie ohne Scheu und Beklemmungen mitteilte, in der sicheren Annahme, Beifall zu finden. Diese Dummheiten waren meinem Vater nicht zumutbar. Eine Begegnung der beiden Familien scheiterte lange Zeit an meinen Ausreden.

Als wir verheiratet waren, bezogen wir eine bescheidene Wandsbeker Wohnung, die uns der Oberzahlmeister besorgte, der seine guten Beziehungen spielen ließ (bis in die Senatskanzlei reichende Seilschaften, die halb auf Korpsgeist und halb auf Erpressung beruhten).

Mit unserer Hochzeit waren Hildes studentischer Ehrgeiz und Eifer Vergangenheit. Zwar fehlte sie nie bei den Hauptfachvorlesungen in Pädagogik und Psychologie und besuchte den Pflichtunterricht in Didaktik (der mir mit Abstand am sinnvollsten vorkam und vom Stufenbau einer Unterrichtsfolge bis zur Gliederung von Wissenschaftsstoffen zu Lehrzwecken reichte – na, ich will dich nicht langweilen mit diesem Kauderwelsch), nahm diszipliniert an den Stunden in Rechnen und Deutsch teil – trotzdem war sie nur halb bei der Sache. Mit Hingabe widmete sie sich der Wohnung, befreite sie von den verkommenen Tapeten und dem Pergamentglasersatz in den Schlafzimmerfenstern (nur das wellige, graue Parkett abzuschleifen war ein Plan, den sie aufschieben mußte). Von der Mitgift des Vaters erwarb sie ein Doppelbett, Kleiderschrank, Sofa und Herd – gut erhaltene und nicht zu teure Gebrauchtware.

Bald lebten wir in einem warmen und kuschligen Nest voller Stickdecken, Kissen und Nippes, den sie von zu Hause anschleppte. Aus Hildes Kinderzeit stammende Puppen machten mir meinen Sofaplatz streitig und hockten als Aufseherinnen in unserem Ehebett. Tag um Tag aßen wir wieder bei Lindemanns, die von uns keine zwanzig Minuten entfernt wohnten. Das entlastete sie von verhaßten Verrichtungen, anstrengendem Kochen und Anstehen beim Einkaufen. Wenn sie mit der Hochschule fertig sei, werde sie sich an den Herd stellen, um mich zu bekochen, versprach sie mir wieder und wieder, ein Versprechen, das Hilde nicht einhalten konnte. Sie schaffte es nicht, sich vom Vater zu trennen und von der vertrauten Behausung der Eltern am Wandsbeker Eilbekkanal. Wenn wir alleine in unserer Wohnung waren, wirkte sie fahrig, befangen und beklommen, beklommener, als sie es jemals gewesen war, wenn sie mich auf dem Dachstuhl besucht hatte. Und dieser Zustand verschlimmerte sich, als an der Einrichtung unseres Heims nichts Entscheidendes mehr zu verbessern war.

Zu meiner Bestallung als Lehrer auf Probe trafen sich unsere beiden Familien in einer Pinte am Hafen von Neustadt. Wir stopften uns gierig mit frischen Makrelen voll, die ich vor Anspannung wieder erbrach; ich erreichte in letzter Minute das Scheißhaus, eine sagenhaft schmutzige Bretterlatrine im Hof. Diese Begegnung verlief ohne Zwischenfall, was sich einem unglaublichen Zufall verdankte: Niemand sprach bei der Mahlzeit politische Themen an. Hildes Vater erheiterte uns mit der Schilderung von seinem Schiffbruch vor Neuguinea, wo er zwei Wochen bei den Polynesiern verbracht hatte, feindseligen Wilden, die als Kannibalen bekannt waren. Er weihte uns in seine Geisha-

Erfahrungen ein (Frau Lindemann starrte ein Loch in den Kneipenqualm, Mutter verschluckte sich, Hilde hing an seinen Lippen) und in japanische Nahrungsgewohnheiten (und verklickerte uns mit besonderer Hingabe im Anschluß japanische Foltermethoden) und brachte meinem sichtlich belustigten Vater, der stumm seine Pfeffermakrele verputzte, vor dem Aufbruch japanische Schimpfworte bei: baka, sukebe und kuso. Man trennte sich herzlich und mit der Versicherung eines Besuchs in Lensahn oder Hamburg, ein Vorhaben, das man von Monat zu Monat verschob (jetzt war es mein Vater, der sich mit Verpflichtungen entschuldigte), bis sich keiner mehr an diese Absicht erinnerte.

Hilde lehnte es ab, in mein Heringsdorfloch zu kommen, ein sardinenschachtelenges und dusteres Zimmer, das ich von Montag bis Freitag bewohnte. Wenn ich am Samstag in Hamburg eintrudelte, wehrte sie meine Umarmungen ab, hatte Menstruationsschmerzen oder war grippekrank. Bald konnte ich mir ein Motorrad zulegen, teils mit Vaters Hilfe und teils mit erspartem, Monat um Monat vom mickrigen Lohn abgezwacktem Geld. Das erleichterte mir meine Wochenendheimfahrten, die mit dem Bummelzug oder per Anhalter, trotz geringer Entfernung, beschwerlich gewesen waren. Hilde nahm mir diese Anschaffung krumm. Sie brauche das Geld, um das schlechte Parkett auszubessern, und ich schmisse es aus dem Fenster. Wir stritten erbittert und warfen uns Schimpfworte an den Kopf (baka, sukebe und kuso), bis ich mich am Sonntagvormittag auf mein Motorrad schwang und vorzeitig abreiste, was sie mir niemals verzeihen sollte.

Zu hartem und lautstarkem Zank kam es nicht mehr, wir zerrieben uns langsam, auf qualvolle Weise. Wenn ich sie in der Hamburger Wohnung besuchte, was lediglich alle paar Wochen passierte, kam mir meine Frau nur noch fade und engstirnig vor. Von der kitschigen Einrichtung bis zu den Oberzahlmeisteransichten zu Rasse und Judentum, die sie von Grund auf verinnerlicht hatte – alles entsetzte und ekelte mich. Und auch sie mochte mich nicht mehr leiden.

Hilde blieb mit dem Vater aufs engste verbunden, auf einen Bruch zwischen beiden zu setzen, war abwegig. Er beherrschte sie mit seinem Willen, der an einen alles zermalmenden Panzer erinnerte, und mit seiner Liebe, an der ich nicht zweifelte. Als ich mein zweites Examen bestand und man mir eine Landlehrerstelle in Schwienkuhl anbot, wo ich ein Schulhaus mit Reetdach und Garten beziehen konnte, das modrig und muffig roch, schwer zu beheizen war, ein von Holzwurm und Nagern zerfressener Fachwerkbau, der neben dem Schulsaal im Erdgeschoß ausreichend Platz bot, um eine große Familie unterzubringen, weigerte sie sich von Anfang an, zu mir zu ziehen. Sie wollte das Schulhaus nicht einmal besichtigen. Das konnte mich nicht mehr schockieren, versteht sich, eigentlich war ich erleichtert, um ehrlich zu sein.

Trotzdem versetzte es mir einen harten Schlag, als ein Gerichtsschreiben eintraf, das mich vom Scheidungsantrag meiner Frau unterrichtete. Ich war bereits niedergeschlagen, was mit einem anderen schlimmen Erlebnis zusammenhing, von dem ich mich zu diesem Zeitpunkt nicht richtig erholt hatte – um so niedergeschlagener, um nicht zu sagen verzweifelter, machte mich der Gerichtsbrief aus Hamburg. Ich hatte den Eindruck, als ob mir ein Leben in sicheren und ruhigen Bahnen versagt bleibe, und es meine Schuld sei, wenn es mir keine Aussicht auf Halt bot.«

Keiner von uns hat es besser verdient

Konrad streckte sich, spuckte den nicht mehr genießbaren Kaffeerest in hohem Bogen ins Gras, griff zur Pfeife und kratzte den Pfeifenkopf aus. Nur vorm Lattenzaun zeigten sich restliche Sonnenflecken – im ansonsten von Schatten eroberten Garten war es nicht mehr behaglich, zu feucht und zu dunkel, um weiter im Freien zu schreiben. Ob er den Brief, dessen Inhalt vertraulicher war, als er anfangs beabsichtigt hatte, frankieren und abschicken sollte? Er hatte Zweifel, ob das eine gute Idee war.

Absichten verfolgte er keine bei Annegret. Er hatte beileibe nicht vor, diese kurze Soldatenliebschaft zu erneuern. Mit der Chirurgin im Rostocker Krankenhaus teilte er lediglich eine Erinnerung, die halb schmerzlich, halb liebevoll war. Ja, daß sie im anderen Teil Deutschlands zu Hause war, hatte es Konrad erleichtert, von Dingen zu sprechen, die er sonst lieber verschwieg und beiseite schob. Er schrieb an einen Menschen, der doppelt entfernt war, in der Zeit und in einer fremden Welt, ein Mensch, vor dem er seine Fehler und Irrwege krasser und schutzloser einbekennen konnte. Letztlich, es war nicht zu leugnen, waren diese in Eile beschriebenen knapp zwanzig Blatt eine Beichte, die er vor sich selbst ablegte.

Auch was den Schluß seines Briefs anging, zauderte er. Das »schlimme Erlebnis« mit Ferdinand Pooch, seinem lispelnden Schulkameraden und Trauzeugen, wollte er Annegret lieber ersparen. Unsinn, er wollte sich selbst schonen.

Konrad packte entschlossen seinen Kram auf dem Gartentisch, den Stapel Papier, die zerlesene und zettelbespickte Moralschrift von Kant, seine Pfeife, das Pfeifenbesteck, Tabakdose, Kaffeetasse, Wasserglas, stellte und legte die Sachen aufs Holztablett und eilte ums Schulhaus zum Vordereingang, der absichtlich sperrangelweit offenstand, die Luft sollte in den dumpf riechenden Schulflur ziehen, diesen von Pupsen und Fußschweiß verpesteten, ewig klammen und dusteren Vorraum zum Klassensaal, in dem er vierzig Rangen unterrichtete. Er stieg auf der knarrenden Treppe zur Wohnung hoch, setzte sich an den Schreibtisch und stierte in die vor der schmierigen Scheibe anbrechende Dunkelheit.

Es war die Irrsinnsidee seines Schulkameraden gewesen, zur Grenze zu radeln, als sie, gegen zwei oder drei in der Nacht, vom Naziappellplatz im Fichtenwald heimliefen und auf ein Damen- und ein Herrenrad stießen, die an einer Weide beim Seeufer lehnten, unbeaufsichtigt und unverschlossen. Ferdinand hatte, nicht anders als Konrad und Klaas (oder Klars), der Theaterschauspieler war, beachtliche Mengen an Schnaps intus. Taumelnd und lallend schwang er sich aufs Rad und knallte im Handumdrehen hart auf die Schnauze. Das brachte den Kumpel nicht von seinem Vorhaben ab. Konrad mußte das Herrenrad lenken und Ferdinand, der kaum etwas wog, hockte sich auf das Scheitelrohr und gab den richtigen Weg an die Grenze vor.

Bereits bei der Ankunft in Uelzen, als Ferdinand winkend am Bahngleis stand, hatte sein Aussehen Konrad Beklemmungen bereitet. Er war klapprig und hohlwangig und seine Augen waren von dunklen Ringen umgeben. Ferdinand wirkte verwahrlost in seinem verknitterten, hellgrauen Anzug und mit den Brandflecken auf der Krawatte. Seine Verbitterung und seinen Selbsthaß vertrieb sich der Kumpel mit Alkohol und Zigaretten. Es mangelte Ferdinand nicht an der Barschaft, um sich mit Tabak und Schnaps einzudecken. Geld bekam er vom Vater, der seit '49 einen gutgehenden Damen- und Herrenmodenladen betrieb. Poochs Partner, Gesinnungsgenosse, Berliner, war bis Mitte der dreißiger Jahre Verkaufsleiter in einem Reichshauptstadtkaufhaus gewesen – er selber behauptete, im KaDeWe – und verstand sich auf Schnitte und Stoffe. Finanziert hatte den Laden der Vater, der sich mit Textilien nicht auskannte. Und zwar aus den Einnahmen, die er erzielte, als er seine pommersche Beute versetzte.

Ferdinand hatte es irgendwann spitzgekriegt, daß sein Alter sich kurz vor der Flucht aus Freiwalde im Kreisheimatmuseum bedient hatte. Pooch wartete ab, bis der richtige Zeitpunkt kam, sich sein Raubgut gewinnbringend vom Halse zu schaffen. Erstens war es von zweifachem Wert: einem materiellen und einem historischen. Nur ein erfahrener Hehler bezahlte am Ende den Preis, der korrekt war. Zweitens wollte sich Pooch nicht in Pfund oder Dollar bezahlen lassen (es mochte Aufsehen erregen, wenn er im Besitz großer Summen an Devisen war), und bestimmt nicht in wertloser, bald einer absehbar anderen Geldordnung weichender Reichsmark.

Im Herbst ’48 fand Ferdinands Vater Gelegenheit, sich vorteilhaft von seiner Beute zu trennen. Pooch gab seinen Arbeitsplatz in der Verwaltung von Uelzen auf, zog mit der Familie in eine Villa um, die in der vornehmsten Wohngegend stand, und verreiste mit seiner Luise ins Bayrische, um mit den Alpen Bekanntschaft zu schließen (beide waren sie nie in den Bergen gewesen, kannten nichts anderes als weites und plattes Land). Ferdinand ekelte sich vor dem Alten, und als er von dem Museumsraub Wind bekam, steigerte sich dieser Ekel ins Maßlose. Wiederum war er zu schwach, seine Drohung, Anzeige gegen den Vater erstatten zu wollen, in die Tat umzusetzen. Er hatte Bedenken, er schwankte und zauderte, bis seine Selbstachtung auf einen Tiefpunkt sank. Er ließ sich vom Alten bestechen, der Ferdinand im Monat zweihundert Mark Taschengeld auszahlte und seinem Sohn ein Motorrad beschaffte, das er in Null Komma nichts an den Baum setzte.

An diesem Augustwochenende, als Konrad den Schulkameraden besuchte, waren Ferdinands Vater und Stiefmutter wieder verreist. Im Haus stank es ekelerregend. Vor der Schwelle zum Wohnzimmer, das Wilhelm Pooch vorsorglich von außen verriegelt hatte, um seinen Jungen am Zutritt zu hindern, miefte ein Fliegen anziehender Scheißhaufen. Sein Freund bat zerknirscht um Verzeihung. Er habe vergessen, rechtzeitig vor Konrads Besuch, seinen stinkenden Kot zu entfernen, mit dem er Vater und Stiefmutter habe empfangen wollen.

Vom scharfen Geruch in der Villa vertrieben, in der insgesamt acht von zehn Zimmern verschlossen waren, brachen sie in eine Uelzener Kneipe auf, wo Ferdinand Klaas (oder Klars) treffen und seinem Jugendfreund vorstellen wollte. Das war eine schlechte Idee. Konrad konnte den eitlen Menschen nicht ausstehen, der nur Belanglosigkeiten verbreitete. Mit Vorliebe flickte er allen Kollegen am Zeug, die erfolgreicher waren als er, ob das in Hannover war oder an Elbe und Spree. Theaterklatsch und philosophische Plattheiten (die er auswendig, ohne Zusammenhang, aufsagte) waren seine besondere Leidenschaft. Klaas war in Konrad und Ferdinands Alter, erinnerte an einen schmissigen Leutnant mit wasserblauen Augen und markiger Kerbe im Kinn, und betrachtete sich, was von Anfang an klar war, als Maßstab und Mittelpunkt Uelzens und der Theaterwelt im allgemeinen. Er ließ sich vom Schulkumpel anbeten, das war der Kern seiner Freundschaft zu Ferdinand. Außerdem soff er auf Ferdinands Kosten. Im Gegenzug machte er faule Versprechungen von einer Stelle am Uelzener Schauspielhaus, in Regieassistenz oder Dramaturgie, und nahm Ferdinands Traum, am Theater Karriere zu machen, mitleidlos auf die Schippe. »Bei deinem Lispeln bekommst du nur Rollen, die stumm sind«, versetzte er mit einem Prusten.

Konrad langweilte sich mit den beiden zu Tode. Schweigend trank er sein Bier, kippte Schnaps, rauchte Kette, bis sein Hunger erfolgreich vertrieben war. Schlimmer als dieser vergeudete Nachmittag waren Ferdinands wachsende Scham und Verzweiflung. Im Beisein von Konrad schien er zu begreifen, daß Klaas (oder Klars) nur ein Fatzke und Aufschneider war.

Sie waren stinkbesoffen, als sie sich in Marsch setzten. Ferdinands Ziel war der Naziappellplatz, zirka sechs Kilometer von Uelzen entfernt. Zu beiden Seiten des Aufmarsch- und Schießplatzes standen verfallene Mannschaftsbaracken, die dem Schulkameraden zu Schlafzwecken dienten, wenn er es daheim, bei den Seinen, nicht mehr aushielt. In diesen schimmligen Zimmern zu lesen, zwischen zerbrochenen Scheiben und Tierexkrementen Theaterrollen einzustudieren, am Feuer zu sitzen und zu musizieren (er hatte sich von seinem Geld eine Geige besorgt), empfand Konrads Schulkamerad als befreiend. Das verriet er, als sie vor der Toreinfahrt standen, an der ein englisches Schild mit der Aufschrift »Off limits!« hing und die mit zwei Sicherheitsketten verschlossen war. Ferdinand scherte sich nicht ums Verbot. Er schlug einen Trampelpfad neben dem Drahtzaun ein, bis zu einem Punkt, an dem dieser zerschnitten war, und sie konnten zwischen dem gammelnden Mauerwerk auf den verbotenen Platz schleichen.

Es war eine sternenklare, laue Augustnacht. Sie machten mit Kleinholz ein Feuer an, das sie mit Hilfe von dickeren Zweigen am Brennen hielten, brieten Kartoffeln und becherten Branntwein aus Ferdinands Vorrat im nahen Versammlungshaus, wo er in einem sicheren Dielenversteck neben Maiskolben, Knollen, Konserven und anderem Kram Zigaretten und Schnapsflaschen hortete. Dreistimmig sangen sie Schlager und Volkslieder, und Ferdinand kratzte auf der Violine (wesentlich steifer und schiefer als in seiner Pommernzeit), bis das Feuer nur noch eine Kuhle aus Asche war und sie auf wackligen Beinen den Heimweg antraten, der leider am Seeufer vorzeitig endete. Sie setzten sich auf die verlassenen Drahtesel, um »im Zonenrandgebiet Remmidemmi zu machen«, eine bekloppte Idee seines Schulkumpels, von der er sich nicht abbringen ließ, um so mehr, als er lebhaften Zuspruch beim Schauspieler fand, der ein aus der Zone entflohener Dresdner war und bei der Aussicht auf ein Katz-und-Maus-Spiel mit der kommunistischen Grenzpolizei im Handumdrehen wieder zum tobenden Leben erwachte.

Es war eine holprige Fahrt auf stockdunklen, nur von den Radlampen flusig beleuchteten Waldpfaden, steinigen Wiesen- und Feldwegen. Ferdinand meldete von seinem Platz auf dem Scheitelrohr, wenn sie bei einer Wegkreuzung abbiegen mußten, und schmetterte gellend den Westerwaldmarsch, was den Hohlkopf von Schauspieler auf die Idee brachte, das Horst-Wessel-Lied folgen zu lassen. Das trompeteten beide Idioten aus vollem Hals, als erste Warnschilder auftauchten. Konrad stoppte sein Rad vor der Wiese, die weglos und steil in die Finsternis abfiel. Am Ende, das nicht zu erkennen war, mußte der ostdeutsche Grenzzaun verlaufen.

Ferdinand ließ sich nicht aufhalten. Ohne Klaas (oder Klars) zu beachten, der, schlagartig mutlos, von einem Bein aufs andere wechselte, stolperte er in die Wiese und teilte den ostdeutschen Grenzern halb bellend, halb brabbelnd mit, er sei der Sohn eines Ortsgruppenleiters und gewesenes Mitglied der Waffen-SS, er scheiße sich vor Bolschewisten nicht ein und werde mit seiner Verletzung des Grenzgebiets den Dritten Weltkrieg vom Zaun brechen. Was er krakeelte, war atemberaubender Unsinn.

Bald war er im Dunkeln nicht mehr zu erkennen. Konrad ließ sich ins Gras fallen, verbarg sein Gesicht in den Fingern und scherte sich nicht um den Schauspieler, der schimpfte: »Was hat dieser Trottel nur vor? Die bringen es fertig und pumpen den Irren mit Blei voll.«

Wer sie am Ende am Wiesenrand aufklaubte, war die westdeutsche Grenzpolizei, die auf einem Motorrad mit Zweisitzerbeiwagen anpreschte, in den sie Konrad und Ferdinands Schauspielerfreund verlud, nicht ohne den beiden mit Handschellen zu drohen, falls sie nicht bereit seien, freiwillig mitzukommen. Man brachte sie zu einem Grenzpolizeischuppen, in dem sie auf Ferdinand trafen, der mit seiner Handschelle an einem Heizrohr hing, das an der niedrigen Decke verlief. Er blutete aus einem Nasenloch, hatte ein schiefes, verschwollenes Gesicht. Anscheinend hatte er sich von den westdeutschen Grenzpolizisten nicht festnehmen lassen wollen und seine Weigerung mit Hieben bezahlt. Trotzdem grinste er breit, als sein Freund vom Theater und Konrad im Schuppen eintrafen. »Unsere Jungs sind auf Draht, Leute, was?« keuchte Ferdinand und spuckte einen Batzen aus blutigem Schleim auf den Fußboden.

Als er versprach, keinen Mist zu verzapfen und friedlich zu sein, machte man Konrads Schulkameraden los und scheuchte die drei in ein anderes Zimmer, wo sie vorm Schreibtisch des diensthabenden Kommandanten zu einer Befragung Platz nahmen. Er wollte als erstes Familien- und Vornamen, Geburtstag, Beruf und Adresse erfahren und wirkte nicht im geringsten verwirrt, als Ferdinand angab, sein Name sei Hugo von Hofmannsthal. Erst beim Geburtsdatum horchte er auf. »'74?« versetzte er, »soll das ein Witz sein?« – »Achtzehnhundert, versteht sich«, bemerkte der Schulkumpel, als ob das seine Auskunft plausibler mache. Wieder kam es zum Streit, und der andere, an einem Nebentisch hockende, schreibmaschinentippende Grenzpolizist riß verdrossen das Blatt aus der Walze und spannte ein neues ein.

Irgendwann liefen die zwei aus dem Zimmer, und aus Unachtsamkeit ließ der Schreibmaschinenschreiber, der sich vom Waffengurt mit der Pistole befreit hatte, als er sich zum Tippen am Nebentisch niederließ, seine Dienstwaffe auf dem Papierstapel liegen. Konrad war zu zerschlagen vom Suff, um dem Kumpel zuvorzukommen, der sich blitzartig vorbeugte und die Pistole ergriff. Er richtete sie auf seinen Freund vom Theater. »Spinnst du?« versetzte der Schauspieler blass und erstickt, »leg das Ding weg, zum Teufel.« – »Du hast es nicht besser verdient«, sagte Ferdinand nur und bewegte den Finger am Abzugshahn, »keiner von uns hat es besser verdient.«

Ob er ernsthaft beabsichtigte, den Theatermann niederzuknallen, war schwer zu entscheiden. Um auf Nummer Sicher zu gehen, streckte Konrad den Arm aus und sprach seinem Kumpel gut zu, der sich mit seiner Linken den Schweiß von der Stirn wischte, ohne den Lauf der Pistole zu senken – er zeigte beharrlich und drohend auf den winselnden, sich mit beiden Armen bedeckenden Schauspieler. Konrads Finger umschlossen die zitternde Hand seines Freundes.

Eine Weile verharrten sie in dieser Haltung aus Anspannung, Zweifeln und Ungewißheit. Erst als Stiefel vom Grenzpolizeischuppen trampelten, konnte sich Konrad nicht mehr zu Geduld und Beherrschung zwingen. Er packte den Schulkameraden am Handgelenk und verdrehte es in der Erwartung, der Schmerz werde Ferdinand außer Gefecht setzen. Das ging schief, und bis heute war Konrad nicht klar, warum. Seine Erinnerungen waren mehr als verschwommen. Vor dem Eintritt der beiden Beamten ins Zimmer entlud sich die Waffe mit ohrenzerreißendem Knall, und Ferdinands Arme fielen schlaff in die Tiefe. Und an der Zimmerwand, die voller Blut war, erkannte er graue Gehirnreste, die sich in Zeitlupentempo bewegten und langsam die Fußbodenleiste erreichten.

Katharina

Ob Ferdinand Selbstmord begangen hatte oder der Tod seines Freundes ein Unfall gewesen war, konnte der Amtsarzt nicht sagen. Ein Freitod lag nahe, Konrads Schulkumpel hatte ja mehrfach versucht, sich das Leben zu nehmen. Trotzdem ließ sich ein Unfall nicht vollkommen ausschließen, bei den Mengen an Alkohol, die sie im Leib hatten, und selbst wenn es Ferdinands Absicht gewesen war, sich umzubringen, konnte Konrad sich von einer Mitschuld nicht freisprechen. Das war eine qualvolle Vorstellung. Konrad hatte den Eindruck, als ob er vom Grauen seiner Kriegszeiterlebnisse niemals mehr loskomme, diesem in Alltag und Gegenwart nistenden Grauen, als erlaubten es seine Erfahrungen nicht, frei und unbeschwert, heiter und einfach nur jung zu sein.

Halb um diesem Schmerz zu entgehen, halb aus Scham, schrieb er Annegret nichts von dem Tod seines Schulkameraden im westdeutschen Grenzpolizeischuppen. Lieber ging er aufs Ende des Rostocker Briefes ein, an dem sie sich zum Sozialismus bekannt hatte. Das erlaubte es Konrad, einen Abschluß zu finden, der sachlicher war als der Rest und den Eindruck von plumper Vertraulichkeit milderte. Und es war nur korrekt, wenn er Annegret ernst nahm, selbst wenn er Gefahr lief, ein Lippenbekenntnis zu kommentieren, das Staatstreue lediglich vorspiegeln sollte.

»Von uns aus ist schwer zu beurteilen«, schrieb Konrad, »was im anderen deutschen Staat vor sich geht. Die bei uns herrschende, teils aus der Nazizeit stammende, antisowjetische Stimmung, die von Kalter-Kriegs-Propaganda befeuert wird, erschwert dieses Urteil erheblich. Eure Leistungen beim Wiederaufbau unseres Landes – ich weiß, es sind Amerikaner und Bonner Politiker, die seine Spaltung vertiefen, nicht Berlin oder Moskaus Zentralkomitee –, kann niemand bestreiten, der ehrlichen Sinnes ist. Und eine ausbeutungsfreie Gesellschaft, die man bei euch anstrebt – wer wollte sie nicht? Anerkennung verdient eure ernsthaft und eisern betriebene Abrechnung mit der Vergangenheit, an der es in unserem Landesteil hapert. Wir haben den Naziverbrechern vergeben, die in Verwaltung und Rechtsprechung oder im Schulwesen leitende Posten bekleiden. Das ist eine nicht zu verzeihende Schande. Um so mehr, als das Pack, das an Mord und Versklavung beteiligt war oder sie anordnete, absolut keine Reue und Einsicht zeigt. Sie geben vor, Demokraten zu sein, und verabscheuen den demokratischen Rechtsstaat von Herzen. Sie passen sich an, um am Ruder zu bleiben, im Vertrauen auf bessere Zeiten. Wenn Amerika mit seiner Gegnerschaft ernst macht und in der Sowjetunion einmarschiert, werden sie als Nationalsozialisten zur Stelle sein, um den Kommunismus vom Erdball zu fegen. Man muß diesen Abschaum verfolgen und ausmerzen – und das tut man im anderen Deutschland.

Meine Bedenken sind anderer Natur: Eine Gesellschaft braucht Widerspruch, wenn sie auf Dauer solide und stark sein will. Diese Unduldsamkeit gegen Menschen, die andere Vorstellungen haben als Staat und Partei, wird dem Sozialismus am Ende mehr schaden als nutzen. Verneinung und Zweifel sind Antrieb des Denkens – Hegels ›Anstrengung des Begriffs‹ ist eine Negation, mit der er dem Wesen der sinnlichen Welt auf die Schliche kommt –, Bedingung von Menschheitsentwicklung und Fortschritt. Sie zu verbieten ist langfristig hirnrissig, kann eine Gesellschaft nur hemmen. Um der richtigen Sache willen Zwang und Gewalt anzuwenden, mag zeitweise notwendig sein, in einem Land, das sich massenhaft zum nationalsozialistischen Ungeist bekannte. Anders ist das bei Sozialdemokraten, die man schurigelt oder ins Kittchen wirft, wenn sie sich weigern, der Einheitspartei beizutreten. Gut, du magst sagen: Das ist Propaganda, bei uns sperrt man keine Sozialdemokraten ein. Leider kenne ich andere Geschichten und kenne sie aus erster Hand, liebe Annegret. Mein Buchhaltervater, der niemals ein Nazi war und einem Juden zur Flucht verhalf, sitzt als Sozialdemokrat im Gemeinderat. Ein Genosse in seiner Fraktion ist aus Brandenburg und verbachte drei Jahre im Zuchthaus, angeblich faschistischer Umtriebe wegen. Von wegen faschistisch – ein ehrlicherer Sozialist ist mir niemals begegnet!

Um endlich zum Schluß zu kommen, will ich mich kurz fassen: Ich stelle mir einen Sozialismus vor – in diesem Sinne bin ich ein verbohrter Kantianer –, der auf dem Prinzip allgemeiner Vernunft beruht, was nichts anderes heißt, als auf ethischen Werten, die das Bewußtsein des handelnden Menschen bestimmen.«

Ein Steinchen traf an seine Scheibe, und Konrad war klar, wer der Schatten im Garten war, in den der Schein seiner Lampe ein gelbliches Rechteck warf. Unwillig faltete er seinen Brief zusammen, den er in einen bereits mit der Rostocker Krankenhausanschrift versehenen Umschlag schob (er wollte bei anderer Gelegenheit entscheiden, ob er das Schreiben zur Post brachte oder nicht), der wiederum in seiner Schublade landete, wo er seine Besucherin nicht neugierig machte, die sich voller Ungeduld mit einem zweiten Stein meldete.

»Ich komme ja«, grummelte Konrad und eilte treppab in den Keller zum Garteneingang, den er aufschloß, um Kati ins Haus einzulassen. Sie hielt sich an keine Vereinbarungen mehr. Verabredet hatten sie Freitag-, nicht Mittwochnacht, eine Absprache, die seine Freundin nicht juckte. Daß das in letzter Zeit laufend passierte, trieb Konrads Verunsicherung auf die Spitze.

Seine Verstimmung entging Katharina nicht. Sie schmiegte sich an seine Brust, als er mit dem verrosteten Riegel hantierte, und bettelte: »Schimpf mich nicht aus, Liebster. Was soll ich machen? Ich kann nicht mehr ohne dich leben. Ob Mittwoch, ob Freitag – spielt das eine Rolle?« – »Das spielt eine Rolle!« versetzte er vorwurfsvoll, nicht ohne sie an sich zu ziehen und im Nacken zu streicheln, »wenn wir nicht aufpassen, fliegen wir auf, ist dir das nicht klar? Du mußt deine Launen im Zaum halten, Kati. Was soll ich sagen, wenn jemand bei mir zu Besuch ist, und du deine Steinchen ans Fenster wirfst?« – »Wer sollte bei dir zu Besuch sein?« erkundigte sie sich mit lauernder Stimme.

Sie traten ins Wohnzimmer ein. Konrad hatte vergessen, den Vorhang zu schließen, und bemerkte es erst, als sie schnurstracks zum Sofa spazieren wollte, neben dem eine Stehlampe brannte. »Bleib im Schatten, zum Teufel«, befahl er der Freundin und preßte sie hart an die Wand.

Konrad war sich bewußt, einen Fehler begangen zu haben, mit dem er sich um seine Stelle im Schulhaus von Schwienkuhl bringen konnte. Und er mußte mit schlimmeren Auswirkungen rechnen, falls diese Liebesgeschichte bekannt werden sollte. Katharina war erst knappe siebzehn, und als sie zusammenkamen, sechzehn gewesen. Als Schwester von Roland und Halbschwester Illes, die sieben und neun waren und in Konrads Klasse gingen, kam sie mittags zur Schule und holte die beiden ab.

Anfangs hatte er sie nicht besonders beachtet. Sie war nur ein Backfisch mit blondem Zopf, klarem Gesicht, hoher Stirn und entwickeltem Busen. Erst mit der Zeit fiel dem Lehrer der Schmollmund auf, den sie zog, wenn er nicht aus dem Schulhaus ins Freie kam, um eine Runde zu plaudern. Sie war die Tochter des hiesigen Pfarrers, der gegen Kriegsende Danzig verlassen und vor seiner Flucht mit dem Schiff Frau und Eltern verloren hatte, um am Ende mit seiner Familie aus sieben Blagen im Holsteinnest Schwienkuhl zu landen, wo er sich bald wieder verheiratet hatte. Illes Mutter war allerdings in einer Winternacht vor einen englischen Laster geradelt, der sie bis zum Friedhof am Ortsende mitschleifte, wo sie den schweren Verletzungen erlegen war.

Eines Nachmittags kam Katharina zum Schulhaus und bat Konrad um Nachhilfestunden im Englischen, das sie zur

Schreibkraftausbildung im Holsteiner Oldenburg brauchte. Der Vater bezahle den Unterricht, meinte sie, was nichts als ein faustdicker Schwindel gewesen war, der der Bitte den Anschein von Harmlosigkeit verleihen und Konrads Bedenken zerstreuen sollte.

Er ahnte mehr, als er sich eingestehen wollte. Katharina Kowalski, der Backfisch von sechzehn, erwies sich als listiges Biest. Sie ließ sich von seiner Korrektheit nicht abschrecken. Sie witterte, daß er ein laxer und sinnlicher, um nicht zu sagen: bestechlicher Mann war, wenn es um Begehren und Triebe ging. Sie schaffte es, einen erwachsenen Menschen und Lehrer (der anderen ein Vorbild sein sollte) im Nu um den Finger zu wickeln. Am vereinbarten Tag, als sie in seiner Wohnung saß, beteiligte sie sich nur lustlos am Unterricht, wirkte zerstreut und zerfahren, was Konrad veranlaßte, sie zu ermahnen, falls sie sich nicht endlich ins Zeug lege, breche er ab. Katharina nahm sich diese Warnung zu Herzen und teilte dem sprachlosen Konrad mit, sie sei bereit, sich vom Lehrer entjungfern zu lassen.

In der ersten Zeit lenkte sie Konrad von Schwermut und Niedergeschlagenheit ab, die der Tod seines Schulkameraden verursachte, vom Scheidungsverfahren, verbundenen mit bitteren Briefen aus Hamburg, zu schweigen, das er als Beweis seiner Lebensverfehlung betrachtete. Sein Alltag in Schwienkuhl war fade und langweilig, bei aller Ernsthaftigkeit, die er in seine schulischen Aufgaben legte. Seine Volksschulhausklasse von rund vierzig Rangen zum fließenden Schreiben und Rechnen zu bringen, war Konrad ein Anliegen, das er geduldig betrieb, nicht ohne beharrliche Strenge zu zeigen, und wenn es sein mußte, Ohrfeigen auszuteilen oder einem seine Nachbarin tretenden Racker mit dem Rohrstock, der drohend am Schulzimmerschrank lehnte, vor der versammelten Klasse den Arsch zu versohlen.

Das war ein sein Leben beherrschender Widerspruch: Konrad verlangte nichts anderes als eine sichere Dorflehrerstelle im Stillen. Er war frei von Berufsehrgeiz oder Karrierewillen, die noch den jungen Soldaten beherrscht hatten, der das Eiserne Kreuz Erster Klasse bekam. Oh, er zog das Provinznest, in dem man versauerte, diesen verdammten Soldatenerlebnissen vor.

Trotzdem war seine Beziehung zum Pfarrerskind eine willkommene Abwechslung, besonders am Anfang, als sie Konrads Warnungen ernst nahm und sich zu seiner Erleichterung vorsichtig anstellte, um keinen Verdacht zu erregen. Sie kam nur bei Dunkelheit in seine Wohnung, was im Winter um sechs oder sieben sein konnte, wenn sie mit dem Fahrrad aus Oldenburg anflitzte. Sie versteckte das Fahrrad am Waldrand, nicht weit von der Schule, um sich unbemerkt in seinen Garten zu schleichen, und in den helleren Monaten erst in der Nacht, wenn der zeitig zu Bett gehende Vater seinen Rausch ausschlief (er trank bereits vormittags Wodka und Klaren) und sie aus dem Fenster der Pfarre ins Freie springen konnte.

Oder sie trafen sich an einem Seeufer, das Konrad mit seinem Motorrad ansteuerte, am Badestrand von Kellenhusen (aus Zufall, versteht sich), und gingen im Hafen von Hamburg spazieren, alles Ziele, die sie mit dem Fahrrad, per Anhalter oder dem Zug von Lensahn aus erreichte. Im Volksschulhaus blieb sie nie mehr als zwei Stunden, die sie zu zweit, splitternackt, auf dem Sofa verbrachten, wenn es kalt war, im Schutz einer kratzigen Wolldecke, sonst nur umgeben von Sperma- und Schweißgeruch und dem Duft eines modrigen Fachwerkbaus, der in der Sommernacht knackte und knisterte.

Pfarrer Kowalski, von dem Katharina mit Abscheu und Haß sprach, vertrimmte im Suff seine Kinder mit Peitsche und Stock bis aufs Blut (Konrad entdeckte beim Liebesspiel blutige Striemen auf Schenkeln und Po seiner Freundin), und seine Hauswirtschaftshilfe, die von einem Bauernhof aus der Umgebung von Heringsdorf stammte, ein blutjunges Wesen mit Klumpfuß und Sprachfehler, hatte der Kirchenmann an einem Vormittag bis zur Bewußtlosigkeit vergewaltigt und einen Schwangerschaftsabbruch erzwungen, als sie bereits, dick und rund, nicht mehr ableugnen konnte, ein Kind auszutragen. Bei der Abtreibung in einem Kellerloch war sie gestorben, ein Vorfall, den Pfarrer Kowalski mit Hilfe des Kirchenvorstandes geheimhalten konnte.

Es ließ sich schwer sagen, ob diese Geschichte auf einer Erfindung von Kati beruhte oder dem wirklichen Ablauf der Dinge entsprach – Konrad erwischte sie wieder und wieder bei Tellekes und Schwindeleien, um sein Mitleid zu wecken, einen handfesten Zweck zu erreichen oder einfach, um sich interessanter zu machen. Sein Mitleid, das hatte der Backfisch im Handumdrehen spitzbekommen, machte den Liebhaber schwach, seine ehrlichen Sorgen um sie waren Gold wert. Und ein anderer Schwachpunkt, an dem sie sich weidete, war seine ewige Angst vor Entdeckung, die seinen Lehrerberuf in Gefahr bringen konnte. Um so mutwilliger spielte sie mit dem Feuer. Das fand sie erregender als ein Versteckspiel, das dumm und auf Dauer beleidigend war.

Von Konrad verleugnet zu werden, verletzte sie mehr und mehr. Sie wollte vor aller Welt seine Verlobte sein und schleunigst ins Volksschulhaus ziehen. Ohne falsche Versprechungen und Liebesbeteuerungen ließ sich das bockige Kind nicht in Schach halten. Wenn sie achtzehn sei, sei er bereit, sie zu heiraten, versicherte er seiner Freundin. Eine andere Bedingung sei seine Versetzung, die er beim Schulamt beantragen werde. In Schwienkuhl zu bleiben, mit Pfarrer Kowalski im Nacken, sei keine behagliche Vorstellung. Diese Auffassung teilte sie hundertprozentig. Alle paar Tage erkundigte sich Katharina, was mit seinem Antrag beim Schulamt sei. Und alle paar Tage fand er eine andere Ausrede, die seine Freundin verstimmte.

Katharina ließ sich diese Feigheit nicht bieten. Mitten am Tag klopfte sie an sein Schulhaus, ohne sich von der Schwelle vertreiben zu lassen, rannte ins Wohnzimmer hoch, wo sie sich auf der Stelle entkleidete und auf das Sofa warf. Ob sie von Sinnen sei, zischte er außer sich, vor allen Augen, am Sonntag, zur Kaffee- und Kuchenzeit, in seine Bude zu schneien. »Ich habe einen Vorwand«, versetzte sie spitz, »Illes Rechenheft, das sie im

Schreibpult vergessen hat. Nimm mich in deine Arme«, verlangte sie schmollend.

In einer Liebesnacht wiederum zerrte sie mit einem Ruck seinen Vorhang beiseite und drehte sich nackt vor der Scheibe zum Garten. Oder sie quietschte und quiekte um Mitternacht auf seinem Bettsofa aus vollem Hals, was sich, bei der hermetischen Stille im Dorf, Konrads Nachbarschaft mitteilen mußte. Vor Entsetzen hielt er Katharina den Mund zu, die liebevoll in seine Finger biß, als sich der Druck seiner Hand wieder lockerte. »Ist das nicht aufregend?« kicherte sie. Und an einem anderen Tag, wieder vor allen Augen, spazierte sie in seinen Garten und lehnte sich neben den Beeten, die er mit der Kralle vom Unkraut befreite, an einen Baum. »Ich bin schwanger«, bemerkte sie knapp. Leichenblass im Gesicht, starrte Konrad sie an.

Katharinas Behauptung war nichts als ein Schwindel, um den Liebhaber kopfscheu und panisch zu machen. Sie ließ Konrad drei Tage im unklaren, bis sie nebenbei mit sonnigster Stimme bekannte, am alle vier Wochen auftretenden Bauchweh zu leiden.

Und sie wollte von Tag zu Tag dringender erfahren, was er in seiner Freizeit anstellte. Er mußte den Schulunterricht vorbereiten, Arbeiten in Haus oder Garten verrichten – das konnte sie halbwegs verstehen. Anders verhielt es sich mit seinen Spritztouren auf dem Motorrad bis Kiel oder Fehmarn, die er, egoistisch und herzlos, allein unternahm.

Besonders verhaßt war dem Backfisch der Eifer, den er auf das Studium der Kantischen Werke verwendete. Er las sie auf Bank oder Schaukel im Garten, im Klokabuff auf der verkrusteten Holzbrille, am Herd, wo er seinen in der Pfanne verkokelnden Mehlkloß vergaß, bis es qualmte und stank, einen Stift in den Fingern, mit dem er Bemerkungen oder Zusammenfassungen an den Seitenrand kritzelte. Konrads Leidenschaft machte sie fuchsteufelswild. In einer schwachen Minute verriet er der Freundin, er arbeite an einem Kantaufsatz, was sie mit dem unwirschen Spruch kommentierte: »Verstehe, du brauchst mich nicht mehr.« Er schrieb im geheimen, um sie nicht zu reizen. Wenn Katharina ins Schulhaus kam, fegte er seinen Papierkram, Exzerpte, Notizzettel, schleunigst ins Schubladenfach.

Konrad lernte es, sich zu verstellen. Sei es gegen das Dorf, das den Jungspund von Lehrer mit nahezu peinlicher Achtung behandelte, was er als heikle Verpflichtung empfand; sei es gegen den Pfarrer aus Danzig, der von Konrads Liebesbeziehung zur Tochter nichts ahnte, sich nur lebhaft beschwerte, wenn er nicht zur Messe kam. Mehr als das: Er ermahnte den Dorflehrer wiederholt, in seinem Gemeindechor mitzusingen, an dem sich vorwiegend Frauen beteiligten, was ein Ungleichgewicht bei den Stimmen verursache, bis Konrad sich breitschlagen ließ. Von diesem Zeitpunkt an trabte er montags um sechs in die Ziegelsteinkirche und brummte den Baß. Und er verstellte sich vor seiner Freundin, der er es lieber verheimlichte, als er seinen Aufsatz »Zur Antinomie zwischen Freiheit und Pflicht zur moralischen Handlung« beendete und, unsicher, voller Bedenken, an die in der Fachwelt beachteten *Kant-Studien* schickte.

Als Beitrag und Brief auf dem Postweg nach Bonn waren, bereute er seine Entscheidung. Sein Verhalten war peinlich und anmaßend. Er rechnete mit einer Absage, die (in verbindlichem Ton) von vernichtender Klarheit war und den philosophischen Liebhaber in seine Schranken wies. Wenn der Postbote auf seinem Fahrrad anstrampelte, klopfte sein Herz bis zum Hals. Acht Wochen vergingen ohne Antwort aus Bonn. Anscheinend weigerte sich der Herausgeber Erichsen, einem sich als Kantspezialisten aufspielenden Pauker aus Schwienkuhl Beachtung zu schenken.

Um so seliger war er, als Ende Oktober ein Einschreiben in seine Volksschule flatterte, das von seinem Aufsatz als wertvollem Beitrag sprach, den man in den *Kant-Studien* abdrucken wolle. Mehr als das: Man lud Konrad zum Kant-Kongreß ein, mit der Aufforderung, einen Vortrag zu halten, um den Teilnehmern seine Erkenntnisse vorzustellen.

Das waren schwindelerregende Nachrichten. Mit schlenkernden Armen eilte Konrad zur Photographie seines Großvaters, die im Regal lehnte. Sie zeigte den Schulmeister Leopold Kannmacher, der vor seinem Haus in die Kamera blinzelte, in einer Mischung aus Spott und Verzweiflung, als wolle er sagen: »Aus diesem wurmstichigen Holz, das sich Menschheit nennt, wird man nichts Rechtes mehr schnitzen.« Konrad holte den eirunden Silberrahmen von seinem Platz vor der *Reinen Vernunft*, was in einsamen Nachtstunden wieder und wieder passierte, wenn er Großvaters Rat oder Ansprache brauchte. Er strich mit dem Finger um Leopold Kannmachers winziges Runzelgesicht. »Denk dir, sie wollen meinen Aufsatz abdrucken, in den *Kant-Studien,* die du ein Lebtag bezogen hast. Ich trete in deine Fußstapfen, Großvater, aus Treue zu dir und zu deinen Ideen von Sittlichkeit. Das ist mein Widergutmachungsanteil, nicht wahr? Meinst du, ich kann diese Einladung annehmen? Ich will mich von dir nicht beschuldigen lassen, nur aus Selbstherrlichkeit auf der Tagung zu sprechen, einer Eitelkeit, die dem Vergessen verschwistert ist.«

Ausnahmsweise blieb Leopold Kannmacher stumm, als verlange er von seinem Enkel, allein zu entscheiden, was richtig und falsch ist.

Es flog aus dem Fenster

Konrads Begeisterung war nicht von Dauer. Um als Dorfpauker vor einem Saal voller Professoren und Kantspezialisten einen Vortrag zu halten, mußte man sagenhaft selbstbewußt sein oder sagenhaft eitel und stumpf – er war beides nicht. Zu Anfang bereitete er sich entschieden auf seine Rede in Heidelberg vor, bis sich Befangenheit und Selbstzweifel meldeten. Entmutigt brach er seine Arbeit am Vortrag ab. Er wollte sie erst wieder aufnehmen, wenn er entkrampfter und sicherer war. Er hatte vier Monate Zeit bis zur Tagung am dritten Aprilwochenende am Neckar, eine Vorstellung, die er beruhigend fand.

Im Februar spielte er mit der Idee, sich einen plausiblen Vorwand einfallen zu lassen, um von seiner Zusage Abstand zu nehmen. Diesen Plan ließ er fallen, als das Tagungsprogramm eintraf, das alle Redner mit Namen und Titeln auflistete, eine schwindelerregende Reihe. Er mußte in Heidelberg antreten, wenn er sich nicht in Verruf bringen wollte. Und sich mit Blinddarmdurchbruch zu entschuldigen, das ging nur in der letzten Minute.

Konrad nahm in diesen Wochen Reißaus: Vor der verzweifelten Arbeit am Schreibtisch, wo er keinen tauglichen Satz zu Papier brachte; der frostigen Volksschulhauswohnung im ersten Stock und der seine Unrast bemerkenden Freundin, die Konrads Beklemmungen (nicht vollkommen zu Unrecht) auf sich bezog und sich um so launischer anstellte: Sie verlangte vom Dorflehrer, Roland zu helfen, der von seinem Vater aufs schlimmste verbleut werde, wenn er daheim schlechte Schulnoten vorlege. Falls er sich weigere, werde sie Konrad beim Pfarrer und vor allen Leuten bezichtigen, sie im Schulhaus gewaltsam entjungfert zu haben. Und sie forderte Geld, um Klamotten zu kaufen (Popelin-Bluse, Nappahandschuhe und Glockenrock), sich im Haarwaschsalon frisch frisieren zu lassen, oder verbot seine Motorradausfahrten ohne sie, falls er nicht auffliegen wolle. Es war aufreibend, sie wieder weicher zu stimmen und von diesen Drohungen abzubringen.

Ob Schnee oder Glatteis, er setzte sich auf sein Motorrad und preschte ins nahe Lensahn, wo er sich im molligen Papenfußhaus von der Mutter mit Kalbskarbonade bewirten ließ. Sie wirkte leer, die vom Regulatorenhersteller an Vater vermietete Villa, in der seine Eltern das Erdgeschoß und Tante Alma das obere Stockwerk bewohnten. Almas meckernde Stimme beruhigte Konrad – selbst wenn sie den Neffen zur Zielscheibe machte, dem sie wieder und wieder aufs Butterbrot schmierte, aus mangelndem Pflichtbewußtsein oder modischem Leichtsinn bereits eine Ehe vermasselt zu haben – sie blieb ein (stachliger) Teil seiner pommerschen Kindheit.

Nicht anders verhielt es sich mit Vaters Schweigen, begleitet nur von seiner knisternden Zeitung, mit der er sich abschottete. »Hast du Hunger?« verlangte Emilie zu wissen. Konrads Vater erwiderte: »Mhm.« – »Und was? Lieber Schinkenbrot oder ein Ei?« – »Mhm«, grummelte er, um sich nicht zu verausgaben. »Ich mache dir Schinkenbrot«, sagte Emilie, eine Entscheidung, die Ludwig nicht mehr kommentierte.

Maulfaul war Vater nur in der Familie, nicht in Gemeinderat oder Fraktion, wo er den Ruf hatte, schwungvoll und blendend zu reden. Bei dieser Begabung, hieß es in Parteikreisen, habe er Aussichten auf eine Landeskarriere, wenn er nur ausreichend ehrgeizig sei und ohne Scheu seine Ellbogen einsetze.

Nein, Ludwig Kannmacher hatte nicht vor, Abgeordneter im Kieler Landtag zu werden. Er meinte es ernst, wenn er in der

Lokalzeitung von seinem bescheidenen Beitrag zum Aufbau von Demokratie und moralischen Werten sprach.

Vaters Mitgliedschaft bei den Sozialdemokraten und im Gemeinderat, wo er ein Ehrenamt bekleidete, bereitete Mutter erhebliche Sorgen, was sie, versteht sich, zu Hause nicht aussprach, um sich beim Ehemann nicht in die Nesseln zu setzen. Er vertrug keine Zweifel an seinen Entscheidungen. Nur vor Konrad bekannte sie, Bammel zu haben, daß sein Vater am Ende im Knast landen werde, wenn sich das Nazipack erst wieder breitmache.

Konrad wiederum sagte dem Vater nichts von seiner Einladung zum Philosophenkongreß. Das empfand er als Angeberei. Um so mehr, als der Buchhalter niemals erfahren wollte, ob sein Bengel als Lehrer in Schwienkuhl erfolgreich war oder seine Berufswahl bereue. Miteinander zu sprechen, das kannten sie nicht. Beide schwiegen sich, wenn sie im Zimmer aus Zufall allein blieben, absolut stur und beharrlich an, bis sie Emilies heitere Redseligkeit aus dem Peinlichkeitsschraubstock befreite.

Selbst vor der Mutter bewahrte er Stillschweigen, er wollte sie mit seinem peinlichen Leiden verschonen, dieser fiebrigen Feigheit vorm nahenden Auftritt. Mit siebzehn, als unreifer Bengel, war Konrad am Sonderkommando beteiligt gewesen, das auf brenzligem Feindesgebiet operiert hatte – und heute, im Alter von knapp achtundzwanzig, als erwachsener Mann, machte er sich vor einem philosophischen Vortrag ins Hemd! Er mußte sich endlich zusammenreißen.

Am anderen Tag kaufte er einen Zugfahrschein, dritter Klasse, vom Hamburger Dammtor bis Heidelberg, um sich zur Reise zu zwingen. Bis zur Abreise feilte er an seinem Vortrag, verbesserte, strich, stieß auf neue Zitate, die passender schienen, und baute sie ein. Er vergaß seinen Unterricht (und den Gemeindechor), hatte keine Geduld mehr, zur Pfeife zu greifen, sie zu reinigen oder zu stopfen. Der Einfachheit halber stieg Konrad auf Peerzigaretten um, die er mit zitternden Fingern in Brand steckte, und hackte smokend auf seine Maschine ein, rieb sich den beißenden Qualm aus den Augen. Er wußte am Ende nicht mehr, ob er Unsinn verzapfte oder ob seine Rede solide war. Und es fehlte an Zeit, um sich zu vergewissern. Er mußte dringend seine Sachen zusammenpacken und mit dem Motorrad zum Hamburger Hauptbahnhof sausen, um seinen Vormittagszug zu erwischen.

Im Laufe der Fahrt las er wieder im Manuskript, merzte Fehler aus, rundete ab, kappte halbe Passagen. Von der sonnigen, lieblicher werdenden Landschaft, die der stampfende D-Zug zerteilte, bekam er nichts mit. Bei Anbruch der Dunkelheit traf er in Heidelberg ein, das sich an den Schatten des Schloßberges schmiegte, und erkundigte sich bei Passanten, bis er sein Hotel in der Hauptstraße fand.

Bereits in der Empfangshalle stieß er auf Erichsen, der aus seinem Sessel beim Pfeiler schoß, als er den Namen »Kannmacher« vernahm. »Freue mich«, meinte der Mann in seinem singenden, weichen und Frohsinn verbreitenden rheinischen Dialekt, »den Verfasser des Antinomienbeitrags kennenzulernen, der in meiner Zeitschrift erschienen ist.« Er war mittelgroß, um die Sechzig und hatte den Konrad verwirrenden Tick, sich beim Reden andauernd ruckartig zur Seite zu drehen, als habe er einen Bekannten entdeckt. Weit und breit war kein Mensch zu erkennen, der Erichsens fahrige Drehungen rechtfertigte.

»Das wird ein lohnender Vortrag, Herr Kannmacher«, sagte der Studienherausgeber, eine Bemerkung, die Konrad entsetzte. Unvermittelt und unvorbereitet erwiderte er: »Leider wird es nichts mit meiner Rede.« – »Warum das?« wollte Erichsen in einer Mischung aus Neugier, Verstimmtheit und Mißtrauen wissen. In seiner Verantwortung war das Programm der zwei Heidelbergtage entstanden; man konnte verstehen, wenn er diese Nachricht als freche Beleidigung seiner Person empfand, um so mehr, als der junge Mann in der Hotelhalle stand und erkennbar putzmunter war.

Konrad saß in der Klemme. Seine Absage war ohne Vorsatz erfolgt, verdankte sich nur einer blitzhaften Eingebung. Er brauchte dringend eine passende Ausrede. »Und warum?« wiederholte der Kantspezialist aus Bonn, als Konrad verlegen und stumm den Hotelteppich musterte. Endlich stammelte er: »Es ist mein Manuskript … dummerweise kam es mir abhanden … ich meine, im Zug, auf der Reise, verstehen Sie?« Erichsen drehte sich wieder zur Seite, als wolle er von einem Nebenmann, der nicht vorhanden war, erfahren, was er von dieser Ausrede halte. »Als mein Abteilnachbar«, stotterte Konrad, »das Zugfenster aufriß, flog es aus dem Fenster.«

Sie kehrten zusammen beim Wirtshaus »Zum Seppl« ein, in dem bereits eine Reihe von Teilnehmern hockte, die lebhaft dem hiesigen Weißwein zusprachen und mit Hingabe Spanferkel spachtelten. In der niedrigen, holzwandverkleideten Stube, die voller gelbstichiger Photographien hing, verzehrte man schwindelerregende Fleischmengen nebst Sauerkraut, Speckbohnen, Kartoffeln und Chicorée. Erichsen stellte sich mitten ins Eßlokal, wo er mit seinem Schuh auf den Dielenboden stampfte, um sich bei den Kantspezialisten und Professoren Aufmerksamkeit zu verschaffen und allen den Autor des Antinomiebeitrags vorzustellen, nicht ohne sein trauriges Mißgeschick mitzuteilen, eine mit schallendem Lachen quittierte Geschichte.

Konrad setzte sich zu einem schlaksigen Menschen, der unruhig sein rosiges Rostbeef verzehrte (armdicke Scheiben, die in Remoulade schwammen) und verschlossener wirkte als seine Kollegen, was nichts mit heimlicher Seelenverwandtschaft zu tun hatte, Verunsicherung oder Selbstzweifeln. Konrad merkte es bald, es waren Hochmut und Abneigung, die seinen Altersgenossen veranlaßten, verstohlen von Nachbar zu Nachbar zu linsen und sich in verbissener Einsilbigkeit zu verkriechen. Nur mit Unwillen erwiderte er Konrads Handschlag und wandte sich schroff seinem Teller zu, um einem drohenden Schnack zu entgehen.

Schweigend hockten sie nebeneinander und aßen, bis sich Erichsen auf Konrads Bank fallenließ und mit seinem bohnenstangenschlacksigen Nebenmann redete, der Assistent an der

Freiburger Uni war und Martin Heideggers Auslegung Kants vertrat, die bei den Kantkongreßteilnehmern im allgemeinen auf Ablehnung stieß. Beide stritten sich, links und rechts von seinem Ohr, um den richtigen Zugang zur Kantischen Theorie, die der Hagere »als metaphysischen Ausgangspunkt ontischer Wesens- und Daseinsbestimmung« betrachtete, was Erichsen mit einem »Papperlapapp« kommentierte, der im Gegenzug seinen, der Kantischen Absicht, Erkenntnisbedingungen ausfindig zu machen, verpflichteten Ansatz verteidigte (nicht ohne sich wieder und wieder zur Seite zu drehen, als habe er eine Erscheinung).

»Und was denken Sie, mein Freund?« wollte der Studienherausgeber wissen und blinzelte Konrad an, der, um Zeit zu gewinnen, das Besteck auf den Tellerrand legte und sich seine Lippen abwischte. Er konnte schlecht sagen, er habe von Heideggers Ontologie keine Ahnung, wenn er nicht als Hochstapler aus dem Lokal schleichen wollte, der seinen Vortrag absagte (mit einer Geschichte, die vollkommen unglaubhaft war) und vor Heideggers Seinslehre kapitulierte. Kants Vernunftkritik ziele, versetzte er stammelnd, am Ende auf ethische Einsichten, die er beim Freiburger Denker vermisse. Mitten in seiner Antwort sprang Erichsen auf, als ein straffer und magerer Mensch in die Gaststube trat, den der Studienherausgeber herzlich willkommen hieß. Erleichtert griff Konrad zu Messer und Gabel und wandte sich wieder seinem Saumagen zu.

Es war dieser kantige Mensch namens Moosbach, der Konrad am anderen Vormittag mit seinem Vortrag am tiefsten beeindruckte. Anfangs merkte er bei seinem nicht zu verkennenden heimischen norddeutschen Zungenschlag auf. In den letzten drei Stunden waren Sprachmelodien aus Hessen und Schwaben vorherrschend gewesen, von den Rednern zu schweigen, die trocken vom Blatt lasen, biedere Kant-Hermeneutik betrieben und das Publikum halb in den Schlaf wiegten.

Vollkommen anders bei Moosbach, der sich der moralphilosophischen Lehre zuwandte. Energisch und lebhaft, mit fesselnder Stimme, warf er Kants kategorischem Imperativ »Inhaltslosigkeit« und »Logizismus« vor. Kant habe das reine Kriterium der Pflicht mit dem Bestimmungsgrund ethischen Handelns verwechselt. Aus dem Vorlesungssaal kam verhaltenes Murren. Und Buhrufe handelte Moosbach sich ein, als er klar und entschieden vom deutschen Versagen sprach, dem totalen Zusammenbruch einer Nation auf dem Feld von Gesinnung und Sittlichkeit.

»Wenn Kants kategorischer Imperativ Anerkennung und Achtung bei ranghohen Nazis fand, die gewissenlos zigtausend Menschen ermordeten, sind Zweifel an seiner Abstraktheit berechtigt. Es ist das erfahrene geschichtliche Leiden, das uns nicht mehr erlaubt, von der reinen Gesetzesform auszugehen, um eine moralische Pflicht zu bestimmen.« Als sein Vortrag zu Ende war, erntete Moosbach feindseliges Schweigen und mauen Applaus – es klatschten nur Konrad und zwei Professoren (und der Form halber Studienherausgeber Erichsen) –, was den Philosophen aus Hamburg nicht kratzte. Er nahm auf seinem Klappstuhl im Unisaal Platz und griff seelenruhig zur Zigarette.

Und beim Essen, das sie in der »Burgfreiheit« einnahmen, neben einem Tisch voller Amerikaner, die sich bei den Deutschen im Gasthaus erkundigten, wo man nationalsozialistische Abzeichen, SS-Runen und Blechhakenkreuze bekomme, steuerte Moosbach schnurstracks auf den freien Stuhl neben dem Dorflehrer zu. »Sie sind der Verfasser des Antinomienbeitrags?« war seine erste Bemerkung, die Konrad mit zaghaftem Nicken bejahte. »Guter Aufsatz, Herr Kannmacher«, war seine zweite. Und seine dritte: »Es stimmt, was Sie zeigen. Um so mehr, als uns aus der Geschichte vertraut ist, was der Pflichtbegriff anrichten kann, wenn er leer und abstrakt bleibt.«

Moosbach, der in einem Cordanzug steckte, weißes Hemd und Krawatte trug, schlenkerte mit seinen langen und hageren Gliedern. Sein in alle Richtungen abstehendes Haar glattzustreichen blieb eine vergebliche Anstrengung, im Handumdrehen schlug es der Schwerkraft ein Schnippchen und richtete sich wieder auf. Er redete eilig, als habe er keine Zeit, seine Ideen an den Mann zu bringen; er rauchte erregt und mit Leidenschaft Kette, als bekomme er sonst keine Luft; und er war ein Asket, der sein Roastbeef beiseite schob, von dem er nur winzige Mengen verzehrt hatte, als sei Essen nichts als eine leidige Pflicht. Moosbach hatte ein eckiges Kinn, hohle Wangen, starke Wangenknochen, blonde und buschige Augenbrauen, und wenn man es sorgsam studierte, ein schiefes Gesicht: Rechts wirkte es leidend, zog sich in die Tiefe, links zeigte es Zuversicht und Energie. Es war nicht einheitlich, ließ einen Zwiespalt erkennen, der den Mann um so anziehender machte.

Und er hatte noch andere Seiten, die angenehm, witzig und liebenswert waren. Hochmut und Einbildung plagten den Hamburger nicht, was nicht hieß, daß er kumpelhaft auftrat. Er war von der Sache besessen, um die es ging, und machte sich nicht das geringste aus Namen und Titeln, wenn er anderer Ansicht als Lehrstuhlinhaber X oder Kantspezialist Doktor Ypsilon war (und mit seinen anderen Meinungen eckte er laufend an). Zu dieser Aufrichtigkeit kam Zerstreutheit, mit der er sich Glut auf den Cordanzug schnickte, ohne mitzubekommen, wie sie sich in den Stoff fraß. Als er Gefahr lief, sein Nylonhemd abzubrennen, beugte Konrad sich in aller Eile zum Nachbarn, um die schwelende Asche zu Boden zu wischen, was Moosbach verdattert und dankbar zur Kenntnis nahm – seinen Redefluß konnte der Vorfall nur kurzfristig hemmen.

Bei aller Zerstreutheit in Lebensbelangen, die in seinen Augen nicht wesentlich waren (von der Nahrungszufuhr bis zum Autoverkehr, durch den er sein »Cremeschnittchen«, einen Renault 4CV, mit todesverachtender Fahrigkeit lenkte), und seiner Lust, stundenlang zu dozieren, auf und ab marschierend, ruhelos mit seinen Armen fuchtelnd, an Zigarette und Pfeifenholm saugend, war er nicht unachtsam, wenn es um andere Menschen ging, fragte und forschte sie neugierig aus. Und Konrad bemerkte an Moosbach einen kindlichen Zug, der zum strengen Asketen schlecht paßte: Er machte sich nichts aus den »Burgfreiheit«-

Hauptspeisen, trank, anders als seine Kollegen, keinen Alkohol, hielt sich an Wasser und Tee. Erst als der Kellner zu wissen verlangte, wer einen Nachtisch bestellen wolle, hob Moosbach als erster die Hand. »Haben Sie Pudding, Herr Ober?« versetzte der Hochschulprofessor mit heiserer Dringlichkeit, die Konrad veranlaßte, heimlich zu grinsen. Man hatte nur Obstsalat und Aprikosenmus, Sahnetorten und andere Kuchen. Moosbachs langes Gesicht wirkte komisch. Er bat Konrad um seine Begleitung in ein Café, das er am Vortag an Heidelbergs Kornmarkt entdeckt hatte, wo man Vanillepudding bekam.

Sie zogen es vor, in den Nachmittagsstunden zusammen am Neckar spazierenzugehen und sich den »akademischen Quark« zu ersparen, den »meine Kollegen im Hochschulsaal breittreten«, wie der Hamburger schnippisch bemerkte. In der Aprilluft, die angenehm milde war, leuchteten Kuhschellen, Veilchen und Steinkraut. Sie setzten sich auf eine Bank, um zu rauchen, und betrachteten das auf der anderen Seite mit Turmspitzen, schwungvollen Kuppeln und Stuckportalen am Schloßberghang klebende Heidelberg.

»Ein Fuchs, dieser Erichsen, finden Sie nicht?, uns in diese romantische Stadt einzuladen, die von Fliegerangriffen verschont blieb. Das hilft seinen Hochschulkollegen, aus Kant einen geschichtslosen Denker zu machen. Sie weigern sich, den Philosophen der Sittlichkeit auf den totalen Zusammenbruch der Sittlichkeit zu beziehen, den unsere Heimat erlebt hat. Und das nicht nur, um den Idealismus zu retten, dem man geistige Ohnmacht bescheinigen muß, wenn man an den Wahnsinn denkt, der dieses Land ergriff und vor seinen Hochschulen nicht haltmachte. Nicht nur aus Bequemlichkeit sperren sie Kant in den Elfenbeinturm akademischer Lehre ein. Sie wollen sich selbst nicht am Zeug flicken. Sie predigten Kants kategorischen Imperativ und waren in der Partei, wenn nicht bei der SS, was sie heute, versteht sich, entschieden bestreiten. Ich meine nicht Leute wie Erichsen, der in die innere Emigration ging und sauber blieb. Seine Feigheit steht auf einem anderen Blatt. Daß er seinen Kleinmut nicht loswird, ist schlimmer. In der Regel haben Erichsen und seine Altersgenossen ein schlechtes Gewissen. Von den jungen Leuten kann man das leider nicht sagen. Sie sind infiziert von den Nazis und werden es bleiben. Denken Sie nur an den Heideggerbengel, der seinen Herrenmenschenhochmut nicht ablegen kann. Wenn der von ›Sein‹ oder ›ontischem Wesen‹ raunt, blubbern in seinem Hirn ›Blut-und-Boden‹-Parolen.«

Das waren Bemerkungen, die Konrad entmutigten, der neben Moosbach beklommen im Kies scharrte. Sicher, er war nicht das Ziel dieser Aussagen. Bissige Anspielungen waren Moosbachs Sache nicht, das verboten dem Mann seine Klarheit und Aufrichtigkeit. Trotzdem konnte sich Konrad als Teil der von Moosbach mit Argwohn betrachteten Generation von seinen Bedenken nicht leichtherzig ausnehmen. Und er hatte ja recht, an den Jungen zu zweifeln. Um so erstaunlicher war das Vertrauen, das der Philosoph in den Lehrer aus Schwienkuhl und seine politisch-moralische Sauberkeit setzte, ein Vertrauen, das man beinahe vertrauensselig nennen konnte. Es mußte mit Moosbachs erzwungener Vereinsamung in der akademischen Fachwelt zu tun haben.

Daß seine Vereinzelung nicht das Entscheidende war, sollte Konrad bewußt werden, als sie zu zweit im Renault in den Norden aufbrachen. Es war ein Angebot Moosbachs gewesen, den Dorflehrer in seinem »Cremeschnittchen« mitzunehmen, das er nicht ausschlagen konnte und wollte, ohne zu ahnen, was es hieß. Pausenlos rauchend und pausenlos redend bediente der Hamburger fahrig das Steuerrad, gab schockartig Gas oder bremste abrupt, beschleunigte auf hundertzwanzig und bummelte wieder, mißachtete Ampelanlagen, schnitt andere Pkws, fuhr Schlangenlinien und riß an der Gangschaltung, was das Auto zu bockigen Hopsern veranlaßte. Im Bergland, bei diesiger Sicht, stießen sie um ein Haar mit einem Esso-Tanklaster zusammen, der ein ohrenzerreißendes Hupkonzert anstimmte.

Auf der Reise, die sechseinhalb Stunden in Anspruch nahm, fragte der Hamburger seinen Begleiter aus. Er nahm felsenfest an, Konrad sei auf dem Sprung, seine Stelle als Dorflehrer sausen zu lassen, um Philosophie zu studieren. Moosbach war sprachlos, als Konrad versetzte, er habe nicht vor, aus dem Schuldienst zu scheiden. Er sei mit Leidenschaft Lehrer und bei seinen Klassensaalblagen beliebt. Moosbachs Lippen verzogen sich zu einer Sichel, die unwirsch zum Fußboden zeigte. Mit Leidenschaft Unterricht zu erteilen, meinte er kratzig, sei absolut lobenswert und Menschen von Konrads Bescheidenheit treffe man selten an. Andererseits grenze es an ein Verbrechen, wenn er seine Begabung verschleudere.

»Entschuldigen Sie, lieber Kannmacher, Sie haben mehr auf dem Kasten, als Kindern von sechs bis zehn das Einmaleins beizubringen. In der tiefsten Provinz zu verfaulen, das ist ja das Letzte, bei dem philosophischen Scharfsinn, der im Antinomienbeitrag steckt. Und Sie sind ein politischer Mensch, das entdeckt man im Nu, wenn man aufmerksam liest. Wenn Sie eingreifen wollen – und das wollen Sie, denke ich –, ist das in Schwienkuhl nur schwerlich zu machen. Falls ich raten darf, nehmen Sie Kurs auf die Hochschule. Ich werde Sie nicht im Stich lassen, lieber Freund, und wo es in meiner Macht steht, behilflich sein!«

Stupidienrat auf dem Holsteiner Misthaufen

In den kommenden Wochen und Monaten schrieben sich Konrad und Moosbach im Abstand von drei bis vier Tagen ausgiebige Briefe. Sie tauschten sich zu philosophischen Fragen und tagespolitischen Themen aus, und Moosbach verzichtete niemals auf seine Ermunterung, er solle das Studium der Philosophie aufnehmen und in der Wissenschaft Fuß fassen. Seine Ermahnungen, von Brief zu Brief dringlicher, begleiteten andere Bitten. Er ermutigte Konrad, das Holsteiner Nest zu verlassen und ohne Verzug in die Hansestadt umzuziehen, wo er seine Mitgliedschaft bei den Sozialdemokraten beantragen solle.

Der Philosoph, der im Bonner Parteirat saß (und in der verflossenen Legislaturperiode Parlamentarier im Hamburger Rathaus gewesen war), war als entschiedener Gegner der Wiederbewaffnung im Parteiapparat nicht besonders beliebt. Zum ernsthaften Widerstand, schrieb er an Konrad, seien seine Genossen zu feige gewesen, um nicht von Regierung und Presse als Ulbrichts Agenten verschrien zu werden. In diesen Ruch zu kommen, mache aus einem Sozialdemokraten im Nu eine Memme. Er brauche Parteifreunde, auf die Verlaß sei, Leute mit Mut zu politischem Streit, vom Ortsverein bis zu den Gremien in Bonn, und Konrads politische Auffassungen seien mit den seinen ja nahezu deckungsgleich.

Zu einer Entscheidung zu kommen fiel Konrad schwer. Er hatte den Eindruck, als ob sich der Hamburger in dieser Sache verrenne. Erstens irrte sich Moosbach in seiner Person. Von einer besonderen Begabung zur Philosophie konnte in seinem Fall keine Rede sein. Er kannte nicht wesentlich mehr als seinen Hausphilosophen Kant, und selbst in den Kantschriften war er nicht vollkommen heimisch. Sich auf eine Hochschulkarriere zu kaprizieren, grenzte an Hochstapelei. Lieber blieb er (mit einer Bemerkung des Hamburgers, die seine wachsende Ungeduld zeigte), »Stupidienrat auf dem Holsteiner Misthaufen«, der es sich in seiner Freizeit erlaubte, Kantstudien zu treiben und den Philosophen zu spielen.

Mehr Zutrauen hatte er in sein politisches Urteil, und die im Februar beschlossene Wiederbewaffnung stufte auch er als verheerenden Fehler ein. Bei der Bundestagsabstimmung hatte er Stunden um Stunden vor seinem neuen Radio verbracht, einem Kasten von Grundig mit goldenem Zierstreifen, Messingrahmen und beiger Bespannung aus Noppenstoff, den er sich von seinen Ersparnissen zugelegt hatte. Er hockte im Ohrensessel vor der Kommode aus Teakholzfurnier an der Wohnzimmerwand und lauschte verbittert den Rednern in Bonn, die einen Wehrbeitrag Deutschlands verlangten, um den Kommunismus im Zaume zu halten. Konrad rieb seine Finger am Hosenstoff ab, als er in seinen schwitzenden Handinnenseiten eine aus der Erinnerung verbannte Empfindung bemerkte und eine Maschinenpistole umklammerte, die sich mit grauenhaftem Rattern entlud.

Politisch zu handeln betrachtete Konrad als Notwendigkeit und Verpflichtung. Trotzdem waren nicht nur Einsicht und Selbstlosigkeit im Spiel, wenn er bereit war, einen Antrag auf Mitgliedschaft bei den Sozialdemokraten zu stellen. Sicher, sein Abscheu war aufrichtig. Er fand es mehr als beklemmend, was vor sich ging: Um das neue Heer auf die Beine zu stellen, mobilisierte man Tausende von Offizieren, die an den vergangenen Weltkriegsverbrechen beteiligt, wenn nicht unerbittliche Nazis gewesen waren.

Aus Zufall entdeckte er in einer Zeitung das vertraute Gesicht Generalleutnant Wedekinds, der aus Hamburg-Bergedorf stammte. Wieder zum General ernannt, machte der Mann einen wesentlich frischeren Eindruck als zu seiner Zeit in den Kreckow-Kasernen Stettins. Seine Augen waren klar, nicht mehr matt und verhangen, und von einer Schnapsnase nichts zu erkennen. Wedekind strahlte Hochmut und Zuversicht aus, was dem Generalleutnant nicht zu verdenken war; der Mann durfte wieder Kommandos erteilen, als sei er zu Kriegszeiten in seiner Bergedorfvilla verkrochen gewesen und habe im stillen strategische Denker studiert, Clausewitz oder Thukydides.

Konrads Eigennutz in dieser Sache hing mit seinem Buchhaltervater zusammen. Er konnte sein schlechtes Gewissen nicht abstreifen. Wenn sie sich in der Papenfußbude begegneten, litt er an ewiger Reue und Scham vor dem Menschen, dessen moralische Geradlinigkeit außer Zweifel stand. Mit philosophischen Studien konnte er bei seinem praktischen Vater nicht punkten, und von Konrads Willen zur politischen Einmischung war er mit Sicherheit tiefer beeindruckt als von einer Einladung zum Philosophenkongreß. Und bestimmt war der Vater beeindruckt von Moosbach, der sich bei der Parteispitze unbeliebt machte. Mit seiner Kritik an dem »mauen Verein« sprach der Hamburger Freund Ludwig Kannmacher aus dem sozialdemokratischen Herzen.

Moosbachs Kante und Schroffheit waren absolut ehrenhaft. Er war nicht der Mann, der sich um der Karriere willen von einem Parteitag zum anderen verbiegen ließ und seine Prinzipien vergaß. Ein hohes sozialdemokratisches Tier, das bis Anfang der vierziger Jahre KP-Mann gewesen war und den Stalinismus verinnerlicht hatte, hatte den Philosophen bereits auf dem Kieker (um nicht zu sagen, vorm geistigen Zielfernrohr). Auf einem Parteikongreß, als Moosbach redete und den Genossen im Tagungssaal einheizte, die in lautstarken Beifall und trampelnde Zustimmung ausbrachen, zischte der grimmig am ewig im Mundwinkel steckenden Pfeifenholm kauende Mann: »Diesen Kerl sollte man liquidieren.«

Mit dem streitbaren Hamburger an seiner Seite hatte Konrad beim Vater einen anderen Stand und war nicht mehr der unreife

Bengel, der seine Soldatenverfehlungen nie loswerden konnte. Konrad nahm sich fest vor, Jochen Moosbach zu einem Besuch in Lensahn zu bewegen, wenn erst das Semester zu Ende war und er mehr Zeit hatte.

Es blieb nicht nur beim Briefverkehr in diesen Monaten. Ende Mai folgte Konrad der Einladung zu einem Essen bei Moosbach, der mit Frau und Tochter vier Erdgeschoßzimmer in Barmbek bewohnte und mit seinem Kind auf der Schulter ins Freie lief, als Konrad vorm Haus das Motorrad aufbockte.

Seine erste Befangenheit war nicht von Dauer. Moosbach legte erneut eine Herzlichkeit an den Tag, die zwanglos und aufrichtig war. Als er seinen Besucher ins Wohnzimmer brachte, wo eine Kanne mit Tee auf dem Stovchen aus Messing stand, aus der er dem Gast eine Tasse einschenkte, erwies er sich wieder als geistreich und redselig. Heiter und wach folgte er Konrads Augen, die die Dinge im Wohnzimmer neugierig musterten, und konnte bei allen mit einer Geschichte dienen, zur historischen Landkarte, die an der Wand hing und, außer gefahrvollen Klippen und Bergschluchten, Meeres- und Landungeheuer verzeichnete (Schiffe verschlingende Schlangen, Monstergreifen und Drachen), afrikanischen Masken, chinesischen Schriftrollen oder einem Buddha aus grauem Basaltstein, der auf einem Regalbrett der Bibliothek hockte, die sich um drei Seiten des Zimmers erstreckte, voller bemerkenswert alter und kostbarer Ausgaben in Pergament oder Leder.

»Das ist die vom schwedischen Bischof vor vierhundert Jahren verfertigte Karte des Nordmeers und der skandinavischen Landmasse«, sagte er. »Man vergaß diese ›Carta marina‹, bis sie in der Bayrischen Staatsbibliothek achtzehnhundertichweißnichtmehrwas wiederauftauchte. Wenn man sie mit zeitgleichen Karten der Mittelmeerwelt vergleicht, strotzt sie vor Unwissenheit, nicht wahr? Schauen Sie sich diese Verzerrung von Finnland an! Ich betrachte sie mehr als ein sprechendes Beispiel der menschlichen Geistesgeschichte. Wo wir unwissend sind, nehmen wir Mythen zu Hilfe, klammern uns an Legenden und Sagen. Oder verrennen uns in wahnhafte Vorstellungen und Theorien von Rasse und Blut.« Moosbach stocherte in seiner Pfeife. »Das Menschheitsbewußtsein erklimmt einen steilen Pfad, zu beiden Seiten ein klaffender Abgrund, eine schwarze und schwindelerregende Leere, die es in seine Tiefe ziehen will. Und von Zeit zu Zeit kann es nicht mehr widerstehen. Es will sich den anstrengenden Aufstieg ersparen, der kein Ende zu nehmen scheint oder kein Ende hat, in der Ferne ist nichts zu erkennen. Dieser Meter um Meter errungene Fortschritt zu einem im Nebel verschwimmenden Ziel scheint den Menschen zu teuer erkauft. Es war diese taumelnde Lust, in den Abgrund zu springen und sich alle Knochen zu brechen, die Deutschland erfaßt hat, als Hitler zur Macht kam.« Er seufzte und steckte ein Streichholz in Brand. »Diese Lust blieb begrenzt auf ein Land, lieber Freund, heute sind unsere Aussichten wesentlich schlechter bei der atomaren Gefahr, die den Erdball bedroht. Wenn das Menschheitsbewußtsein dem Beispiel der Deutschen folgt, wird alles, was in diesen Werken verzeichnet ist«, er zeigte zur Bibliothek, »vollkommen sinnlos gewesen sein.«

Und zu seinen Schriftrollen bemerkte er zwinkernd: »Ich lerne Chinesisch, um mich zu entspannen. Bei Gremiensitzungen oder Versammlungen pinsele ich mit besonderer Vorliebe chinesische Schriftzeichen auf einen Block. Das ist eine sichere Technik, mein Lieber, gegen die bei Parteikonferenzen und Uniberatungen, die nur einen Sieger, das Sitzfleisch, kennen, automatisch auftretende Geistesverstopfung.«

Als Nelli Moosbach ins Wohnzimmer wirbelte, um den Besucher willkommen zu heißen, hielt der Ehemann schlagartig inne. Um so heiterer wandte er sich seiner Pfeife zu, die wieder ausgehen wollte. Moosbachs stille, versonnene Heiterkeit hatte mit Nelli zu tun, das war nicht zu verkennen, die in Hose und Sweater, mit haselnußbraunem Haar, das in schwungvollen Wellen um Nacken und Kinn wischte, zum Nierentisch eilte und Konrad die Hand reichte. Sie sei zu beansprucht gewesen, entschuldigte sie sich mit lachender Stimme, vom Tochter-zu-Bett-Bringen und Kochen, um sich besser anzuziehen. »Dich als Dame verkleiden, mein Liebes, das kannst du bei anderer Gelegenheit«, frotzelte Moosbach, »und ob Hosen, ob Kleider, das spielt keine Rolle, egal, was du anhast, du bist eine Wucht.« Es gab keinen Zweifel, er liebte sie grenzenlos. Sein Gesicht, das halb leidend, halb hart wirkte, strahlte vor kindlicher Freude, als er sie betrachtete, in die sich ein Anflug von Eitelkeit mischte, der seinen Stolz verriet, mit diesem Menschen vereint zu sein.

Konrad konnte den Stolz seines Freundes verstehen, er selbst war aufs tiefste beeindruckt. Es war beileibe nicht nur Nellis Aussehen, das den jungen Lehrer aus Schwienkuhl verwirrte. Sie erinnerte an eine Kinoerscheinung, mit dem schmalen Gesicht, hohen Jochbeinen und Lippen, die sinnlich waren, ohne zu voll oder derb zu sein, von den lebendigen Augen zu schweigen. Hundertprozentig perfekt war es nicht, was es nur um so anziehender machte. Das war der Nase geschuldet, die eine Spur charakteristischer aus dem Gesicht ragte, als es einer Kinoerscheinung erlaubt war. Sie betonte Entschiedenheit und Energie, die sich wiederum Nellis Bewegungen mitteilten und der wendigen, schlanken Gestalt, die begehrenswert, kein Gramm zu mager und keines zu mollig war.

Mehr als das blendende Aussehen der Frau, die, nicht anders als Moosbach, bereits Ende Dreißig sein mußte und den Eindruck erweckte, als ginge sie erst auf die Dreißig zu, beeindruckte Konrad das quirlige Wesen. Diese Munterkeit kreiste nicht seicht in sich selbst, war nicht lediglich Ausdruck von Tatkraft und Lebenslust. Nellis Wirkung auf andere Menschen verdankte sich einer besonderen Aufmerksamkeit, verbunden mit Neugier und Warmherzigkeit. Dieses herzliche Wesen bei Nelli erinnerte Konrad an das seiner Mutter.

Beide waren sie angenehm handfeste Menschen, die eine nicht zu bezwingende Zuversicht ausstrahlten; beide hielten Familie und Haushalt zusammen, entschlossen, das Leben zu meistern. An diesem Tag kochte Nelli das Essen – Birnen, Bohnen, durchwachsenen Speck und Kartoffeln –, deckte den Tisch im benachbarten Eßzimmer, mußte das Kindchen beruhigen, als es erwachte, lief wieder und wieder zum rasselnden Telefon, meldete Moosbach einen Anruf aus Tel Aviv von zwei befreundeten tschechischen Juden, einen aus Genf und zwei Hamburger Telefonate, goß Konrad Whiskey ein, wusch das Geschirr ab und setzte sich endlich zu beiden ins Wohnzimmer, wo sie sich lebhaft an der Unterhaltung beteiligte, im Unterschied zu Konrads Mutter, die stumm blieb, wenn Vater am Eßtisch mit einem Besucher politische Dinge besprach.

Was Nelli im Haushalt erledigen mußte, war wesentlich mehr, als er zu diesem Zeitpunkt erahnen konnte. Sie ließ sich vom Ehemann Briefe diktieren, hing am Telefon, regelte seinen Kalender. Sie versorgte das Kind, kaufte ein, stritt sich mit dem Vermieter, hielt Freundschaften aufrecht. Sie tippte Moosbachs politische Reden, philosophische Schriften und Zeitungsartikel ab, nicht ohne den Ehemann zu kritisieren, falls sie stilistische Patzer entdeckte oder inhaltlich anderer Auffassung war. Sicherheitshalber saß sie vor dem Lenkrad, um Moosbach zu einer Versammlung zu bringen, nach Bonn zu chauffieren, von der Hochschule abzuholen, wenn sie es nur irgendwie einrichten konnte – dem Ehemann guten Gewissens das »Cremeschnittchen« anzuvertrauen, war bei seinem todesverachtenden Fahrstil nicht ratsam.

Bereits bei der ersten Begegnung in Barmbek verliebte sich Konrad in sie. Sicher – er machte sich nicht das geringste vor –, mit Nelli zusammen sein zu wollen war aussichtslos, als Frau seines Freundes blieb sie unerreichbar. Moosbach, der Schußligkeitsscheuklappen aufhatte, schien von Konrads Verliebtheit nichts mitzubekommen (falls er sich nicht achtloser anstellte, als er in Wahrheit war). Nelli wiederum, die sein Begehren bemerkte, erweckte den Eindruck, als nehme sie Konrads Verlangen nicht sonderlich ernst. Sie freute sich, das war nicht schwer zu erkennen, an der Wirkung, die sie als Enddreißigerin – eine weibliche Eitelkeit, die sie sich nicht verkniff, selbst wenn sie sonst alles andere als eitel war – beim jungen Lehrer erzielte.

Und sie war ein zu munteres Wesen, um sich einem harmlosen Flirt mit dem Mann zu verweigern, der, außer klug und bescheiden zu sein, blendend aussah. In Gefahr, einen Seitensprung zu begehen, kam sie nie. Was sich Nelli erlaubte, war nichts als ein Spiel, das auf Regeln beruhte, die fest und solide waren.

Moosbachs Frau zu begehren war abwegig, kindisch. Als er mehr aus dem Leben der beiden erfuhr, empfand Konrad nur Abscheu vor seinen Empfindungen, die er in sich verschloß, halb vergaß, nicht mehr wahrhaben wollte. Moosbachs waren sich erst '45, im Alter von nahezu dreißig, in Hamburg begegnet. Sie waren nicht nur reif und erfahren gewesen, frei von unausgegorenen Vorstellungen, was man von einer Liebesbeziehung verlangen kann. Schwerer wog, daß sich beide bis zu diesem Zeitpunkt mit Mut und Entschlossenheit dem Dritten Reich widersetzt hatten und wissend in Kauf nahmen, in ein KZ zu kommen und von den Nazis ermordet zu werden.

Moosbach hatte in seiner Studentenzeit britische Zeitungen mit Deutschlandartikeln beliefert, die Hitler als Kriegstreiber anprangerten und von der beginnenden Judenverfolgung berichteten. Sicherheitshalber trat er der Partei bei, um keinen Verdacht zu erregen. Und seine Rechnung ging auf: Bis er Hamburg verließ, um in Bristol als Deutschlehrer anzufangen, blieb er von der Gestapo verschont. Das war im August '38. Er verbrachte ein Jahr in der englischen Stadt, bis er ein Telegramm mit der Nachricht erhielt, seine Mutter sei lebensbedrohlich erkrankt. Moosbach zauderte keine Sekunde und reiste heim. Vergeblich. Als er in der Hansestadt eintraf, war sie vor einer Handvoll von Stunden verstorben – dumpf und besinnungslos stand er vorm leeren, frisch bezogenen Krankenhausbett.

Und selbst zur Beerdigung schaffte es Moosbach nicht. In der Post hatte er seinen Gestellungsbefehl entdeckt, mit der Aufforderung, sich am anderen Vormittag in der Kaserne zu melden. Beim Wehrbezirksamt stieß er mit seiner Bitte um Aufschub auf unwirsche Ablehnung. Und mit dem am 1. September, als man seine Mutter im Friedhof von Barmbek bestattete, ausbrechenden Krieg mußte Moosbach ins Feld ziehen.

'44, als man sie zur Westfront verlegte, bereitete er seine Flucht aus der Truppe vor, was Geduld und extreme Beherrschung erforderte. Trotz seiner Verstellung war Moosbach verrufen, als Soldat, dem es an Unerbittlichkeit fehle, der zu Kritiksucht und Schwarzseherei neige. Vom Vorwurf der Schwarzseherei bis zur »Meutergeist«-Anklage war es nicht mehr als ein kleiner Schritt, um so vorsichtiger mußte er sich benehmen, um keinen Verdacht zu erregen.

Alles schien glattzugehen, als er sich in einer Nacht aus einem Benediktinerstift schlich, das seiner Einheit als Durchgangsquartier diente. Unbemerkt wich er den Wachposten aus, die an der Portalmauer lehnten und rauchten. Im Schutz eines Lastwagens, der vor dem Eingang stand, konnte er in die andere Richtung entwischen. Ohne von Hunden verraten zu werden, die sonst in der Nachbarschaft jaulten und bellten, wenn Soldaten ins Dorf eilten oder zum Kloster hochkraxelten, lief er querfeldein bis zum nachtschwarzen und seinen Schatten verschluckenden Wald. Er vergewisserte sich auf dem Kompaß, um sicherzugehen, den richtigen Weg einzuschlagen, als er in der Finsternis eine Bewegung bemerkte und vor seinen Augen ein Posten auftauchte, der, unvorbereitet auf diese Begegnung, um eine Verwirrungssekunde im Nachteil war. Moosbach herrschte den Menschen mit schnarrender Stimme an. »Parole?« versetzte er, eiskalt beherrscht, was den Posten veranlaßte, schleunigst zu antworten. »Hahnenschrei«, stammelte er. Moosbach nickte, als sei er zufrieden. »Wegtreten«, befahl er dem Wachposten scharf, und ohne sich umzudrehen stapfte er wieder los, entfernte sich Meter um Meter von der Gefahr, und Schritt um Schritt nahm seine Unruhe zu, brachen sich Grauen und Verzweiflung Bahn, bis er, klatschnaß und an allen Gliedern zitternd, vor Kraftlosigkeit auf den Waldboden fiel.

Sein Plan, sich mit den Partisanen des Maquis in Verbindung zu setzen, mißlang. Er stieß auf eine Mauer aus Mißtrauen, wenn er mit den Widerstandsgruppen Kontakt aufnehmen wollte, um sich am Kampf gegen Hitlerdeutschland zu beteiligen. Trotzdem entging er den Suchtrupps der Deutschen, was er den selbstlosen Bauern verdankte, die den entflohenen Wehrmachtssoldaten in Scheunen und Schuppen versteckten und ohne zu zaudern mit Essen versorgten. Um einen Schlafplatz war er nie verlegen. Zum Schutz seiner Gastgeber wechselte er sein Versteck alle drei bis vier Tage. Es war niemals schwierig, bei anderen Bauern ein rettendes Schlupfloch in Haus oder Schober zu finden. Als Briten und Amerikaner anlandeten und ab Mitte August auf Paris zumarschierten, stellte er sich einem englischen Bataillon, kam in Gefangenschaft und bald wieder frei. Erst in Hamburg erfuhr er vom Kriegsgerichtsspruch gegen den wegen Ehrwidrigkeit aus der Truppe verstoßenen Wehrmachtssoldaten: In Abwesenheit hatte man Jochen Moosbach zum Tode am Galgen verurteilt.

Nelli wiederum hatte als Abiturientin einen jungen Kommunisten im Dachstuhl versteckt, der seinen Verfolgern in letzter Minute entwischt war. Als es im Bretterverschlag nicht mehr sicher war, verhalf sie dem Metzgergesellen zur Flucht mit dem Frachtschiff, auf dem ein Bruder des Vaters als Smutje arbeitete – der schloß den Jungen in seine Kabine ein, bis sie den Osloer Hafen erreicht hatten, wo er sich von Bord stehlen konnte.

Nellis Traum, Medizin zu studieren, schlug fehl. Um das Studium aufzunehmen, mußte sie der nationalsozialistischen Frauenschaft beitreten, eine Voraussetzung, die unannehmbar war, bei dem maßlosen Ekel, den sie vor den Nazis empfand. Lieber half sie beim Vater mit, der eine Steuerberaterkanzlei in St. Georg betrieb, wo er kleine Ladeninhaber betreute und nichts als geringe Gewinne erwirtschaften konnte, was Vater und Tochter nicht sonderlich juckte. Sie hatten Spaß an der Arbeit, wenn sie bei den Kunden zu Hause am Mittagstisch hockten, Zahlenkolonnen studierten und Bohnensuppe aßen, nicht ohne, klammheimlich, mit heiseren Stimmen, auf Hitlers Verbrecherregierung zu schimpfen. Ein mit dem Vater befreundeter Schuster nahm Nelli bei einem Besuch in der Werkstatt beiseite und bat sie um einen Gefallen, der von lebenswichtiger Dringlichkeit sei. Anders als er, der bereits ’34 sechs Monate in einem Zuchthaus verbracht habe, sei sie bei der Staatspolizei nicht bekannt. Trotzdem begebe sie sich in Gefahr, und wenn sie sich weigere, in diese Sache verwickelt zu werden, verstehe er das.

Nelli schwang sich aufs Fahrrad, das neben dem Eingang zur Kellerwerkstatt an der Hausmauer lehnte, und beeilte sich, bei der Adresse am Hafen zu klingeln, wo sie sich mit dem Losungswort Zutritt verschaffte und zu der Frau in den Wohnungsflur trat, einer einfachen Frau, die als Kellnerin arbeitete und mit einem Seemann verheiratet war. Sie tranken Kaffee in der winzigen Stube, die duster war, sauber und ordentlich wirkte, nach Armut und Krankheiten roch. Jemand keuchte und hustete, von einem Vorhang verborgen, beim Herd in der Ecke. Nelli sagte der Frau, was sie ausrichten sollte, sie werde Besuch bekommen von einer Fremden, die als Mitglied der Gruppe das Losungswort kenne. Man habe sie vor einer Weile verhaftet. Von der Gestapo erpresst und mißhandelt, habe sie sich leider umdrehen lassen und sei bereit, alle Welt zu verraten, ziehe von einem Genossen zum anderen, um weitere Namen und Adressen zu sammeln, und wenn sie sich wieder verabschiedet habe, trete die Staatspolizei auf den Plan. Diese Fremde sei gut zu erkennen an der zwischen den Augenbrauen sitzenden Warze.

Nelli trank den Kaffee aus und zog sich den Mantel an, als es an der Reeperbahnmietswohnung klingelte. Von der Kellnerin schleunigst zum Vorhang beim Herd bugsiert, ließ sie sich auf dem Schemel am Krankenbett nieder, aus dem sie ein Junge, im Alter von sechs oder sieben, mit fiebrigen Augen betrachtete. Wieder mußte er husten, und Speichel, mit Blut vermischt, rann von seinen Lippen aufs Kissen. Sie sprachen kein Wort miteinander. Nelli tupfte dem Kind Kinn und Wangen mit dem Handtuch ab, das vom Bettrahmen am Kopfende hing. Aus dem Treppenhaus drangen zwei Frauenstimmen, heiser, erregt. Beschwichtigend streichelte sie seine heiße Stirn, als der Junge sich auf beide Ellenbogen lehnen wollte, bis auf den Schiffsplanken Holzpantinen klapperten und seine Mutter den Vorhang beiseite zog, die Nelli erleichtert und dankbar umarmte. Vor der Fremden im Hausflur, die wieder und wieder das Losungswort aufsagte, hatte sie sich verstellt, als wisse sie nicht das geringste, sei vollkommen ahnungslos, und hatte die Frau von der Schwelle vertrieben, nicht ohne zu drohen, zur Wache zu gehen, falls sie sie erneut beim Hausieren und Betteln erwische.

Dieser Widerstandsgruppe schloß Nelli sich an, als Teil einer Zelle von vierzehn Personen, die sich als harmloser Freundeskreis ausgaben, der Schachturniere abhielt und ins Lichtspielhaus ging, Rad- oder Paddelboottouren unternahm und in den Elbmarschen oder bei Ammersbek zeltete.

Was sie in Wirklichkeit trieben, waren andere Dinge: Sie besprachen politische Tagesereignisse, lasen verbotene Schriften von Landauer, Luxemburg, Marx oder anderen Klassikern der sozialistischen Literatur, schulten sich an Voltaire und Immanuel Kant. In kleineren Trupps, niemals mehr als drei Leuten, die sich beim Pinseln und Schmierestehen abwechseln konnten, radelten sie in der Nacht an den Hafen, zur Reeperbahn oder zum Bahnhof von Altona, um Anti-Nazi-Parolen auf Mauern zu schmieren. Oder sie riefen zum Widerstand gegen die Hitlerschen Kriegsvorbereitungen auf, mit Flugschriften, die sie bei Strandaufenthalten verfaßten, abtippten und in einer heimlich betriebenen Hinterhofdruckwerkstatt hektographierten, in Zug- oder Stadtbahnwaggons liegenließen, auf Uni- und Kneipentoiletten auslegten oder im Morgengrauen von einem Dach warfen, nicht ohne im Vorfeld den Fluchtweg erkundet zu haben, um nicht in der Falle zu sitzen, falls man sie entdeckte. Leichtfertigkeit durften sie sich nicht erlauben.

Bei einer Aktion, an der Nelli beteiligt war, hatte sie falsches Schuhwerk an und knickte um, als sie vor einer Kontrolle Reißaus nehmen mußten. Sie konnte vor Schmerz nicht mehr rennen und drohte von den Streifenbeamten ergriffen zu werden, was einer der Jungen aus der Gruppe verhinderte, der die beiden bewußt auf sich aufmerksam machte und mit Erfolg von der Hinkenden ablenkte. Das bezahlte er mit seinem Leben. Als er sich an einer Mauer hochstemmen und mit einem Sprung auf die andere Seite vor seinen Verfolgern in Sicherheit bringen wollte, knallte ein Schupo den Fliehenden ab. Nelli, die in einem Hauseingang hockte, verdeckt von zwei Abfalltonnen, hatte sich Hals und Gesicht zerkratzt, um nicht zu schreien.

Als der Krieg ausbrach, schien alles sinnlos zu werden. Im Begeisterungstaumel, der Deutschland erfaßt hatte, konnte man mit Parolenschmierereien und Flugschriften, die als angebliche Feindpropaganda auf Abscheu und Haß stießen, nichts mehr erreichen; man brachte sich bloß in Gefahr. Die auf dem Stadtgebiet Hamburgs verstreuten, nur lose verbundenen Zellen der Gruppe wandten sich anderen Aufgaben zu. Nelli bediente sich eines Geheimcodes, wenn sie an einen vermeintlichen Liebhaber in der Schweiz hingebungsvolle romantische Briefe schrieb. In Wahrheit war der Adressat am Luganer See eine Verbindung zum britischen Auslandsgeheimdienst, dem sie lohnende Luftwaffenziele in Hamburg und Hamburgs Umgebung mitteilte – von Waffenfabriken bis zu Munitionsdepots, die sie mit monatelanger Geduld und Beharrlichkeit ausspioniert hatten.

Gegen Ende des Krieges erhielten sie endlich Gewehre von englischer Seite, die in der vereinbarten Nacht kistenweise an Fallschirmen schwebend im Marschland bei Neuendorf niedergingen, wo sie sie in der Erde verbuddelten. Erst wenn es in Hamburg zum Aufstand kam, wollten sie sich mit den Waffen versorgen und losschlagen – eine Revolte, zu der es nie kam. Die Karabiner der Briten verrosteten unbenutzt in den sumpfigen Marschen bei Neuendorf.

Emilie, erkennst du den Ortsgruppenleiter nicht?

Konrad erfuhr diese Dinge nicht bei seinem ersten Besuch in der Barmbeker Wohnung, erst im Laufe der kommenden Wochen. Nicht aus Bescheidenheit schwiegen sich Moosbachs aus, auch wenn alle beide bescheidene Menschen waren. Teils war Vorsicht im Spiel, um sich nicht in Gefahr zu bringen, eine Vorsicht, die beide verinnerlicht hatten; teils eine auf schlechten Erfahrungen von Feindseligkeit und Verleumdung beruhende Befangenheit.

Moosbachs Ruf an der Hochschule war nicht der beste. Seine Flucht von der Truppe betrachtete man auf den Fachbereichsfluren als »unehrenhaftes Verhalten« und »Heimatverrat«. Nicht nur bei einem Großteil der Hochschulkollegen stieß Moosbach auf Mißtrauen und Ablehnung. Auch in der Studentenschaft griff man den »roten Professor« und »Eidbrecher« an. Man munkelte, hetzte, verunglimpfte Moosbach im stillen. Er verdanke es nur seinen guten Beziehungen zur englischen Kommandantur, wenn er heute Professor sei und einen Lehrstuhl bekleide, war eine von diesen Gemeinheitsbehauptungen, die Moosbach aus Zufall zu Ohren kam, als er zwei Kollegen beim Pinkeln belauschte, die von seiner Gegenwart in der Toilette nichts ahnten. Kein Mensch auf der Hochschule wußte von seiner mißlungenen Absicht, sich den Partisanen anzuschließen, und das war ein Segen – unausdenkbar der Widerwillen, den er sich zuzog, wenn diese Sache bekannt werden sollte. Daß man selbst in bestimmten Parteikreisen an seiner Fahnenflucht Anstoß nahm, die man als »unkameradschaftlich« und »unsoldatisch« verurteilte, machte Moosbach besonders beklommen.

Nelli erging es nicht wesentlich besser. Wo sie als gewesenes Mitglied der Hamburger Widerstandsgruppe bekannt war, traf sie in der Regel auf scheele Gesichter. Mittlerweile war sie es gewohnt, von der Barmbeker Nachbarschaft muffig behandelt zu werden, und spitze Bemerkungen in Apotheke und Metzgerei nahm sie sich nicht mehr zu Herzen. Trotzdem blieben es unangenehme Erlebnisse, die beide Moosbachs verschwiegener machten, bei allem Mut, den sie sonst an den Tag legten, wenn es um politischen Tagesstreit ging.

Von seinen Semesterverpflichtungen befreit, Ende Juli, war Moosbach zu einem Besuch in Lensahn bereit. Nicht ohne Berechnung und Stolz hatte Konrad von Vaters sechs Monaten Kellerhaft bei der Gestapo in Lauenburg berichtet, das machte den Hamburger Freund um so neugieriger. Im »Cremeschnittchen«, das seine Frau lenkte, trafen sie an einem glutheißen Tag vor dem Papenfußhaus in der Sandkuhle ein. Konrad lotste die beiden zur Laube im Garten, in der es angenehm schattig und luftig war, anders als in den stickigen Zimmern der Villa. Und er wollte verhindern, daß Moosbachs mit Alma zusammentrafen, die das Wohnzimmersofa besetzt hielt, halb nackt, nur in Hemdchen und Unterrock, seufzend und duselnd. Es reichte der ewig verbiesterten Tante nicht, das erste Stockwerk allein zu beanspruchen – in der Regel hielt sie sich im Erdgeschoß auf, um Gesellschaft zu haben und Schwester Emilie zu scheuchen. Trotzdem ließ sie sich diesen Besuch nicht entgehen. Als Emilie mit Kaffee und Kuchen das Haus verließ, beeilte sich Alma, ein Kleid anzuziehen, sich Schmuck umzulegen und auffallend zu schminken, um mit dem Professor aus Hamburg Bekanntschaft zu schließen.

Konrads Vater verstand sich mit Moosbachs auf Anhieb. Sie waren in politischen Dingen einer Meinung und faßten im Nu zueinander Vertrauen. Anfangs zaudernd, bald fließend und sicherer redete Kannmacher von seinen grauenhaften Monaten bei der Gestapo in Lauenburg. Bis zu Moosbachs Besuch hatte er keinem Menschen verraten, was er in der Haftzeit erlebt hatte, und diese Erinnerung in sich begraben. Konrads Mutter, die blass auf der Gartenbank hockte, bekam feuchte Augen und floh aus der Laube. Was sie vertrieb, waren Entsetzen und Scham – Entsetzen vor diesen Geschichten und Scham, keine Ahnung zu haben von dem, was dem Ehemann bei seiner Haft widerfahren war. Er hatte sich vor seiner Frau nie erleichtert und in einem Panzer aus Schweigen verkrochen, das betrachtete sie als Versagen. Erst als zwanzig Minuten vergangen waren, hatte Emilie sich wieder im Griff. Sie erschien in der Laube mit Himbeeren und Schlagsahne, erleichtert, als Moosbach mit strahlenden Augen bekannte, er esse nichts lieber als Himbeeren, und Nelli sie in einer Mischung aus Aufmerksamkeit und Bedauern umarmte.

Es waren Ludwig Kannmachers Haftzeiterinnerungen, die Moosbachs ermutigten, nicht zu verhehlen, dem englischen Auslandsgeheimdienst kriegswichtige Ziele verraten und in der Champagne Fahnenflucht begangen zu haben. Konrad lauschte den beiden begierig und nicht ohne Neid auf den Vater, vor dem sie mehr preisgaben als bei seinen Besuchen in Barmbek. Was seine heimliche Eifersucht milderte, war Vaters erkennbarer Stolz auf den Sohn, der zwei Menschen von Moosbachs Kaliber ins Haus geschleppt hatte. Wieder und wieder betrachtete er den im Korbsessel rauchenden Konrad mit nicht zu verkennender Achtung und Zustimmung. In der Vergangenheit hatte er seinem Sohn mangelnde Reife und Einsicht bescheinigt – am heutigen Tag schien er anderen Sinnes zu werden. Konrad berauschte sich an Vaters Dankbarkeit, die der sonst knorrige Mann nicht verleugnete, als sich seine Freunde verabschiedet hatten.

Von Dauer war Konrads Genugtuung allerdings nicht. Nicht nur der Neid auf den Vater war schuld, wenn er Beklemmungen und Unmut empfand. Sein Zwiespalt ging wesentlich tiefer. Als der Hamburger Freund seine Fahnenflucht schilderte, mußte er sich zusammenreißen, um nicht verzweifelt und fassungslos in seinem Korbsessel loszuheulen. Wieder hatte er Sische vor Augen, den Mittelgewichtsmeister, der vor der Herrenhausmauer stand, ein menschliches Wrack voller Reue und Scham, das von Kugeln durchsiebt auf den Lehmboden sackte. War er an Sisches Erschießung beteiligt gewesen – oder bildete er sich das ein?

»Ein Kriegsgericht hat mich zum Tode verurteilt, was absolut logisch ist, wenn man von seinen Soldaten Kadavergehorsam verlangt«, sagte Moosbach und nickte Emilie zu, die sich leise erkundigte, ob er noch Tee haben wolle, »und ich blieb ja am Ende vom Galgen verschont.«

»Anders als Sische, der in meiner Einheit war und sechs Tage vor Kriegsende abhauen wollte«, entgegnete Konrad mit heiserer Stimme. Er mußte sich dringend von dieser Erinnerung befreien, die seine Kehle zusammenpreßte. Alles wandte sich zu seinem Korbsessel um. »Er hatte sich bei seiner Flucht einen Fuß verstaucht. Wir erwischten den Mann keine drei Kilometer vom Gutshof entfernt, wo wir an diesem Nachmittag Rast machten. Unser Leutnant ließ Sische standrechtlich erschießen«, Konrad straffte sich, holte tief Luft, »Gott sei Dank war ich nicht am Erschießungskommando beteiligt.«

Es entstand eine Pause, bei der er zerstreut eine Wespe beobachtete, die im Zickzack um Tassen und Glasteller schwirrte. Konrad wagte es nicht, seine Augen zu heben. Nichts konnte schlimmer sein, als bei den Hamburger Freunden auf Mißtrauen zu stoßen. In den Gesichtern der beiden einen klammen Verdacht zu entdecken, Befangenheit, wenn nicht Verachtung, war eine entsetzliche Aussicht. Voller Unruhe kramte er aus seiner Hemdtasche Feuerzeug und Zigaretten.

»Stellt euch vor«, sagte der Philosoph in die Runde, als wolle er alle von Konrads Erinnerung ablenken, »der Richter, der mich wegen Ehrwidrigkeit aus der Wehrmacht ausstieß und zum Tode verurteilte, sitzt heute als Mitglied der Christdemokraten im Bundestag und steht dem Ausschuss zur Wiederbewaffnung vor. Du mußt halt ein Hitlerscher Bluthund gewesen sein, wenn du es in Bonn zu politischen Weihen bringen willst. Wir sind uns aus Zufall begegnet, als ich eine Sitzung des Bonner Parteirats besuchte. Vor meiner Heimreise aß ich am Rheinufer auf einer Gasthausterrasse zu Mittag. Er plauschte mit einem Parteifreund am Nebentisch. Wer den Mann unfreiwillig verriet, war der Kellner, der meinen Nachbarn als Herr Doktor Gerstenberg ansprach, mit einer Stimme, bei der sich mein Nackenhaar aufstellte, kriecherischer und schleimiger als eine Nacktschnecke. Neugierig drehte ich mich zu dem Nazijuristen um, dem meine Aufmerksamkeit nicht entging und der sicherlich annahm, ich sei ein Verehrer. Er war Ende Dreißig, ein trockener Jurist aus dem Schwabenland und vor Eitelkeit strotzender Streber. Als ich den Mann an sein Urteil erinnerte, war er nicht im geringsten schockiert. Das seien die seinerzeit geltenden Rechtsprechungsregeln gewesen, versetzte er teilnahmslos. Sein Parteifreund, ein Mann aus dem Rheinland mit Schmissen im breiten Gesicht, ging mich grimmiger an. Es sei ja das Letzte, Herrn Gerstenberg, der seine Pflicht getan habe, Vorhaltungen zu machen. Er sei ein korrekter Jurist von verantwortungsvollem und besonnenem Charakter. Ich solle mich nicht als Gewissen aufspielen und mir lieber den Anstand des Doktors zum Vorbild nehmen, der solide und krisenfest sei. Von einem, der gewissenlos Fahnenflucht begangen habe, lasse man sich nicht belehren. Er wollte sich nicht mehr beruhigen, bis ich beim Kellner bezahlte hatte und mich verzog.«

»Das ist kein Benehmen«, mischte sich Konrads Tante ein, »es fehlt diesen Jecken an Zucht und Beherrschung. Herr Professor, wenn Sie meine Meinung erfahren wollen: Sie sollten den Menschen verklagen!« Almas Stimme riß Konrad aus seiner Versunkenheit. Daß sie beim Gartenhaus aufgekreuzt war, sich zu Emilie setzte und spitzlippig schwieg, hatte er nicht richtig mitbekommen. Gegen alle Gewohnheit verzichtete sie auf unangemessene und rechthaberische Bemerkungen. Absolut stillhalten konnte sie freilich nicht. Mit dem Daumen zerquetschte sie Wespen, die eifrig um Himbeersaftflecken und Schlagsahnespuren auf der cremeroten Wachsdecke krabbelten. Oder sie zischte Emilie zu, sie solle Kaffee zubereiten, der Pott sei leer, »du bist eine hundsmiserable Gastgeberin!«, ein Vorwurf, der Nelli veranlaßte, Alma erbost in die Schranken zu weisen. Konrads Tante verkniff es sich, Schwester Emilie um so verbissener zusammenzustauchen, was sie sonst mit besonderer Hingabe tat. In Gegenwart eines Professors und seiner Frau kam sie sich verunsichert vor.

Moosbach klopfte den Tabakrest aus seiner Pfeife und listete mit Ludwig Kannmachers Hilfe andere Nazis in leitenden Stellungen auf. Zu Almas Vorschlag, er solle den Gerstenbergfreund vor Gericht zerren, sagte er nichts. Er hob nur eine Braue, zerstreut und verlegen, und hustete in seine Faust. Konrads Tante schien ernstlich beleidigt zu sein, vom Professor aus Hamburg mißachtet zu werden. Sie nippte mürrisch am Glas und verkroch sich ins Schweigen.

Erst als es um Nellis Erfahrungen im Widerstand ging, konnte Alma sich nicht mehr beherrschen. »Oh ja«, sagte sie unaufgefordert, »das kenne ich, diese Verfolgung steckt mir in den Knochen.« – »Unsinn«, erwiderte Buchhalter Kannmacher, »du warst Nationalsozialistin.« – »Ich war im Widerstand«, polterte Alma los, »was dir leider entgangen ist, Schwager. Ich habe Paul Frohmann, den Sohn eines Israeliten, vor Riensbergs SA-Trupp bewahrt, der den Kleinen verschleppen und umbringen wollte.« – »Paul Frohmann? Wenn ich mich nicht irre, hat Riensberg den Jungen vor eurer Verlobung ermordet.« – »Mein Hans war es nicht, der den Kleinen erdrosselt hat, ich habe sein Ehrenwort«, wehrte sich Alma scharf, »mein Hans hat Paul Frohmann nicht auf dem Gewissen. Und gegen deinen in Rußland verschollenen Schwager zu hetzen, in Gegenwart eines Professors, ist schamlos, mein Lieber. Er konnte meinen Ehemann niemals verknusen«, wandte sie sich vertrauensvoll an Konrads Freunde, die verlegen, mit blassen Gesichtern, den Streitenden lauschten, »er war ein Rabauke, das stimmt, und ein Bauernsohn, der es mit meiner Bildung nicht aufnehmen konnte. Trotzdem brachte der Mann es zum Drucker und Schriftsetzer und bald zum Besitzer der Bogislawdruckerei, was wir nicht vergessen wollen, bitte.« – »Eine schlimme Geschichte«, warf Kannmacher ein, »Riensberg zeigte den Inhaber bei der Gestapo an, als er einen politischen Witz riß. Der landete in einem Konzentrationslager, und im Nu war Hans Riensberg der neue Besitzer.« – »Das stimmt nicht«, entgegnete Alma mit keifender Stimme, »das ist nicht erwiesen. Du willst meinen Ehemann nur in den Dreck ziehen. Herr Professor, er war eine Seele von Mensch, selbst wenn Riensberg sich irrte, ich meine, politisch, war er eine Seele von Mensch. Einem Menschen zu schaden war nie seine Absicht. Und was meinen Widerstand angeht«, fing Alma von neuem an, als Konrads Freund seine Pfeife einpackte, das runde Barett mit dem Stummel zur Hand nahm und sich, zum Aufbruch bereit, auf den strubbligen Schopf setzte, »sollte man mir Wiedergutmachung zahlen. Ich blieb in Freiwalde, ich leistete Widerstand in meiner pommerschen Heimat, als Ludwig und seine Familie im sicheren Westen waren, gegen mongolische Horden, Sowjetkommissare und polnische Sicherheitsleute, ich habe entsetzliche Dinge erlebt. Ich war zu allen Zeiten im Widerstand, ob gegen Braun oder Rot, Herr Professor.«

Alma klebte noch an der Gesellschaft, als man von der Laube zum Gartentor schlenderte. Nelli hakte sich bei Konrads Mutter ein, mit der sie angeregt schnackte und schnatterte. Beim Wagen ermunterte Moosbach Emilie und Ludwig zum Gegenbesuch in der Hansestadt, eine Einladung, die seine Frau wiederholte. Nur der Abschied von Alma fiel frostiger aus. Moosbachs waren auf dem Sprung, sich ins Auto zu schwingen, als ein weißer Mercedes vors Gartentor rollte und mit seiner Schnauze vorm »Cremeschnittchen« stehenblieb, nicht ohne durchdringend zu hupen.

Tante Alma erkannte den Fahrer als erste. Freudestrahlend breitete sie beide Arme aus, um den Menschen vorm Lenkrad willkommen zu heißen. »Ich fasse es nicht, Doktor Pooch, unser Ortsgruppenleiter und Konrektor, kommt zu Besuch. Emilie, erkennst du den Ortsgruppenleiter nicht? Und Luise, die Tochter vom Großbauern Seidenkranz? Marsch, mach was zu essen, sie haben sicher Hunger. Mein lieber, mein liebster Herr Wilhelm«, versetzte sie stammelnd und fiel Doktor Pooch um den Hals, der den anderen Kannmachers zuzwinkerte.

Moosbachs Renault setzte sich in Bewegung, streifte knirschend den Lattenzaun, hoppelte los und entfernte sich in einer Staubwolke. Und Konrads Vater beeilte sich, schleunigst ins Haus zu kommen. Er wechselte nur einen halben Satz mit dem gewesenen Ortsgruppenleiter und Konrektor, schob angeblich dringende Buchhalterpflichten vor und schloß sich im Schreibzimmer ein.

Luise und Wilhelm Pooch waren zu dickfellig, um sich von dieser Abfuhr verprellen zu lassen. Sie nahmen in der Laube Platz, schwatzten vom Urlaub, den sie an der Adria verbracht hatten; dem Damen- und Herrenmodenladen am Talerhof, der eine richtige Goldgrube war und es seinen Besitzern erlaubte, in Celle und Braunschweig Filialen einzurichten; und von der Schwangerschaft, die Poochs Luise im Alter von knapp neununddreißig ereilt hatte. »Gott liebt mich«, versetzte sie mit einem Schluchzen, in einer Mischung aus Anmaßung, Freude und Selbstmitleid, zu der im Korbstuhl versteinernden Alma, die wieder und wieder vergeblich versucht hatte, mit den beiden in Heimaterinnerungen zu schwelgen, ohne gegen das protzende Ehepaar anzukommen, »wen er lieb hat, dem schenkt er am Ende ein Kind, nicht wahr?« – »Deine Schwangerschaft merkt man dir nicht im geringsten an«, giftete Alma, verbittert und außer sich, »was bei deinem Leibesumfang nicht erstaunlich ist. Du hast einen richtigen Fettwanst bekommen. Luise, ich kann dich nur warnen. Um ohne Gefahren ein Kind auf die Welt zu bringen, bist du zu schwabblig und alt, meine Gutste.« Poochs Ehefrau mußte den Schlag erst verdauen, sie jammerte nur,

»warum haßt du mich, Alma? Und ich wollte dir antragen, Patin zu werden!« – »Eine von Mißgunst zerfressene Bohnenstange«, erwiderte Pooch mit ironischer Stimme, »ist meine Luise mit Sicherheit nicht. Gott sei Dank hat sie weibliche Rundungen.« Das saß. Alma, die aus dem knisternden Korbsessel sprang, eilte mit taumelnden Schritten ins Haus.

Als eine halbe Minute vergangen war, fiel aus dem mittleren Zimmer im ersten Stock ein blasser Schein auf den Rasen. Dieses Zimmer, das kleinste im Obergeschoß, trug den Spitznamen »Almas verbotenes Reich«. Niemand wußte zu sagen, was sie in der doppelt und dreifach verriegelten Kammer verwahrte, die sie nur selten betrat und nie putzen ließ (im Unterschied zu allen anderen Zimmern, die Emilie alle acht Wochen blitzblank scheuern mußte). Vorm Fenster zum Garten hing ein schwarzer Vorhang, der Almas Geheimnis in Dunkelheit tauchte und den Lampenschein, der aus der Kammer ins Freie drang, zu einem kraftlosen Rechteck im Gras machte.

Konrad war noch benommen von den Nachmittagsstunden, die er mit seinen Freunden aus Hamburg verbracht hatte. Sein beim Vater erzielter Erfolg war ermutigend, und es erleichterte Konrad besonders, mit seiner Geschichte vom Mittelgewichtsmeister keinen verheerenden Fehler begangen zu haben. Von Mißtrauen, heimlicher Ablehnung oder Entfremdung war nichts zu bemerken gewesen, als er sich von Moosbachs verabschiedet hatte. Und das trotz des Unsinns, den Alma vom Stapel ließ, um beim Professorenpaar Anklang zu finden. Moosbachs war diese Leier wahrscheinlich vertraut. Erst als der Ortsgruppenleiter aufkreuzte, waren beide erkennbar beunruhigt gewesen und hatten sich eiligst entfernt.

Konrad, der stumm blieb, betrachtete Poochs. Sie warfen sich heißhungrig auf die zwei Platten mit Stullen, die Emilie ins Gartenhaus brachte, Sauerfleisch-, Eier- und Mettwurstbrotscheiben, und vermeldeten zweistimmig schmatzend Erfolge. Von Ferdinand sprachen sie mit keiner Silbe. Als Tante Alma verbittert ins Haus rannte und die beiden Besucher im Garten allein ließ, wandte sich Konrad an Ferdinands Vater und wollte erfahren, wo sein Schulfreund begraben sei.

Mit gellender Stimme versetzte Luise, man habe den Leichnam des Jungen verbrennen lassen und seine Asche vor Fehmarn im Meer verstreut. »Du weißt ja«, bemerkte sie fahrig, »er liebte das Wasser und war ein begeisterter Schwimmer.« – »Na ja, beim Reichsarbeitsdienst, als man uns zwang, mit Tornister und Stiefeln ins Wasser zu springen, bewahrte ich Ferdinand vor dem Ersaufen«, entgegnete Konrad und rieb seine Wange, »und was ist mit Hugo von Hofmannsthal? Vor den westdeutschen Grenzpolizisten gab er sich als Hugo von Hofmannsthal aus.« – »Tat er das?«, grunzte der Vater verstimmt. »Wer ist das, von Hofmannsthal?« fragte Luise. »Das ist ein Dichter«, erwiderte Pooch, der der Ehefrau half, aus dem Korbsofa hochzukommen, »Wiener Jude, wenn ich mich nicht irre.«

Als sie im Dunkeln zum Gartentor aufbrachen, hielt er das watschelnde Wesen am Arm fest, um einen Sturz seiner schwangeren Frau zu verhindern. Nachtfalter schwirrten vorm Papenfußhaus um die einsame Straßenlaterne.

»Hofmannsthal hatte einen Sohn, der sich umbrachte«, sagte Konrad mit heiserer Stimme. »Mhm«, machte Pooch, »und was hat das mit mir zu tun?« Er schloß seinen Wagen auf und stand Luise bei, die sich beim Einsteigen schwertat. Sie war zu ausladend, steif und bequem, um allein auf das beigebraune Leder zu krabbeln. »Hofmannsthal hat seinen Tod nicht verschmerzt, er starb vor der Beerdigung an einem Schlaganfall.« Pooch zuckte nur mit seinen Schultern. »Wenn Ferdinand vorhatte, mit seinem Freitod den Vater ins Grab zu bringen, hat er sein Ziel verfehlt«, bemerkte er trocken, »ich bin hart im Nehmen.« – »Das ist halt der Kreislauf von Mutter Natur, nicht wahr?« versetzte Luise, verkniffen und vorwurfsvoll, »erst wenn einer geht, kann ein anderer kommen. Ein neues Leben braucht Raum, und den machte uns Ferdinands Gegenwart streitig.« Sie spielte erregt mit der Glasperlenkette. »Ist das kein Anlaß zur Freude, wenn ich, kurz vor Toresschluß, endlich ein Kind kriegen kann?« Um sie zu beruhigen, knurrte der Ehemann: »Es schadet der Schwangerschaft, wenn du dich aufregst.« Pooch ließ sich vors Steuerrad fallen und streckte die Hand aus dem Auto, um Konrad zu winken, der ratlos am Gartentor lehnte.

Wir waren beim Nachhilfeunterricht

Mitte August kreuzten Moosbachs in Schwienkuhl auf, als sie vom Skagerrak heimreisten, wo sie zehn Ferientage verbracht hatten. Es war eine spontane Entscheidung gewesen, Konrad einen kurzen Besuch abzustatten. Moosbach wollte dem Freund eine Neuigkeit mitteilen, von der er selbst erst im Urlaub erfahren hatte, mit einem amtlichen Schreiben aus Hessen, das seine Berufung nach Frankfurt enthielt, zu Bedingungen, die es dem Hamburger schwermachten, dem Angebot zu widerstehen.

An diesem Augustnachmittag, als das »Cremeschnittchen« unangemeldet vorm Schulhaus auftauchte, hockte Konrad halb nackt auf dem Wohnstubensofa, bis zum Bauchnabel von einem Laken bedeckt, und betrachtete die auf den Dielenbrettern aus seinem Weidenkorb Blaubeeren naschende Freundin (eine Waldernte, die er von Kleinbauer Arndts sommersprossigen Kindern, die in seine Klasse gingen, scheu und dankbar vorm Kirchgang verehrt bekommen hatte). Im Schneidersitz, nur mit zwei Socken bekleidet, einem Glanz auf der Haut, der verriet, daß sie schwitzte, schmierte sie sich absichtlich mit Blaubeersaft ein, malte Striche um Lippen und Augen, bekleckste den Bauchnabel und beide Brustwarzen. »Was sagst du zu meiner Indianerbemalung?« Um Hitze und Sonnenschein auszusperren, hatte er mit seinem Vorhang das Zimmer verdunkelt. Trotzdem bemerkte er in einer Mischung aus Unwillen und wiedererwachender Lust Katharinas von nur einem sparsamen Flaum blonder Haare bewachsene Scham, die halb aufklaffte, klebrig von Sperma und Scheidensaft.

Als sie zur Mittagszeit in seinen Schattenplatz neben der Buche gekommen war, wo er im *Phaidon* las, war Konrad verbittert gewesen. Er fand vor dem launischen Kind keine Ruhe. Sie ließ seine Vorsichtsmaßnahmen außer Acht, um den Lehrer zu einem Bekenntnis zu zwingen, mit dem er sich vor aller Welt in Verruf brachte. Wenn er sie nicht aus dem Garten vertrieb, hing das mit seiner Furcht vor den Nachbarn zusammen, die bei Begegnungen in Kirche und Dorfladen oder bei Elternsprechstunden im Klassensaal neuerdings auffallend muffig und maulfaul waren.

Lediglich in der Anfangszeit, als er ins Kaff kam, hatte er diese Scheu bei den Leuten bemerkt, ein Mißtrauen, das er mit Einsatzbereitschaft, Bestimmtheit und Strenge besiegt hatte. Bald war sein Ansehen nur mit der verbreiteten Achtung vorm Pfarrer vergleichbar gewesen. Konrad hatte den Eindruck, als sei dieser Glanz verblasst, und mit dem Schulunterricht konnte das nichts zu tun haben. Seine Rangen waren fleißig und lernten erfolgreich, was sich in verbesserten Schulnoten niederschlug, und er war bei den Kindern beliebt. Sein Ansehensverlust hatte andere Ursachen. Sicherlich war seiner Nachbarschaft nicht entgangen, wer dem Lehrer beharrlich Besuche abstattete und Stunden um Stunden im Schulhaus verbrachte. Es verstand sich von selbst, daß das auffallen mußte. Anzunehmen, man ahnte in Schwienkuhl, was vor sich ging, und es war nur eine Frage der Zeit, bis Kowalski von dieser Verbindung erfuhr.

»Bist du von Sinnen?« zischte Konrad, »haben wir nicht vereinbart, du kommst erst um zehn, wenn es dunkel wird?« – »Es war mir zu langweilig«, sagte sie schmollend, »ich dachte, wir machen einen Ausflug mit deinem Motorrad«, und beugte sich zu seinem Stuhl. Konrad sprang auf, um dem Kuß zu entgehen, den sie auf seine Stirn pressen wollte. Schleunigst raffte er seine Notizen zusammen und rannte, vom Backfisch verfolgt, in den Schulflur, wo er seine Freundin zusammenstauchte. Katharina fiel auf die Garderobenbank neben dem Klassensaaleingang und sagte kein Wort. In aller Ruhe band sich sie den Zopf auf, dieses Merkmal von Unschuld und Schamhaftigkeit, das sie harmloser wirken ließ, als sie in Wahrheit war. Mit dieser berechnenden Handlung war er vertraut. Sie wollte den Lehrer verwirren und erregen. Und sie hatte Erfolg, Konrad brach seine Standpauke ab. Mit baumelnden Armen stand er vor der Holzbank. Um das schmale Gesicht mit der vorstehenden Zahnreihe – vor der eine silbrige Zahnspange klemmte, die sie sonst entfernte, wenn sie in sein Schulhaus kam –, der an Vater Kowalski erinnernden Kinnkerbe, dieser spitzen, halb feinen, halb vorlauten Nase, ergoß sich der Schwall blonder Haare.

»Hast du dich endlich beim Schulamt erkundigt, ob du eine andere Stelle bekommen kannst?« verlangte sie schnippisch zu wissen, als Konrad schwieg, »du weißt, in drei Monaten werde ich achtzehn.« Eine Ausrede ließ sich das Kind nicht mehr bieten. Sie schnitt ein Gesicht, unnachgiebig und zielstrebig, das auf einer erfreulichen Antwort bestand. Monatelang hatte er sie beschwichtigt, am sinnvollsten sei es, den Antrag auf eine Versetzung im Ferienmonat August zu stellen. Diese faule Rechtfertigung seiner Verschleppung des Schulamtsantrags konnte er nicht mehr umstoßen. Um seinen Kopf aus der Schlinge zu ziehen, log er, ja, vor zwei Wochen, es dauere halt, bis mit einem Bescheid aus der Kieler Verwaltung zu rechnen sei. Sie stieß einen Jauchzer aus, warf sich an seinen Hals.

Und hoch ging's ins Zimmer, wo sich seine Freundin von Spangenpumps, Bluse und Hemdchen befreite, die sie schwungvoll auf Schreibtisch und Stehlampe pfefferte. Konrad, der eiligst sein Zimmer abdunkelte, erkannte am Bach Katharinas Geschwister, die zu seiner Wohnung hochschielenden Roland und Ille. Im bauchnabelhohen und spitzenbesetzten Slip lief Katharina zum Radio, drehte am Knopf, bis Chuck-Berry-Musik aus dem Noppenstoff wummerte, zu der sie um Sofa und Lehnsessel tanzte.

Konrad haßte den amerikanischen Krach, den er als primitiv und kulturlos betrachtete. Alle Jungen paßten sich diesem Siegermachtschwachsinn an, der Geld und vermeintliche Freiheit versprach, was Konrad an seine Bewußtseinsverirrung als Soldat bei der Wehrmacht erinnerte. Und dieser Radau mußte Schwienkuhl aus seinem Sonntagnachmittagsnickerchen reißen! Im Nu war er beim Radio und stellte den Norddeutschen Rundfunk ein, der ein Bachsches Klavierkonzert ausstrahlte. »Spielverderber«, versetzte sie, sprang auf sein Sofa und strampelte mit beiden Beinen.

»Und wo werden wir leben, in Kiel oder Flensburg?« verlangte der Backfisch zu wissen, »du hast eine Stadtlehrerstelle beantragt, nicht wahr?« Kichernd schob sie den Korb mit den Blaubeeren beiseite und eilte zum mannshohen Spiegel am Kleiderschrank, vor dem sie sich spreizte und dehnte. »Wenn du wieder aufs Land gehst«, versetzte sie aufstampfend, »werde ich mir einen anderen Liebhaber zulegen. Und das meine ich absolut ernst.« Konrad scheuerte grunzend sein juckendes Schulterblatt an der kratzigen, tabakbraunen Sofabespannung. »Ah, du schweigst«, schimpfte sie, »ich verstehe, es macht dir nichts aus, wenn ich mir einen anderen Kerl schnappe. Du brauchst nur ein Flittchen, mit dem du es treiben kannst.« Launen und Stimmungen wechselten bei seiner Freundin in schwindelerregender Schnelligkeit. Mit einem Satz war sie an seiner Seite, verbiß sich in Konrads Arm, boxte und rangelte, um schlagartig in sich zusammenzufallen und weinend auf den Boden zu sinken.

Konrad streckte den Arm aus, um sie zu beruhigen, als es wiederholt vor der Volksschule hupte. Er wollte erst abwarten, ob das kein Irrtum war, bis Stimmen und Schritte aus dem Korridor kamen. Begleitet von kindlichem Quaken und Quengeln rief ein Mann seinen Namen: »Konrad, sind Sie daheim?« Er erinnerte sich voller Panik, vergessen zu haben, das Haus zu verriegeln, als er mit dem Backfisch zur Wohnstube hochstieg. »Zieh dich an, Katharina, um Gottes willen, zieh dich an. Ich habe Besuch, weiß der Teufel von wem.«

Schleunigst sammelte er seine Sachen ein, zerrte das knittrige Hemd von der Schreibtischstuhllehne, verpaßte das Hosenbein, fiel auf das Schlafsofa, von dem er noch dringend das Laken entfernen mußte, und legte sich seine Krawatte um. Katharina, beleidigt, verzagt und verheult, ließ sich absichtlich Zeit mit dem Anziehen. Trappelnde Schritte erklangen auf der Treppe. Das mußte das unbeschwert quiekende Kind sein, das sich von Ermahnungen nicht aufhalten ließ. »Judith, was machst du? Das darf man nicht, komm von der Treppe!« Es steckte bereits seine Nase ins Wohnzimmer, als Konrads Liebhaberin noch halb nackt war und flink zum BH griff, um sich zu bedecken.

»Sie ist nackig«, bemerkte die Kleine von Moosbachs, die Konrad im Handumdrehen wiedererkannte. Ob das den Eltern zu Ohren kam, war schwer zu sagen. Er hob das lockige Kind in die Luft, das in Jubeln ausbrach, und beeilte sich, Moosbachs im Schulflur willkommen zu heißen. Als erstes schob er alle drei in den Klassensaal, um Katharina den Weg freizumachen, unbemerkt von den Besuchern das Haus zu verlassen. Daß sie das tat, war nichts als eine Annahme, die sich am Ende als irrig erwies. Er zeigte den Freunden aus Hamburg sein Schulzimmer, von den zwei Karten, die neben der Tafel hingen, einer von Schleswig-Holstein und einer des Deutschen Reichs in seinen Grenzen von siebenunddreißig (die er leider nicht abnehmen und einrollen durfte), bis zu den aus der Kaiserzeit stammenden Schulpulten, die total ramponiert waren und aus dem Leim gingen. Fahrig sprach er vom Schulalltag mit seinen vierzig Rangen, bis er Moosbachs ins Wohnzimmer hochbitten mußte, wenn er nicht ungastlich sein wollte. »Ich mache Tee«, sagte er auf der Treppe und zum Kind, das sich an seiner Hand festhielt, »ich habe Blaubeeren, die magst du bestimmt.«

In der Wohnstube trafen sie auf Katharina, die mit engelhaft reinem Gesicht auf dem Sofa saß und sich den Anschein gab, in seinem *Phaidon* zu lesen. Sie legte das Buch aus der Hand, um sich vorzustellen. »Wir waren beim Nachhilfeunterricht«, stammelte Konrad.

Besonders plausibel war seine Behauptung nicht. Sie paßte nur schlecht zur Indianerbemalung und dem von der Liebe erhitzten Gesicht seiner Freundin. Anzunehmen, sein Freund Moosbach bemerkte das nicht, als er sich rauchend im Lehnsessel niederließ und dringend seine Neuigkeit loswerden wollte. Anders verhielt es sich mit seiner Nelli, die Konrad belustigt betrachtete. In diesem wissenden Spott konnte er eine Spur von Verstimmtheit erkennen. Mit Sicherheit war es sein nicht zu bestreitender Leichtsinn, der Nelli mißfiel. Und um sich von seiner Verlegenheit zu befreien, zog er den Vorhang vorm Fenster beiseite und entdeckte erneut Katharinas Geschwister, die in Badeklamotten im Bachwasser tollten. Als Roland den Lehrer am Fenster bemerkte, preßte der Junge den zuckenden Unterleib gegen den Po seiner kleineren Schwester und grinste zur Schulwohnung hoch. Konrad wandte sich heftig zur Freundin um, die keine Anstalten machte, zu gehen. »Du mußt nicht mehr bleiben«, versetzte er grimmig, »wir waren ja beinahe fertig, nicht wahr?« Katharina griff sich in die Haare und nickte. »Ja«, sagte sie, »bis zum kommendem Sonntag«, und entfernte sich zaudernd ins Treppenhaus.

Als sie allein waren, atmete Konrad auf. Er bereitete Tee und Kaffee zu, in Gegenwart Moosbachs, der rauchend vorm Herd auf und ab lief und von seiner Berufung zum kommenden Wintersemester nach Frankfurt berichtete. »Sie sollten sich endlich entscheiden«, bemerkte er, als sie mit Kannen und Tassen zur Schulwohnung hochstiegen, »falls Sie bei mir in Frankfurt studieren, mein Junge, kann ich Sie als Assistenten einstellen, wenn Sie fertig sind. Bei deiner Begabung«, er wechselte, ohne es mitzubekommen, ins vertrauliche Du, »bringst du es mit links bis zum Doktor.« – »Das kann ich nicht machen« entgegnete Konrad, »ich muß als Lehrer arbeiten, um Geld zu verdienen. Und als Lehrer, das wissen Sie, Moosbach, darf ich mich nicht zu einem Studiengang anmelden.« – »Ach, das schaukeln wir«, meinte der Hamburger Freund und hob sich seine quengelnde Tochter aufs Knie. »Und außerdem fehlt mir das kleine Latinum, das bei meinem Not-Abitur nicht erforderlich war.« – »Das schaffen Sie nebenbei«, grummelte Moosbach nur, der sich von seiner Tochter zum Dielenboden ziehen ließ, um sie auf allen vieren ums Sofa zu jagen.

Als das »Cremeschnittchen« hupend den Schulhof verließ und sich Konrad zum Fachwerkbau umwandte, huschte im Hausflur ein Schatten zum Zimmer hoch. Das war Katharina, die sie auf der Treppe belauscht und sich bei Moosbachs Abschied im Schulsaal versteckt hatte. »Du hast mir niemals verraten, daß du mit einem Professor aus Hamburg befreundet bist«, fauchte sie, als er ins Wohnzimmer trat. »Und du hast dich vor Roland verquatscht«, zischte Konrad. Er zeigte zum Garten, »wenn der uns verpetzt, sind wir beide erledigt, ist dir das nicht klar?« Es stand 1:1, schweigend stierte sie auf Moosbachs Kippen im Ascher und flocht sich den Zopf. »Wenn du nach Frankfurt gehst, nimmst du mich mit, nicht wahr?« erkundigte sie sich mit bebender Stimme. Schlagartig heiterte sich seine Freundin auf. »Als Uniprofessor kriegt man einen Batzen Geld. Wir werden reich sein«, versetzte sie strahlend, »und Fernreisen machen, Amerika, England, Italien, Paris und Monaco, was meinst du?« Als er stumm blieb, verfinsterte sich Katharinas Gesicht. »Du willst mich nicht mitnehmen, habe ich recht? Wenn du es an der Uni zum Hochschulprofessor bringst, kannst du attraktivere Frauen besitzen als mich.« Sie fummelte sich eine Kippe aus seinem Zigarettenpaket auf dem Schreibtisch. Hustend, mit zitternden Fingern, nahm sie einen Zug am sperrangelweit offenen Fenster. »Ich werde mich umbringen«, versetzte sie keuchend und warf seine Peerzigarette ins Freie, »ich halte es ohne dich in diesem Kaff nicht aus. Ich werde mich umbringen, verstehst du?« Konrad sprang aus dem Sessel und stellte sich neben sie. In einer Mischung aus Mitleid und Widerwillen sagte er grummelnd, um sie zu beschwichtigen: »Laß man, ich wette, du findest einen jungen Mann, mit dem du besser zusammenpaßt.« Falscher konnte es Konrad nicht anstellen. Sie beugte sich weit aus dem Fenster und schrie wiederholt in den Garten: »Ich werde mich umbringen!«, bis er es schaffte, das Fenster zu schließen und Katharina zum Sofa zu zerren, wo sie in krampfhaftes Weinen ausbrach, ein ersticktes, verzweifeltes Schluchzen, vor dem er sich scheußlich und hilflos vorkam.

VI

Aus dem Geschichtenheft von Konrad Kannmacher

Heil Kant!

An einem Tag im August '39, kurz vor der vereinbarten Hochzeit von Alma, meiner Bohnenstangentante, mit Schriftsetzer Riensberg, drei Wochen vorm Einmarschbefehl Adolf Hitlers in das unsere Heimat beschießende Polen, als Großvaters Herz nicht mehr mitspielen wollte und er sich unbemerkt aus dieser Welt schlich, nicht ohne bis zum letzten Atemzug seinen verehrten Immanuel Kant zu studieren – als ich Großvater leblos im Schaukelstuhl antraf, als halte er nur ein erholsames Nickerchen, steckte sein Finger im *Ewigen Frieden* –, hatte ich eine schwindelerregende Einsicht, die mich aus der Weide am Flußufer warf. Mit einem Aufschrei fiel ich in die Tiefe und kullerte bis in die Wipper. Ich hatte mir nichts verstaucht oder verrenkt, trotzdem konnte ich mich nicht bewegen. Japsend starrte ich vor mir ins glasklare Wasser, das seinen ruhigen Weg in die Ostsee nahm, und zu den sich am anderen Ufer im Sonnenschein badenden Ottern und Bibern. Nichts an meinem Wipperplatz, wo ich mich stundenlang ausstreckte, faulenzte und spintisierte, wirkte ungewohnt, fremd oder anders als sonst. Das war nur ein Schleier vor meiner Erkenntnis, dieser atemberaubenden Wahrheit, die lichterloh in meinen Hirnwindungen brannte. Was ich an diesem Augusttag erkannt hatte, mit einer Eingebung, die sich dem Zufall verdankte – oder den von der Ostsee anschwebenden Wolken, dem Geruch von strohtrockenem Heu auf den Feldern, einem Milchkannenklappern, das an meine Ohren drang – in einem pommerschen Nest, das Freiwalde hieß, war Immanuel Kants Ding an sich.

Es verging eine Stunde, bis ich meine Fleischgallertglieder bewegen und aufstehen konnte. Und trotz meiner viehischen Kopfschmerzen rannte ich schnurstracks nach Hause, um Großvater einzuweihen. Leopold Kannmacher mußte bei meiner Erkenntnis vor Freude in Ohnmacht fallen! Oder er tanzte mit mir aus dem Haus in den Garten und bis an den Platz vor dem Bahnhof, selbst wenn er bei dieser Hitze nichts anderes anhatte als sein knielanges Nachthemd, verblichen und brandfleckig, und das speckige Netz auf dem fissligen Schopf!

Ich sollte mich irren – mein Großvater stierte mich feindselig an, als ich in sein Studierzimmer fegte und meldete, was mir passiert war. Er spie einen Schleimbatzen in seinen Spucknapf aus Messing, der neben dem Lesepult stand. Oder besser: Er wollte seinen Schleim in den Napf spucken, den er um zwei Millimeter verfehlte, was mit seinen milchiger werdenden Augen zusammenhing. Das verletzte meinen Großvater, der seinen Stolz hatte. Schleunigst verrieb er den Klitsch auf den Holzbrettern neben der Spuckschale mit seinem nackten Fuß. »Schiet ist das, Jungchen, du hast einen Sonnenstich, wenn du dir einbildest, schlauer als Kant zu sein«, fauchte mich Großvater an. »Das Ding an sich zu erkennen, ist undenkbar. Niemand wird jemals erfahren, was das ist. Und ob weiße, ob schwarze Haut, spielt keine Rolle. Nicht, ob du Arier bist oder Jude, ein Christ oder Mohammedaner. Das ergibt sich aus kategorialen Bestimmungen, die ein HJ-Pimpf mit Halstuch und Schulterriemen nicht einfach umwerfen kann. Kein Sterblicher kann das, mein Junge, selbst Hitler nicht – und wenn er mit Stalin einen Teufelspakt gegen Immanuel Kant schließen sollte. Das Ding an sich mit Gewehren und Panzern erobern zu wollen, ist aussichtlos.«

Ich war meinerseits sauer, um ehrlich zu sein. Es war eine echte Gemeinheit von Großvater, mich als minderbemittelten Pimpf abzustempeln. »Wenn du es nicht wissen willst«, sagte ich aufstampfend, »wende ich mich an den Ortsgruppenleiter. Der soll es als erster erfahren.« – »Bist du von Sinnen?« schimpfte Großvater außer sich, »dieser Dussel versteht keine Silbe von Kant.«

Seufzend ließ er sich in seinen Lehnstuhl fallen, streckte den Arm aus und zog mich am Schulterriemen neben sich. »Sag's mir ins Ohr, Jungchen«, meinte er raunend und mit einem Blinzeln, als seien wir Komplizen, »was Kants Ding an sich ist, bleibt unser Geheimnis, nicht wahr?«

Mein schwindelerregendes Wissen den Mitmenschen vorzuenthalten, war nicht meine Absicht. Erstens hatte ich vor, meine Schulfreunde einzuweihen – und zweitens das Julchen, das ich aus der Ferne verehrte, mit Stichen im Herzen und peinlichem Darmsausen. Von meiner Erkenntnis versprach ich mir bei Julchen Scholl von der Schollziegelei einen Bombenerfolg, der sie schwach machen mußte.

Trotzdem ging ich aufs Spiel meines Großvaters ein, anders ließ sich sein Starrsinn anscheinend nicht besiegen. Ich beugte mich zu seinem Ohr, aus dem buschiges Haar sproß, und teilte dem Großvater meine Erkenntnis mit (nicht ohne zu niesen, was an diesen kitzelnden Borsten lag). Er holte tief Luft, als ich fertig war. »Wiederhol das, mein Junge«, versetzte er heiser und hielt mir sein Ohr mit der Hand vor die Lippen, als sei er nicht sicher, mich richtig verstanden zu haben.

Was folgte, ist schwer zu beschreiben. Ein schlimmeres Wechselbad hatte ich bei meinem Großvater niemals erlebt. Er riß sich sein Haarnetz vom fissligen Schopf und feuerte es mit einem Aufschrei zum Lesepult. Er versteinerte in seinem Lehnstuhl und stierte mit weißlichen Augen ins Nichts. Er atmete nicht, auf der Stirn standen Schweißperlen und aus seinen Mundwinkeln sickerte Speichel. Beklommen betrachtete ich meinen Großvater, der einen Gehirnschlag erlitten zu haben schien. Ich verkrallte mich in seinen Schultern. »Großvater, was hast du? Um Gottes willen, sag was! Bitte stirb nicht, ich bitte dich, stirb mir nicht weg.«

Mit einer Langsamkeit, die mich vor Anspannung keuchen ließ, wandte er mir sein Gesicht zu – es war bleicher und ferner als der sich im Wasser der Ostsee um Mitternacht spiegelnde Wintermond. Großvater richtete seine sperrangelweit offenen Augen auf mich; Großvater stieß einen Seufzer aus, der aus unendlichen Tiefen zu kommen schien; Großvater nahm meine Hand, die er preßte, als wolle er sie mir zerquetschen. Schlagartig sprang er vom Lehnstuhl hoch, raste ums Lesepult, jauchzte und jubelte. »Das ist es! Das ist es! Du hast es erkannt, Jungchen. Du Rotznase hast meinen Kant widerlegt. Nichts ist plausibler, einfacher und formvollendeter als deine Formel vom Ding an sich!« Er packte mich an meinen Schultern und stemmte mich in die Luft (trotz seines Alters und meiner bereits vierzig Kilogramm). Großvater wirbelte mit mir von einer Studierzimmerecke zur anderen. »Mit dieser Erkenntnis bleibt nichts mehr beim alten. Keine Ahnung, du Rotznase, die es mit Einstein aufnimmt, ob du weißt, was das heißt. Wir werden ein weltweites Beben erleben. Dein metaphysisches Wissen, mein Junge, wird in allen Erdteilen politische Auswirkungen haben. Diktaturen werden in sich zusammenbrechen und Monarchien. Und dem Aufstieg des Menschengeschlechts aus dem Sumpf selbstverschuldeter Knechtschaft steht nichts mehr im Weg!«

Nein, ich war zu benommen von unseren Umdrehungen, um wieder schnurstracks zu denken. Großvater sank in den Lehnstuhl, halb kraftlos, halb selig, und steckte sich eine Zigarre an. Er verklickerte mir, was das Dringlichste sei: einen Plan auszuhecken, um meine Erkenntnis im Großdeutschen Reich zu verbreiten und von unseren Reichsgrenzen aus in die Welt zu posaunen. Um diesen Plan auf den Punkt zu bringen, brauche er Ruhe. Als ich auf Zehenspitzen aus seinem Zimmer schlich, ermahnte er mich, meinen Schnabel zu halten. »Du mußt verschwiegener sein als ein Grab, Konrad.« Ich nickte und nutzte den Handlauf der Treppe, um ins Erdgeschoß zu meiner Mutter zu rutschen, die vor der Singer-Maschine im Eßzimmer hockte und auf Befehl meiner Bohnenstangentante das Hochzeitskleid umschneidern mußte, wo ich mein Versprechen im Handumdrehen brach. Ich weihte Mutter in meine Erkenntnis ein, die das schwere Pedal trat und den Mechanismus antrieb, der die stichelnde Nadel in Gang hielt. »Ich hatte nie Zweifel an deiner Begabung«, versetzte sie heiter, »du bist ja ein Sonntagskind«, und wischte sich mit einer flinken Bewegung des Handgelenks den brennenden Schweiß aus den Augen. Alma, die von der Terrasse kam, barfuß, im Unterrock, wo sie sich sonnte und Zeitung las, meckerte: »Lenk meine Schwester nicht ab, Alfred, sonst vermasselt sie mir meine Hochzeitsgarderobe. Und was willst du erkannt haben, Schlauberger?«

Alma fand meine Erkenntnis zum Schieflachen. »Du bist nichts als ein Angeber und dummer Junge. Kant ist trockener und staubiger als eine Brotrinde, die man vergessen hat«, zeterte sie, »im Dritten Reich spielen seine Ideen keine Rolle mehr. Ich war eine der ersten in Deutschland, die wußten, was das Ding an sich ist, das laß dir man sagen, das begriff ich bereits 1930: Es heißt Adolf Hitler, und nur Adolf Hitler.«

Nicht besser als bei meiner Bohnenstangentante erging es mir mit meinen Schulfreunden. Hartmut, Erwin und Kalle verlangten zu wissen, ob meine Erkenntnis gewinnbringend sei, sich lohnend auf unsere Zeugnisse auswirke oder uns alle von einer Minute zur anderen zu Frauenhelden mache. »Keine Ahnung«, erwiderte ich, was ein Schwindel war.

Ich hatte vom Julchen bereits einen Korb bekommen, als wir uns am Schloßgraben vorm Kolonialwarenladen von Barske begegnet waren. Julchens Gewohnheiten waren mir vertraut. Vom Klavierunterricht in der Bogislawstraße, dienstags nachmittags, flitzte sie zu Willi Barske, um sich Karamellen und Lakritzen zu kaufen. Als sie vom Fahrrad sprang, steckte ich Julchen, vor Anspannung keuchend und ohne ein Wort zu verlieren, meinen daheim vorbereiteten Zettel zu, den sie, halb verdattert, halb mißtrauisch an sich nahm, ohne den Schrieb auseinanderzufalten. Sie studierte den Wisch erst im Laden. Ich behielt sie vom Bordstein aus, wo ich von einem Bein aufs andere hopste, im Auge, todsicher, sie werde im Handumdrehen wieder ins Freie rennen, mir um den Hals fallen, schluchzen und stammeln, sich mit mir verloben zu wollen. Meine Annahme konnte nicht irriger sein. Sie war fuchtsteufelswild, als sie vor mir stand. Nicht ohne den Zettel vor mir zu zerreißen, versetzte sie biestig: »Verschone mich mit deinem Ding an sich! Diese Schweinigeleien kannst du mit einer Magd treiben, nicht mit der Ziegelwerktochter von Leo und Lisbeth Scholl.« Hochtrabend warf sie den Kopf in den Nacken und stolzierte zum Rad am Laternenpfahl.

Und am anderen Tag herrschte in unserem Haus ein beachtliches Kommen und Gehen. Wer als erster bei Großvater antrat, war Ortsgruppenleiter und Konrektor Pooch. Vom Schulmeister mit einem Anruf benachrichtigt, beeilte er sich, in die Puschen zu kommen, um in Erfahrung zu bringen, was Leopold Kannmacher mit dieser Neuigkeit meine, die von maßloser Dringlichkeit sei.

Großvater empfing Wilhelm Pooch vor dem Lesepult, mein Platz war der knarrende Schaukel- und Lehnstuhl vor seinem Regal mit den Kantischen Werken, das bis an die Stuckdecke reichte. Unser Ortsgruppenleiter war zwar ein studierter Mann – mit dem Ding an sich konnte er trotzdem nichts anfangen. »Erste Geheimhaltungsstufe, verstehen Sie?« sagte der Großvater mit hohler Stimme, als komme sie aus einem Kellerloch. Pooch senkte sein schnarrendes Ortsgruppenleiterorgan um zwei Stockwerke und wollte wissen, ob dieses Ding waffentechnische Vorteile biete. »Und ob«, sagte Leopold Kannmacher kratzig, »und wenn Hitler meinen Enkel nicht bei sich empfangen will, fliegt dem Mann dieses Ding um die Ohren.« – »Reden Sie von einem Attentat?« fauchte Pooch. »Ach was«, winkte Großvater ab, »blanker Unsinn. Wir wollen keine Scherereien mit der Partei. Ich frage Sie, Pooch, ist das logisch, den Ortsgruppenleiter in Kenntnis zu setzen, wenn man Adolf Hitler zu Matsch bomben will?«

Als wir wieder allein waren, steckte sich Großvater seinen erloschenen Zigarrenstumpen an. »Den haben wir im Sack, Junge«, meinte er paffend, »der Mann wird dem Kreisleiter Meldung erstatten, der sich an den pommerschen Gauleiter wenden wird, der ohne Verzug mit der Reichsleitung sprechen wird, um sie in unsere Geheimsache einzuweihen. Und wenn Willi Pooch sich nicht absolut dumm anstellt, schmeißt sich der Gauleiter in seinen Wagen und stattet uns einen Besuch ab.«

Vor dem Gauleiter waren es Diedrichs Otto und Bewersdorffs Artur, die in unser Haus stampften und Mutter in heillosen Schrecken versetzten. Sie konnte sich nichts anderes vorstellen als einen neuen, von den beiden Gestapobeamten aus Schlawe vollstreckten Verhaftungsbefehl. »Mein Mann, Ludwig Kannmacher, hat nichts verbrochen«, beteuerte Mutter mit gellender Stimme, die bis ins Studierzimmer drang. »Wir wollen nicht zu Ludwig«, versetzten die beiden, »wir wollen zu Konrad und Leopold Kannmacher«, eine Antwort, die Mutter weiß Gott nicht beruhigte. Sie bekam einen Tobsuchtsanfall. »Sie wollen meinen Sohn mitnehmen?« heulte sie außer sich, »einen schuldlosen Hitlerjungen, der keine zwölf ist? Ist euer Reichssicherheitshauptamt komplett plemplem?«

Mutter baute sich breitbeinig vor unserer Treppe auf, um Arthur und Otto am Aufstieg zu hindern, bis ich auf dem Handlauf ins Erdgeschoß schlidderte und sie beruhigte, es werde mir nichts passieren, Diedrichs Otto und Bewersdorffs Artur seien nur zu einer Besprechung im Haus. »Sag deinem Großvater«, bruttelte Mutter, »er kriegt es mit mir zu tun, wenn er dich in eine heikle Sache verwickelt.« Und mit einem tiefen Erleichterungsseufzer lief sie zur Singer-Maschine im Eßzimmer und widmete sich Almas Hochzeitsgarderobe.

»Setzt euch«, sagte mein Großvater zu den zwei pommerschen Koffern in Lederklamotten und Stiefeln, die mit baumelnden Armen im Studierzimmer standen (sie konnten nicht Platz nehmen, in Großvaters Stube stand nichts als der Lehnstuhl, den ich in Beschlag nahm, was sie befangen und unsicher machte, als seien sie wieder zwei Klassensaalpupser, die Gefahr laufen, sich in die Buchsen zu machen), »wir wollen keine Scherereien mit der Gestapo.« Und er verklickerte beiden haarklein, warum meine Erkenntnis vom Kantischen Ding an sich Adolf

Hitler den weltweiten Sieg sichern werde, falls das Reichssicherheitshauptamt keinen Mist baue und alle notwendigen Maßnahmen ergreife, um mir, seinem Enkel, zu einem Besuch in Berlin vor den Spitzen des Reichs zu verhelfen. Bewersdorffs Artur und Diedrichs Otto verließen, verwirrt und beeindruckt, das Zimmer und stolperten mehr als zu stampfen in unseren Hausflur, und als schwenke der Schulmeister wieder seinen Rohrstock, beeilten sie sich, zu versichern, den leitenden Stellen Bericht zu erstatten. »Erste Geheimhaltungsstufe, verstanden?« ermahnte sie Schulmeister Leopold Kannmacher, und sie zogen gehorsam den Kopf auf der Schwelle ein.

Als Tante Alma am Mittag ins Haus fegte, mit dem strammen SA-Mann Hans Riensberg im Schlepptau – der links und rechts seine Daumen in den Gurt steckte und voller Stolz auf den Fußballen wippte –, um das von Emilie an der Maschine verbesserte Hochzeitskleid anzuprobieren und es vom Verlobten beurteilen zu lassen – eine Mutter Beklemmungen bereitende Anprobe, der Almas Hang zur Kritiksucht vertraut war –, rollte der in der Augustsonne blinkende Gauleiterwagen vors Gartentor. Riensberg entdeckte den Schlitten als erster. Und als er Alma benachrichtigt hatte, die sich im benachbarten Zimmer ins Hochzeitskleid quetschte, nicht ohne erbittertes Schimpfen und Keifen, »dieses Hochzeitskleid ist eine Wurstpelle, Menschenskind, die mich zu einem Brett ohne Busen und Hintern macht«, trampelte er kurzentschlossen ins Freie, um den Gauleiter mit einem bellenden »Heil Hitler!« auf unserer Schwelle willkommen zu heißen. Es sei eine Aufmerksamkeit der Partei, wenn der pommersche Gauleiter kurz vor der Hochzeit dem Kannmacherhaus seine Aufwartung mache, um sich zwei treuen Nationalsozialisten, die den Ehebund eingehen, erkenntlich zu zeigen, nahm Alma Sielaffs Verlobter Hans Riensberg an, der dem zierlichen, nickelbebrillten, um einen Kopf kleineren Mann seine Schaufelhand reichte, die der Gauleiter unwillig musterte. »Sind Sie der Schulmeister Leopold Kannmacher?« verlangte er mit einer schrillenden Stimme zu wissen, bei der es den Schriftsetzer schauderte. Riensbergs Kinnlade sank in die Tiefe, und um mit den Hacken zu knallen und dem Gauleiter mannhaft zu antworten, war er zu fassungslos. Nein, stammelte er, was beileibe nicht heiße, der Gauleiter sei an der falschen Adresse, und er spuckte beim Stottern mit Speichel um sich, bis meine im Hochzeitskleid steckende Bohnenstangentante ans Gartentor eilte. Nicht anders als Riensberg bezog sie den hohen Besuch aus der pommerschen Hauptstadt auf sich. Nicht anders als Riensberg stieß sie ein »Heil Hitler« aus, das nicht fanatischer sein konnte. Und als sie mit Wuppdich und Schmackes den Arm hochschmiß, platzte die Naht an der Schulter.

Das war nicht das Peinlichste an Almas Auftritt. »Sind Sie Frau Schulmeister Leopold Kannmacher?« wollte der Gauleiter gellend erfahren. Diese Frage versetzte der Tante einen schweren Schock. Alma, die mit einem Aufschrei in Ohnmacht fiel, sank gegen den hohen Besuch aus der pommerschen Hauptstadt, der sie nicht auffing und schleunigst beiseite wich. Ohne das Gauleiterhindernis zwischen dem Zaun und sich knallte sie mit dem Gesicht auf die Pfahlspitzen, was sie um einen Vorderzahn brachte.

Als ich sie mit dem Verlobten ins Haus schleppte, verhandelten Schulmeister Leopold Kannmacher und der pommersche Gauleiter lautstark im ersten Stock. Und als der bebrillte Mensch grußlos ins Freie lief, nicht ohne mit Großvater einen Besuch bei den Spitzen des Reiches vereinbart zu haben, entschied meine Bohnenstangentante beleidigt, den Hochzeitstermin zu verschieben.

Nicht nur Almas Hochzeitstermin kam ins Wanken mit meiner Erkenntnis vom Kantischen Ding an sich. Vater, der gegen sechs aus der Fischfabrik kam, wo er in der Buchhaltung arbeitete, war von Großvaters Plan absolut nicht erbaut. Er verbot es mir strikt, in die Hauptstadt zu reisen. Meine angeblich transzendentale Erkenntnis (»das heißt transzendent und nicht transzendental«, schimpfte Großvater) sei nur philosophisches Abrakadabra, das mich zum Schluß ins KZ bringen werde, tobte

Vater am Eßzimmertisch. Und wenn Schulmeister Leopold Kannmacher recht haben sollte und meine Erkenntnisse bahnbrechend seien, verschaffe man Hitler und seiner Regierung nur einen Erfolg, den das Pack nicht verdiene. »Psst!«, machte Mutter und zeigte zum Fenster, wo sich der Gardinenstoff im Meereswind bauschte. Großvater fand keine Gelegenheit mehr, seinem praktischen Sohn, der in Philosophie eine Niete war, mit drastischen Worten zu antworten – vor unserem Gartentor hielten zwei Automobile mit quietschenden Reifen. Aus dem einen stieg ein hoher Parteibonze Pommerns, um uns an die Spree zu begleiten; aus dem anderen sprangen zwei Jungs vom Reichssicherheitshauptamt, die Anweisung hatten, mich bei der Gestapo Berlins abzuliefern. Alle drei traten in unser Haus, wo sie von uns verlangten, im Nu unsere Sachen zu packen und ohne Verzug in den Wagen zu steigen. Das machte Vaters Verbot meiner ersten Berlinreise gegenstandslos. Er konnte mich selbst mit dem Rohrstock nicht aufhalten, wenn Partei und Gestapo entschlossen waren, mich an die Spree zu bringen. Pommerns Parteibonze, der sich ins Sofa warf, nahm keine Notiz von den hochblonden Recken; und die Jungs vom Reichssicherheitshauptamt, die auf unserer Schwelle von einem Bein aufs andere traten, schenkten dem hohen Parteibonzen keine Beachtung. »Dich brauchen wir nicht, Alter«, sagte der erste Gestapobeamte, als Großvater mit seinem Schweinslederkoffer im Korridor stand. »Mit dir kann man bald euren Friedhof bepflanzen«, versetzte der andere feixend.

Das war ein Irrtum, mein Großvater hatte bereits nicht mehr vor, aus dem Leben zu scheiden. Er rieb sich die krummen und knochigen Finger, als sei seine Gischt eine ferne Erinnerung, und platzte vor Zuversicht, Lebenslust und Energie. Wir stiegen beim hohen Parteibonzen ein, der den Auftrag besaß, meinen Großvater mitzunehmen, was mir meine Automobilwahl erleichterte; kleinlaut und stinkig verpieselten sich die Gestapobeamten zum anderen Wagen, nicht ohne uns bis an die Spree zu verfolgen.

Als das Glitzermeer unserer Reichshauptstadt auftauchte, preßte ich meine Pimpfnase gegen die Scheibe, bis sie platter und breiter war als bei den Buschnegern. An der Spree herrschten Zweifel, ob wir keine Hochstapler waren: Man karrte uns zu einer Absteige, in der Tapeten und Bettzeug mit Wanzen bestickt waren und Frauenkiekser aus den benachbarten Zimmern drangen, zu schweigen vom schlechten Geruch in der Kammer, der aus der versauten Toilette zu kommen schien, die am Korridorende in Pisse und Scheiße schwamm. Trotz der zwei Jungs vom Reichssicherheitshauptamt, die im Flur blieben, um unseren Schlaf zu bewachen, konnte ich, anders als Großvater neben mir, der ratzte, als sei er ein seliges Murmeltier, Stunden um Stunden kein Auge zumachen. Und als ich mich endlich ins Nebelland abseilte, stand der Parteibonze auf unserer Schwelle, um uns aus den Federn zu scheuchen.

Hopplahopp brachte man uns zu einer vom Direx der Wissenschaftsakademie einberufenen Versammlung vor Philosophieprofessoren und anderen Vertretern der reichsdeutschen Wissenschaft, die meine Erkenntnis beurteilen sollten. Mir plumpste das Herz in die Hose, als ich in den knallvollen Akademiesaal trat und vor der Menge aus Schnauzbartgesichtern und blitzenden Brillen aufs Podium stieg.

Uns erst zu waschen und ordentlich anzuziehen, hatte man uns nicht erlaubt. Schlaf klebte mir in den Augen, mein Haar stand zu Berge (umsonst schmierte ich es mit Spucke ein) und meine Harnblase war bis zum Platzen voll. Großvater, der noch sein Haarnetz aufhatte, trat vor mir an Rednerpult und Mikrophon, um einen flammenden Vortrag zu halten. Ich kauerte in einem Sessel mit Samtbezug neben dem Pult und verfiel in ein Nickerchen, bis mich das murrende Publikum weckte. »Ein pommerscher Schulmeister betet uns seinen Vernunftbegriff vor«, heulte es in den Stuhlreihen, »der vollkommen verstaubt und veraltet ist.« – »Stehlen Sie nicht unsere wertvolle Zeit, mein Herr!« – »Wo ist der biologische und nationale Bezug? Sie sprechen von intelligiblen Wesen, als seien Juden und Arier vom selben Stamm!« Ich sprang auf die Beine, schob Großvater mit beiden Armen beiseite und stellte mich trotzig, mit bebenden Lippen, vors Mikrophon. Totenstille trat ein, als ich mir meine Heiserkeit mit einem Husten vertrieb. Sicherheitshalber schloß ich meine Augen, um mich nicht verwirren zu lassen, und sagte, schlafwandlerisch, meine Erkenntnis auf.

Als ich mit meinem Vortrag (von knapp zwei Minuten) am Ende war, kam aus den Stuhlreihen kein Mucks, als habe der Akademiesaal zu atmen vergessen, was ich ausnutzte, um mich zum Vorhang zu stehlen, wo ich auf einen Saaldiener traf, den ich anflehte, mich in Null Komma nichts zur Toilette zu bringen. Und auf der Klobrille, die mir bequemer vorkam als das Bett in der Wanzenabsteige, vom krampfhaften Stechen in Blase und Darm befreit, pennte ich kurzerhand ein.

Um ehrlich zu sein, habe ich keine klare Erinnerung an den Begeisterungstaumel, den meine Erkenntnis verursachte. Als Großvater mich von der Klobrille holte, war im Akademiesaal der Teufel los. Man teilte Sekt aus und goß sich die Hucke voll. Selbst mich, einen HJ-Pimpf, der nicht einmal zwölf war, zwangen Philosophieprofessoren und Direktion, dieses prickelnde Zeug in den Rachen zu kippen, bis ich nicht mehr auf den Beinen stehen konnte und mich in einer Saalecke um den Verstand hickste. Es half nichts, umringt von Reichssicherheitshauptamtsvertretern und hohen Parteibonzen schaffte man uns aus der Wissenschaftsakademie und bugsierte uns zu einer Staatslimousine, die mit laufendem Motor und einem Strauß Hakenkreuzwimpeln am Bug vor der Freitreppe stand. Wir sanken ins Polster, als seien es Wolken – und los ging's zur Reichskanzlei und Adolf Hitler leibhaftig. »Den werde ich Mores lehren!« grummelte Großvater und schwenkte seinen knochigen Schulmeisterfinger, als sei es ein Rohrstock aus pfeifendem Weidenholz.

Ich erinnere mich an eine Halle, die tiefer war als unsere pommersche Ostsee bei Windstille, mit marmorverkleideten Mauern und Fußboden, auf dem man ins Straucheln kam, wenn man nicht straff und soldatisch einen Schritt vor den anderen setzte, einen nachtschwarzen Marmor, in dem wir uns spiegelten, als seien wir zwei Ameisen, die einen Berghang hochkrabbeln, und eine in himmlischer Ferne versinkende Decke aus ewiger Finsternis. Auf dieser Strecke vom Eingang zur Stirnseite, die rund eine Stunde in Anspruch nahm, blieb mir mein peinlicher Schluckauf erhalten. Mein Hicksen, das sich an den Mauern vervielfachte, schallte und knallte mir um meine Ohren. Und wenn ich aufstieß, teils kieksig und gellend, teils tief und rumorend, bekam ich ein steiles »Heil Hitler!« zur Antwort, das von allen Seiten der absolut menschenleer wirkenden Halle kam.

Was wir mit Hitler besprachen, das weiß ich nicht mehr. Oder besser: Man hat uns, was dieses Zusammentreffen anbelangt, strengste Geheimhaltung auferlegt. Ich trat meinen Großvater heimlich vors Schienbein, der zu schulmeisterhaften Belehrungen ansetzte, es heiße nicht »Dings an sich« und sei an sich kein Ding – diese Kleinigkeit darf ich verraten. Ich wiederum hatte nichts Besseres zu tun, als mich gegen den peinlichen Schluckauf zu wehren, der mir dumpfig und sauer im Hals steckte. Und um meinen Hicks nicht ins Freie zu lassen, sagte ich keine Silbe, bis man uns entließ. Im Trupp aus Partei- und Reichssicherheitshauptamtsvertretern marschierten wir wieder zum Ausgang, was erneut eine Stunde in Anspruch nahm.

Und am anderen Tag, als wir mit einem Sonderzug in unserer pommerschen Heimat eintrafen, hatten sich alle Bewohner Freiwaldes am Bahnsteig versammelt und winkten uns jubelnd zu, vom Pulk Photographen und Kameraleute zu schweigen, der uns beim Aussteigen knipste und filmte. »Kennen Sie das frische Dekret der Regierung?« verlangte ein Kerl von der Presse zu wissen, als wir uns auf der Waggonplattform reckten, um einen unvergeßlichen Wochenschaueindruck zu machen, und man uns vom Bahnsteig aus Blumen zuwarf, »das ›Heil Kant!‹ zum verpflichtenden reichsdeutschen Gruß macht?« Und er riß seinen Arm hoch und heulte: »Heil Kant!« Großvater boxte mich mit seinem Ellbogen. »Das ist ein blendender Anfang, mein Junge. Und was mir bisher ein Graus war, das darf ich ab heute: Ich kann ins

Krakeelen miteinstimmen.« Und Schulmeister Leopold Kannmacher streckte seinen Arm aus und schmetterte aus voller Kehle: »Heil Kant!«, ein von allen Bewohnern Freiwaldes mit Wuppdich und Schmackes erwiderter Gruß. In der Menge erkannte ich meine drei Schulfreunde, die diebisch von einem Ohr zum anderen grinsten und johlten, »du machst uns zu Frauenhelden, Junge!« Und meine Pimpfenbrust, an der ein Orden hing, den mir Adolf Hitler leibhaftig verliehen hatte, platzte vor Stolz, als sie mich auf die Schultern nahmen, und begleitet von Haffendahljuniors Spielmannszug, der seine flotteste Marschmusik anstimmte, bis zum Gartentor vor meinem Elternhaus trugen, wo Julchen Scholl mit bedripstem Gesicht, halb verlegen, halb scheu um Entschuldigung bat. Mutter umarmte mich schluchzend (vor Seligkeit) und mein Vater biß sich auf die Lippen (nicht ohne mir anerkennend in meine Wange zu kneifen). Im Haus wiederum hockte Alma verbiestert und fuchtig, als wolle sie mir meine Augen auskratzen. »Du vermasselst den Sieg unserer Herrenrasse, Tunichtgut!« Und der stramme SA-Mann Hans Riensberg verbiß sich bei unserer Ankunft ein weibisches Weinen. »Keiner weiß mehr, was los ist«, versetzte er schniefend, »wir sollen uns Kants Infinitiv in den Totenkopf meißeln. Befehl aus Berlin, Nichtbefolgung wird strengstens bestraft.« – »Das heißt ›Kategorischer Imperativ‹«, schimpfte Alma und kaute verbittert am Daumennagel, »und diesen Waschlappen wollte ich heiraten!«

Und am 1. September marschierten wir nicht gegen das uns beschießende Nachbarland Polen (und zerknirscht stellte Polen seinen Beschuß wieder ein). Und Großvaters Herz hatte keine Gelegenheit mehr, aus Verzweiflung seinen Dienst zu verweigern. Und bald war es Pflicht aller Gliederungen in Staat und Partei, vom Reichssicherheitshauptamt zur Wehrmacht, Kants Aufsatz Zum Ewigen Frieden zu lesen.

Und am 3. September, als ich aus der Schule kam, schwenkte mein Vater ein Reichshauptstadteilschreiben, das meine Ernennung zum Philosophieleiter an der Wissenschaftsakademie von Berlin enthielt (mit Großvater als meinem Berater).

VII

1963

Zu philosophisch, um amerikanisch zu sein

Bald wieder daheim zu sein war keine Aussicht, die Konrad besonders behagte. Er stand an der Reling des Schiffes »America«, das sich ohne Eile vom Festland entfernte, war umringt von der schnatternden, winkenden, taschentuchschwenkenden Menge am Oberdeck. Dieser sechste August war ein heißer und feuchter Tag, und als das den Hafen ansteuernde Taxi Cab, behindert vom dichten Verkehr, auf der Stelle stand, hatte er in den benzinschwangeren Schluchten New Yorks keine Luft mehr bekommen. Wieder frei atmen, das konnte er erst in der schwachen, vom Ozean anwehenden Brise, die um sein verschwitztes Gesicht strich. Vor die Stadt fiel ein flimmernder Hitze- und Dunstvorhang, bis sie an eine im Nebel versinkende, spukhafte Gralspalastlandschaft erinnerte, die im Zeitlupentempo am Ufer zusammenschmolz, als sei sie aus blaugrauem Blei. Erst als sie außer Sichtweite war, merkte Konrad, daß er inzwischen allein auf dem oberen Schiffsdeck stand. Er beeilte sich, seine Kabine zu finden, eine Zweibettkabine im mittleren Schiffsbereich, wo er sich erst duschen und anschließend umziehen wollte.

Konrads Vorhaben scheiterte anfangs an seinem im Brausebad Sinatraschmachtfetzen schmetternden Reisegenossen, der Martin Stadelmann hieß, aus der Schweiz stammte und Bildredakteur einer Baseler Zeitung war. Diesem drahtigen Mann mit ergrauendem Haupthaar und Schnauzbart, den Konrad auf vierzig veranschlagte, fiel es nicht ein, sich ins Handtuch zu wickeln, als er splitternackt und klatschnaß aus der Dusche kam. Unbefangen schlurfte Stadelmann auf seinen Kabinengenossen zu, der gerade Anzug und Hemden im Wandschrank verstaute, und wollte auf Englisch erfahren, ob er Amerikaner sei. »Deutscher«, erwiderte Konrad befremdet – und schroffer, als es seine Absicht gewesen war –, eine dem Schweizer ersichtlich mißfallende Auskunft. »Mhm«, machte er nur, eilte zu seinen Sachen, die neben der Schlafkoje auf einem Stuhl hingen, um sich, schweigend, in Schale zu werfen.

Als sie der Schiffsgong zum Essen rief, eilte der Basler ohne ein Wort in den Speisesaal, eine Grobheit, die Konrad erleichterte. Es war nicht seine Absicht, in diesen acht Tagen eine Reisebekanntschaft zu machen, die unangenehm oder langweilig war. Mit Bedacht setzte er sich im Speisesaal an einen von seinem Kabinengenossen entfernten Platz. Bei der Wahl seiner Tischrunde hatte er allerdings Pech: Konrads Gesellschaft, drei Amerikanerinnen, die aus Cincinnati im Mittleren Westen kamen, verheiratet mit drei in Heidelberg dienenden GIs, waren von einer kichernden Aufdringlichkeit, die er nicht bis zur Nachspeise aushielt. Als der Steward den unappetitlich aussehenden Pudding auf einem Tablett an den Tisch brachte, heuchelte Konrad, er leide an Seasickness und gehe lieber zu Bett. An seinem Tisch herrschte tiefes Bedauern und mitleidige Finger umschlossen sein Knie, als er sich von den dreien verabschiedete (die anscheinend auf ein Techtelmechtel aus waren und sich um die Wette ins Zeug legten).

In der Schiffsbar, beim Whiskey, entging er dem Schweizer Kabinengenossen nicht mehr, energisch und zielsicher steuerte der auf seinen Hocker zu. »Darf ich?« wollte er wissen und setzte sich, ohne erst auf eine Antwort zu warten. »Martin Stadelmann. Hocherfreut«, sagte er mit einem Anflug von schnippischer Laune, »Sie werden mir sicher verzeihen, wenn ich unfreundlich war. Das richtete sich gegen Deutschland im allgemeinen, nicht gegen bestimmte Personen. Ich war Bildredakteur einer Hamburger Zeitschrift, von April ’61 bis vor sieben Monaten, ich kenne mich aus mit den Deutschen, die sich von der Welt schlecht behandelt vorkommen. Dieses ewige Selbstmitleid finde ich abstoßend«, sagte der Schweizer und stellte sein Whiskyglas mit einem grimmigen Schlag auf den Tresen.

Konrad fand seine Direktheit erfrischend. In dieser Nacht tranken beide pro Nase zehn zollfreie Whiskeys mit Soda und Eis. Von wegen betulicher Alpenbewohner, dem man Wort um Wort aus der Nase ziehen muß! Stadelmanns Mitteilsamkeit war beachtlich. Er stakste – als ob er das Hochdeutsche pfui finde – in rasendem Tempo von Silbe zu Silbe. Selbst wenn er politisch ein Konservativer war, betrachtete er sich als fortschrittlich und modern. In New York hatte er seine Tochter besucht, die als Mode- und Kunstphotographin arbeitete und bis zu viertausend Dollar im Monat verdiente, was er, halb stolz und halb schweizerisch schamhaft, verriet.

»Und warum fliegen Sie nicht?« fragte Konrad, der Zigarrenabschneider und Lederetui mit Havanna-Zigarren aus der Brusttasche kramte. »Flugangst«, bemerkte sein Reisegenosse knapp, »na ja, auf dem Meer lauern andere Gefahren. Ich verzehre am laufenden Band Bonamine, doch die helfen mir nur, wenn wir windstille See haben. Sollten wir richtigen Wellengang kriegen, werden mir meine Pillen nichts mehr nutzen.«

Konrad verkniff es sich, Stadelmann in seine peinlichen Boeingerlebnisse einzuweihen. Als er vor vier Monaten Frankfurt verließ, um im Linienflugzeug New York zu erreichen, litt er, als sie von der Piste abhoben, an einem Brechreiz, der nicht zu beschwichtigen war. Rechtzeitig schnappte er sich den Papierbeutel, um sich und seinen Sitznachbarn nicht zu beschmutzen. Trotz des glatten und ruhigen Flugs war es Konrad an Bord der Maschine saudreckig gegangen, und erst als sie landeten, fing er sich wieder. Das war schwer zu verstehen bei seiner Vergangenheit. Hatte er nicht als blutjunger Weltkriegssoldat notgedrungen, aber tapfer Propellermaschinen bestiegen, um mit Fallschirm (und Sprengstoff) im feindlichen Hinterland abzuspringen? Diesen Mumm seiner Jugendzeit brachte er nicht mehr auf. Ja, er bemerkte an sich eine wachsende Feigheit, die selbst seinen harmlosen Alltag beherrschte, einen Kleinmut, der Konrad beklommen machte. In Albany hatte er sicherheitshalber den Lufthansaheimflug stornieren und sich einen Platz auf dem Liniendampfer bestellen lassen.

»Und was sind Sie von Hause aus?« fragte der Schweizer, »waren Sie in New York zu beruflichen Zwecken?« Bei Konrads Antwort, er sei Philosoph, brach sein Reisegenosse in schallendes Lachen aus. »Ein Philosoph in den Staaten, um Gottes willen! Ein Denker aus Deutschland, romantisch und tiefsinnig, bei diesen pragmatischen Leuten.« Er winkte dem Steward, um Konrad und sich neuen Whiskey mit Soda zu ordern.

Erst war es Moosbach gewesen, dem man eine Gastprofessur von drei Monaten antrug, eine Einladung, die er bei seinen Verpflichtungen und Vorhaben leider nicht annehmen konnte. Er machte den Vorschlag, sich von Konrad Kannmacher, seinem Assistenten, vertreten zu lassen. In Albany hatte man anfangs Bedenken, doch Moosbach zerstreute sie mit ein paar Telefonaten, bis man in sein Angebot einwilligte. Seine Vereinbarung hatte drei Ziele: Er selbst wollte Extra-Verpflichtungen vermeiden; ferner hatte er vor, seinen Mitstreiter in Akademikerkreisen bekannter zu machen; und eine Gastprofessur in Amerika bot Konrad Gelegenheit, seinen Horizont zu erweitern.

Konrad erinnerte sich an den Nachmittag, den er mit Nelli und Jochen verbracht hatte, im frisch bezogenen Haus an der Frankfurter Stadtgrenze. »Wer heute wissen will, was unsere Zukunft ist, muß sich mit den Vereinigten Staaten vertraut machen«, sagte sein Lehrer und klopfte sich Asche vom Hemd, »oder mit Rußland, was ich dir nicht bieten kann.« Konrads Begeisterung hielt sich in Grenzen. Er hatte Manschetten vor diesem Amerika, das er außerdem heimlich verachtete. Was sollte er in einem Land, das geschichts- und kulturlos war? Und es war grauenhaft heiß in New York und Umgebung. Er haßte bereits diese feuchtwarme Luft, die im Sommer den Frankfurter Kessel aufheizte – in Albany stellte er sich diese stehende Hitze nur um so beklemmender vor. Und er hatte Bammel, das war das Entscheidende, bei seiner Gastdozentur zu versagen und seinen Freund zu blamieren. Sicher, er hatte bereits keine Wahl mehr und mußte das Angebot annehmen, das obendrein mit einem weiteren Vorteil verbunden war, den sein Lehrer miteinkalkuliert haben mochte (vermutlich auf Anraten Nellis): Er konnte drei Monate Urlaub von Jette nehmen, seiner zur Zeit unausstehlichen Frau.

Konrads Gastdozentur an der Uni von Albany war am Ende erfolgreich verlaufen. Er bewohnte alleine ein Haus auf dem Campus, das mit jenen anderen Holzbauten in einer Reihe stand, die Albanys Gastprofessoren beherbergten: Mathematiker, Physiker, Politologen und Sprachforscher aus allen Teilen der Welt, von Indien bis an den Bosporus, von Buenos Aires bis London und Rom. Sein Holzhaus war einfach und pingelig sauber. Es bot allen Komfort, Waschmaschine und Fernseher, Fernsprecher und Diktaphon, zwei Regale mit Dictionarys in verschiedenen Sprachen, Schreibmaschine, ein weiches und molliges Bett. Sein Betreuer, ein rotblonder Mensch aus Atlanta, seinerseits Philosoph und im Deutschen perfekt, fuhr Konrad im Chevrolet Cabrio zum Supermarkt oder zu einem Ausflug ins Umland von Albany.

Dieser Elias Brookstone war mit Mitte Zwanzig an Frankreichs Befreiung beteiligt gewesen und hatte ein Jahr als Besatzungssoldat in der Bodenseegegend verbracht. Um Albanys Gast nicht zu nahe zu treten, verheimlichte er seine Zeit im kaputten und von seiner Kriegsniederlage erniedrigten Deutschland, bis er sich bei einem Ausflug verquatschte und von seiner Begegnung mit Heidegger sprach, den er im Schwarzwald besucht hatte. Als großer Verehrer des Freiburger Denkers betrachtete Brookstone das Nachkriegszeitlehrverbot, mit dem man den Seinsphilosophen belegt hatte, als Fehler und kleinlichen Racheakt.

Scheu und Befangenheit, die Konrad zu Anfang beherrscht hatten, machten bald einem verdrossenen Erstaunen Platz. Es war nichts zu bemerken von heimlichen Anfeindungen oder Mißtrauen gegen den Deutschen. Kein Mensch wollte wissen, ob er bei der Wehrmacht gewesen war oder als junger SS-Mann Verbrechen begangen hatte. Konrad stieß bei seinen Kollegen auf Offenheit und seichte, verhaltene Neugier. Weltanschaulichen Fragen wich man auf dem Campus aus, als sei Politik eine reine Privatsache (oder Sache der Politologen). Konrads Studenten, die fleißig und klug waren – und im allgemeinen ein passables Deutsch sprachen –, wirkten verwirrt, wenn er in seiner Vorlesung Kants Sittlichkeitslehre in einen Zusammenhang mit der nationalsozialistischen Ideologie als totalem Bankrott der Moral brachte. Brookstone, der an diesen Vorlesungen teilnahm, konnte es sich nicht verkneifen, zu beckmessern, das sei ein deutscher Immanuel Kant, der sich in reuigem Selbsthaß zerfleische, einer Bußfertigkeit, die mit Hochmut verbunden sei und einem Amerikaner verschlossen und fremd bleibe, besonders seinem jungen, studentischen Publikum. Brookstone sagte das ohne einen Anflug von Bissigkeit, in maßvollen, verbindlichen Worten. Trotzdem war nicht zu verkennen, daß er Konrads Ansatz von Grund auf mißbilligte. Andererseits ließ es sich Brookstone nicht einfallen, den Gast zu verpflichten, es anders zu machen; diese Forderung zu stellen, widersprach seiner Toleranz.

Von Archibald Archer, dem Bibliothekar, einem schlurfenden, aschfahlen Mann um die Sechzig, war Konrad besonders beeindruckt gewesen. Wenn man an der Ausleihe um einen Titel bat, hob er sein Knittergesicht von Papieren und Karteikarten, kraulte seinen struppigen, gelblichen Ziegenbart und sagte auswendig einen Paragraphen auf, der aus dem betreffenden Werk stammte. Archibald kannte den Idealismus aus dem Effeff und war bestens mit Schriften von Engels und Marx vertraut, die er Seite um Seite zitieren konnte. Konrad verlangte aus Neugier von Nietzsche *Zur Genealogie der Moral*, um sich zu vergewissern, ob Archer bei Nietzsche ins Schwimmen kam – der an seinem Ziegenbart reißende Sonderling trug wie auf Knopfdruck, mit leiernder Stimme, den Anfang der Nietzscheschrift vor. Nicht anders verhielt es sich mit Gottfried Wilhelm Leibniz und seiner *Monadologie*, dem *Symposion* von Platon und Heideggers *Sein und Zeit*. Ansonsten war Archer ein maulfauler Bursche und latschte von einem Regalbrett zum anderen, um in seinem Hoheitsreich Ordnung zu halten. Was sein Leben anging, schwieg der Bibliothekar sich aus, als habe er niemals ein anderes Ziel verfolgt, als fremde Ideen zu verwalten. Diese Lebensbescheidenheit paßte nicht zu der Belesenheit Archibald Archers. Als sie eine Spritztour zum State Forest machten und sich Konrad nach Archibald Archer erkundigte, wirkte Brookstone betreten und wich seinen Fragen aus. Archibald sei ein Faktotum, versetzte er grummelnd, als wolle er dieses Kapitel mit einem Indianerhugh abschließen.

Konrad packte bereits seine Koffer, als er eine Einladung Archibald Archers erhielt, sich in seinem Haus, das vom Campus zehn Meilen entfernt war, zum Grillen zu treffen. Seine Verheimlichungsanstrengungen dieser Begegnung kamen Konrad verschroben und kindisch vor – bei Anbruch der Dunkelheit, gegen halb zehn, sollte er sich beim Bibliotheksparkplatz einfinden und in Archibalds alten und klapprigen Ford steigen.

Erst auf der Veranda des Holzhauses, als sie ins Grillfeuer stierten und Flaschenbier tranken, ging Konrad der Sinn dieser schrulligen Vorsichtsmaßnahmen auf. Archibald Archer war bis '49 ein ehrbarer Hochschulprofessor gewesen, der an der Uni von Buffalo lehrte, einem anderen College im Staate New York. Als in Buffalos Presse ein Photo auftauchte, das den Philosophen bei einer Versammlung der Freunde Sowjetrußlands zeigte, hatte nicht nur sein Ansehen beachtlichen Schaden erlitten – auf politischen Druck, nationalen und lokalen, mußte er seine Stelle aufgeben. In Null Komma nichts war er Wohnung und Wagen los und lebte mit wechselnden Jobs von der Hand in den Mund. Aus Mitleid mit Archers an Darmkrebs erkrankter Frau verhalfen zwei Hochschulkollegen in Albany dem einstigen Studiengenossen zum Bibliothekarsposten, was sich ohne Aufsehen deichseln ließ und der Familie Sicherheit bot.

Mit Anfang Sechzig seinen Fall wieder aufzurollen, hatte Archibald Archer nicht vor. Es fehlte dem Mann, der vorzeitig ergraut war, an Ehrgeiz und Antrieb, um auf seinen Lehrstuhl zu pochen und notfalls in Buffalo vor ein Gericht zu ziehen. Nein, Archibald war an der Hetzjagd zerbrochen – und am qualvollen Tod seiner Frau.

»Ja, diese Dinge«, versetzte der Schweizer, »kamen in der McCarthy-Zeit sicherlich vor, oder?, und sind als Einzelschicksale bedauerlich. Trotzdem sollte ein Deutscher den Anstand besitzen, sie nicht mit Verachtung und Abscheu zu geißeln. Wenn Sie mir diese Bemerkung erlauben wollen: Bei euch ging es wesentlich schlimmer zu.« Konrads Widerwillen gegen den Angeber aus der Schweiz, der den notenverteilenden Schiedsrichter spielte, ebbte im Nu wieder ab, als ein Trupp deutscher Landsleute mit großem Hallo in der Schiffsbar auftauchte, um einen Absacker zu sich zu nehmen. Er konnte nichts anderes, als Stadelmann zustimmen.

»Und was halten Sie im allgemeinen von Amerika?« wollte sein Reisegenosse erfahren, »ist dieses Land nicht erregend modern? Um ehrlich zu sein: Ich beneide Yvonne, meine Tochter, die in Brooklyn im Handumdrehen Fuß fassen konnte, um das Leben in dieser Gesellschaft.« Konrad steckte sich seine erloschene Zigarre an. »In Amerika leben mag aufregend sein«, sagte er, »in Amerika sterben ist grauenhaft. Ich wette, Sie waren in Manhattan zu busy, um auf einen Friedhof zu gehen. Sie werden keinen Ort in Amerika finden, der trostloser ist als ein Friedhof. Grabpflege ist in den Staaten ein Fremdwort, in der Regel herrscht schaurige Kargheit und Leere. Und das ist kein Zufall, Herr Stadelmann. Grenzen kann eine Gesellschaft, die sich aus dem Rationalismus entwickelte und der Vollkommenheit zustrebt, nicht anerkennen. Amerikas Menschen sind selbstbewußt, bersten vor Zuversicht und Energie. Ein Individuum, das sich ins Zeug legt, kann es aus dem Nichts zu Erfolg bringen. Man hat es verinnerlicht, Teil einer Welt zu sein, die absolut schrankenlos ist – und wer scheitert, bleibt mit seiner Schande allein. In diesem rationalistischen Land, das Gewalten entfesselt, die beispiellos sind, das einen unvergleichlichen Reichtum an Waren erzeugt und von ausnahmslos zweckhaftem Denken beherrscht ist, haben Sterben und Tod keinen Platz. Zu sterben, heißt in diesen Breiten, zu scheitern. Und der Tod, diese von Pioniergeist verleugnete Grenze, ist eine beklommen verheimlichte Schmach.« Stadelmann bleckte beim Grinsen sein starkes Gebiß. »Das war mir klar, ohne Tod kommt der Deutsche nicht aus. Er meidet den Broadway und rennt, um seinen Schwanengesang anzustimmen, auf den erstbesten Friedhof. Was sagen Sie zu einer anderen Sache: In Amerika herrscht keine Klassengesellschaft mehr. Mittelschicht, Arbeiterschaft, alle Welt ist am Reichtum des Landes beteiligt. Man hat seinen Job, leistet sich einen Wagen, ist renten- und krankenversichert. Dieser Fortschritt Amerikas ist keine Theorie, anders als diese Heilslehre vom Sozialismus, von der unsere Linke nicht lassen kann.« – »Na ja«, sagte Konrad, »Amerika hat mit dem Kriegsausgang zu seinen Gunsten einen bis in die Alte Welt schwappenden Aufschwung erlebt. Ob er von Bestand sein wird, muß sich erst zeigen. Einen Kapitalismus, der nicht in die Krise kommt, Massen an Menschen in Hunger und Elend treibt und eine winzige Clique bereichert, kann ich mir nicht vorstellen, um ehrlich zu sein. Ja, ich habe an sich meine Zweifel, was diese um Geld und Erzeugnisse kreisende Gier angeht, dieses grenzenlos materielle Verlangen. Auto und Fernseher oder von mir aus ein prallvolles Bankkonto sind keine Sinnstifter. Auf das erfolgreiche Wirtschaftsmodell in Amerika trifft eine Einsicht Pascals zu: ›Wer den Himmel auf Erden errichten will, schafft sich mit Notwendigkeit sein Inferno.‹« Stadelmann hieb mit der Faust auf den Holztresen (was Konrads auf Jubel und Trubel versessene Landsleute neugierig machte) und wieherte: »Das dachte ich mir, Sie sind zu philosophisch, mein Lieber, um amerikanisch zu sein.«

Was sie bald aus der Schiffsbar vertrieb, war die lautstarke Gruppe von Bayern und Schwaben, die taumelnd und lallend deutsche Lieder anstimmte. Einer der Kerle im mittleren Alter – es waren im Ganzen nicht mehr als zehn Mann – schwenkte sternhagelblau seinen affigen Cowboyhut, um die in den knautschigen Sesseln verstreuten Besucher der schummrig beleuchteten Schiffsbar in Stimmung zu bringen und zum Mitsingen anzuspornen. Es dauerte keine Minute, bis alle Versammelten den »lieben Augustin« schmetterten und aus der Bar eine schunkelnde Bierschwemme machten. Stadelmann mußte den singenden Steward am Arm packen, um sich bemerkbar zu machen, und wedelte mit einem Packen aus Dollarscheinen, aus dem er den Gegenwert seiner zehn Whiskeys zog plus einem bescheiden ausfallenden Trinkgeld. Konrad zahlte seinen Anteil, nicht ohne zu schlucken – zehn Whiskeys, selbst zollfreie, gingen ins Geld –, und grollte dem geizigen Reisegenossen, der lax seinen Packen aus Scheinen zusammenrollte und sich in die Brusttasche stopfte.

Es war eine milde und sternklare Nacht, als sie nebeneinander zum Achterdeck schlenderten. Um seine steifen Gelenke in Schwung zu bringen, machte der sich an der Reling festhaltende Bildredakteur zwanzig Kniebeugen. Konrad schwieg, halb verstockt, halb beleidigt, zu Stadelmanns Worten vom Schutz, den Amerika vor der Bedrohung Sowjetrußlands bot. »Wenn wir frei sind, das sollten sie zugeben, Kannmacher, verdanken wir das den Vereinigten Staaten. Kennedy fiel es nicht ein, bei der Krise um Kuba vor Chruschtschow den Schwanz einzuziehen.«

Konrad, der heimlich Berechnungen anstellte, was er am anderen Tag ausgeben durfte, um bis zum Zielhafen mit seinem Reisegeld auszukommen, hatte schlagartig seinen der Kennedyrede im Radio lauschenden Lehrer vor Augen, der blass und benommen im Ohrensessel kauerte und sich sein abstehendes Haar raufte. »Sie bringen es fertig und sprengen uns in die Luft«, bemerkte er atemlos, als eine Stimme beruhigend von den Regierungsmaßnahmen sprach, um bei einem Atomschlag entstehende zivile Verluste in Grenzen zu halten. Es folgten Verhaltungsmaßregeln zum wirksamen Schutz vor der Strahlungsgefahr. Konrads Lehrer sprang aus seinem Sessel und eilte mit brennender Kippe zur Bibliothek, aus der er zehn philosophische Werke zog, die man unbedingt vor der Vernichtung bewahren mußte. »Nelli, wo steckst du? Wir packen. Mach zu!« Mit der weinenden Tochter im Arm rannte Nelli ins Wohnzimmer, um zu erfahren, was los sei. »Wir brechen auf. In die Schweiz«, sagte Moosbach knapp, »und nehmen nur mit, was wir notwendig brauchen. Und Konrad kommt mit uns, versteht sich.« – »Warum in die Schweiz?« wollte Nelli erfahren. »Na«, erwiderte Moosbach, bereits eine Spur von verunsichert, »die ist neutral.« – »Und das wird das Strontium 90 veranlassen, um deine Schweiz einen Bogen zu machen?« erwiderte sie halb belustigt und wandte sich wieder dem Kind zu, um es zu beruhigen.

Wiedergutmachung

In den kommenden Tagen fiel Stadelmann aus, der zu seekrank war, um aus der Koje zu steigen. Auf dem Meer herrschte mittlerer Wellengang. Ohne zu spucken, mit gelbem Gesicht, blieb er in seiner Klappe und stieß kleine Seufzer aus, die Konrad Beklemmungen und Unmut verursachten, den dieses mechanische Seufzen an Jette erinnerte. Er versorgte den Schweizer mit Zwieback und zwei Flaschen Wasser, die er aus dem Speisesaal mitbrachte, wo er sein lausiges Breakfast aus Fruchtsalat, eiskalten Eiern und Kaffee verzehrte. Anschließend vertiefte er sich in die Schiffszeitung, die aktuelle Ereignisse meldete, Wetteraussichten und Bordklatsch enthielt und die er sich im Nu vors Gesicht halten konnte, wenn die drei Amerikanerinnen aus Cincinnati den Eßsaal betraten.

Es war windig an Deck, ohne kalt zu sein. Im strahlenden Sonnenschein lehnte er sich an die Reling und atmete Meeresluft ein, diese salzige, rauhe, belebende, an seine pommersche Heimat erinnernde Luft, die er im Rhein-Main-Gebiet schmerzlich vermißte. Warum konnte das Schiff nicht drei Monate brauchen, bis es Bremerhaven erreichte? Wenn Konrad sich vorstellte, bald wieder in seiner Wohnung am Rand Sachsenhausens zu hocken, sank seine Stimmung auf null. Er steckte sich eine Havanna-Zigarre an und nahm einen auf Anhieb beruhigend wirkenden Lungenzug. Nein, seine Ehe mit Jette war nicht mehr zu retten, selbst wenn er beileibe nicht vorhatte, Leine zu ziehen und seine Familie sitzenzulassen. Ohrfeigen konnte er sich, nichts als ohrfeigen, wenn er sich wieder den Leichtsinn vor Augen hielt, mit dem er sich von dieser zierlichen, jungen Frau, die den Anschein erweckt hatte, vollkommen harmlos zu sein, beim sozialdemokratischen Dampferausflug auf dem Rhein hatte einwickeln lassen.

Jette, mit richtigem Namen Henny Alves, kam aus einer Bergmanns- und Ruhrpottfamilie (in diesem April hatte man Jettes Vater im Zuge der Kohlengrubenschließungen zwangspensioniert) und war eine richtige Arbeitertochter – auf diese Feststellung legte sie großen Wert. Bei einem Ausflug mit hohen Genossen – vom Vorstandsmitglied bis zum SPD-Landeschef – bot sich das sicherlich an. Trotzdem war Jettes Stolz reine Angeberei und diente dem Ziel, Aufmerksamkeit zu erregen, einen Zweck, den die Kleine bei Konrad erreichte. Von der mit dieser Herkunft verbundenen Verbitterung hatte er nicht das geringste bemerkt. Es war nicht nur Jettes Erscheinung gewesen, scheinbar arglos und strahlend, zerbrechlich und backfischhaft – man konnte meinen, sie sei keine achtzehn –, die er anziehend und aufregend fand. Sie erinnerte Konrad an seine Stettiner Bekanntschaft Marie, um so mehr, als das Kind aus der Werftenarbeiterfamilie, nicht anders als Jette, beklemmende Armut erlebt hatte.

Konrad hatte sie niemals vergessen. Bereits mit der Heimkehr zu seiner Familie hatte er Anfragen in alle Welt verschickt, von Suchdienststellen beim Roten Kreuz bis zur Heilsarmee, ohne je den Verbleib von Marie in Erfahrung zu bringen. Bestimmt war sie nicht mehr am Leben. Er hatte die mit seinem Schulkumpel Hartmut intime Marie erst besessen, als eine Granate den Schulkameraden zerfetzt hatte, ein Freundschaftsverrat, den er sich nicht verzeihen konnte (und daß er seinen Schulkameraden im Stich ließ, der bei den Russen auf qualvolle Weise verreckt war, machte Konrads Verrat um so lausiger). Mehr als das, es war Erpressung gewesen, als er Marie in den Mannschaftssaal abschleppte. Unerbittlich und kalt hatte er sie benutzt, um sich an Hartmuts Stelle zu setzen. Und seine selbstische Hartherzigkeit hatte sich wiederholt, als er sie bis zur Arbeitersiedlung am Stadtrand verfolgt hatte. Oh, sie war es gewohnt, sich von wildfremden Kerlen entkleiden und gierig begrapschen zu lassen. Doch diese Nacktheit vor Konrad war schlimmer gewesen. Er hatte Marie bei einem Leben ertappt, das sie aus Scham und Verachtung verheimlicht und dem sie um jeden Preis hatte entkommen wollen. Und seine Schuld spitzte sich mit dem Selbstmord zu, den der zum Rollstuhl verurteilte Vater begangen hatte, als er sich in den bleigrauen Hinterhof kippen ließ, um nicht im Weg zu sein, wenn seine Frauen vor den Russen Reißaus nehmen mußten. Konrad konnte sich von dieser Schuld nicht befreien, selbst wenn er sich, anders als seinerzeit in Stettin, nicht mehr als soldatische Niete betrachtete, die bei der Verteidigung Deutschlands versagt hatte.

Marie, seine Kriegsliebe, blieb eine schmerzende Narbe, und als er dem Bergmannskind Jette begegnete, wollte er seine Schuld wiedergutmachen. Das war keine bewußte Entscheidung gewesen. Er verstand es erst zu einem Zeitpunkt, an dem er bereits Jettes Ehemann war.

Eine andere Sache stand Konrad beim Rheindampferausflug von Bonn bis zur Koblenzer Moselwerft wesentlich klarer vor Augen. Teilweise erkannte er in Henny Alves das unreife Schwienkuhler Pfarrerskind wieder, dem er entkommen war, als er das Holsteiner Kaff verließ, um in Frankfurt sein Philosophiestudium aufzunehmen. Katharina erfuhr nichts von seinem Entschluß, vor Semesterbeginn in die Mainstadt zu ziehen, selbst wenn sie sein Vorhaben ahnte. Er log, was das Zeug hielt, um von seiner Liebhaberin nicht in letzter Minute aus kindlicher Rachsucht verpfiffen zu werden. Die kleine Erpresserin war unberechenbar – das machte es Konrad innerlich leichter, sie irrezuleiten. Als er in Hamburg zwei Ringe besorgte, die Katharina als Heiratsversprechen betrachtete, fiel sie Konrad, halb jubelnd, halb weinend, um den Hals. Er habe Nachrichten vom Schulamt erhalten, schwindelte er seiner strahlenden Freundin vor, das den Antrag auf eine Versetzung bewillige. Mit diesem erfundenen Brief ließen sich seine Umzugsvorkehrungen besser rechtfertigen. Sie war mißtrauisch, wollte den Schulamtsbrief sehen. Konrad gab vor, er sei leider nicht auffindbar, er habe das Schreiben beim Packen verschusselt. Den wahren Bescheid aus der Kieler Verwaltung mit Referenzen ans hessische Schulamt, die er in Wiesbaden einreichen mußte, um sich eine Stelle in Frankfurt zu sichern, durfte sie nicht zu Gesicht bekommen. Mit schlechtem Gewissen versprach er der Kleinen, sie auf der Stelle zu sich in die Stadt zu holen, wenn sie erst achtzehn, erwachsen und frei sei.

Konrad verließ seine Holsteiner Bleibe in einer Oktobernacht, passenderweise bei Nebel, als sei er ein Gauner und Spitzbube. Sein Habe fand spielend auf dem Lastauto Platz, das er sich bei Papenfuß kostenfrei ausgeliehen hatte. Und als sein Nachfolger am Sonntagmittag in Schwienkuhl ankam, traf er auf Katharina, die vor der verschlossenen Volksschule hockte und es halsstarrig ablehnte, sich wieder heimzutrollen, sie habe um diese Zeit Nachhilfeunterricht, mit Sicherheit werde Herr Kannmacher gleich wieder aufkreuzen, eine Gewissheit, die sie sich nicht ausreden ließ.

Konrad erfuhr diese Dinge aus einem Brief, der in seinen Frankfurter Postkasten flatterte: Von Katharinas Zusammenbruch, als er sich nicht meldete und sie sich nichts mehr vormachen konnte; von den drei Krankenhauswochen in Oldenburg, bis sie wieder ansprechbar war; und von der Absicht, ins Wasser zu gehen, die Katharina auch bald in die Tat umgesetzt hatte – ein Fischer aus Neustadt entdeckte sie in der See, bewußtlos im eiskalten Meerwasser treibend, und zerrte sie eilig an Bord seines Kutters.

Was Konrad zu Jette trieb, waren Erfahrungen, die mit Marie, Katharina, Elisabeth und seiner ersten vermasselten Ehe zu tun hatten. Als Philosophiestudent, der nebenbei an der Volksschule lehrte, um Geld zu verdienen, und der mit Eifer sein kleines

Latinum nachholte, in seiner neuen Umgebung am Mainufer, wo er eine von Nelli vermittelte Bude bewohnte – zwei dustere, feuchtkalte Zimmer im Tiefparterre –, nahm er sich fest vor, alles anders zu machen. Ein junger Spund, der sein Leben im Zickzack verbringen konnte, leichtfertig, halsbrecherisch und verantwortungslos, war er nicht mehr. Er wollte sich eine Familie zulegen, die Halt und Geborgenheit bot.

Als sie sich beim Rheindampferausflug begegneten, machte Jette den Eindruck von Unschuld und Einfachheit. Sie war klein, keine ein Meter sechzig, und zierlich, hatte einen Pagenkopf – falls es kein Topfschnitt war – aus feinem und aschblondem Haar. Jettes Gesicht war von auffallender Klarheit, als sei es aus Spucke und Milch. Weiße Haut, helle Augen, graublau, und ein breiter Mund, der ohne Pause im plappernden Einsatz war. Diese Redebegeisterung paßte zu Jettes Verehrer, der lieber schweigend an seinem Zigarrenstumpen nuckelte, als Smalltalk vom Stapel zu lassen (Konrad bemerkte, mit zunehmendem Alter mehr und mehr seinem maulfaulen Vater zu gleichen) – was diese Verteilung anging, stimmten sie auf harmonische Weise zusammen.

Er mußte sich nicht erst erkundigen, wer sie war. »Henny Alves«, versetzte sie, als er aufs Sonnendeck kam und sich neben sie stellte, »mit Spitznamen Jette, den habe ich lieber. Und Sie sind Konrad Kannmacher, Moosbachs Begleiter, der auf dem Schiff einen lausigen Ruf hat.« – »Moosbach? Einen lausigen Ruf?« wollte Konrad, entsetzt und begriffsstutzig, wissen. »Nein, nicht Moosbach, mein Gott, Jochen Moosbach verehren wir alle«, bemerkte sie kichernd, »ich meinte Sie! Alle Welt warnt mich vor diesem Mann, der nichts anderes im Sinn hat, als Frauen zu vernaschen.« Das saß. Konrad nuschelte eine Erwiderung, die zusammenhanglos in der Luft schwebte.

Im Nu peilte Jette ein anderes Thema an, als wolle sie Konrad, der diesen K.-o.-Schlag erst wegstecken mußte, zu Hilfe eilen. Das war ein Irrtum, sie hatte kein Mitleid mit einem sich vor Verlegenheit windenden Menschen, und das nicht aus Niedertracht oder Gemeinheit. Jettes Schwatzhaftigkeit war von einer Wahrhaftigkeit, die keiner Peinlichkeit auswich. Und sie berechnete niemals den Schaden, den sie mit Bemerkungen frei von der Leber weg bei anderen anrichten konnte. Schamhaftigkeit kannte sie nicht. Wenn sie schleunigst auf andere Dinge zu sprechen kam, wollte sie nur das entstandene Schweigen vertreiben – Stille und Schweigsamkeit hielt sie nicht aus.

Jette war Vorzimmerkraft eines Parlamentariers aus Recklinghausen. Bei diesem soliden Genossen mit Bierwampe, Arbeiterpranken und grauer Betonfrisur stenographierte sie Reden und Briefe, nahm Telefonate an, kochte Kaffee. Sie verdankte den Posten in Bonn einem Handelsschulabschluß mit blendenden Noten plus einer Empfehlung der Essener Bergbaugewerkschaft, der Jettes Dienstherr verpflichtet war. Ein anderer, nicht zu verkennender Vorzug war Jettes Verlangen, Anerkennung zu finden. Sie wollte dringend das Herkunftspech abschrubben. Von dieser krampfhaften Aufstiegsbesessenheit, die sie beherrschte, bemerkte er anfangs nichts, als sie nebeneinander zum Speisesaal schlenderten, wo sie Kaffee und Kuchen bestellten. Was Konrad blendete, war Jettes Jugend, die heiter und unschuldig wirkte (als sei sie die reine und biedere Ausgabe von Marie). Oh, es sei schwierig gewesen, in Bonn eine Bleibe zu finden, bemerkte sie kauend – er konnte im Mund eine schneeweiße Zahnreihe, Brocken vom Kuchen und Speichel erkennen – ein Zimmer, das annehmbar und nicht zu teuer war, »ich durfte ja keiner Vermieterin stecken, bei wem ich im Bundestag arbeite. Wer mit den Sozialdemokraten verbandelt ist, wird von den katholischen Bonnern behandelt, als sei er vom Aussatz befallen.«

Konrad zerbrach sich den Kopf, ob das Bergmannskind absichtlich von diesem Zimmer sprach, dessen Vermieterin katholischer war als der Papst. Er war es gewohnt, von den Frauen erobert zu werden, und mußte sich niemals ins Zeug legen, um zwischen weiblichen Schenkeln zu landen. Anzunehmen, Jette wollte der Sicherheit vorbeugen, mit der er sich eine bevorstehende Liebesnacht vorstellte. Oder er irrte sich und diese Zimmerbemerkung war arglos und unschuldig. Der kauenden, schluckenden, plappernden Jette, der Streusel und Teig aus dem Mund auf den Teller fielen, waren Bemerkungen mit doppeltem Boden schwer zuzutrauen.

Aus dem benachbarten Saal, der mit roten Girlanden, Plakaten und Losungen verziert war, folgte den Reden von Vorstandsmitgliedern und Parlamentariern ein Arbeiterlied, dem spektakelnde Tanzmusik folgte. Jettes Lippen verzogen sich zu einem Strich. »Ich kann diese Schwachsinnsmusik nicht vertragen«, versetzte sie mit einem leidenden Seufzer und zappelte sich aus der Sitzbank beim Fenster. Konrad, der Kaffee und Kuchen bezahlt hatte, bestellte beim Kellner am Ende einen Kognak, als Jette, die auf der Toilette verschwunden war, zwanzig Minuten verstreichen ließ. Außer Puste, mit knallroten Wangen und zerzauster Frisur tauchte sie wieder auf. »Ach Gott, war das aufregend«, meinte sie kichernd, »man kann sich nicht schlimmer verlaufen als ich. Als ich vom WC kam, fand ich unseren Saal nicht mehr wieder.«

Wieder an Deck, hakte sie sich bei Konrad ein und lehnte sich vorsichtig an seine Brust, die sie knapp mit dem Scheitel erreichte. »Nein, diese Tanzmusik, ist sie nicht schauderhaft? Ich kann nur bei Mozart und Beethoven schmelzen. Ja, was mich schwach macht, ist Beethovens Neunte. Und du?« wollte Jette erfahren, die Konrad halb strahlend, halb forschend betrachtete. »Mir ist Barockmusik lieber«, erwiderte er schluckend, »und neuere Sachen, von Hindemith oder Carl Orff.«

Er war sich nicht sicher, wenn es um Musik ging. Als Kind hatte Konrad Klavierunterricht bekommen, auf Vaters Betreiben, der das Instrument, das kaputt und mit Kleinkram beladen im Wohnzimmer stand, extra zu diesem Zweck wieder hatte in Schuß bringen lassen. Im Alter von zehn hockte er widerstrebend vor Elfeinbeintasten und Ebenholzgriffbrettchen und erwies sich am Ende als »Hudler und Pfuscher, der gnadenlos unbegabt ist«. Vernichtender konnte das Urteil nicht ausfallen, mit dem sein Lehrer den Unterricht abbrach, als er eine Stelle am Gutshof bei Rummelsburg annahm.

Der sich mit dieser Erfahrung im Nacken als unmusikalisch betrachtende Konrad war vom beethovenliebenden Bergmannskind um so beeindruckter. Als Kind blieb es Jette verwehrt, in Beengtheit und Not einer Arbeitersiedlung Klavierunterricht zu bekommen oder in ein Konzert zu gehen – und das nicht nur aus Mangel an Geld. Jettes Vater verachtete diese Musik als Zeitvertreib kapitalistischer Grubenbarone. Kultur war eine Annehmlichkeit reicher Leute, und wer aus der Arbeiterschaft um sie bettelte, erniedrigte sich vor der Ausbeuterklasse. Seine Arbeitskraft mußte ein Kumpel verkaufen – seine Seele verkaufen, das durfte er nicht. Heinz Alves bekam einen Wutanfall, wenn seine Tochter mit einem entliehenen Buch auf den Knien am Mittagstisch hockte und las. »Wir malochen und schuften«, versetzte er außer sich, »und was macht meine Tochter? Sie spielt große Dame.« Jettes Traum, mit dem Hauptschulabschluß aufs Gymnasium zu wechseln, scheiterte an seiner Engstirnigkeit.

Jette sprach Hochdeutsch, dem man keinen Anflug von Platt oder Ruhrpottslang anmerke. Als sie im KV-Lager von Partenkirchen gewesen war, hatte sie Abneigung und Sticheleien erlebt. Was sie rede, sei »Kauderwelsch« oder »Polackendeutsch«, hieß es bei den anderen Kindern im Lager. Das trieb sie monatelang ins Verstummen, bis sich Jettes Ausrottungsanstrengungen auszahlten und sie alle Slangworte aus dem Bewußtsein verbannt hatte.

Konrad hatte sich bei diesem Ausflug in sie verliebt, und bald lud er Jette zu sich in die Mainstadt ein. Seinem Brief legte er zwei Konzertkarten bei, ein Angebot, das sie nicht ausschlagen konnte. Freitagnachts reiste sie mit dem Zug aus dem Rheinland an und begleitete Konrad zur Wohnung am Mainufer, wo sie sich aus seiner Umarmung befreite. Sie sei Jungfrau und wolle es bleiben, bis sie seiner ehrlichen Zuneigung sicher sei, meinte sie. Konrad betrachtete Jettes Verweigerung als einen Unschulds- und Reinheitsbeweis, der sie in seinen Augen veredelte. Sie war ein einfaches Arbeiterkind, das auf Bildung und Wissen versessen war; ein struppiges Wesen, das Mitleid verdiente, Sorgfalt und Aufmerksamkeit. Konrad verrannte sich in die Idee, es sei seine Aufgabe, ja seine Pflicht, der Verlobten ein besseres Leben zu bieten.

Erst im Laufe von Wochen bemerkte er an seiner Freundin ein rechthaberisches Verhalten, das sich mit der Anschmiegsamkeit, die sie sonst an den Tag legte, nicht im geringsten vertrug. Oh ja, in der Regel benahm sie sich zutraulich, liebevoll, mitreißend arglos und heiter. Wenn er sein Wissen in Philosophie, Politik und Geschichte ausbreitete, hing sie voller Andacht und Anspannung an seinen Lippen. Sein Bekenntnis, ein unmusikalischer Mensch zu sein, das dem heimlichen Zweck diente, sie zu ermutigen, hatte Jette beachtlichen Auftrieb verliehen. Einen Wissensvorsprung zu besitzen, ermunterte sie, Konrad halsstarrig zu widersprechen, ja Saures zu geben, wenn es um Musik ging.

An einem Vormittag, als sie in seiner Studentenbehausung verfroren am Herd hockte, mit von der Nachtruhe fettig am Hinterkopf klebenden Haaren und Schlaf in den Schlitzaugen, nippte sie mißtrauisch an der Kaffeetasse, die vom Rand bis zum Boden einen hauchfeinen Sprung hatte. Jette war Konrads Tiefparterrebude verhasst, die schimmlige Flecken an Decke und Wand aufwies und einen eiskalten Fußboden hatte. Sie schwor, nie mehr wiederzukommen, falls er sich nicht endlich ein neues Zuhause zulege, eine Forderung, die bei der herrschenden Frankfurter Wohnungsnot schwer zu befriedigen war. Jette kam auf Dirigenten zu sprechen und ließ sich zu Orchesterbesetzungen aus, die bei Beethoven kleiner gewesen seien als in der Mahlerzeit, wollte zeigen, was sie von Musikinstrumenten verstand, und verstieg sich bei dieser Gelegenheit zu der Behauptung, ein Horn sei aus Horn. »Du irrst dich«, entgegnete Konrad, der kochendes Wasser abgoß und zwei Eier abschreckte, mit belustigter Stimme und eher nebenbei, »ein Horn ist aus Blech, es heißt nicht aus Versehen: Blechblasinstrument, meine Liebste.«

Seine Erwiderung, heiter und unbeschwert, machte sie fuchsteufelswild. Konrad betrachtete Jette entgeistert, nicht ohne den Dampf, der vom Ausguß aufstieg, mit dem Topflappen in seiner Hand zu vertreiben. »In Musik hast du mir nichts zu sagen«, versetzte sie zischend, »du bist eine Null in Musik. Und dein ewiges Lehrerverhalten ist ekelhaft. Du hast keine Ahnung, ein Horn ist aus Horn.« Mit einer Stirnfalte zwischen den Augenbrauen stierte sie Konrad verbissen und trotzig an, der sich eine Antwort versagte, um sie zu beschwichtigen.

An einem verregneten, kalten Oktobertag, als er sich von Jette Vokabeln abfragen ließ, um sich aufs Lateinexamen vorzubereiten, drang ein Konzert aus dem Radiokasten, der auf der Anrichte neben dem Waschbecken stand. »Das kann nur von Bach sein«, versetzte sie strahlend. Konrad verbesserte sie, unvorsichtigerweise: »Das ist nicht von Bach.« – »Und ob das von Bach ist!« bemerkte sie kiebig. »Es ist keine Barockmusik, Jette«, erwiderte er, »wo sind Vielstimmigkeit oder Kontrapunkt?« – »Es ist von Bach«, keife Jette, »ich sage dir, dieses Konzert ist von Bach!« Sie fegte sein Buch in die Ecke und kauerte rechthaberisch auf dem Hocker beim Beistellherd, in den er stumm eine Ladung mit Eierkohlen kippte.

Als das Konzert an sein Ende kam, straffte sich Jette und lauschte dem Radiosprecher, der den Komponisten ansagte, erregt und verkniffen. Und beim Namen »Carl Philipp Emanuel Bach« war sie mit einem Sprung auf den Beinen. »Ich wußte es«, rief sie begeistert, »ich hatte recht. In Musik bin ich besser als du.«

Konrad war zu verliebt und zu einsichtig, um diesen Dingen Gewicht zu verleihen. Sie war empfindsam, verletzlich und zapplig, was sie um so reizbarer machte. Man mußte sie halt mit besonderer Schonung behandeln. Was Konrad zu Anfang entscheidender vorkam, waren Jettes politische Meinungen und Ansichten zu Atomkriegsgefahr oder Naziverbrechen. Bei aller Schlichtheit, mit der sie sie vorbrachte, deckten sie sich mit den seinen. Das hatte er bei seinen anderen Freundinnen nie erlebt, die wollten mit Politik nichts zu tun haben, sei es aus Beklemmungen und schlechter Erfahrung, sei es nur aus Stumpfsinn und Seichtheit. Sie wollten nichts anderes als wieder Tritt fassen und sich ein Leben aufbauen, das angenehm war. Um nicht von Hilde zu reden, die den nationalsozialistischen Dreck, den der Vater vom Stapel ließ, dumm wiederholt hatte.

Ende November nahm Konrad sie mit, als er seinen Lehrer im Ostend besuchte, halb von Jette bekniet, die auf eine Bekanntschaft mit dem klugen und namhaften Moosbach versessen war, der sich mit dem rechten Parteivorstand anlegte und alle paar Tage im Radio redete, halb um seine neue Eroberung vorzustellen, die proletarischer Abstammung war. Sie saßen im Wohnzimmer, tranken Kaffee und Tee, und Moosbach sprach hitzig vom Nominalismusstreit, den er in seiner Hochschulvorlesung behandelte. Er tat das nicht, um das Bergmannskind kirre zu machen oder aus Hochmut und Nichtachtung gegen sie – wenn er einer neuen Idee auf der Spur war, konnte er sich nicht bremsen und sprudelte los. Jette sagte am Anfang keinen Piep, nippte scheu an der Tasse mit Goldrand und lauschte dem Gastgeber, dem glimmender Tabak auf Hemd und Krawatte flog, als er hastig zerstreut seine Pfeife in Brand steckte. Konrad machte nichts anderes als »mhm« und »aha«. Teils war er beunruhigt, was Jette anging, die sich grauenhaft unbedarft vorkommen mußte, teils folgte er Moosbach mit wachsender Hingabe, der eine Linie vom Nominalismus zum herrschenden Wissenschaftspositivismus zog, den er als kapitalistische Lehre verurteilte. »Wilhelm von Ockhams verhimmeltes Einzelding wird im Positivismus zur reinen Gegebenheit, an der keine Zweifel erlaubt sind. Eine andere Gesellschaft ist nichts als ein Hirngespinst, wenn Ideen und Begriffen kein Fitzelchen Sein zukommt. Das ist eine Tautologie, die das herrschende Seiende zum Maßstab des Lebens macht, zum alleinigen Maßstab des Lebens. Was am Begriffsrealismus, besonders Duns Scotus, bemerkenswert war …«, sagte Moosbach und brachte den Satz nicht zu Ende. Sein Arm, der den Vortrag energisch und lebhaft begleitete, schwebte bewegungslos in der Luft, als Jette mit eifriger Stimme versetzte: »Oh, dieser Don Scotus ist mir ein Begriff, wenn ich mich nicht irre, war er Jesuit.«

Konrad wollte im Boden versinken. »Der Mann heißt *Duns* Scotus«, bemerkte er schluckend, »und war Franziskaner, mein Schatz.« – »Duns Scotus, das sagte ich ja«, zischte Jette beleidigt, »und ob Franziskaner, ob Jesuit – er war katholisch, das ist das Entscheidende. Nicht wahr?« wandte sie sich an den seinen Arm in den Schoß sinken lassenden Moosbach, der sie halb verwirrt, halb verzweifelt betrachtete.

Sie stand in der Regel mit Namen auf Kriegsfuß, und Fremdworte verwechselte sie mit Beharrlichkeit. »Kant hat konsterniert«, sagte Jette zum Beispiel im Kreis der Studenten am Wohnzimmertisch, die befangen zu Bierglas und Salzstangen griffen. »Essentiell« war ein anderes Lieblingswort Jettes, aus dem sie gern »existentiell« oder »extrovertiert« machte.

Vorm studentischen Kreis in der heimischen Wohnung, den sie mit Cervelatwurst- und Eistullen bewirtete, oder wenn sie Familie Moosbach besuchten, verlangte es Jettes verbissener Ehrgeiz, Aussagen mit Fremdwortanteilen zu spicken, um beachtet zu werden und Eindruck zu schinden. Konrad wand sich im stillen und griff nicht mehr ein, um sich einen erbitterten Streit zu ersparen, besonders im Beisein von anderen Menschen, ein Umstand, der Jette nicht kratzte. Im Studentenkreis, der sich bei Konrad versammelte, kannte man Jettes Verhalten bereits, und nicht anders verhielt es sich bei Konrads Lehrer, den sie nicht mehr aus der Fassung bringen konnte, wenn sie einen strauchelnden Fremdwortsatz loswerden mußte. Am Doktorandenkolloquium teilnehmen durfte sie allerdings nicht. Jette das strikte Verbot seines Lehrers und Freundes zu stecken, war unangenehm. In der Wissenschaftswelt nicht willkommen zu sein, fand sie verletzend und ungerecht. Ansonsten verstand sie sich prima mit Moosbachs. Nicht anders als Konrad waren Jochen und Nelli von Jettes politischer Streitlust beeindruckt, die sie im Ortsverein oder beim Ostermarsch zeigte.

Schwieriger war es mit Jette in Konrads Familie, wo sie keinen Fettnapf verfehlte. »Oh Gott, diese halbe Portion!« war das erste, was Mutter Emilie am Bahnsteig entfuhr, als Konrad mit Koffern und Tasche ins Freie sprang und der beim Zugausstieg kippelnden Jette zu Hilfe kam, die er in seinen Armen von der Plattform ins Freie hob. »Die muß sich ja einbilden, Kaiserin Sissi zu sein«, grunzte Alma, die mit weißem Topfhut, an dem eine fransige Steckfeder zappelte, neben dem grummelig wirkenden Schwager stand, der es gewohnt war, am Mittag zu ruhen und in seiner Zeitung zu lesen. Gewohnheiten waren dem Buchhalter heilig, ein Charakterzug, der sich im Alter verfestigte. Und selbst wenn es sein Junge war, der zu Besuch kam, wollte er seinen Alltag in Ruhe verbringen. Im Papenfußhaus ließ sich Kannmacher in seinen Ohrensessel fallen und griff nach der Zeitung, ein Verhalten, das Jette verstimmte. »Uns nicht zu beachten, Herr Kannmacher, finde ich grob und verletzend«, bemerkte sie streng. Jette erntete nichts als ein grantiges Schnaufen, das zwischen den raschelnden Seiten versickerte.

In seiner Familie Kritik einzustecken, außer von Alma, war Kannmacher absolut fremd. Und von dieser halben Portion aus dem Ruhrgebiet ließ er sich bestimmt nicht bekritteln! Er nahm seinen Jungen beiseite und zischte: »Du solltest sie besser im Griff haben. Bring dieser schnatternden Schnepfe Benehmen bei, sonst wird sie dir aufs Dach steigen, Sohnemann.« Kannmachers Widerwillen gegen das Bergmannskind war massiver als der gegen Alma. Das zeigte sich, als Konrads Freundin Emilies Schwester mit Schwung aus dem Gleichgewicht brachte.

An diesem Mittag verstummte die sonst den Familientisch unterhaltende Alma vor Konrads Verlobter, die hemmungslos quasselte. Jette verfolgte kein dringenderes Ziel, als im Kannmacherhaus den Beweis anzutreten, eine echte Expertin in Sachen Musik zu sein. Sie stimmte in heiseres Kieken abdriftende Arien von Mozart und Beethoven an und kam voller Inbrunst auf Weltpianisten zu sprechen, die sie aus dem Radio kannte. Bei dieser Gelegenheit fiel er, der Name, den man im Familienkreis und besonders in Gegenwart Almas nicht aussprechen durfte.

Konrad hatte es Jette aufs strengste verboten, von Vaters verschollenem Bruder zu sprechen, der seinerzeit Alma versetzt hatte. In letzter Zeit sendete man Felix Kannmachers Aufnahmen von Mozart- und Schumannkonzerten aus Salzburg, Paris oder Wien ohne Ende, zur Verzweiflung Almas, die sicher gewesen war, der untreue Hundsfott sei nicht mehr am Leben. »Oh, Felix Kannmacher nicht zu vergessen«, bemerkte das Bergmannskind strahlend, »mit dem Sie verwandt sind, Herr Ludwig, wenn ich mich nicht irre, Konrad spielte auf diese Geschichte in Pommern an, diese Doppelhochzeit, die er platzen ließ, meine ich, was man bei seiner Begabung verstehen kann. Leine zu ziehen«, versetzte sie kauend, »war absolut extrovertiert, um Konzertsaalkarriere zu machen, nicht wahr? Ach ja, Felix Kannmachers Mozarteinspielungen sind von einer schwer zu erreichenden Meisterschaft, zu Herzen gehend, mitreißend, himmlisch, mein Gott!« Dieses »mein Gott« galt bereits nicht mehr Felix und seinen pianistischen Leistungen – es galt Konrads Tante, die mit einem Schrei auf die Beine sprang und kalkweiß im Gesicht aus dem Eßzimmer rannte, nicht ohne zu keifen, es sei eine Frechheit, was sich dieses Biest aus dem Ruhrpott erlaube, mit dem sie nie wieder zusammentreffen wolle. Und selbst Ludwig Kannmacher, der sich sonst innerlich weidete, wenn ein Besucher versehentlich oder aus Absicht Emilies Schwester vors Schienbein trat, polterte, Konrads Verlobte benehme sich grauenhaft, sei schlecht erzogen und habe keinen Anstand im Leib. Vaters Bemerkung verbitterte Konrad – selbst wenn sie zutreffend war, blieb sie heuchlerisch. Er entgegnete scharf, dieser Mittelstandshochmut sei fehl am Platz, besonders bei einem Sozialdemokraten. Vater und Sohn ließen erst voneinander ab, als Emilie (die bei Felix Kannmachers Namensnennung beides gewesen war: selig und abweisend, abwechselnd flattrig erhitzt und verlegen) der schluchzenden Jette ein Taschentuch reichte.

In der kommenden Zeit ließ er Jette zu Hause, wenn er seine Eltern in Holstein besuchte, bis sie einen Jungen zur Welt brachte, den man im Papenfußhaus dringend kennenlernen wollte. Und mit Jettes Gewohnheit vertraut, keinen Fettnapf zu meiden, nahm er sie zu keinem Ereignis mehr mit, das von offizieller Natur war. Das reichte vom Hochschulempfang bis zur Vorlesung, die er in Bockenheim abhielt. Konrads Vorsichtsmaßnahmen beleidigten Jette, auch wenn sie sich nicht hundertprozentig im klaren war, warum er sie wieder und wieder ergriff.

Nicht nur das hatte beide einander entfremdet. Schlimmer war Jettes verheerende Eifersucht, von der sie auf qualvolle Weise beherrscht war. Bereits in der Tiefparterrewohnung am Mainufer kramte sie heimlich in seinen Papieren, studierte Kalender und Briefe. Er bekam das erst mit, als sie sich aus Versehen verriet und zu wissen verlangte, wer Hilde sei. Diesen von Konrad in schonender Absicht verschwiegenen Namen konnte Jette nur kennen, wenn sie seine Schreibtischschubladen durchsucht hatte, ein Verdacht, den sie nicht aus der Welt schaffen konnte. Um so augenauskratzender ging sie auf Konrad los, der seine erste vermasselte Ehe vertuschte hatte, um sie keinem Schock auszusetzen. Nicht sie war es, die sich rechtfertigen mußte – am Ende stand Konrad am Pranger. Das war eine Lektion, die er nicht mehr vergaß. In Zukunft bewahrte er alle Papiere, die Jette nichts angingen, in einer Schublade auf, die er sicher verschloß.

Als sie Anfang der sechziger Jahre zusammenzogen, in eine Zweieinhalbzimmerbehausung, ohne Bad, mit Gemeinschaftstoilette und Kohlenofen, alles Dinge, die Jette als Zumutungen empfand, fand sie andere Mittel und Wege, um Konrad zu kontrollieren. Sie las alle Post, die im Briefkasten landete, egal, an wen sie adressiert war. Sie brachte es fertig und lauerte Konrad auf, wenn seine Hochschulveranstaltung aus war, und wehe, er ließ sich von einer Studentin zur Bushaltestelle begleiten! Wieder und wieder kam es zu erbittertem Streit. Als ein Brief Katharinas aus Oldenburg eintraf, die sich mit einem Tierarzt verheiratet hatte, was sie nicht von erinnerungsseligen Zeilen abhielt, machte Jette ein Riesentheater. »Es mit einem Backfisch zu treiben und sich zu verpissen, wenn's brenzlig wird«, keifte sie außer sich, »ist ja das Letzte, du Schwein!« Und bei der Suchdienststellenmeldung vom Roten Kreuz, das den Verbleib Marie Thomas betreffend keine neuen Erkenntnisse anbieten konnte, bekam Jette einen Koller und brach die von Konrad verschlossene Schublade auf.

Als er, um zwei oder drei in der Nacht, vom Kolloquium bei seinem Freund Moosbach nach Hause kam, hockte Jette, den trinkenden Jungen an der Brust, auf dem Wohnzimmerteppich und las seine Briefe, die in Stapeln und Stapelchen um sie verstreut waren, niemals vernichtete Liebes- und Freundesbotschaften, ob sie von Hilde, Elisabeth oder dem Schwienkuhler Pfarrerskind stammten, von Ferdinand Pooch oder Schulkumpel Erwin. Konrad hatte sie nahezu pingelig aufbewahrt, als sei er ein Buchhalter seiner Erinnerungen. Und in seiner Schreibtischschublade befanden sich nicht nur von Konrad empfangene Schreiben – von dem ein oder anderen selber verfaßten Brief hatte er einen Durchschlag behalten.

Bei Konrads Heimkehr las Jette in seinem zwanzigseitigen Schreiben ans Rostocker Krankenhaus, von dem er nicht mehr mit Sicherheit wußte, ob es jemals an Annegret abgegangen war (einen Antwortbrief hatte er niemals erhalten). Was sie vor seine Schuhe warf, als er ins Zimmer trat, war eine von Konrad verfertigte Schreibmaschinenfassung der peinlichen Beichte an Annegret, die seine Nachkriegszeitirrungen auflistete. Sprachlos, verwirrt, voller Scham, stellte er seine Tasche ab, um sich zu Jette zu setzen, die keuchend und weinend auf dem Fußboden kauerte, mit einem Wimmern, das Konrad ins Mark ging. Seine Umarmungen wehrte sie ab.

Ab diesem Zeitpunkt ließ Konrad sich gehen. Er legte auf seine Treueverpflichtung keinen Wert mehr und ließ sich kurzerhand auf einen Seitensprung ein. Jettes krankhafte Eifersucht sollte sich wenigstens lohnen – das war eine trotzige Formel, mit der er sein schlechtes Gewissen beruhigen konnte. Jette kam diesem Seitensprung nicht auf die Schliche, erst seiner Beziehung zu einer Studentin, die Dorothee Schivelbein hieß und verheiratet war. Sie entdeckte das Liebespaar aus reinem Zufall, als sie mit den Kindern zum Kiefernwald bummelte und Dorothee Schivelbeins Ente erkannte, in der Konrad und Dorchen sich mit einer Leidenschaft, die das Auto in Schwingung versetzte, umschlangen; und das knappe drei Wochen vor Konrads Amerikareise, die Jette als pure Gemeinheit betrachtete: Sie sollte mit zwei kleinen Kindern daheim bleiben, und der Kerl machte sich in den Staaten ein lustiges Leben!

Amerika plus Dorchen Schivelbein brachten das Bergmannskind um den Verstand. Sie erlitt einen Tobsuchtsanfall und zerriß seine Albanyantrittsvorlesung samt Kohlepapierkopie in kleine Schnipsel, zu klein, um sie wieder zusammenzukleben. Als sie stundenlang raste und Sachen zerdepperte, ohne sich um die heulenden Kinder zu scheren, eilte er aus der Wohnung zur Fernsprecherzelle und rief ratlos im Haus an der Stadtgrenze an, um bei Moosbachs um Hilfe zu bitten. Nelli setzte sich ohne zu zaudern ins »Cremeschnittchen« und raste zum Neubau am Affentorplatz.

Jette beruhigte sich in Nellis Gegenwart. Schniefend streckte sie sich auf dem Wohnzimmersofa aus und zeigte auf Konrad, der grau und beklommen an einem Zigarrenstumpen kaute. »Er treibt es mit Dorothee Schimmelbein«, schluchzte sie. Konrad mußte es zugeben – nichts fand er peinlicher, als von Jette vor Nelli verpflichtet zu werden, seinen Seitensprung einzubekennen. Zerknirscht lehnte er an der Bibliothek. Sein schlechtes Gewissen ermutigte Jette, zu fordern, er solle sie mitnehmen. »Sonst geht er wieder fremd, das ist ja klar, wenn er monatelang in den Staaten allein ist.« Das war eine Ansicht, die Nelli nicht teilte. »Unsinn, er hat dir versprochen«, versetzte sie – und streifte Konrad mit warnenden Augen –, »sich in Zukunft zusammenzureißen. Und was machst du mit deinen Kindern, ich bitte dich, einer von euch muß daheim bleiben.« – »Und warum muß ich das sein?« jammerte Jette. Als sie in der Amerikasache an Grenzen stieß, stellte sie eine schlauere Forderung, mit der sie Nelli ersichtlich in Not brachte. »Du mußt diese Schimmelbein«, meinte sie weinerlich, »vom Doktorandenkolloquium ausschließen. Oder meinen Mann, der das Weib nicht mehr treffen darf. Und ich will an euren Kolloquium teilnehmen, Jochen darf mir das nicht mehr verbieten.« – »Na gut«, seufzte Nelli, »ich will das zu Hause besprechen«, und ließ sich von Konrad zur Treppe bringen, wo sie sich auffallend frostig verabschiedete. Ab diesem Zeitpunkt war Jette beteiligt, wenn Moosbachs angehende Doktoren zusammenkamen, um in der Hegelschen Logik zu lesen (und Dorchen Schivelbein wechselte zu einem in Heidelberg lehrenden Professor).

Alfredos Schatten

Bei dem anhaltend mittleren Wellengang blieb Konrads seekranker Schweizer in seinem Kabinenbett, bis sie in einem irischen Hafen vor Anker gingen und erste Schiffspassagiere den Dampfer verließen. Es waren sechs ruhige Tage, die Konrad benutzte, um mit sich ins reine zu kommen. Er wich allen schwatzhaften Reisenden aus, nahm niemals an Bingo- und Ping-Pong-Turnieren teil, mied Tanzsaalereignisse oder Buffetpartys. Nur im Speisesaal ließ es sich schwerlich verhindern, mit anderen Menschen Bekanntschaft zu schließen, was er mit einer Verschlossenheit konterte, die selbst forschere Typen auf Dauer entmutigte. In der Regel hielt er seine Mahlzeiten kurz, was bei dem Schiffsfraß weiß Gott kein Verlust war.

Er ging an Deck und fiel in einen Liegestuhl, um in Ruhe zu rauchen und Karten zu schreiben, an seine Eltern und Schwester Helene, die mit einem Oetkervertreter verheiratet war, den Konrad als »seelenvolles Rindviech« betrachtete, oder an seinen triebhaften Schulkameraden, der Schwester Helene besessen verfolgt hatte, als sie in Kiel an der Uni studierte, bis sie seine Aufdringlichkeit nicht mehr aushielt und Erwin mit groben Bemerkungen verscheuchte (Konrads Schulfreund war von einer Selbstherrlichkeit, gegen die nur der Einsatz brutaler Methoden half). Erwin litt heute an rasenden Koliken, die er seiner Verletzung bei Bromberg verdankte, und als Kassenwart eines Vertriebenenvereins schickte er seinem Schulkumpel Hetzschriften heimatverbundenen und nationalistischen Inhalts, was sich Konrad gereizt (und erfolglos) verbat. Wenn er den Trubel an Deck nicht mehr aushielt, schlenderte Konrad zur Schiffsbibliothek, wo er in einen Sessel aus knautschigem Leder sank und vor den anderen Reisenden sicher war. Nur zum Schein zog er einen Roman aus den Buchreihen mit deutschen und amerikanischen Titeln und stierte ins blendende Nichts vor dem Bullauge, diese endlose, blauweiße Weite.

Es war nicht nur seine mißlungene Ehe, die Konrad das Heimkommen schwermachte. Er war auch entmutigt, wenn er sich das baldige Wiedersehen mit seinen Freunden vorstellte, und das nicht aus mangelnder Dankbarkeit. Nichts anderes als diese Dankbarkeit war es, die seine Beklemmungen verursachte. Sie hatten es nie an Ermutigung fehlen lassen und seinen Aufstieg mit Rat und Beziehungen erleichtert. Jochen und Nelli ermahnten den jungen Freund, wenn er zu Leichtsinn und Unvernunft neigte, Ermahnungen, die er wiederholt in den Wind schlug. Oh ja, er erinnerte sich an den Tag, als er Jochen und Nelli im Ostend besucht hatte, um sie wissen zu lassen, er wolle das Bergmannskind heiraten. »Ich weiß nicht, ob das eine gute Idee ist«, versetzte sein Lehrer behutsam, und Nelli bemerkte, »Politisch mag Jette in Ordnung sein. Daß sie zu dir paßt, wage ich zu bezweifeln.« Um diese Bedenken beiseite zu wischen, entgegnete Konrad energisch und stur: »Sie ist Jungfrau, exakt, was ich brauche.« Mit dieser Erwiderung, die nicht idiotischer sein konnte, setzte er beide schachmatt. Nelli beeilte sich, Teewasser aufzustellen und einen Eiersalat anzurichten, Jochen kratzte verbissen den Pfeifenkopf aus.

Konrads Erwiderung war um so bekloppter, als Jettes Jungfernschaft nichts als ein Schwindel gewesen war, den sie sich hatte einfallen lassen, um in seinen Augen anziehender und reiner zu wirken – und zu dieser Zeit kannte er Jettes Geschichte vom Schwangerschaftsabbruch bei einem Engelmacher bereits.

Oh ja, er kam sich seinen Freunden verpflichtet vor. Sie hatten Konrad zur Laufbahn vom Dorflehrer in einem Kaff Schleswig-Holsteins zum Philosophieassistenten in Frankfurt verholfen. Er hatte erfolgreich studiert und seinen Doktorgrad mit einer blendend bewerteten Arbeit zu historischen Ursachen in den moralphilosophischen Antinomien erworben. Mehr als das: Es war aufregend, bei seinen Freunden mit wildfremden Menschen zusammenzutreffen, die aus Frankreich und Israel, Polen und Ungarn kamen, Kommunisten, die vom Kommunismus verbittert waren, und andere, die der Sowjetunion huldigten, Juden, die den Zionismus verteidigten, oder Austauschstudenten und Philosophielehrer, die in Kabul und Neu-Delhi zu Hause waren, und sich mit diesen Leuten politisch zu streiten.

Den Mut, leidenschaftlich politisch zu wirken, in der Partei und im Ostermarschkomitee, beim Sozialistischen Deutschen Studentenbund oder in der Gewerkschaft Erziehung und Wissenschaft, hatte er erst mit den Freunden entwickelt, eine Erfahrung, die Konrad begeisterte, allen Pleiten und Pannen, die man einstecken mußte, zum Trotz. Eine von diesen verheerenden Schlappen war der Parteiausschluß Moosbachs gewesen. Konrads Lehrer und Freund hatte sich der Verpflichtung verweigert, vom Sozialistischen Deutschen Studentenbund Abstand zu nehmen, ein den Bonner Genossen willkommener Vorwand, um sich den schmerzenden Frankfurter Stachel zu ziehen, der im schlaffen sozialdemokratischen Fleisch steckte.

Es war Jette, die auf der Versammlung in Offenbach eine umjubelte Rede hielt und dem Bonner Parteivorstand Anpasserei vorwarf, um den Freund vor dem drohenden Rauswurf zu retten. »Ich frage euch: Was hat er anderes verbrochen«, ereiferte sie sich am Podiumsmikrophon, »als eine Parteilinie zu konsternieren, die uns den sozialdemokratischen Wind aus den Segeln nimmt, bis niemand mehr weiß, was wir wollen, Genossen? Laßt es euch von einem Bergmannskind sagen: Sein Ziel darf man nie aus den Augen verlieren – das ist absolut existentiell.« Diese sprachlichen Ausrutscher fielen nicht ins Gewicht, bei dem tosenden Beifall, den Jette erhielt, die mit siegreichem Strahlen vom Podium kletterte.

Verhindern ließ sich Moosbachs Rauswurf am Ende nicht. Als sie zu viert im Renault an den Main brausten, mit der vorm Steuerrad schimpfenden Nelli und dem schweigend am Pfeifenholm kauenden Jochen, der leidend und blass sein Parteibuch betrachtete, war Jette in augenauskratzender Laune und keifte vom Beifahrersitz, den sie eisern beanspruchte, wenn sie sich von einem Auto mitnehmen ließ (angeblich, um den empfindlichen Magen zu schonen), Konrad sei an diesem Mißerfolg schuld, mit seinem Mangel an Eifer und Kampfgeist. Er sei zu verklemmt und zu feige gewesen, den Genossen im Saal ins Gewissen zu reden. (Es stimmte, er haßte es, Reden zu halten, selbst vor seinen Vorlesungen hatte er Bammel und las sie beharrlich vom Blatt, um sich nicht zu verhaspeln, und bei der Versammlung in Offenbach hatte er sich wiederholt auf den Lokus verzogen, um der Gefahr zu entrinnen, zu einer Verteidigungsrede verdonnert zu werden.) Jette bereute den Offenbachauftritt bald. Sie war absolut sicher, sich mit dieser Rede einen steilen politischen Werdegang und einen Bundestagssessel vermasselt zu haben.

Konrads Hochschulkarriere war ohne den Zuspruch und Beistand der Freunde nicht denkbar. Und bei aller Dankbarkeit, die er empfand, hatte Konrad den Eindruck, als sei er der falsche Mann auf seinem Assistentenstuhl am philosophischen Fachbereich. Er kam sich bis heute als Hochstapler vor, der es niemals verdient hatte, Doktor zu werden. Das machte aus seiner Beziehung zu Nelli und Jochen ein unangenehmes Versteckspiel.

Eine andere Sache war wesentlich schlimmer. Auf dem amerikanischen Schiff, meilenweit von der Heimat entfernt, konnte er Dingen ins Auge schauen, an die er zu Hause zu denken nicht wagte: Er hatte sich vor seinen Freunden verstellt, wenn es um seine Wehrmachtszeit ging. Ja, er hatte sie wieder und wieder belogen, sei es aus Bequemlichkeit, sei es aus Feigheit, zum einen, um beider Vertrauen zu rechtfertigen, zum anderen, um nicht vom Anspruch zerrieben zu werden, den Jochen und Nelli erhoben. Ob einer sauber war und bei den Nazis seinen menschlichen Anstand bewahrt hatte oder nicht, war bei Moosbachs ein ewiges Thema. Konrad wollte seinen menschlichen Anstand bewahrt haben. Er behauptete, nichts als ein mutloser Milchbart in Wehrmachtsklamotten gewesen zu sein, zu zaudernd und schlotternd, um je einen Schuß abzugeben. In seinen knapp sieben Monaten auf Partisanenjagd oder beim Sonderkommando habe er sich als totaler Versager erwiesen, anders als seine pommerschen Schulkameraden Erwin Pfaff, Hartmut Hildebrandt oder Karl Stoph. Und bei einer Gelegenheit ließ er sich einfallen, von einem anderen Klassensaalkumpel zu sprechen, der bei seinem Sonderkommando gewesen sei und dem man das EK1 zuerkannt habe. Diesem Burschen verlieh er vor Nelli und Jochen den Namen – oder Spitznamen – »Alfredo«. Mit »Alfredo« entlastete er sein Gewissen, bis er seinen Schwindel als Wahrheit betrachtete. Ja, sein erfundener Kumpel erlaubte es Konrad, Erlebnisse wiederzugeben, die er vor den beiden verdreht oder schlichtweg vertuscht hatte. Er dichtete sie dem erfolgreichsten Mitglied in Holzapfels Sonderkommando, »Alfredo«, an, der eine lausige Woche vor Kriegsende den Mittelgewichtsmeister Sische verpfiff, als dieser Reißaus nehmen und Fahnenflucht begehen wollte, und hatte sich, widerspruchslos, als korrekter Soldat, der nichts anderes als seine Pflicht tat, an Sisches Erschießung beteiligt. Und bald konnte er nicht mehr entwirren, ob der angeblich, als sie in Ratzeburg eintrafen, von einem Tommy erledigte Kumpel sein Schatten war – oder er selber der Schatten »Alfredos«.

Bei der vorletzten Mahlzeit im Speisesaal kam es zu einer Begegnung, die Konrad den Rest seiner in den vergangenen Tagen beschaulich und ruhig verlaufenen Reise verdarb. Er selbst war an dieser Begegnung schuld, als er den Tisch in der Speisesaalecke ansteuerte, den der Steward einem Menschen mit Silberschopf und seiner jungen Begleiterin freihielt. Sie war um die Zwanzig und eine Erscheinung, die an Deck und im Speisesaal Aufsehen erregte, hatte Haare von spiegelndem und einen Blauschimmer um sich verbreitenden Ebenholzschwarz, schmale Augen, die an ein Paar Mandeln erinnerten, eine auffallend reine und milchkaffeebraune Haut. Schwungvoll und frisch schwebte sie in den Speisesaal, in Schlankheit und Spannkraft betonenden Kleidern, die teuer und schick auf den Fußboden flossen. Alle Welt gaffte sie an, von den Schiffspassagieren bis zum Personal. Im Schlepptau des Mannes mit silbernem, vollem Haar, der Pi mal Daumen auf die Achtzig zuging und den glotzenden Reisenden leutselig zunickte, nahm sie am Stammtisch beim Bullauge Platz. Dieser Mensch wirkte seinerseits eindrucksvoll mit seinem kantigen Leder- und Faltengesicht, beherrscht von zwei blassblauen, blinzelnden Augen, die reptilienhaft starr werden konnten. Trotz seines straffen und sportlichen Auftretens bewegte er sich eine Spur von befangen und schwankend und ließ einen Ansatz von Buckel erkennen. Sie wiederum konnte nichts anderes als seine Tochter, wenn nicht seine Enkelin sein, die in der Verbindung mit einer Mulattin entstanden war, eine Annahme, die sich als irrig erwies. In letzter Minute verunsichert, wandte sich Konrad bereits einem anderen Tisch zu, als der Silberschopf einladend winkte.

»Kannmacher«, stellte sich Konrad den beiden vor und reichte als erstes der Frau seine Hand, die seine Finger nur halbherzig streifte und stumm blieb, anders als der »Kurt Pfeiffer« erwidernde Alte, der sie kraftvoll und herzhaft ergriff. »Und das ist Isabella«, bemerkte er mit einem Nicken zu seiner Begleiterin. Isabella war Halb- oder Viertelindianerin und stammte aus dem paraguayischen Encarnación, einer Grenzstadt am Rio Paraná, wo sie mit Kurt Pfeiffer auf seiner Hacienda zusammenlebte. Das war eine Auskunft, die Konrad schockierte, der von Isabella zu wissen verlangte, ob sie mit Herrn Pfeiffer verheiratet sei. Er erntete nichts als ein Stirnrunzeln, das halb verlegen, halb abweisend wirkte. Unnahbar widmete sie sich dem Essen und nippte am Wein, der rubinrot im Glas schwappte, kalifornischer Wein, den der Steward nur Reisenden der Ersten Klasse anbot. »Ich bedaure, mein Lieber«, versetzte der Silberschopf mit einem Zwinkern, »sie ist nur im Spanischen firm und an sich eine schlichte Natur. Sie hat niemals erlernt, eine Zeile zu lesen, von Schreiben und Rechnen zu schweigen. Tischsitten, Benimmregeln und diese Dinge, die hat sie erst in meiner Obhut erlernt. Um so ergebener ist sie, mein Junge, ja, von einer Demut und Folgsamkeit, die man bei arischen Frauen nicht antrifft. Ansonsten versteht sie es, blendend zu ficken. Was eine willige Analphabetin ist«, prustete Pfeiffer, »das liebt den Analverkehr, wenn Sie mir dieses Wortspiel erlauben. Nein, meine Frau ist sie nicht, Gott bewahre«, er trommelte mit seinen Fingern aufs Tischtuch, »unsere Rassegesetze sind heilig, nicht wahr? Und sein Eigentum kann man bekanntlich nicht heiraten.«

Konrad starrte benommen aufs Schweinekotelett, das der Steward mit Schwung auf den Tisch stellte. Nicht schwer zu erraten, wer dieser Kurt Pfeiffer war, der in Paraguay eine Hacienda betrieb und beileibe nicht leugnete, Deutscher zu sein. Kurt Pfeiffer war sicher ein Deckname, den sich der Nazi rechtzeitig verpaßt hatte, um bei seiner Flucht nicht erkannt und verhaftet zu werden.

Konrad hatte nicht vor, diesem grauenhaften Mann bis zur Ende der Mahlzeit Gesellschaft zu leisten. Er leerte sein Rotweinglas und wollte aufstehen, als Pfeiffer mit scheinbarem Gleichmut bemerkte, er kenne einen Menschen, der Kannmacher heiße und in Paraguay hoher Regierungsberater in wirtschaftspolitischen Fragen gewesen sei. »Alfred Kannmacher«, schnarrte Kurt Pfeiffer, »ein Prachtkerl, der heute in großem Stil Viehzucht betreibt, nicht anders als ich, nur in anderer Gegend, bei Concepción, und gesundheitlich leider in schlechter Verfassung. Ich frage mich, ob Sie mit Alfred verwandt sind.« Er winkte dem Steward, der diensteifrig nickte – alle Stewards an Bord waren trinkgeldversessen und dieser kassierte bei Pfeiffer bestimmt fette Summen – und Konrad sein Glas wieder vollschenkte, der zu beklommen und sprachlos war, um sich zu wehren.

Alfred Kannmacher, das konnte nur Alfred Heise sein, dieser finstere Stern am Familienhimmel und Schwager von Schulmeister Leopold Kannmacher, der bis August '44 in Bukarest Handelsbeauftragter der Deutschen Botschaft gewesen war, maßgeblich betraut mit dem Sonderauftrag, die Petroleumversorgung des Reiches zu sichern. Sie hatten niemals erfahren, ob der hundertprozentige Nazi bis heute am Leben war und sich mit falschem Namen in Deutschland versteckte oder, sicherheitshalber, im Ausland. Wenn es stimmte, was Pfeiffer behauptete, hatte sein Onkel zu Flucht- und Verschleierungszwecken den Familiennamen des Schwagers benutzt, um in Paraguay seßhaft zu werden. Andererseits mußte sich Pfeiffer im klaren sein, daß Kannmacher nicht Alfreds richtiger Name war, was seine Frage, ob sie miteinander verwandt seien, unlogisch machte.

Mit Behagen und unechter Treuherzigkeit schwenkte Pfeiffer seinen tintigen Rotwein im Glas; anscheinend wußte er mehr, als er zugab, und seine Erkundigung war eine Falle. »Tut mir leid«, sagte Konrad mit kratziger Stimme, »mir ist kein Verwandter bekannt, der sich Alfred nennt. Es kann nur ein Zufall sein, wenn dieser Deutsche, mit dem Sie befreundet sind, Kannmacher heißt.« Es war ratsam, auf Angriff zu schalten, das lenkte den Silberschopf von seinen Absichten ab. Konrad erkundigte sich, scheinbar teilnahmsvoll, ob es kein Fehler sei, in Bremerhaven von Bord zu gehen. »Ein Fehler? Warum?« fragte Pfeiffer, aufrichtig verdutzt. »Na, ich meine, ein Naziverbrecher, der im Dritten Reich einen ranghohen Posten bekleidet hat, und das haben Sie, nehme ich an, oder nicht?, sollte mit ernsthaften Pannen bei der Einreise rechnen. Sie wollen mir nicht weismachen, einen echten Reisepaß bei sich zu haben und Pfeiffer zu heißen, ich wette, das ist ein erschwindelter Name.« – »Mit zwei f«, warf der Silberschopf ein, der beim patzigen Grinsen sein weißes (und falsches) Gebiß bleckte, »machen Sie sich keine Sorgen, mein Lieber, das ist nicht mein erster Besuch in der Heimat, und nie habe ich Scherereien an der Grenze erlebt. Und wenn es um seine Liebe zu Deutschland geht, scheißt sich ein Kurt Pfeiffer nicht ein. Ich bin nicht der Mensch, der Gefahren scheut, verstanden?« – »Mhm«, machte Konrad, »das heißt, Sie erlauben mir, ein Telegramm an den Grenzschutz zu schicken, rechtzeitig, vor unserer Ankunft am Sonntag.«

Konrads Feindseligkeit schien den Mann zu erheitern, der seiner Liebhaberin in die Seite kniff, die sich nicht regte, als sei sie empfindungslos, und mit ineinander verflochtenen Fingern, verschlossen und schweigend, zum Bullauge schaute, vor dem sich das sonnig beschienene Ufer der Irischen Insel entfernte; am morgigen Vormittag sollte das Schiff in den Hafen Le Havre einlaufen. »Soll das eine Drohung sein?« grummelte Pfeiffer und drehte versonnen sein Glas in den Fingern, »ich kann dir nur raten, mein Junge«, schlagartig verfiel er ins Du, »keine Dummheiten anzustellen, die dir am Ende mehr schaden als mir. Du hast keine Ahnung, mit wem du zusammensitzt. Meine Beziehungen sind wesentlicher besser als deine, das laß dir man sagen.«

In seiner Stimme schwang nichts mehr von falscher Vertraulichkeit oder Behaglichkeit mit, sie kam scharf und erstickt aus verkniffenen Lippen. »Denkst du, wir haben keine Leute beim Grenzschutz, die wissen, wer in Bremerhaven von Bord geht, und einschreiten werden, falls mir Scherereien entstehen? Ich habe im Vorfeld Versicherungen von allen Seiten erhalten, mein Junge. Nein, ein Kurt Pfeiffer, der geht nicht ins Netz. Ich sage dir, Deutschland ist sicherer als Paraguay. Ich habe Exkameraden im BND, die leitende Stellen bekleiden, du Witzbold, und Einfluß besitzen, erheblichen Einfluß. In Deckung zu gehen heißt nicht, sich entmachten zu lassen. Soll ich dir ein Geheimnis verraten? Mein letzter Besuch in der Heimat verfolgte den Zweck, unser Land zur Atommacht zu machen. Das ist dringend erforderlich, um den verjudeten Weltkommunismus zur Strecke zu bringen. Leider hat unser Vertrauensmann in Bonn sein Verteidigungsamt ohne Sinn und Verstand verspielt, und unsere Anstrengungen sind im Sande verlaufen.«

Es war schwer zu entscheiden, was an seinem Wortschwall der Wahrheit entsprach oder nichts als von herrischem Hochmut begleitete Angeberei war. »Nein, unsere Verdienste ums Vaterland sind nicht vergessen«, bemerkte er in einer Mischung aus Biederkeit, Selbstherrlichkeit und Verbitterung. »Verdienste?« entgegnete Konrad scharf, »tut mir leid. Ich kann nicht erkennen, wo eure Verdienste sind. Millionen und Abermillionen von Toten und eine vernichtete Heimat, die wir, Stein um Stein, wieder aufbauen mußten. Oder rechnen Sie Auschwitz zu diesen Verdiensten?« Kurt Pfeiffer verzog sein zerfurchtes Gesicht, das Verachtung und Mitleid verriet. »Auschwitz war eine hygienische Maßnahme«, bemerkte er mit einem Seufzer, beleidigt und mißmutig, »die von den Siegern benutzt wird, um uns in den Ruch von Verbrechern zu bringen. Eine Reinigung unseres Volkes war notwendig, um es von Armut und Syphilis zu befreien, was mit Massenmord nicht das geringste zu tun hat. Mit den Zahlen treibt man Schindluder, sage ich dir, und es ist zum Kaputtlachen, wenn man uns Grausamkeit vorwirft. Ist es herzlos, wenn man eine Wanze zerquetscht? Und unsere Reinigung hatte am Ende Erfolg. Wir haben den Deutschen zu Stahlkraft, fanatischem Willen und Opferbereitschaft verholfen, um die uns Europa beneidet. Wir sind es gewesen, die euch den fanatischen Willen einimpften, das kannst du nicht abstreiten, mit dem das Vaterland wiedererstarkt ist. Unsere Heimat lebt in Saus und Braus, oder nicht?, und kann auf Zwangsarbeiter verzichten, die heute in Massen und freiwillig zu uns kommen. Und wenn erst der Eiserne Vorhang Geschichte ist, werden auch Russen und Polen bei uns arbeiten wollen.«

Konrad, der es gewohnt war, an Bord der »America« rollmopssicher und murmeltierruhig zu schlafen, konnte in seiner Koje kein Auge zutun und lauschte dem schnarchenden Schweizer im Nachbarbett, den der flachere Wellengang wiederbelebt hatte, ein von Konrad und seinem Kabinengenossen in der Schiffsbar mit Whiskey begossenes Ereignis. Am anderen Tag wich er nicht mehr von Stadelmanns Seite, um nicht »aus Versehen« ins Meer zu fallen. Ja, er konnte sich von dieser kindischen Unruhe, einem von Pfeiffer beauftragten »Unfall« zum Opfer zu fallen, nicht befreien. Stadelmann nahm seine klebrige Treue nicht ohne Befremden zur Kenntnis, besonders als Konrad im Speisesaal an seiner Jacke zog und den Schweizer zu einer entlegenen Ecke bugsierte, die dem Pfeifferschen Stammplatz am fernsten war. »Was soll das?« versetzte er murrend, »hast du nicht den Grauschopf bemerkt, der uns einladend zunickte? Ich will seine Tochter kennenlernen, verdammt, diese Kleine ist atemberaubend.« Und als Konrad dem Reisegenossen von seinem Erlebnis mit Pfeiffer berichtete, wieherte Stadelmann, »Ach, diese Deutschen! Der eine versinkt in abscheulichem Selbstmitleid, und der andere schaudert sich vor seinem Schatten.«

Alle Reisenden mußten an Bord bleiben, als sie um zehn in der Nacht Bremerhaven erreichten, beim letzten, im Norden versickernden Tagesschein, aussteigen durften sie erst Sonntagvormittag, der windig und lausig verregnet war. Vor dem Bretersteg bildete sich eine Schlange, die sich nur Schrittchen um Schrittchen bewegte. Auf dem Kai standen Grenzschutzbeamte, die aufmerksam Ausweispapiere und Visa besichtigten und die Passagiere zur Zollstelle schickten, einer aus zwei Baracken bestehenden Schleuse. Wind zerrte an Jacken und Schirmen, man stieß mit den Knien gegen Koffer und prallvolle Taschen. Konrad erkannte Kurt Pfeiffer, der keine drei Meter entfernt sein Gesicht in den Wind streckte, als sauge er Heimatluft in seine Lungen, und sich bei seinem schwebenden Eigentum einhakte. Als Pfeiffer seinen Reisepaß vorzeigte, nickte der Grenzschutzmann ausdruckslos und ließ den Silberschopf ohne ein Zaudern passieren, eine Vorzugsbehandlung, die Konrad versagt blieb, der erst eine Reihe mißtrauischer Fragen beantworten mußte, bis er seine Habseligkeiten zum Zoll schleppen durfte, wo man den Reisenden bat, aus der Schlange zu treten und mit seinen Koffern ins Zollhaus zu gehen. In den vergilbten Barackengardinen erkannte er Pfeiffer und seine Begleiterin, die auf dem Kai, von zwei Herren empfangen, einen schwarzen Mercedes bestiegen. Pfeiffer drehte sich schlagartig zu der Baracke um, als wisse er, wer sich im Zollschuppen aufhalte, und setzte sein breitestes

Grinsen auf, wenn das nicht nur Konrads Einbildung war, den man in der Baracke erbarmungslos filzte und triezte, als habe er Schmugglergut bei sich – er mußte sich ausziehen und breitbeinig vor eine Wand stellen –, und als er das Zollhaus verließ, waren vierzig Minuten vergangen und der Kai menschenleer. Selbst Stadelmann hockte nicht mehr auf dem Poller am Beckenrand – um seinen Anschlußzug nicht zu verpassen, hatte er sich am Ende zum Bahnhof entfernt, ohne, was seine Absicht gewesen war, Abschied vom Reisegenossen aus Frankfurt zu nehmen.

VIII

Aus dem Geschichtenheft von Konrad Kannmacher

Geschichte von den Meerjungfrauen

Beim Wettauchen mit meinen Schulkameraden, im Ferienmonat Julei, stießen wir in den Tiefen der pommerschen See auf vier Meerjungfrauen. Sie schienen aus dem Nichts zu kommen oder dem Algenwald, der auf dem Meeresgrund schwankte und wankte. Unversehens kreuzten sie unsere Taucherbahn, mit rubinrotem und lapislazuliblauem Haar, das uns wie flirrende Pflanzen umspielte. Bis zum Bauchnabel waren sie unwiderstehlich nackt, hatten schneeweiße Schultern und biegsame Taillen, von den spitzen, in Reichweite vor uns im Meerwasser schwebenden Busen erst gar nicht zu reden. Scham oder Scheu schienen sie nicht zu kennen, anders als unsere Landkrabben, Blagen und Backfische, die alle Strandbadbesucher zusammenkreischten, wenn sie uns Jungs vor den weißblauen Badekabinen beim Luchsen und Linsen erwischten.

Vor Sprachlosigkeit und Begierde vergaßen wir, zu unserer Nußschale hochzuschwimmen. Erst als Karl Stoph seine Klappe aufsperrte und in einem Luftblasenstrudel bewußtlos im Wasser trieb, kamen wir im Nu wieder zu uns. Wir packten den Kumpel und strampelten los. Im Ruderboot kniete sich Hartmut auf Kalles Brust, walkte und knetete, preßte und trommelte, bis der dreivierteltote Zigarrenwarenladensproß einen Eimervoll Meerwasser ausspie und zu sich kam.

Ohne ein Wort miteinander zu wechseln, erholten wir uns auf den Planken. Dieses Zusammentreffen hatte uns schwer erregt, was wir voreinander nicht einzubekennen wagten. Sonst kannten wir zwar keine Peinlichkeitshemmungen, sei es bei kessen Berliner Bienen, die sich zwei Ferienwochen am Badestrand rekelten, sei es bei reiferen Hausangestellten, die uns kichernd mit Straps oder Strumpfband bekannt machten, klammheimlich, versteht sich, und ohne Bewilligung, sie an den knisternden Stellen zu begrapschen – bei vier Meerjungfrauen, die ab dem Nabel anstelle von Straps oder Strumpfband nur Fischflossen hatten, halb Mensch und halb Tier waren, war das eine andere Sache.

Hartmut, der sich im Schritt kratzte, teilte uns mit, er sei mit seiner Witwe in Schlawe verabredet und wolle den Zug nicht verpassen, wir sollten auf Anhieb zum Badestrand aufbrechen. Was Hartmut verlangte, das hatte Gewicht, um so mehr, als der Buchbinderbengel mit Frauen und in Liebesbelangen von uns allen am erfahrensten war.

Erwin und ich hockten uns auf die Ruderbank und tauchten die Paddel ins ruhige Wasser ein, um unseren Kumpel ans Ufer zu bringen, von dem wir rund zehn Kilometer entfernt waren, als ein kreiselnder Wirbel im Wasser entstand, dem wir nicht ausweichen konnten. Unser Ruderboot drehte sich um seine Achse und der saugende Trichter entriß uns die Paddel, die in Null Komma nichts in der Tiefe versanken. Wir waren in Gefahr, in die Ostsee zu kippen und vom schmatzenden Wirbel verschlungen zu werden. »Laßt uns in Frieden, verdammt!« keifte Hartmut, der schwankend am Bootsrand stand und in die See starrte. Der Buchbinderbengelfluch half auf der Stelle! Aus der schlagartig wieder beruhigten See kam ein Spottlust verratendes Gluckern und Glucksen.

»Unsere Ruder sind futsch«, keuchte Erwin, »und ohne sie kommen wir niemals ans Ufer.« Das schien auch den Meerjungfrauen klar zu sein, die wir im Wasser als Schemen erkannten, als sie am Heck mit den Fischflossen peitschten, um uns pfeilschnell zur Steiluferstelle zu bringen, wo wir unsere Klamotten verstreut hatten. Vor den seichteren Stellen drehten sie wieder ab, nicht ohne zum Abschied mit Schwung aus dem Wasser zu tauchen und uns schneeweiße Schultern und Busen zu zeigen, die im Sonnenschein blinkten und glitzerten.

Am Nachmittag hielten wir uns an der Wipper auf. Wir waren neidisch auf den seine U-Boot-Maats-Witwe in Schlawe flachlegenden Hartmut – von den nackigen Nixen erhitzt, um so neidischer – und vermißten sein Lottermaul mit der Fagottstimme, das uns in seine Liebeserfahrungen einweihte.

Lustlos flegelten wir in der Wiese am Ufer und linsten zu den auf der anderen Bachseite in diesiger Nachmittagssonne faulenzenden Flußbibern. Wir nickten halb ein, bis es zu einem Vorfall kam, der uns aus unserem lahmen Verdrossenheitsschlummer riß. Kalle sprang auf die Beine und schimpfte: »Was ist das?«, als eine Welle ans Flußufer schwappte, die dem Damenschneiderschlingel und mir ins Gesicht klatschte. Patschnaß brachten wir uns am Abhang in Sicherheit, wo wir mit Kalle zum gurgelnden Bach stierten, in dem ratlose Biber und Fischotter paddelten.

Eine den Flußlauf hocheilende und von der Ostsee ins Pommernland flutende Welle hatten wir bis zum heutigen Tag nicht erlebt. Und es blieb nicht bei einer vereinzelten Woge. Beim Herzogsschloß, wo sich der Fluß an die Stadt schmiegte, in Hochsommermonaten eigentlich nichts als ein Rinnsal mit steinreich vertrockneten Bachbettstellen, konnten wir eine Welle erkennen, auf der eine gischtweiße Schaumkrone Flocken versprengte. Im Nu waren wir in der Weide am Flußufer. Das war kindisch, die Woge erwies sich als harmlos, nur einen knappen Meter hoch, ebbte sie gleich wieder ab. Wir wollten aufatmen, als wir im Flußwasser unsere nackigen Nixen erkannten, die uns mit Fingern und Schwanzspitze winkten.

Wir konnten nicht mehr widerstehen und sprangen. Erst war ich es, der sich aus der Weide am Ufer ins auffallend salzige Flußwasser fallenließ, Erwin stieß einen Schrei aus und folgte mir auf dem Fuß und zum Schluß hopste Karl vom Zigarrenwarenladen (der sich in der Regel dem Mehrheitswillen anschloß). Wir trudelten, wirbelten, tauchten und kreiselten, im Spiel mit den sich an uns reibenden Nixen, die uns mit Haaren und Fischflossen kitzelten, sei es zwischen den Beinen, sei es in der Poritze. Oh, wir sangen und heulten und knirschten mit dem Gebiß vor lustvollen Schaudern, bis Nachtwolken aufzogen und sich das Salzwasser wieder ins Meer ergoß, nicht ohne unsere Seejungfern mitzunehmen, und Erwin und Kalle und ich splitternackt in der dampfenden Wiese erkalteten.

Am anderen Tag herrschte grausliches Wetter, und wir trafen uns bei mir zu Hause im Dachboden, wo wir Schafskopf und Skat kloppten, quatschten und quasselten. Karl hatte beim Vater im Laden Tabak stibitzt, und Erwin beim Alten, dem Schluckspecht von Damenschneider, eine Buddel mit siebzigprozentigem Rum, den wir, halbe-halbe, in unseren Tee kippten, was den lausigen Regentag nahezu angenehm machte.

Wir prahlten vor Hartmut mit unserem Wippererlebnis, das er uns nicht abnehmen wollte. Mit seiner Fagottstimme, die von verwirrender Sicherheit war, wollte er von uns wissen: »Und warum heißen Meerjungfrauen Meerjungfrauen?« Wir anderen drei nippten stumm an den Teetassen. »Na, man kann sie nicht stoßen, zum Teufel«, versetzte er. Um ehrlich zu sein, hatten wir keine Ahnung, was wir mit den Nixen erlebt hatten. Erstens war es im Fluß zu verwirrend gewesen, zweitens fehlte es uns an Erfahrung beim Liebesspiel, und vom Stoßen, dem kitzligen Gipfel der Lust, hatten wir nicht den blassesten Schimmer.

Als es am Nachmittag aufklarte, stahlen wir uns, reichlich schwankend, zur Wipper, wo wir uns im Handumdrehen von den Klamotten befreiten. Splitternackt streckten wir uns in der Wiese aus, voller Vorfreude auf unsere Nixenbegegnung, mit einer Spannung, die schmerzhaft und steil in die Luft ragte. Diese Nachmittagsstunden verstrichen ereignislos, und in der Sonne, die mit feuchten Lappen umwickelt war und knallheiß vom Himmel schien, nickten wir ein.

Wir erwachten erst, als es stockfinster war, Hartmut uns hochscheuchte und wild beschimpfte. Wir seien nichts als Schwindler und Aufschneider, blaffte er. Er lehnte es ab, uns am anderen Nachmittag wieder zum Fluß zu begleiten, er habe nicht vor, seine wertvolle Zeit zu verplempern. Und wir anderen drei waren uns nicht mehr sicher, ob der Nixenbesuch keine Einbildung war – bis wir mit den Jungfrauen aufs neue zusammentrafen, die in einer Schaumkronenwelle flußauf schossen. Das wiederholte sich bald Tag um Tag, ohne Ausnahme zu einer feststehenden Uhrzeit, als seien sie von preußischer Pingeligkeit.

Es verging eine Woche, bis Hartmut mit uns an die Wipper kam und sich von den Seejungfern kitzeln und schnitzeln ließ, mit einem Prusten und Jubeln, das sich in den Himmel schwang. Am Ende, als sie sich mit peitschenden Flossen verabschiedet hatten und wieder zum Meer schwammen, aalten wir uns ermattet im rieselnden Bachbett. In den kommenden Tagen verzichtete Hartmut auf Verabredungen mit der schmachtenden Maatswitwe und beteuerte, besserer Unterleibssprengstoff als diese vermeintlichen Jungfrauen mit Fischflosse sei zwischen Grenzmark und Pommerscher Bucht nicht zu finden.

Und in einer Nacht, als wir heimschlurften, selig erledigt und lendenlahm, tauchte ein Karren auf, der in den Heuhaufenfeldern zu schweben schien. Ohne klappernde Hufe und knirschende Radreifen glitt er auf uns zu und blieb stehen. Vorn auf dem Bock saß ein in meiner Kindheit verstorbener Pyritzer Knecht namens Ladislaus, das Gesicht voller Schrunden und bis auf den Totenkopf durchsichtig. Durchsichtig schien auch der Gaul vor dem Fuhrwerk, ein lebloses Tier, das von Ameisen wimmelte, die seine Ohren und Augen zernagten. »Rettet sie, Jungs«, knarrte Ladislaus mit einer holzigen Stimme, die schlecht zu verstehen war, »ich bitte euch, rettet sie vor der Verdammnis.« Hartmut, der schwer aus der Fassung zu bringen war, selbst von verrotteten polnischen Knechten nicht, verlangte zu wissen: »Wen meinst du, zum Teufel?«, was Ladislaus nicht mehr beantworten wollte. Er schwebte mit Karren und Zugpferd aufs Stoppelfeld, wo er in der dunstigen Nachtluft versank, zwischen aufdringlich zirpenden Grillen und Eulenschreien.

Am Sonntag beim Gottesdienst sollte uns klarwerden, warum wir dem Pyritzer Knecht in den Feldern begegnet waren. »Trotz der glorreichen Zeit, die wir alle erleben«, heulte der Pfarrer mit spritzendem Speichel ins Kirchenschiff, »ist es unsere Aufgabe, wachsam zu bleiben und niemals den Feind zu vergessen, der in unseren Reihen sein Unwesen treibt. Oh, den Feind vor den Reichsgrenzen, der uns vernichten will, kennen wir aus dem Effeff«, bellte Priebe, »vom Judenmarxisten zur slawischen Knechtsseele, vom barbarischen amerikanischen Neger zum ewig und ausnahmslos syphiliskranken Franzosen. Schwerer erkennen wir den inneren Feind, der uns vorgaukelt, nichts auf dem Kerbholz zu haben. Und ich sage euch, seid auf der Hut vor dem Judas, der mit heimlicher rassischer Unzucht den Leib unserer Volkes von innen zersetzt.«

Es raunte von Reihe zu Reihe im Gotteshaus; und vor mir in der Kirchenbank, wo Julchen Scholl hockte (die sich vor Entsetzen die Ohren verstopfte), beugte sich Vater Scholl von der Schollziegelei zu Kempin, seinem Nachbarn, und zischte erbittert: »Und ich war der Meinung, Freiwalde sei judenfrei.« Priebe lehnte sich augenrollend von seiner Kanzel. »Diese rassische Unzucht, von der ich erfahren habe, bringt nicht nur unsere pommersche Sittlichkeit in Gefahr. Sie ist ein Verbrechen am nordischen Menschen, ein Anschlag auf arische Reinheit und Sauberkeit. Wer sich mit diesem schweren Vergehen beschmutzt hat, stehe von seiner Kirchenbank auf und bekenne!« In den Reihen der Marienkirche muckste sich nichts, außer Scharren und Husten war nichts zu vernehmen. Man drehte sich um, schielte zu seinem Nebenmann, stierte stumm ins Gesangsbuch und auf seine Schuhspitzen, bis aus der Kirchenschifftiefe ein Seufzer kam. »Ich«, stammelte Kalle, »bekenne mich schuldig. Ich habe rassische Unzucht begangen. Meine Schulkameraden und ich treiben es mit vier Meerjungfrauen.« – »Mit Meerjungfrauen!« tobte der Prediger außer sich, »eine schlimmere Schande kann man sich nicht vorstellen! Ein Arier, der sich mit Weibern begattet, die Fischleiber haben, halb Tier und halb Mensch sind!« Bei den brausenden Mißfallskundgebungen im Gotteshaus zog ich meinen Kopf zwischen Mutter und Tante ein, was mir nichts half, als der Prediger donnernd von Kalle zu wissen verlangte, wer bei diesem schmutzigen Spiel seine Spießgesellen seien. Karl, der vor Reue im Boden versank, heulte Wasser und Rotz und verriet unsere Namen. »Hildebrandts Hartmut«, versetzte er schluchzend, »Pfaffs Erwin und Kannmachers Konrad.«

Als wir aufbrachen, mußte ich Spießruten laufen. Es hagelte Fußtritte von allen Seiten, trotz meiner mich flehend abschirmenden Mutter. Julchen spie mir einen Schleimbatzen ins Gesicht, als sei sie ein pommersches Lama. Vor uns trieb Damenschneider Pfaff seinen Jungen mit Hieben vom Kirchplatz zur Wohnung am Steintor, Buchbinder Hildebrandt wiederum schleifte den zappelnden Hartmut im Schwitzkasten heim, und Kalle, der kalkweiße Kalle, begleitete Prediger Priebe in seine Pfarrei, um vor dem Gottesmann Buße zu tun. Alma heulte und zeterte an meinem Ohr, bis ich endlich zu Hause ins Klo rennen konnte, in dem ich mich verbarrikadierte.

Zu meiner Erleichterung ersparte mir Vater eine Abreibung mit seiner pfeifenden Zuchtrute – er hatte nicht vor, sich von Alma vorschreiben zu lassen, wann ich eine Strafe verdient hatte. Und um sie zu triezen, bemerkte er kauend, als wir alle am Mittagstisch Birnenklimpern futterten (außer mir, dem die Bissen im Hals steckenblieben), dem Rassegesetz sei von Meerjungfrauen nichts bekannt. Alma bekam vor Erregung einen Schluckauf, der sie an einer Erwiderung hinderte. Diese Gelegenheit nutzte mein Vater aus und sprach ein Urteil, mit dem er bewies, sich in meinen Seelenbewegungen auszukennen (mehr, als mir lieb war, um ehrlich zu sein): »Besser, mein Sohnemann liebt eine Meerjungfrau als diese Schnepfe vom Ziegelwerk, Julchen Scholl, die vor Getue und Einbildung platzt.«

An diesem Nachmittag kam es in unserer Heimatstadt zu einem schlimmen Ereignis. Es begann mit einem ohrenzerreißenden Knall, als johlende Hitlerjungen in unserem Vorgarten mit einem Stein unsere Scheibe einschmissen und drohten, ins Haus einzudringen, falls ich nicht bereit sei, ins Freie zu kommen. Vater wollte erfahren, was man mit mir vorhabe, und stellte sich auf den Stufen im Hauseingang vor mich. »Nichts«, heulte Ortsgruppenleiter und Konrektor Pooch, der breitbeinig vorm Gartenzaun lungerte, »dein Schmutzfink von Sohn soll nur uns an die Wipper begleiten.« Vater vertraute dem Ortsgruppenleiter nicht und nahm seine Joppe, um an meiner Seite zu bleiben, im HJ-Zug, der Hartmut und Erwin einsammelte und aus dem Steintor zur Wipper marschierte, krakeelend, mit Trommeln und trampelnden Stiefeln. Und neben dem Flußlauf ging's sicher zur Stelle, wo wir mit den Nixen zusammen gewesen waren (und uns eine spielende Schar von HJ-Pimpfen oder ein sich im Dickicht ausruhender Bauernknecht beobachtet und an den Pfarrer verpetzt hatte).

Und nicht anders als in den vergangenen Tagen brandete bald eine Schaumkronenwelle an, in der sich die Meerjungfrauen hemmungslos tummelten – doch diesmal verfingen sie sich in einem Netz, das man von beiden Bachuferseiten ins Wasser warf, um es mit Hauruck aus der Wipper an Land zu ziehen. Den zappelnden Fang warf man auf einen Laster, der mit knallendem Dieselmotor in die Stadt rollte, bis zum Marktplatz, auf dem halb Freiwalde versammelt war und Haffendahl Juniors Spielmannszug loslegte, der seine flotteste Marschmusik anstimmte, Tschinderassassassa tschinderassasassa, als man das Netz von der Pritsche aufs Pflaster stieß, wo es HJ-Jungs mit Messern zerschnitten, um der Menge ein Schauspiel zu bieten. Die sich auf dem Trockenen windenden Meerjungfrauen peitschten mit schillernden Flossen aufs Pflaster ein und Blut spritzte in alle Richtungen zur Gaudi der Menschen, die sich an der hilflosen Nacktheit nicht sattglotzen konnten. Und Priebe, der sich auf den Laster schwang, brandmarkte in seiner Rede Zersetzung und Unmoral, und Ortsgruppenleiter Pooch warnte vor minderen Rassen, die der arischen Jugend das Knochenmark aussaugen, und winkte den uniformierten HJ-Pimpfen, die man auf den Marktplatz Freiwaldes bestellt hatte, um sie zum Morden antreten zu lassen, in Dreierreihen, alle bewaffnet mit Steinen, die sie auf die Meerjungfrauen schleuderten. Vater und ich bahnten uns einen Weg aus der Menge, was bei dem Jubel und Trubel nicht auffiel, bis wir bei Bogislaws Herzogsschloß waren, wo ich mich ins Schloßgrabenwasser erbrach.

Unsere Schulkumpeltruppe zerfiel. Kalle wagte sich nicht mehr in unsere Reichweite, sei es aus Folgsamkeit gegen den Vater, der seinem Jungen den Umgang mit uns untersagt hatte, sei es aus schlechtem Gewissen. Hartmut wandte sich wieder der U-Boot-Maats-Witwe zu, mit der er nur harmlose arische Unzucht trieb, und ging, von der Schule verwiesen, auf eine entferntere Penne in Stolp. Erwin und ich blieben in einer Klasse, verstoßen, als litten wir an einem Ausschlag, und mit hundsmiserablen Noten bestraft (noch schlechteren als vor unserer Schande). Und es war aussichtslos, bei Julchen Scholl von der Schollziegelei um Vergebung zu bitten, selbst wenn ich mein Taschengeld bei Willi Barske ließ, wo ich Karamellen und Lakritzen erstand, die ich dem Julchen vorm Flohkino zustecken wollte. Sie wollte von meinen Schleckereien nichts wissen. Julchen vertrieb mich mit gellender Stimme, als ob eine Alarmklingel losschrille. Erwin und mir ging es mieser und mieser, bis wir eines Tages das Ruderboot flottmachten und von der Bucht vor dem Steilufer ablegten, um in der See um die Wette zu tauchen.

IX

1968

Deutsche Einheit

Konrad holte tief Luft, als er auf den Balkon trat, wo er sich in den rot-weißen Liegestuhl fallen ließ. Es war Viertel vor elf, und um diese Zeit war er mit seinem Kontaktmann am Bahnhof verabredet, vor dem als Treffpunkt vereinbarten Blumenladen. Er hatte in letzter Minute entschieden, den miesen Erpressungen zu trotzen und seine Verabredung platzen zu lassen.

Es erleichterte Konrad, der zittrig das Saugende seiner Zigarre abknipste, einer Billigzigarre mit Namen »Deutsche Einheit«, in der Wohnung alleine zu sein. Seine zwei Jungs hatten Schule bis Mittag, und Jette war bei Helmut Baumann, mit dem sie vor Monaten eine Beziehung begonnen hatte. Baumann besaß eine Reinigungsfirma und hatte Jette bei Sonnenaufgang abholen lassen, mit dem Firmenbus, der seine Reinigungstruppe beim Frankfurter Flughafen ablieferte.

Jette verdiente bei Baumann nicht schlecht – mehr als alle anderen Frauen seiner Putztruppe –, was Konrads Familienausgaben drosselte und zu Hause nicht ohne befriedende Wirkung blieb. Jettes sorgloser Umgang mit Geld war verheerend, und sie hatten sich wieder und wieder zerstritten, wenn sie auf der Zeil bergeweise Klamotten einkaufte (vom dritten synthetischen Pelz bis zum vierzehnten Abendkleid).

Konrad horchte zum Telefon, das auf dem Schreibtisch stand und eine Anschaffung gegen seinen Willen gewesen war. Andauernd schellte und schrillte der Apparat und unterbrach seine

Vorlesungs- und Seminarvorbereitungen. Hochschulanfragen, Genossen vom SDS, Ostermarschleutchen und Liebhaberinnen. Falls keine schlimmeren Anrufe eingingen, was er vor knapp einer Woche erlebt hatte, als sich sein Stasi-Verbindungsmann meldete, der Konrads Nummer wer weiß wo erfahren hatte, bislang stand der Anschluß nicht im Telefonbuch. Seine Hoffnung, den Kerl endlich los zu sein, hatte sich leider als irrig erwiesen. Er war zu benommen und mutlos gewesen, um dem Mann einen Korb zu verpassen, und hatte erwidert, ja, Donnerstagvormittags habe er keine Veranstaltung und sei bereit, gegen elf an den Bahnhof zu kommen. Er rechnete mit einem Anruf des Menschen – von dem er nicht mehr als den Decknamen »Mauritius« kannte –, und der bestimmt in Erfahrung bringen wollte, warum Doktor Kannmacher – Konrads Titel vergaß der Verbindungsmann nie, mehr aus Verachtung und Spottlust als Ehrfurcht – nicht zum vereinbarten Treffpunkt erschienen sei.

Knut Hildebrandts Einladung anzunehmen, seinerzeit, war eine schreckliche Dummheit gewesen. Von Anfang an hatte er vorgehabt, Konrad mit der Staatssicherheit zu verkuppeln. Das war der Zweck seiner Briefe gewesen, die, mit Ulbricht- und Leninbriefmarken beklebt, ab April '63 im Frankfurter Postkasten landeten, alle zwei Monate einer. Konrads Anstand verbot es, sie nicht zu beantworten, selbst wenn er mit Knut, Hartmuts kleinerem Bruder, nie enger verbunden gewesen war. Er schrieb an den Buchbinderjungen in Ostberlin, wo dieser als Lektor in einem Verlagshaus arbeitete, erinnerungsselige Briefe und Postkarten, die sein schlechtes Gewissen beruhigen sollten. Bis heute belastete Konrad der Tod seines Schulkameraden auf qualvolle Weise, und wenn er Knut Hildebrandts Einladung annahm, wollte er seine Beklemmung beschwichtigen.

Eine Besuchererlaubnis erhielt er auf Anhieb, was Konrad nicht mißtrauisch machte. Im August '66, als sie aus Kaprun kamen, wo er mit der Familie im Urlaub gewesen war, bestieg er einen D-Zug, der neun Stunden brauchte, bis er den Zoologischen Garten erreichte, und bezog eine kleine Pension am

Savignyplatz. Am anderen Tag, frisch rasiert, voller Tatendrang, als ob er mit diesem Besuch seine Schuld endlich loswerde, stieg er in die S-Bahn zur Friedrichstraße. An der Grenze bugsierte man Konrad in ein Kabuff, tief in der Erde, mit blassgelber Kachelwand, wo man einen Reisenden unbemerkt und ohne Aufhebens aus dem Verkehr ziehen konnte. Es dauerte dreißig Minuten, bis er den verwinkelten Grenzkorridoren entronnen war und in die Augustsonne trat. Er erkannte den Hildebrandtbruder im Handumdrehen, trotz Augenringen, Glatze und Pfeife im Mundwinkel, sei es an seiner massiven Gestalt, sei es an seiner auffallenden Narbe am Kinn, die Knut bereits in seiner Kindheit entstellt hatte und an die Konrad sich schlagartig wieder erinnerte.

Knut Hildebrandt hatte zur Feier des Tages bei seinem Verlagshaus den Wolga entliehen, der mit schneeweißen Reifen, pieksauber und nachthimmelblinkend am Bordsteinrand parkte. Stolz bugsierte er seinen Besucher zum Auto. »Paß auf, was du sagst, bis wir bei mir zu Hause sind«, warnte er Konrad mit zischender Stimme und nickte zum Menschen in Kunstlederjacke, kariertem Nylonhemd und grauer Stoffhose, der an der russischen Karosserie lehnte, »unser Chauffeur ist nicht koscher.« Mit diesem Schachzug, der schlau und bequem war, schlich er sich in Konrads Vertrauen ein.

Als sie im Wolga zur Stadtgrenze brausten, wo Knut eine Villa mit Garten bewohnte, von bescheidenden Ausmaßen, rußig und halb verkommen, im Inneren teilweise altmodisch elegant – verblassende Teppiche, Wohnzimmerpendeluhr, Kristallscheiben, Heizungsverkleidungen aus Holz ließen an ein vom Weltkrieg verschlungenes Zeitalter denken –, tauschten sie pommersche Kindheitserlebnisse aus und sprachen von Schulkameradenkarrieren in Ost und West, den zwei Rangen aus der Gastwirtsfamilie Kempin, die bei der HO waren und in der Hauptstadt ein Broilerlokal und ein Warenhaus leiteten. Mit dem Nazi von Vater waren beide zerstritten, der sie vergeblich zur Flucht in den Westen anstiftete, wo er, in Geesthacht, eine Kneipe betrieb. Konrad berichtete von seinem Jugendfreund Erwin Pfaff, der bei einer Vertriebenenvereinigung mitmischte und CDU-Abgeordneter im Kieler Landtag war.

Um vor dem Fahrer nichts Falsches zu sagen, verlegte sich Konrad bald auf eine andere Geschichte, bei der Tante Alma im Mittelpunkt stand. Knut erinnerte sich an das bei allen Kindern Freiwaldes Entsetzen verbreitende Tantchen. »Weißt du, was meine Frau Jette beim Kinderschreck Alma entdeckt haben will?« sagte Konrad und kniff seine Augen zusammen, um das Spruchband zu lesen, das vor einer rußigen Mauer hing. Mehr als »Frieden« und »Volk« konnte er nicht entziffern. »Meine Frau Jette ist unstillbar neugierig«, Konrad blies seinen Rauch aus dem Fensterspalt neben sich, »zu neugierig, um sich verschlossene Schubladen, Zimmer und andere Geheimnisse bieten zu lassen. Bei einem Lensahnbesuch drang sie ins Zimmer ein, das wir in der Familie ›Almas verbotenes Reich‹ nennen, eine sonst sicher verriegelte, von einem Filzvorhang ewig verdunkelte Kammer, die an diesem Tag aus Versehen nicht verschlossen war. Und in einer einfachen Kiste aus Brettern stieß sie auf das Winzlingsskelett eines Menschenwurms.« Knut war sprachlos. »Ein Kinderskelett? Ist das wahr?« – »Das kann ich nicht sagen«, erwiderte Konrad, »wenn ich an Almas Benehmen denke, scheint es zu stimmen. Als meine Frau sich beim Essen verplapperte und von Tante Alma zu wissen verlangte, was um Gottes willen mit diesem Kindchen passiert sei, bekam Alma befremdlicherweise keinen Tobsuchtsanfall. Sonst springt sie mit Jette nicht zimperlich um, wenn sie nur den bescheidensten Anlaß zum Schimpfen hat – und Jettes Eindringen in ›Almas verbotenes Reich‹ war mit Sicherheit mehr als ein harmloser Anlaß. Alma stierte kalkweiß im Gesicht in den Teller mit Suppe und brach in ein krampfhaftes Schluchzen aus, das bis tief in die Nachtstunden anhielt.«

Sie waren am Ziel, und der Wolga entfernte sich auf der verlassenen Mahlsdorfer Staubpiste aus feinem und grauweißem Sand. Ob der Verlagschauffeur Stasimann sei, wollte Konrad erfahren, als sie in den Garten gingen und auf eine vom Sonnenschirm beschattete Holzbank fielen, die, umgeben von Obstwiese, Laube und kleinem Teich im wildwuchernden, kniehohen Gras stand. Knut, der sich neben den Teich kniete und aus dem schlammbraunen Wasser zwei Bierflaschen fischte, entgegnete mit einem Grinsen, nein, nein, der Verlagschauffeur sperre nur Augen und Ohren auf und entlarve mit Vorliebe westliche Spitzel, eine Erwiderung, die Konrad verunsicherte.

Mit einer Reihe von Alben im Arm, die Schwarz-Weiß-Aufnahmen aus seinem Leben enthielten, und einer eiskalt beschlagenen Flasche kam Knut aus dem Haus, schenkte ein, schwenkte schwungvoll sein Schnapsglas und prostete seinem Besucher zu: »Auf den weltweiten Siegeszug des Sozialismus!« Er zog sich ein Album aus schwarzem Karton aufs Knie und zeigte dem Gast einen Schnappschuß, auf dem er mit Brecht vorm Theater am Schiffbauerdamm stand, jung und schlaksig, im schneidenden Wind eines Wintertags, halb in sich verkrochen, mit wehendem Schal um den Hals und den Meister verehrenden Augen. Auf einem andern Schwarz-Weiß-Photo hockte er neben der Schriftstellerin Anna Seghers, bereits wesentlich breiter und nahezu kahl. Konrad hatte bereits aus Knuts Briefen vom Aufstieg des Buchbinderjungen aus Freiwalde erfahren, der kurz vor Kriegsende mit seinen Eltern und Großeltern in der Mark Brandenburg strandete, um Ende der vierziger Jahre Berlin zu erreichen, wo er sich als Journalist und Parteimitglied am sozialistischen Aufbau des Landes beteiligte und es mit seiner Liebe zur Literatur, am Anfang nur kindischer Andacht und Leidenschaft, zum Dramaturgen am Schiffbauerdamm brachte. Das war das Sprungbrett auf einen Verlagsposten, auf dem er sich bald einen blendenden Leumund verschaffte und mit Autoren von Weltruhm verkehrte, Ideen entwickelte und Manuskripte besprach.

Mit einer Ausdauer bis zur Verbissenheit verlangte der Buchbinderjunge zu wissen, was mit seinem Bruder beim Sonderkommando passiert war, und wollte schlicht alle Dinge erfahren, die Hartmut in seinen letzten Tagen erlebt hatte. Konrad, der pflichtschuldig antwortete, konnte ehrlich versichern, sein Schulkamerad sei bestimmt kein fanatischer Landser gewesen, ganz zu schweigen von einem verblendeten Nazi.

»Kurz vor seinem Tod haben wir uns verbotenerweise in einem Offiziersclub besoffen, und eine von Hartmuts Bemerkungen, die ich, um ehrlich zu sein, erst nicht wahrhaben wollte, habe ich bis zum heutigen Tag nicht vergessen: ›Dieses beschissene Morden hat deine und meine Vergangenheit restlos vernichtet‹«, sagte Konrad erstickt und mit von der Erinnerung, Hitze und Wodka verschleierten Augen, als Knut sein Familienalbum aufklappte, das reihenweise Aufnahmen von Hartmut enthielt, vor der Buchbinderei und dem Hildebrandtwohnhaus, im Kreis der Familie oder allein, bei der Einschulung oder der Konfirmation. Eine Aufnahme zeigte den mageren Jungen vor den weißblauen Badekabinen am Ostseestrand, voller kindlicher Zuversicht, grienend und sandverklebt, auf einer anderen stand er im Sonntagsanzug neben Prediger Priebe, verlegen und steif, mit vertrotztem Gesicht. Konrad erkannte sich selbst und den toten Freund, nebeneinander beim Zeltlagerfahnenappell, als HJ-Pimpfe in kurzen Hosen. Zu dieser Zeit waren sie noch heillos verfeindet gewesen, was Hartmuts scheele Grimasse bezeugte, mit der er den Nebenmann musterte.

Knuts Finger fiel auf einen Schnappschuß mit Konrad und Hartmut in Wehrmachtsklamotten, am Gleis, vorm bereitstehenden Reichsbahnzug voller Soldaten, die in den Waggonfenstern hingen und winkten – erregt und benommen, hastig an einer Kippe ziehend, mit schlenkernden Gliedern und Spuckegesichtern, drehten sie sich vorm Trittbrett zur Kamera um. Es fiel Konrad schwer, diese Aufnahmen anzuschauen, die seine Empfindungen von Schuld und Versagen verschlimmerten, um so mehr, als er mit Hartmuts Bruder zusammenhockte, der mit Unerbittlichkeit in der Vergangenheit kramte.

Knut zerrte ein Taschentuch aus seiner Stoffhose, um sich den Schweiß von der Glatze zu wischen, und lockerte fahrig den

Schlipsknoten. Man konnte meinen, er habe den Tod seines Bruders im Feindesgebiet nie verkraftet und brauche dringend den Beistand von Konrad, von dem er sich, um endlich Frieden zu finden, eine Auskunft versprach, die befreiend sein konnte.

Heute zweifelte Konrad, ob Knut von der Sache mit Hartmut aufrichtig besessen und seine Not nicht in Wahrheit Theater gewesen war. Konrads Folgeerlebnisse legten es nahe, diesem vorgeblich niemals verwundenen Schmerz zu mißtrauen. Sicher, die Vorstellung, Knut habe Hartmuts gewaltsamen Tod nur benutzt, um dem westdeutschen Gast eine Falle zu stellen, war scheußlich – trotzdem war diese Annahme leider plausibel.

Als Hildebrandts Kinder, drei Rangen von sieben bis dreizehn, mit schwirrenden Stimmen im Garten auftauchten, wo sie Ranzen und Schuluniformen abwarfen, die sie, absichtlich flegelhaft, in eine Astgabel schleuderten – Knut ermahnte sie kraftlos und ohne Erfolg –, sich von Socken und Hemden befreiten und halbnackt im Gras tollten, legte der Vater, zu Konrads Erleichterung, endlich das Album beiseite. Zusammen mit den Kindern, zwei Jungs und einem Backfisch, kam Hildebrandts Frau, die am Deutschen Theater Schauspielerin war, von der Probe nach Hause. Sie sperrte das Gartentor auf, um den knatternden Zweitakter neben der Laube zu parken, und schleppte einen Kasten mit Sprudel zum Teich, in Sandalen, einem luftigen, auffallend knappen Kleid, das mit Blumen bedruckt war, und mit einem am Ellbogen schlenkernden, blaßbunten Stoffbeutel. Sie beugte sich vor, um dem Ehemann mit spitzen Lippen einen Kuß auf den Kahlkopf zu pressen.

Hildebrandts Frau hatte strohblondes Haar, eine angenehm warme und rauchige Stimme, und stand auf der Schwelle zum reiferen Alter. Straffe Waden und jugendlich wippender Pferdeschwanz widersprachen den Falten um Augen und Nase und dem ohne BH weich im Blumenkleid schaukelnden Busen, alles Dinge, die sie um so sinnlicher machten. Sie wirkte lebendiger, echter und herzlicher als der Verlagsmensch, mit dem sie verheiratet war.

Konrad begleitete Wiebke ins Haus, wo er vor der Frau seine Mitbringsel auspackte, ein Kilogramm Bohnenkaffee, Schokolade, Puddingpulver, Bananen, Apfelsinen- und Zitronennetze, mit einer Verlegenheit, die sie erheiterte. »Na ja«, sagte Konrad verwirrt, als sie kicherte, »es behagt mir nicht, den reichen Onkel zu spielen. Und ich will euch weiß Gott nicht beleidigen.« – »Ach was«, lachte Wiebke – sie konnte nichts wissen von Konrads Erinnerung an seine Soldatenzeit, wenn er jungen Frauen gegen Kippen und Eßbares, nicht ohne Gewalt- und Erniedrigungslust, in Hofecken, Kellern und Klos einen Fick abverlangt hatte, und bezog seine Scham auf den deutsch-deutschen Riß zwischen mausgrauem Osten und westlicher Glimmerwelt, eine Beklommenheit, die sie als praktisch veranlagtes Wesen nicht ernst nehmen konnte – »es beleidigt mich nicht, echten Kaffee zu trinken«, versetzte sie mit einem Prusten.

Wiebke, die seine Sachen zusammenraffte, um sie im Vorratsschrank auf einem Brett zu verstauen, neben Salzgurken, Zwiebeln in einem Keramikpott, Blumenkohl, Kartoffeln und glibberigen Einmachgeleesorten, bewegte sich schwungvoll, verbreitete Heiterkeit, schnippelte Bohnen, zerließ Schmalz in der Pfanne, stand schwitzend im Kochdunst und sprach, von den jubelnden Kindern umringt, mit dem Frankfurter Gast. »Wenn Sie uns wieder besuchen, Herr Kannmacher, sollten Sie mich auf den Brettern erleben. Kommen Sie nie mehr in der vorstellungsfreien Zeit – das beleidigt mich wesentlich mehr als Kaffee und Zitronen! Versprechen Sie das?« Er versprach es.

Am Nachmittag mußte sie bald wieder aufbrechen, zu einem Termin in den Studios von Babelsberg, wo sie vor der Kamera stand. »Das ist eine Weltreise«, meinte sie munter, »besonders mit meinem sozialistischen Zweitakter.« – »Nicht unser Trabant ist schuld«, krauterte Hildebrandt, »was im Weg ist, ist dieses faschistische West-Berlin«, und goß sich sein Wodkaglas voll.

Konrad bedauerte es, mit dem Bruder von Hartmut alleine zu bleiben. Verglichen mit seiner Frau wirkte er fade und langweilig. Zu Konrads Beruhigung fing er nicht wieder mit seinen Familien- und Hartmutgeschichten an, als sie sich, von Essen und Wodka ermattet, auf zwei Klappliegen in der Augustsonne rekelten. Er kam auf politische Dinge zu sprechen, vom imperialistischen Krieg in Vietnam, den Befreiungsbewegungen im allgemeinen bis zum Wiedererstarken der Nazis in Westdeutschland. »Faschismus und Kapitalismus, das sind siamesische Zwillinge, stimmst du mir zu? Wenn es zur Krise kommt, braucht man das braune Pack, um die Arbeiterklasse zusammenzuschießen und am kommunistischen Umsturz zu hindern. Es war Absicht, bei euch, in der BRD, Nazis bald wieder in leitende Stellungen zu hieven, um das Kapital vor der Revolution zu verteidigen, blutig und wirkungsvoll, wenn es erforderlich ist. Und uns wirft man Mauer und Stacheldraht vor! Um unser Land gegen diese Kojoten zu sichern, die in eurer Hauptstadt am Ruder sind, in Wirtschaft, beim BND oder der Bundeswehr, hatten wir schlicht keine andere Wahl.«

Konrad blieb einsilbig, nickte und rauchte. Es war nicht seine Absicht, den Lektor zu reizen, der sein »sozialistisches Vaterland« grimmig in Schutz nahm. Und was den Vietnamkrieg anging, diese amerikanischen Greuel im Namen der Freiheit, oder den westdeutschen Umgang mit Naziverbrechern, teilte er Hildebrandts harsche Verurteilung ja. »Dein Geschichtssubjekt« wandte er, mehr akademisch, ein, »hat seinen historischen Auftrag verschlafen. Und das tat es bereits, als es sich bei den Nazis in Scharen zum Herrenrassenwahnsinn bekehren und nationalistisch vereinnahmen ließ. Und bei uns, in der BRD, ist deine Arbeiterklasse sozialpartnerschaftlich befriedet. Bestochen mit Fernseher, Auto und Eigenheim, hat sie einen Umsturz als letztes im Sinn. Bei diesen zu Spießern verkommenen Proleten und einer Gewerkschaft, die mit den Konzernherren kungelt, hat der Kommunismus verschissen, mein Lieber.« Und an einem Punkt konnte es Konrad nicht lassen, zu sticheln: »Und was machst du mit der Zensur, die dir beim Lektorieren ins Handwerk pfuscht und Buchtitel abschießt, wenn sie nicht auf

Linie sind? Ich denke, das ist eine haarige Sache.« – »Du hast keine Ahnung«, versetzte Knut Hildebrandt sauer, »bei uns wird kein Autor verboten, der den Sozialismus und unsere Gesellschaft verbessern will. Wir sind scharf auf Kritik, wenn sie aufbauend und einfallsreich ist und der richtigen Sache zum Vorteil dient. Sicher, einen Autor mit rechten Ideen, der den Sozialismus und seine Organe verunglimpft, verlegen wir nicht. Wer staatsfeindliche Hetze betreibt, das ist klar, kriegt kein Bein auf den Boden und landet mit seinem faschistischen Dreck im Papierkorb. Es ist unsere Aufgabe, wachsam zu sein und Trojanische Pferde ausfindig zu machen, um so mehr, als der Feind bereits an unseren Grenzpfosten lauert.«

Konrad fand Hildebrandts Kampfparolen vollkommen fehl am Platz. Er taumelte aus seiner Klappliege hoch, um sie stumm in den wandernden Schatten zu schieben, und bemerkte einen Menschen, der grinsend am Lattenzaun lehnte. »Wer ist das?« erkundigte er sich bei Hildebrandt, der sich umwandte und seine Augen zusammenkniff. »Ah, ein Freund«, sagte er, keine Spur von erstaunt, »Jo Lachmanski, gewesener Stahlkocher, der den Historischen Materialismus studiert hat und unsere Klassiker aus dem Effeff kennt. Ja, ein Arbeiter mit philosophischer Bildung. Ich habe Genossen Lachmanski verraten, wer heute bei mir zu Besuch ist, ein Kantspezialist von der Uni in Frankfurt am Main. Ist es dir recht?« wollte Hildebrandt wissen, und ohne auf Konrads Entgegnung zu warten, hob er seinen Arm, um einladend zu winken.

Lachmanski, der patzig und anmaßend auftrat, war Konrad von Anfang an unangenehm. Er schien unbedingt zeigen zu wollen, mehr von Philosophie zu verstehen als ein Westakademiker, der das Denken als Spiel, nicht aus Notwendigkeit betrieb und, anders als er, der gewesene Arbeiter, keiner strengen Geschichtslektik verpflichtet war, die auf widerspruchsfreien Gesetzen beruhte. Mit seinem Lieblingsbegriff »kontingent« fiel er Konrad beharrlich und schnippisch ins Wort, als es um moralphilosophische Imperative ging – »Moral ist der Schleier«, versetzte

Lachmanski, »vorm kapitalistischen Klasseninteresse« –, oder den Dualismus von Geist und Materie, den er der Einfachheit halber in Abrede stellte – in seinen Stahlkocheraugen war alles Materie.

Besonders erregt stritten sie um den »dritten Weg«, einen, in Konrads Worten, »humanen Sozialismus«, der nicht von Apparatschiks verhunzt und mißbraucht werde, frei von stalinistischer Zwangs- und Gewaltherrschaft, was Jo Lachmanski als idealistischen und nur dem Klassenfeind nutzenden Humbug verurteilte. »Sind Sie Trotzkist, mein Freund?« wollte er wissen, mit klebriger Stimme (und grimmig verkniffenen Lippen), und als Konrad verneinte, verteidigte er Josef Stalins Verdienste im Vaterlandskrieg gegen den nationalsozialistischen Rassenwahn und seine Menschheitsverbrechen – das sei in Summe erheblich entscheidender als die von Stalin begangenen Fehler. Konrad nahm diesen Menschen im staubgrauen Anzug, mit hochstehendem Haar und zerknautschtem Gesicht, halb versteckt von der großspurig wirkenden Hornbrille, seine angebliche Arbeiterherkunft nicht richtig ab, selbst wenn das ein Mittelschichtsvorurteil sein mochte, was Konrad nicht ausschließen wollte.

Schlagartig stellte der Stahlkocher seinen philosophischen Streit mit dem Gast aus dem Westen ein und ließ sich vom Lektor ein Bier holen. Es wirkte komisch, als Hildebrandt von seinem Platz auf der Holzbank hochsprang, um zum Teich zu rennen – den bequemeren Liegestuhl hatte Lachmanski bereits bei der Ankunft vom Hausherrn beansprucht –, und einen hechelnden Eifer erkennen ließ, der zu einer ehrlichen Freundschaft schlecht paßte.

Und was folgte, war um so befremdlicher. Lachmanski, der an seiner Bierflasche nuckelte, quetschte Konrad zu seiner politischen Arbeit aus, vom Ostermarschkomitee bis zur Gewerkschaft, wollte Namen von Hochschulkollegen erfahren und wo sie politisch beheimatet seien, war beeindruckt von Moosbach und seiner Frau Nelli, die sich von den »sozialdemokratischen Revisionisten« nicht hatten entmutigen lassen. Trotzdem erkundigte er sich verwirrenderweise, ob Konrad nicht besser beraten sei, wieder in die SPD einzutreten, um den Kurs der Partei zu beeinflussen, was bei einer Mitgliedschaft einfacher sei als von außen, ein Vorschlag, den Konrad verdutzt und entschieden verwarf.

Von Hitze und Wodka benommen und schwindlig, hievte Konrad sich aus seinem Liegestuhl hoch und taumelte schwer zur Toilette im Haus, wo er auf die Brille mit schmuddeligem Sitzbezug sackte und sein Gesicht in den Fingern vergrub. Sich von diesem Lachmanski ausquetschen zu lassen, der weiß Gott keinen koscheren Eindruck vermittelte, war absolut dusslig und leichtfertig. Und in seiner stumpfen Vertrauensseligkeit hatte er eine Reihe von Dingen verraten, die den Stahlkocher einen feuchten Kehricht angingen. Halb hatte er den kommunistischen Eiferer mit seinen Hamburger Freunden beeindrucken wollen, halb stellte er sich vor dem Mann einen Persilschein aus, den Moosbachs als Echtheitsaufkleber beglaubigten. Das war unentschuldbar und ekelhaft. Und er hatte einen anderen Schnitzer begangen, als er einen Hochschulkollegen verpfiff, was eher nebenbei, ohne Vorsatz passiert war, aus nichts als bescheuerter Mitteilungsseligkeit, den CDU-nahen Manfred Grabowski, der, trotz seiner Heirat mit einer Orchestermusikerin, den heimlichen Ruf hatte, lieber mit Kerlen ins Bett zu gehen.

Konrad konnte sich nur an einen Bruchteil der Dinge erinnern, die er dem gewesenen Stahlkocher bereitwillig anvertraut hatte. Anzunehmen, er hatte noch andere heikle bis brenzlige Sachen verbreitet. Er riß an der Rolle mit hartem, holzhaltigem Klopapier, wischte sich sauber und stand von der Brille auf, um seine Hose zu schließen, als er, von einem Schwindel erfaßt, wieder umkippte. Er fiel auf die Knie, umarmte den Sitzbezug und erbrach sich halb keuchend, halb wimmernd ins Klo.

Wieder im Garten, nahm Konrad sich vor, unbeirrbar und stur seine Klappe zu halten. Das war nicht mehr notwendig, als er die beiden erreicht hatte, die sich mit halblauten Stimmen berieten und bei seinem Erscheinen verstummten. Konrad hatte den Eindruck, als ahne Lachmanski, daß beim Besuch aus dem Westen kein Stich mehr zu machen sei. Mit der heiteren Unbeschwertheit eines Mannes, der seine Sache erfolgreich erledigt hat, schwang er sich aus seinem Stuhl und versetzte dem Hausherrn einen Klaps auf die Glatze. Von einer schmierigen Kellnerverbeugung begleitet, sagte Lachmanski, halb ernst, halb ironisch: »Es war eine Freude, Sie kennenzulernen, Herr Kannmacher. Oder darf ich Sie einfach Genosse Professor nennen? Selbst wenn wir nicht in allen Dingen einer Meinung sind, ziehen wir letztlich an ein und demselben Strang. Oder bin ich im Irrtum, Genosse Professor?« Ehe Konrad zu einer Erwiderung ansetzen konnte – er brachte nur fertig, »Ich bin kein Professor« zu maulen –, drehte der Mann sich bereits auf dem Absatz um und marschierte mit ausholenden Schritten zum Gartentor.

Sich auf einen zweiten Besuch einzulassen, das war der entscheidende Fehler gewesen. Alle acht Wochen erhielt er handschriftliche Briefe von Hildebrandt, der seinen Schreiben Programme vom Deutschen Theater beilegte und ein Schwarz-Weiß-Photo, das seinen Bruder als Wehrmachtssoldat auf der Hakenterrasse Stettins zeigte. Konrads Kehle verengte sich, als er seinen spottlustig blinzelnden Schulkameraden betrachtete. Und in seinem Antwortbrief teilte er mit, im Februar '67 im Westteil Berlins zu sein, um an der FU einen Vortrag zu halten, er werde kurz auf die andere Seite zu einer Theatervorstellung von Wiebke kommen.

An diesem Tag ging ein schneidender Wind, als er aus den Grenzkorridoren ins Freie trat, wo er gegen den Stahlkocher taumelte. Hildebrandt sitze in einer Besprechung, die leider erst in einer Stunde zu Ende sei, meinte Lachmanski und schob den »Genossen Professor« behutsam zum Lada am Bordstein. Verwirrt und befangen stieg Konrad ins Auto, das auf halbleeren Straßen den Stadtkern verließ und vor einem verlotterten Altbau zum Stehen kam, in dem der Stahlkocher angeblich lebte, selbst wenn kein Name am Klingelschild klebte und seine Vierzimmerflucht auffallend unbewohnt wirkte. Im Wohnzimmer roch es halb staubig, halb schimmelig, und von der Stuckdecke rieselte Kalk, der die verschlissenen Sessel und Teppiche mit einer haarfeinen Schicht weißen Pulvers bedeckte. Und es war klamm in der Bude, in der eine dumpfe und miefige Luft herrschte. Alle Tapeten waren abweisend kahl und zeigten ein scheußliches, braungelbes Muster. Spuren von Privatheit, Familienphotos, Blumen oder Nippes waren nicht zu entdecken. Vor den vergilbten Gardinen stand nichts als ein Fernseher, holzverschalt und mit spiegelnder, blaugrauer Mattscheibe. Beunruhigt sank Konrad ins Sofa. »Was trinken wir?« wollte der Stahlkocher wissen, der mit zwei Pullen im Arm auf der Schwelle erschien, einer beschlagenen Buddel mit russischem Wodka und einem Westimport schottischen Whiskys.

Zu einem philosophischen Schlagabtausch hatte der Stahlkocher an diesem Nachmittag keine Lust. Ohne Umschweife legte er los und lud Konrad mit zackigen Worten zur Mitarbeit ein, um den Sozialismus im Osten zu festigen und einer ausbeutungsfreien Gesellschaft im westlichen Deutschland zum Sieg zu verhelfen. Was man brauche, seien Angaben aus erster Hand zu Entwicklungen oder Personen an der Hochschule, beim Sozialistischen Deutschen Studentenbund oder in der Gewerkschaft Erziehung und Wissenschaft. Augen und Ohren aufzusperren sei das A und O. Mittelsmann- oder Kurierdienste wiederum werde man spesenbereinigt entlohnen, falls sie mit Reisen und zeitlichem Aufwand verbunden seien.

Lachmanski war mit seinem Vortrag nicht fertig, als Konrad vom Sofa aufstand und erwiderte: »Ich werde nicht spitzeln, das schminken Sie sich man ab.« Er wickelte sich seinen Schal um den Hals, nahm den Mantel, der von einer Stuhllehne baumelte, und eilte zur Korridorschwelle, wo er sich, schlagartig beklommen, zu dem Stasimann umwandte. Als Ortsunkundiger hatte er keinen Schimmer, wo er sich in diesem nach Zweitakterabgasen und Braunkohle stinkenden Ostteil Berlins befand. Bei Anbruch der Nachmittagsdunkelheit wieder zur Friedrichstraße zu finden, ohne Hilfe Lachmanskis, war keine behagliche Aussicht.

Lachmanski entging dieses Konradsche Zaudern nicht. Selbstbewußt hockte er in seinem Sessel und nippte am schottischen Whisky. »Genosse Professor«, versetzte er in einer Mischung aus Strenge und falschem Bedauern, »wir haben Dinge erfahren, die Sie in die Klemme bringen, falls sie in Frankfurt bekannt werden sollten. Wir wollen sie nicht breittreten, um Himmels willen, warum sollten wir einen von uns an den Pranger stellen?, das ist nicht unsere Absicht und Aufgabe. Andererseits haben wir Sie in der Hand, und im Klassenkampf muß man Entscheidungen treffen, die unangenehm oder abstoßend sind. Wenn Sie mit uns zusammenarbeiten, Genosse Professor, ist niemand verschwiegener als wir – und sollten Sie ablehnen, kennen wir Mittel und Wege, um Sie an der Uni und bei den Genossen in Frankfurt zur Schnecke zu machen.« – »Sie wollen mich verleumden«, entgegnete Konrad. »Verleumden?« bemerkte der Stahlkocher grummelnd, »i wo!« Er zog seine Hornbrille ab, um sie absichtlich linkisch und langatmig sauberzuwischen. »Erstens sind Sie bereits unser Mann, lieber Kannmacher, im Mahlsdorfer Garten, vor sechs sieben Monaten, waren Sie schwatzhafter als eine Klatschtante. Andere Dinge sind wesentlich schlimmer. Ein harmloser Wehrmachtssoldat waren Sie nicht, als Mitglied der Waffen-SS, beispielsweise, oder beim Sonderkommando kurz vor dem Zusammenbruch, wo Sie das Eiserne Kreuz Erster Klasse erhielten, das nur einer bekam, der sich richtig ins Zeug legte und beim Menschenerschießen nicht naß machte. Das ist kein moralischer Vorwurf, beileibe nicht. Sie waren siebzehn, Genosse Professor, ein unreifer Strick, der besonders soldatisch sein wollte. Andererseits sind diese Linken im Westen moralischer, als es dem Klassenkampf dienlich ist. Eisernes Kreuz Erster Klasse und Mitgliedschaft bei der SS werden Sie bei den sauberen Antifaschisten in Mißkredit bringen. Wollen wir wetten, Genosse Professor? Moosbach wird außer sich sein vor Entsetzen.« – »Sie sind im Irrtum, ich war niemals

Mitglied der Waffen-SS«, wehrte Konrad sich schwach. »Warum leugnen, mein Gutster, wir haben es schwarz auf weiß«, sagte der Stahlkocher mit einer Stimme, die zwischen unechtem Mitleid und Hohn schwankte, »Sie stehen auf der Liste, mit Namen, Adresse und Unterschrift.«

Eine Unterschrift, die keinen Wert mehr besaß, als mich Vater beim Heeresamt anmeldete, wollte Konrad erwidern und schwieg. Er war zu benommen, um den Stasi-Mann in Ludwig Kannmachers Dreh einzuweihen. Und das um so mehr, als Lachmanski bereits mit Genuß andere peinliche Dinge ausbreitete: Von seiner Beziehung zur Kriegswitwe in Lensahn, die in Skandal und Gerichtsprozess endete; von Konrads mißratener Ehe mit Hilde, der Tochter des Nazis und Oberzahlmeisters »Old Ironhand« (er konnte den Spitznamen nur aus seinem Annegret-Brief kennen); bis zu Konrads verbotener Liebschaft im Volksschulhaus mit einem Kind, das erst dreizehn gewesen sei, als es der Lehrer mißbraucht habe. »Mißbraucht? Das ist Unsinn«, verwahrte sich Konrad, »und Katharina war sechzehn, ich bitte Sie«, ein Einwand, mit dem er den Mann nicht beeindrucken konnte. »Ob sechzehn, ob dreizehn«, bemerkte er grinsend, »es reicht, um Sie fertigzumachen, mein Lieber«.

Schwindlig sank Konrad ins Sofa und nahm sein Glas, um das brennende Zeug in den Rachen zu kippen. »Was muß ich machen?« versetzte er flau. »Oh, nichts Besonderes«, sagte Lachmanski, der sich seine Finger rieb und beide Beine ausstreckte, »und niemals vergessen, Genosse Professor, Sie dienen der richtigen Sache, selbst wenn uns der Klassenfeind zu Heuchelei und Verstellung zwingt.«

Er nahm eine schwarzweiß karierte Schachtel, die aus seinem Nylonhemd ragte, und rauchte behagliche Kringel zur schadhaften Stuckdecke, von der eine nackte, gelb blendende Lampe hing. »Wenn Sie wieder in Frankfurt sind, werden Sie unseren Verbindungsmann treffen, Genosse Professor. Das Kennwort ist: ›Heinz bleibt in Winterthur‹, haben Sie das? Nichts anderes als: ›Heinz bleibt in Winterthur‹.«

Als Konrad vorm Deutschen Theater eintrudelte, war er zu benommen, um Knut zu beschimpfen. Hartmuts Bruder tat ahnungslos, unschuldig. Er platzte vor Wiedersehensfreude und Munterkeit, als sie in der randvollen Theaterkantine, in der man vor Hitze und stickiger Luft verging, zwei Broiler verzehrten und Bier tranken. Konrad bekam von dem faden Verlags- und Theaterklatsch, den der Lektor vom Stapel ließ, nicht das geringste mit, und selbst bei der Theatervorstellung mit Wiebke war er zu benommen, um dem Ablauf zu folgen. In der Garderobe beeilte er sich, von den quasselnden Hildebrandts Abschied zu nehmen, und hetzte alleine zur Friedrichstraße, erst erleichtert, als er am Savignyplatz ausstieg und in sein Pensionsbett fallen konnte.

Es dauerte, bis er sich von seiner Unruhe, Verunsicherung und Verwirrung erholt hatte, die seinem Lehrer und Freund nicht entgingen, der bei der Flugreise zu einem Kongreß in Rom von Konrad zu wissen verlangte, was los sei. Ach, es seien diese ewigen nervenaufreibenden Uneinigkeiten mit Jette, log Konrad, eine Erwiderung, die Moosbach entmutigte. Er betrachtete Kannmachers Liebes- und Ehebelange als vollkommen vernunftlose Schose, bei der man mit Einsicht und Logik nichts ausrichten konnte.

Alle vier Wochen mit seinem Verbindungsmann an wechselnden Mainuferstellen zusammenzutreffen, im Palmengarten, in einer Ebbelwoikneipe, am Hauptbahnhof oder vorm Henninger-Turm, kam Konrad bald kindisch bis komisch vor, was sein Gewissen auf Dauer beschwichtigte. Ja, zeitweise konnte er sich nicht verhehlen, Befriedigung bei seinem Tun zu empfinden. Mit dem Polizistenmord an Benno Ohnesorg beim Protest gegen Schah Reza Pahlavi in Berlin und dem Regierungsvorhaben zur Notstandsgesetzgebung, zu schweigen vom Einzug der Nazis in westdeutsche Landtage oder einem Kanzler, der Mitglied der Hitlerpartei und bis Kriegsende hoher Beamter von Ribbentrops Gnaden gewesen war, ging sein Vertrauen in den Staat gegen null. Und er wollte sich von der verhaßten Korrektheit befreien, die seine Erinnerung belastete. Als junger Wehrmachtssoldat hatte er erlebt, was man mit Nibelungentreue anrichten konnte, und er hatte nicht vor, diesen Fehler zu wiederholen.

Es waren ja nichts als Belanglosigkeiten, die er dem Verbindungsmann mitteilen konnte, wenn er SDS- und Gewerkschaftsversammlungen schilderte oder Ansichten aus Diskussionskreisen wiedergab, die keinen Heimlichkeitsmehrwert besaßen. Was Hochschulklatsch anging, hielt er sich bedeckt, um nichts Falsches zu sagen und einen seiner Unikollegen aus Dummheit ans Messer zu liefern. Und den von seinem Verbindungsmann wieder und wieder verlangten Parteieintritt verschob und verschleppte er stur und beharrlich. Vor dem Menschen mit Schnauzbart, der ruhig und besonnen wirkte und an einen jungen Gerichtsreferendar oder Junglehrer an einer Schule erinnerte – sein nordhessischer Zungenschlag war nicht zu verkennen –, fiel das Konrad nicht sonderlich schwer. Mit großer Wahrscheinlichkeit war sein Kontaktmann ein hundertprozentiger westdeutscher Kommunist, der sich von der Staatssicherheit hatte anheuern lassen und in seiner Freizeit Agent spielte. Er erhielt seine Anweisungen von der Spree, wo man Konrads Einsatz als mangelhaft einstufte. Das zwang den charakterlich zahmen und verbindlichen Mann, seine Daumenschrauben anzuziehen. Zum kommenden Treffen am Main brachte er einen Umschlag mit, mit dem Auftrag an Konrad, den Brief, gegen Spesen und einhundert Mark Honorar, in die Schweiz zu bringen.

Konrad hatte erst vor, bei der Sache nicht mitzuspielen, eine Entscheidung, bei der es nicht blieb, als es an seiner Hochschule zu einem tragischen Vorfall kam. Grabowski, der konservative Professor mit angeblich homoerotischen Neigungen, der an der Uni den Schwerpunkt Scholastik betreute, verblutete in seinem Fachbereichszimmer, wo er sich in der Nacht beide Pulsadern aufschlitzte. Das war eine Geschichte, die Konrad entsetzte, um so mehr, als er seinen Kollegen Grabowski in Hildebrandts Mahlsdorfer Garten verpetzt hatte. Ob Zufall, ob nicht, Konrad konnte nicht anders, als dieses Ereignis auf sich zu beziehen. Beunruhigt nahm er den Zug in die Schweiz, wo er nur eine glimpfliche Ausweiskontrolle erlebte, und brachte seinen Umschlag zur Firmenadresse am See, den er in einen an der Hauswand befestigten Briefkasten stopfte. Anschließend schlenderte er – tief erleichtert – zum Bahnhof. Seine Reise, die knapp siebzehn Stunden in Anspruch nahm, fiel niemandem auf, außer Jette. Schimpfend verfolgte sie Konrad ins Wohnzimmer: Um mit einer von seinen Studentinnen ins Bett zu fallen, lasse er sie mit der Hausarbeit sitzen. Sie stritten sich, bis Helmut Baumann aufkreuzte, um Jette zu einer gerichtlich verbotenen Demonstration an der Hauptwache abzuholen, gegen ein Treffen der hessischen NPD, bei der mit gewaltsamen Krawallen zu rechnen war. »Paß gut auf sie auf, Helmut«, murmelte Konrad, was Jette veranlaßte, spitz zu bemerken: »Und warum machst *du* das nicht? *Du* bist mein Ehemann. Nelli wird kommen und Jochen soll sprechen – nur sein Assistent ist zu feige, den Nazis zu trotzen.«

Mit dem beginnenden Wintersemester teilte man Konrad einen anderen Verbindungsmann zu, der auf »handfeste Ergebnisse« pochte. Mit Larifari ließ er sich nicht abspeisen. Erstens verlangte er vom »Doktor Kannmacher« schriftliche Mitteilungen und Protokolle, sei es von SDS- und Gewerkschaftsversammlungen, sei es von Diskussionen bei Moosbachs im Wohnzimmer, die vor allem personenbezogen sein sollten. Zweitens machte er Druck, was den wieder und wieder von Konrad verschleppten Parteieintritt anbetraf. Dieser »Mauritius« war unangenehm, eine grobe Erscheinung, stiernackig und bullig, mit fettigem Haar, das er anscheinend niemals wusch, und Schuppen, die weiß seine Schultern bedeckten. Er schien aus der rheinischen Ecke zu kommen und mochte von Hause aus Schriftsetzer sein, bei der Mischung aus Klassenbewußtsein und Bildung, mit der er vor Konrad nicht geizte. Dem akademischen Lehrer ins Wort zu fallen und zu widersprechen, selbst wo es um nichts ging, war eine Marotte, von der er nicht loskam. Man merkte, es machte dem Mann einen Heidenspaß, einen Philosophen, der in seinen Augen nichts als ein Salonbolschewist war, ins Schwitzen zu bringen.

Konrad wußte nicht mehr aus noch ein. Der Stasi von Moosbachs und Moosbachs Besuchern Bericht zu erstatten, war mehr als charakterlos – es war ein Verrat an der Freundschaft zu Jochen und Nelli. Und am Ende vertraute er seinem Verbindungsmann, ohne es mitzubekommen, eine Sache an, mit der er Moosbach den Ostkommunisten zum Fraß vorwarf. Er mußte seinen Lehrer und Freund ins Vertrauen ziehen, eine andere Wahl hatte er nicht.

Diesen Schritt zu vollziehen, blieb Konrad erspart. »Mauritius« kam nicht zum Treffen vorm Palmenhaus, das sie bei der letzten Begegnung verabredet hatten, und Wochen vergingen ohne einen Bescheid, wann und wo man sich wieder verabreden solle. Was mit »Mauritius« passiert war, blieb unklar. Er mochte erkrankt sein, einen Unfall erlitten oder aus Ostberlin einen Wink bekommen haben, er solle den Kopf einziehen, sicherheitshalber. Oder man hatte »Mauritius« bereits enttarnt, was keine behagliche Annahme war. Seinen Verbindungsmann dauerhaft los zu sein – und mit seinem Verbindungsmann Hildebrandts Stahlkocher –, war eine Vorstellung, der er nicht traute.

Und an einem Januartag '68 standen vor seiner Wohnung am Affentorplatz zwei bescheidene Herren in Anzug und Schlips, mittelalt, glatt rasiert und beamtenhaft trocken, die sich als Verfassungsschutzleute auswiesen und beim sprachlosen Konrad entschuldigten. Im Unterhemd, strubblig, mit eigelbverschmiertem Kinn, stierte er zu den Besuchern ins Treppenhaus. Konrad brachte die beiden Beamten ins Wohnzimmer, wo er sein knuddliges Bettzeug zusammenraffte, um es ins benachbarte Zimmer zu schaffen, zog sich ein Hemd an, am Anfang verkehrt herum, stellte Warmhaltekanne und Tassen auf ein Tablett, das er mit schaurigem Scheppern zur Sitzecke schleppte, wo er, atemlos, schluckend, mit grummelndem Magen, zu erfahren verlangte, was los sei. »Herr Doktor Kannmacher«, sagte der erste, der seine Papiere nur fahrig betrachtete, als sei der amtliche Vorgang an sich das Entscheidende, »Sie haben bei einem Verlag in der Ostzone das Marxsche Gesamtwerk bestellt, ist das richtig?« – »Ja«, erwiderte Konrad verdattert, »das habe ich.« – »Und warum?« wollte der zur Kaffeetasse greifende zweite Beamte erfahren. Konrad, der seine Zigarrenkiste aufklappte und die beiden Beamten ermunterte, sich zu bedienen, die mit einem dankbaren Nicken verzichteten, knipste, ruhiger werdend, das Saugende ab und versetzte mit seiner Zigarre im Mundwinkel, »Na ja, das Marx-Engels-Gesamtwerk bekommt man im Westen sonst nirgends komplett.« – »Herr Doktor Kannmacher«, sagte der erste streng, »es geht uns nicht um den Verlag in der Ostzone. Wir wollen wissen, ob Sie, ein Beamter, der an einer staatlichen Hochschule lehrt und sein Monatseinkommen vom Bundesland Hessen bezieht, auf dem Boden der Grundordnung stehen.«

Konrad konnte seinen Dusel nicht fassen – mehr hatten die beiden Verfassungsschutzleute nicht vorzubringen? Er beugte sich vor, legte seine Zigarre im Glasaschenbecher ab und hielt den beiden Geheimdienstlern einen akademischen Vortrag, dem sie zu Anfang teils scheu, teils beeindruckt, am Ende mit wachsender Ungeduld lauschten, vom Linkshegelianismus beim jungen Karl Marx bis zum geistesgeschichtlichen Stellenwert seines den Idealismus umkrempelnden Denkens, und war mit diesen Belehrungen beileibe nicht fertig, als der erste Verfassungsschutzmann seine Hand hob. »Ich fasse zusammen«, bemerkte er, nicht ohne Ehrgeiz zu zeigen, verstanden zu haben, »Sie wollen uns sagen, das Denken von Marx zu kennen heißt nicht automatisch, marxistisch zu denken?« Konrad mußte nichts anderes, als zustimmend nicken, um seinen Besucher zufriedenzustellen, der das Geheimdienstpapier in der Tasche verstaute, mit nicht zu verkennendem Stolz und erleichtert, den peinlichen

Vorgang erledigt zu haben. Und Konrad, der sie bis zum Hausflur begleitete, wo man sich mit Handschlag verabschiedete, holte tief Luft, als er wieder alleine war.

Schafft eins, zwei, drei, viele Vietnams!

Es war Mitternacht, als Jochen Moosbach das Schlußwort sprach, mit dem er seine Kolloquien beendete. In der Regel saß er vorm Zubettgehen am Schreibtisch, um an einem Buchmanuskript oder Aufsatz zu arbeiten, was am Tag seine Hochschulverpflichtungen verhinderten, und wenn er nie anders als aufmerksam wirkte, keine Abspannung oder Ermattung erkennen ließ, verdankte er das seiner preußischen Strenge, die Konrad beneidenswert fand. Moosbach schonte sich nie und empfand es als Zumutung, drei bis vier Nachtstunden schlafen zu sollen, das raubte einem Menschen nur wertvolle Lebenszeit, und besonders verhaßt war dem Lehrer die Vorstellung, nicht bei Bewußtsein zu sein, wenn er schlief.

Konrad trank seinen Whiskey aus und wollte aufbrechen, um seine Freunde alleine zu lassen, als Meinhart, der Mittelpunkt im Doktorandenkreis, mit seinem Philosophielehrer hart ins Gericht ging. »Sie neigen zum Hegelianismus«, bemerkte er, ein im Kolloquium schwerwiegender Vorwurf, bei dem die Wohnzimmerrunde den Atem anhielt. Thomas Meinhart war scharfsinnig und kompromißlos, in logischen Operationen unschlagbar (er hatte im Nebenfach Mathematik studiert), und selbst mit entlegenen Werken der Philosophie vertraut, mit der Folge, daß er einen Großteil der Zeit im Kolloquium mit Moosbach alleine bestritt. Seine Eitelkeit paßte nur schwer zu dem fahlen Gesicht mit dem Schnauzbartstrich, der an ein (liegendes)

Ausrufezeichen erinnerte. Auffallend waren Meinharts Kurzbeinigkeit und sein Schnittlauchhaar, das auf den Hemdkragen schuppte.

Moosbach ließ nichts auf den angehenden Doktor kommen, der keine Anstalten machte, den Lehrer zu wechseln, wie er es bei anderen guten Studenten erlebt hatte, die sich im Laufe der Zeit bei Adorno einschrieben, eine Verletzungserfahrung, die tiefer saß, als der dem Denken Adornos und Horkheimers im allgemeinen nahestehende Moosbach bekannte.

»Wir haben keine andere Wahl«, sagte Jochen ruhig, »als in Begriffen zu philosophieren. Ob wir es wollen oder nicht, philosophisch zu denken heißt geistig zu handeln, nicht materiell. Das verschaffte dem Idealismus von Anfang an, selbst wo er verstiegen und abwegig war, einen Vorrang vorm materialistischen Denken.« Bei aller Ruhe, die er an den Tag legte, wirkte der Lehrer verwirrt und verunsichert, als sein Lieblingsstudent Thomas Meinhart nicht lockerließ. »Verzeihen Sie, Moosbach, das ist ein Sophismus, mit dem sich das Denken unendlich im Kreis dreht, um seinen Klassenauftrag zu verschleiern. Philosophie dient dem Herrschaftsinteresse, vom Platonischen Staat bis zu Heideggers Seinslehre und einem Dialektischen Materialismus, der nur noch aus billigen Floskeln besteht und den Staatssozialismus im Osten rechtfertigt.« – »Und was schlagen Sie vor?« wollte Jochen erfahren, der seine Kippe im Drehaschenbecher verglimmen ließ und sich zerstreut eine zweite ansteckte, »substantielle Kritik an der Philosophie kann nur leisten, wer kritische Philosophie betreibt.« Thomas Meinhart litt an einem Tick, der besonders zum Vorschein trat, wenn er erregt war: Seine linke Gesichtsseite, Braue und Augenlid, Lippen und Mundwinkel zuckten und flatterten.

»Genossen, ich denke, das ist eine Ausrede«, mischte sich der ansonsten verschwiegene Siefert ein, »statt der Klassengesellschaft den Kampf anzusagen, interpretieren wir nur wieder den Kapitalismus. Was wir brauchen, das sind militante Aktionen. Schafft eins, zwei, drei, viele Vietnams!«

Volker Siefert kam aus einer Richterfamilie, wo er das kleinste von sieben Geschwistern war. Sein Vater, bereits bei den Nazis erfolgreich, hatte bei Kriegsende nur eine Delle in seiner sonst steilen Karriere erlebt; heute saß er der Frankfurter Strafkammer vor. Sein Sohn wiederum hatte Jura studiert, um in die Fußstapfen seines Erzeugers zu treten, bis er, schlagartig politisiert, mit den Eltern brach und vorm ersten Examen das Studienfach wechselte. Er haßte den Nazijuristen von Vater und fand im »roten Professor« zeitweise Ersatz. Wenn er als philosophisches Anfangssemester an den Mittwochs-Kolloquien teilnehmen durfte, verdankte er das einer Vorzugsbehandlung, die dem Ziel diente, Siefert mehr Selbstsicherheit zu verschaffen.

Siefert hatte sich erst in der letzten Zeit auffallend von seinem Lehrer entfremdet. In seinen Augen war Moosbach zu konservativ, akademisch und bildungsbeflissen. Bei Massenkundgebungen gegen die Notstandsgesetze, den amerikanischen Krieg in Vietnam oder das Attentat auf Rudi Dutschke warf er mit Steinen, steckte Autos in Brand oder kaperte einen Polizeiwasserwerfer, um das Rohr auf die Einsatzbeamten zu richten. Er hockte zwei Tage im Knast und stand bald wegen Landfriedensbruch vor Gericht, ein Verfahren, bei dem der mit Moosbachs befreundete Anwalt am Ende seinen Freispruch erwirkte (falls dieser, was Siefert nur trotziger machte, nicht eher auf das Konto des Vaters ging, der seine Richterkollegen bequatscht hatte).

Vor zwei Wochen erst war Volker Siefert in Konrads Dozentensprechstunde gewesen. Er versprach sich von Kannmacher Mitwirkung in einer Sache, die brenzlig und hirnrissig war. Das wiederum hing mit dem Leumund zusammen, den Konrad bei Moosbachs Studenten besaß, radikaler zu sein als der »rote Professor«, den man auf den Fachbereichsfluren mehr und mehr als romantischen Linken und Schwarmgeist abstempelte, der keine klare marxistische Linie vertrat.

Siefert, der ohne zu klopfen ins Zimmer kam, kramte aus seiner Jacke ein Ding, das in Packpapier steckte, und legte den Gegenstand auf den Besprechungstisch, nicht ohne mit herrischem Schwung einen Stoß Manuskripte und Briefe beiseite zu schieben, die vom Rand kippten und auf den Fußboden klatschten. Wortlos betrachteten beide das Mitbringsel. »Und?« wollte Konrad erfahren, »was ist das?«, als der Student keine Anstalten machte, zu reden, sich nur eine Haarlocke aus seiner Stirn blies und grinste. »Sprengstoff, Genosse«, erwiderte Siefert mit Stolz in der Stimme, »den wir den GIs in den imperialistischen Arsch schieben wollen. Oder wir jagen ein Warenhaus in die Luft.« Konrad mußte sich anstrengen, ruhig zu bleiben und den Richtersohn nicht aus dem Zimmer zu schmeißen. »Und was soll dieser Schwachsinn, den Sprengstoff zu mir zu bringen?« verlangte er zischend zu wissen. »Um das Zeug zu verstecken«, entgegnete der Student, »ich kann es nicht in meiner Bruchbude aufbewahren, wo ich Tag um Tag mit einer Razzia rechnen muß. Ich steh bei den Bullen auf der Liste, und wenn die einen Wink bekommen, nehmen sie mich hops.« – »Und wer hat dir den Sprengstoff besorgt?« fragte Konrad, der Zeit brauchte, um einen Vorwand zu finden, mit dem er das Ansinnen ablehnen konnte, ohne von Siefert als Feigling betrachtet zu werden. Und er war voller Neugier und Mißtrauen, wo sich der Richterableger den Sprengstoff beschafft hatte. »Das darf ich nicht sagen«, antwortete Siefert, der mit Finger und Daumen beide Lippen zusammenpetzte, um seine Verschwiegenheitspflicht zu betonen. Dieses konspirative Getue erlaubte es Konrad, sich seinerseits stur zu stellen: »Und ich kann das Zeug nicht verstecken, Genosse. Ich will mir nicht vorstellen, was los ist, wenn meine zwei Jungs deinen Mist in die Finger bekommen. Und dein Platz auf der Liste beeindruckt mich nicht im geringsten. Vor sechs Monaten waren zwei Verfassungsschutzleute bei mir in der Wohnung am Affentorplatz und befragten mich zu meiner Grundgesetztreue. Denkst du, die haben mich nicht auch auf dem Kieker?«

Konrad hatte den Eiferer abblitzen lassen, der kurz vor Aufbruch der Wohnzimmerrunde unbedingt »militante Aktionen« verlangen mußte. Meinharts Augenlid zuckte und zappelte unwillig. Er war nicht bereit, sich vom Nazijuristensohn (und philosophischen Anfangssemester) die kritische Butter vom Brot nehmen zu lassen, und das mit rabiaten Parolen, die keinen theoretischen Mehrwert besaßen. Thomas Meinhart war wesentlich mehr als ein Streber, der sich mit seinem Professor anlegte, um vor den Kolloquiumsteilnehmern Eindruck zu schinden (besonders den Frauen, die aufmerksam lauschten, wenn Meinhart den Lehrer bei logischen Fehlern ertappte oder einen der Kommilitonen in die Ecke trieb). Selbst wenn Meinharts Erfolg bei den Frauen eine Rolle spielte, die den Mann Thomas Meinhart nicht anziehend fanden, fing er nicht aus Gefallsucht mit Siefert zu streiten an. Meinhart litt ernsthaft am Widerspruch zwischen den Einsichten kritischer Philosophie und der praktischen Ohnmacht, von der sie beherrscht war. Er verlangte vom Lehrer, mit nahezu kindlichem Trotz, nichts geringeres als eine Antwort, die diesen Widerspruch mit einem Strich aus der Welt schaffte.

Sieferts Losungen wiederum waren zu knallig, um den Doktoranden nicht fuchtig zu machen. »Schafft eins, zwei, drei, viele Vietnams!« schnappte Meinhart, »das ist nichts als hohler und hirnloser Mumpitz, der zeigt, was dein Radikalismus in Wahrheit ist« – er ließ eine wirksame Pause verstreichen, die alle Kolloquiumsteilnehmer nutzten, um Luft zu holen –, »eine breitbeinige Pose, Genosse. Einen schmutzigen Krieg exportieren zu wollen, belegt nur moralische Stumpfheit und Unmenschlichkeit. Dein Aktionismus bleibt blind gegen alles, was das vietnamesische Volk zu erleiden hat, um sich von Imperialismus und Ausbeutung zu befreien. Das ist von einer halbstarken Leichtfertigkeit, die der westdeutschen Linken nicht gut zu Gesicht steht.« – »Was gut zu Gesicht steht, was nicht«, blaffte das philosophische Anfangssemester, »treibt einen Beamten um oder einen angehenden Schwiegersohn – den Klassenfeind werden wir nicht mit moralischem Anstand und sauberem Scheitel besiegen.« Inga konnte es sich nicht verkneifen zu kichern, und Georg Habermehl hielt sich den Bauch im verschwitzten Hemd, das rotweiß kariert seine Wampe umspannte.

Der den Eindruck von Biederkeit machende Habermehl mit seinem Vollbart, der Brille aus Nickel, die auf seiner knubbligen Nase verrutschte, war kein philosophisches Leichtgewicht. Beim Verstehen und Auslegen schwierigster Texte konnte er flinker sein als Thomas Meinhart. Was Georg Habermehl fehlte, war Selbstvertrauen, und das merkte man an seinen schriftlichen Arbeiten, die grauenhaft steif und verquast formuliert waren. Angenehm war seine mangelnde Eitelkeit, die sich seiner Herkunft verdankte. Er war das Kind eines Mannheimer Schlossers, sprach bis heute das breiteste Mannheimisch und hatte gegen den Willen seines Vaters studiert. Sich im Kolloquium mit Meinhart zu streiten, sei es aus Ehrgeiz, sei es aus Gefallsucht, fiel dem Arbeiterjungen nicht ein. Im Zweifel vermied er es, zu widersprechen, und wenn er es tat, ging es Habermehl nur um die Sache.

»Entschuldige, Thomas«, versetzte er heiser, »mein Heiterkeitsausbruch war sicherlich unpassend. Andererseits muß ich Siefert in Schutz nehmen, selbst wenn er, das steht außer Frage, zu platten Parolen neigt. Schafft eins, zwei, drei, viele Vietnams war bekanntlich ein Leitmotiv auf dem Berliner Vietnamkongreß. Niemand will einen schmutzigen Krieg exportieren und das vietnamesische Leiden verharmlosen. Unsere Aufgabe ist es, strategische Lehren aus dem Vorgehen der Partisanen Ho Chi Minhs zu ziehen. Sie widerstehen mit Erfolg einer Supermacht, die im Namen von Freiheit und Demokratie weder Napalmangriffe noch Massaker scheut, um ein Land in die Knie zu zwingen, das von uns keine Sendeminute entfernt ist. Schafft eins, zwei, drei, viele Vietnams ist ein Slogan, der nichts anderes besagt, als den Kampf des Vietkong zu Maßstab und Richtschnur politischer Praxis zu machen.«

Meinhart wollte zu einer Erwiderung ansetzen, als der sein Whiskyglas abstellende Konrad – wenn er bei Moosbachs ins Wohnzimmer trat, fand er an seinem Platz vor der Fernsehertruhe bereits eine Flasche mit schottischem Branntwein vor, sein Assistentenalleinstellungsmerkmal (alle anderen bekamen nur

Tee oder Malzbier) – sich zu einer Bemerkung aufraffte, die in seinen Augen besondere Dringlichkeit hatte, selbst wenn er mehr ahnte als wußte, warum.

Konrad schwieg in der Regel und hatte den Ruf, wissenschaftlich exakter zu sein als der Lehrer, der seine Mitteilsamkeit schwer im Zaum halten konnte und eine sinnliche Sprache bevorzugte. Das war eine komplette Verkennung der Triebfeder, die Konrad veranlaßte, lieber zu schweigen, sein Kinn in der Hand mit den Fingern zu streicheln und nur seinen Mund aufzumachen, wenn er sich todsicher war: Diese schwindelerregende Vorstellung, sich bei einer Wortmeldung peinlich zu vergaloppieren und als philosophischer Hochstapler aufzufallen, der seinen akademischen Posten dem blinden Vertrauen eines Freundes verdankte.

Schlimmer als das: In Begleitung von Jette verging er vor Scham und bemerkte an sich einen unwiderstehlichen Drang, aus dem Zimmer zu rennen. An Moosbachs Bedingung, sich bei den Kolloquien stumm zu verhalten, hielt Jette sich nie. »Es tut mir leid, wenn ich dich penetriert habe«, meinte sie voller ehrlicher Reue zu Meinhart, dem sie wieder und wieder mit Eifer ins Wort fiel.

Dank Baumann, dem Reinigungsfirmenbesitzer, blieb Jette den Sitzungen neuerdings fern, ging ins Theater am Turm oder zu Diskussionen im Club Voltaire, eine Entwicklung, die alle erleichterte, und den an seinem Whiskyglas nippenden Konrad zu dem einen oder anderen Beitrag ermutigte.

»›Partisanen‹ ist das Stichwort«, versetzte er heiser, »wir wissen, es ist der moralische Vorrang, der dem Vietkong seine Widerstandskraft verleiht. Und das gegen eine Armee, die Unmengen an Kriegsmaterial auf die Waagschale werfen kann, modernere Technik und bessere Waffen. Ich meine mit diesem moralischen Vorrang nicht den Endzweck des Kriegs mit den Amerikanern, der sich von sich aus rechtfertigt. Einem Volk zu verwehren, sich selbst zu bestimmen, erweist sich auf Dauer als Todeskommando. Ich denke an einen moralischen Vorrang, der sich in konkreten Beziehungen spiegelt, die in der Kriegshandlung maßgeblich sind. Ein Heeressoldat folgt Befehlen und setzt sie um, er ist nichts als ein Ukassen folgender Arbeiter. Ob er sich ins Unvermeidliche schickt oder Einsatzbereitschaft zeigt, spielt keine Rolle – es ist eine entfremdete Arbeit. Im Gegensatz zum Partisanen, der seine ureigenen Interessen verteidigt, und nicht nur das: Er muß von sich aus Entscheidungen treffen und bei seinen Kriegshandlungen selbstbestimmt vorgehen, was von einem lockeren Aufbau erzwungen wird, der dem Partisanenheer Beweglichkeit sichert. Bemerkenswert ist, philosophisch betrachtet, der zeitliche Vorgriff auf Autonomie, der sich bei diesen Entscheidungen vollzieht und ein wesentlich ethisch-moralischer Vorgang ist. Wenn sich der GI, der einen Menschen mit Kopfschuß erledigt, auf seine Befehle berufen kann, hat der Partisan keine andere Wahl – und das ist sein klarer moralischer Vorteil –, als sich dem Gerichtshof des Imperativs zu stellen und Verantwortung auf sich zu nehmen.«

Er ahnte, warum er das loswerden mußte (mit einer Erregung, die niemandem auffiel), und schob dieses Halbwissen lieber beiseite. Auf Mißtrauen bei Studis und APO-Genossen zu stoßen, das hatte er niemals erlebt, was wiederum mit seinem Alter zusammenhing. Es erlaubte dem linken Dozenten, nur nebenbei, in flapsiger Weise, Bemerkungen zu seinen Soldatenerfahrungen zu machen, die bei aller Derbheit und Bissigkeit schemenhaft blieben.

»Ich bin mir nicht sicher«, entgegnete Nelli, »ob Konrad mit seiner Erkenntnis nicht tiefer bohrt, als es die Losung von Siefert verdient hat, die ein Appell ist, den in Indochina erfolgreichen Widerstand gegen den Imperialismus auf andere Erdteile auszudehnen – was man moralistisch verunglimpfen kann, ohne am Ende moralisch im Recht zu sein.« Meinharts Auge, das unbeherrscht ruckte und zuckte, erinnerte an eine stumpfsinnig blinkende Warnlampe.

Konrad konnte sich denken, was Nelli in Fahrt brachte. Sie wollte den Ehemann loseisen, der seine Schreibstunden vor dem

Zubettgehen brauchte, um mit sich im reinen zu sein. Nelli war sauer auf die Doktoranden, die einfach nicht willens waren, sich zu verabschieden. Und sie war nicht zufrieden mit dem, was sie sagten. Bei aller Sorge um Jochen, der schweigend chinesische Schriftzeichen auf seinen Block malte, konnte sich Nelli nicht bremsen. »Es ist ein politischer Fehler«, bemerkte sie grimmig, »Vietnam als Modell zu begreifen, mit Sicherheit, wenn es um unsere Breiten geht. Einen Partisanenkrieg in Westeuropa und den Vereinigten Staaten kann ich mir nicht vorstellen. Es braucht Verankerung und Halt bei der Masse, die der studentische Widerstand nicht besitzt, anders als der Vietkong bei den Bauern Vietnams. Mit Waffengewalt vorzugehen, ist ein Irrweg und liefert der Staatsgewalt nur einen Vorwand, um unsere Bewegung total zu zerschlagen.«

Nur der aus Persien stammende Mustafa stimmte der Auffassung Nellis energisch zu. Mustafa war philosophischer Lehrer an der Uni in Persiens Hauptstadt gewesen. Kommunistischer Umtriebe wegen von Schah Reza Pahlavis Schergen zum Tode verurteilt, hatte der Druck seiner westlichen Hochschulkollegen, die Moosbach mit Briefen und Telefonaten von Stockholm bis Mailand benachrichtigt hatte, einen Aufschub der Urteilsvollstreckung erzwungen, bis man den Hegel- und Fichteexperten mit verbundenen Augen zum Flughafen brachte, wo er erst auf der Gangway zur Boeing begriff, nicht seine Hinrichtung vor sich zu haben und freizukommen.

»In meiner armen und verzweifelten Heimat ist ein Partisanenkrieg absehbar«, sagte er mit seiner tiefen und raunenden Stimme, »der Reza Pahlavi und seine Clique vertreiben wird. Sie ist nur von Amerikas Gnaden am Ruder. Bei euch herrscht ein anderer Kapitalismus, ein Kapitalismus mit menschlichem Anstrich, der Zuckerbrot austeilt und auf seine Peitsche verzichten kann. In Westdeutschland braucht es Verstand und Geduldigkeit … ist das das richtige Wort?« fiel er sich ins Wort, »… um einen Pakt mit der Arbeiterklasse zu schmieden, ohne den militante Aktionen, Genosse«, seine Augen, die an schwarze Kiesel erinnerten, abwechselnd verschleiert und durchscheinend wirkten, richteten sich voller Ernst auf den Richtersohn, »nichts anderes als blutige Sackgassen sind.« Siefert zog eine belustigte Schnute und rekelte sich in seinem beigeroten Armsessel, als sei er ein Klassensaalaufschneider, der seinen Pauker zum Schieflachen findet, ohne den Mut aufzubringen, das offen zu sagen.

»Ich habe den Widerstand im Dritten Reich erlebt«, sagte Nelli, als Siefert es vorzog, zu schweigen, »in einer Gesellschaft von Nazis und Anpassern, die mit Partei und Gestapo paktierten und uns im Zweifel verrieten. Wir konnten niemandem trauen und auf Einsicht und Hilfe zu setzen, war vollkommen aussichtlos. In der Nachkriegszeit wiederum hatten wir ernsthaft vor, ein sozialistisches Land aufzubauen, das sich der begangenen Verbrechen bewußt ist und seine Fehler nie mehr wiederholt. Das war, um ehrlich zu sein, eine kindische Vorstellung. Beim Zusammenbruch waren wir von einem Leichtsinn, den ich, von heute aus, als unverzeihlich betrachte. Mit wem, bitte, hatten wir vor, in den Westzonen ein sozialistisches Land aufzubauen – mit einem Heer unbelehrbarer Nazis und nichts als vor Selbstmitleid triefender Helfer? Das konnte nicht klappen und klappte bekanntlich nicht. In einem Land voller Nazis und Handlanger der nationalsozialistischen Machthaber zum bewaffneten Kampf aufzurufen, ist vollkommen hirnrissig. Wer dringend Partisanenerfahrungen machen will«, schloß sie mit einem Anflug von bitterem Spott, »sollte lieber bei den Tupamaros anheuern.«

Konrad war groggy von Hitze und Raucherqualm, die trotz der angenehm frischen, den Vorhang bewegenden Nachtluft, im Wohnzimmer herrschten. Im Taunus gewitterte es, ferne Blitze, nur von einem Grummeln begleitet, zerhackten den Himmel magnesiumweiß. Thomas Meinhart, der an einer Salzstange knabberte, flimmerte vor Konrads Augen, und der sich verstohlen im Nasenloch bohrende Habermehl schwankte, als hocke er auf einer Schaukel. Konrad verwarf seine Absicht, sich sicherheitshalber aufs Klo zu verziehen, als Inga das Wort ergriff, die mit unruhig wippenden Beinen neben Siefert saß, Beinen, die sich nackt aus einem Minirock winkelten und Konrads Aufmerksamkeit in die Quere kamen.

Inga hatte mit Sicherheit nichts anderes an als den Rock mit seinem knalligen Popmuster. Im April, als sie nebeneinander im Volkswagen, dieser Halde aus Flugschriften, leeren Batterien, Bananenschalen, Kippen und Kaugummiresten, zur Dozentenbehausung am Affentorplatz sausten, hatte er mit seinen Fingern, halb zaudernd, halb frech, Ingas Knie und Schenkel erforscht, ohne im Schritt einen Slip zu ertasten, mit dem er sich langatmig abplagen mußte. Inga hatte sich nicht aus der Ruhe bringen lassen. Sie schaltete, lenkte, gab Gas oder bremste, ohne Unwillen oder Erregung zu zeigen, bog nur, entschlossen und wortlos, am Mainkai ab, um mit Konrad, den sie hatte heimbringen wollen, zur Wohnung am Dornbusch zu brausen, in der sie allein lebte.

Ingas zweieinhalb Zimmer mit Kochecke und Balkon, die der in der Rundfunkverwaltung an leitender Stelle arbeitende Vater bezahlte, waren, trotz Erstbezug, atemberaubend verlottert. Auf dem nadelfilzfliesenverkleideten Fußboden, der, erst frisch verlegt, bereits reihenweise Brandstellen zeigte, herrschte ein Tohuwabohu an Sachen und Kram (Strumpfhosen, kullernde Schuhe und Zeitungen, ein Kamm voller Haare, Blaupausen und Kekse, als Ascher verwendete, schmutzige Teller), die Konrad zum Zickzacklauf zwangen, als er der Studentin ins Ecksofa folgte, wo sie sich breitbeinig auf seinen Schoß setzte. Es dauerte keine Minute, bis Konrad kam und sich, wieder bei Sinnen, vom Nachthemd befreite, einem gammligen Fummel mit Monatsblutflecken, der vom Kissenberg in sein Gesicht flappte.

Inga war ein begabtes, verzogenes, launisches Kind aus den besseren Frankfurter Kreisen. Sie sagte sich los von der guten Gesellschaft, die sie als verlogen und spießig verachtete, indem sie sich mutwillig drastisch benahm. Ohne Slip auszugehen war Teil dieser Strategie. Sie haßte den Vater, seinen Lebensstil und sein Geld, dem sie Auto und Wohnung am Dornbusch verdankte, und die sie mithin um so schlechter behandelte. Schockierende Auftritte waren Ingas Vorliebe. Absichtlich fuhr sie den VW an Laternenpfosten, um dem fabrikneuen Wagen einen Blechschaden beizubringen, und auf dem Balkon wehte eine Vietkongfahne. Als der im Treppenhaus lauernde Hausmeister von der Studentin zu wissen verlangte, ob das ein italienischer Fußballverein sei, versetzte sie fuchsig, das gehe den »Blockwart« nichts an.

Sie bekannte vor Konrad, zu Studienbeginn habe sie seinen Freund auf die Probe stellen wollen, ob sein Vernunft- und Moralbegriff nicht Heuchelei sei, und sich bei einer Besprechung im Institut vorm Professor von Bluse und Hemdchen befreit. Moosbach, der stur seinen Pfeifenkopf reinigte und Anmerkungen zu Ingas Kantreferat machte, hatte, eher nebenbei, mit einem Seufzer versetzt (als der Busen zum Greifen nah vor seinem Gesicht wippte): »Wir haben Winter, Sie holen sich den Tod, Frau Erasmus. Ich bitte Sie, ziehen Sie sich wieder an.«

Konrad hielt es nicht mehr als acht Wochen mit Inga aus, die es parallel mit zwei anderen Kerlen trieb, einem Lehrling aus Hoechst und dem Schlossersohn Habermehl, was sie vor dem Dozenten mitnichten verschwieg. Das sollte Konrad beim Liebesspiel anregen und sexuell stimulieren. Nicht aus Eifersucht – in seinem seelischen Haushalt ein schwacher Reiz – trennte er sich von der Irren, die er mit der Zeit als zu anstrengend empfand. Diese Trennung fiel Konrad nicht leicht. Er litt ohne sie an Entziehungserscheinungen, als ob er dem Rauchen und Trinken entsagt habe. Nie hatte er eine Liebhaberin erlebt, die erfahrener und schamloser war. Konrad kam sich vergleichsweise bieder vor, als er sich von der Mittzwanzigerin in Analsex- und andere Praktiken einweihen ließ, die von schwindelerregender Neuigkeit waren.

Das hieß allerdings nicht, daß er zu einem Dreier mit Habermehl oder dem Lehrling bereit war. Er lehnte es ab, Marihuana zu rauchen, sich zu einem Stones-Konzert schleifen zu lassen und an einem Sit-in auf der Hauptwache teilzunehmen, alles Weigerungen, die Inga aufs tiefste verstimmten. Sie bezichtigte Konrad, ein Schisser und pingeliger deutscher Beamte zu sein, der mit seinen radikalen Ideen einer freien Welt, ohne Herrschaft und Geld, nichts als Lippenbekenntnisse ablege.

Bei einer Spazierfahrt zum Frankfurter Goetheturm, wo sie sich in Ingas Volkswagen liebten, zwischen Klopapierrollen, Apfelkrotzen und Sonnenbrillen, Ostermarsch- und Che-Guevara-Ansteckern, machte sie Konrad beim Rauchen den Vorwurf, seine Fachbereichsstelle bewußt zu mißbrauchen, um mit seinen Studentinnen Liebesbeziehungen aufzunehmen. »Das belegt deine Herrschaftsmoral und Bestechlichkeit«, versetzte sie kiebig und kalt, ließ den Motor an und lenkte den Wagen vom Parkplatz zum Waldweg. »Wenn ich mich richtig erinnere, habe ich dir nichts versprochen«, entgegnete Konrad mau, »oder dich mit meiner Fachbereichsstellung als Assi von Moosbach zum Beischlaf erpreßt.«

In Sachsenhausen beschleunigte Inga und mißachtete absichtlich zwei rote Ampeln, um Konrad, der sich an den Haltegriff klammerte, seine spießige Feigheit vor Augen zu halten, bis ein Polizeiauto an Ingas Stoßstange hing. Man verlangte, sie solle rechts abbiegen, erst mit der wedelnden Kelle, bald hupend und aufblendend, eine Anordnung, der sie sich stur widersetzte, sei es aus Rache am Beifahrer, Jux oder Bullenhaß, wenn nicht allen drei Dingen zusammen. Konrad gab keinen Mucks von sich, kauerte bleich in der Sitzschale, knirschte mit seinem Gebiß, als die heftig aufs Gaspedal tretende Inga am Diesterwegplatz einen bimmelnden Triebwagen schnitt – und einen Zusammenstoß nur um ein Haar vermied –, der sich zwischen sie und das Bullenauto schob. In der Hedderichstraße fand sie einen freien Platz zwischen zwei Wagen und parkte mit Schmackes ein, schaltete Motor und Scheinwerfer aus und duckte sich mit einem Kichern ins Polster, bis sich das Verfolgerfahrzeug, das sie heulend erreicht hatte, ohne sein Tempo zu drosseln, im Regen entfernte.

Dieses Vorkommnis legte es Konrad nah, seine Beziehung zu Inga zu kappen. Eine Woche blieb er der verwahrlosten Wohnung fern, die er nahezu alle zwei Tage besucht hatte, sei es am Nachmittag zwischen zwei Seminaren oder bei Nacht, wenn die Jungs in der Falle waren. Ingas Angriffe waren ein zweiter Beweggrund, um mit der Studentin zu brechen. Mit dem Vorwurf von Feigheit und Mutlosigkeit traf sie seine empfindlichste Stelle. Es stimmte, ein standfester Mensch war er nicht, und seine Beklemmungen nahmen im Alter, trotz Sicherheit bietender Hochschulkarriere, noch zu. Sie paßten nicht zu den politischen Ansichten, die er vor seinen Studenten vertrat. Er hatte den Eindruck, als werde sein Selbstvertrauen von einem Abgrund in seiner Person verschlungen, gegen den er nichts ausrichten konnte.

Sicher, sie hieb auf den Esel und meinte den Sack. Im Hochschuldozenten von knapp einundvierzig, der, außer Beamter zu sein, auch Familienvater war – »Was macht deine faschistische Keimzelle?« fragte sie, wenn sie sich nach Konrads Familie erkundigte –, griff sie auch den eigenen Erzeuger und Rundfunkverwalter an, der sich seine Tochter vom Leib hielt, indem er sie, Monat um Monat, mit Geld abfand. Halbwegs beruhigt von dieser Erkenntnis, konnte es Konrad sich nicht mehr verkneifen, eine Taxe zur Wohnung am Dornbusch zu nehmen. Sein Verlangen, es mit der Studentin zu treiben, war von einer qualvollen, alle Bedenken zerstreuenden Notwendigkeit.

Unangemeldet stand er vor der Wohnung, wo er auf den Schlossersohn Habermehl traf, der, sich am Sack kratzend, nackt aus dem Bad stampfte, eine Begegnung, an der die Studentin sich weidete (Konrad bei seinem Eintritt zu warnen, sie habe Besuch, hatte sie sich mit Absicht erspart). »Ich denke, ich muß euch einander nicht vorstellen«, prustete Inga und ließ sich ins Sofa fallen, nahm ein Kissen und schleuderte es gegen Habermehl, der aus der Versteinerung erwachte und seine am Boden verstreuten Klamotten zusammenraffte, mit knallroter Birne und pfeifendem Atem.

Es war Konrad, der Habermehls Doktorarbeit zu utopischen Staats- und Gesellschaftsmodellen betreute, was bei dessen stilistischer Klaue Beharrlichkeit, Langmut und zeitlichen Aufwand erforderte. Um so verpflichteter kam sich der Schlossersohn vor, und das steigerte seine Verwirrung ins Maßlose. Er wollte nichts als Reißaus nehmen, das merkte man, um dem Assistenten den Weg freizumachen. Konrad verschluckte seinen Groll gegen Inga und streckte den Arm zu zwei Herrensocken aus, die sich vor seinen Schuhspitzen ringelten. Spitzfingrig klaubte er beide vom Nadelfilz und reichte sie Habermehl, der sich mit mitleiderregendem Stammeln bedankte. Inga kicherte nicht mehr und zog beide Knie an, die sie mit den Armen umschlang. Befremdet und mißmutig hob sie das Kinn und betrachtete Konrad, der auf den Balkon streunte und mehr aus Verlegenheit als echter Neugier an den vorm Balkongitter wachsenden Hanfpflanzen schnupperte, bis Habermehl eiligst, mit offenen Schuhen und schiefsitzendem Hemd, aus dem Bad rannte. »Gut, dich zu treffen«, versetzte der Assistent und legte dem Mann seine Hand auf die Schulter, der im Begriff war, zum Hausflur zu stolpern, »wir sollten dein Morus-Kapitel besprechen, das ich in der vergangenen Nacht korrigiert habe. Ich habe es bei mir«, er zeigte zu der auf der Schwelle zum Wohnzimmer liegenden Tasche, die er entsetzt hatte fallenlassen, als er den angehenden Doktor bemerkte, »laß uns in eine Eckkneipe gehen.«

Inga beharrte nicht auf der Beziehung, als Konrad nicht mehr in die Wohnung am Dornbusch kam. Lieber dockte sie bei einem Politologen an, der am benachbarten Fachbereich lehrte. Und im Doktorandenkolloquium benahm sie sich, als wolle sie in dieser Nacht unbedingt mit dem Anfangssemester im Bett landen. Siefert gaffte, nicht anders als Konrad, auf die aus dem Minirock ragenden Beine.

An diesem Ringelpiez war nichts Besonderes. Im Doktorandenkreis waren bereits nahezu alle mit allen zusammen gewesen, Inga mit Konrad und Habermehl, Ulla, als »Feste« von

Meinhart, klammheimlich mit Konrad, Konrad mit Babsi und Babsi mit Mustafa und Mustafa wiederum mit Lieselotte. Die war Hilfswissenschaftlerin an Moosbachs Lehrstuhl, legte Begabung und Ernsthaftigkeit an den Tag und war von der scheueren Sorte. Sie hatte schmale, beinahe tatarische Augen, volles, glattes und tiefschwarzes Haar, das sie offen trug, und einen Pony, der bis zu den Brauen reichte. Lieselottes Gesicht zeigte reizvolle Wangeneinbuchtungen und ein rundes, noch backfischhaft wirkendes Kinn. Von Mustafa vor einer Weile verlassen, der sich bei den deutschen Genossinnen austobte, die einen dem Henker entronnenen Orientalen besonders begehrenswert fanden, mußte sie sich der Zudringlichkeiten von Meinhart erwehren, was sie in schwere Verlegenheit brachte. Meinhart machte keinen Stich bei der Hilfswissenschaftlerin, ohne sich in seiner Absicht beirren zu lassen. Jeder Korb, den er von Lieselotte bekam, veranlaßte den keine Selbstzweifel kennenden Mann, seine Eroberungsanstrengungen nur noch zu steigern.

Konrad hakte im stillen seine Strichliste mit den verwirrenden Kolloquiumspaarungen ab und nahm sich ein Stelldichein mit Lieselotte vor, um in Erfahrung zu bringen, ob die an der Trennung von Mustafa Leidende zu einer Liebesbeziehung bereit war. Er lauschte den Angriffen Ingas, die sich gegen Meinhart und Habermehl richteten, anfangs zerstreut und nicht ohne ein Schmunzeln. Um dem Richtersohn Siefert zu Hilfe zu kommen, entlarvte sie beide, halb schneidend, halb wegwerfend, als »butterweiche Papiertiger«. Oh, es war schlau, sich bei Mao Tse-tung zu bedienen, der im Doktorandenkreis Ehrfurcht erweckte, und brachte Inga einen sicheren Punktsieg ein.

Konrad horchte erst auf, als sie Nelli vors Schienbein trat. »Wenn dein Widerstand sinnlos war«, sagte sie giftig, »verleiht dir das nicht die Berechtigung, allen Genossen, die Entschlossenheit zeigen, mit Hochmut und Hohn zu begegnen. Dein Fatalismus speist sich aus Erfahrungen, die auf einem Scheitern beruhen, das tragisch ist. Tut mir leid, wir verdanken es euch, eurer Generation, wenn der Karren bis heute im Dreck steckt.

Dieses Versagen zur Richtschnur zu machen, ist heuchlerisch und unverantwortlich. Warum warst du im Widerstand, wenn er vergeblich war? Warum brachtest du dich ohne Not in Gefahr – aufzufliegen hieß im Dritten Reich, ins KZ verbracht oder standrechtlich erschossen zu werden?«, wollte sie von der versteinerten Nelli erfahren, die stockend erwiderte, »Aus Widerwillen gegen das braune Pack … moralischem Anstand, ich kann es schwer sagen. Man mußte was tun, oder nicht?«, eine hilflose Antwort, die Inga veranlaßte, es sich auf dem Sessel bequemer zu machen (Konrad spitzte in die sich kurz spreizenden Schenkel und erkannte das rotblond bewachsene Geschlecht).

»Siehst du«, entgegnete Inga mit Spott in der Stimme, »uns geht es nicht anders als dir. Aus Widerwillen gegen das Nazipack, das sich nur einen demokratischen Anstrich verpaßt hat, haben wir keine andere Wahl, als uns das vietnamesische Beispiel zum Vorbild zu nehmen. Wir sind eine andere Generation, Nelli. Vom ›Vorgriff auf Autonomie‹ zu salbadern, einem ›Gerichtshof des Imperativs‹ und ich weiß nicht was, ohne den Imperativ in die Tat umzusetzen, verbietet uns unser moralischer Anstand.«

Konrad verschluckte sich an seinem Whisky, der in hohem Bogen aus Lippen und Nase aufs Hemd spritzte. »Wer sich seine lauschige Ecke im Luftschloß moralphilosophischer Einsichten einrichtet und nicht bereit ist zu handeln«, versetzte sie auftrumpfend, »der macht sich schuldig, Genossen.« – »Was soll das werden?« entgegnete Habermehl, »ein stalinistischer Schauprozess?« Erregt stimmte Meinhart mit ein. »Wenn einer von uns moralistisch ist, ist es Genossin Erasmus«, bemerkte er bissig, »logischerweise verliert sie kein Wort zum historisch-politischen Einwand von Nelli. Sich auf seine Generation zu berufen, als sei sie ein Wert an sich, ist nichts als selbstgerecht.«

Es folgte ein heilloses Stimmengewirr. Konrad lauschte dem Wortstreit mit wachsendem Widerwillen und bekam nicht mehr richtig mit, wer sich mit wem zankte, kramte ein Taschentuch aus seiner Jacke, um sein weißes Hemd wieder sauberzukriegen, bis Inga sich neuerlich Geltung verschaffte. Sie haderte auffallend schrill mit dem Lehrer, der den Imperialismus nicht glaubhaft verurteile, wenn er zu Israel halte; beim Sechstagekrieg habe er den Zionismus bekanntlich energisch verteidigt. Konrad rubbelte ausdauernd an seinem Hemd.

»Nicht den Zionismus«, entgegnete Jochen scharf – anstelle chinesischer Schriftzeichen klierte er mißmutig Krakel und Kringel aufs Blatt –, »ich verteidige nichts als das Recht der der Massenvernichtung entronnenen Juden auf einen Staat ...« – »... aus dem sie arabische Menschen gewaltsam vertreiben«, versetzte der Nazijuristensohn grimmig, »wenn das kein Rassismus ist.« – »Es ist wahr«, sagte Habermehl nickend, »bei allem erlittenen Grauen in der Nazizeit kann man den Juden mehr Einsicht und Menschlichkeit abverlangen.« – »Heißt das, man darf sie ins Meer werfen, wenn sie bei uns in Auschwitz nicht erlernt haben, bessere Menschen zu werden?« fuhr Nelli den angehenden Doktor an, der mit einem Stammeln seinen Vollbart beharkte. »Wir sind als Deutsche verpflichtet«, griff Moosbach ein, »das israelischen Volk zu verteidigen, dem die arabische Welt mit Vernichtung droht, als habe sie vor, Hitlers Werk zu vollenden. Das war *unser* Werk, das eurer Eltern, vergeßt das nicht.«

Irgendwann kam dank Nelli Bewegung ins Zimmer. Sie sprang auf die Beine und meinte, es reiche, ein Machtwort, dem alle gehorchten. Konrad, der vorhatte, mit Lieselotte das Haus zu verlassen, beeilte sich, Abschied vom rauchenden Jochen zu nehmen. Es war bestimmt seine dreißigste Fluppe in dieser Nacht. Mit einem Gesicht, das verhangen und grau wirkte, stand der Lehrer vorm Sessel und grinste verlegen, als Konrad versetzte, er solle sich lieber ins Bett schleichen als in den Keller.

Als er in den Flur kam, zerstreuten sich die Doktoranden bereits auf den Gehsteig vorm Haus, und die auf der Schwelle zum Vorgarten lehnende Nelli vereitelte Konrads Bestrebung, sich mit Lilo zu einem Stelldichein zu verabreden. »Bleib bitte«, sagte sie, »nur zehn Minuten. Diese Verblendung und Leichtfertigkeit macht mich vollkommen fertig, du kannst es dir denken. Ich muß mich bei dir ausweinen, wenn du erlaubst.« Das war eine Bemerkung, bei der sie hell auflachte, mit der munteren Quecksilbrigkeit, die sie niemals im Stich ließ.

Sie holte Wein aus dem Keller und trank sich im Nu einen Schwips an, der mitreißend heiter war, bis sie vor Konrad und dem seinen Keller verlassenden Jochen bekanntgab, sie sei fest entschlossen, zu den Tupamaros zu gehen. Moosbachs Kinnlade sank in die Tiefe. »Und was wird aus uns, deiner Tochter und mir?« – »Ich werde mich den Tupamaros anschließen. Siefert und Inga haben recht, man muß Widerstand leisten, sonst macht man sich mitschuldig, und das heißt, den bewaffneten Kampf aufzunehmen. Unsere Gegner verstehen ja nichts anderes als Gewalt.« – »Und du willst mich allein lassen?« jammerte Jochen. »Ich schließe mich den Tupamaros an«, sagte sie, ohne dem Mann eine Antwort zu geben. Der strengte sich an, seine Frau zur Vernunft zu bringen: »Du hast keine Ahnung vom Dschungel, mein Liebes, vom Klima zu schweigen, das dir nicht bekommen wird, als Hamburger Deern wirst du krank werden und an Malaria oder ich weiß nicht was eingehen.« Ergebnislos redete er auf sie ein – Nellis Entscheidung stand fest.

Kleiner Trompeter und Mondscheinsonate

Um vor Jettes Eifersucht Ruhe zu haben, hatte Konrad, als er aus den Staaten heimkehrte, seine Frau mit der Anregung einer modernen, beidseitig intime Beziehungen mit anderen Partnern erlaubenden Ehe entsetzt. Eine Woche war Jette das heulende Elend, und wenn sie nicht schluchzend im Wohnzimmer hockte, mit nassen Augen vorm Herd stand und Windeln einkochte oder aufs Brot weinte, das sie am Ausziehtisch schmierte, beschimpfte sie Konrad als »schamloses Schwein«. Sie werde sich nie einen Liebhaber zulegen, um seiner Verdorbenheit Vorschub zu leisten. »Du hast meine Liebe verraten, du Hurenbock«, schimpfte sie, um anschließend wieder in Weinen auszubrechen.

Jettes Kummer und Schmerz waren aufrichtig, selbst wenn sie sie wieder und wieder als Druckmittel einsetzte. Konrad beugte sich diesen Erpressungsabsichten nicht, allem Mitleid mit Jette zum Trotz. Das schien sie im Laufe der Zeit zu begreifen.

Jettes prinzessinnenhaftes Betragen war maßgeblich Schauspielerei. Sie neigte zu Wehleidigkeit und Empfindlichkeit, teils um sich den Anstrich von Vornehmheit zu verleihen, teils um Schonung und Aufmerksamkeit zu erzielen. In Wahrheit war sie alles andere als mickrig und schwach. Das empfindliche Seelchen, das Jette zur Schau stellte, enthielt einen soliden und widerstandsfesten Kern. Sie besaß einen beachtlichen Durchhaltewillen und hatte nicht vor, sich im Gram zu verbeißen.

Jette legte sich bald einen Liebhaber zu, den sie kennenlernte, als er in Kannmachers Wohnung kam, um einen Wasserrohrbruch zu beheben. Der aus Regensburg stammende Handwerker war ein ebenso großer Bewunderer von Literatur wie sie. Er verehrte, nicht anders als Jette, Fontane, Flaubert, Thomas Mann, Dostojewski und Tolstoi. Auch in politischen Dingen waren sie einer Meinung. Er hatte sein Heimatland Bayern verlassen, um dem katholischen Sumpf und der schwarzbraunen Cliquenwirtschaft zu entkommen. Und er teilte mit Jette den Traum eines Studiums (Literatur, Politik und Geschichte), den er, ohne Geld und nur mit einem Hauptschulabschluß, allerdings nicht verwirklichen konnte. Pietschek – das war sein Name – und sie waren Seelenverwandte und Leidensgenossen. In Sachen Musik war er unbeleckt, was wiederum Jette besonderen Schwung verlieh, die hocherfreut war, wenn sie einen Menschen belehren konnte. Im Handumdrehen machte sie es sich zur Aufgabe, dem Mann, der im Bad eine Kachelwand aufstemmte, mit der Neunten, die aus der Musiktruhe schepperte, Ludwig van Beethoven nahezubringen.

In den kommenden Wochen ging Pietschek bei Kannmachers aus und ein. Anfangs traute er Jettes Versicherungen nicht, sie lebe in einer Ehe, die frei und modern sei, und vermied es, mit Konrad zusammenzutreffen, bis sich beide bei einer Begegnung im Treppenhaus ohne weiteres blendend verstanden. Der vom Hochschuldozenten begeisterte Pietschek kam nun um so lieber zum Affentorplatz, wo er im Familienkreis seine Freizeit verbrachte, Symphonien von Mozart und Beethoven lauschte, Blinde Kuh spielte oder Papierflieger bastelte und sonntags beim Essen mit Konrad und Jette das politische Tagesgeschehen diskutierte.

Heribert Pietscheks Familienseligkeit und seine Konradverehrung gingen Jette zu weit. Bald verbot sie dem Mann, sie daheim zu besuchen, und zog es vor, in sein Junggesellenloch zu kommen, eine schummrige Bude am Marktplatz. Nie verweilte sie mehr als zwei Stunden in Offenbach. Pietscheks schmutziger Haushalt mit Hinterhofplumpsklo erinnerte Jette an Kindheitsbeklemmungen und trieb sie aus seinen Armen zur Bushaltestelle. Heribert Pietschek rechtfertigte sich mit dem miesen Gehalt bei den Frankfurter Stadtwerken, seine Schuld sei es nicht, wenn er leider zu klamm sei, um sich eine bessere Bleibe zu leisten, die zum Stand einer Hochschuldozentenfrau passe. Diese letzte Bemerkung trieb sie auf die Palme. Und besonders verbittert war Jette, als sie erfuhr, warum der Liebhaber wirtschaftlich nicht auf die Beine kam.

Heribert Pietschek verplapperte sich und bekannte vor Jette, zu Hause in Regensburg einen bei seiner Mutter verbliebenen Jungen zu haben, den er Monat um Monat bezuschusse. Es war nicht das Kind oder Pietscheks Entscheidung, der Mutter den Laufpaß zu geben und sie im katholischen Regensburg sitzenzulassen, unverheiratet, mit einem illegitimen Sohn, die Jette zur Trennung von Pietschek veranlaßte. Sie konnte dem Mann nicht verzeihen, sie von Anfang an mit seiner Ausrede einer politischen Flucht aus dem Freistaat belogen zu haben.

Helmut Baumann, dem Reinigungsfirmenbesitzer, fiel Jette beim Ostermarsch ’67 auf. Er marschierte mit seiner Gitarre vorm Bauch an der Spitze des Demonstrationszuges, wo er mit Schmackes und Schwung Antikriegslieder schmetterte, in die sie mehr jubelnd als singend mit einfiel. Jettes Begeisterung entlockte dem klampfenden Ostermarschierer ein Schmunzeln. Er war schwarzhaarig, hatte einen Lippen- und Kinnbart, trug Kordhose, Kordjackett und weißes Hemd, eine Brille mit Nickelrahmen und einen rot aus der Knopfleiste lugenden Seidenschal. Jette hatte den Eindruck, er sei Italiener oder stamme aus sonst einem Mittelmeerland, seine Finger waren von einem Haarflaum bewachsen (auf der Brust mußte er einen richtigen Pelz haben!) und außer den Augen, verschattet und feurig, die Jette einen angenehmen Schauder verursachten, hatte der Mann eine ledrige und ins Olivbraune spielende Haut. Richtig gutaussehend war er zwar nicht – seine Stirn saß zu tief im Gesicht und das Kinn war zu spitz –, trotzdem zog er sie mit seiner Kernigkeit an. Besonders begeisterte sie Baumanns Stimme, die markig und tief aus dem Brustkorb kam.

Bis zur Kundgebung blieben sie nebeneinander, vom schnarrenden Lautsprecherwagen begleitet (einem VW-Bus der Reinigungsfirma H. Baumann, mit Plakaten beklebt, um den Schriftzug unkenntlich zu machen), der dem Demonstrationszug Parolen vorgab, die vom Mainufer bis vor den Hautbahnhof schallten – mehr Teilnehmer hatte der Ostermarsch nie erlebt. Erst bei der Taunusanlage, beim Skiffle-Group-Auftritt, in der aus den Straßen anbrandenden Menge, die sich vor der Kundgebungsplattform zusammenballte, sollten sie sich aus den Augen verlieren.

Jette hatte nicht mehr als seinen Vornamen erfahren, und im Laufe der Wochen vergaß sie den Menschen halb. Baumann wiederum stellte Erkundigungen an, um Jettes Namen und Anschrift ausfindig zu machen.

Aus Zufall begegneten sie sich bei einer Debatte zu den von der Koalition vorbereiteten Notstandsgesetzen. Im Kellerlokal war kein Klappstuhl mehr frei, und er mußte um das dicht an dicht auf dem Boden vorm Podium hockende Publikum stelzen, an der Hand einen in Damenshorts steckenden Teenager, den Jette, nicht ohne einen Stich in der Herzgegend, verdrossen und neidisch betrachtete. Vom Ziegelsteinpfeiler aus, wo er mit seiner Begleiterin lehnte, entdeckte er die in den vorderen Klappstuhlreihen sitzende Jette, die sein beharrliches Winken mißachtete. Sie hatte nicht vor, einen Kerl zu ermutigen, der es anscheinend mit Teenagern trieb. Beim Aufbruch hielt sie sich absichtlich an Konrad fest, als sie dem Lokalausgang zustrebten. Trotzdem fing er sie vor der Garderobe im Vorraum ab und machte den Vorschlag, das Ehepaar heimzufahren, das kein Auto besaß und zum Bus eilen wollte, und stellte den Kannmachers kurz seine auf die Berufsschule gehende Begleiterin vor, die sich als seine Tochter Svetlana erwies.

Baumann besaß einen Stall voller Kinder im Alter von sieben bis achtzehn. Zwei lebten in Bornheim und Hausen zur Miete, die vier anderen in seinem Haus in Neu-Isenburg, einem verwahrlosten Bau an der Stadtgrenze, von dem der teils schimmlige, gelbe Verputz platzte, das Zwinger, Garagen und Schuppen umgaben, nebst einem Acker von sechseinhalbtausend Quadratmetern, der sich im Notfall als Bauland verkaufen ließ. Im ersten Stock wohnte seine an Fettleber leidende Frau, die das Ehebett nur noch verließ, um sich auf die Toilette zu schleppen. Außer der Reinigungsfirma betrieb er im Hof eine Hundepension. Aus seinen Einnahmen konnte er sich zwei VW-Busse leisten, ein Sportcoupé, rot, und einen Volvo mit silberner Karosserie. Baumann liebte es, Arbeiterlieder zu klampfen (von »Auf, auf zum Kampf« bis zum »Kleinen Trompeter«), auf Demonstrationen zu gehen und mit seinen Freunden politisch zu streiten. Und er hatte ein Steckenpferd, das politikfrei war – als Hundenarr hatte er sich mit der Zeit auf die Zucht deutscher Doggen verlegt und strich mit seinen Tieren Pokale und Preise ein. In der Fachwelt besaß er einen blendenden Ruf, der auf Umwegen auch seiner Reinigungsfirma zugute kam – ein als Mitglied im Frankfurter Flughafenaufsichtsrat sitzender Doggenliebhaber hatte Baumann seinen lohnenden Auftrag verschafft.

Jette verliebte sich in Helmut Baumann. Von Literatur hatte er keinen Schimmer und in Philosophie war er nahezu unbedarft (nur das *Kommunistische Manifest* kannte er halbwegs), alles Dinge, die einer Verbindung im Grunde im Weg standen. Auch trat er als offener Gegner der ernsten Musik auf (diese Ablehnung teilte er mit Jettes Vater), was sie wieder und wieder entzweite. Sie wiederum fand seinen Musikgeschmack primitiv und verachtete Baumanns Gitarrenschrammelei, ohne auf das gemeinsame Arbeiter- und Antikriegsliedersingen verzichten zu wollen.

Wenn sie sich auf dem Klavierschemel niederließ, im benachbarten Zimmer, in dem sie alleine schlief (mit seiner Heimkehr vom Albany-College hatte Konrad beschlossen, aufs Sofa im Wohnzimmer umzuziehen), Briefe schrieb und philosophische Werke las oder sich mit Französischvokabeln abrackerte, ein »Venezianisches Gondellied« hudelte und sich bei der »Mondscheinsonate« verspielte, setzte sich Baumann aufs Sofa und lauschte, mit seiner Fluppe im Mundwinkel, in einer Mischung aus Stolz und Ergriffenheit. Trotz seiner Abneigung gegen »bourgeoise Salonmusik« lobte er Jettes Begabung und Tiefe, ja, war ehrlich der Auffassung, sie sei konzertsaalreif.

Jette konnte vor Helmut in Fremdworten schwelgen und erntete niemals ein Stirnrunzeln. Der aus Wetzlar am Lahnufer stammende Hesse (von wegen Italien, er konnte nicht deutscher sein) war von Jettes Wissen aufs tiefste beeindruckt. Und als Sohn eines Kulis, der Schwerstarbeit leistete und mit Ende Dreißig bereits Invalide war, und einer sich bei einem Zuchthausdirektor im Haushalt als Dienstmagd verdingenden Mutter verstand er den Ehrgeiz, der Jette zerfraß.

Angeblich nur als Genossin und in seiner Reinigungstruppe arbeitende Putzkraft kam sie in sein Haus an Neu-Isenburgs Stadtgrenze, wo sie seine schwerkranke Ehefrau kennenlernte, die sich von den Kindern verpflegen und waschen ließ, Radiosendungen mit Schlagermusik lauschte, wimmerte, brabbelte, keifte und schlief.

Diese verqueren Bedingungen stachelten Jettes Verlangen nur an. Und dem Liebhaber fiel es von Tag zu Tag schwerer, sie nicht pausenlos um sich zu haben. Baumann ließ seinen Putzfrauentrupp nie alleine. Er packte mit an, war als heimlicher Aufseher, Kummerkasten der Frauen und Fahrer im Einsatz – und mit Jette im Boot war er es um so lieber. Sie gingen ins Theater, besonders wenn Brecht lief, den er sich als Kommunist nicht entgehen lassen durfte, und auf der Heimfahrt im offenen Sportcoupé sprach Jette, erregt und belehrend, vom »V-Effekt«, den Baumann, der anfangs total auf dem Schlauch stand, mit den V-Waffen Hitlers verwechselte. »Mein Gott, bist du dumm, Helmut«, meinte sie mitleidlos, als er sich zu diesem Irrtum bekannte, nicht ohne sich an seine Schulter zu schmiegen, anscheinend bereit, seine Unwissenheit zu verzeihen.

Rege beteiligte er sich am Aufbau einer linken – und heimlich KP-nahen – Partei mit dem Namen »Aktion Demokratischer

Fortschritt«, die bei den Kommunalwahlen antreten sollte, ließ sich nicht lumpen mit Spenden und half der Gruppierung mit seinen VW-Bussen aus. Sein Wahlkampfeinsatz, der nicht unbemerkt blieb, kostete Baumann den Reinigungsauftrag am Flughafen. Das war eine empfindliche Einbuße, die sich mit anderen Kunden, zwei Volksbankfilialen und einem DGB-Heim, nicht wettmachen ließ. Um so entschlossener mischte sich Baumann ein, als man bei einer Versammlung in Bockenheim zur Aufstellung der Kandidaten schritt. Baumanns Empfehlung, auf Listenplatz 1 seine Liebhaberin Henny Alves zu setzen, der er besondere politische Gaben bescheinigte, fand nahezu hundertprozentige Zustimmung, ein Ergebnis, das sie der bemerkenswert feurigen (wenngleich inhaltlich planlosen) Rede verdankte, die sie vor den Versammelten hielt.

Großer Anstrengung hatte es nicht bedurft, um sie zur Kandidatur zu bewegen. Es war Baumanns Glauben an sie zu verdanken, einem Zutrauen, das keine Abstriche kannte, daß sie zu neuer Selbstachtung fand. Samstags standen sie beide an einem Tapeziertisch mit Unterschriftslisten, Ansteckern und Flugschriften vor den Markthallen, auf Zeil und Konstablerwache, im Beisein der Jungs, die beim Flugblattverteilen halfen oder im Lautsprecherwagen von Zeit zu Zeit ins Mikrophon sprechen durften.

Als sie am Ende den Einzug ins Frankfurter Rathaus um zweitausend Stimmen verpaßte, machte nur Helmut ein langes Gesicht. Jette, die andere Vorhaben hatte, bis zum Professorentitel reichende Vorhaben, kam sich, im stillen, unendlich erleichtert vor – dieser Kleinkram in der Kommunalpolitik entsprach nicht der Jettischen Neigung zum Wahren und Großen. Klammheimlich aufatmen konnte auch Konrad, der Jettes Bestrebungen nicht kommentiert und sie nur mit Argwohn im Wahlkampf beobachtet hatte, voller Sorge, sie werde im Frankfurter Parlament mit peinlichen Auftritten Anstoß erregen und seinem Ruf an der Hochschule schaden. Nein, den Fachbereichsspott wollte er sich nicht vorstellen, wenn man seine Frau in der Presse verriß.

An sich war der Reinigungsfirmenbesitzer als Liebhaber Jettes ein Segen. Daß sie mit Abstand zufriedener wirkte, entlastete Konrads Gewissen enorm, und von heimischem Zank blieb er weitgehend verschont. Nur am Anfang war Konrad im Zweifel gewesen, was Baumann anging, der den anderen deutschen Staat rechthaberisch und verbissen verteidigte. Er hatte den Mann im Verdacht, sich im Auftrag der Stasi in seine Familie zu schleichen, um den nicht freiwillig spitzelnden Doktor der Philosophie seinerseits zu bespitzeln (und falls es erforderlich war, in die Zange zu nehmen). Konrad ließ seinen Verdacht wieder fallen, als Baumanns Verhalten keinen Anhaltspunkt bot, der diese Anfangsbedenken rechtfertigte.

Mit der Zeit hatte Konrad den Eindruck, der Mann passe wesentlich besser zu Jette als er. Er bemerkte an sich einen Anflug von Eifersucht, der mehr seiner schmerzlichen Einsicht verschuldet war, in Ehebelangen ein kompletter Versager zu sein. Auftrieb verlieh dieser Einsicht ein Vorkommnis, das sich um Ludwig, den ersten Sohn, rankte (der seinen Namen halb Beethoven, halb Konrads Buchhaltervater verdankte). In einer warmen Aprilnacht, als Konrad um acht mit dem Bus aus der Hochschule heimkam, entdeckte er Baumanns mit offenem Wagendach neben dem Bordsteinrand parkendes Sportcoupé, in dem sich die beiden Verliebten im Arm hielten, streichelten, schmusten und knutschten. Sie waren zu vertieft, um von Konrad Notiz zu nehmen, der sich zum seitlichen Hauseingang schlich.

Auf der Steintreppe, von einer Funzel beleuchtet, die in einer Blauregenwolke versank, stieß er auf seinen heulenden Sohn. In Schlappen und Schlafanzug hockte der Junge im Halbdunkel neben der Briefkastenmauer und schluchzte erstickt, um den beiden im Wagen nicht aufzufallen. Bei Ankunft des Sportcoupés hatte er sich beeilt, zu seiner Mutter vors Haus zu springen, wo er auf das in sich verknotete Liebespaar traf. »Warum macht sie das?« wollte er von seinem Vater erfahren, der Ludwig vom Plattenweg aufhalf und mit einem Stich in der Herzgegend an sich zog, »sind wir keine Familie mehr?« Um eine ehrliche Antwort verlegen, nahm Konrad den Jungen an der Hand, als sie nebeneinander zur Wohnung hochstiegen.

Familienereignisse

Wochen vergingen – »Mauritius«, sein Stasi-Kontaktmann, nahm keine Verbindung mehr auf, ein Verstummen, das Konrad gewaltig erleichterte, und die im Postkasten landenden Briefe aus Ostberlin wanderten schnurstracks in seinen Papierkorb.

Moosbach meldete sich mit einem Anruf aus dem Tessin, um mitzuteilen, kurz vor der Abreise seinen Assistenten in Bamberg empfohlen zu haben, wo man zwei Professorenstellen ausschreiben wolle. Ohne habilitiert zu sein, werde er kaum zum Professor ernannt werden, wiegelte Konrad ab, ein Bedenken, das Jochen vom Tisch wischte. Bei der steigenden Zahl von Studenteneinschreibungen brauche man bundesweit dringend Professoren, und neuerdings lasse sich eine Habilschrift mit anderen Publikationen verrechnen. »Willst du mich loswerden?« witzelte Konrad mau. »Unsinn. Mein Plan ist es, wenn du Professor bist, dich bei der ersten Gelegenheit, die sich in Frankfurt ergibt, wieder zu mir zu holen. Assistent bleiben kannst du nicht ewig, falls du nicht als besserer Fachbereichshausmeister enden willst.«

Konrads Ehrgeiz, Professor zu werden, ging gegen null, um so mehr, als er sich vor dem Frankennest grauste, in dem er mit seinen politischen Ansichten bei den Kollegen nur anecken konnte. Selbst in der Studentenschaft herrschte ein wesentlich konservativerer Geist als in Frankfurt. Und bald nicht mehr im Windschatten Moosbachs zu segeln, war eine beklemmende Aussicht.

Einfach ablehnen und seinen Lehrer verprellen, das konnte er andererseits auch nicht. Konrad erbat sich Bedenkzeit und sagte zu, seinen Familienurlaub zu nutzen, um eine Entscheidung zu treffen.

Anfang August brachen sie mit der Eisenbahn zu Konrads Schwester und Schwager in Kiel auf, die in einem Klinkerbau neben dem See wohnten – vom Vater des Oetkervertreters errichtet, der in den Weimarer Geldwertverfallswirren mit seiner Handelsgesellschaft Bankrott gemacht hatte und nur sein Haus vor dem Hammer bewahren konnte –, und bestiegen am anderen Tag einen Dampfer, auf dem man sich bei einem Speisesaalanredning an Hummer- und Krabbenfleisch satt essen konnte (Konrad schlug sich mit Ludwig im Schiffsbauch den Bauch voll, anders als Lukas und Jette, die bleich aus dem Saal liefen, zu seekrank, um nur einen Happen zu essen, und sich im Damen-WC um die Wette erbrachen, bis beide mit Fleischgallertbeinen an Deck kamen, wo sie sich, halb tot, in zwei Sonnenliegen ausstreckten), der sie bei sinkender Sonne ans Ziel brachte, eine Fischer- und Ferieninsel im Kattegat. Kurz vor der Hafeneinfahrt schlief der Seewind ein, und Jette, die wieder zum Leben erwachte, stellte sich mit den Jungs an der Hand vor die Reling, als der Dampfer den Molenkopf passierte. Mit seiner aus Albany stammenden Kamera, die nur bei Familienreisen und -feiern zum Einsatz kam, nahm Konrad die drei vor den Hafenholzbauten auf, vor Reihen um Reihen aus Booten und Fischkuttern und in der Meeresluft trocknendem Fisch, der an Haken befestigt von Holzstangen baumelte. Im Wasser, petroleumbefleckt, schwappten Feuer- und Ohrenquallen, Abfall und Treibgut.

Konrad war selig in diesen drei Wochen, die sie auf der Insel vor Jylland verbrachten. Er schwelgte im Algen- und Fischgeruch, der seine pommersche Kindheit und Jugend wachrief. Wenn sie in Badeklamotten zum Strand liefen und sich aufs Familienbadetuch warfen, vor Prielen, die im Wind eine Schauerhaut hatten, anbrandenden Wellen und Wolkengebirgen, die an Ozeanriesen und Wale erinnerten, beim Muschel- und Bernsteinesammeln mit seinen Jungs, Sandburgenbauen und Feuerquallenaufspießen, streifte er einen vergessenen oder in seinem Bewußtsein vergrabenen Kummer ab und strotzte vor Lebenslust und Energie.

An sonnigen Tagen, bei Badewannenwellengang, kraulte und schwamm er im Meer kilometerweit, gab der im Seichten verunsichert planschenden Jette bereitwillig Schwimmunterricht, machte mit seinen Bengeln ein Ruderboot flott, das herrenlos in einer Strandhafermulde verrottete, und paddelte sie bis zur messingweiß gleißenden Sandbank, wo Ludwig und Lukas, vom Vater beaufsichtigt, mit Taucherbrillen, Schnorcheln und Schwimmflossen jubelnd vom Bootsrand ins glasklare Wasser sprangen.

Beide Jungs konnten es nicht verknusen – ob Fremde in Sichtweite waren oder nicht –, wenn sich Jette halb nackt auf dem Badetuch ausstreckte. Lukas, knapp sieben, schloß sich seinem Bruder an, der mißmutig moserte, »Mensch, ist das peinlich«, und hielt seiner Mutter das Oberteil vors Gesicht, als in der Ferne ein Auto anrollte (mit dem Pkw auf den Strand zu fahren war bei den Urlaubern eine beliebte Gewohnheit), »nur vor Papi und uns darfst du nackig sein.« Halb belustigt, halb grimmig erwiderte Jette, sie lasse sich von den drei Herren nichts vorschreiben, und in Skandinavien ginge es freier zu als in der spießigen Heimat.

Bei einem Fahrradausflug, der ins Inland der Insel ging, wo sie auf Heidekrautfelder und Torfmoore stießen, Sumpfgebiete und struppige Kiefernansammlungen (die Konrad berauschend und schmerzlich an Pommern erinnerten), scheuchte sie ein Gewitter vom Sattel. Zuflucht fanden sie bei einem Haufen von Findlingen, die neben dem Heidepfad aufragten und, aneinanderlehnend, Schutz vor dem Unwetter boten. Jette kauerte in einer Bodenvertiefung, nicht ohne den Kopf mit den Armen zu bedecken, und zitterte an allen Gliedern. Konrad kannte das von seiner Frau, die bei Blitzen und Donner in Panik verfiel. Dem Regenguß, der vor der Heide zusammenrauschte, als sei er ein Vorhang aus Perlen und Dampf, folgte trommelnd den Boden bedeckender Hagel. Sich von diesem Schauspiel zu trennen fiel Konrad schwer. Trotzdem ging er zu Jette, um sie zu beruhigen, hockte sich auf die Erde und nahm sie in seinen Arm, was Ludwig und Lukas ermunterte, sich zu den Eltern zu trollen und an sie zu schmiegen.

Jette schrieb Tag um Tag Briefe an Baumann, der sie seinerseits von den Vermietern im Nebenhaus wieder und wieder ans Telefon holen ließ. Er hatte dem Urlaubsplan nicht widersprochen, um sie nicht in die Enge zu treiben. Sie legte auf diese Familienreise wert, angeblich der Kinder, nicht Konrad, zuliebe, eine Beteuerung, der Baumann mißtraute. Er ahnte, daß Jettes Verbindung zum Ehemann tiefer ging, als sie sich eingestand.

Konrad wiederum ließ sich in diesen drei Wochen von seiner mit Heimat- und Kindheitserinnerungen verbundenen Familienseligkeit mitreißen. Er verkniff es sich, an Lieselotte zu schreiben, mit der er zwei Wochen vor Urlaubsantritt, halb zerstreut, eine Liebesbeziehung begonnen hatte. Vor seiner Frau eine Weibergeschichte verbergen zu wollen, war vollkommen aussichtslos, und um der harmonischen Stimmung willen zog er es vor, sie aus seinem Bewußtsein zu streichen. Er konnte nicht sagen, was in seinem Innenleben vor sich ging, als er Jette von Tag zu Tag anziehender fand, liebenswerter, warmherziger, strahlender. Und in einer Nacht konnte er sein Verlangen nicht beherrschen, zur Koje zu tappen, in der sie schlief, um mit Jette zusammen zu sein, die sich seinem Begehren nicht verweigerte.

Seine Reue am anderen Tag hielt nicht an. Jettes Laune verbesserte sich, was sich wiederum vorteilhaft auf beide Kinder auswirkte. Und bei aller Zutraulichkeit gegen Konrad vermied sie die Frage, ob sie wieder eine normale Familie seien. Dieses zu Jettes Charakter im Widerspruch stehende Schweigen verriet einen Zwiespalt, der Konrad Erleichterung verschaffte.

Auf der Heimreise hatten sie keine Gelegenheit, den Großeltern einen Besuch abzustatten, sie waren zu knapp in der Zeit: Jette plante, mit Baumann zu einem Berlinaufenthalt aufzubrechen, was Konrad verpflichtete, daheim bei den Kindern zu bleiben. Diesen verpaßten Besuch bei den Eltern (und Großeltern) sollte Konrad sich nie mehr verzeihen.

Am Einundzwanzigsten, gegen halb sieben am Vormittag, schrillte das Telefon auf seinem Schreibtisch am Affentorplatz. Jette, bereits auf den Beinen – der Liebhaber wollte um acht auf der Matte stehen – rannte zu Konrad ins Zimmer, um abzunehmen. »Jochen will mit dir sprechen«, versetzte sie atemlos, »wirkt komisch erregt. Keine Ahnung, was los ist«, und blieb neugierig neben dem Schreibtischstuhl stehen, um sich nichts entgehen zu lassen.

Konrad hatte versprochen, er werde sich, wenn er in Frankfurt eintreffe, im Handumdrehen melden, um dem Freund seinen Bamberg-Entschluß mitzuteilen. Zwei Tage waren ohne seinen Anruf verstrichen, und der Lehrer mit Sicherheit sauer.

Befangen und mutlos rieb er seinen Stoppelbart. Im Laufe der Ferien hatte er Jette kein Wort von der Sache mit Bamberg verraten – um so brenzliger war dieses Telefonat. Das eine war sein akademischer Aufstieg, das andre der mit diesem Aufstieg notwendigerweise verbundene Umzug, der sie vor die Wahl stellte, Baumann den Vorzug zu geben oder bei der Familie zu bleiben. Um sich seine Urlaubszeit nicht zu vermiesen, hatte er eine Entscheidung vertagt und war sich bis heute im unklaren, ob er das Angebot annehmen sollte.

Konrad schielte zu Jette, die lauschend das x-fach verschlungene Kabel entwirrte, und stammelte eine Entschuldigung, ohne seinen Lehrer am anderen Ende zu Wort kommen zu lassen, der den Anschein erweckte, vor Unmut zu platzen. Diese Verbitterung war nicht berechtigt. Sicher, es mangelte Konrads Verhalten an Redlichkeit, die er sonst niemals vermissen ließ. Sich korrekt zu verhalten, besonders vor seinem Freund, betrachtete er als Verpflichtung. Trotzdem wirkte der Groll seines Lehrers befremdend. Konrad vermied es, von »Bamberg« zu sprechen, um Jette keinen Anlaß zu geben, mißtrauisch zu werden, und machte mit heiserer Stimme den Vorschlag, man solle sich treffen und in aller Ruhe das weitere Vorgehen beraten. »In aller Ruhe? Von wegen, es eilt, Konrad. Ein offener Brief ist erforderlich, in dem wir klipp und klar Stellung beziehen. Ich rechne mit dir, um halb elf, in meinem Zimmer am Institut.«

Konrad war zu zerfahren, um seine Gedanken zu ordnen. Jette hatte sich vom Telefonschnurentwirren aufs Fluseneinsammeln vom Teppich verlegt und kroch auf allen vieren um seinen Papierkorb. Und vom Gasherd kam ohrenzerreißendes Pfeifen. Konrad deckte die Sprechmuschel mit seinen Fingern ab. »Bitte«, zischte er, »kannst du den Kessel vom Feuer nehmen?«, ohne von Jette beachtet zu werden. »Einen offenen Brief, warum?« fragte er atemlos und stieß auf betroffenes Schweigen. »Willst du behaupten«, entgegnete Moosbach streng, »der Einmarsch der Roten Armee sei berechtigt?«, eine Frage, die wiederum Konrad schachmatt setzte, der nichts als zu stammeln vermochte: »In Bamberg?«

»In Prag!« schimpfte Moosbach verzweifelt, »in Prag, Konrad! Sie sind in der tschechoslowakischen Hauptstadt und leisten dem Brudervolk angeblich Hilfe! Ich stelle mir zwei oder zweieinhalb Seiten vor, die aus summa summarum zehn Punkten bestehen sollten: Wir bekennen uns zu Dubčeks und Svobodas Vorhaben, einen neuen sozialistischen Weg zu beschreiten, der mehr demokratische Rechte bewilligt, Selbstbestimmung erlaubt, wo Bevormundung herrschte, und den Staatsapparat in die Schranken weist; wir verurteilen das Vorgehen Breschnews, das nur den Machterhalt einer Parteiclique sichert und das Ziel einer ausbeutungsfreien Gesellschaft verunglimpft; und wir verdammen das westliche Heuchlerpack, das den Kremlherren Imperialismus bescheinigt und amerikanische Massaker an vietnamesischen Frauen und Kindern rechtfertigt. Dieser russische Einmarsch ist frisches Benzin, um das Feuer der Feindpropaganda am Brennen zu halten.«

Konrad holte tief Luft, als er auflegen konnte. Diese Sache mit Bamberg war vorerst vertagt. Er kam sich erleichtert vor, trotz der besorgniserregenden Meldungen aus Prag. Mit Jette im Schlepptau, die dringend zu wissen verlangte, was los sei, sprang Konrad zum Herd, um den Kessel vom Feuer zu nehmen. Er antwortete einsilbig, bis sie im Bad verschwand, und stellte das Radio in Jettes Zimmer an, das mit einem Lautsprecheranschluß verbunden war, der beim Balkonausgang neben dem Eckschrank hing, piekste vier Eier an, packte das Weißbrot aus, das er in den Toasterschlitz schob und versenkte, nahm den Topf, um den Jungs, die am Ausziehtisch flegelten, Milch warm zu machen, und bat sie um Ruhe, als der Sprecher Verlautbarungen aus Washington, Moskau und Bonn verlas. Lockenwickler im nassen Haar, barbusig – Ludwig und Lukas verdrehten die Augen vor Peinlichkeit –, beeilte sich Jette, das Bad zu verlassen, um der Stimme zu lauschen, die Dutzende russischer Panzer am Wenzelsplatz meldete, von einer Menge Zehntausender Prager mit Buhrufen, Pfiffen und Steinen empfangen. »Genossen, die sich mit Genossen bekriegen«, versetzte sie flau, »ich verstehe das nicht.«

Konrad erwiderte nichts und trieb Jette zur Eile an, der es besondere Freude bereitete, sich zu verbummeln und andere warten zu lassen. Als der Liebhaber auftauchte, war sie beileibe nicht fertig. Baumann, der auf dem Balkon einen Kaffee trank, rasselte umgehend mit Konrad zusammen, als es um den Einmarsch der Truppen des Warschauer Pakts in der tschechoslowakischen Hauptstadt ging, den der Reinigungsfirmenbesitzer verbissen verteidigte. Dubčeks »Reformkurs« – er schnitt eine Fratze – sei ein CIA-Unternehmen gewesen, um das kommunistische Lager zu spalten. »Breschnew mußte handeln«, bemerkte er unbeirrt, »um vor den Amerikanern in Prag zu sein. McNamara und Johnson sind Kriegstreiber, Kannmacher!, das zeigen sie Tag um Tag in Indochina. Ich ziehe den Einmarsch der Roten Armee, die uns Deutsche vom Hitlerfaschismus befreit hat, zum Wenzelsplatz rollenden US-Panzern vor. Stars-and-Stripes an der Moldau, es dreht mir den Magen um! Um ehrlich zu sein: Ich bin Breschnew dankbar. Mit seiner schweren

Entscheidung, der tschechoslowakischen Bitte um Beistand zu folgen, bewahrt er Europa vor Krieg und totaler Vernichtung!«

Es erwies sich als zwecklos, mit Jettes Verehrer zu streiten. Bei dieser Freund-Feind-Weltsicht landete man im Nu mit Faschisten und Arbeiterfeinden in einem Topf, wenn man es wagte, den Kreml zu kritisieren. Baumann ließ Konrad bald nicht mehr zu Wort kommen, bis Jette, schlagartig in Eile, zum Aufbruch blies. Zu einer Verabschiedung kam es nicht mehr. Als der Liebhaber Koffer und Taschen ergriff und sich Jette abschließend im Spiegel betrachtete – ein keckes Barett auf dem Lockenschopf, Pulli mit halsfernem Kragen und knielanger weißer Rock –, von den Kindern umringt, die zu wissen verlangten, wann sie vom Berlinbesuch heimkehren werde, schrillte wieder das Telefon auf Konrads Schreibtisch.

Es war Arne, sein Schwager, das »seelenvolle Rindviech«, der sonst nichts als Flausen und Faxen im Kopf hatte. Heute klang seine Stimme erkennbar belegt. »Es tut mir leid ... deine Eltern«, versetzte er bebend, »sie hatten einen schweren Verkehrsunfall.« – »Sind sie verletzt?« wollte Konrad erfahren und lauschte ins Schweigen am anderen Ende, mit einer Verzweiflung, die in Benommenheit umkippte. In seiner Taubheit bemerkte er nicht, daß er weinte, als er Ludwig und Lukas Bescheid sagte und seinen Koffer vom Flurboden holte.

Noch in dieser Nacht kam er mit beiden Jungs bei Helene an, die, nicht anders als er, in Benommenheit versunken war. Um sich das Entsetzen vom Leibe zu halten, verkroch sie sich in einem Panzer aus Sachlichkeit, war auffallend lebhaft und rege. Sie machte den hungrigen Reisenden ein Omelett, brachte die taumelnden Kinder ins Bett und stimmte mit Konrad den Anzeigentext in der Zeitung ab.

Am anderen Vormittag ließ er sich von seinem Schwager zum Papenfußhaus in Lensahn bringen, um alle dringlichen Sachen zusammenzukramen, und um Tante Alma ins Auto zu laden, die bei Helene in Kiel bleiben sollte, bis sie den ersten Schock halbwegs verdaut hatte. In der verschlafenen Backsteinhausstadt lenkte Arne den Volkswagen zum Institut, das mit der Bestattung der Eltern beauftragt war, wo Konrad erfuhr, es sei leider undenkbar, die beiden Verstorbenen noch einmal zu sehen. Man merkte dem Mann, einem knorrigen Holsteiner, Verlegenheit an, die entmutigend wirkte und Konrad veranlaßte, von seinem Vorhaben Abstand zu nehmen. Er bat seinen Schwager, der dankenswert schweigsam blieb, auf der Strecke nach Kiel einen Umweg zu machen, zur Kreuzung bei Ahrensburg, wo ein Mercedes das Goggomobil seiner Eltern zerquetscht hatte.

»Es war Gottes Wille, mein Junge, er hat mich vorm sicheren Tode bewahrt«, sagte Alma, die sie im muffigen Hausflur empfangen hatte, einen Schirm in der Hand, trotz des strahlenden Augusttages, und das Gesicht von einem Hutschleier bis auf die Nase verborgen, »mir war zu flau, um zur Grablegung mitzukommen, und ich habe sie lieber allein fahren lassen.«

Eine Bestattung in Norderstedt, das war das Ziel von Emilie und Ludwig gewesen. Um Damenschneider Pfaff, Erwins Vater, der vor einer Woche vorm Fernseher friedlich entschlafen war, auf seinem letzten Gang nicht allein zu lassen, sei es aus Treue zum toten Bekannten, sei es aus pommerscher Heimatverbundenheit, hatten sie sich, ohne Alma, der schlagartig schwindlig war, auf den Weg gemacht. Beim Zusammenstoß mit dem Mercedes bei Ahrensburg hatte es sie auf der Stelle zermalmt, nur der Kranz auf der hinteren Sitzbank blieb unversehrt, den Konrad bereits aus der Ferne, im Stoppelfeld neben der Kreuzung, entdeckte. »Muß das sein?« jammerte Alma und kniff beide Augen zusammen, »mir graut vor der Stelle.«

Konrad stieg aus dem Wagen und schaute sich um. Außer den Asphalt verdunkelnden Flecken und Glassplittern, die in der Gegend verstreut waren, wirkte der Unfallort vollkommen unschuldig, bis er zum Graben vorm Stoppelfeld trat, um den Kranz zu betrachten, in dem sich der Wind verfing, eine staubige, stickige, warme Augustbrise, die zwei Schleifen bewegte, als wollten sie winken. Was sein Augenmerk auf sich zog, war ein im Graben matt blinkender Gegenstand, der sich als an einem Fingerglied steckender Ring erwies.

Konrad kehrte mit taumelnden Schritten zum Wagen um, vor dem er sich nicht mehr zusammenreißen konnte. Von Schwindel und Brechreiz erfaßt, kippte er auf die Haube und kotzte sie stoßweise voll. Aus dem Inneren drang Almas schimpfende Stimme und dem hilflos vorm Steuerrad hockenden Schwager fiel nichts Besseres ein, als den Kippschalter zu bedienen, der seine Wischer in Gang setzte.

Alma, die wieder und wieder das Wort ergriff, scheuchte Konrad aus seiner Versunkenheit hoch, als sie zwischen Kuhweiden, Weilern und Pappelreihen in flirrender Luft Richtung Kiel preschten. Erst wollte sie wissen, ob Jette in Kiel sei, und schien selig zu sein, als der Neffe verneinte, eine Erleichterung, die nicht von Dauer war. Es sei eine Frechheit, versetzte sie giftig, und verrate abscheulichen Mangel an Anstand, den Ehemann mit seinem Kummer alleine zu lassen. »Ich sagte bereits, Jette hat keine Ahnung von dem, was passiert ist«, entgegnete Konrad schroff, »und ich kann sie nirgends erreichen, kapierst du das endlich?« – »Warum bist du verheiratet«, zeterte sie verstimmt, »wenn du deine Ehefrau nirgends erreichen kannst?« Und permanent stichelte sie gegen Ludwig, der ein popliger Buchhalterknochen gewesen sei. Nur aus Geiz habe er Almas dringende Warnungen mißachtet, sein Goggomobil sei zu unsicher, er brauche dringend ein besseres Auto. »›Mein Limousinchen reicht vollkommen aus, Alma‹, das war seine ewige Spargroschenantwort. Er ist schuld, wenn Emilie nicht mehr am Leben ist.«

Konrad, zu mutlos und abwesend, hatte nicht vor, mit der wetternden Tante zu rechten. Alma kam sich bis heute im Holsteinnest fremd vor, und von einem Wagen, der teuer und stattlich war, hatte sie sich bei der Mitwelt mehr Ansehen versprochen. Er versteckte sich lieber im blauen Zigarrenqualm, als er sich an seinen Vater erinnerte, der, ohne sozialdemokratisches Amt (Ortsvereinskassenwart hatte er nicht mehr werden wollen) und berufliche Stellung, im Alter vereinsamt war. Ja, politisch-moralisch zu denken, das hatte er bei diesem aufrechten Menschen erlernt (wenn man den raunenden Einfluß des Großvaters auf seine Kindheitsentwicklung beiseite ließ), trotz seiner Verirrung im Krieg.

Es war eine bittere Erfahrung gewesen, als besiegter Soldat und entflohener Prisoner of war innerlich auf allen vieren nach Hause zu kriechen, um so bitterer, als er sich eingestehen mußte, daß es kein besseres Vorbild gab als seinen Vater. Fortan hatte Konrad den Alten verehrt, bis zum Schluß, aus der Ferne, beklommen, verlegen und scheu, was er wiederum niemals vorm Vater bekannt hatte, einem Mann, dem Vertraulichkeit peinlich war.

Konrads Verbindung zum Vater blieb die eines Mondes, der seinen Planeten umkreist und zum ewigen Abstand verurteilt ist. Vollkommen anders war das bei der Mutter gewesen. Wenn Konrad im Papenfußhaus zu Besuch war, machte Alma sie gern als »Familienglucke« schlecht. Das stimmte, Emilie bemutterte alle (erste Nutznießerin dieses liebenden Eifers war Alma), bediente den Buchhalter von allen Seiten (sich bei seiner Frau zu bedanken, fiel Vater nie ein), radelte mit einem Weidenkorb einkaufen, kochte Schmutzsachen in heißer Lauge im Waschkeller, putzte und bohnerte, pflanzte und erntete (der Garten umfaßte knapp tausend Quadratmeter), bereitete Tag um Tag Mittagsmahlzeiten zu, die aus Vorspeise, Hauptgang und Nachtisch bestanden, von Almas Karottensaft-, Trockenobsthaferbrei- oder Spiegeleiansinnen beim Aufstehen zu schweigen, hockte bis tief in der Nacht an der Singermaschine, verbreitete Lebensbejahung und Zuversicht, beschwichtigte, schlichtete, schleppte und stemmte, ob es um handfeste Dinge ging oder um seelische. Sie zweifelte niemals am Sinn dieses Brummkreiseldaseins und zeigte nicht eine Spur von Ermattungserscheinungen im Alter. Konrad blieb in den Augen Emilies das Sonntagskind, dem ein erfolgreiches Leben versprochen war. Seine Hochschulkarriere belegte das ja, und mit seinen Jungs hatte er in der Trommel, die sich schicksalhaft drehte, zwei Treffer erwischt (von der Niete, mit der er verheiratet war, sprach sie lieber nicht). Sie bettete Konrad auf Rosen, wenn er sie besuchte, war voller Verehrung und Liebe.

Mutter, die anspruchslos, praktisch und munter war, schien mit sich im reinen zu sein. Diesen angenehmen Eindruck vermittelte sie außer Haus und im Kreis der Familie. Und wenn er nichts als Fassade gewesen war? Ein Verdacht brach sich Bahn und beunruhigte Konrad, den er in der Vergangenheit aus seinem Bewußtsein verbannt hatte. Mit dem Tod von Emilie ging das nicht mehr.

Seine Tante, die unentwegt knurrte und grummelte, gab seinem Mißtrauen absichtslos Nahrung. »Es war Gottes Wille, er hat mich vorm sicheren Tode bewahrt«, wiederholte sie pausenlos, in einer Mischung aus Grauen und Heiterkeit. Ja, man merkte dem Tantchen, das an seinem Hutschleier zupfte, einen Hauch von Genugtuung an. Dieser Schicksalsschlag hatte Emilie und Ludwig ereilt, ausnahmsweise nicht sie, die ansonsten vom Schicksal Benachteiligte. Das brachte Konrad, der seinen Zigarrenstumpen in hohem Bogen ins Wiesengras schleuderte, auf den verschollenen Buchhalterbruder (verschollen, bis er aus dem Nichts wiederauftauchte und als Meisterklavierspieler in aller Munde war). Nie hatte Alma den Reinfall verwunden, als Braut auf dem Hochzeitskleid sitzenzubleiben und monatelang in der pommerschen Kleinstadt vor Krethi und Plethi Spießruten zu laufen. Um diesen im Kreis der Familie nicht zu verkennende Vorteile bietenden Schmerz mit der Zeit zu vergessen, war Alma zu schlau. Felix Kannmachers Flucht vor der Hochzeit verpflichtete Schwester und Schwager zu einem alle Launen und Gemeinheiten schluckenden schlechten Gewissen.

Emilie wiederum war in der Jugendzeit enger mit Felix verbunden gewesen als mit seinem in der pommerschen Hauptstadt das Buchhalterhandwerk erlernenden Vater. Konrad erinnerte sich an den Aufruhr, den Tantes Bemerkungen beim Essen verursachten. Stichelnd verglich sie das Aussehen von Konrad, dem Kiekindiewelt, mit dem Aussehen des Schwagers, der mit Sicherheit nicht sein Erzeuger sei. »Um das nicht zu erkennen, muß einer stockblind sein. Oder ein Esel, der schlicht zu vertrauensselig ist«, giftete Alma und brachte Emilie zum Schluchzen.

Was Konrad an dieser Erinnerung verwirrte, war nicht seine denkbare Abstammung von Felix Kannmacher. Beklemmender war es, sich vorzustellen, Mutter nie richtig beurteilt zu haben. Wenn Felix Kannmacher Konrads Erzeuger war, brach sein Bild von Emilie in sich zusammen. Sie blieb nicht die treue und einfache Frau, die man maßlos verherrlichen konnte. Falls Almas Anspielungen nicht nur auf Mißgunst beruht hatten, litt Emilie zeitlebens an einer Schande und Schuld, die sie zwanghaft verheimlichen mußte. Um so verpflichteter kam sie sich vor, tagein, tagaus duldsam, bescheiden und selbstlos zu sein. Ja, es verurteilte Mutter zur Wehrlosigkeit, sei es gegen das Gift, das die Schwester verspritzte, sei es gegen den knorrigen, maulfaulen Ehemann. Und es schlug sich auf Mutters Beziehung zum Sohn nieder, dem einer verbotenen Verbindung entsprungenen Sonntagskind. Schwer zu entscheiden, ob sich in Emilies Liebe zum Jungen eine andere, verschwiegene, uneingestandene Liebe versteckt hatte.

Mutter eine Verfehlung in Rechnung zu stellen, das wiederum hatte sein Vater sich niemals erlaubt. In seiner Zuneigung, trocken und einsilbig, war von Verbitterung nichts zu bemerken. Er benahm sich nie schroff oder barsch gegen Mutter, nur in sich verkapselt und preußisch korrekt. Und es fiel Vater nicht ein, Almas anstrengende Gegenwart in seinem Haus zu beanstanden. Selbst als sie vor Monaten auf die Idee verfiel, keine andere Nahrung mehr zu sich zu nehmen als fleischlose, und Mutter bereit war, den Speiseplan umzustellen, hatte er seine Fassung bewahrt (und verzog sich im Abstand von zwei bis drei Tagen ins Gasthaus, um heimlich und heißhungrig Schlachtplatten niederzumachen). Teils tilgte er mit seiner Langmut den von seinem Ausreißerbruder verursachten Schaden, teils duldete er

Mutters herrische Schwester im Haushalt aus Achtung und Liebe zu seiner Frau. Koste es, was es wolle – er hielt zu Emilie. »Sie starben zusammen«, sagte Alma an seinem Ohr – Tantes Hutschleier kitzelte Konrad im Nacken – »sie starben zusammen und auf einen Streich. Ist das nicht komisch?« bemerkte sie mit einer Spur von Verbitterung, wenn es nicht Neid war.

Vor dem Gasthaus, in dem sie den Leichenschmaus einnahmen, empfing Konrad rund sechzig Beerdigungsteilnehmer, lokale Sozialdemokraten mit Anhang, die den »treuen Genossen« verabschieden wollten, Karl Eduard Papenfuß mit seiner wasserstoffblonden Frau (»kein Mensch kann korrekter sein, als es dein Vater war«, schluchzte der Regulatorenhersteller) und Hilde, die ohne den vor einer Weile verstorbenen Oberzahlmeister aufkreuzte. Sie war auffallend rundlich um Busen und Hinterteil, und das vor einer Ewigkeit weiche Gesicht mit dem zierlichen Kinn wirkte schwammig. Konrad erkannte sie erst an der Stimme, die von befremdlicher kindlicher Unschuld war, als sie seine Hand nahm und seufzte: »Mein Lieber, ich weiß, was das heißt, seiner Eltern beraubt zu sein.«

Konrad empfing vorm Zementpodesteingang und in aus der Wirtschaft anwehendem Bratenduft seinen breiten und kugligen Schulkumpel Erwin, den CDU-Abgeordneten im Kieler Landtag und Vorsitzenden einer Pommernvereinigung, der sich von seinem Fahrer den Wagenschlag aufreißen ließ. Beide Wimpel am Bug seiner Hochglanzkarosse (das Bundeslandwappen der eine, der andere schwarz-rot-gold) waren aus Anlaß der Beisetzung trauerumflort. »Ich kann dir nicht sagen … ich kann dir nicht sagen … unendliches Beileid«, versicherte Erwin, außer Puste und schweißbedeckt von den sechs Schritten, die er vom Schlitten zum Gasthaus zu Fuß gehen mußte, »… und das auf dem Weg zur Bestattung in Norderstedt, um meinen Vater zum Grab zu begleiten … dieses tragische, absolut sinnlose Ende.« Erwin fiel seinem Schulkumpel mit einem Schwung um den Hals, der sie beide ums Gleichgewicht brachte. Von einer Seite zur anderen taumelnd, verkrallte sich einer im anderen, als seien sie in Kummer und Schmerz tief vereint.

Und Konrad empfing den im Rollstuhl anschaukelnden Ortsgruppenleiter und Konrektor Wilhelm Pooch, den seine Luise zur Gastwirtschaft lenkte (mit Klunkern behangen, verschminkt und in buntem Kleid, als wolle sie zu einem Kaffeeklatsch gehen), neben sich einen Bengel von knapp dreizehn Jahren, der mit Hingabe an seinem Daumennagel kaute.

Pooch hatte es nicht verschmerzt, von Luise einen Jungen zu haben, der geistig behindert war. Diese Schmach konnte er seiner Frau nicht verzeihen. Erst ein Schlaganfall hatte den Pommern von seiner Verbitterung und Schande befreit. Heute versank er im Rollstuhlsitz, hohlwangig, knochig, im schlotternden Zweireiher, glotzte benommen und stumpf in die Gegend. Anscheinend erkannte er niemanden wieder.

Walter Schlomow, den sie telegraphisch benachrichtigt hatten, erreichte das Gasthaus als letzter. Bei der Beerdigung hatte er sich in der Menge versteckt und den Anschein vermittelt, als wolle er eine Begegnung vermeiden. Konrad bereute seinen falschen Verdacht. Er hatte den Jungen von Schlomow beharrlich als britischen Bomberpiloten betrachtet, der sich in Feindseligkeit und Verachtung verbiß. Dieser Argwohn belegte nur Groll und Verletztheit, die Konrad bis heute beherrschten, was wiederum eine vernichtende Einsicht war. Er kannte ja Walters beruflichen Werdegang. Schlomows Sohn hatte bald seinen Dienst bei der Air Force quittiert und in Boston Geschichte studiert. Er besaß einen blendenden Ruf als Historiker, hatte ein Standardwerk zum Zweiten Weltkrieg verfaßt und bekleidete zwei Professuren (in London und Tel Aviv).

Walter, der sich aus dem Taxi ins Freie schwang, eilte mit schwankenden Schritten aufs Gasthaus zu, vor dem er Helene und Konrad umarmte. Konrad empfand eine maßlose Dankbarkeit. In der Gaststube hockten sie nebeneinander und scherten sich nicht um den Rummel beim Leichenschmaus, Erwins triefende Pommernerinnerungsrede, Almas Zank mit dem Regulatorenhersteller, dem sie vorwarf, sein Haus zu einem Preis zu vermieten, der sich nicht im geringsten rechtfertigen lasse (»Sie haben meinen Schwager beschissen, der Monat um Monat bezahlt und sich niemals beschwert hat, ja, diese Korrektheit behagt einem Schwindler!«), und Hildes Schmollippen an Konrads Seite, die den Exgatten, der sie links liegenließ, vorwurfsvoll anschwiegen, bis Walter zum Flughafen aufbrechen mußte und sich der Wirtshaussaal schlagartig leerte.

»Mußtest du dauernd mit Schlomow zusammenstecken, der Hamburg und Frankfurt dem Erdboden gleichgemacht hat?« schimpfte Alma, »und mir schenkst du keine Beachtung! Und dieser Saufraß, es war nicht zum Aushalten, ich konnte nichts essen vor Kummer und Bitterkeit«, und grummelnd verzog sich das Tantchen aufs Gasthausklo, aus dem sie nicht wieder zum Vorschein kam. Es dauerte zwanzig Minuten, bis Almas Verschwinden den anderen auffiel. Konrad wandte sich ruckartig an seine Schwester. »Was ist eigentlich mit unserer Alma? Wo steckt sie?« Lukas, der sich mit Sahne- und Obsttorte vollstopfte, erwiderte schadenfroh: »Auf der Toilette«, was Helene und Konrad veranlaßte, aufzuspringen und von dem an ein Schlachtfeld erinnernden Tisch in den Keller zu eilen, wo sich das WC befand. Alma kniete, kalkweiß und verknittert, vorm Waschbecken, das sie mit kraftlosen Fingern umklammerte, um sich hochzuziehen und auf die Beine zu kommen.

Konrad bestellte den Notarzt, der bei seiner Ankunft versicherte, es sei nichts Ernstes (»von wegen, ich sterbe«, beteuerte Alma), trotzdem lasse er sie zur Beobachtung, sicher sei sicher, ins Krankenhaus bringen. »Bei meiner Beerdigung«, schuffelte sie auf der Bahre, die man in den Krankenhauswagen schob, »verbitte ich mir diese Fleischberge, Kinder!« Konrad versprach, sich an Almas Bestimmung zu halten.

X

Aus dem Geschichtenheft von Konrad Kannmacher

Unsere Zentralschaffe in einer Julinacht

In einer Julinacht, die knochentrocken war, was in unseren Breiten ein aufsehenerregendes und alle Welt aus dem Gleichgewicht bringendes Ereignis ist (wenn Gott seine Pommern nicht naß spritzt, verdorren sie im Handumdrehen), hockten wir vier in der Weide am Flußufer und schielten zum Mond, der am Horizont hochrollte.

Um ehrlich zu sein, waren wir in diesen Wochen, die Deutschland den Endsieg bescherten, verzweifelt, und das nicht aus Schwarzseherei oder Meutergeist. Begeistert vom Vormarsch der arischen Herrenrasse, die das Erdenrund bis zum Pazifik eroberte, machte es uns um so niedergeschlagener, nicht als Landser am Endsieg beteiligt zu sein. Wir waren leider zu jung, um es auf einem Schlachtfeld zu Helden zu bringen. Was los war, wenn unsere siegreichen pommerschen Wehrmachtssoldaten und Teufelskerls heimkehrten, konnte man sich an zehn Fingern ausrechnen. Wir machten bei unseren Jungfrauen keinen Stich mehr und bekamen am Schluß nur die zickigsten, warzigsten, schiefsten und krummnasigsten Exemplare ab, die sonst keiner anfassen wollte. Diese Aussicht verbitterte uns, und wir hofften klammheimlich auf russische Bodengewinne, die es erlaubten, den Krieg eine Weile am Brodeln zu halten. Der sollte erst in die entscheidende Runde gehen, wenn wir das richtige Alter erreicht hatten, man uns viere in schneidige Uniformen steckte und im Rauchersalonwagen an den Ural schickte.

Ich wette, es war diese trockene Julinacht, der wir unseren rettenden Einfall verdankten. »Schluß!« schimpfte Hartmut, als Kalle verzagt und beklommen in seine Harmonika pustete, »nutzt ja nichts, mit unserm Schicksal zu hadern. Leute, wir brauchen einen Furz, der zum Himmel stinkt! Was machen wir, um es zu Helden zu bringen? Wir kommen niemals zu Ansehen und Ehren, wenn wir es nicht schaffen, den Feldzug in Rußland mit unserer Tat in den Schatten zu stellen.« – »Du spinnst ja, das geht nicht«, erwiderte Erwin duhn, »du willst das erfolgreichste Heer aller Zeiten von vier pommerschen Jungs an die Wand spielen lassen?« Alle versanken aufs neue in grimmigem Schweigen.

Ja, ich wette, es war diese trockene Julinacht. Grillen ratschten im Feld und es quarrte am Teichufer und aus der Ferne erreichten uns Eulenschreie, als ob Schuhu und Uhu in Herden einbrechen, wo sie zappelndes Zicklein und Jungschaf erbeuten, vom Fackelumzug der HJler zu schweigen, die endsiegbeschickert zur Bleiche raballerten, schmetternd und johlend, die heimische Scholle mit knallenden Stiefeln in Schwingung versetzend. Und wir erkannten den Pastor von St. Marien, unseren von Schwachsinn zerfressenen Prediger, der als krummer und haushoher Schatten vorm Vollmond stand und im Marienturm am Glockenseil zerrte, was in diesen Kriegszeiten seine Gewohnheit war, wenn man wieder ein feindliches Kriegsschiff versenkt, Bataillone zerschlagen und Bomber erwischt hatte, nicht ohne beschwingt seinen Aal langzuziehen, was allen verschmachtend den Vollmond anhimmelnden Backfischen Ekel und Schauder bereitete, nicht zu reden von unseren Altsitzerinnen, die mit einem Aufschrei, von Bogislaws Schloß bis zum westlichen Stadtwall, die Fenster zuknallten. Ja, ich wette, es war dieser prallvolle Julimond, der donnernd bei Gaswerk und Wasserturm hochrollte und sich auf der Pommerschen Seenplatte spiegelte, in von Stechfliegenwolken verschleierten Waldweihern, blinkendem Bachwasser, moosigen Rinnsalen und im spiegelglatt schwappenden Baltischen Meer, in Tausenden spinnennetzverhangener Dachluken, auf Blechorden, Koppeln und Hakenkreuzabzeichen, der mich auf meine Idee brachte.

»Wir haben keine andere Wahl«, sagte ich zu den Schulkameraden, die sich mit zerfurchter Stirn in Nasenloch, Ohren und Bauchnabel gruben, »wir haben keine andere Wahl, als den Mond zu erobern.« – »Hast du einen an der Klatsche?« entgegnete Erwin, und Kalle blies kichernd in seine Harmonika, »ich war nie auf dem Ku'damm, an Rhein oder Elbe, und du machst den Vorschlag, ich solle zum Mond fliegen?« – »Warum nicht? Er hat vollkommen recht«, kam mir Hartmut zu Hilfe und rieb sich erregt seine Finger, »wenn wir im Namen von Volk und Nation auf dem Mond Deutschlands Hakenkreuzfahne aufpflanzen, wird man uns vier im Geschichtsbuch vermerken.« – »Menschenskind«, schnaufte Kalle, »wir vier im Geschichtsbuch, das an allen Schulen im Reich in Benutzung ist; mir wird richtig schummrig, wenn ich mir das vorstelle, mein Name ›Karl Stoph‹ Tag um Tag auf den feuchten und seufzenden Lippen von Meeken und Deerns.« – »Euer Mond taugt zu absolut nichts«, schimpfte Erwin, »mit seinen vertrockneten Meeren und Felsschluchten, einsam und leer, voller Steinschutt und Staub. Wenn es uns bei der Landung daheim aus den Ohren rieselt, wird uns keine der Landkrabben anziehender finden.«

»Willst du den Zickendraht spielen?« sagte Hartmut und richtete sich in der Astgabel auf, bis er breitbeinig auf einem Weidenarm turnte, halb schnippisch, halb grimmig und mit einer Energie, als habe er einen Kanister Pepsin verschluckt, »du warst nie auf dem Ku'damm, an Rhein oder Elbe, und bist dir todsicher, den Mond zu kennen? Und wenn er von Wesen bewohnt wird, die in unseren Augen entzogenen Luftblasen leben, oder in seinem Mondinneren Ozeanwasser schwappt? Und was weiß ein pommerscher Damenschneiderbengel von dem, was der Brocken am Ende zu bieten hat, Petroleumfelder und Mondkammern voller Gold, Diamanten- und andere Edelsteinvorkommen, die es der arischen Rasse erlauben, bis in alle Ewigkeit Herren der Welt zu sein.« – »Und selbst wenn es stimmen sollte«, mischte sich Kalle ein, der im allgemeinen dem Mehrheitswillen folgte, »und der Mond aus nichts anderem als Steinschutt und Staub besteht, kann er dem Reich von erheblichem Nutzen sein. Seine Eroberung erlaubt es dem deutschen Volk, ohne Aufwand und Anstrengung Platz in der Heimat zu schaffen. Wir werden Schmarotzer und Volksfeinde, Juden, Marxisten, Verbrecher und Neger zum Mond schießen, mit der Berechtigung, Siedlungen zu bauen und unseren Trabanten zu kolonisieren. Man soll nicht behaupten, wir seien nicht human«, und er gickelte wieder in seine Harmonika. »Die sind zu arbeitsscheu«, meckerte Erwin, der sich von uns anderen verladen vorkam, »dieser Abschaum wird lieber verrecken, als Siedlungen hochzuziehen.« – »Und was ist mit dir«, wollte Hartmut erfahren, »hast du vor, deine Falte zusammenzukneifen, oder wirst du bei unserer Zentralschaffe mitmachen?«

Ein Schiethaufen war unser Damenschneiderkumpel nicht. Er nickte, mehr muffig als lebhaft, und Kalle griff in seine Hemdtasche, um uns zu diesem Ereignis drei dicke Havanna zu reichen, die er bei seinem Ollen im Zigarrenwarenladen stibitzt hatte. Und in dieser Julinacht, die knochentrocken war, schwangen wir uns aus der Weide am Bachufer, um in Null Komma nichts mit dem Preußenhauptmann aus dem Siebzigerkrieg in Verbindung zu treten, der beim Feldzug in Frankreich ein Bein verloren hatte und mit sieben Kanonen im Schlepptau nach Hause kam, um ab diesem Zeitpunkt vom Steilhang Freiwaldes auf Nebel und Unwetterwolken zu schießen, die er erfolgreich vom Himmel verscheucht hatte, wenn man den an der Westmole Boote kalfaternden und Reusen ausbessernden Fischern vertrauen durfte.

Bis zum heutigen Tag war es seine Gewohnheit, bei aufziehendem Sturm oder nahender Gewitterwand aus seinen sieben Kanonen zu feuern, bis zwischen Hafen und Schloß alle Scheiben erzitterten, Tassen entzwei gingen und Brillen einen Sprung bekamen – beim Schlechtwettervertreiben erzielte der Preuße mit seinem vom Holzwurm zerfressenen Beinersatz (und dem echten aus Knochen und ledriger Greisenhaut) in unserer Kinderzeit allerdings keine Erfolge mehr. Und wenn wir uns an Unwettertagen zum Strand stahlen, um den einbeinigen Offizier zu beobachten, der von einer Kanone zur anderen springen mußte, Kugeln hochhievte und Lunten in Brand steckte – es krachte, als wolle der Hang in die Luft fliegen –, konnten wir nie eine Seele entdecken.

Hartmut schubste den Damenschneiderkumpel zum Steilhang hoch, wo er sich mit dem Hauptmann beratschlagen sollte, der angeblich in Felsenvertiefungen hauste, Aale verzehrte, die er mit der Hand aus der Brandung fing, Seeschwalben-, Bleßrallen- und Rotschenkeleier trank, und zwischen seinen Kanonen am Meeresstrand schlummerte. Um ehrlich zu sein, wußte niemand, ob er nicht bereits vor der Schlacht bei Amiens verstorben war, ein pommerscher Geist, der uns starrsinnig heimsuchte, oder bis heute ein Wesen aus Fleisch und Blut (wenn man sein Holzbein beiseite ließ).

Unser Damenschneidersohn wiederum war der Richtige, um beim Preußensoldaten um Beistand zu bitten. Er war mit dem einbeinigen Offizier verwandt, was er mit Stolz in der Stimme betont hatte, wenn es vom Steilufer krachte und donnerte, und keiner von uns, die mit Erwin befreundet waren, hatte Anlaß, an dieser Behauptung zu zweifeln. Vor dem neunzehnten Glied waren alle Bewohner Freiwaldes, die pommersche Vorfahren hatten (und nicht von Polen oder Israeliten abstammten) verwandtschaftlich eng miteinander verbunden (und es schwindelte mir bei der Vorstellung, mit Julchen Scholl, die ich stur und vergeblich begehrte, einen arisch-germanischen Ahnen zu teilen).

Erwin war nicht besonders erfreut bei der Aussicht, seinen kauzigen Ururgroßonkel zu treffen. Er scharwenzelte zaudernd zur Steiluferkante, wo er sich zu Boden schmiß und in die Tiefe krakeelte, er sei Erwin Friedrich Theodor Pfaff, Sohn vom Damenschneider Friederich Pfaff aus Freiwalde, dem Jungen vom Damenschneider Theodor Marius, der wiederum Bengel vom ersten der Pfaffschen Schneider Karl Theodor Marius gewesen sei, dem Vater von Annie Hermine Adele Pfaff, der Mutter von Carolin Annie Jakobi, der Mutter vom Helden Freiwaldes im Siebzigerkrieg in der siegreichen Schlacht um Paris, einem Sieg, den er mit seinem Bein bezahlt habe, was er, Erwin Friedrich Theodor, aufs tiefste bedaure, der seinen Rat brauche in einer Sache, einer dringlichen Sache von strengster Vertraulichkeit!, die einen Kanonenexperten erfordere, und er bettelte gellend, ohne bei seinem Ururgroßonkel auf Neugier zu stoßen. »He«, zischte Hartmut aus sicherer Entfernung, »er wird sich nicht mucksen, wenn du nicht vom Erzfeind sprichst«, eine Empfehlung, die Erwin beherzigte. »Wir wollen unsern Fuß auf den Mond setzen, Onkelchen, und das vor den syphiliskranken Franzosen, die den Tripper ansonsten im Weltall verbreiten. Unser Plan richtet sich gegen Frankreich, verstehst du mich?«

Wir kriegten einen Heidenschreck, als sich im Steilhang, von niedrigem Hafer und Strandgras bewachsen, in Reichweite Erwins, der Erdboden auftat. »Endlich!« versetzte der Offizier mit einem Seufzer, der tief aus dem Brustkasten rasselte, »endlich zeigt Pommerns Jugend den Geist meiner Tage, einen Eroberungswillen ohne Grenzen, der Kolonien anpeilt, die kein preußischer Staatsmann und Feldherr bis heute im Sinn hatte!« Mit seinem linken Arm, mager und braunfleckig, stemmte der Mann eine Holzklappe in die Luft, mit dem anderen winkte er uns an den Grubenrand, wo er auf einer Leiter ins Erdinnere kletterte, hohlwangig, mit maulwurfserblindeten Augen, halb spinnenwebversponnen, halb barthaarverwachsen.

Wir folgten dem Ururgroßonkel von Erwin Pfaff nicht ohne Schiß in der Hose ins Erdreich, wo wir eine Halle betraten, vor der es uns schwindelte, keine Spur kleiner als St. Mariens Kirchenschiff. Von der im Finstern verschwimmenden Felsdecke war nichts zu erkennen als blinkende Rinnsale, die auf den glitschigen Lehmboden sickerten, voller Eierschalen, Seeadlerknochen und Fischabfall. Es herrschte ein wilder Gestank in der Halle, sengende Hitze und irrer Radau. In der Ferne entdeckten wir flackernde Feuerstellen mit an Stahlketten schwingenden Kesseln aus Kupfer, Ofenklappen, die aufflogen und wieder zuknallten, von wimmelnden Zwergen mit Hebeln bedient, die zu sechst oder siebt einen haushohen Haken schwangen, um Asche und Glut voneinander zu trennen. Diese Zwerge und Kobolde gingen in die Tausende. Sie schaufelten Kohlen ins Feuer und gossen zerschmolzenes Metall in bereitstehende Formen. Sie standen, mit Schurzen bekleidet, vor Ambossen, wo sie mit Hammer und Zange hantierten. Sie hatten verrußte Gesichter und bleckten an schneeweiße Perlen erinnernde Zahnreihen, und schnatterten in einer Sprache, die fremdartig war. »Meine Sklaven sind eine besondere Rasse von Bergwerksgnomen, auf die ich in unseren verlassenen Braunkohlegruben stieß«, sagte der Ururgroßonkel von Erwin, als er uns in einen seitlichen Saal schubste, in dem es angenehm frisch war und besser roch (aus einem kreisrunden Loch in der Decke, die ein oder zwei Kilometer entfernt war, drang salzige Meeresluft bis in die Tiefe).

Wir legten den Kopf in den Nacken und waren platt. Vor uns stand eine Rakete, die in vier beweglichen Greifarmen steckte und mit einer turmhohen Kaiserreichflagge umwickelt war. Und an der Spitze trug sie eine Kapsel, die uns aus dem Heimatmuseum bekannt vorkam. Erstaunt stieß ich Hartmut an, der seinen Ellbogen in Erwins Rippen platzierte, der seinerseits vor Kalles Schienbein trat: »Ist sie das?« – »Das ist sie«, bemerkte der preußische Offizier, »das ist Herzog Bogislaws Tauchkapsel von vierzehnhundertundachtzig, als er sechsundzwanzig war und das Seeungeheuer vor Gotland vernichtete, das unsere pommerschen Schiffe verschlang, eine Krake von zehntausend Kilo, mit Fangarmen, die das Tier bis zu sechs Kilometern entrollen konnte und die sich im Nu wieder regenerierten, wenn man sie mit einem Schwerthieb vom Leib hackte. Vom Bootsdeck aus ließ sich das Seeungeheuer nicht wirkungsvoll angreifen, was Herzog Bogislaw auf die Idee einer Tauchkapsel brachte, die er mit seinen treuesten Matrosen bestieg, um das Tier in einem Stahlnetz ans Ufer zu schleppen, wo es dann seine teuflische Seele aushauchte, Freiwalde zehn Monde mit Fischfleisch und Pommerns Verwaltung auf Jahre mit Tinte versorgte. Ja, das ist sie und ist sie nicht«, sagte der Offizier, »bei meinen Studien habe ich bald erkannt, wo sie meinen Mondreiseabsichten dienlich und was an Verbesserungen notwendig ist, um einen sicheren Flug zu erlauben. Wir sind startklar, Jungs, in dieser Nacht kann es losgehen!«

Erwins Uronkel winkte uns zu einer Felsenwand, vor der an vier Haken vier Westen und Hosen hingen mit einem molligen Futter aus Watte und Seide samt vier Mondfahrerhelmen mit aufklappbaren Sichtscheiben und vier Sauerstofftanks, die zum Umschnallen bereitstanden. Wir hatten bereits unsere Mondfahrerkleidung an und stapften entschlossen zur Leiter, um schleunigst zur Kapsel am anderen Ende zu klettern, als Kalle, schlagartig kalkweiß, seine Sichtscheibe hochklappte. »Sollten wir nicht unseren Eltern Bescheid sagen, sicherheitshalber, ich meine, man weiß ja nie, ob wir je wieder heimkehren und nicht im All bleiben …« Uns anderen schwindelte bei dieser Aussicht. »Er hat recht«, sagte Erwin, »erst sollten wir Abschied nehmen.« – »Feiglinge!« schnauzte der preußische Offizier, »Feiglinge, Waschlappen, Memmen und Schwarzseher, nichts als ein Haufen soldatische Nieten, mit dem man keinen Zoll fremder Erde erobern kann«, vor Weißglut befreite er sich vom Ersatzbein und schlug seine Stummel ins wurmstichig-morsche Holz (um ehrlich zu sein, war es eher ein Lutschen als Beißen). »Ich bitte dich, Onkelchen, laß dein Ersatzbein heil«, bemerkte der Damenschneiderbengel besorgt. »Unsinn. Ein preußischer Offizier«, schimpfte der Uronkel, »kommt ohne Arme und Beine aus, er wird seine Waffe nie fallen lassen, Feigling!« – »Und warum«, wollte der seine Augen zu Schlitzen verengende Buchbinderjunge erfahren, »lassen Sie uns den Vortritt und fliegen nicht selber? Man wird uns verehren, vom Atlantik bis zum Ural, und Sie gehen leer aus, das ist ja man sicher.« – »Meine Ehre ist zweitrangig, Nichtsnutz, ich denke an unsere Nation, die den Erdkreis beherrschen soll. Gott hat uns ausersehen, er hat den deutschen und nordischen Menschen zu Taten erschaffen, die kein anderes Volk zu vollbringen vermag. Ich bin kein Frischling mehr, bei einem Tempo von sechshundert km/h mache ich schlapp, Witzbold.«

Mit dieser Ansprache stimmte der Mann uns um. Voller Tatendrang kletterten wir bis zur Kapsel hoch, wo uns eine mechanische Stimme empfing, die knappe und klare Befehle erteilte, wo auf der blinkenden Schalttafel vor uns der Knopf oder Hebel war, den wir bedienen mußten. »Das war der falsche«, versetzte sie kalt, als sich Kalle bei einem der Schalter vergriff, »wiederholen, sonst fliegt euch der Sums um die Nase. Angurten. Abflug in sechzig Sekunden!« Ein Grummeln und Stampfen kam aus der Rakete, bei dem wir uns beinahe ins Hemd machten. Und mit einem ohrenzerreißenden Krach schossen wir auf das kreisrunde Loch in der Decke zu, vor das der Mond seine grinsende Scheibe schob, als ob er es sich nicht entgehen lassen wolle, wenn unser Fernunternehmen zum Teufel geht, Rakete und Kapsel als Feuerball aufsteigen und in glosenden Teilen zum Erdboden prasseln, ein Meteoritenschwarm, der unsere Heimatstadt, Dachstuhl um Dachstuhl, in Brand setzt.

Erreichte das pommersche Mondunternehmen sein Ziel, wird der Leser sich atemlos fragen?

Oh ja, wir erreichten den Mond in Rekordzeit (zwei Tagen, zehn Stunden und dreizehn Minuten), nicht ohne um felsgroße Brocken im Weltall zu hoppeln, die unsere Kapsel zermalmen wollten, und von einem Lindwurm verschlungen zu werden, der unsichtbar blieb und den wir erst bemerkten, als Sterne und Milchstraßennebel verschwanden und wir in einem Schlauch steckten, der sich verengte, vergleichbar mit einem seine Beute mit saurer und schleimiger Lauge zersetzenden Schlangenmagen. Es knackte in unserer vernieteten Kapsel, das Pech fing zu kochen an, Bolzen bewegten sich, bis uns der Lindwurm, dem unsere pommersche Wertarbeit starke Verdauungsbeschwerden bereitete, mit einem knallenden Furz wieder ausschied, und wir erneut, mit beschleunigtem Anschub, auf Kurs gingen.

Ich setzte als erster den Fuß in den Mondstaub (in der Pommernsandale, die heute Millionen Museumsbesucher mit Schaudern betrachten), was ich Hartmut verdankte, der mir mit der Fahne, die sich an einem Haken im Ausstieg verhedderte, ohne Absicht einen Schlag in mein Steißbein versetzte, der mich aus der Mondkapsel schleuderte. Ich wirbelte um meine Achse und hatte das Weltall vor Augen, das grauenhaft schwarz seinen Rachen aufsperrte, um mich zu verschlucken, als mein Rettungsseil ruckte und mich auf den Mondboden zerrte, wo ich mir auf der steinharten Kruste meinen Fuß vertrat. Diese Fahne, die wir in den kniehohen Staub steckten, bereitete uns eine andere Pleite. Wir paßten nicht auf, als das Ding sich im Mondwind entfaltete und von der Erde aus sichtbar war, wo Erwins Verwandter, der preußische Offizier, dem Heereskommando ein Eiltelegramm schickte und von Deutschlands Eroberung Mitteilung machte, das Reich habe, ohne einen Schuß abzufeuern, als erste Nation auf der Erde den Mond besetzt. Im Handumdrehen richteten sich alle Fernrohre im Generalstab auf unsere Fahne, die sich als Kaiserreichfetzen erwies, vor dem vier strahlende pommersche Bengel den Arm hoben, um dem Oberkommando bei Zossen zu winken, das uns mit Rauchsignalen anwies, den Kaiserreichlappen zusammenzurollen und schleunigst ein blutrotes Hakenkreuz hochzuziehen, was uns in schwere Verlegenheit brachte: Wir hatten kein Hakenkreuzfahnentuch bei uns, nur ein in der Kapsel verbummeltes Wimpelchen, das wir in den Staub steckten, schlechten Gewissens.

Trotzdem empfing man uns bei unserer Heimkehr mit Marschmusik und einem Steiluferfeuerwerk, samt einer Einladung in Hitlers Reichskanzlei, von den zehntausend pommerschen Jungfrauen zu schweigen, die sich vor Erregung und Hingabe naß machten, gesichterzerkratzend und blusenzerreißend, als wir in einem Mercedes vom Ostseestrand selig und mondstaubverschmiert in die Stadt rollten und uns von den Massen am Straßenrand huldigen ließen, »Jungs«, schnaufte Kalle, aschfahl um die Nase, »diese arischen Ischen mit Laufwerk bis hoch in den Himmel sind alle auf unseren Biber scharf und wollen uns den Lachs buttern, ist das nicht eine Schau?«

Was folgte, ist aus dem Geschichtsbuch bekannt, in dem unsere Reise sechs Seiten in Anspruch nimmt und das an allen Schulen des Reichs in Benutzung ist. Wir schlossen Frieden im Osten und Westen und verzichteten großherzig auf einen beachtlichen Teil des eroberten Lebensraums, der mit den Mondstationen, die unser Reichslenker bauen ließ, nicht mehr erforderlich war. Auf dem Mond fand man Goldvorkommen in rauhen Mengen, Erdgasblasen, Petroleumseen und Erze, die alle erst in tausend Jahren zur Neige gingen und Deutschland mit Abstand zur reichsten Nation auf der Welt machten. Niemand scherte sich mehr um die Heimkehrer von der Front – wen Deutschlands Jungfrauen begehrten, das waren wir, die neben Hitler im Stadion auftraten (und dem Staatslenker beinahe die Schau stahlen).

Nur Erwins Onkel, dem preußischen Haudegen, spielte das Schicksal einen bitteren Streich. Seine bescheuerte Kaiserreichflagge betrachteten Heereskommando und Reichskanzlei als einen Eroberungsmakel, der nicht zu verzeihen war. Zwei Gestapobeamte verschleppten den Tattergreis, den sie in den Reichshauptstadtkellern befragten, bis er seinen preußischen Geist aufgab. Sein Steiluferbergwerk beschlagnahmte man und versiegelte es bis ans Ende der Zeiten, samt der pommerschen Gnome und Zwerge, die man bei lebendigem Leib in der Erde einmauerte. Wir erfuhren von dieser Geschichte kein Sterbenswort, bis uns Diedrichs Otto und Bewersdorffs Artur, die zu unserer Sicherheit abkommandierten Gestapobeamten aus Lauenburg, sternhagelvoll in sein schmachvolles Ableben einweihten. In dieser Julinacht, die knochentrocken war, befreiten wir uns aus den Armen der pommerschen Jungfrauen und schlichen vor Kummer auf unsere Herrensitzterrasse, um den am Horizont flammendroten Mond zu betrachten, als ein Kanonenschuß vom Steilufer donnerte, bei dem unsere Buntscheiben klirrten und klingelten, und ein zweiter Kanonenschuß mein Sektglas zerspringen ließ. Erstaunt stieß ich Hartmut an, der seinen Ellbogen in Erwins Rippen platzierte, der seinerseits vor Kalles Schienbein trat: »Ist er das?« Ja, das war er, das mußte er sein, und wir drehten uns mit einem Grinsen zum Rauchsalon um, um bis zum Morgengrauen pommerschen Milchrahm zu schlecken.

XI

1973–1977

Wiederholung moralischer Handlungen

Konrad verbrachte vier Jahre im Frankenland, bis er sich mit einem Ruf an den Main aus der Stadt an der Regnitz verabschieden konnte, in der er befangen und niedergeschlagen gewesen war. Im Juni bereitete er seinen Umzug vor und mietete in einem Altbau am Holzhausenpark eine große und sonnige Wohnung an. Der einzige Pferdefuß bei seinem Mietvertrag war die Sanierung auf eigene Kosten, die bei dem Umfang an anfallenden Arbeiten acht bis zehn Wochen beanspruchen konnte.

In dieser Zeit pendelte er zwischen Bamberg und Frankfurt, um Installateuren und Elektrikern Anweisungen zu erteilen und um Moosbach zu treffen, mit dem er ein Buch plante, schlief bei seiner Liebhaberin Lieselotte, die sechs Semester in Mailand studiert hatte (und mit einem Italiener verheiratet war, der sich in der Regel im Ausland aufhielt), und bestieg gegen neun einen D-Zug zur Bischofsstadt, wo er seine letzten Verpflichtungen ableisten und Ludwig, seinen Jungen, betreuen mußte.

An einem Vormittag, als er am Bahnhofsgleis auf einer Bank hockte und seine Zeitung las, ließ sich ein junger Mensch mit Koteletten und spiegelnder Sonnenbrille an seine Seite fallen. Konrad hielt sich beunruhigt das Blatt vors Gesicht, er hatte den Eindruck, den Mann von wer weiß wo zu kennen. Oh ja, dieser Bursche im knallengen Jeansanzug, der ruhelos in alle Richtungen spitzte, war kein anderer als Volker Siefert, der Richtersohn.

Wenn Konrad sich richtig erinnerte, hatte der Ex-Student zweieinhalb Jahre im Knast verbracht, wegen Beteiligung an einem Anschlag. Bei diesem Attentat aufs israelische Konsulat war seines Wissens kein schlimmerer Schaden entstanden (es waren ein paar Scheiben zerborsten, zwei Autos im Hof verbrannt). Vorm Dekanat wiederum hatten Inga und andere Genossen ein Sit-in veranstaltet, um Professoren und Fachbereichsleitung zu zwingen, Sieferts sofortige Freilassung zu verlangen.

Konrad war bereits Prof an der Uni in Bamberg, als sich diese Dinge ereigneten. Sie brachten seinen Lehrer in tiefe Gewissensnot. Zu rechtfertigen war das Attentat nicht, um so mehr, als es sich gegen Israel richtete und sein Urheber der Sproß eines Nazijuristen war. Wenn es um einen von seinen Studenten ging, der idealistische Ziele verfolgte, die, selbst wo sie falsch waren, das Richtige meinten, widerstrebte es Jochens Prinzipien, dem in Untersuchungshaft sitzenden Jungen nicht beizustehen. Jochen legte sich in dieser Sache mit allen an: den radikalen Studentenfraktionen, die Moosbach der »feigen Komplizenschaft mit der faschistischen Herrschaft« bezichtigten, als er den Anschlag entschieden mißbilligte, einerseits, andererseits mit seinen Hochschulkollegen, die Gewalt als politisches Mittel verurteilten (eine Auffassung, die seinem Freund zu abstrakt war).

Konrad war nicht bekannt, was der Richtersohn heute trieb. Seinen Ausruf: »Das ist ja ein Ding: Volker Siefert!«, erstickte der andere mit einem Zischen und kam schleunigst zur Sache: Er brauche ein Schlupfloch. Es gehe um zwei bis drei Wochen, bemerkte er heiser und warf seine Kippe zu Boden, als Konrad, verwirrt und beklommen, nichts erwiderte. Es war klar, was das hieß, Siefert hatte keinen Wohnsitz mehr, er wechselte von einer Bleibe zur anderen, um nicht erwischt und verhaftet zu werden. Wahrscheinlich besaß er Verbindungen zur RAF, falls er nicht selbst bei der Roten Armee Fraktion mitmischte, und stand bei der Staatsanwaltschaft auf der Liste; ein Terrorist, den man steckbrieflich suchte.

Anscheinend hatte der Ex-Student Wind von der leerstehenden Wohnung am Holzhausenpark bekommen und Konrad aus sicherem Abstand beobachtet. Er war nicht nur mit der Adresse vertraut – er wußte auch von den Instandsetzungsarbeiten. »Laß dir was einfallen und sag den beauftragten Handwerkern ab, das erfordert zwei Telefonate, Genosse, nicht mehr«, sagte Siefert und wandte sich zu einem Aufsichtsbeamten um, der aus seinem Kabuff auf dem Bahnsteig ins Freie trat. Konrad, dem bei Sieferts Drehung die in seinem Hosengurt steckende Waffe ins Auge sprang, stammelte: »Ja ... im Prinzip ... ist das denkbar.« – »Aha, theoretisch«, entgegnete Siefert mit Hohn in der Stimme, »und praktisch?«

Siefert wollte nichts wissen von Konrads Bedenken, außer fließendem Wasser und Gas fehle auf seiner Baustelle alles, was notwendig sei, vom elektrischen Strom bis zu einer Matratze. Er fand es nicht schlimm, auf dem Boden zu schlafen. »Ich lege keinen Wert auf Bequemlichkeit«, meinte er, was ein Seitenhieb gegen den Hochschulprofessor war, der seine Bude in Schuß bringen ließ.

Bei aller Abneigung gegen den Burschen, der auffallend herrisch und anmaßend auftrat, kam sich Konrad zur Hilfe verpflichtet vor. Einen verflossenen Studenten den Bullen zum Fraß vorzuwerfen, verbot sein Gewissen. Ja, selbst seinen Hochmut verzieh er dem frechen Kerl. Dieser Hochmut war halb seinem Alter geschuldet, halb verdankte er sich seiner Generation, die sich sicher sein konnte, moralisch im Recht zu sein.

In Bamberg bereitete Konrad den Aufenthalt Sieferts in seiner Behausung vor; rief von einer Fernsprecherzelle am Bahnhofsplatz bei den beauftragten Handwerkern an und vereinbarte (nicht ohne Spannung und Reiberei) eine Verschiebung der Arbeiten in seiner Wohnung am Nordend um drei bis vier Wochen; packte zwei Koffer mit Decken, Geschirr und Bestecken, die er, als er wieder am Main eintraf, in einem Taxi zum Holzhausenpark brachte; kaufte im Supermarkt Wurst und Konserven ein, Kaffee, zwei Schnapsflaschen, Butter und Brotschnitten, und stapfte bepackt mit sechs prallvollen Beuteln zum Haus in der Klettenbergstraße. Er verriet niemandem etwas von dieser Geschichte, nicht seiner Liebhaberin, nicht seinen Hamburger Freunden. Wen er einweihte, brachte er nur in Gefahr, und das ließ sich vermeiden, wenn er seine Klappe hielt.

Wiederholt kamen Konrad Bedenken, ob seine Bereitschaft, den Mann zu verstecken, kein Fehler sei. Und das nicht nur aus Furcht vor Entdeckung. Falls sie aufflogen, steckte er tief in der Scheiße (eine Scheiße, die er sich nicht ausdenken wollte). Schwerer wog seine Ablehnung eines bewaffneten Kampfs, der im Volk keine Zustimmung fand und voraussichtlich in einer Sackgasse endete. Nicht aus Prinzip war er gegen Gewalt. Wo Bedingungen vorlagen, die sie erforderten, war es berechtigt, Gewalt anzuwenden – wo diese Voraussetzungen allerdings fehlten, verkam sie zum blutigen Irrweg. Es fiel Konrad nicht ein, Sieferts Handlungen zu billigen, sein Antrieb war anderer Natur. Er eiferte seinem verstorbenen Vater nach, der Schlomow vor Tod und Vernichtung bewahrt hatte. Nicht anders als er wollte Konrad dem Richtersohn zu einem Schlupfloch verhelfen.

Vaters moralische Handlung zu wiederholen, war eine Idee von befreiender Wirkung. Am Freitag um achtzehn Uhr brach er bei Lilo auf, die in einem Seckbacher Bungalow lebte, an der Grenze zu Sonnenblumenfeldern und Ried, einen Mitte der sechziger Jahre errichteten Flachdachbau, den Giovanni, der Mann Lieselottes, gekauft hatte, um seiner »tedesca« ein Haus in der Heimat zu bieten.

Konrads Ausrede, er sei mit Jochen verabredet, ließ Lilo nicht mißtrauisch werden. Sie war nicht der Mensch, der an Eifersucht litt, und zur Zeit von der Doktorarbeit zu beansprucht, um auf dumme Ideen zu kommen. Zwei Stunden verbrachte er in einem Bornheimer Gartenlokal, wo er Rippchen vertilgte, einen Literkrug Apfelwein leerte und pausenlos zu seiner Armbanduhr schielte. Endlich konnte er zahlen und ins Nordend marschieren.

Siefert ließ dreißig Minuten verstreichen, bis er beim vereinbarten Treffpunkt erschien, einem um diese Uhrzeit verrammelten Kiosk. Und er kam in Begleitung, das war nicht verabredet, einer Frau, die sich zirka zehn Meter vom Kiosk entfernt an einen blaugrauen Stromkasten lehnte. Sie senkte das von einer Mantelkapuze verdeckte Gesicht, um in Ruhe zu rauchen, und mischte sich nicht in den Wortwechsel ein, bei dem Konrad sich heiser beschwerte, der Ex-Student halte sich an keine Abmachung.

»Wir sind nicht bei der Wehrmacht«, entgegnete Siefert kalt, »wo man Regeln und Vorschriften einpauken mußte, die sich mechanisch und stur wiederholten. Wir sind Partisanen und schmeißen von einer Minute zur anderen Entscheidungen um, wenn sie sich als falsch oder sinnlos erweisen. ›Bemerkenswert ist, philosophisch betrachtet, der bei Partisanenkampagnen notwendige zeitliche Vorgriff auf Autonomie, der ein wesentlich ethisch-moralischer Vorgang ist‹ – hast du deinen Ausspruch vergessen, Genosse? Ich nicht.« Das war eine Antwort, vor der er verstummte. Vom Richtersohn in seiner Hilflosigkeit erkannt (die nicht ohne schwulstige Komik auskam), machte er es nur schlimmer, wenn er nicht klein beigab.

Schluckend setzte er sich in Bewegung und brachte die beiden zum Haus in der Klettenbergstraße, in dem noch zwei andere Mietparteien wohnten, eine Anwaltsfamilie mit Kleinkindern und ein Studentenpaar in der Mansarde. Im Treppenflur mit seinem Teppich aus Noppenstoff, der sich von der Augenarztpraxis im Erdgeschoß zwei Stockwerke hoch bis zum Dachboden spindelte, begegneten sie keinem Menschen. Um niemandem aufzufallen, mußten sich Siefert und seine Begleiterin ruhig verhalten. Sie machten einen Wohnungsrundgang in den leerstehenden Zimmern, zum Teil voller Baumaterialien und Schutthaufen, Stapeln mit Fußbodenkacheln und Wandfliesen, Bierflaschen, Klebebandrollen und Zementeimern. Als Konrad Ermahnungen aussprach, was dringend zu beachten sei, grummelte Siefert, »laß gut sein, ich habe Erfahrung mit Schlupfwinkeln«. Er ließ seinen Lampenstrahl, der um den Gasofen huschte, in Konrads Gesicht flammen, als dieser zu einer Erwiderung ansetzte. Mit einer Stimme, die eisig war, zischte der Ex-Student: »Halt deine Schnauze!«

Konrad hielt sich der Wohnung im Frankfurter Nordend fern, wie er mit Siefert verabredet hatte. Wer die Begleitperson war, hatte er nicht erfahren. Denkbar, sie brauchte den Schlupfwinkel dringender als Siefert, den man nur mit der Wohnungsbeschaffung betraut hatte. Ob sie auf den Fahndungsplakaten stand, war schwer zu sagen. Was vom kapuzenbedeckten, im Dunkel verwischten Gesicht zu erkennen gewesen war, reichte nicht aus, um Vermutungen anzustellen.

Im Laufe der Bamberger Tage verfiel er auf eine beklemmende Vorstellung. Er konnte beileibe nicht sicher sein, ob er die beiden nur bei sich zu Hause versteckte oder sie seine Bleibe zu Zwecken mißbrauchten, die er nicht verantworten konnte und wollte. Und wenn sie beabsichtigten, eine Bank auszurauben, oder einen Bombenanschlag vorbereiteten? Tagelang nahm er sich vor, das Verbot zu mißachten und in seine Wohnung zu gehen, um Siefert zur Rede zu stellen.

Dieses heikle Vorhaben wahr machen mußte er nicht mehr, als er einen Anruf von seinem Vermieter erhielt, der Konrad im Bamberger Fachbereichszimmer erwischte, und außer sich, wirr, ohne Luft zu holen, schilderte, was in der Nordendbehausung passiert war. Bei den Instandsetzungsarbeiten mußte den Installateuren ein Fehler passiert sein, der bei der Anwaltsfamilie im ersten Stock nasse Flecken an Decke und Mauer verursachte. Um Konrads Besichtigungszustimmung einzuholen – schob der Vermieter zu seiner Entschuldigung ein –, habe er eine Stunde erfolglos telefoniert, vom Sekretariat bis zur Hochschulverwaltung, ohne seinen Mieter zu fassen zu kriegen, und sich am Ende erlaubt, kurzerhand in die Wohnung zu gehen.

Im Flur war er zwei jungen Leuten begegnet, die nackt und mit Schaum an den Hinterteilen aus Konrads Bad tappten, und als sie den Wohnungsbesitzer entdeckten, ins Balkonzimmer rannten, zu Kleidern und Krempel, einem schmuddeligen

Schlafplatz aus Matten und Decken, zerfledderten Zeitungen, Kippen und Brotresten, den er bei seinem Eintritt als erstes bemerkt hatte, nicht ohne zu bellen, er solle sich schleichen, »Hau ab, Opa, oder wir machen dir Beine!«, eine Aufforderung, die er schleunigst befolgt hatte.

Bei dieser Begegnung waren Siefert und seine Genossin anscheinend nicht bewaffnet gewesen. Gott sein Dank ging der Vermieter von Hippies aus, die sich unbefugt Zutritt zur Wohnung verschafft hatten, und machte den Vorschlag, anstelle von Kannmacher, der in Bamberg mit Hochschulverpflichtungen verhindert sei, diesen Hausfriedensbruch polizeilich zu melden.

Konrad mußte sich anstrengen, heiter zu wirken, als er den Wohnungsbesitzer beschwichtigte, der Junge, dem er in der Diele begegnet sei, sei ein aus dem Norddeutschen stammender Neffe, der zwei bis drei Tage in Frankfurt verbracht habe und um einen Schlafplatz verlegen gewesen sei, allerdings ohne dem Onkel ein Wort von der Flamme in seiner Begleitung zu sagen. Er versprach, in sechs Stunden in Frankfurt zu sein, und als er bei Sonnenuntergang aus dem Taxi stieg und seine Wohnung betrat, war sie leer.

Konrads Beklemmungen legten sich bald. Seine Schuld war es nicht, wenn sich Wohnungsbesitzer und Ex-Student in seiner Diele begegnet waren, ein bescheuerter Zufall, der glimpflich verlaufen war und wiederum Vorteile bot. Was seine Verpflichtung anging, dem verfolgten Genossen zu helfen, war er aus dem Schneider. Und er schwebte nicht mehr in Gefahr, wegen Beihilfe zu terroristischen Straftaten vor ein Gericht zu kommen.

Konrad rechnete mit einer Nachricht von Siefert, einem Brief oder Zettel im Frankfurter Postkasten, wenn nicht einem Anruf am Bamberger Fachbereich, und im Zug, auf dem Hauptbahnhof, in einem Biergarten hatte er wieder und wieder den Eindruck, als ob er von Siefert beobachtet werde.

Vom Sparkassenraub, der sich Ende Oktober in Schwalbach ereignete, war er schockiert. Als man in den Fernsehnachrichten um zwanzig Uhr zwei Photographien von Siefert ausstrahlte (eine Erkennungsdienstaufnahme und einen Schnappschuss), dem erwiesenermaßen entscheidenden Mann im Kommando, das Barmittel zu terroristischen Zwecken beschafft habe, konnte Konrad von seinem mit Zwiebeln und Eigelb vermengten Tatar keinen Bissen mehr zu sich nehmen.

»War das nicht euer Student?« wollte Jette erfahren, in der neuen Behausung im Frankfurter Nordend, wo sie erneut mit den Kindern und Konrad zusammenlebte, in einem Sessel vorm Fernseher hockte und sich mit einer Hautfeile Horn von den Fußballen schabte.

Angeblich hatte der Terrorist einen seine Hand zum Alarmknopf ausstreckenden Schalterbeamten mit einem Genickschuß erledigt, ohne Vorwarnung, absolut ruhig und kalt. »Ich wette, das sagen die nur«, schimpfte Jette, »um von den politischen Zielen abzulenken, politischen Zielen, die vollkommen berechtigt sind«, und klemmte das andere Knie vor die Brust. »Du hast recht«, sagte Konrad, nicht ohne zu schlucken, und schleppte seinen halbvollen Teller ins Klo auf der Diele, wo er das restliche Fleisch ins Klosettwasser klatschen ließ.

Und Anfang Dezember, als zwei Polizisten bei einer Kontrolle, die reine Routine war, auf einem Stuttgarter Parkplatz Zulassungs- und Ausweispapiere von Siefert verlangt hatten, zog er seine Waffe und knallte den ersten Beamten ab. Und den zweiten, der auf allen vieren wegkrabbelte, verfolgte er zwischen den parkenden Autos, nicht ohne wieder und wieder zu feuern, bis er dem bereits schwer Verletzten einen Kopfschuß verpasst hatte. Am Nachmittag raste der Ex-Student mit seinen Begleitern – zwei Frauen – in einen Polizeiposten und erlag seinen Unfallverletzungen an Ort und Stelle.

Konrad erfuhr diese Dinge am anderen Tag halb von Jette und halb aus der Zeitung – in der Nacht, als er bei seiner Freundin gewesen war, um sich im Bungalowschwimmbad zu tummeln (und im Bungalowbett), hatte er keine Nachrichten mitbekommen. Im Schlafanzug, mit dem Rasierapparat in der Hand, hockte er auf der Bettkante, ohne sich von seinem ergrauenden Bart zu befreien. Gegen neun, als sich Jette verabschiedete, die, von Jochen vermittelt, bei den Germanisten zur Zeit eine Bibliothekarin ersetzte, riß er sich zusammen und schlurfte zum Telefon, um sich im Fachbereichssekretariat wegen Krankheit am heutigen Tag zu entschuldigen, ein Anruf, der anstrengend und schweißtreibend war.

Er kroch wieder ins Bett, griff zur Zeitung und las den Artikel um Siefert in Ruhe zu Ende. Einer Herkunfts- und Lebensgeschichte der drei Personen, die man zwischen Stuttgart und Esslingen erwischt hatte, samt einer Chronik vergangener Terrorereignisse und allgemeinerer Angaben zur RAF folgte eine ausgiebige Schilderung der Vorkommnisse auf dem Stuttgarter Parkplatz. Sieferts Ermordung des fliehenden Beamten nannte der Zeitungsbericht eine »Hinrichtung«. An dieser Stelle brach Konrad in Schluchzen aus, schlagartig haltlos und mit einem Schmerz in sich, den er aus seinem Bewußtsein verbannt hatte.

Er erinnerte sich an den Jungen bei Dassow, einen pfiffigen, rotblonden Bengel im Stimmbruch, der zu Konrad gekommen war, um Zigaretten zu schnorren, als das Sonderkommando den Bahndamm erreicht hatte, den er mit einem Haufen versprengter SS und drei anderen Kerlchen vom Volkssturm im Alter von dreizehn bis sechzehn verteidigen sollte. Dieser Milchbart, verdreckt, lebenslustig und schlagfertig, hatte sich in der Nacht von seinem Posten entfernt, was einer der Volkssturmrabauken bemerkte, der die Fahnenflucht im Morgengrauen meldete. Holzapfel brach in Begleitung von Konrad und Witzorek auf, um den Jungen wieder einzufangen. Sie entdeckten das ahnungslos schlummernde Kerlchen nicht weit von Dassow in einem zerschossenen Frachtwaggon. Als Holzapfel wortlos zu seiner Pistole griff und sie entsicherte, wachte der Junge auf. Er hechtete aus dem Waggon, um sich in die benachbarten Felder zu retten, was Witzorek mit einem Schuß auf die Beine des Jungen verhinderte.

Es war eine Erinnerung, die schubweise wiederkam. Konrad hatte den rotblonden Bengel vor Augen, der, von der aufgehenden Sonne beschienen, ins Gras sackte und sich im Nu wieder aufraffte, hinkend Reißaus nahm und auf beide Knie fiel, von zwei Kugeln erwischt, die der Leutnant abfeuerte, zu einem am Feldrand verlaufenden Graben kroch, in stummer Verzweiflung, keuchend und Blut spuckend. Als der Leutnant und Harry den Kleinen erreichten, der in einer Mischung aus nacktem Entsetzen und Nichtwahrhabenwollen im schlammigen Wasser stand, preßte einer der beiden die Waffe an seinen Kopf.

Ob es Harry gewesen war oder der Leutnant, der dem Jungen in die Stirn schoß, das wußte er nicht mehr, und warum sie es taten, war nicht zu verstehen. Sie kehrten im Laufschritt zum Bahndamm bei Dassow um, wo alle drei vor den Leuten vom Volkssturm behaupteten, der Bengel sei nicht mehr zu finden gewesen, ein Schwindel, den sie nicht erst absprechen mußten und von dem sie sich einbildeten, er sei wahr. Zu schwach und zu mutlos gewesen zu sein, um Harry und Holzapfel von dieser Wahnsinnstat abzubringen, war das Schlimmste an Konrads Erinnerung, in der er am Frachtwaggon lehnte, benommen, entsetzt, und das Treiben beobachtet hatte (Stumpfheit und Grauen dieser vorletzten Kriegstage und sein Alter von erst siebzehn Jahren waren keine Entschuldigung). Schluchzend, in Hausschlappen, Schlafanzug und einem Mantel, den er vom Garderobenarm riß, hockte er im Dezemberwind auf dem Balkon, vor dem Regenvorhang, der das Viertel verschluckte, und erst gegen halb eins, als er mit seinen Jungs rechnen mußte, die um diese Zeit vom Gymnasium heimkehrten, schaffte er es, sich zusammenzureißen.

Es dauerte Wochen, ja Monate, bis er sich von der Geschichte um Siefert erholt hatte, die sich schmerzhaft mit seiner Erinnerung kurzschloß. Erstens war es ein Fehler gewesen, dem Richtersohn in seiner Wohnung ein Schlupfloch zu bieten. Mit seiner Komplizenschaft hatte er mittelbar schuldhaften Anteil an Sieferts Verbrechen, drei Morden, die nicht zu rechtfertigen waren, dem ersten am Sparkassenschalterbeamten und den zwei anderen an den Polizisten in Stuttgart. Schlimmer als das: Konrad hatte moralisch versagt, als er dachte, moralisch zu handeln. Und sein Vergleich mit dem Buchhaltervater, der Schlomows Familie vorm Gastod bewahrt hatte, war nichts als blind und vermessen gewesen.

Noch verheerender war Sieferts Beziehung zu seinem Erzeuger, dem Nazijuristen. In seinem Haß auf den Vater politisiert, hatte er diesen unschuldige Menschen zum Tode verurteilenden Vater verewigt, indem er seinerseits menschliche Leben vernichtete. Was sie wiederum trennte, das war das Ergebnis: Siefert senior bezog eine hohe Pension und besaß in der Fachwelt bis heute Gewicht; sein von einem Pfarrer in Offenbach gegen Gemeindeproteste beerdigter Sohn, der eine Schuld hatte abtragen wollen und in seinem Leben nichts Gutes bewirkt hatte, war ein toter und von der Gesellschaft verfemter Mann. Sicher, im Fachbereich tauchte ein Flugblatt auf, das Faschisten und Bullenschweinen Vergeltung androhte – Konrad, der es in der Herrentoilette fand, steckte es in einer Mischung aus Kummer und Widerwillen in seine Brusttasche.

Du hast meine Liebe ermordet

Mit Konrads Berufung zum Hochschulprofessor in Bamberg hatte Jette entschieden, bei Baumann zu bleiben, der neuerdings Witwer war und seine Liebhaberin bei sich aufnehmen konnte. Konrad wiederum war sich im klaren, an dieser Entwicklung nicht schuldlos zu sein. Daß sie mit dem Mann, der sie aufrichtig liebte, zusammen sein wollte, war naheliegend. Ohne Feindseligkeiten gingen sie auseinander und beeinflußten keines der Kinder in seiner Wahl, wem es sich anschließen wollte. Und als sie sich alle an einem Septembertag zwischen Hausrat ins Erdgeschoß schleppenden Packern im Flur voneinander verabschiedet hatten, stieg Lukas, der Kleinere, zaudernd, dem Weinen nah, an der Hand seiner Mutter treppab.

Alle vier Wochen schrieb Konrad seinem Jungen und Jette ausgiebige Briefe und Sonntag um Sonntag rief er bei den beiden an. Monatlich schickte er Geld mit der Post (eine Unterhaltssumme, die Jette zu niedrig fand), und in den Schulferien hielt sich Lukas zwei Wochen bei Vater und Bruder in Bamberg auf. Sich scheiden zu lassen, war nicht Konrads Absicht. Sie hatten zwei Kinder, das schweißte zusammen. Baumann wiederum legte keinen Wert auf einen Standesamtswisch, der zwei Menschen den staatlichen Segen erteilte, zusammenzuleben.

Konrad erfuhr bei Begegnungen und Telefonaten mit Jette vom Alltag bei Baumann: Einerseits geizte der mit seiner Liebe nicht, was Jette begehrte, bekam sie im Nu – andererseits war er nicht im geringsten bereit, Gewohnheiten einzustellen, die seine Freundin abscheulich fand.

Jette haßte die mangelnde Ordnung und Schlamperei, die dem Liebhaber und seinen Kindern nicht auffiel. Baumann war blind gegen Dreck, Kuddelmuddel und Schlendrian. Er barst vor Ideenreichtum und Unternehmergeist, um mit neuen Dienstleistungsvorhaben Kasse zu machen, andererseits ging er alles zu hitzig und planlos an, und wenn ein ernsteres Hindernis auftauchte, erlahmte sein Schwung auf der Stelle. Jette stieß sich am Schmutz in der Baumannschen Bude, der vor allem mit den Massen an Hunden zusammenhing, die in den Hofzwingern bellten und hechelten (zu Hochzeiten konnten es nahezu hundert sein).

Helmuts Lieblingstier war eine Dogge von rund achtzig Kilogramm, der er den Spitznamen »Liebknecht« verliehen hatte. Mit diesem schlanken und sportlichen Riesenvieh hatte er dreizehn Pokale erworben, die auf dem Regalbrett im Wohnzimmer einstaubten, nebst Medaillen und Geldpreisen im In- und Ausland. Liebknecht war nicht zum Leben im Zwinger verdonnert, er hatte das Recht, sich im Haus aufzuhalten, neben dem Wohnzimmertisch sein Geschlecht abzulecken oder im Treppenflur auf einem haarigen Fetzen von Decke zu schlafen. Stubenrein war er nicht, und es konnte passieren, daß Liebknecht im Treppenhaus an eine Wand spritzte, was Jette fast um den Verstand brachte.

Sie verlangte, das Tier in seinen Zwinger zu sperren und nicht mehr ins Wohnhaus zu lassen. Das brachte der Doggenbesitzer nicht fertig. Er spielte auf Zeit, ließ sich Ausreden einfallen, warum seine Dogge im Haus bleiben mußte, bot einen Kompromiss an, dem Jette nicht zustimmte.

Eine andere Sache, die beide entzweite, waren Helmuts Erziehungsmethoden. Er ging auffallend herrisch und streng mit seinen Kindern um, die Haushaltsaufgaben erledigen mußten und in Hundepension oder Garten arbeiteten. An den schulischen Leistungen, die sie erbrachten, nahm der praktische Mann in der Regel keinen Anteil, was Jette verantwortungslos und schockierend fand. Diese Stumpfheit erinnerte sie an den Vater, der sich an seinen Kumpel- und Bergmannsstolz klammerte, an ein Klassenbewußtsein, dem sie es verdankte, kein Abitur in der Tasche zu haben – diese Narbe war niemals verheilt.

Jette, entschlossen, den Kindern zu helfen, verbesserte Rechtschreibefehler in Aufgabenheften, fragte Englischvokabeln und Konjugationen ab, las mit Boris, der dreizehn, und Katja, die vierzehn war, Gedichte von Goethe und Brechts *Galileo*, um sie auf die Deutscharbeit vorzubereiten. Das schlug sich auf Dauer in besseren Schulnoten nieder. Jettes Einsatz stieß an seine Grenzen, wenn es um Naturwissenschaften und Mathematik ging. Vor Zahlen und Gleichungen kapitulierte sie und leugnete nicht mehr, keinen Schimmer zu haben. Ohne den Liebhaber einzuweihen, heuerte sie zwei Studenten als Nachhilfelehrer an, die mit Katjuscha und Boris Physik paukten, chemische Formeln und Algebra. Helmut bekam diese Dinge erst mit, als die beiden Studenten bezahlt werden mußten, eine Ausgabe, die er verweigerte. Mehr Haushaltsgeld in seine Blagen zu stecken, als absolut notwendig war, lehnte er aus Prinzip, nicht aus Geiz oder fehlenden Mitteln, ab. »Man kann keine bessere Schule besuchen, als ein Leben in Knappheit und Not«, meinte Baumann, eine seiner engstirnigen Lebensweisheiten, die Jette zur Furie machten. Es kam wieder und wieder zu Reibereien um seine Kinder, die in Haushalt und Garten mit anpacken sollten und zum Aufgabenmachen und Lernen keine Zeit hatten (ganz zu schweigen vom Spielen oder Lesen).

Jette war bei den vier Rackern beliebt. Boris knipste sie mit seiner Agfa-Color (einem Ratespielpreis), wenn sie sich in der Wiese mit knappem Bikini, nie ohne ein Buch vor der Nase, im Liegestuhl sonnte. Maschenka, die Kleinste, verehrte der Stiefmutter Feldblumen, Briefmarken, Steine und Kaulquappen. Und es blieb nicht bei diesen bescheidenen Gaben. Aus wachsender Liebe verging sich Maschenka am Schmuck der verstorbenen Mutter, um Jette ein kostbares Edelsteinarmband zu schenken, eine Zuwendung, die Baumanns Freundin zu Herzen ging (und die sie in keinem Fall ablehnen konnte).

Besonders verbunden war Jette mit Vika, die ernster und stiller war als alle anderen. Vika lernte mit Hingabe, hatte ein blendendes Schulzeugnis, ließ sich Romane empfehlen (Mark Twain, Alexandre Dumas, Robert Louis Stevenson) und verschlang sie am Mittagstisch oder im Klo, das sie halbstundenweise besetzt hielt. Von allen am engsten mit Lukas befreundet, dem niemals zur Arbeit verpflichteten Vorzugskind (Baumann wagte es nicht, Jettes Sohn zu beauftragen, den Hof zu kehren oder seinen Volvo zu waschen), hatte sie sich in den Bengel verschossen, stahl sich nachts aus dem Doppelstockbett mit Maschenka und tappte barfuß zum Zimmer am Flurende (das sich der Junge mit niemandem teilen mußte), wo sie sich auf der Schwelle zusammenrollte.

Vika verdankte es Jette, daß sie aufs Gymnasium in Sachsenhausen gehen durfte. Diese Entscheidung zwang Jette dem Liebhaber ab, der einen Hauptschulbesuch vollkommen ausreichend fand. Nicht umstimmen ließ er sich in einer anderen Sache. Baumanns Kinder (mit Ausnahme Maschas-Maschenkas) mußten seine neun Doggen mit Fressen versorgen, bevor sie zur Schule aufbrachen. Jette verlangte vergeblich vom Liebhaber, die drei von der Handlangeraufgabe zu befreien, die sie zwang, gegen sechs aus den Betten zu steigen. Das war bitter, besonders im Winter, bei Eis und Schnee. Sie verpaßten den Schulbus, bekamen einen Klassenbucheintrag und schliefen im Unterricht ein.

Es war nichts zu machen, er stellte sich taub, bis zum Unfall, den Vika mit Laika erlebte, die schwieriger als seine anderen Hunde war. Laika knurrte und fletschte den Lieblingshund Liebknecht weg, wenn dieser sich anstrengte, sie zu besteigen, und befolgte beileibe nicht alle Kommandos. An einem Februartag griff sie Vika an, die aus Vorsicht den Zwinger von innen versperrt hatte, um einen Ausbruch des Tiers zu verhindern. In der Vergangenheit war es nicht selten entlaufen, wenn man den Freßnapf ins Gitterhaus brachte (und es einzufangen kostete wertvolle Zeit). Als sie in die Hocke ging, um mit der Schaufel einen Haufen vom frostharten Boden zu kratzen und in den am Ellbogen baumelnden Eimer zu werfen, sprang der Hund auf die Kauernde zu. Vom Radau alarmiert, der vorm Schlafzimmer ausbrach, rannte Helmut in Schlappen und Shorts auf den Hof, wo das rasende Tier, unbeeindruckt vom Herrchen und seinen Befehlen, keine Anstalten machte, sich von seiner Beute zu trennen. Es vergingen Minuten, bis Helmut sich mit einer Kneifzange Zutritt zum Zwinger verschaffen und seine bewußtlose Tochter befreien konnte.

Vika verbrachte zehn Wochen im Krankenhaus, wo Jette sie alle zwei Tage besuchte, allein, ohne Baumann, mit dem sie aufs schwerste verkracht war. Jettes Verbitterung und Groll waren zu stark, um dem reuigen Mann zu verzeihen. Es war ein verheerender Fehler gewesen, zum Reinigungsfirmenbesitzer zu ziehen und sich von seiner Zuneigung blenden zu lassen. Nein, sie paßte nicht zu einem Mann, der von Doggen und Automobilen besessen war und sich bei Ludwig van Beethoven langweilte.

Baumann verkaufte den Lieblingshund Liebknecht an seinen Bekannten vom Frankfurter Flughafen, der niemals verhehlt hatte, scharf auf das Tier zu sein, und eine beachtliche Summe bezahlte – Jette war nicht besonders beeindruckt von diesem Schritt; Baumann stieß seinen Sportwagen ab, um im Haus und an dessen vergammelter Außenfassade Erneuerungsarbeiten vornehmen zu lassen, die Jette dem Liebhaber in der Vergangenheit wiederholt und ergebnislos abverlangt hatte – eine Entwicklung, an der sie keinen Anteil mehr nahm; und er versorgte nun seine verbliebenen Doggen selbst – Jette blieb einsilbig, reizbar und deprimiert.

Konrad, der diese Entwicklungen mitbekam, regte eine Familienzusammenkunft in Frankfurt an, als seine Berufungsverhandlungen erfolgreich beendet waren. Jette stimmte dem Vorschlag bereitwilligst zu. Sie ließ sich mit Lukas von Baumann zum Treffen bringen, der in seinem Volvo ausharrte, um sie und den Jungen am Schluß wieder mitzunehmen, und machte den

Liebhaber gnadenlos schlecht, als sie Konrad und Ludwig umarmt hatte. Niederlagen zu leugnen war nicht Jettes Eigenschaft – nicht, wenn es von Vorteil war, sie zu bekennen. In der Rolle als junges Ding, das sich im Leben verlaufen hat, wirkte sie echter (eine Rolle, die sie um so blendender spielte, als Jette bis heute, mit knapp Ende Dreißig, den Eindruck erweckte, ein Backfisch zu sein).

Es erleichterte Konrad, als Lukas der schimpfenden Mutter ins Wort fiel und zu einem Heißluftballon zeigte, der in der Ebene schwebte. Selbst Ludwig, sein Bruder, vertieft in ein Schundheftchen, das er sich dicht vor die Nase hielt, um vom Familientreffen nichts mitzubekommen (nie hatte er seiner Mutter verziehen, sich gegen den Vater entschieden zu haben), hob seine Augen zum Schauspiel am Himmel.

Sie hockten im Aussichtslokal auf dem Henninger-Turm, das sich nahezu unmerklich drehte. Vor den Scheiben erstreckte sich das auf der anderen Mainseite bis an den Taunusrand reichende Frankfurt mit seinen Industrieschornsteinen, Hafenanlagen und Hallen, Hochhausbauten und Autobahnen. Frachtdampfer bewegten sich spielzeughaft klein auf den in der Aprilsonne glitzernden und in der Ferne versinkenden Flußschlaufen.

Konrad ließ diese Pause nicht nutzlos verstreichen. »Willst du Baumann verlassen?« erkundigte er sich halb sachlich, halb streng, um sie zu einer Antwort zu zwingen, die klar und entschieden war, »und wieder mit Lukas zu Ludwig und mir stoßen? Wenn ja, werde ich meinen Makler beauftragen, eine Wohnung zu finden, die ausreichend Platz bietet; falls nicht, kommen Ludwig und ich mit drei Zimmern klar.« Ludwig beugte sich wieder in sein Perry-Rhodan-Heft, als ob es belanglos sei, was sie erwidere, und der voller Anspannung zappelnde zweite Sohn kippte sein Limoglas um.

Jette fand Konrads Knappheit und Strenge nicht passend, trotzdem nahm sie sein Angebot ohne ein Zaudern an. Um in der verbleibenden Zeit bis zum Umzug (einer Zeit von vier Monaten, die nicht vergehen wollte) den Liebhaber und seine Kinder nicht zu verprellen und Feindseligkeiten und Streit zu vermeiden, verheimlichte sie, was sie vorhatte. Baumann mußte den Eindruck bekommen, als renke sich seine Beziehung zu Jette ein. Wenn er sie vom Abendgymnasium abholte, wo sie sich aufs Abitur vorbereitete, oder von einer Theatervorstellung, benahm sie sich nicht mehr verkniffen und zickig. Sie begleitete Baumann zu Demonstrationen, half beim Flugblattverteilen in der Innenstadt mit, wo er den DKP-Tapeziertisch betreute, und am Freitag, wenn er seine Freunde empfing, die mit Zupfbaß, Gitarren und Banjo ins Haus einfielen, um bis zum Morgengrauen Skiffle und Blues zu spielen, verzog sie sich, anders als in den vergangenen Monaten, nicht mehr zum Lesen ins Schlafzimmer. Sie radelte mit seinen Kindern zur Eisdiele, wo sie Bananen-Split und Pfirsich-Melba vertilgten, oder zum Kiesgrubenschwimmen im Frankfurter Stadtwald.

Jettes Heiterkeit war nicht nur Schein mit dem Zweck, Baumann und seine Kinder nichts merken zu lassen; bei aller Liebe zur Schauspielerei konnte sie sich nicht hundertprozentig verstellen. Nein, es stimmte sie aufrichtig heiter, bald wieder mit Konrad und Ludwig in Frankfurt vereint zu sein. Jette bildete sich in den kommenden Wochen ein, Konrads Angebot, wieder zusammenzuziehen, verdanke sich einer Verbindung und Liebe, die in seinem Unterbewußtsein vergraben seien. Das machte sie um so beschwingter und seliger.

Es war der von Jette zum Schweigen verdonnerte Lukas, der sich einen Monat vorm Umzug ins Frankfurter Nordend verplapperte. Schuld war ein Streit zwischen Lukas und Vika, bei dem es an sich um Belanglosigkeiten ging, als sie von der Schule heimkamen und nebeneinander zum Haus an der Stadtgrenze bummelten. Vikas Empfindungen verwirrten den Bengel. In seinem Vorstimmbruchalter fand er es nur peinlich und ekelhaft, sich zu verlieben. Voller Widerwillen stieß er sie von sich, wenn sie seine Hand ergriff und nicht mehr loslassen wollte. Besonders im Pausenhof, vor seinen Schulkameraden, verging er vor Abscheu und Scham bei den Aufdringlichkeiten, die sie sich erlaubte, ein Benehmen, das sich mit dem Unfall verschlimmerte. Als sie von Narben entstellt aus dem Krankenhaus kam, klammerte Vika sich um so verzweifelter an den Jungen, der sich Woche um Woche aus Mitleid zusammenriß.

An diesem Tag hielt er seine Verstellung und Unehrlichkeit nicht mehr aus. Um sich Luft zu verschaffen, brach er seine Schweigepflicht. »Wenn Mutter und ich bei euch ausziehen, bin ich dich endlich los!« Das war eine Bemerkung, die sie alarmierte. Sie bohrte und bohrte, bis Lukas bekannte, was Jette und Konrad in Frankfurt verabredet hatten. Heulend befreite sich Vika vom Schulranzen, den sie am Ledergurt packte und gegen den Jungen schwang, der rechtzeitig ausweichen konnte und heimrannte.

Bis zum bevorstehenden Umzug ins Nordend beim Liebhaber auszuharren, ging nun nicht mehr, was Jette hochgradig verstimmte. »Ich bin nicht dein Eigentum«, pflaumte sie Baumann an, der in diesen Tagen vor Kummer und Mißmut ein nahezu schwarzes Gesicht hatte. Und zwei Tage bevor sie mit Lukas das Haus verließ, stieg er mit schwarzem Gesicht in den Volvo und machte sich aus dem Staub. Was Jette besonders verletzend und scheußlich fand, war das Verhalten der Kinder. Boris zerriß seine Photographien von der Stiefmutter, die an der Korkwand im Korridor hingen. Was sie Jette an Briefmarken, Ostermarschaufklebern, DDR-Kleingeld in der Vergangenheit verehrt hatte – Mascha-Maschenka verlangte es wieder. Besonderen Wert legte sie auf das bei der verstorbenen Mutter entwendete Armband, ein Ansinnen, das Jette weit von sich wies. Vika verfaßte einen Brief von zehn Seiten, den sie auf die Schwelle zum Schlafzimmer legte, der vor Anschuldigungen und Beleidigungen strotzte.

Schockiert von der Undankbarkeit, die sie in Vikas Zeilen entdeckte, beschleunigte Jette den Abschied und telefonierte mit Konrad in Bamberg, der wiederum Nelli und Jochen um Hilfe bat. Ohne zu zaudern waren beide bereit, Konrads halbe Familie daheim bei sich aufzunehmen, bis die Wohnung im Nordend bezugsfertig war. Zwar hielten sie nichts von der Wiedervereinigung Konrads mit Jette und konnten es sich nicht verkneifen, dem Freund ins Gewissen zu reden, es sei kindisch und kurzsichtig, was er im Sinn habe – andererseits kannten sie Konrads Beharrlichkeit, wenn es um Pflicht und Verantwortung ging.

Und aus nichts anderem als Pflicht und Verantwortung zog er von neuem mit Jette zusammen. In den ersten elf Monaten ging es harmonisch zu. Jette sprang voller Zuversicht in eine Gegenwart, die ein normales Familienleben versprach, und zweifelte nicht an der Zuneigung Konrads, was sie selbstbewußt, munter und unbeschwert machte. Es stimmte sie heiter, den Alltag mit Ludwig und Lukas zu teilen, vom Wochenendausflug bis zu Konzert- und Theaterbesuchen, und Tag um Tag stellte sie sich an den Herd, um den Jungs eine richtige Mahlzeit zu bieten, wenn sie von der Schule nach Hause kamen. Aus der Radioprogrammzeitschrift schrieb sie Rezepte ab, andere sammelte Jette bei Abendgymnasiumslehrern und Klassenkollegen ein. Sie hatte sich selbstisch und lieblos benommen, was sie bei den Jungs wiedergutmachen wollte, besonders bei Ludwig, der merklich ins Kraut schoß. Mit seiner Gesichtshaut, die unrein und picklig war, schlenkernden Gliedern und hopsendem Schildknorpel kam er in rasendem Tempo ins Halbstarkenalter und behandelte Jette halb achtlos, halb grob, zweifelsohne, um sie zu bestrafen. Erst im Laufe von Monaten taute der Junge auf, und wenn sie sein Lieblingsgericht auf den Tisch stellte, konnte er schlagartig weich werden.

Jette schaffte es in diesen Monaten, das Abitur auf dem Abendgymnasium zu bestehen – blendend im Deutschen, bescheidener im Englischen und im Lateinischen mit Ach und Krach –, und schrieb sich zum kommenden Wintersemester an der Frankfurter Hochschule ein, wo sie, neben Geschichtswissenschaften und Philosophie, Germanistik als Hauptfach belegte. Diese Fortschritte machten sie sagenhaft stolz. »Ich, als Akademikerin …«, sagte Jette, wenn sie sich mit wildfremden

Leuten im Supermarkt oder beim Busfahren auf einen Schwatz einließ.

Das machte Jettes Verheimlichungsqualen wett, die sie vorm Vater, Heinz Alves, ausstand, der vom Abitur nichts erfahren durfte. Es war klar, er bekam einen Anfall, wenn sie verriet, alle Examen bestanden zu haben und berechtigt zu sein, auf die Uni zu gehen. Vor den Eltern zum Schweigen verdonnert zu sein deprimierte sie maßlos und spornte sie an, anderswo um so großspuriger aufzutreten.

Jettes Berauschtheit erleichterte Konrad, der sich beileibe nicht sicher gewesen war, was er mit seiner Familienwiedervereinigung anrichtete. Und mit dem Studium, das Jette bevorstand, war mit einem ruhigen Alltag zu rechnen. Leider hatte sie es sich nicht ausreden lassen, im Nebenfach Philosophie zu studieren; seine vorlaute Frau auf den Fachbereichsfluren zu treffen, war keine behagliche Aussicht.

Konrad duldete es, wenn sie anschmiegsam war, im Theatersaal, bei einem Spaziergang am Main oder auf der Veranda des schwedischen Holzhauses, in dem sie drei Ferienwochen verbrachten. Daß er sie nicht mehr liebte, verheimlichte er, und von seiner Beziehung in Seckbach erriet sie in diesen elf Monaten nichts. Das hing mit der Zuversicht Jettes zusammen, die sie zeitweise blinder und argloser machte, und mit dem Ehemann Lilos, der in diesen Wochen andauernd in Frankfurt war, was Konrads Liebesbegegnungen erschwerte.

Schwer zu sagen, warum sich Giovanni del Colle, der erfolgreich im Bauwesen Mailands mitmischte, bei seiner »tedesca« im Flachbungalow verkroch. In der Vergangenheit hatte er sie alle drei bis vier Wochen und im allgemeinen monatsweise nie mehr als sechs Tage besucht. Del Colle ließ in seiner Heimat nichts anbrennen. Es war unverzichtbar, sich in seiner Branche einen Sack voller Liebhaberinnen zu leisten, ob es reifere Ehe- und Hausfrauen waren, Studentinnen, Schauspielerinnen oder Models. Lilo nahm sich das nicht mehr zu Herzen. Sie hatte sich mit einem Menschen verheiratet, der nicht anders konnte, als untreu zu sein, mit einem charmanten, gutaussehenden, betuchten und gegen sie niemals knausrigen Playboy. In Italien zweifacher Villenbesitzer, besaß er zudem ein Apartment am Central Park von New York, eine Segeljacht in Saint-Tropez und den Bungalow, einen Ferrari und prallvolle Bankkonten. Permanent war Giovanni del Colle auf Reisen, traf Politiker, Kaufhausmagnaten und Hoteliers, zog einen Auftrag in Genua an Land, einen zweiten in Rom, einen dritten am Golf von Neapel. Er baute bald in Baden-Baden, am Bodensee oder im Frankfurter Norden. Oh, er war wesentlich mehr als ein Bauunternehmer, der nichts als Gewinne im Sinn hatte. Er stammte aus einer Familie von Akademikern, die Rang und Namen erlangt hatten, Kunstwissenschaftlern, Orchestermusikern, und hatte als junger Kerl Architektur studiert, was der Beruf seines von Mussolinifaschisten ermordeten Vaters gewesen war.

Als Lieselotte in Mailand studiert hatte und sie sich in einer Espressobar kennenlernten, war Giovanni nicht nur von der weiblichen Anziehungskraft dieser Deutschen beeindruckt gewesen – besonders bestechend fand er Lieselottes mit Klugheit verbundene Ernsthaftigkeit. Nein, auf Heimchen am Herd legte er keinen Wert. Er war ein moderner und linksliberaler Mann, dem es in den Kram paßte, vor seinen Partnern im Bauwesen mit einer Frau anzugeben, die emanzipiert war und Grips hatte. Lilos blendendes Aussehen und blutjunges Alter (sie war in den Zwanzigern, er Ende Vierzig) machten sie um so begehrenswerter. Und was seinen Eroberungswillen besonders anstachelte, war Lilos Herkunft aus Deutschland.

Als einziges Kind eines Bundeswehrgenerals, der seine Karriere bereits in der Wehrmacht begonnen hatte, lebte Lilo im Widerstreit zwischen Verklemmtheit und Auflehnung. Und aus Auflehnung nahm sie Giovanni zum Mann, was sie im Nu von den Eltern entfremdete. Sie nahmen es der Tochter krumm, ohne Erlaubnis und Einvernehmen Lebensentscheidungen zu treffen, und als sie erfuhren, Lilos Vater und Lilos Spaghettiverlobter seien nahezu gleichaltrig, kam es zum unwiderruflichen Bruch.

Zwanzig Monate hatten sie Seite an Seite in einer der Villen del Colles verbracht, bis er anfing, sich mit seiner Deutschen zu langweilen, die bald in den Seckbacher Bungalow umzog und wieder bei Moosbach in Frankfurt studierte, wo sie am Bahnhof aus Zufall mit Konrad zusammenstieß, mit dem sie vor Mailand zusammen gewesen war, eine Liebesbeziehung, die sie wiederauffrischten. Das taten sie nicht, ohne Vorsichtsmaßnahmen zu ergreifen. Sich von Giovanni erwischen zu lassen, der sich nicht im entferntesten vorstellen konnte – sei es bei seiner Manneskraft, sei es bei seinem Charme –, einen Rivalen in der Mainstadt zu haben, das wollten sie lieber vermeiden. Lilo rief alle zwei Tage in Mailand an, um zu erfahren, wo er war, was er vorhatte, wann er plante, sich wieder in Frankfurt zu zeigen (oder telefonierte mit einem jungen Rechtsanwalt, der seine Kalendertermine verwaltete), mit einer dem Ehemann schmeichelnden Ausdauer, die er mit Liebe und Treue verwechselte.

Am dritten Hochzeitstag tauchte er allerdings absichtlich unangemeldet in Seckbach auf, um seiner Frau eine Freude zu machen, und traf an der Bungalowhausbar auf Konrad, der sich mit toskanischem Grappa bediente. Anders als sonst steckte Konrad erfreulicherweise nicht nackt, nur mit Socken bekleidet, in Giovanni del Colles azurblauem Hausmantel. Schleunigst bezwang er sein erstes Entsetzen und stellte sich als »Doktorvater« von Lilo vor (was beinahe stimmte, er war zweiter Gutachter), ein Wort, das der Mann aus Italien nicht kannte. »Sie Arzt oder Papa?« verlangte er zu erfahren, und als Konrad verdattert: »Ich, Doktor …«, erwiderte, erkundigte er sich besorgt: »Poveraccia, schlimm Krankheit?«, was allen dreien einen Heiterkeitsausbruch bescherte, als Giovanni del Colle seinen Irrtum begriff.

Sie verstanden sich blendend bei dieser Gelegenheit, Lilos Ehemann und Lilos heimlicher Liebhaber, in einem italienischen Feinschmeckerschuppen, den ein Bekannter del Colles im Taunus betrieb, bei dem Giovanni im Vorfeld zwei Torten, Champagner und Lilos Lieblingsgericht Ossobuco bestellt hatte. Konrad mußte den Bauunternehmer und seine Frau zu diesem Hochzeitstagessen begleiten, wenn er den gastlichen Mann nicht beleidigen wollte. Mit seinem Kauderwelschdeutsch, seinen Heimatgeschichten und schwulstigen Liebesversicherungen war del Colle bemerkenswert kurzweilig. In politischen Dingen einer Meinung zu sein – vom chilenischen Blutbad mit Kissingers Hilfe bis zu neofaschistischen Staatsstreichabsichten in Rom –, ließ sie um so vertraulicher werden.

Ab Anfang Januar hielt sich der Bauunternehmer beharrlich bei Lilo in Seckbach auf. Er reiste nicht ab, wie es seine Gewohnheit war, um eine Baustellenbesichtigung vorzunehmen oder beim Pantheon mit einem Kunden zu speisen, diese Dinge erledigte er telefonisch von Bettrand und Poolkante aus, oder schickte seinen Rechtsanwalt, der auf dem laufenden war. Es konnte passieren, daß er kurz in die Staaten flog, sich in einen Porsche vom Autoverleihhaus schwang und mit zweihundert Sachen zum Bodensee raste, wo er, in der Gegend von Konstanz, ein Luxushotel hochzog. Diese Kurzreisen dauerten drei bis vier Tage, und es ließ sich nie sagen, wann er wieder heimkehrte, um Mitternacht oder im Morgengrauen. Um Italien und seine Heimatstadt Mailand schlug er einen auffallenden Bogen.

Es fiel Giovanni nicht ein, seiner Frau zu verraten, warum er in Seckbach blieb. Anfangs beteuerte er mit erprobtem Charme, ohne sie keinen Tag mehr verbringen zu wollen, oder einfach, er sei diesen Trubel in Mailand leid, der in seinem Alter entschieden aufs Herz gehe. Erst im Laufe der Zeit ließ er sich aus der Nase ziehen, eine Bande Erpresser am Halse zu haben, und es sei ratsam, im Ausland in Deckung zu gehen, bis diese Kerle im Knast seien. Im Juni begleitete er seine Ehefrau, die das Rigorosum im Hochschulturm ablegte, und stellte sich allen Promotionsausschußmitgliedern mit Handschlag als »rachgieriger Italiener« vor, falls man »diese Prachtmensch von Gattin« den Titel verweigere.

Wenn sie einen Tag miteinander verbringen wollten, mußten Konrad und Lilo sich außerhalb treffen, in Pensionen an der Bergstraße oder im Taunus. Oder sie trieben es auf seinem

Sprechzimmersofa, um zehn in der Nacht, kurz vorm Rundgang des Hausmeisters, der alle Fachbereichsflure verschloß. Von unmittelbarer Entdeckung bedroht zu sein hatte einen beide erregenden Kitzel, der sie beim Liebesspiel hitziger machte als sonst.

Giovanni del Colle war in dieser Zeit zu zerstreut, um zu ahnen, was vor sich ging. Anders verhielt es sich mit Konrads Ehefrau. Als sie aus dem Urlaub in Schweden nach Hause kamen, und Konrad im Handumdrehen zu einem Kongreß um marxistisches Denken von Gramsci bis Bloch reiste, stieß sie aus Zufall auf seinen Kalender, den er beim eiligen Aufbruch verlegt hatte. Sie fand einen Eintrag, der aus Initialen bestand, die sich niemandem zuordnen ließen, der Jette bekannt war. Selbst wenn sie im »L« Lieselotte vermutete, der bei der Fachbereichsstellenvergabe von Konrad bevorzugten frischen Doktorin, die ab dem kommenden Wintersemester Assistentin an seinem Institutslehrstuhl war, paßte der zweite, ein »S«, nicht zum Namen »del Colle«. Erst in der Nacht fiel bei Jette der Groschen, als sie sich an diese komische Regelung erinnerte, seinen Familiennamen zu behalten, wenn man in Italien heiratete, und von Hause aus hieß Lieselotte Sawitzki.

Am anderen Vormittag rief sie in Seckbach an, wo sie von Giovanni del Colle erfuhr, seine Frau sei bei einem Philosophenkongreß in Berlin. Ohne dem Ehemann mitzuteilen, wer in der Leitung sei, legte sie in aller Eile auf. Detektivisch erkundigte sie sich bei Nelli, ob sie Kenntnis von einer Berliner Veranstaltung zum marxistischen Denken von Gramsci bis Bloch habe, was Nelli mit heiterer Stimme bejahte. »Und ob, meine Liebe, die war vor zwei Wochen, Jochen hatte sich breitschlagen lassen, zu sprechen, und wir flogen zusammen zur Tagung in Dahlem. Warum willst du das wissen?« versetzte sie ahnungslos.

Diese Entdeckung beendete Jettes vertrauensvolle Stimmung der letzten elf Monate. Sie stellte den Ehemann bei seiner Heimkehr, aufstampfend und heulend, zur Rede. Konrad leugnete halsstarrig, bis seine Frau mit einem Anruf im Seckbacher Bungalow drohte. Um Ruhe zu haben, bekannte er stockend, mit Lilo in Straßburg gewesen zu sein.

Von der Vereinbarung einer Beziehung, die Verbindungen mit anderen Partnern erlaubte, an die er sie krampfhaft erinnerte, wußte sie nichts mehr. »Das war deine Idee«, schimpfte Jette, »nicht meine. Ich war niemals bereit, diesen Teufelspakt einzugehen.« Und als Konrad von Pietschek und Baumann anfing, belegte sie seine Gemeinheit mit Zahlen: »Ich hatte im Ganzen zwei Liebhaber«, zischte sie, »was absolut nichts ist verglichen mit deinen in die Hunderte gehenden Weibergeschichten. Und anders als du habe ich meine Kerle, wenn ich mich nicht irre, vor dir nie verschwiegen. Schlimmer als deine Untreue ist deine Feigheit, diese Verlogenheit, die du nicht ablegen kannst.« Konrads Entgegnung, er habe sie schonen wollen, versetzte sie in Raserei. Außer sich hetzte sie gegen das um der Karriere willen beinebreitmachende Aas, das es ohne Begabung und Hemmungen erreicht habe, sich auf eine Fachbereichsstelle zu ficken, und wehe, wenn er diesen Angriffen widersprach und »Frau Doktor Sawitzki« in fachlicher Hinsicht verteidigte!

Jettes Verbitterung und Groll waren zu groß, um sich mit Lieselotte zufriedenzugeben. Sie schimpfte auf Dorothee Schivelbein, Inga Erasmus und Barbara (Babsi) Marienfeld, Studentinnen und Frauen aus der Hochschulverwaltung, die niemals mit Konrad zusammen gewesen waren, das Schwienkuhler Pfarrerskind oder Elisabeth. In den kommenden Wochen verging keine Nacht, in der sie nicht zu seinem Schlafsofa tappte, um es dem untreuen Ehemann heimzuzahlen. Wie sie selbst sollte Konrad kein Auge mehr zutun.

Es folgte ein Monate dauernder, alle Familienmitglieder zerreibender Kleinkrieg. Jette hatte nichts anderes im Sinn als Genugtuung – Konrad sollte es bitter bereuen, sie mit falschen Versprechungen zum Umzug ins Nordend verleitet und im Handumdrehen wieder betrogen zu haben. Bei diesem Vergeltungsfeldzug ging sie zielstrebig vor. Sie rannte zwar chronisch aufs Klo, um zu brechen, litt an einem grauenhaft juckenden Hautausschlag, brach beim Aufstehen in Weinen aus, schluckte abwechselnd Beruhigungsspillen und Aufputschtabletten – trotzdem nahm sie das Studium im Wintersemester auf. Jette war nicht bereit, sich von Seelenschmerz und Bitterkeit Vorlesungen und Seminare verleiden zu lassen. Und sie nutzte das Studium, um in der Mensa, in Sprechstundenzimmern und Sekretariaten, auf Fachbereichsfluren und im Vorlesungsaal gegen Kannmacher Stimmung zu machen. Konrads Kollegenschaft war das hoch peinlich. Trotzdem verbreiteten sich Jettes Anschuldigungen am Fachbereich lauffeuerhaft und verschafften dem Kantspezialisten den Leumund, der »schmutzigste aller Moralphilosophen« zu sein.

Konrad wehrte sich nicht gegen Jettes Bezichtigungen und wollte ausharren, bis sie sich wieder beruhigte. Er betrachtete es als sein dringendstes Ziel, einen zweiten – und letzten – Familienzerfall zu verhindern. Das wollte er seinen Kindern nicht antun, die bereits eine heikle Trennung verschmerzt hatten. Kurzerhand machte er mit Lieselotte Schluß, im Institutspaternoster, in dem sie sechs Runden vom Keller zum Dach drehten, bis Lilo ein Einsehen hatte und mit blanken Augen die Aufzugkabine verließ. Das milderte Jettes Verbitterung beileibe nicht. Sie konnte energisch, verbissen und kraftvoll sein und wieder in Kleinmut und Weinerlichkeit verfallen, ein Auf und Ab, das den Alltag im Nordend zur Qual machte.

Wenn er um sieben verschlafen zum Herd tappte, Kaffeemaschine und Toaster bediente, empfing sie den Ehemann mit nassen Augen: »Ich halte es in deiner Gegenwart nicht mehr aus.« Konrad ging zu einem Makler, mit dem er zwei schummrige Buden in Griesheim besichtigte, eine beim Hoechstwerk und eine am Main. Als er aus der Hochschule heimkam und Jette seinen Mietvertrag vorlegte, tobte sie los: »Du willst mich mit Haushalt und Kindern allein lassen, um deine Ruhe zu haben, du Schweinehund, und dir in aller Stille ein Liebesnest einrichten. Ohne mich!« heulte sie und zerriß den Vertrag.

Zu beider Entsetzen erhielten sie in dieser Zeit eine Essenseinladung Giovanni del Colles im Seckbacher Bungalow. Als sie sich nicht meldeten, rief er bei Konrad an, der Reisen, Termine und Arbeit vorschob. Giovanni blieb stur und rief wieder an, bis keine Finte mehr half und sie zusagen mußten.

Und an einem Freitag um Viertel vor sieben ließ es sich Giovanni nicht nehmen, leibhaftig ins Nordend zu kommen und sie abzuholen. Mit vollendetem Schliff half er Jette beim Einsteigen und deckte sie hemmungslos mit Komplimenten ein. »Ich wetten, Sie sein keine Dreißig, Signora, bei Schlankheit und jugendlich Haut, das Sie haben, und diese naturblonde Haar, Mama mia. Sie wissen, wir Mittelmeermenschen sind pazzi, was heißt das«, er tippte sich an seine Stirn, »Schrauben locker mit deutsche Blondinen, Signora.« Er machte bei Jette keinen Stich mit seinen Schmeicheleien. Del Colle mit seinem Brillantring am Finger, Pomade im Scheitel und blinkenden Schuhen war in Jettes Augen nichts als ein Schlawiner, dem man sein Gewese nicht abkaufen durfte.

Bei seinem Deutsch, das beleidigend schlecht war, zog sie ein vor Schmerzen verzerrtes Gesicht, und empfahl einen Schallplattensprachkurs von Langenscheidt. »Ich weiß, was das heißt, eine sprachliche Null zu sein, als Ruhrpott- und Arbeiterkind, das daheim mit der Muttermilch Fehler um Fehler einsaugte. Oh ja, es braucht Ehrgeiz, um sich aus dem Sumpf zu ziehen, Sturheit und sprachliches Reinheitsempfinden – sind das in Italien verbreitete Anlagen?«

Und bei der Mahlzeit aus Vorspeisen, Tagliatelle mit Tintenfischtunke und Kalbshaxe, die man auf der Gartenterrasse verzehrte, hielt Jette die anderen in Atem – den beklommen seinen Teller anstierenden Konrad, der, trotz Jettes Versicherung, nichts zu verraten, beim Hang seiner Frau, einen Fettnapf zu finden, mit einer bevorstehenden Peinlichkeit rechnete, bis zu seiner Ex-Freundin, die Jettes Wortschwall devot und mit krampfhaftem Nicken begleitete.

»Ich bin mir sicher, Signora, Sie haben italienischen Einfluß in Bergmannsfamilie, bei Feuer und Leidenschaft, das Sie im Leib haben, diese Expressvortrag, rapido rapido«, versetzte

Giovanni del Colle belustigt, als er mit vier Weinschaumcremebechern ins Freie kam, was Jette ermunterte, dem Italiener einen wortreichen Vortrag zu Gramsci zu halten, um sich anschließend an Lieselotte zu wenden, die sie gewichtige Literaturwerke abfragte, voller Freude, wenn sie einen Titel erwischte, den Frau Doktor Sawitzki nicht kannte.

»Ach, ich kenne das von meinem Mann«, sagte Jette spitz, »der von Literatur und Musik keine Ahnung hat. Ein englische Krimis verschlingender Philosoph kann in seinem Fach nichts Besonderes leisten! Um ehrlich zu sein, hat er es nicht verdient«, Jette beugte sich vor, augenzwinkernd vertraulich, »an der Frankfurter Uni Professor zu werden.« Sie gluckste ins Gin-Glas und nahm einen tiefen Schluck. »Diesen Aufstieg verdankt er seinem Freund Jochen Moosbach, der Konrad besonders begabt fand, wer weiß, warum«, sagte Jette und stieß mit der Zungenspitze an, »von Philosophie hat mein Mann keine Ahnung. Konrad versteht sich aufs Lehrerhandwerk, das ist alles, und als Holsteiner Dorfpauker war er der Richtige. Leider trieb er es mit seinen Elfinnen, die halbe Kinder waren, stimmt das nicht?« stichelte sie beschwipst, und Konrad, der sich nicht am Riemen reißen konnte, bemerkte: »*Elevinnen* heißt das, mein Schatz«, eine Antwort, die kleinlich und leichtsinnig war. Er hielt seine Luft an, als sie sich verfinsterte und am Daumennagel kauend in Schweigen verfiel.

Es entstand eine brenzlige Pause. Jette verletzte es maßlos, von Konrad vor anderen Leuten berichtigt zu werden. Mit Sicherheit konnte sie sich nicht mehr bremsen und weihte den Hausherrn mit Lust und Genugtuung in Konrads wahre Beziehungen zu Lieselotte ein.

Unbegreiflicherweise verriet sie kein Sterbenswort. Jette beeilte sich nur mit dem Aufbruch und sprang, ohne Abschied zu nehmen, ins Taxi, als es vor der Einfahrt zum Bungalow hielt.

Vier Semester vergingen mit Erfolgen im Studium – von Hausarbeitsscheinen zu bestandenen Zwischenexamen – und Tage um Tage andauernden Rasereien, Schlaftablettenvergiftungen und von Jettes Hausarzt zur Nervenberuhigung verschriebenen Kuraufenthalten in Taunus und Odenwald. Jette mußte nie mehr als zwei Wochen in einem Sanatorium verbringen, bis alle Bescheid wußten, Schwestern, Doktoren, Patienten und Putzfrauen: Kannmacher hatte sie auf dem Gewissen, und wenn er sie abholte oder besuchte, stieß er in den Kurheimen bei Personal und Bewohnern auf Unmut und Ablehnung. Beim Spaziergang im Wald tobte Jette: »Du hast meine Liebe ermordet, du Schweinehund. Du bist schuld, wenn ich niemals mehr heiter sein kann, nie mehr heiter und unbeschwert in meinem Leben«, mit schriller und meilenweit hallender Stimme.

Wir haben ein Loch in den Reisefinanzen

In diesen Monaten kam es zu einem Verlust, der nicht schwerer und schmerzhafter sein konnte, als sein Lehrer und Freund unerwartet verstarb.

Nicht anders als sonst, wenn sie dienstlich verreisten, war es Konrad gewesen, der alles bestellt hatte, Fahrkarten, Schlafwagen und in Florenz ein Pensionszimmer neben dem Bahnhof. Nicht anders als sonst hatte er keine Kosten verursacht, die sich nicht rechtfertigen ließen, wenn er mit dem Fachbereich abrechnen mußte: Im Zug teilten Jochen und er sich ein Zweierabteil und am Arno ein Doppelbettzimmer (zu Moosbachs Beruhigung mit einem Schlafsofa, auf dem sein Begleiter sich ausstrecken wollte). Jochen trat alle praktischen Dinge an Konrad ab, und Kannmacher hatte sich in der Vergangenheit als ernsthafter Kassenverwalter erwiesen – von einer Ernsthaftigkeit, die man pingelig nennen konnte.

Nein, um sich Ausgaben, Umrechnungskursen und Quittungen zu widmen, war Jochen zu quirlig, zu schweigen von seiner Zerstreutheit, die alles betraf, was nicht schlechterdings geistig war. Daheim war es Nelli, die Jochens unpraktisches Wesen und seine Vergeßlichkeit ausglich – auf Dienstreisen fiel diese Aufgabe Konrad zu, der sie streng und gewissenhaft wahrnahm. Er betreute den Lehrer mit einer Entschiedenheit, die bis zur Bevormundung reichte. Das machte sie zu einem komischen, andere Tagungsteilnehmer erheiternden Paar.

Im Schlafwagen machten sie beide kein Auge zu. Sie konnten sich, wenn sie zusammen auf Reisen waren, austauschen, ohne ein Ende zu finden, was besonders am Mitteilungsdrang seines Lehrers hing, dem es nie an Ideen und Erkenntnissen mangelte.

In dieser Nacht war Jochens Stimmung im Keller, trotz seiner Genugtuung, bald in Florenz zu sein, wo er sich vom heimischen Kleingeist erholen konnte. Er hatte ein schlechtes Semester erlebt. Wochenlang hatten zwei K-Gruppen mit Megaphonen, Trillerpfeifen und faulen Tomaten seine Veranstaltung zum hegelianischen Erbe im Marxschen Denken behindert, bis er sie, um den Tumulten ein Ende zu machen, vom Stundenplan absetzen ließ.

Veranstaltungssprengungen am Institut waren Konrad beileibe nicht unvertraut. Von Feministinnen, Spontis und K-Gruppen, die ans Rednerpult kamen, um eine Aktion zu planen oder Protestaufrufabstimmungen zu erzwingen, Stinkbomben schmissen und Stromkabel kappten, blieb auf Dauer kein Fachbereichslehrer verschont.

Jochens Erfahrungen in diesen Monaten waren heikler gewesen, das ließ sich nicht abstreiten. Es blieb nicht bei einer vereinzelten Anfeindung, einem im Handumdrehen wieder vergessenen Saalklamauk. Nein, er mußte beharrliche Angriffe einstecken, von Flugschriften gegen den »Kapitalistenknecht« bis zu Rangeleien vor seinem Sprechstundenzimmer. In Jochens Postkasten landeten Drohungen, die er aber nicht zur Polizei bringen wollte, um keinen von diesen aus Groll und Verbissenheit Unsinn anstellenden jungen Genossen der Staatsmacht ans Messer zu liefern. Schuld an den Anfeindungen war seine Anfang April in der *Rundschau* erschienene Abrechnung mit der sich an nostalgische Vorstellungen klammernden Linken, die sektiererisch auftrete und sich mit hohlen Parolen gegenseitig zerfleische.

Konrad, der sich in der Schlafkoje ausstreckte, auf dem Ellbogen lehnend, das Kinn in der rechten Hand, betrachtete den auf der Bettkante rauchenden, zu seinem Begleiter hochblinzelnden Lehrer. »Was sagst du zum Auftritt von Meinhart, vergangene Woche?« verlangte er heiser zu wissen, mit einem Gesicht, das verknittert und gelb wirkte. Er wartete Konrads Entgegnung nicht ab. »Ich ahne, warum mich der Bursche mit Dreck bewirft. Er bringt seine Doktorarbeit nicht zu Ende, an der er bereits eine Ewigkeit tiftelt, und das kann er mir nicht verzeihen. Als sei es meine Schuld, wenn er nicht fertig wird.« Schlagartig beunruhigt von Jochens Aussehen, seiner runzligen Haut, diesem fahlen und krankhaften Gelb, Augenringen, die tiefer als sonst waren, erwiderte Konrad, »ich weiß nicht, ob Meinhart einen Vatermord braucht, um zu Potte zu kommen. Ich dachte, du machst dir nichts aus diesem Pyschozeug.«

»Pyschozeug!«, grummelte Jochen beleidigt, trat zur Waschbeckenecke und kramte sein Zahnputzzeug aus dem Kulturbeutel, der auf dem Glasbrett stand. »Nein, du hast recht, sein Verhalten war abstoßend«, beeilte sich Konrad den Freund zu beschwichtigen, und es stimmte ja, bei seinem Kolloquiumsauftritt hatte Meinhart sich sagenhaft patzig benommen und Jochen mit Absicht aufs schlimmste verunsichert.

Thomas Meinhart war nicht mehr der junge Student, der auf eine beachtliche Laufbahn zusteuerte. Er hatte sich mit Ulla Schiemann verheiratet, die von Schulzeiten an seine »Feste« gewesen war, bis sie zum Langweiler Schmiedinger wechselte, um im Institut nicht als spießig zu gelten, eine Beziehung, die sie bald bereut hatte. Sie landete wieder bei Meinhart, der von seiner Freundin verlangte, im Gegenzug auf eine Dissertation zu verzichten. Ulla versprach es und trat in den Schuldienst ein, um der Familie ein Auskommen zu sichern. Das erlaubte dem Ehemann, sich seiner Doktorarbeit ohne Not oder anderen Verpflichtungen zu widmen.

Schwer zu beurteilen, ob es diese Muße war oder sein schwindelerregender Anspruch, die einem erfolgreichen Abschluß im Weg standen. Zwanzig Semester bereits schrieb der Vorzeigedoktorand an seiner Dissertation und hatte beim letzten Kolloquium eitel behauptet, er werde es sein, der Kants praktischer Philosophie zu vollkommener Gewißheit und Wahrheit verhelfe, einer logischen Geltung, die unwiderlegbar sei.

Nicht diese peinliche Aufschneiderei hatte Moosbach und seinen Doktoranden entzweit, etwas anderes war schlimmer gewesen. Als man im Wohnzimmerkreis diskutierte, ob sich in der Nazizeit aus Kants Moralgesetz eine Widerstandspflicht habe ableiten lassen, konnte sich Meinhart nicht bremsen und meinte mit zuckendem, seine Erregung verratendem Auge: »Alle Deutschen im Dritten Reich, ausnahmslos alle, machten sich mitschuldig an Adolf Hitlers Verbrechen.«

Anstelle von Jochen, der fassungslos schwieg, hatte Nelli entgegnet: »Und was soll das heißen? Es reichte zu atmen, und hops war man Hitlers Komplize?« – »Das wollte ich sagen«, erwiderte Meinhart knapp und dehnte sich anmaßend in seinem Sessel. »Tut mir leid«, meinte Nelli, »das ist eine Auffassung, die ich nicht anders als schwachsinnig nennen kann. Wer im Widerstand war und sein Leben aufs Spiel setzte, soll am Hitlerschen Wahnsinn beteiligt gewesen sein?« – »Nein, nicht beteiligt«, bemerkte der Doktorand mit seiner hohen und belehrenden Stimme, »im moralischen Sinn mitverantwortlich, meine ich. Du warst Luftschutzwart, wenn ich mich richtig erinnere, und Teil einer Maschinerie, die dem Krieg diente.« – »Und mein Geheimnisverrat an den Feind, diese Briefe, die ich in die Schweiz schickte, sind nicht der Rede wert? Oder der Kriegsgerichtsspruch gegen Jochen, den man wegen Fahnenflucht zum Tode verurteilt hat?«

Meinhart war nicht im geringsten beeindruckt. Selbstherrlich kraulte er seine Koteletten und rekelte sich in der Aufmerksamkeit der den Atem anhaltenden jungen Doktoranden – von der Riege um Habermehl, Siefert und Mustafa, Inga Erasmus und Babsi Marienfeld nahm am Kolloquium niemand mehr teil außer Meinhart, der bei den Studierenden Ehrfurcht, Befangenheit und einen Schuß Mitleid erweckte. »Dein Mann«, sagte er, als ob Jochen wer weiß wo sei, »hat seine Einheit in Frankreich erst kurz vor der Landung von Briten und Amerikanern verlassen. Er war eine Ewigkeit Wehrmachtssoldat und verrichtete in seiner Schreibstube Aufgaben, die alles in allem zum Massenmord beitrugen, selbst wenn er, ich weiß ja, ich weiß, sein Gewehr nie benutzt hat. Mit sich im reinen bleiben, sittlich-moralisch, das konnte am Ende nur der, der ins Ausland ging.« – »… wo ich mich bereits aufhielt«, erwiderte Jochen blass, »als Deutschlehrer in Bristol, und ausharren wollte, bis man mich benachrichtigte, meine Mutter sei sterbenskrank. Und von Mutters Totenbett zog man mich schnurstracks zur Wehrmacht ein.« – »Nicht weinerlich werden«, versetzte der Doktorand, »vor deiner Bristolzeit, Mitte der Dreißiger, hast du dich in die Partei aufnehmen lassen.« – »Sicher, um keinen Verdacht zu erregen«, entgegnete Moosbach zu seiner Rechtfertigung, »sie sollten mich nicht als den Autor enttarnen, der englische Zeitungen mit Antihitlerartikeln aus Deutschland belieferte. Und wenn ich von mir aus den Antrag auf Mitgliedschaft in der Partei stellte, war es am sichersten.« – »Du machtest dich mitschuldig«, grummelte Meinhart, »im ethisch-moralischen Sinn bist du mitschuldig«, und versank in einem breiten Behaglichkeitsschweigen, als ob er den Hausherrn als Heuchler entlarvt habe.

Seinen Freund nicht verteidigt zu haben, bedauerte Konrad an dieser Geschichte am meisten. Er war zu mutlos gewesen, um Meinhart ins Wort zu fallen. Scham und Beklommenheit hatten es Konrad verboten, dem Lehrer zu Hilfe zu eilen. Seine Mitschuld wog wesentlich schwerer als Jochens List, die Mitgliedschaft in der Partei zu beantragen.

Jochen klappte den Schrank mit dem Waschbecken zu und bediente den Kippschalter neben der Lampe. Im Wechsel aus wandernden Schatten und an der Kabinendecke huschenden weißlichen Streifen stieg er aus den Schuhen und stieß mit den Zehen gegen ein am Abteilboden lauerndes Hindernis, schimpfte verhalten und kramte verzweifelt im Koffer, bis er den im Seitenfach steckenden Schlafanzug fand. In seiner Koje kam er nicht zur Ruhe. Hustend warf er sich von einer Seite zur anderen und versetzte das Stockbett in quietschende Schwingung, was wiederum Konrad vom Einschlafen abhielt. »Bist du wach?« fragte Jochen erstickt, ließ sein Feuerzeug aufflammen und steckte sich eine Kippe an, »kannst du mir verraten, warum ich versagt habe? Ich meine, bei meinen Doktoranden versagt habe? Wenn ich dich außer acht lasse und Georg Habermehl, habe ich Schiffbruch erlitten, nicht wahr?« Konrad wiegelte ab, »du hast Lilo vergessen, sie hat eine blendende Arbeit verfaßt«, eine Antwort, die grunzende Zustimmung fand.

An sich hatte Jochen nicht vollkommen unrecht. Sicher war es sein Ehrgeiz als Lehrer gewesen, eine Riege aus jungen Philosophen zu schmieden, aus brillanten, Debatten anstoßenden Leuten, die man nicht nur an den Hochschulen wahrnahm, und dieses Ziel hatte er nicht erreicht. An Aufmerksamkeit gegen seine Studenten und Einsatz im Unterricht fehlte es Jochen nicht, zu schweigen von Klugheit und fachlichen Kenntnissen. Sicher, er war zu vertrauensselig, um sich von anderen nicht blenden zu lassen. Es war diese blinde Begeisterung Jochens, die an unreife Backfischverliebtheit erinnerte, der es Konrad verdankte, Professor zu sein.

Andere Dinge waren letztlich entscheidender gewesen, wenn es heute um Jochens Doktoren schlecht bestellt war. Meinhart hatte sich in seinem Anspruch verrannt, eine praktische Philosophie zu entwickeln, die restlose Widerspruchsfreiheit beanspruchte, und zappelte in seiner Junggesellenbude am Ostbahnhof in einem Spinnennetz aus Irrsinn und Geltungstrieb. Mit dem Anschlag aufs Frankfurter Israel-Konsulat und der Verhaftung des Richtersohns Siefert hatte sich Inga Erasmus mit Jochen entzweit, dem sie vorwarf, er lasse den Jungen im Stich. Ein ernsthaftes Studium hatte sie nicht mehr verfolgt. Inga wandte sich ab von der Philosophie, die sie als »metaphysischen Mumpitz« verspottete, nahm an Rote-Hilfe-Kampagnen teil und besetzte ein leerstehendes Haus am Bettinaplatz, mischte im AStA und bei maoistischen Gruppen mit und beerbte den Vater, der bei einer Gremiumssitzung im Funkhaus verstorben war. Sie trennte sich von seiner Villa im Taunus, vermachte einen Teil der Verkaufssumme linken Vereinen und legte sich in den Cevennen ein verfallenes Landhaus zu, das sie mit einem Zigeuner in Schuß brachte, der, munkelte man im Kolloquium, angeblich sonnenverbrannt, knackig und hemmungslos war.

Barbara Marienfelds Geschichte war schmerzlicher. Babsi war zu bescheiden und zaghaft gewesen, um im Doktorandenkreis Eindruck zu machen, bei allem Scharfsinn, den sie an den Tag legte, wenn sie sich alle paar Monate meldete, mit einer befremdlichen Klassensaalbravheit und unsicher bebender Stimme. Bei der Besprechung von Kategorientafel, Hegels Grenzbegriff oder der Fichteschen Ich-Setzung half sie mit Textstellen, die allen anderen entfallen waren, und Kommentaren dem Wohnzimmerkreis zu Erkenntnissen, die niemand in Zweifel ziehen konnte. Anerkennung fand Barbara Marienfeld trotzdem nicht. Im Nu hatte man in der Runde vergessen, wem dieser Erkenntnisgewinn zu verdanken war. Inga, die keine Gemeinheiten scheute, hatte Babsi Marienfeld, der Fichteexpertin, den heimlichen Spitznamen »Nicht-Ich« verliehen, der bei der Verhuschten und Scheuen ins Schwarze traf.

Konrads Beziehung mit Barbara hatte nicht mehr als ein Wintersemester bestanden und war eine Verlegenheitsliebschaft gewesen, die sich in seiner Erinnerung verwischt hatte. Er hatte sie nie richtig kennengelernt, wenn sie es miteinander in einem Pensionszimmer, seiner sturmfreien Bude am Affentorplatz oder bei einem Spaziergang im Taunus im Freien trieben. Niemand im Fachbereich kannte sie besser (nicht der bald Konrads Stelle einnehmende Mustafa oder ein anderer Liebhaber Barbaras, und engere Freundinnen hatte sie niemals gehabt). Keiner verstand, warum sie sich im Mietszimmer einen am Vortag erworbenen Strick um den Hals legte, sein anderes Ende am Gaslampenstutzen befestigte, auf einen Stuhl stieg und sprang.

Barbaras Selbstmord, der schleierhaft blieb, hatte Jochen (und Nelli) aufs tiefste entsetzt. Monatelang machte er sich zum Vorwurf, daß seine Studierende nicht mehr am Leben war. Jochen verlangte vom Lehrer drei Dinge: fachliches Wissen, politische Klarheit (eine auf Argumenten beruhende Durchschlagskraft), menschliche Neugier und Aufmerksamkeit. Und was diese menschliche Neugier anging, hatte er versagt.

Das war eine Erfahrung, die sich wiederholte, als Siefert bei Esslingen in einen Polizeiposten raste und seinen Verletzungen erlag. Sein Ex-Student hatte drei Menschen erschossen und fand auf der Flucht ein gewaltsames Ende – diese Geschichte belastete Moosbachs Gewissen schwer und griff sein Selbstvertrauen an.

Mit der aufgehenden Sonne bereits wieder munter, rasierte sich Jochen vorm Waschbeckenspiegel und summte, begleitet vom schabenden Messer und mit brennender Kippe im Mund, einen Ohrwurm von Verdi.

Aus einem lausig verregneten Frankfurt kommend, hatten sie beide zu dicke Klamotten an, als sie in Florenz aus dem Zug auf den Bahnsteig fielen, von einer Backofenhitze empfangen, bei der es Konrad im Handumdrehen schwindelte. Jochen, von diesem Klima belebt, hielt seinem Reisebegleiter einen Vortrag zu Savonarola, der sicherlich tiefsinnig war. Er scherte sich nicht um den Menschenauflauf und das Tohuwabohu aus rempelnden Ellenbogen, Koffern, die einem ans Knie knallten, gellenden Pfiffen und Stimmen und ließ sich nicht bremsen, als Konrad erfahren wollte, wo seine Tasche sei. Diese Tasche enthielt Jochens wichtigste Dinge von Brillen, Kalender, Notizbuch und Pfeife bis zum Manuskript seiner morgigen Rede. Konrad schubste den Lehrer zur Marmorbank zwischen zwei Pfeilern und fauchte, als ob er ein Kind kommandiere, »behalt unsere Koffer im Auge!« Er eilte zum Schlafwagen, hastete bis zum Abteil, wo er gegen den Nachtzugbegleiter stieß, den er mit der Hand in der Tasche erwischte. Ohne Verlegenheit schloß er sie wieder, als sei es normal, in vergessenen Taschen zu kramen.

Als Konrad erneut vor der Marmorbank stand, war vom Freund keine Spur zu entdecken. Es dauerte, bis er seinen in alle Richtungen abstehenden aschblonden Haarschopf ausmachte, neben sich einen bulligen Kerl, mit den Koffern bepackt, die er schleppte, als seien sie gewichtslos, der Jochen zum seitlichen Hallenausgang lotste.

Konrad holte die beiden drei Meter vorm Taxi ein, wo er seinen Reisegenossen zusammenstauchte, was das solle, sich ohne ein Wort zu verpieseln. »Tut mir leid«, sagte Jochen, der schuldbewußt auf seine Schuhspitzen stierte, »er ist Kommunist«, und nickte zum grinsenden Taxibesitzer, der im Nu beide Koffer im Fiat verstaut hatte (anscheinend besorgt, seine Fracht zu verlieren, wenn er nicht vollendete Tatsachen schaffte), als sei das eine Antwort von logischer Geltung. »Ja, und?« sagte Konrad, »wir brauchen kein Taxi, wir sind einen Katzensprung von der Pension entfernt.« Diese Mitteilung brachte den Freund in die Klemme, der bei seinem Kommunisten im Wort stand.

Wortreich vereinbarte man eine Stadtrundfahrt, und der Taxichauffeur mit seinem Haarbusch im Nacken, quittegelbem und marderhaft spitzem Gebiß, einem Goldkettchen, das um sein Handgelenk schlingerte, und einem Photo von Lenin, das in seiner Sonnenblende steckte (neben Jayne-Mansfield- und Marilyn-Monroe-Aufnahmen), kutschierte sie bis San Miniato al Monte hoch, nicht ohne lebhaft mit Jochen zu schwatzen, der sich seinerseits fuchtelnd und fuhrwerkend mitteilte (was in der niedrigen Kiste nicht einfach war), wenn er nicht sein Schullatein nutzte, dem er mit Erfolg italienische Endungen anheftete.

Konrad war hundsmiserabler Laune. Er hatte Durst, brauchte dringend eine Dusche und wollte sich andere Klamotten anziehen, die zu dieser Gluthitze passten. Sie fuhren bergan bis zur Aussichtsterrasse von San Miniato al Monte. Am Hang ging ein Windchen, erfrischend und angenehm, als sie, zu zweit an der Steinbalustrade lehnend, von spitzen Zypressen und bogigen Pinien beschattet, die im Sonnenschein blendende Stadt vor den blaugrauen Bergen der anderen Seite betrachteten. Konrad war wesentlich besserer Stimmung, als sie, wieder beim Bahnhof, vorm dusteren Pensionseingang hielten. Er holte drei Geldscheine aus seiner Brieftasche, die er dem Taxichauffeur in die Hand knautschte, und bat im Gegenzug um eine Quittung, ein Kassenverwalteransinnen, das der Mann nicht verstand (oder standhaft behauptete, nicht zu verstehen).

»Er ist Kommunist«, wiederholte der Freund bestimmt, um den entbehrlichen Taxiausflug zu rechtfertigen, »verstehst du, kein miefiger, steifer, Befehle aus Moskau empfangender deutscher Genosse; in Italien ist das eine andere Sache – die sind zu anarchistisch, um sich von den Herren im Kreml auf Linie bringen zu lassen«, als sie im Treppenhaus zum dritten Stock schnauften (das Fahrstuhlkorbgitter war mit einer Kette verriegelt). Eine mollige Sie, Anfang Zwanzig, Papierrollen im Haar und sich quietschroten Nagellack auftragend, empfing sie am Tresen im Eingangsbereich, mit vor Eifer und Ernst aus dem Mundwinkel linsender Zungenspitze, zu vertieft, um sie anfangs zur Kenntnis zu nehmen.

»Mhm«, machte Jochen beim Eintritt ins Zimmer, das auf einen schachtartigen Hinterhof ging, aus dem keifende Stimmen und Radiogedudel drangen. Er befreite sich von seinen Schuhen und Socken, um auf dem buntfleckigen Steinboden barfuß zu gehen. »Ich wollte dich bitten, meinen Vortrag zu lesen«, bemerkte er, als er das Bett in Beschlag nahm, das in seinem Metallrahmen seufzte und schlingerte, »und mir zu sagen, ob er deine Zustimmung findet.« Er entfaltete summend seine Zeitung, studierte sie, bis er, vom Schweigen im Zimmer befremdet, sein Kinn hob und Konrad betrachtete, der vor dem Schlafsofa kauernd seinen Koffer auspackte und eine Grimasse schnitt.

Jochen wußte auf Anhieb, was los war. In den vergangenen Monaten hatte sich Konrad vom Hamburger Lehrer bewußt entfernt. In seinem Schatten zu stehen war auf Dauer nicht vorteilhaft, wenn er sich in der Fachwelt einen eigenen Namen machen wollte. Er setzte sich im philosophischen Denken von Moosbach ab und verzichtete auf ein gemeinsames Buchprojekt, an dem er als Co-Autor mitwirken sollte. Es dauerte, bis bei seinem Lehrer der Groschen fiel: Daß Konrad sich freischwimmen und abnabeln mußte, war eine vollkommen normale Entwicklung.

Es kam nicht zum Bruch zwischen beiden, beileibe nicht, selbst wenn Jochen an dieser Entfremdung ersichtlich litt. Das bereitete Konrad ein schlechtes Gewissen, um so mehr, als sich seine Entfernung vom Lehrer keinem echten beruflichen Ehrgeiz verdankte oder einem prinzipiellen philosophischen Streit.

Es war Lieselotte Sawitzki gewesen, die Konrad bearbeitet hatte, sich von seinem Freund nicht auf Dauer ersticken zu lassen. »Du bist wesentlich strenger in deiner Begrifflichkeit, und das solltest du sichtbarer machen, um dich von dem Ruf zu befreien, Moosbachs Abklatsch zu sein.« Konrad nahm sich den Rat seiner Freundin zu Herzen. Lilo hatte berechtigterweise den Anspruch, Assistentin bei einem Philosophen zu sein, den man in akademischen Fachkreisen achtete, was sie veranlaßte, Konrad zu treten, der in diesen Dingen nicht besonders stabil war und sich spielend beeinflussen ließ.

»Ach Gott«, sagte Jochen, aufrichtig zerknirscht und nicht ohne einen schmerzhaften Zug im Gesicht, »seine schlechten Gewohnheiten kann man schwer ablegen. Ich will dich nicht ausnutzen, Ehrenwort!« – »Ist ja gut, ist ja gut«, wehrte Konrad ab, der aus der Hocke hochkam und sein Hemd in den Schrank hakte. Es war absolut kleinlich, seinen Lehrer und Freund, dem er alles verdankte, abblitzen zu lassen, und das bei der Bitte um einen bescheidenen Freundschaftsdienst.

Am anderen Tag war er erleichtert, der Vortrag fand nicht seinen hundertprozentigen Beifall. Er war in seinen Augen zu harmlos und unkritisch, was metaphysisches Denken an sich betraf – es ging um Schopenhauers Bestimmungen von Willen und Nichts –, aller Klarheit zum Trotz, mit der Jochen betonte, eine Metaphysik, die nicht vollkommen verlogen sei, sei heute nicht anders als negativ vorstellbar, ein Standpunkt, der lebhafte Zustimmung erntete. Was Konrad besonders mißfiel, war das Vorhaben, Schopenhauers verneinende Metaphysik in moralphilosophischer Absicht zu retten und als ethisches Denken in

Stellung zu bringen, als ob Jochen dem Kantischen Imperativ metaphysische Pfeiler und Streben einziehen wolle, die beim Sittengesetz nicht erforderlich waren.

Konrad war sich nicht hundertprozentig im klaren, ob er alle Vortragsschattierungen mitbekam. Erledigt von Hitze und stehender Luft im Saal neben dem Arno, der schmutzig und faul in der Tiefe floß (und einer nahezu schlaflos verbrachten Nacht auf dem zu harten und kurzen Pensionssofa, das bei kleinsten Bewegungen quietschte und seufzte), ließ er es an Wachheit vermissen. Mehr als das lenkte Konrad der Auftritt des Freundes ab, der auffallend kraftlos und schlaff wirkte. Knapp zehn Minuten vor Schluß seiner Vorlesung mußte Jochen sich krampfhaft am Rednerpult festhalten, außer Atem, mit schlagartig grauem Gesicht, ein Schwindelanfall, der den Teilnehmern nicht entging, die beunruhigt raunten und teilweise aufstanden, bis Moosbach den Arm hob, um sie zu beschwichtigen, und seinen Vortrag mit sicherer Stimme beendete.

Konrad verglich dieses heutige Referat mit dem seines Lehrers in Heidelberg, seinerzeit, als sie sich auf der Tagung am Neckar begegnet waren. Ja, das war eine mutige Rede gewesen, bei der Jochen Verbrechen und Kriegsgreuel zum Maßstab nahm, um das Kantische Sittengesetz zu bewerten. Mit seinem politischen Vortrag in Heidelberg hatte er beim akademischen Publikum, das nicht an Deutschlands Versagen erinnert sein wollte, diesen kompletten Zusammenbruch von Sittlichkeit und Moral, der alle geistigen Ebenen erfaßt hatte, erbitterte Ablehnung, Feindschaft und Haß erlebt, anders als bei diesem Vortrag am Arno vor seinen italienischen Gastgebern, Altstars und Jungphilosophen aus Mailand, Florenz und Rom, die in der Regel marxistische Denker waren, was sie nicht hinderte, dankbar zu sein, wenn man nebenbei metaphysische Denker behandelte (um auf Transzendenz zu verzichten, waren sie zu katholisch).

»Und was denkst du?« verlangte der Lehrer zu wissen, als sie zur Etruskerstadt Fiesole hochbrausten, im Cinquecento von Marco Marini, einem namhaften Linkstheoretiker, der aus

Neapel kam, mit Ringelhaaren, schwarzkrausem Bart bis zum Bauchnabel, Stahlrahmenbrille und massigen Schultern, der mit seiner Wampe vorm Steuerrad klemmte, »ich war mir sicher, sie werden mich vierteilen, wenn ich unseren kauzigen Arthur in Schutz nehme, diesen Fortschrittsfeind und Orang-Utan-Verehrer, und seine geschichtslose Metaphysik, die ums Mitleid als ethischer Triebfeder kreist«, Jochen warf seine Kippe ins Freie und drehte sich mit einem Feixen zur hinteren Sitzbank um, »von wegen mich vierteilen, sie waren begeistert; ich habe den Eindruck, als ob diese Metaphysik eines heillosen Lebens in Mode kommt. Stimmst du mir zu?« Konrad hockte beengt zwischen Zeitungen und Zeitschriften, Strandsandalen, Pappbechern und Gauloiseschachteln und stieß mit dem Kopf, hart und schmerzhaft, ans Fiatdach, als Marini einem Schlagloch nicht rechtzeitig auswich. Marini war merklich verstimmt, wenn sie deutsch sprachen. Er verwickelte Jochen in eine Debatte um Rote Brigaden und RAF – in einem holprigen Englisch, das schwer zu verstehen war. Konrad, dem es erspart blieb, seinem Lehrer zu antworten, wandte sich wieder der Landschaft vorm Fenster zu, klatschmohnbesprenkelten Feldern und Weinbergen, an Felszacken klebenden ockerbraunen Hausmauern, Zypressen- und Pinienschatten am Horizont und Olivenbaumhainen, die silbrig bergan stiegen. Er hielt sein Gesicht in den Fahrtwind, der frisch war und duftete, anders als diese stickige Luft in der Stadt, die von Zeit zu Zeit flirrend in der Ebene auftauchte. Beim Essen auf einer Terrasse in Fiesole, das sie in kleinerer Runde einnahmen – mit englischen und italienischen Tagungsbesuchern, die mit seinem Lehrer befreundet waren –, mußte Konrad, der schweigsam am Tischende hockte, zu seiner Erleichterung wieder nicht antworten.

Am anderen Morgen bei aufgehender Sonne, die sich mit zwei Strahlen in den miefigen Hinterhof tastete, aus dem Kinderheulen, Klokastenrauschen und Husten drangen, schob sich Konrad mit stocksteifen Knochen vom Sofa und schlurfte zum Pinkeln ins Bad, einem Einbau mit Trennwand, die Wanne, WC und Bidet verbarg, ließ sich, vom Harndrang befreit, in einen Sessel fallen, wo er seine Kassenwartsabrechnungen vornahm.

Es dauerte zwanzig Minuten, bis er alle Tagesausgaben vermerkt, wo es ging mit Belegen versehen und als Summe verbucht hatte, die er vom verbliebenen Reisegeld abzog. Dieser Reisegeldrest wies verwirrenderweise einen Fehlbetrag von hundertsechzehn Mark zwanzig auf, der seinen verbissenen Berechnungen widerstand, bis Konrad in heiseres Schimpfen ausbrach, »Eine Scheiße ist das! Mist, verdammter!« Er hatte den Eindruck, als seufze sein Lehrer.

»Jochen«, sagte er leise, »ich muß mit dir reden. Wir haben ein Loch in den Reisefinanzen.« In der Regel war Jochen um sieben rasiert, hatte Schuhe an, band sich den Schlips um (mehr schlecht als recht) und konnte es nicht mehr erwarten, ins Freie zu rennen. Aus dem Doppelbett kam keine Antwort. Schlagartig beunruhigt, stemmte sich Konrad hoch. Mit einem Kissen im Nacken saß Jochen halb aufrecht im Bett, ohne sich zu bewegen, das Kinn auf dem Brustbein, als sei es verrenkt. In seinen Fingern hielt er eine Kippe, die vor einer Weile erloschen sein mußte – ein Ascherest, der nicht zerfallen war, ringelte sich vom verkokelten Filter zum Schlafanzug.

Was in den folgenden Stunden passierte, bekam Konrad vor Schmerz und Verwirrung nur wie durch einen Schleier mit; den Papierkram, den er zu erledigen hatte, um Jochens Heimattransport in die Wege zu leiten; den Anruf bei Nelli in Frankfurt, die an seiner tonlosen Stimme erriet, was geschehen war, und nichts anderes als »nein« sagte, »nein, bitte nicht!«, ohne Konrad zu Wort kommen zu lassen »nein, nein!«; das Auftauchen Marco Marinis am Nachmittag, mit einer Gruppe von Tagungsteilnehmern, die starr und entsetzt vorm Empfangstresen ausharrten, bis sich der Konsulatsmensch verabschiedet hatte, der Formulare und Antragspapiere zusammenraffte, um sie auf den Dienstweg zu bringen. Von den Kollegen umringt, die zu wissen verlangten, ob er an seinem Freund nichts beobachtet habe, nichts Komisches oder Besorgniserregendes, in der Nacht, am vergangenen Tag, bei der Zugreise, kein Anzeichen eines bevorstehenden Herzinfarkts, war Konrad, der wortlos verneinte, dem Weinen nah, besonders als Marco Marini beim Abschied bemerkte, »I can't understand why you haven't heard nothing last night when your teacher and friend disappeared«.

Konrad kam nicht mehr los von der zwanghaften Vorstellung, am Tod seines Freundes mitschuldig zu sein. Jochen war in seinem Beisein verstorben, zehn Schritte entfernt, und er hatte es nicht bemerkt. Dieser Schuldvorwurf schloß sich mit Konrads Erinnerung an den von Granaten zerrissenen Buchbinderbengel kurz, der allein in der russischen Stellung verendet war.

Nelli machte dem Freund keinen Vorwurf, als er aus dem Zug stieg und sie sich am Bahnsteig umarmt hatten, wortlos, mit starren, aschfahlen Gesichtern; freigebig Schuld zu verteilen, beherrschte sie schlecht. In Nellis Augen war sie es, die schuld war. Der Tag um Tag drei bis vier Packungen rauchende, zwanzig Stunden in Arbeit versinkende Ehemann hatte Raubbau an seiner Gesundheit getrieben – und sie hatte es nicht verhindert.

Nellis quirlige Zuversicht, herzliche Neugier und heitere Lebenslust waren vergangen. Sie ließ sich nicht gehen, zeigte eine Beherrschung, die nahezu unheimlich war. Nelli blieb aufmerksam, wollte von Konrad erfahren, ob Ludwig und Lukas versetzt seien oder was Jette, die wieder auf Kur war, vom Aufenthalt im Sanatorium berichte. Sie vergaß seine Antworten nie und blieb hilfsbereit, machte den Vorschlag, den Freund mit dem Auto zur Kurklinik am Melibokus zu bringen, um Jette zusammen zu besuchen. Das war in Begleitung von Nelli gefahrloser, die auf die Tobende beruhigend einwirken konnte. Trotz dieser Aufmerksamkeit schirmte sie sich von Mitmenschen oder Ereignissen ab. Ohne stumpf oder achtlos zu sein, lebte Nelli, alleine und einsam, im Schutz einer Glaswand.

Um sich vom Schmerz nicht zerreißen zu lassen, reiste sie mit der Tochter zu Freunden in Israel, wo man dem Toten zu Ehren einen Baum pflanzte, und verbrachte auf Einladung eines Professors, der vor ewigen Zeiten bei Jochen studiert hatte, zehn Wochen in Delhi, Kalkutta und Bombay. Wieder in Frankfurt, nahm Nelli sich ernsthaft vor, heim an die Elbe zu ziehen, die sie bitter vermißt hatte, und mit Jochens Tod um so schlimmer vermißte. Nellis Umzugsplan scheiterte an einem anderen, sich in den Vordergrund schiebenden Vorhaben, einer Werkauswahl von Jochens Schriften, um die sie energisch mit einem Verleger verhandelte, und mit einem zweiten, als sie mit dem ersten nicht klarkam.

Konrad half bei Erstellung und Gliederung mit, schrieb auf Bitten von Nelli ein Vorwort zum ersten Band, er galt bald als kundiges Sprachrohr des Toten. Er hatte das Erstrecht, wenn es um die Auslegung der Theorien und Erkenntnisse Moosbachs ging. Sich freizuschwimmen, aus Jochens Schatten zu treten, war ein nicht mehr erreichbares Ziel. Konrad nahm alle Studenten von Moosbach an, die promovierten und keinen Betreuer mehr hatten, eine Regelung, die Thomas Meinhart miteinbezog, bei aller Abneigung gegen den Menschen, der sich gnadenlos gegen den Lehrer benommen hatte. Ja, aus Mitleid mit dem Doktoranden, der an seinem schwindelerregenden Anspruch verzweifelte, sagte er Meinhart einen Posten am Lehrstuhl zu, der ab dem kommenden Wintersemester vakant war.

Eine andere Triebfeder war seine Feigheit. Er hatte Beklemmungen vor diesem Mann, der vor Eitelkeit strotzte und grenzenlos selbstgerecht war. Als er von Sticheleien und Spitzen erfuhr, die sich Meinhart vor anderen Studenten erlaubte (der Konrad angeblich als »lauwarmen Aufguß« und »moralphilosophischen Klempner« verspottete), wollte er diese Dinge am Anfang nicht ernst nehmen und lehnte es ab, sich von Meinhart zu trennen. Es dauerte, bis er sich von Jochens Witwe und seinen Assistenten (besonders dem Mannheimer Schlossersohn Habermehl) umstimmen ließ, die von Konrad mehr Klarheit und Strenge verlangten. Meinhart stritt seine Beleidigungen nicht ab, ja verteidigte sie voller Ernst und Entschiedenheit, als rechne er felsenfest mit Konrads Einsicht, als Philosoph eine Niete zu sein.

Und er hatte ja recht, diese Einsicht war Konrad beileibe nicht fremd, war es niemals gewesen. In der ersten Zeit kam er sich ohne den Lehrer und Freund an der Seite verlassen und schutzlos vor, eine Empfindung, die aus einer tieferen, sich seinem Willen entziehenden Bewußtseinsschicht stammte, begleitet von Reue und schweren Gewissensqualen, die mit seiner Hartmuterinnerung verbunden waren – und vom alles zermalmenden Schmerz, den das Ableben Jochens in Alltag und Leben riß. Er fehlte im Lehrbetrieb, auf Konferenzen, bei Kundgebungen oder Gremiensitzungen. Er fehlte als kritischer Geist und politischer Redner, Anstifter von Aufrufen oder Protestaktionen, Tausendsassa, Ideengeber, Ansporn und Vorbild, bescheidender, vertrauter und herzlicher Mensch.

Konrads Soldatengewohnheit, zu trinken, riß bei dieser inneren Anspannung wieder ein, und in einer Handvoll von Monaten nahm er acht Kilo zu. Nein, er war nicht mehr der schlanke und ranke Kerl, der er bis ins Alter von Vierzig gewesen war.

Und mit dem Verlassenheitsschock, den der Tod seines Freundes verursachte, machte er wieder durch, was er mit dem Unfall der Eltern erlebt hatte: von grellen Vergangenheitsblitzen zerrissen zu werden. In einem zwanghaft ablaufenden Traum war er an einem Erschießungskommando beteiligt, das auf zwei Jungs in HJ-Hemden, kniefreien Hosen, mit Halstuch und Schulterriemen anlegte, die unwissend vor einem Grubenrand kippelten, von den Soldaten erschossen ins Erdloch fielen, aus dem sie im Handumdrehen wieder zum Vorschein kamen, krabbelnd, auf allen vieren, als sei es ein Kinderspiel, zum Entsetzen der schleunigst entsichernden Landser, die sie neuerlich abknallten, wieder und wieder, bis Konrad erkannte: Es waren seine Kinder, es waren Ludwig und Lukas, die *er* in die Grube schoß, bis er mit einem bellenden Aufschrei erwachte; oder er nahm vorm Mittelgewichtsmeister Aufstellung, der mit pendelndem Kopf seine Stiefel anstierte. Holzapfel keifte, ob er nicht kapiert habe, was die heilige Pflicht eines deutschen Soldaten sei, bis Sische sein Kinn hob und schlagartig Jochen war, den sie, von Konrad verraten, erwischt hatten, und der mit seinem Gesicht zwischen Leiden und Zuversicht den pommerschen Jungen voller Kummer betrachtete und versetzte: »Du wirst den Befehl nicht verweigern, bei deiner Korrektheit als Mensch und Soldat, der den Kantischen Imperativ nicht vergißt und buchstabengetreu seine Arbeit verrichtet, ich weiß es«, und Konrads Erwiderung: »Das muß ein Versehen sein!«, verhallte in prasselnden Salven vorm Herrenhaus.

In der Wohnung am Holzhausenpark kehrte Ruhe ein, als Jette beschloß, in Berlin zu studieren, und sich in Dahlem ein Zimmer anmietete, eine Ruhe, die auf das Semester befristet blieb und am ersten Ferientag wieder endete, wenn sie voller Galle und Heimzahlungslust auf der Matte stand. Konrad strengte sich an, seinen Haushalt zu schmeißen. Zur Mittagszeit stand er am Herd, um den Jungs warmes Essen zu bieten, wenn sie aus der Schule kamen, und stellte der Einfachheit halber einen Speiseplan auf, der sich wiederholte, von Woche zu Woche, bis allen dreien diese Mittagsmahlzeiten verleidet waren. Er nahm eine Putzfrau, die dienstags und freitags drei Stunden ins Nordend kam, saugte und Staub wischte und es sich zur Aufgabe machte, den Strohwitwer mit aufdringlich plappernder Munterkeit von seiner Niedergeschlagenheit zu befreien. Er kaufte ein, brachte Abfall und Briefe weg, nicht ohne Nelli in Anspruch zu nehmen, die Ludwig und Lukas betreute, wenn er auf Kongresse fahren oder Alma beim Umzug ins Altersheim beistehen mußte.

Seine Beziehung zu Nelli war schwierig, bei aller Vertrautheit, die sie miteinander verband. Konrads Gewissensnot um Jochens Ableben in seinem Beisein war eine der Ursachen – eine andere das Wissen, sich gegen die Freunde nie vollkommen ehrlich verhalten zu haben. Was sie um so heikler machte, war seine sich bald wieder regende erste Verliebtheit. Zu Jochens Lebzeiten hatte er diese Verliebtheit aus seinem Bewußtsein vertrieben, ein Begehren, das kindisch und abwegig war, wenn man wußte, was Nelli und Jochen vereint hatte. Jetzt, nach seinem Tod, machte sie sich aufs neue bemerkbar, voller Befangenheit, Beklemmung und Auflehnung. Konrad kam nicht von der Vorstellung los, sein Begehren sei verwerflicher oder verbotener, als es zu Lebzeiten Jochens gewesen war.

Konrad verbarg diese Anspannung vor seiner Freundin, wenn er sie zu Hause besuchte. Nelli zeigte nicht, ob sie erriet, was im Busche war, und falls sie es mitbekam, fand sie es besser, sich blind zu stellen, als wolle sie alles beim alten belassen.

Oh, er war nicht alleine mit seinem Begehren. Mit Jochens Tod hatte sie einen Haufen Verehrer – Freunde, Genossen und Hochschulkollegen. Sie konnte sich dieser Bewerber nur schwer erwehren, was sie, besonders am Anfang, verbitterte. Ein emeritierter Professor aus Bremen und Linkssozialist, den man in seiner Jugend zwanzig Monate in ein KZ eingesperrt hatte, meldete sich bei der Witwe des Mannes, mit dem er zeit seines Lebens befreundet gewesen war, zur Buchmessenwoche in Frankfurt als Schlafgast an, was Nelli nicht abschlagen konnte und wollte. Erst lud er seinen heimischen Knatsch bei der Freundin ab und anschließend machte er Nelli den Hof, verfolgte sie pausenlos quasselnd von Zimmer zu Zimmer, an den Herd, in den Waschkeller oder zum Briefkasten, ohne sich zu erkundigen, ob sie den Schock halb verkraftet und wieder mehr Lebensmut habe. »Wir zwei passen wesentlich besser zusammen«, bemerkte er seufzend, »als Gretel und ich«, bis sich Nelli, die es nicht mehr aushielt, bis zu seiner Abreise in ein Pensionszimmer rettete.

Mit der Zeit war sie eher belustigt als sauer, wenn sie einen Anbeter abwimmeln mußte. Niemand, der sie nicht kannte, nahm an, sie sei sechzig. Nelli hatte sich Jugend und Frische bewahrt, von der Haut, die nicht faltig war (außer am Hals, den sie in der Regel mit fließenden Stoffen bedeckte), bis zur schlanken Figur, die besonders zur Geltung kam, wenn sie im hautengen Hosenanzug steckte. Wimperntusche und Make-up verwendete Nelli nie und im welligen, haselnußbraunen Haar ließ sich kein silbriger Faden entdecken. Kummer und Leid gingen mit wiedererwachender Lebensbejahung und Zuversicht Hand in Hand, was sie um so tiefer und anziehender machte.

Um eine Frau zu erobern, war Konrad zu unerfahren. In der Regel waren es seine Freundinnen gewesen, die eine Beziehung anbahnten, zu der er nur ja oder nein sagen mußte. Das war bei Nelli nicht denkbar.

Als sie zur Norwegenreise aufbrachen, befreite sich Konrad von dieser Verstrickung mit einem Hieb. Zur Mitternachtssonne am Nordkap zu reisen, war eigentlich der Urlaubsplan Jochens gewesen. Mit seinem Tod hatte Konrad der Freundin versprochen, sie an Jochens Stelle ans Kap zu begleiten. Und an einem Julitag siebenundsiebzig verließen sie Frankfurt in Nellis Renault, hielten sich eine Nacht bei der Schwester in Kiel auf und erreichten am zweiten Tag Frederikshavn, wo sie drei Pensionen am Hafen abklapperten, die der die Reisefinanzen verwaltende Konrad als »preislich vertretbar« betrachtete, und hatten Erfolg bei der vierten, die nicht voll belegt war. Konrad, der am Empfang seinen Namen ins Buch eintrug, drehte sich knapp zur Begleiterin um, die vorm Hallenspiegel stand und sich ordnend ins Haar griff, und verlangte mit heiserer Stimme zu wissen (ohne Mut, seine Hamburger Freundin fest anzuschauen): »Was meinst du, soll ich uns ein Zimmer mit Doppelbett oder zwei Einzelbettzimmer bestellen?« – »Zwei Einzelbettzimmer«, versetzte sie atemlos.

Nach der Heimkehr aus Norwegen lernte er auf dem Geburtstagsfest eines Historikers, das sich als Stehparty mit kalten Platten entpuppte, eine Frau kennen, die Anfang Dreißig war, flachbusig, langbeinig, blond, sommersprossig und schlagfertig. Bereits gegen Mitternacht saß sie auf seinem Schoß, im Gastgeberschlafzimmer, das als Garderobe Verwendung fand. Sie hieß Rosemarie (alle Welt rief sie Rose), arbeitete in der Erwachsenenbildung bei der Evangelischen Kirche im Taunus, wo sie in der Akademie von Bad Soden Vortragsreihen, Seminare und Workshops ausrichtete, war belesen und sprachbegabt, heiter und burschikos und leitete zielstrebig Konrads Eroberung ein, trotz der Annahme, Nelli und er seien verheiratet. In dieser Nacht wußte sie, was sie vom Leben verlangte. Und als er teils ehrlich, teils vorbeugend beichtete, es in der Liebe an Treue vermissen zu lassen, betrachtete sie das als Wink mit dem Zaunpfahl, er sei nicht der Mann, der ein Seitensprungangebot ablehne, und beteuerte, eine moderne Person zu sein, die keine Eifersucht kenne.

Nelli, die gegen Mitternacht aufbrechen wollte, fand den Freund in den wimmelnden Zimmern nicht wieder, und ließ sich den Mantel vom Gastgeber bringen, der zwinkernd bemerkte: »Ich weiß, wo er steckt, mein verehrter Kollege schmust mit einer Dame im Schlafzimmer. Wir kennen unseren Freund ja, nicht wahr, meine Liebe?, wenn er sich verrennt, kann man leider nichts machen.« – »Wir halten den Daumen«, erwiderte Nelli und eilte zum Treppenhausfahrstuhl.

XII

Aus dem Geschichtenheft von Konrad Kannmacher

Das ist ein Versehen, es muß ein Versehen sein!

Um ehrlich zu sein, ist mir schleierhaft, warum man mich im vergangenen Juni verhaftete. Ich war erst vierzehn, ein Flegel und Tunichtgut, der sich im glasklaren Bachwasser ausstreckte und einen Kiesel von Backe zu Backe schob. In den von der Ostsee anlandenden Wolken, die sich miteinander vermischten und trennten, erkannte ich Ozeandampfer und Haifische, fliegende Echsen und See-Elefanten, Kamelkarawanen, Beduinen und Oasen, Indianer und Tomahawks, Flinten und Postkutschen, oder mir aus Freiwalde vertraute Gestalten, von unserem auf seiner Kanzel im Gotteshaus Speichel verspritzenden Prediger Priebe bis zu Onkel Riensberg in schniekem SA-Aufzug, der seiner Wampe zu Straffheit und Schneid verhalf, Minna, die Dienstmagd vom Pyritzer Hof, die mit klaffender Bluse im Schneidersitz vor mir im Gras hockte, und Julchen Scholl von der Schollziegelei, die voller Verachtung ihr schnippisches Kinn in die Luft reckte – bis sich ein Boxergesicht aus den Wolken schob, niedrige Stirn, stumpfe Nase und Strichlippen, das flacher war als unsere Pommersche Seenplatte. »Aufstehen! Mitkommen!« pflaumte der Kerl mich an, und als ich nicht hopplahopp aufsprang (was meiner Verwirrung verschuldet war und keiner Bockigkeit), packte er mich mit der Pranke im Nacken und bugsierte mich zu einem am Feldrand mit laufendem Motor bereitstehenden Automobil. Ich fand keine Gelegenheit, in meine Sachen am Ufer zu steigen, und landete splitternackt auf in Lederzeug steckenden Knien.

Oh, es dauerte, bis ich ein Fleckchen zum Sitzen fand und schlotternd meinen schrumpeligen Pinsel bedeckte, zu mutlos, um mich an die redescheu rauchenden Boxergesichter zu wenden und wissen zu wollen, was man mit mir vorhabe. Ja, alle vier in der stickigen Kiste, die mit Volldampf zur Beelkower Landstraße bretterte, hatten niedrige Stirnen, breite Nasen und Strichlippen, strohgelbe Haare und pockenvernarbte Haut, als seien es eineiige Vierlinge. Man mußte sie nahezu mit einer Lupe studieren, um sie auseinanderzuhalten, sei es an einer Warze am Kinn, einem fehlenden Fingerglied oder einem Sprung in der Lippe.

Mit verbundenen Augen und nackt stieß man mich aus dem Automobil, als wir endlich am Ziel waren, und trieb mich mit Hieben auf Schenkel und Pobacken in einen endlos verwinkelten Kellergang. Mir schauderte bei unseren hallenden Schritten – acht knallenden Stiefeln, als seien es Hunderte – und den wimmernden Stimmen, die von allen Seiten kamen, zu schweigen vom scharfen Geruch, der mich anwehte, aus schimmligem Mauerwerk, Kot und Urin.

In einem schummrigen Saal, der am Ende im Nichts versank, schob man mich in einen Lehnstuhl, auf dem man mir Lederriemen anlegte. Meine Begleiter entfernten sich wortlos. Ich zerrte verzweifelt an Gurten und Stuhlbeinen (die in den Hallenboden einbetoniert waren) und lauschte den Schreien aus benachbarten Hallen, bis sie erstarben und grauenhafte Ruhe einkehrte. Als sich ein quietschender Riegel bewegte und Stiefel im Saal knallten, zuckte ich hoch. »Das ist ein Versehen! Es muß ein Versehen sein!« plapperte ich in das Boxergesicht mit der niedrigen Stirn, platter Nase und Strichlippen, das sich dicht vor das meine schob und sein Gebiß bleckte (und einen beachtlichen Schneidezahnspalt zeigte, anders als bei den Kerls in der stickigen Karre).

»Laß man, Freundchen, Versehen kommen bei uns nicht vor, unsere Sicherheit macht keine Fehler, verstanden?«, sein Atem, der mir ins Gesicht schlug, stank ekelhaft, »du wirst mir vertellen, was du auf dem Gewissen hast, ohne Abstriche, alle Verfehlungen von A bis Z, und wenn das erledigt ist, kannst du dich schleichen. Wenn nicht«, er entfernte sein Boxergesicht und betrachtete mich voller falschem Bedauern, knackte zum Warmwerden mit seinen Fingern, die krachten und sprangen, als seien sie aus Eisen, »werde ich dich zu Hackfleisch verarbeiten, Kleiner. Du bist bereits nackt, was von Vorteil ist, in verschissenen Sachen zu stecken ist ekelhaft. Und ich muß nicht erst deinen Hosenstall aufreißen, um an deine Eier zu kommen, wenn ich sie zerquetschen will.« Aus dem knielangen Mantel nahm er eine Zange, die er mir zum Riechen und Schmecken an Lippen und Nase hielt.

Es hatte keinen Zweck, vor dem Boxergesicht zu beteuern, es sei ein Versehen, das war mir klar, und ich kramte besessen in meiner Erinnerung, um alle Dinge zum Vorschein zu bringen, die mein Flegelgewissen als Frevel betrachtete. »Ich schreibe ... ich meine ... bei Klassenarbeiten in Mathematik von meinem Banknachbarn Hartmut ab«, versetzte ich mau in den schummrigen Saal – im Boxergesicht herrschten Niedrigwasser und Flaute. »Ich habe Jule, Sie wissen, der Tochter vom Ziegelwerk Scholl, aus der Badekabine am Strand eine fleckige Buchse entwendet.« Wieder zuckte im Boxergesicht keine Wimper. »Na ja, wenn ich ehrlich bin, wichse ich permanent«, bekannte ich schluckend, »im Meer, in der Schulbank, beim Zeltlager auf der Latrine, ich weiß nicht wo, bis mir das Mark aus den Knochen spritzt.« Wieder hatte ich nichts erreicht, ausdruckslos stierte das Boxergesicht in die schummrige Hallenluft. »Und ich treibe Unzucht mit Minna, der Knechtstochter, die in Freiwalde als Polenbalg verschrien ist! Und ich hasse es, wenn man uns Hitlerjungen auferlegt, Spargel zu stechen und Knollen zu ernten, dieses ewige Kniebeugemachen, Marschieren und Fahneneidleisten, zum Teufel!« versetzte ich fuchtig (aus schierer Verzweiflung).

Mit dieser Beichte erzielte ich nur einen Wutausbruch. »Das ist es nicht«, tobte das Boxergesicht, »willst du mir meine wertvolle Zeit stehlen, du Milchbart? Wenn ich dir deine Eier zu Brei quetsche, wird dir das Wichsen auf Dauer vergehen, kapiert? Du stammst aus einer Judenfreundsippe, mein Freundchen, ich weiß, was man in euren Kreisen im Sinn hat«, und er knallte mir mit seiner Hand auf den Hinterkopf.

Bei den Sternchen und Sternennebeln vor meinen Augen fiel mir nicht mehr ein, was ich einbekennen konnte, und ich schwindelte los, ohne Sinn und Verstand, um vor dem Vierschrot von Mann ein Komplott aufzudecken, das von schwindelerregenden Ausmaßen war, ein Attentat auf unseren pommerschen Gauleiter, in das ich, nicht faul, halb Freiwalde verwickelte, Friedhofsverwalter und Volksschuldirektor, Justizinspektoren und Gastwirt Kempin, unseren Prediger und meine Bohnenstangentante. »Alma Riensberg? Warum Alma Riensberg? Wir kennen deine Tante als treues Parteimitglied«, schnaufte der Boxer mit hochroter Birne. – »Das ist Tarnung«, versetzte ich schlingernd, »nicht anders als bei Pastor Priebe und Gastwirt Kempin, die sich alle als stramme Parteileute ausgeben, Nationalsozialisten und Hitlerverehrer, um keinen Verdacht zu erregen, verstehen Sie? Wer kann im Reich, unbemerkt vom Reichssicherheitshauptamt, ein Attentat planen und umsetzen, wenn nicht ein angeblich Hundertprozentiger?« bemerkte ich schlotternd und mit einem letzten Rest vorlauter Spitzfindigkeit. »Und was hast du mit der Sache zu schaffen?« verlangte der Bulle mit hochroter Birne zu wissen. »Meine Aufgabe war es, den Sprengstoff ... ich meine, wenn unser HJ-Trupp vorm Gauleiter antritt ...« – »Verstehe«, versetzte der pockenvernarbte Kerl, »du solltest den Sprengstoff beim Podium abstellen ...« – »Alma hat mich erpresst, mit dem Polenbalg, wissen Sie? Wenn ich nicht mitmache, werde Freiwalde von meiner abscheulichen Unzucht erfahren.« – »Ich wußte, du steckst bis zum Hals in der Scheiße. Und es ist mein Verdienst, wenn man dich nicht an den Ohren zum Galgen schleift, ist dir das klar, Junge?« Ich beeilte mich, lebhaft zu nicken. »Zum Dank darfst du mir meinen Stiefel ablecken«, eine Erlaubnis, der ich mich mit Hingabe widmete, als seine schmutzige Sohle vor meinem Gesicht schwebte. Er steckte das Folterding in seinen Mantel, um mit knallenden Stiefeln ins Freie zu rennen, wo er in alle Richtungen Befehle erteilte, die auf dem verschlungenen Zellengang verhallten.

Und vor Sonnenuntergang streckte ich mich im Bachbett aus und schob einen Kiesel von Backe zu Backe. In den von der Ostsee anlandenden Wolken, die sich miteinander vermischten und trennten, erkannte ich ausnahmslos Boxergesichter mit niedrigen Stirnen, breiten Nasen und Strichlippen, strohgelben Haaren und pockenvernarbter Haut, die flacher waren als unsere Pommersche Seenplatte, als stammten sie aus einem maßlosen Ei. Und es kam in Freiwalde zu Massenverhaftungen, von St. Marien bis zum Volksschuldirektorhaus, dem Kempinschen Lokal bis zur Siedlung am Kopfberg, wo man meine Bohnenstangentante um drei in der Nacht aus dem Bett zu einem Automobil schleifte. In Nachthemd und Haarnetz krakeelte sie wieder und wieder »Sieg Heil!«, bis man sie mit einem Knebel verarztete. Prediger Priebe, der trottlige Sabbergreis von St. Marien, war der erste der siebenundzwanzig Verhafteten, der sich, salbungsvoll, hochtrabend, ernst und erhaben, als rechne er mit einem Ehrenabzeichen, zum Gauleiteranschlag bekannte. In seinem Schwachsinn bezichtigte er siebzig andere Schafe aus seiner Gemeinde, fromme Bauersfrauen, Altsitzerinnen und Hebammen bis zum Ortsgruppenleiter und Konrektor Wilhelm Pooch, an den Attentatsplanungen gegen den Gauleiter »mit Herz und Seele« beteiligt gewesen zu sein.

Mit seinem Bekenntnis blieb er nicht allein. Bald knickten Gastwirt Kempin und der Volksschuldirektor ein, Justizinspektoren und Friedhofsverwalter, die Prediger Priebes Verschworenenliste beglaubigten, nicht ohne von sich aus mit Namen zu dienen, um sich Gnade und Mitmenschlichkeit zu erkaufen (was bei den Boxergesichtern vergeblich war), und wiederum kam es zu einer Verhaftungsnacht, in der man knapp hundert auf Lastwagenpritschen verladene Bewohner Freiwaldes verschleppte, was keinen der Nachbarn besonders beunruhigte, die an Bauersfrauen, Altsitzerinnen und Hebammen bis zum Ortsgruppenleiter und Konrektor Wilhelm Pooch bereits komische Dinge bemerkt haben wollten (krumme Nasen, abstehende Ohren oder krauses Haar, kriecherisches Benehmen und befremdliche Ansichten).

Wer stur und bockig blieb, war meine Tante. Nichts, absolut nichts ließ sich Alma entlocken, die alle Fausthiebe, Quetschungen und was weiß ich mit einem gellenden »Heil Hitler!« erwiderte, bis man sie in ein Irrenhaus einsperrte, wo sie in Zukunft den Pflegern das Leben zur Qual machte.

Mein erfundenes Attentatsseemannsgarn, das halb Freiwalde in ernste Verlegenheit brachte, zagte und nagte an meinem Gewissen. Unsicher, ob ich nicht eingreifen sollte (was mir nichts anderes einbringen konnte als Scherereien, auf die ich begreiflicherweise nicht scharf war), konnte ich keine Entscheidung mehr treffen, als mich ein Boxergesicht aus dem Bach scheuchte, wo ich einen Kiesel von Backe zu Backe schob und in den das Festland erreichenden Seewolken fliegende Echsen und Ozeandampfer, Kamelkarawanen und Indianer erkannte. »Aufstehen! Mitkommen«, pflaumte der Kerl mich an. Komischerweise erlaubte er mir, meine Sachen zusammenzuraffen, die ich kreuz und quer auf dem Ufergrasabhang verstreut hatte, und mich ins zu enge HJ-Hemd zu pfropfen, dem ich in diesen Wochen entwachsen war. Ich durfte mir Halstuch und Schulterriemen umlegen, mein Messer einstecken und mich kurzbehost auf den Beifahrersitz des am Feldrand mit laufendem Motor bereitstehenden Automobils setzen (eine Hand riß mir schwungvoll den Wagenschlag auf), wo man mir eine brennende Sumatra reichte.

Ich war zu mutlos, um mich zu erkundigen, ob das meine Henkerszigarre vorm Gang auf den Galgen sei. Wir bogen mit Volldampf beim Schloßweiher ein, um in rasendem Tempo zum Marktplatz zu preschen, wo wir vor den Hansabrunnen rollten und stehenblieben. Wieder riß eine Hand meinen Wagenschlag auf, und ich brannte mir mit meinem Stumpen ein Loch ins

Hemd, als ich aus dem Automobil stieg (es war mehr ein Taumeln und Stolpern als Aussteigen). Von einem Galgen entdeckte ich nichts, alles andere paßte zum Rummel, der Urteilsvollstreckungen fidel und berauschend macht: Von Haffendahl juniors knatternden Spielmannszug bis zur Menge, die mich auf dem Platz in Empfang nahm, nicht ohne mit Hakenkreuzwimpeln zu winken und vor mir eine jubelnde Gasse zu bilden, die vor der Kempinschen Gastwirtschaft endete. Auf den Stufen zum Bierlokal stand eine Abordnung aus grauen Reichssicherheitshauptamtvertretern, forschen SS-Offizieren und beleibten Parteibonzen, um die eine Wolke aus scharfem Kartoffelschnaps wehte. »Das ist ein Versehen, es muß ein Versehen sein«, versetzte ich bang, als der pommersche Gauleiter seine Arme ausbreitete und auf mich zukam. Er ergriff meine Hand mit der Henkerszigarre, zu schwungvoll und blind, um sich nicht zu verbrennen (und preßte vor Schmerz seine Lippen zusammen), begleitet von einem Adjutanten, der vor seinem Bauch ein mit Samtstoff bezogenes Kissen hielt, auf dem mich ein blitzender Reichsorden blendete.

Und der pommersche Gauleiter hielt eine Ansprache (mit seiner metallischen Stimme, die kein Mikrophon brauchte) vor der in ergriffenes Schweigen versinkenden Menge (der mein peinlicher Schluckauf bestimmt nicht entging): »Volksgenossen!« krawallte der Gauleiter, »am heutigen Tag ehren wir einen Hitlerjungen, der unseren Reichslenker Hitler vor einem gemeinen Verbrechen bewahrt hat.« – »Sie verwechseln mich«, sagte ich flau, ein vom Gauleiter nicht im geringsten beachteter Einwand, und sein Adjutant, der mir hart auf die Zehen trat, zischelte: »Ruhe, Mann. Strammstehen und Maul halten. Verwechslungen kommen bei uns nicht vor, ist das klar?« Ich beeilte mich, lebhaft zu nicken, und hickste. »Alfred Kannmacher«, heulte der pommersche Gauleiter, »setzte sein Leben aufs Spiel, als er unsere lauen und verschlagenen Feinde belauschte, alles Judenmarxisten und Kriegsgegnerabschaum, die im blubbernden Sumpf der Kraut-Glawnitz zusammentrafen, in Friedhofskapelle und Badekabinen, auf Dachspeichern oder im Gastwirtschaftsplumpsklo, und Adolf Hitler mit Sprengstoff beseitigen wollten. Dieser Bengel und Lauser belauerte sie, bis er alle beteiligten Spießgesellen kannte. Er spitzelte, linste und schielte, bis er mit dem Anschlagsplan hundertprozentig vertraut war. Und mit diesem Wissen kam Alfred zu uns. Ein Hoch auf den pommerschen Hitlerjungen Alfred, der aus nationalsozialistischer Treue schweren Schaden von unserem Vaterland abwandte.« – »Hoch«, tobte der Marktplatz Freiwaldes, »er lebe hoch!«, und in der Menge erkannte ich Kalle Stoph, der vor Schwung seinen Hakenkreuzwimpel verzehrte, den vor Schande und Neid in der Erde versinkenden Ortsgruppenleitersohn Ferdinand Pooch (mit seinem verhafteten Vater brach Ferdinands Welt zusammen), Erwin, der diese Gelegenheit nutzte, um einer Ische an Titten und Hintern zu fassen und mit seiner Latte den Vordermann piesackte, meinen Schulkumpel Hartmut, der feixte und prustete, wenn mir wieder ein gellender Hickser entwich, den die auf dem Marktplatz versammelten Menschen mit einem entflammten »Heil Hitler!« erwiderten, und meinen Vater, der finster und steif wirkte, als denke er an seinen Zuchtstock am Kachelherd, mit dem er mir meinen Hintern versohlen werde, wenn ich erst wieder daheim sei, wo er kommandierte.

Nein, ich kehrte nicht zu meinem Vater und seiner am Kachelherd lehnenden Zuchtrute heim. In den kommenden Wochen und Monaten sollte ich andere Kommandos befolgen als seine. Man schaffte mich in einer Luxuskarosse zu einer im Spreewald versteckten Kaserne, wo man junge Kerle zu Boxergesichtern ausbildete. Ich bewohnte einen Trakt, von den anderen entfernt, der mit Abstand bequemer und wirtlicher war. Unsere Gruppe war ausersehen, Deutschland als Meisterspione zu dienen. Und ich erwies mich als echte Begabung, die man, als zehn Monate um waren, mit einem Auftrag in Feindesland schickte. In den kommenden Jahren umrundete ich die Welt, von Woche zu Woche mit anderem Namen und Ausweisen. Ich jagte britische Kriegsschiffe in die Luft und Hangars mit bombenbeladenen

Flugzeugen, war Kellner bei Churchill und Butler im Weißen Haus und kopierte geheime Papiere. Ich trank Scotch oder Erdbeerbowlen, lebte auf großem Fuß und eroberte zehntausend Frauenherzen, was ein bedeutsamer Teil meiner Arbeit war (um von meinen Liebhaberinnen zu erfahren, was man zu Hause in Botschafter- oder Politikerschlafzimmern redete). Unzucht mit Damen zu treiben, die anderer Rasse waren, war einem Meisterspion erlaubt, eine Befugnis, von der ich mit Eifer Gebrauch machte. Oh ich versank in den Schenkeln von Russinnen, Serbinnen, Griechinnen und Italienerinnen, Britinnen und Amerikanern. Die einen waren feurig, die anderen knickerig, bereuen mußte ich meinen großdeutschen Einsatz nie. Ich trieb es mit gelben und milchkaffeebraunen Frauen, selbst mit den verbotensten Rassen und Hautfarben, um der nationalsozialistischen Heimat zu dienen.

Heimwehempfindungen kannte ich nicht, bei den tausend Gefahren, die ich ausstehen mußte, einem Leben, das quirlig und aufregend war. Erst mit dem Endsieg (an dem ich beteiligt war, als ich dem bettreifen Roosevelt Papiere vorlegte, die er ahnungslos mit seinem Otto versah und Amerikas Kriegshandlungen umgehend einstellte) fiel mir mein pommerscher Ostseestrand wieder ein, Buchbinderbengel und Damenschneiderschlingel, von Mutter und Vater zu schweigen. Man erlaubte mir, in meine Heimat zu reisen, was ich als Großdeutschlands Meisterspion heimlichtuerisch anstellen mußte. Schweren Herzens schlich ich in der Nacht um mein Elternhaus, aus dem die Stimmen von Mutter und Vater drangen und die meiner Schwester, die nah und vertraut waren und mir ein schlechtes Gewissen bereiteten, klinkte den Holzschuppen in unserem Garten auf, wo ich voller Kummer und Niedergeschlagenheit einschlief, um erst bei Sonnenaufgang zu erwachen, als meine Mutter bereits auf den Beinen war. Zum Feuerholzholen kam sie in den Garten und wir stießen vorm Schuppen zusammen, den ich grade verließ. »Wer sind Sie?« versetzte sie japsend und hielt eine Hand vor die Lippen, als sie mich erkannte, »mein Junge, mein

Lauser, mein Sonntagskind«, seufzte sie und umarmte mich mit einem Schluchzen. Entsetzt und verzweifelt riß ich mich von Mutter los, um Leine zu ziehen, und heulte von Sinnen: »Es ist ein Versehen, das muß ein Versehen sein!«, und rannte mit hechelndem Atem zum Bahnhof, wo ich auf den Pfiffe ausstoßenden Schnellzug sprang.

XIII

1989

Schwarze Hexen

Langeoog, 1. November

Unsere Fahrt bis Ostfriesland steckt mir in den Knochen. Heute erstreckte sich Roses Verdacht, man verfolge uns, auf alle Wagen, die schwarz waren, nicht mehr auf besondere Kennzeichen oder Modelle, das Kasseler oder das Taunuskreisnummernschild, Opel, Renault oder Ford. Ich erkundige mich nicht mehr, wer uns observiert, ich kenne ja Roses Erwiderung, das seien Leute vom Drogenkartell in Kolumbien, sizilianische Mafia oder der BND (und das bei den biedersten Autoinsassen, von Beamtengesichtern und wasserstoffblonden Damen bis zu Familien mit Kindern). Es ist zwecklos, von Rose erfahren zu wollen, was das Drogenkartell mit uns vorhaben soll. Sie schweigt sich nur vielsagend aus oder fordert mich auf, sie in Ruhe zu lassen. »Es ist zu schwierig, ich kann es nicht sagen«, eine andere Antwort bekomme ich nie. Dieses »schwierig« bezieht sich nicht auf Roses Krankheit, von der sie keinen Schimmer hat oder nicht haben will, es bezieht sich auf dieses verwickelte Hirngespinst, das sich einer logischen Operation verdankt, die von vollkommen falschen Voraussetzungen ausgeht.

Bei Kassel rast Rose, verbissen und reizbar, mit zweihundert Sachen bergauf und bergab, um bald wieder vom Gas zu gehen und zu verlangsamen, bis wir mit dem VW auf der Seitenspur schleichen, unbeeindruckt von meinen Ermahnungen und

Bitten, diesen Schietkram zu lassen und wieder normal zu fahren.

Es ist auf der Landstraße, unweit von Jever, als sie sich einem Saab an die Stoßstange heftet, mit einem breitschultrigen Menschen vorm Steuerrad, einem Kerl um die Dreißig, der fuchsrotes Haar hat und eine Minute mit uns vor der Ampel steht. Keine Ahnung, ob er sie bei dieser Gelegenheit anstarrt – das gibt Rose am Ende vor den Polizisten an –, ich schere mich nicht um den Knaben am Steuerrad, dem sie ab der Ampel beharrlich und zielstrebig folgt. Bei der Jagd muß sie auf hundertdreißig beschleunigen, um dem alle Geschwindigkeitsgrenzen mißachtenden Saab auf den Fersen zu bleiben. Sie brettert besinnungslos in einen Kreisverkehr und bremst einen Schwerlaster aus, der uns beinahe zermalmt, ignoriert zwei Ampeln, die vor uns auf Rot schalten, und um einen Auffahrunfall zu vermeiden, mit einem zwischen uns und dem Saablenker bummelnden Vordermann, schießt sie auf den Fußweg und schafft es nur knapp, einer Frau auszuweichen, die mit einem Kleinkind im Schultertuch panisch beiseite springt. Ich klammere mich an den Haltegriff, herrsche sie an – eine Wand anzuschreien ist ergiebiger.

Vor Bensersiel stoppt uns eine Verkehrsstreife, die der fuchsrote Saabmensch benachrichtigt hat (wir erfahren, er ist Polizist in Zivil). Man verlangt Roses Lappen und unsere Ausweise, ersucht uns bestimmt, aus dem Auto zu steigen, eine Aufforderung, der sich Rose verweigert. Sie bleibt entschlossen vorm Steuerrad hocken, bis man sie aus dem Wagen zerrt. Anschließend kommt es zu einem Gerangel, was einen der Streifenbeamten veranlaßt, Rose mit seinem Paar Handschellen wehrlos zu machen. Ich will eingreifen, Rose in Schutz nehmen und sage nichts, als man sie vor meinen Augen vom Volkswagen zum Polizeiauto schleift.

Was mich aus der Fassung bringt, ist meine Ohnmacht. Sie erinnert mich blitzartig an eine Jugendschuld. Ich komme aus Kolberg, wo ich meine Kriegsdienstverpflichtungszeit bei der Marine ableiste, um zwei Wochen Heimaturlaub zu verbringen, und treffe aus Zufall auf Minna. Minna Bronek ist Dienstmagd beim Pyritzer Bauernhof und in Freiwalde als »Polenbalg« verschrien (in Wahrheit war nur Minnas Ziehvater Pole), mit dem sich ein Deutscher nicht einlassen darf. Daß ich etwas mit Minna gehabt habe, habe ich tunlichst vor meinen Kameraden verheimlicht. Und jetzt halte ich mich mit drei Kumpels am Marktplatz auf, als sie Louis Kempin frische Eier anliefert, der sie auf seiner Gastwirtschaftsschwelle zur Sau machte, ohne Anlaß, aus purer Gemeinheit. »Du slawisches Luder, du polnische Hure!« Ich stehe zwei Schritte abseits und blinzele in eine andere Richtung. Meine Kumpel umringen sie feixend, als sie mit der Handkarre losscheesen will, und verlangen, das Polenbalg solle sie reihum befriedigen. Und ich greife nicht ein, trotz des Widerwillens, den ich empfinde. Es ekelt mich vor meinen Kumpels und mir, meiner Feigheit und meiner Verlogenheit. Teils aus Scham, teils aus Anstand und um meiner Ehre willen (ach, dieser scheiß Ehrbegriff, der uns im Leib steckte!) schicke ich Minna drei Zeilen, um mich zu entschuldigen, nicht ohne sie wissen zu lassen, sie sei nicht der richtige Umgang, das sehe sie sicherlich ein.

Mir waren diese ollen Kamellen total entfallen (nein, ich habe sie zu meinen Gunsten vergessen), und schlagartig peinigen sie mein Bewußtsein, als wiederhole sich alles mit Rose, die nicht neben mir gehen will, als wir mit unseren Koffern zur Anlegestelle marschieren, zu Fuß, sie hat zeitweise Fahrverbot, und unser Volkswagen bleibt auf der Wache im Hof. Geduld und Verbindlichkeit waren erforderlich, um den Streifenbeamten begreiflich zu machen, Rose sei krank, ohne krank zu erscheinen, und leide bisweilen an Verfolgungswahn, was sie von Schuld und Verantwortung freispreche. Sicher, ich konnte kein Gutachten vorlegen, um meine Angaben glaubhaft zu machen (sich zu weigern, von einem Psychologen behandelt zu werden, ist zwingender Teil einer Krankheit, bei der sie sich hundertprozentig normal vorkommt und eine Behandlung als Schliche verkennt, die dem Zweck dient, sie erst in den Wahnsinn zu treiben), trotzdem nahmen sie mir meine Geschichte am Ende ab, was ich, wer weiß, meinem Titel verdanke, den ich nebenbei, voller Widerwillen, einfließen ließ (es ist zum Kotzen, wenn man den Professor spielen muß).

Unsere Ferienwohnung beim Wasserturm haben wir erst gegen zehn in der Nacht erreicht. Wir leisteten bei der Vermieterin Abbitte, die es ostfriesisch bedachtsam nahm. Auf der Schiffsfahrt zur Insel sagt Rose kein Sterbenswort und schweigt mich seit Stunden beharrlich und duster an.

Langeoog, 2. November

Wenn ich es richtig bedenke, ist Roses Erkrankung bereits offensichtlich gewesen, als wir in Paris, frisch verliebt, eine Woche verbrachten. Das war zur selben Zeit, als RAF-Leute Hanns-Martin Schleyer verschleppt hatten, den sie zum Schluß nicht weit weg, in Nordfrankreich, ermordeten. Sicher, im Fieber, das Deutschland erfaßt hatte, diesem Klima aus Mißtrauen und Unsicherheit, einer Stimmung, die uns an die Seine begleitete, wirkte der Argwohn bei Rose plausibel, ja rational. Bei Karlsruhe kommt es zu einer Kontrolle. Ein Polizeiposten winkt uns aus dem Verkehr und kontrolliert unsere Ausweise. Von Maschinenpistolen im Anschlag umringt, stehen wir Hand in Hand auf dem Parkplatz und schauen dem Treiben zu, als man Koffer und Pkw ausgiebig filzt. Mit diesem Vorfall auf unserer Reise kann ich Roses Verdacht, man beobachte uns in Paris, nicht als fixe Idee abtun, um so mehr, als ich, an meine Siefertgeschichte erinnert, nicht vollkommen ausschließen kann, auf einer Verfassungsschutzliste vermerkt zu sein.

Wenn sie nicht ins Taxi stieg, das wir bestellt hatten (ohne sagen zu wollen, warum sie ein anderes bevorzugte), was mich in einen peinlichen Streit mit dem Fahrer verwickelte, der mich als Arschloch und Rose als Schlampe beschimpfte, oder nicht mehr in »unser« Bistro gehen wollte, das, nahe der Sorbonne, von studentischem Publikum frequentiert, schmackhafte Speisen zu niedrigen Preisen bot, lieber Umwege lief, als sich in eine Twiete zu wagen, die sie als »bedenklich« betrachtete (was an dieser Twiete bedenklich sein sollte, verriet sie nie), schob ich das alles auf Roses begreifliche Anspannung in diesen Tagen der Geiselhaft Schleyers und der von einem Terrorkommando gekaperten Boeing, von der wir an der Seine aus der Zeitung erfuhren. Sie ist der empfindsame Teil von uns beiden, bemerkt Alltagsereignisse, Dinge und Menschen, die meinem Bewußtsein entgehen.

Sicher liegt es an meiner Beobachtungsplumpheit, daß mir erste Krankheitsanzeichen bei Rose entgangen sind, teils an der Heiterkeit, die sie beherrschte (mit der seelischen Finsternis, von der sie heute bezwungen wird, absolut nicht zu vergleichen), teils am sinnlichen Taumel, den wir an der Seine erlebten, einer Zeit voller Hingabe, Liebe und Lust. An der Seine konnte ich mich vom Kummer (um Jochen und meine vermasselte Ehe) befreien. Und dieser Rausch hielt an, als wir zusammenzogen und uns bei Kronberg im Taunus ein Haus kauften, wo ich dem stickigen Frankfurt entkam und mir einredete, es seien Roses Hormone, als sie sich von den Arbeitskollegen bedroht vorkam (erst von zweien, bald von dreien und am Ende von allen neun) – mit meiner Begriffsstutzigkeit muß es einer erst aufnehmen!

Langeoog, 3. November nachts

Dritter Tag, an dem Rose mich anschweigt. Wenn ich sie bitte, mit mir an den Strand zu kommen, um einen Spaziergang am Wasser zu machen, erwidert sie nichts und vertieft sich ins Ketzerbuch. Oder sie glotzt ohne Antwort zur Mattscheibe, die sie gegen sieben beim Aufstehen einschaltet, um sich keine Meldung entgehen zu lassen, wenn sie sich in der Kochecke Teewasser aufsetzt. Was sich in Ost-Berlin oder Leipzig ereignet, sind

Entwicklungen, die Rose in Panik versetzen – Rose, die nie Kommunistin gewesen ist! Sie war linksliberal, als wir beide zusammenkamen, und allem marxistischen Denken zum Trotz, mit dem sie in unserer Beziehung Bekanntschaft schloß, fand sie den Staatssozialismus im anderen Teil Deutschlands berechtigterweise abscheulich. Sicher, ich kann Roses Aufruhr verstehen. Mit dem Zusammenbruch, an dem wir teilhaben, tritt der Kapitalismus den Siegeszug an und wird seinen Prinzipien (Prinzipien, die an sich moralfrei sind) weltweite Geltung verschaffen, gegen die man mit kritischem Denken nicht ankommt.

Ach was. Ich verfehle sie wieder mit meiner Vernunft, nicht anders als bei unserem Aufenthalt an der Seine, als ich die Schleyer-Verschleppung verantwortlich machte, wenn meine Liebste in stummem Entsetzen versank und in unserem VW eine Bombe vermutete (ach nein, das war bei unserem zweiten Parisbesuch, ich mußte ein amerikanisches Ehepaar ansprechen, das mit uns im Hotel an der Rue Pierre Nicole wohnte, und der junge Historiker machte kein Aufhebens, setzte sich vor das Steuerrad und ließ den Wagen an, mit Zustimmung Roses, die bleich in der Lobby blieb, als sei es normal, wenn es an unserer Stelle einen Ami trifft). Rose meint eine dunkle Macht zu erkennen, eine finstere Kraft, die das Gute vernichten will, schwarze Hexen im Pentagon und von der Wallstreet. Oder es ist eine kosmische Herrschaft, die Chaos und Grauen verbreitet … diese Herrschaft ist nichts als der Abgrund in Rose, was mich hilfloser macht, als ich jemals gewesen bin (außer im Krieg, das mag sein).

Sie bricht alleine auf, wenn sie zum Strand gehen oder ans Ostende Langeoogs wandern will, zur Seehund- und Vogelbeobachtungsplattform, und wartet, bis ich aus dem Haus bin. Heute sind wir uns aus Zufall begegnet (sie kennt keinen Zufall, sie kennt nichts als Absichten, Machenschaften, Komplotte, Intrigen, ich weiß nicht was) bei der Meierei, und sie weicht in die Donnen aus, als ob ich ein wildfremder Mensch und »bedenklicher« Mann sei. Empfindung von schwindelerregender Leere, als sie in den Strandhafer rennt.

Von den Dingen, die ich koche, nimmt Rose nichts zu sich, ich muß meine Gerichte alleine verzehren (vom Krabbensalat bis zu Hummer und Aalsuppe), als seien sie planvoll vergiftet. Es ist beileibe nicht neu, daß mich Rose bezichtigt, ich wolle sie mit meinem Essen vergiften. Daheim hat sie sich einen verschließbaren Eisschrank besorgt, und wenn ich mir meine Konservenkost warm mache (ich habe keinen Bock, mich allein zu bekochen), steht sie mißtrauisch neben dem Herd. Neulich lief sie mit Keksen zur Kronberger Polizei, die ich angeblich mit Gift versetzt hatte. Sie solle erst einen Labornachweis beibringen, ließ man sie im Polizeirevier wissen (nicht ohne mich von diesem Vorfall in Kenntnis zu setzen und zu ermahnen, meine Partnerin zu einem Arzt zu bringen).

Es ist besser, wenn ich meine Kochlust vergesse (bei dem Angebot an frischem Fisch eine Pleite!) und wieder auf Fertiggerichte umsteige.

Langeoog, 4. November

Nein, Rose zum Arzt bringen zu wollen ist eigentlich aussichtslos. Ich hatte es mit einem Schachzug erreicht – den ich nicht wiederholen kann, leider –, indem ich mich reuig und einsichtig zeigte. Sie ist sich ja sicher, der Kranke sei ich, was ich mit meinen irren Vergiftungsabsichten beweise (eine Folgerung, die nicht ohne zwanghafte Logik ist). Mir sei nicht bewußt, psychisch krank zu sein, meinte ich – allerdings sei ich bereit, in Begleitung von Rose zu einem Psychologen zu gehen. »Und warum soll ich mitkommen?« wollte sie wissen. »Um deine Beobachtungen mitzuteilen«, sagte ich, »ich kann vor dem Arzt keine andere Angabe machen als die, meines Wissens normal zu sein.« Sie stimmte dem Vorschlag zu, nuddelnd und achterbang, als wittere sie meinen Trick. Wir hatten vier Sitzungen bei einem Psychologen, den Rose beharrlich belehrte (von Zeit zu Zeit las sie aus einem psychologischen Fachbuch vor), bis man uns eine

Frau in Bad Soden empfahl, zu der sie Vertrauen faßte und es nicht ablehnte, als es hieß, Einzelsitzungen seien ratsamer. Auch diese Behandlung brach Rose ab (aufgrund einer Andeutung der Therapeutin, sie sei es, die krank sei, nicht ich).

Ich bin auf dem Klo, als das Telefon klingelt, das Rose nicht abnimmt, aus Scheu vor dem Apparat. Am anderen Ende ist Lukas und meint, seine Doktorarbeit mache Fortschritte. Ich bin stolz auf den Jungen und seinen beruflichen Werdegang. Er bringt alle Eignungen mit, um sich als Germanist einen Ruf zu verschaffen. »Wie geht es dir?« will er erfahren, und ich sage, wie aus der Pistole geschossen, »uns geht es gut.«

Langeoog, 6. November

Wir sind beide beunruhigt von den Ereignissen. Krenz ist eine Niete (das war ja im Vorfeld klar) und heuchelt sich schlecht zum Reformkommunisten, dem es ernst ist mit einem demokratischen Neubeginn. Seine morsche Baracke wird in sich zusammenbrechen, ein frischerer Anstrich kann sie nicht mehr retten. Bereits mit dem Einmarsch in Prag haben sie alles vermasselt und den Sozialismus auf Dauer verraten. Habermehl, der uns am Sonntag besucht hat (Freitagabend hielt er einen Vortrag in Oldenburg), geht von einem bevorstehenden Mauerfall aus, mehr als sechs Monate halte sie nicht mehr, eine Aussicht, die Rose in Aufruhr versetzte. Mit hartem Gesicht stieß sie sich aus dem Sessel hoch und lief um den Teppich, dem sie nie zu nahe kommt (als verschlucke sie sonst eine Luke im Boden), zwischen Eßtisch und Wohnzimmersofa im Kreis.

Habermehl tat, als sei alles in Ordnung. Er ist mit der Krankheit von Rose vertraut und an sich ein bemerkenswert argloser Mensch, der sich auf diese Dinge keinen Reim machen kann. Ich denke, in seiner beharrlichen Geradlinigkeit lehnt es Habermehl ab, sie zur Kenntnis zu nehmen, was wiederum Rose entspannter und freier macht (selbst wenn sie von Habermehls

Klugheit beeindruckt ist, kann sie seinen schlichten Charakter nicht ernst nehmen). Schlagartig taute sie auf, als er eintraf, und war bester Laune, als wir an die Luft gingen, bei strahlendem Seewetter mit einem Wolkenzug, der mich, schmerzhaft und mitreißend, an meine Heimat erinnerte. Sie war mitteilsam, lustig und rauchte Sweet Afton, als wir in der Hauptstraße einen Kaffee tranken (und das tut sie nur, wenn sie behaglicher Stimmung ist). Ich durfte uns Fisch zubereiten (den von mir am Samstag am Hafen erworbenen Seesaibling, drei prachtvolle, frische, spottbillige Tiere, und war selig, nicht wieder verdonnert zu werden, den herrlichen Fisch in den Abfall zu kippen), und wir speisten, mit Weißwein und Mousse au chocolat (Roses Lieblingsnachspeise, als wir in Paris waren), bis ich mich zu einem Mittagsschlaf ausstreckte und meine Liebste mit Habermehl Tee trank (sie schien wieder vollkommen bei sich zu sein).

»Rechnest du mit einer Wiedervereinigung?« will Rose erfahren und sinkt in den Sessel mit Zeitungen (sie hat diese irre Gewohnheit, auf Zeitungen zu sitzen, auf Radio und Fernseher Messer zu legen und was weiß ich). »Und ob ich das tue«, sagt Habermehl grienend, »unsere sittliche Reinheit muß endlich belohnt werden. Bei Kriegsende waren wir erbarmungslos, oder nicht?, haben alle Verbrecher aus leitenden Stellungen entfernt und zu Knast oder Galgen verurteilt, um unsere Gesellschaft moralisch zu reinigen. Wir haben unsere Wiedervereinigung redlich verdient!« Um Mitternacht, als er zu seinem Hotel aufbricht, wirkt Rose aufs neue, als sei sie aus Stein, und wechselt kein Wort mehr mit mir.

Langeoog, 8. November

In der Nacht, die ich schlaflos verbringe, erinnere ich mich an den Postkutscherspruch aus der Kinderzeit: Es kommt schlimmer, als es bereits ist. Das ist eine Erkenntnis, an die man sich halten kann. Schlagartig denke ich an Tante Alma und das Kinderskelett im Karton, winzig klein, eine Totgeburt oder ein Abgang, ich weiß es nicht, das ich im Altersheimzimmer entdeckt habe, als ich den Kram meiner Tante zusammenpackte (Briefe und Photographien aus der Heimat, Altweiberklamotten, zwei Brillen, ein Gebiß, das nicht mehr in Benutzung war, schimmelnde Brotkanten, findig versteckt, um im Fall einer Hungersnot etwas zu beißen zu haben).

Alma ist Mitte Januar friedlich entschlafen. Ich bin mir nie sicher gewesen, ob Jettes Geschichte vom Vorkriegskarton aus Freiwalde bei Alma im Zimmer nicht eine Erfindung gewesen war, um sich in der Familie wichtig zu machen. Nein, keine Einbildung oder Erfindung. Und was mache ich, als ich aus Ahrensburg heimkomme? Ich begehe den atemberaubenden Fehler, Rose mitzuteilen, was ich bei Alma entdeckt habe. Konntest du dir nicht vorstellen, daß das ein Schock sein wird? Auf der Flucht aus dem schlesischen Schweidnitz hat Rose den Vater verloren, als er einen Russen abwehrte, der sich seine Uhr schnappen wollte. Sie war erst vier Jahre als, als das passierte. Konnte ich mir nicht ausdenken, daß sie das nicht mehr verkraften kann, besonders, als ich mit idiotischem Gleichmut Vermutungen anstelle, was meine Tante beim russischen Einmarsch erlebt haben mag, ob man sie vergewaltigte und Alma schwanger blieb, eine Abtreibung vornahm, das Kindchen verloren hat, sie war ja bereits dreiundvierzig zu Kriegsende?

Rose kannte den Altersheimdrachen und Kinderschreck. Wenn wir in den Norden kamen, hielten wir uns in der Regel zwei Stunde in Ahrensberg auf, tranken Muckefuck und aßen labbrigen Kuchen. Rose fand meine Almageschichten nicht glaubhaft, nannte sie »hemmungslos einseitig« oder »entstellend«. Na ja, von dem Biest, das mein Tantchen gewesen war, der vom Nationalsozialismus Besessenen, die meine Mutter traktierte und piesackte, war im hohen Alter nichts mehr zu bemerken. Mit verschrumpeltem Kopf und verknoteten Fingern hockte Alma im Sessel und freute sich, wenn ich mit Rose ins

Altersheimzimmer trat. Strahlend verwechselte sie meine Liebste mit Jette (als seien meine Ex-Frau und sie dicke Freundinnen gewesen).

»Sei still!«, Roses Aufschrei gellt mir in den Ohren, »sei um Gottes willen still, Konrad, du machst mich wahnsinnig!«, und sie drosch voller Wut mit der Faust auf mich ein.

Eine andere Sache, die mich um den Schlaf bringt: Muß man es nicht einen Treppenwitz nennen, daß ich und mein Großvater, Leopold Kannmacher, wir beiden Vernunftprediger vor dem Herrn, wir Verehrer von Kant und der klaren Verstandeskraft, mit Frauen am geistigen Abgrund verbunden sind. In dieser mich an meine Kindheit und Jugend erinnernden norddeutschen Landschaft und Meeresluft, zwischen Prielen und Strandgras, Seeschwalben und Bleßrallen, bereitet mir das um so tieferen Kummer. Meine gegen den Willen von Großvater in einer Anstalt lebendig begrabene Großmutter, die man im Westerwaldirrenhaus umbrachte, ist eine Verpflichtung mehr, Rose zu helfen.

11. November, zu Hause

Zu schlimm, was in diesen zwei Tagen passiert ist: In der Nacht auf den Zehnten nahm ich zwei Tabletten, um nicht wieder schlaflos zur Decke zu starren und an Dinge zu denken, die nichts als beklemmend sind. Trotz des laufenden Fernsehers nebenan sacke ich in einen Tiefschlaf und wache erst auf, als ein milchiger Schein in mein Schlafzimmer dringt. Es ist halb neun, ich beeile mich, aufzustehen, alarmiert von den bölkenden Stimmen im Fernseher, einer Aufregung, die sich mir unbewußt mitteilt. Rose ist nicht im Bad, steht nicht auf der Veranda, und das Bett auf dem Sofa hat sie nicht benutzt. Ich stiere benommen zur Glotze, auf der man verunsichert wirkende Grenzpolizisten und Hunderte jubelnder Menschen erkennen kann, die einen Kontrollpunkt passieren. Habermehls Annahme eines bevorstehenden Mauerfalls hat sich anscheinend bewahrheitet (und das dreieinhalb Tage nach seinem Besuch). Bei der Vorstellung, was diese Dinge in Rose bewirkt haben, bin ich aufs tiefste beunruhigt. Sicher ist sie bereits in der Nacht aus der Wohnung … wer weiß, wo sie steckt, was sie tut oder vorhat. Du hast es nicht besser verdient, denke ich. Ich renne ins Freie und klappere, bald außer Atem, das einsame Ufer ab, eile zum Deich auf der anderen Seite und stiere ins Watt, das vom Wasser bedeckt ist. Hat Rose den Wahnsinn begangen, bei Ebbe, allein und im Dunkeln, das Watt zu betreten?

Als ich sie in der Ferienwohnung nicht antreffe, gehe ich auf die Wache, die von unserer Bleibe nicht mehr als zwei Fußwegminuten entfernt ist. Ich schildere Roses Erkrankung, um meine Besorgnis plausibel zu machen, und stoße bei den Polizisten auf offene Ohren (vor drei Wochen, erfahre ich nebenbei, sind sie nicht rechtzeitig an Ort und Stelle gewesen, als sich ein Inselbesucher das Leben nahm). Kurzerhand organisieren sie drei Suchtrupps, die das Ufer zu Fuß und mit Booten abgrasen, bis eine Nachricht vom Hafenamt eintrifft – es ist siebzehn Uhr, bereits dunkel und schweinekalt –, laut Auskunft des Bordstewards habe er eine Frau, die der Vermißten in Aussehen und Alter entspreche, Schwarzen Tee und ein Sandwich bestellt habe, auf dem Acht-Uhr-Schiff zum Festland bedient. »Das ist sie nicht«, meine ich zu den Beamten, »das kann sie nicht sein, Rose hatte kein Geld bei sich.« Sie gehen mit mir in die Ferienwohnung und meine Behauptung erweist sich als falsch – Roses Handtasche ist unauffindbar.

Ich bin zu erleichtert, um mich zu entschuldigen, und mache mir nichts aus den beiden Beamten, die mich halb verdrossen, halb schnippisch betrachten. Anzunehmen, sie denken, der Irre sei ich, als ich mit meinem Finger zum Fernseher zeige, der permanent Meldungen vom Mauerfall bringt – ich hatte in meiner Verwirrung vergessen, das Quasselding auszustellen, als ich ins Freie lief –, und sage, es sei diese Schose gewesen, an der meine Freundin am Ende verzweifelt sei.

Und am andern Tag, als ich in Kronberg auftauche und unsere Koffer zum Hauseingang schleppe, brennen Lampen in Erdgeschoß und erstem Stockwerk, was mich auf der Stelle beruhigt. Stundenlang habe ich auf meiner Reise von Umsteigebahnhof zu Umsteigebahnhof nichts anderes im Sinn, als mir vorzustellen, Rose sei vor einen Zug … ach, ich weiß nicht was Schlimmes. Und sie hockt daheim und lauscht einem Klavierkonzert. Ich will aufschließen, was mir mißlingt, Rose hat unseren Eingang von innen verriegelt. Ich klingele, klopfe und schlage mit einer Faust gegen die Scheibe – vergeblich. Wieder beunruhigt, werfe ich einen der Koffer um, als ich losrenne und um das Haus eile. Von der Terrasse aus kann ich sie sehen. Rose, die neben dem Holzofen sitzt, stiert mich reglos und ausdrucksleer an. »Mach auf!« heule ich, »warum machst du nicht auf?« Außer mir trete ich gegen die Scheibe. Sie zerbirst mit einem gellenden Knall. Trotzdem bleibt sie im Rahmen stecken, bis ich mich gegen das Glas werfe. Blutverschmiert, an einen Verbrecher erinnernd (ich streife mich mit meinen Augen im Wandspiegel) stehe ich endlich vor Rose und ziehe sie hoch, um sie in meine Arme zu nehmen, benommen und selig, als sie mich nicht abwehrt.

14. November

Heute ein gresiger Anruf aus Frankfurt. Knut Hildebrandt ist in der Leitung, mit bölkender Stimme, vor der es mich schaudert. Er mache einen Westausflug mit seinem Trabi, von Hamburg bis Basel und kurz in die Alpen. Heute seien sie am Main, ob sie nicht bei mir schlafen … »Ich wohne im Taunus«, versetze ich schluckend, »von wem hast du erfahren, wo du mich erreichen kannst?« – »Von der Auskunft«, erwidert er mit einem Kichern, »bei einer Dame, die unglaublich hilfsbereit war, als ich sagte, ich sei aus dem Osten. Ich reiche dir Wiebke, sie will mit dir schnacken.« Mir die beiden vom Halse zu halten ist schwierig.

»Ich kann euch nicht einladen«, sage ich, »tut mir leid, Rose hat nahezu vierzig Grad Fieber«. – »Das macht uns nichts aus.« Wiebkes Antwort erwischt mich kalt, und als ich unwillig werde, sind beide beleidigt.

Sicher, das ist nur ein Aufschub, sie drohen mir vorm Auflegen an, sich bald wieder zu melden (und das mit einer Munterkeit, bei der mir schlecht wird). Mir macht Sorge, was folgen wird, Knut hat mich in der Hand. Diesem Schietkerl verdanke ich eine Geschichte, aus der er mir fix einen Strick drehen kann, wenn er will.

Es kommt schlimmer, als es bereits ist.

XIV

1990–2007

Ein Sonntagskindleben

»Stell dir vor, meine Mutter, Großmutter Emilie, behauptete steif und fest, ich sei ein Sonntagskind«, sagte Vater von Zeit zu Zeit mit einem Grienen, von dem sich schwer sagen ließ, ob es mehr Spott oder Schmerz verriet, wenn ich in seine dustere Wohnung am Mainufer kam.

Anfang der neunziger Jahre verschlimmerte sich Roses Krankheit in rasendem Tempo. Ruhepausen, die in der Vergangenheit Monate anhalten konnten und Vater veranlaßten, von einer Besserung auszugehen, stellten sich nicht mehr ein. Vom Telefonapparat gingen Strahlen aus, die sie geistig verwirren und »ausschalten« sollten, oder das Haus war von Nazis verwanzt. Vater bestellte den technischen Dienst, der es auf den Kopf stellte (ohne Ergebnis, versteht sich). Bald bemerkte sie einen »Klabautermann« in der Wand, der raschelte, kicherte, kratzte und scheuerte, bis ein von Vater beauftragter Pole an mehreren Stellen die Wand aufbrach, wo er lediglich auf bei Errichtung des Hauses vom Bautrupp vergessenen Abfall stieß, leere HB-Schachteln, Bierdosen und Lotteriescheine. Sie kam sich von den Amerikanern verfolgt vor, die sie aus einem in der Luft stehenden Hubschrauber ausspionierten und photographierten – Vater durfte keinen Laden mehr hochziehen und lebte sechs Monate in einem verdunkelten Haus. In der Regel verheimlichte er, was er mitmachte, wollte Ludwig und mir keinen Kummer bereiten, und behauptete, das seien normale Erscheinungen »bei

Frauen, die um Mitte Vierzig sind … Hormone, es sind nichts als diese bekloppten Hormone«. Wir erfuhren es nicht, als sie in Vaters Keller stieg, wo er Manuskripte und Tagebuchkladden, Briefwechsel und Doktorarbeiten verwahrte, und raffte zusammen, was sie in die Finger bekam. Sein Manuskript von knapp zweihundert Seiten, ein Werk zum moralphilosophischen Denken (zu Zeiten von Auschwitz, Hiroshima und My Lai), mit dem er sich in diesen Monaten abplagte, verbrannte mit beiden Kopien im Holzofen (in einer warmen, von Grillen besungenen Sommernacht); und nicht besser erging es den Tagebuchkladden (mit zwei im Keller verschluderten Ausnahmen). Vater verheimlichte uns diese Raserei, um Rose vor unserem Groll zu bewahren. Er schwindelte Ludwig und mir lieber vor, seine Arbeit am Buch nicht mehr aufnehmen zu wollen, das er als einen im Philosophiebetrieb, in dem er nur ein Dinosaurier sei (der sich nicht mehr an Flaschenpostvorstellungen klammere), als absolut nutzlosen Beitrag betrachte.

Von diesen Dingen erfuhren wir erst mit der Zeit, als sie nicht mehr am Leben war. Trotz Unachtsamkeiten, die Rose sich leistete, und einem Benehmen, das auffallend befremdlich war, ließ man sie an der Akademie nicht im Stich. Trotz einer anderen Kraft, die man einstellte, um dem Bildungsprogramm neuen Schwung zu verleihen, bekleidete sie bis zum Schluß einen Veranstalterposten. An einem nebligen Januarnachmittag, als sie im VW von der Arbeit nach Hause fuhr (am Steuer zu sitzen ließ sie sich nicht ausreden), schleuderte der Pkw in einen Abhang, fiel in die Tiefe und krachte vor einen Baum, wo er in Flammen aufging.

Roses Tod war ein Schock, der den Vater zermalmte. Im Kronberger Haus konnte er nicht mehr bleiben. Er hatte seinen Anteil am Eigenheim Rose vermacht, um sie vor Jettes Erbschaftsanspruch zu bewahren. Um Mutter zu einer Pension zu verhelfen, hatte er nie eine Scheidung erwogen (eine Sache, die wiederum Rose verletzt hatte). Entfernte Verwandte beerbten die Tote und boten das Kronberger Haus erst dem Vater an (zu einer dem Marktwert entsprechenden Summe), ein Angebot, auf das er dankend verzichtete. Er wollte nicht Tag um Tag in einem Haus verbringen, das schmerzhaft an Rose erinnerte, und an ein Versagen, das Vater sich nicht verzieh. Er bezog eine dunkle Bude in Offenbach, anderthalb Zimmer am Mainufer – das paßte zu seinem Verlangen, sich selbst zu bestrafen.

In den Vorruhestand hatte er sich bereits gegen Ende der achtziger Jahre verabschiedet, als er das Pensionsalter von zweiundsechzig erreicht hatte – halb, um seiner Partnerin wirksamer beizustehen, halb aus Scham wegen seiner beginnenden Taubheit. Wenn er im Seminar eine Frage beantworten mußte, konnten seine Erwiderungen vollkommen unpassend sein. Das erheiterte seine Studenten klammheimlich und sie beugten sich kichernd ins Buch.

Um seine Gesundheit stand es nicht zum besten. Er mußte an Lunge und Herz operiert werden, litt an Atembeschwerden und chronischem Asthma und zog bald von einem Sanatorium zum anderen, in Kurorten, die er todlangweilig fand. Wenn es ging, fuhr er zu seiner Schwester in Kiel, machte Schiffsreisen, hoch in den Norden, bis Lappland und Hornstrandir, wo er auf Atlantik und Arktischem Ozean, an Bord eines Dampfers, der stampfte und schaukelte, wieder tief Luft holen konnte; und er besuchte den Ort seiner Kindheit, ein heute im Polnischen liegendes Nest an der Ostsee, am Anfang befangen und voller Bedenken, ob er seinen Freiwaldebesuch nicht bereuen werde, falls alles fremd bleibe (fremder als in der Erinnerung).

Es war eine Einladung von Erwin Pfaff, die den Vater am Ende zur Reise bewegte. Sein Schulkamerad, der Vertriebenenmensch und Vereinsmeier, regte ein Treffen in Polen an, zu dem er vergangene Schulkameraden und andere Freiwalder Bekannte aufforderte, eine Gruppe von nahezu sechzig Personen, die verstreut zwischen Alpenrand und Kieler Bucht, Erzgebirge und Niederrhein lebten. Vater erhielt eine Reihe von Briefen, und als er sich nicht meldete einen Telefonanruf, bei dem er sich von seinem Schulfreund beschwatzen ließ.

Er seilte sich bald von der Reisegesellschaft ab, die auf dem Friedhof am Kopfberg, wo kein deutsches Grab mehr vorhanden war, Haßreden schwang, den ehemaligen Heimatort heute zu schmutzig fand, deutsche Schilder vermißte, das Essen verabscheute und sich zu den Polen ablehnend bis feindlich verhielt. Und er stritt sich mit Erwin, der, Mittag um Mittag, wenn sie alle im Gasthaus am Marktplatz versammelt waren – in diesem Lokal hatte vor einer Ewigkeit Gastwirt Kempin seine Kneipe betrieben –, wo sie Borschtschsuppe, Hering und Teigtaschen aßen, vom »Verrat an Millionen Vertriebenen« sprach. »Ohne Not hat Herr Kohl bei der Wiedervereinigung auf unsere Gebiete im Osten verzichtet, von Pommern und Ostpreußen bis zum Sudetenland, ein Verrat an Millionen Vertriebenen, der unverzeihlich ist.« Das stieß bei einem Großteil der Gruppe auf Zustimmung, von Luise, der Seidenkranztochter und Poochwitwe, die mit knapp achtzig ein stampfendes Schlachtroß war, bis zu Julchen Scholl von der Schollziegelei, die den Jugendverehrer, der heute Professor war, am Mittagstisch aufmunternd anklimperte.

Der kleinere Teil schwieg mit steinerner Miene, wenn Erwin sein Wodkaglas hob, um auf Pommern zu trinken, sein »niemals vergessenes, urdeutsches Heimatland«, sei es aus Feigheit, sei es aus Bequemlichkeit. Offenen Widerspruch erntete Erwin, außer bei Konrad, nur bei Hartmuts Bruder, Knut Hildebrandt, der in den Wiedervereinigungsmonaten seine Stelle als Lektor verloren hatte. Knut war verbittert und trank bereits vormittags seinen Żubrówka zu Pressack- und Fischrogenschnitten.

Knut Hildebrandt fiel wiederholt aus der Rolle. Vor der versammelten Reisegesellschaft beschimpfte er Erwin als »Nazi« und »Revanchist«. Beim Ex-CDU-Abgeordneten im Kieler Landeshaus handelte er sich nur Spott und Verachtung ein. »Rote Socke«, entgegnete Erwin zur Gaudi der anderen und winkte ab. Knut hielt sich an Vater und jammerte. Er beschwerte sich, seine Frau Wiebke und er seien Opfer der westdeutschen Hetzjagd auf alles, was sich dem herrschenden Denken nicht anpasse und am sozialistischen Menschheitsziel festhalte – eine Verunglimpfungswelle und Treibjagd, die nur mit der Judenverfolgung vergleichbar sei.

Vater, der Knut vor der Gruppe in Schutz nahm, stieß sich im Laufe des Aufenthalts mehr und mehr an seinem Unschuldsgetue. Zur Stasi-Geschichte schwieg Knut sich verbissen aus. Kein Anflug von Reue, kein Wort der Entschuldigung. Hartmuts Bruder schien alles vergessen zu haben. In einer Mondnacht, als sie auf der Mole waren, wollte Vater mit heiserer Stimme erfahren, was der im Historischen Materialismus bewanderte Vorzeigearbeiter treibe, »dein Freund, dieser Stahlkocher namens Lachmanski«. Hildebrandt kratzte sich seine vom Mondschein versilberte Glatze und muffelte lustlos, »Um ehrlich zu sein, ich weiß nicht, wen du meinst«.

Zum Widerspruch fehlte es Vater an Mut. Mit der Erinnerung an seinen Schulkumpel, der in der russischen Stellung verendet war, kam er sich zu schuldig vor, um von Knut Hildebrandt Reue und Scham zu verlangen. Mehr als das: Vaters Stasi-Verstrickung war nicht bekannt. Seine Bereitschaft, Berichte zu liefern, hatte bis heute kein Aufsehen erregt. Um seinen Namen ging es nie in der Presse, wenn man einen westlichen Spitzel enttarnte. Er schien in den Akten der Stasi verschollen zu sein. Alles erinnerte an einen schlechten Traum, der von seiner Wehrmachtszeit bis in die Gegenwart reichte, aus dem er von Zeit zu Zeit mit einem Aufschrei erwachte, schweißbedeckt, kraftlos, beklommen.

Auch wenn dieser Heimatbesuch eine Pleite gewesen war, hatte er Vater von seinen Beklemmungen vor einer Freiwaldebegegnung befreit. Er reiste bald wieder in seine Geburtsstadt, eine Reise, die heiter und schwungvoll verlief und von der er in seliger Stimmung nach Hause kam, trotz einer Erkenntnis, die er mir nicht vorenthielt, als wir zusammen den Ort seiner Kindheit und Jugend erreichten. »Wenn man seiner Heimat zu nahe kommt«, sagte er, »verschließt sie sich und wird zum Traum eines Fremden.« Was Vater zu seelischem Auftrieb verhalf, war ein Zufallsfund, einen Tag vor unserer Abreise, als wir auf den neben dem Friedhofszaun halb in der Erde versunkenen Grabstein von Schulmeister Leopold Kannmacher stießen, mit einer verwitterten Inschrift, die ausreichte, um auf den richtigen Wortlaut zu schließen, »Handle … Maxime …« und »zum allgemeinen Gesetz tauge«, Immanuel Kants Kategorischen Imperativ.

Seine Lieblingsvorstellung, im Norden zu leben, an der See, machte Vater nie wahr. Er verteidigte sich mit den sechs Doktoranden, die er an der Frankfurter Uni betreute, wo er sich mit einem Kollegen im Ruhestand ein Zimmer von sechzehn Quadratmetern teilen durfte. Zeitweise empfing er uns sonntags zum Essen, meinen Bruder und mich, ob alleine, zu zweit oder mit unseren Frauen und Kindern in seiner beengten und dusteren Wohnung am Mainufer, und stand Tage vor diesem Ereignis am Herd, um aufwendige Mahlzeiten zuzubereiten, die aus Vorspeise, Hauptgang und Nachtisch bestanden (mit dem Plumpudding, den er zu Weihnachten auftischte, legte Vater bereits gegen Anfang Dezember los), und entspannte sich erst, wenn wir ausgiebig zulangten.

Er hatte nicht eigentlich Freude am Kochen. Wenn Vater alleine war, aß er nur Fertiggerichte, kaufte nichts anderes als Feinfrostkartons und Konserven ein. Ob er sich mit diesen Nahrungsgewohnheiten an seine Zeiten mit Rose erinnerte und eine Schuld abtrug, kann ich nicht sagen. Diese Dinge mit uns zu bereden, das lehnte er ab – und ich war zu befangen, um mich zu erkundigen (von einer Befangenheit, die seismographisch auf seine Verheimlichungsanstrengungen ansprach).

Vater neigte im Alter zu starren Gewohnheiten, die komisch, befremdlich bis abseitig waren (zu klug, um das nicht zu erkennen, nahm er sich auf die Schippe und sprach von seinen »inneren Ukassen«). Vom Aufstehen um sieben bis Mitternacht lauschte er Stunde um Stunde den Radionachrichten, als rechne er mit einem bevorstehenden Kriegsausbruch oder dem sicheren

Weltuntergang. Verkrumpelte Zeitungen waren Vater ein Greuel (nicht anders als meinem verstorbenen Großvater). Er schielte beunruhigt in meine Richtung, wenn ich bei Besuchen zur *Frankfurter Rundschau* griff, die er akribisch zusammenlegte, indem er sie mit seinem Daumennagel falzte, und grummelte, »Mach mir man kein Kuddelmuddel, mien Buttjer, ja?«. Und nicht anders als Buchhalter Ludwig schrieb er seine Ausgaben pingelig in eine Kladde, von dem im Bahnhof entrichteten Lokusgeld bis zur Tasse Kaffee im Stehen auf der Zeil. Schlimm waren seine Reisen zum Hausarzt in Rod an der Weil. Vater mußte zwei Bahnen und drei Busse in Anspruch nehmen, es brauchte im ganzen sechs Fahrstunden, um bis zur Praxis und wieder nach Hause zu kommen. Selbst als der Doktor das Ruhestandsalter erreicht hatte und an seine Stelle ein Jungmediziner trat, zu dem Vater kein rechtes Vertrauen entwickelte, hielt er stur und beharrlich an dieser Gewohnheit fest.

Vaters Begegnungen mit unserer Mutter verliefen im allgemeinen glimpflich. Man traf sich aus Zufall bei Hochschulveranstaltungen oder auf alle zwei Jahre zu Ehren von Moosbach stattfindenden Tagungen im Hamburger Norderstedt. Mutter liebte Versammlungen als Auftrittsgelegenheit, die sie begierig am Schopf packte, um bei den Mitmenschen Eindruck zu schinden (besonders, wenn es Akademiker waren). Zu Habermehl, der sich aus Titeln nichts machte und sie mit »Frau Kannmacher« ansprach, versetzte sie spitz und beleidigt, »waren wir nicht beim Du, Georg? Und außerdem heißt es Frau Doktor, mein Lieber.«

Oh ja, Mutter hatte den Grad eines Doktors im Alter von nahezu Sechzig erworben, mit Ausdauer, schwindelerregendem Ehrgeiz und mit Hilfe von Harry Matejka. Mutters Freund war Verwaltungsbeamter gewesen, besaß eine Ferienwohnung in Griechenland und konnte, als Freizeitcellist, Partituren lesen (dieser Gabe verdankte er Jettes Bereitschaft zu einer Beziehung mit Harry, den sie, als sie sich kennenlernten, trocken und langweilig fand). Matejka behandelte sie als Prinzessin. Er kochte, wusch ab, kaufte ein, diente als Chauffeur und erledigte anstandslos Mutters Papierkram, von Magister- und Doktorarbeit nicht zu reden, die er in die Maschine hieb und korrigierte (in Grammatik und Rechtschreibung war er ein As).

Auf einer der Tagungen in Norderstedt giftete sie: »Und was ist mit dem Rentenaufschlag, Herr Professor? Meines Wissens kassierst du knapp sechzig Mark mehr vom Staat, was sich in der Summe an mich nicht bemerkbar macht. Du bist sein Freund«, wandte sie sich an Habermehl, der neben Vater stand und sich vor Peinlichkeit wegduckte, »und hast keinen Schimmer von Kannmachers Knausrigkeit. Bereits in unserer Anfangszeit war er ein Geizhals. In der Annahme, mir eine Freude zu machen, erstand er zwei Stehparkettkarten zu einem Symphoniekonzert! Stehparkett, Habermehl, wissen Sie, was das ist? Im Nu taten mir meine Beine weh. Was mir mein Ehemann monatlich anweist, bewahrt mich vorm Tode und reicht nicht zum Leben. Wer nicht emeritiert sei, verteidigt er sich, habe keinen Anspruch auf eine normale Pension. Und warum mußte er mit zweiundsechzig seinen Hut nehmen, bei der ersten Gelegenheit, wenn nicht aus Faulheit? Trotz der Rente, die Harry bezieht, kommen wir nicht aus, seine schwere Erkrankung verursacht uns Kosten …«, Mutter zerrte den Partner am Arm in den Kreis und versetzte mit heiterer Stimme (wenn Jette im Mittelpunkt stand, war sie blendender Laune), »oh ja, er hat Krebs und muß alle vier Tage ins Krankenhaus, um sich bestrahlen zu lassen. Ach, ich muß Geduld haben mit meinem Harrilein, der seine Haushaltsaufgaben im Kriechgang erledigt. Mein Vertrauen in seinen Onkologen geht gegen null. Und was aus mir wird, wenn Harrilein stirbt, das schert niemanden.«

Vater verbarg seinen Kummer vor uns, meinem Bruder und mir, um uns nicht zu belasten. Nur wenn er Nelli besuchte, bekannte er, an seinem vermasselten Leben zu leiden, beginnend mit seinen mißlungenen Ehen bis zu einem moralphilosophischen Denken, das im Hochschulbetrieb keine Rolle mehr spiele – und was seine politischen Vorstellungen angehe, stamme er von einem anderen Stern. Halb war es das Reihenhauswohnzimmer mit seinen chinesischen Schriftrollen, der »Carta marina«, dem Buddha im Schneidersitz, der in sich ruhend auf seinem Regal in der Bibliothek hockte, das Vater ermutigte, sich zu erleichtern, halb seine Freundin, zu der er Vertrauen hatte.

Nellis Lebenslust und Energie waren beachtlich, um so mehr, als sie forsch auf die Neunzig zusteuerte, und sie vermittelte Vater den Eindruck, es sei nicht schlimm, wenn er sie in seine Verbitterung einweihe, sie vertrage das, stecke das besser als sonst wer weg. »Und wann hast du vor, in den Dschungel zu gehen, zu den Tupamaros?« versetzte er feixend, und Nelli erwiderte: »Mach dich nicht lustig. Du wirst eine Postkarte von mir bekommen, wenn ich Montevideo erreicht habe.« Bei seinen Besuchen im Frankfurter Reihenhaus ließ Vater sich von Nellis Zuversicht aufrichten.

Er neigte im Alter zu Demut und einer Bescheidenheit, die der Verleugnung verschwistert war. Aus Zufall bekam ich es mit, wie er bei sich zu Hause zwei junge Studenten empfing, Erstsemester, die, von seiner dusteren Bude beeindruckt, verlegen im Wohnzimmer saßen (ob sie an Diogenes in seiner Tonne erinnert waren?). Scheu fragten sie Vater zu Kindheit und Jugend aus, zur Kriegszeit und seinem beruflichen Werdegang, versessen auf lehrreiche Lebensgeschichten, die er den beiden beharrlich verweigerte. Er antwortete einsilbig, trocken und abwehrend. »Wen interessiert das, Jungs?« seufzte er wieder und wieder, »das sind ja Belanglosigkeiten, am Ende ist alles belanglos und nichtssagend.« – »Und das sagst du«, meinte ich, als die beiden sich niedergeschlagen verabschiedet hatten, »der sonst niemandem abspricht, ein Leben zu haben, das Aufmerksamkeit und Beachtung verdient.« Vater blinzelte mich von seinem Platz vor dem Schreibtisch an, wo er im quietschenden Drehstuhl mit seinem Zigarrenknipser spielte. »Ja, ich spreche es niemandem ab, das ist richtig, wenn es nicht um mich geht, mein Jungchen«, versetzte er, »und es ging diesen beiden ja leider um mich. Was kann ich dir anbieten, einen Kaffee?«

Als wir seinen Kram in der Wohnung zusammenpackten, die zum ersten September an einen neuen Mieter ging, legte ich Briefe und Tagebuchkladden (zwei Hefte, die Roses Vernichtung entgangen, und drei andere, die anscheinend neueren Datums waren) samt Vorlesungs-, Vortrags- und Buchmanuskripten in drei große Kartons, die ich zu mir nach Hause nahm, die anderen mit Sachen zum Anziehen, Bettzeug, Geschirr, Vaters Filmspulen und Videokassetten, dem Radio von Grundig mit goldenem Zierstreifen, Messingrahmen und beiger Bespannung aus Noppenstoff, Bernsteinen, Muscheln und Photographien, neben Andenken an seine pommersche Heimatstadt, Elternphotographien aus den zwanziger Jahren, dem verschollenen Onkel und Schulmeister Leopold mit seiner Frau auf den Hakenterrassen Stettins, landeten ausnahmslos auf Ludwigs Dachboden. Keiner von uns hatte anfangs den Mut, in den Briefen und Tagebuchkladden zu lesen, das verbot uns der Schmerz um den Toten und eine nur schwer zu beschreibende Scheu. Erst Habermehls Bitte um Einsicht in Kannmachers schriftlichen Nachlaß zum Zweck einer Publikation seiner nicht mehr erschienenen Arbeiten veranlaßte mich, in die Kisten zu schauen. Ich stieß auf den Durchschlag des Briefes an Annegret (vom Umfang her sprang er mir gleich in die Augen). Ich las ein paar Seiten und legte sie mit einem Kloß in der Kehle beiseite. Dieser Leichtsinn, mit dem er der Rostocker Freundin sein Nachkriegszeitleben verriet, war mir peinlich (ich hatte den Eindruck, als ziehe er sich vor mir aus), und Vaters halb grobe, halb frotzelnde Schilderungen seiner Verbindung zu Hilde, der ersten Frau, kamen mir unpassend vor.

Habermehl wiederum konnte nichts Nennenswertes in Vaters schriftlichem Nachlaß entdecken. Was in Hand- und Maschinenschrift vorlag, war großteils als Buch oder Zeitschriftenbeitrag erschienen, bereits vor seinem Abschied vom Hochschulbetrieb, in erheblich geringerem Maße im Ruhestand, und um seine Arbeit am Werk wiederaufzunehmen, das Rose im Wohnzimmerofen verbrannt hatte, war Vater zu kraftlos und niedergeschlagen gewesen. »Ich verstehe das nicht«, sagte Habermehl außer sich, »wenn wir uns begegneten, sprach er von einem Buch, das er vor seinem Ableben fertigstellen wolle.« Mit Sicherheit irrte er sich. Aufhebens von sich zu machen war Vater fremd, und es widersprach seiner pommerschen Rechtschaffenheit, mit Dingen zu prahlen, die erschwindelt waren. Anzunehmen, Habermehl war es gewesen, der Vater bekniete, sein Werk zu beenden, und der hatte es mit einem Grummeln versprochen, um seine innere Not vor dem Freund zu verbergen.

Schwerwiegender waren andere Ungereimtheiten, die sich ergaben, als mir Erwin Pfaff einen unmittelbar aus der Nachkriegszeit stammenden Stapel mit Briefen von Vater zuschickte. Er miste zur Zeit seine Wohnung auf Fehmarn aus, ließ er mich in seinem Begleitschreiben wissen, die er »besenrein« abtreten wolle, wenn Schluß sei (nein, er benutzte ein anderes Wort, »Abberufung«, falls ich mich nicht irre).

Bestimmt war es nicht seine Absicht gewesen, mir einen Schock zu versetzen (Pfaff war nicht der Mensch, diese Briefe schockierend zu finden). Ich las Vaters Kriegsschilderungen mit tiefem Entsetzen. Wesentlich schlimmer als seine Geschichten, unmenschlich, beklemmend und schauderhaft, war Vaters Sprache, von abscheulicher Roheit und irrer Begeisterung, wenn er zwei »dusslige Iwans zur Suppe aus Blut, Eingeweide und Knochen« zusammenschoß oder einen »batzigen Tommy vom Jeep knallte«. Er prahlte vor Erwin mit einem EK1, das er seinem »fanatischen Einsatz« verdanke und in der Stettiner Kaserne verliehen bekommen habe, vom sternhagelvollen Generalleutnant Wedekind, der den anderen Sonderkommandomitgliedern empfahl, sich an Kannmacher, dem Kameraden und opferbereiten Soldaten, ein Beispiel zu nehmen. Von Grauen und seelischer Not fand ich nichts in den Briefen, die vom »Anpirschen«, »Feuern« und »Umnieten« handelten, als sei er der Teufelskerl eines Karl-May-Abenteuers (und passenderweise fiel an einer Stelle das Wort vom »Indianerspiel«, das er erlebt habe). Diese Zeilen verfolgten mich bis in den Schlaf. Ich brachte den Jungen aus den Briefen, leichtsinnig und grimmig, nicht mit meinem Vater zusammen, diesem klugen, bescheidenen, warmherzigen Menschen, das waren zwei Personen, die nichts miteinander zu tun hatten. Sicher, ich mußte sein Alter in Rechnung stellen (er war achtzehn gewesen, als er diese Zeilen verfaßt hatte), und der Briefadressat war sein Schulfreund, vor dem sich mein halbstarker Vater ins Zeug legte. Trotzdem starrte ich in einen Abgrund, der mich in die Tiefe zog.

Und ich kam nicht mehr los von der Sache mit Vater. Bald verwirrten mich andere Ungereimtheiten, um so mehr, als sie nicht von Belang waren. Warum hatte Vater behauptet, er sei bei den Amerikanern gefangen gewesen, wenn er seine vier Monate Kriegsgefangenschaft in einem britischen Lager verbracht hatte? Warum wollte er erst von dem Aufenthaltsort seiner Eltern erfahren haben, als er bereits aus dem Lager entflohen war und Hamburg erreicht hatte? Ich entdeckte den Brief seiner Mutter ans Lazarett Ahrensburg mit der Lensahner Adresse und dem Papenfußhaus als Familientreffpunkt. »Mein Jungchen, mein Sonntagskind, unserer Familie wird nichts passieren, das weiß ich«, schrieb Großmutter, »wir werden uns sicher bald wiedervereinen.« Warum hatte er Großvaters bis in die Lehrlingszeit reichende Freundschaft zum Regulatorenhersteller verheimlicht, als seien sie sich erst in Holstein begegnet? Diese Verschleierungen oder Verdrehungen kamen mir befremdlich und sinnlos vor. Ob sie sich Erinnerungsschnitzern verdankten? Oder hatte er seine Vergangenheit verwischen wollen, ohne sein strenges Gewissen zu reizen, dieses gnadenlos Schuld und moralisches Scheitern verzeichnende Buchhaltervatergewissen, das den Rohrstock aus pfeifendem Weidenholz schwenkte? Ich versenkte mich in Vaters Tagebuchkladden, die voller seliger Kindheits- und Jugendgeschichten waren oder Anspielungen auf seine Freundinnen enthielten, von Minna, der Dienstmagd am Pyritzer Bauernhof, der er im Heimatort wiederbegegnet war, beim letzten Besuch in Freiwalde vor seinem Tod (ob sie seine Zeilen verziehen hatte, nicht mehr der richtige Umgang zu sein, das vermerkte er in seinem Tagebuch nicht), bis zu seiner Stettiner Bekanntschaft Marie, die auf der Flucht vor den russischen Truppen verschollen war (eine Liebe, von der er zeitlebens nicht loskam), oder dem Schwienkuhler Pfarrerskind.

Ich holte mir Filmspulen, Projektor und Leinwand aus Ludwigs Dachboden in Sachsenhausen und betrachtete in meinem verdunkelten Wohnzimmer Vaters Familien- und Ferienfilme, von seiner Atlantikfahrt auf der »America« bis zu unseren Urlauben in Zell am See-Kaprun und auf der Insel im Kattegat. Ich konnte meinen Bruder und mich an der See erkennen, wo wir Sandburgen bauten und Bernsteine sammelten, Ball spielten und uns mit Quallen bewarfen, oder die sich beim Schwimmen abplagende Jette (die auffallend rar in Erscheinung trat). Bei Besuchen in Kiel stand Helene im Vordergrund, in Lensahn wiederum seine Eltern bei Kaffee und Kuchen im Garten vor flatternder Tischdecke – Alma teilte das Schicksal von Jette und tauchte, im großen und ganzen, als Dutt oder Topfhut auf.

Sie kamen mir geisterhaft vor, Vaters Aufnahmen, zu Anfang schwarzweiß und ab Mitte der Sechziger in einem Agfa-Color, das nicht echt wirkte, auf komische Weise verblasst und verwaschen. Daß sie ohne Ton waren, machte sie um so gespenstischer. Und trotzdem, nicht das brachte mich in Verwirrung. Es waren Vaters Einstellungen, die zu zwei Dritteln nichts anderes als Landschaften, wandernde Wolken und bis an den Horizont reichendes Meer zeigten, vorwiegend, wenn er sich im Norden, in einer an Pommern erinnernden Gegend befand, Priele und Wattenmeer, schuppige Schaumkronen, einsame Ufer- und Heidelandschaften, wieder und wieder nur Himmel und Wolken.

Als ich in Toruń an der Weichsel, nicht weit von der Ecke, wo man meinem Vater befohlen hatte, auf Partisanenjagd zu gehen, einen Vortrag hielt (zur »Erinnerungspraxis und Selbstinszenierung« bei deutschen Autoren, die Soldaten gewesen waren), fiel mir ein Herr in der vorletzten Reihe auf, mit schneeweißem Haarschopf und Sonnenbrille im Gesicht, der sich vorbeugte und auf seinen Gehstockknauf lehnte, als wolle er keins meiner Worte verpassen. Er war hochbetagt, und man merkte dem Publikum, zirka hundert Studenten und sechs Professoren, besondere Achtung vor diesem Besucher an. Ich hatte meinen Vortrag beendet und nahm einen Schluck aus dem Wasserglas, als er sich meldete und zu wissen verlangte, ob ich mit einem Mann namens Kannmacher, Konrad verwandt sei. Mir stockte der Atem, ja, das sei mein Vater. »Tomasz Sienkiewicz. Wir sollten uns kennenlernen«, sagte der Greis und erhob sich von seinem Stuhl, um mit klapperndem Gehstock den Saal zu verlassen. Dieser Vorfall beunruhigte mich, und bei der Diskussion meines Vortrags mit den Germanisten fehlte es mir an Gleichmut und Aufmerksamkeit.

Am Mittag saß ich mit Professor Kwiatkowski, dem ich die Einladung zu meinem Vortrag verdankte, und Tomasz Sienkiewicz beim Essen zusammen, in einem von runzligen Frauen betriebenen Speiselokal, das sich »Omilein« nannte. In der winzigen Stube mit Trachtenzeug an der Wand, Hemden und Blusen, die schmuddelig und grau waren, voller vom Kochdunst beschlagener Stickereien, legte Tomasz Sienkiewicz einen Plastiksack auf den Tisch, aus dem er einen in Packpapier steckenden Gegenstand kramte, der sich als reichlich zerfledderte Kladde erwies. »Konrad Kannmacher« stand auf dem braunen Kartondeckel in sauberer, nahezu kindlicher Handschrift, »Geschichten. Begonnen im April '42. Freiwalde«. Tomasz befreite sich von seiner Sonnenbrille und betrachtete mich mit zwei Augen aus milchblau verhangenen, stumpfen Pupillen. »Sicher werden Sie wissen wollen«, sagte er in seinem weichen und lupenreinen Deutsch, »warum ich im Besitz dieser Kladde bin, nicht?« Professor Kwiatkowski hieb sich auf die Schenkel. »Unser Freund kriegt vor Sprachlosigkeit keine Luft mehr«, versetzte er feixend, »Sienkiewicz, ich bitte Sie, machen Sie dalli, sonst kippt er vom Hocker.«

In der Nachkriegszeit hatte der junge Sienkiewicz von der Germanistik den Auftrag erhalten, eine Bibliothek in Toruń aufzubauen und den Bestand deutscher Werke in Polen zu sichern.

Trotz seiner Papiere – Dienstreisebefehlen und einem Geleitbrief aus dem Ministerium in Warschau, der mit dem entscheidenden Adlerrundstempel versehen war – stieß er wieder und wieder auf Hemmnisse und Schikanen. »Ich werde es niemals vergessen, wie uns der Verwaltungsbeamte im pommerschen Lauenburg«, sagte Sienkiewicz mit singender Stimme, »um nichts Falsches zu machen, zum Sicherheitsamt schickte, wo ich es mit einem Menschen zu tun bekam, der in seiner makellos blinkenden Uniform an einen weißblonden Arier erinnerte. Im Arm hatte er eine Peitsche und an seiner Seite zwei Bestien von Hunden. Seine Dienstzimmereinrichtung war um so passender: Sessel und Sofa aus Eichenholz, dunkle Holztafelwand und ein massiger Kronleuchter, alles erschlagend und duster, es fehlten nur Hakenkreuzfahne und Hitlerbild. Ein nationalsozialistischer Bonze hatte in diesem Zimmer Erschießungen befohlen, das machte dem Sicherheitsleiter nichts aus, der sich selber als Herrenmensch aufspielte.«

Tomasz tastete sich mit den Fingern zum Piwoglas, das er mit einem Schluck leerte. »Ah, das zischt richtig«, meinte er, als er es abstellte, ein Spruch meines Vaters, wenn er frisches Bier trank, und diese Erinnerung fuhr mir in die Knochen. Ich war eine Weile nicht aufmerksam, als es um Tomaszs Verhandlung beim Amtsleiter ging, der Sienkiewicz als »Vaterlandsfeind« und »Agenten in kapitalistischem Auftrag« beleidigte, ja im Verdacht hatte, Jude zu sein, ein abartiger polnischer Israelit mit perversem Verlangen nach »deutschem Kulturgut«, das in seinen Augen nur »Nazidreck« war, der zum Feueranmachen und Arschwischen taugte, eine Verhandlung, die anderthalb Stunden in Anspruch nahm, bis Tomasz aus Zufall von seinen Verwandten sprach, die in Darłowo, dem deutschen Freiwalde, zu Hause waren, und aus dem galizischen Brody bei Lemberg kamen, von wo man sie »repatriiert« hatte. »Warum haben Sie das verschwiegen? Aus Brody?« versetzte der Amtschef, »das ist meine Heimat«, und sprang aus dem wuchtigen Lehnsessel mit seinen Holzschnitzereien im bayrisch-barocken Stil. Seiner Erlaubnis stand nichts mehr im Weg, und sie konnten erleichtert zum Adelssitz aufbrechen.

»Wir verwendeten Laden aus Holz«, sagte Tomasz, »wie sie von Maurern zum Ziegelsteinschleppen benutzt werden, um die Werke zu unseren Lastern zu schleppen, und als das Herrenzimmer geisterhaft leer war (jeder Ruf hallte aufdringlich gellend von Wand zu Wand), hatten wir viehische Schulter- und Kreuzschmerzen. Auf der Strecke zu meinen Verwandten, wo wir uns in dieser Nacht ausruhen wollten, das hatte ich mit meinem Onkel verabredet, stießen wir auf einen russischen Posten ...« – »Sienkiewicz, Sie spannen unseren Freund auf die Folter«, ermahnte Professor Kwiatkowski den Bibliothekar. »Lassen Sie, lassen Sie«, wehrte Sienkiewicz ab, »was mir vom Leben bleibt, das sind Geschichten. Haben Sie Geduld mit einem Mann, der nichts anderes mehr hat als Geschichten, an die er sich klammern kann.« Trotzdem beeilte sich Tomasz Sienkiewicz, auf seine Verwandten zu sprechen zu kommen, Andrzej, seinen Onkel, und Tante Jystyna, die zu Kriegszeiten grausige Dinge erlebt hatten. Beim Einmarsch der Deutschen in Ostpolen hatten SS-Leute die Tochter der beiden, Krystyna, verschleppt, und wo sie verblieben war, wußte kein Mensch. Eugeniusz, der Sohn, schloß sich den Partisanen an und kam bei der Einnahme Brombergs ums Leben (ich holte tief Luft, ohne Tomasz ins Wort zu fallen, in Erinnerung an Vaters Bromberger Heldenbericht an seinen Schulkameraden in Kiel). Zum Schluß von den Sowjets aus Ostpolen vertrieben, mußte Andrzej Sienkiewicz sein Elternhaus aufgeben, das er zeit seines Lebens bewohnt hatte. Tomaszs Verwandte verluden auf einen Karren, was sie an Habseligkeiten besaßen – zwei Tonnen Gewicht waren erlaubt, Tiere hatten sie keine mehr –, und zogen mit anderen Umsiedlern los, um in einer Gegend zu landen, in der sie sich fremd vorkamen. Schlimmer als das: Diese Welt stieß sie ab. Es war peinigend, Tag um Tag an die vergangenen deutschen Bewohner erinnert zu sein, ein stechender Schmerz, der das Heimweh noch qualvoller machte.

»Kurz«, sagte Tomasz, der seine Piroschki zerschnitt, »dieses Haus, das die beiden bewohnten, war eures, das Haus der Familie Kannmacher. Ich stieß auf den Namen am anderen Vormittag, als ich im Holzschuppen kramte, der Leiterkarren, Milchkannen, Gartenwerkzeuge und Leopold Kannmachers Bibliothek enthielt. Vor Monaten hatte Andrzej mich benachrichtigt, er habe ›feindliches Schriftgut‹ in seinem Haus um meinetwillen vor der Vernichtung bewahrt. Ich kannte meinen Onkel zu gut, um mir vorzustellen, er habe nur vor, mich zu sich an die Ostsee zu locken. Andrzej war eine zu ehrliche Haut. Seine Bereitwilligkeit, mir zu helfen, war um so ergreifender, als er auf Anhieb versteinerte, voller Abscheu und Schmerz, wenn die Rede auf Deutsche kam.«

Am anderen Tag stand Sienkiewicz im Gartenhaus, vor einer Reihe an Buchstapeln, dicht an dicht, die bis zur zweieinhalb Meter hohen Holzdecke reichten. Diese von Tomasz auf summa summarum sechstausend Werke veranschlagte Bibliothek war nicht von Pappe, das merkte er mit seinem ersten Griff. Er kniete sich nieder und zog aus dem vordersten Haufen einen auffallenden Ledereinband. »Ich klappte den Buchdeckel auf und war fassungslos«, sagte Tomasz und schob seinen Teller beiseite, »es handelte sich um den wertvollen Erstdruck der *Reinen Vernunft* von Immanuel Kant, erworben am Roßmarkt Stettins bei einem Pfandleiher, was mir ein Stempel im Innern verriet. Neben dem Stempel stand in blauer Tinte und schwungvoller Handschrift der Name ›L. Kannmacher, Freiwalde, August 1920‹. Bei meinen Stichproben an diesem Vormittag stieß ich auf andere beachtliche Ausgaben, Feuerbach, Marx, Schopenhauersche Schriften, die am Seitenrand mit Kritzeleien versehen waren, Werke Voltaires, Pestalozzis und Lessings, und wieder und wieder Immanuel Kant. Und in allen fand ich wieder den Namen ›L. Kannmacher‹. Dieser Mann konnte schwerlich ein Nazi gewesen sein, wenn man seine Randglossen und Kommentare las.«

Und am Mittag, als Janek, Tadeusz und Bronisław mit dem Verladen der Bibliothek begannen, zog Tomasz im Rathaus Erkundigungen ein. Man schickte den Bibliothekar zu Mathilde, eine der letzten in Pommern verbliebenen Deutschen, die bei Familie Kannmacher Dienstmagd gewesen war, ein Zufall, von dem man im Rathaus nichts wußte. Bei der einfachen, Tomasz mit Muckefuck, Pflaumenmus und ofenwarmem Maisbrot bewirtenden Bauersfrau brachte er mehr in Erfahrung, als er sich erhofft hatte. »Sie ahnen, warum es mir dringlich war«, sagte Sienkiewicz, »es war nicht nur Bibliothekarsneugier, ich wollte Andrzej und Jystyna beruhigen, und in dieser Nacht, als die anderen ins Bett krochen (unsere Heimreise hatte ich um einen Tag verlegt), blieb ich mit Onkel und Tante im Wohnzimmer und kam auf die deutsche Familie zu sprechen, die in diesen Mauern zu Hause gewesen war, behutsam und sacht, und um sie nicht zu erregen, auf den Kantianer und Kriegsgegner Schulmeister Leopold, seinen Sohn, der einem Juden und seiner Familie zur Flucht vor den Nazis ins Ausland verholfen und sechs Monate bei der Gestapo erlebt hatte – und von der nazistischen Tante verriet ich kein Wort. Jystynas Gesicht blieb versteinert und ausdruckslos, als habe sie meine Geschichten nicht mitbekommen, und in dem meines Onkels erkannte ich beides: Erleichterung und restliche Zweifel.«

»Und das Heft seines Vaters?« bemerkte Professor Kwiatkowski, der mir meine Anspannung anmerkte (und bei seinen Gastgeberpflichten nichts falsch machen wollte). »Ja«, seufzte Sienkiewicz, »ich fand es am Bordstein, im Dreck, zwischen Kante und Lastwagenreifen. Einer der Jungs mußte es beim Verladen verloren haben.« Tomasz, der seine Hand in die Luft streckte, ließ sich von mir Vaters Kladde anreichen und streichelte mit seinen Fingern den braunen Karton. »Mit der Zeit hat sie schlimmere Dinge erlitten, vor allem einen Rohrbruch bei mir in der Wohnung. Tut mir leid, wenn sie großteils nicht mehr zu entziffern ist. Ich kann sie ja eh nicht mehr …«, sagte er mit einem schmerzhaft verzogenen Gesicht, das er abwandte, um seinen Kummer vor uns zu verbergen. »Ich habe Aufzeichnungen«, sagte er kratzig, »auf Deutsch und auf Polnisch, die sicherlich hilfreich sind«, und kramte vergilbtes Papier aus dem

Plastiksack, zwanzig Seiten, die eng und beidseitig beschrieben waren. »Wissen Sie, was ich im Sinn hatte, unmittelbar in der Nachkriegszeit, um '49? Es schwebte mir vor, eine dieser Geschichten zu drucken, versehen mit meinen Kommentaren zum geistigen Zustand der Jugend im Nazireich, nicht im Parteiorgan *Trybuna Ludu* oder einem vergleichbaren Massenblatt dieser Zeit, nein, in unserer germanistischen Fachzeitschrift. Eine Absicht, die mir Scherereien einbrachte. Zeitschriftenredaktion, Hochschulverwaltung, Partei, alle mischten sich ein und verwarnten mich. Schwer zu sagen, warum ich mir absolut sicher war, der junge Verfasser sei nicht mehr am Leben – Sie werden verzeihen, verehrter Herr Kannmacher, wenn ich mir nichts anderes vorstellen konnte, bei einem versponnenen Jungen, den man in den Krieg schickte –, eine Annahme, die mich besonders beklommen machte, wenn ich in seinem Geschichtenheft las.«

Diese letzte Bemerkung Sienkiewiczs begleitete mich in den kommenden Wochen und Monaten, als ich mich in Vaters Kladde vergrub. Zur Verzweiflung brachten mich unleserliche Stellen, Seiten um Seiten zerflossener Tinte und seine Handschrift verdeckende Flecken. Auf Inhalt und Handlung zu schließen war einfacher, das erlaubten mir Tomaszs vergilbte Papiere (was er auf Polnisch vermerkt hatte, ließ ich ins Deutsche bringen). Bei allen Leerstellen und Unsicherheiten konnte man sich eine Vorstellung machen. Er hatte, als Junge, ein Leben erfunden, in dem er halb Frechdachs, halb friedlicher Held war, voller Lebenslust, Kindervertrauen und Zuversicht. Diese Geschichten waren nicht zu vergleichen mit Vaters Soldatenerinnerungsbriefen. Wieder wirkte er fremd, ließ sich schwer mit dem Mitglied der Sondereinheit in Verbindung bringen oder dem Mann, der mir aus meiner Kindheit bis zu seinem Tod in der Mainuferwohnung vertraut war, zerrissen, verunsichert, mutlos und liebevoll. Das war ein mir Beklemmungen bereitender Widerspruch, den ich nicht auf sich beruhen lassen konnte. Und ich schrieb seine Geschichten »ins reine«, ein Wort, das mir half, meine Scheu zu zerstreuen, als ich meinem Vater ein Sonntagskindleben erfand.

Drei Tage vor seinem Tod war ich am Mainufer, wo Vater mich mit meinem Lieblingsgericht empfing, einer Rehkeule, die in Johannisbeersoße schwamm. Er ahnte sein nahendes Ende. Schwach und verschwitzt hockte er vor dem Eßtisch und konnte vor Kraftlosigkeit nichts mehr zu sich nehmen, ließ sein Besteck sinken, trank kalten Tee. »Was man nicht ertragen kann«, sagte er ohne Zusammenhang (oder in einem, der mir unklar blieb), »entzieht sich dem Denken vor seiner Entstehung. Und was man nicht denken kann, kann man nicht aussprechen. Jungchen, ich will dir was zeigen.« Er streckte den Arm aus und schob einen Briefumschlag vor meinen Teller, »Ich bitte dich, lies«.

Ich empfand dieses Schreiben als grausam und schonungslos. Habermehl, der Vaters Lehrstuhl bekleidete, sagte seinem Freund unverhohlen Lebewohl. Andere Dinge im Brief, dem man Zuneigung anmerkte, Verehrung und Kummer, nahm ich nur am Rande wahr. »Ich finde das voreilig«, meinte ich bitter, »sich von dir zu verabschieden, wenn du am Leben bist.« – »Wann soll er es sonst tun?« erwiderte Vater belustigt und vollkommen zu Recht, »nein, mir geht es um andere Sachen, die Habermehl schreibt. Ich sei ein besonderer Lehrer gewesen, ein Mann, der sein Leben bereichert hat, diesen Kram. Denkst du, ich konnte was Gutes bewirken bei meinen Studenten, dem ein oder anderen? Habermehl tut ja, als werde er mich in Erinnerung behalten, nicht wahr?« – »Ja, das denke ich«, sagte ich, schluckend, benommen, und faltete Habermehls Schreiben zusammen.

»Scheiden tut weh«, meinte Vater beim Abschied, als er mich zum Treppenhauseingang begleitete. »Ach was, Vater, Samstag sind Ludwig und ich wieder bei dir, das ist in nicht mehr als vier Tagen.« Er wirkte bei unserer Umarmung zerbrechlicher, kraftloser und weicher als in der Vergangenheit. »Und ich bin ein Sonntagskind, Jungchen«, versetzte er heiter, »du weißt ja, mir kann nichts passieren«, und mit diesen Worten verzog er sich in seine Wohnung.

Inhalt